国家社科基金重点集体项目
"当代外国文学纪事"
丛书编委会

主　任：刘意青

副主任：程朝翔　王　建

编委（按姓氏笔画排序）：

于荣胜　王军　刘建华　李昌珂　杨国政

张世耘　林丰民　赵白生　赵桂莲　秦海鹰　魏丽明

PANORAMA DE LA LITERATURA ESPAÑOLA CONTEMPORÁNEA

当代外国文学纪事

（西班牙卷）

王　军◎主编

图书在版编目（CIP）数据

当代外国文学纪事.西班牙卷/王军主编.—北京：北京大学出版社，2021.7

ISBN 978-7-301-32285-7

Ⅰ.①当… Ⅱ.①王… Ⅲ.①文学研究—西班牙—现代 Ⅳ.①I106

中国版本图书馆CIP数据核字(2021)第123332号

书　　　名	当代外国文学纪事（西班牙卷） DANGDAI WAIGUO WENXUE JISHI (XIBANYAJUAN)
著作责任者	王　军　主编
责 任 编 辑	初艳红
标 准 书 号	ISBN 978-7-301-32285-7
出 版 发 行	北京大学出版社
地　　　址	北京市海淀区成府路205号　100871
网　　　址	http://www.pup.cn　　新浪微博：@北京大学出版社
电 子 信 箱	alicechu2008@126.com
电　　　话	邮购部 010-62752015　发行部 010-62750672 编辑部 010-62759634
印 刷 者	涿州市星河印刷有限公司
经 销 者	新华书店
	720毫米×1020毫米　16开本　29.5印张　450千字 2021年7月第1版　2021年7月第1次印刷
定　　　价	158.00元

未经许可，不得以任何方式复制或抄袭本书之部分或全部内容。
版权所有，侵权必究
举报电话：010-62752024　电子信箱：fd@pup.pku.edu.cn
图书如有印装质量问题，请与出版部联系，电话：010-62756370

编写人员名单

主　编： 王　军

撰写人员名单（按姓氏笔画排序）：

于施洋　王　军　宁斯文　许　彤　陈　硕　张韵凝

徐　泉　徐玲玲　黄韵颐　温晓静　蔡潇洁

统稿人： 王　军

序

　　本书是北京大学外国语学院所承担的国家社科基金重点集体项目"当代外国文学纪事"（项目号：06AWW002）的子项目"当代西班牙文学纪事"的最终成果。从最早的数据库成果到如今的专著，对西班牙当代文学的研究日益呈现纵深化和同步化的趋势。

　　西班牙当代文学是欧洲文坛的一个特例。1975年佛朗哥的去世作为分水岭，它终结了西班牙长达近40年的封闭、滞后、边缘化的局面，使西班牙文学重获新生，开始了真正意义上的欧洲化、国际化、商业化。同时，拉美"爆炸文学"的辉煌也强烈地刺激了宗主国的文化自信，与前者的交汇共融为西班牙文坛注入了新的活力。如果说佛朗哥时期的西班牙文学大多属于"承诺文学"，作家希望用文学来改变社会，那么到了20世纪后期，西班牙作家的创作显然更加多元化、个性化、市场化。仅以小说为例，历史小说、侦探悬疑小说、成长小说、元小说、纪实文学、传记文学、女性文学等各种类型空前繁荣。一方面，由于西班牙民主过渡并未真正清算历史（尤其是西班牙内战及战后的佛朗哥统治），留下诸多后遗症,因此西班牙几代作家都不忘对本国历史进行各种视角和维度的回顾与反思;另一方面,西班牙作为欧盟成员国,搭上了快速发展的列车,但也面临后现代社会的种种弊端,这一切都在西班牙当代文学中找到宣泄口。

本书收录的87位作家涵盖了小说(46位)、诗歌(21位)、戏剧(20位)三大文类。虽然小说一直是国内西语界研究的重点,但我们力求弥补对西班牙当代诗人和戏剧家的研究空白,同时还关注西班牙女性文学的发展状况(31位,占比35.6%),尽可能在各方面保持一种相对的平衡。从入选作家的年龄上看,30后、40后和50后有44位,60后、70后和80后有33位,构成本书最大的两个群体。其中最年长的是1918年出生的诗人莱奥波尔多·乌鲁蒂亚·德·路易斯,最年轻的是1987年出生的女诗人安赫拉·塞戈维亚·索里亚诺,基本上涵盖了整个20世纪。本书侧重研究那些在20世纪后30年活跃于西班牙文坛的作家,并把视野扩展到21世纪以来崭露头角的文学新人。遴选的标准一是在当代获得重要的文学奖项(这也是其文学品质的一种保证),二是出版了有分量、有影响力的作品。由于项目的篇幅限制,不可能把济济一堂的西班牙老、中、青三代作家都纳入其中。对于一些国内已经研究较多的老作家,如诺贝尔文学奖得主塞拉、塞万提斯奖获得者德利维斯,其文学巅峰都出现在20世纪40—60年代,因此没有将他们选入本书。

在体例方面,我们没有按照时间顺序展开。主要原因在于西班牙当代文学并非按年份均衡发展,而是有些年硕果累累,另一些年则相对平淡。为此,我们重点选择那些在西班牙乃至欧洲、拉美有一定影响力但国内研究尚不充分的作家,除了介绍他们的人生经历和文学生涯,还选取其一部代表作(以21世纪以来发表的作品为主)加以详细分析,并补充其汉译作品及改编成影视的作品资料。可以说,对于入选本书的西班牙作家,我们都尽力提供了最新的相关信息。尽管如此,由于我们的作品词条绝大部分选择的是作家的新近代表作,相关研究尚不全面,因此在点评过程中难免存在各种不足和谬误,敬请西语同仁和读者指教。

　　本书在编著过程中,得到了各方面的大力支持。除了本系师生,还有来自华东师范大学、首都师范大学、四川外国语大学的系友和西语同仁加盟。作为70后、80后甚至90后学者,她们在繁重的本职教学与科研工作之外,积极参与本书的各项编撰工作,体现了新一代西语人的学术担当。另外,北京大学出版社的张冰女士、初艳红女士对于本书的出版给予了很多热心的帮助和细致的指点,在此一并表示衷心的感谢。

王军

2021年7月1日　燕园

目　录

弗朗西斯卡·阿吉雷（Francisca Aguirre）………………… 1
玛尔塔·亚松森·阿隆索（Martha Asunción Alonso）………… 10
何塞·路易斯·阿隆索·德·桑托斯
　（José Luis Alonso de Santos）………… 16
伊格纳西奥·阿梅斯托伊（Ignacio Amestoy）………………… 23
布兰卡·安德鲁（Blanca Andreu）………………………… 28
费尔南多·阿朗布鲁（Fernando Aramburu）……………… 34
费尔南多·阿拉巴尔·特兰（Fernando Arrabal Terán）…… 39
安德烈斯·巴尔瓦（Andrés Barba）………………………… 44
阿玛莉亚·包蒂斯塔（Amalia Bautista）…………………… 48
费利佩·贝尼特斯·雷耶斯（Felipe Benítez Reyes）………… 54
洛拉·布拉斯科（Lola Blasco）……………………………… 58
阿尔贝托·博阿德亚（Albert Boadella）…………………… 63
卡洛斯·博索尼奥（Carlos Bousoño）……………………… 69

费尔明·卡巴尔·列拉（Fermín Cabal Riera） 76

埃内斯托·卡瓦列罗（Ernesto Caballero） 82

何塞·曼努埃尔·卡瓦列罗·博纳尔德
（José Manuel Caballero Bonald） 88

劳拉·卡谢列斯（Laura Casielles） 94

哈维尔·塞卡斯（Javier Cercas） 100

拉斐尔·齐尔贝斯（Rafael Chirbes） 105

路易斯·阿尔贝托·德·昆卡（Luis Alberto de Cuenca） 110

胡安·曼努埃尔·德·普拉达（Juan Manuel de Prada） 116

维克多·德尔·阿尔博（Víctor del Árbol） 121

伊格纳西奥·德尔·莫拉尔（Ignacio del Moral） 125

安娜·迪奥斯达多（Ana Diosdado） 131

玛利亚·杜埃尼亚斯（María Dueñas） 136

露西娅·埃塞巴里亚（Lucía Etxebarria） 140

胡安·弗朗西斯科·费雷（Juan Francisco Ferré） 145

安东尼奥·加拉·贝拉斯科（Antonio Gala Velasco） 149

路易斯·加西亚·蒙特罗（Luis García Montero） 153

约兰达·加西亚·塞拉诺（Yolanda García Serrano） 160

阿莉西亚·希梅内斯·巴特勒(Alicia Giménez Bartlett) 166

胡安·戈麦斯-胡拉多（Juan Gómez-Jurado） 169

何塞·安赫尔·冈萨雷斯·塞恩斯（José Ángel González Sainz） 173

贝伦·科佩吉（Belén Gopeigui） 177

胡安·戈伊狄索洛（Juan Goytisolo） 181

阿尔慕德娜·葛兰黛丝(Almudena Grandes) 186

索尼娅·埃尔南德斯（Sonia Hernández） 192

何塞·耶罗·雷埃尔（José Hierro Real） 197

雷伊·洛里加（Ray Loriga） 204

费尔南多·马里亚斯（Fernando Marías）………… 208

哈维尔·马里亚斯（Javier Marías）………… 213

胡安·马尔塞（Juan Marsé）………… 220

伊格纳西奥·马丁内斯·德·皮松(Ignacio Martínez de Pisón)… 226

胡利奥·马丁内斯·梅桑萨（Julio Martínez Mesanza）………… 231

安娜·玛利亚·玛图特（Ana María Matute）………… 236

胡安·马约尔卡（Juan Mayorga）………… 240

阿尔贝托·门德斯（Alberto Méndez）………… 245

爱德华多·门多萨（Eduardo Mendoza）………… 249

何塞·玛利亚·梅里诺（José María Merino）………… 255

胡安·卡洛斯·梅斯特雷（Juan Carlos Mestre）………… 260

康斯坦丁诺·莫利纳·蒙特亚古多
（Constantino Molina Monteagudo）………… 267

罗莎·蒙特罗（Rosa Montero）………… 273

哈维尔·蒙特斯（Javier Montes）………… 279

安赫莱斯·莫拉（Ángeles Mora）………… 283

安东尼奥·穆尼奥斯·莫利纳（Antonio Muñoz Molina）………… 290

埃尔维拉·纳瓦罗（Elvira Navarro）………… 295

弗朗西斯科·涅瓦（Francisco Nieva）………… 300

伊齐亚尔·帕斯夸尔·奥尔蒂斯（Itziar Pascual Ortiz）………… 304

帕洛马·佩德雷罗（Paloma Pedrero）………… 309

阿图罗·佩雷斯–雷维特（Arturo Pérez-Reverte）………… 313

拉米罗·皮尼利亚（Ramiro Pinilla）………… 319

阿尔瓦罗·庞波（Álvaro Pombo）………… 325

本哈明·普拉多（Benjamín Prado）………… 330

索莱达·普埃托拉斯（Soledad Puértolas）………… 337

多洛雷丝·雷东多·梅伊拉（Dolores Redondo Meira）………… 342

豪尔赫·列克曼·费尔南德斯（Jorge Riechmann Fernández）… 346

卡尔梅·列拉（Carme Riera）…………………………… 354

拉伊拉·里波尔（Laila Ripoll）………………………… 358

安娜·罗塞蒂（Ana Rossetti）…………………………… 363

卡洛斯·鲁伊斯·萨丰（Carlos Ruiz Zafón）…………… 368

克拉拉·桑切斯（Clara Sánchez）……………………… 372

拉斐尔·桑切斯·费尔洛西奥（Rafael Sánchez Ferlosio）… 377

何塞·桑奇斯·辛尼斯特拉（José Sanchís Sinisterra）… 382

卡蕾·桑托斯（Care Santos）…………………………… 388

玛尔塔·桑斯（Marta Sanz）……………………………… 393

阿尔弗雷多·桑索尔（Alfredo Sanzol）………………… 397

阿方索·萨斯特雷（Alfonso Sastre）…………………… 402

安赫拉·塞戈维亚·索里亚诺（Ángela Segovia Soriano）… 407

哈维尔·西耶拉（Javier Sierra）………………………… 413

何塞·路易斯·西雷拉（Josep Lluís Sirera）…………… 418

安东尼奥·索雷（Antonio Soler）……………………… 423

埃斯特·图斯盖兹（Esther Tusquets）………………… 428

胡利娅·乌塞达·巴连特（Julia Uceda Valiente）……… 432

莱奥波尔多·乌鲁蒂亚·德·路易斯（Leopoldo Urrutia de Luis） 438

曼努埃尔·巴斯克斯·蒙塔尔万（Manuel Vázquez Montalbán） 445

恩里克·比拉-马塔斯（Enrique Vila-Matas）………… 450

塞尔希奥·比拉-圣胡安（Sergio Vila-Sanjuán）……… 456

弗朗西斯卡·阿吉雷
（Francisca Aguirre）

弗朗西斯卡·阿吉雷（1930—2019），西班牙当代诗人、作家，被评论界誉为继承诗歌大师安东尼奥·马查多（Antonio Machado，1875—1939）神韵的当代诗坛第一人。

弗朗西斯卡·阿吉雷（乳名帕卡·阿吉雷）1930年10月27日出生在西班牙阿利坎特，2019年4月13日在马德里家中去世，享年88岁。从出生时间上看，她属于西班牙所谓"内战的孩子们"[1]。她和她的同龄人与1931年成立的第二共和国一起蹒跚学步，伴着内战的炮火懵懂地触摸着血腥与荒谬，在佛朗哥独裁的高压下艰难地长大成人，共和国、内战和独裁在他们身上留下了无可磨灭的烙印。诗人的父亲洛伦索·阿吉雷（Lorenzo Aguirre，1884—1942）是颇具声名的画家，也是一名高

---

[1] 在西班牙当代历史语境下，"内战的孩子们"（los niños de la guerra）可以指出生在1936—1939年内战中和战后初年的西班牙人，也可以指在内战期间度过童年时代的西班牙人。（参见TRUEBA, D. «Los niños de la guerra», *El País*, 2020-04-07. https:// elpais.com/elpais/2020/04/06/opinion/1586170226_113917.html, 2020-04-09）

级警务人员和西班牙共产党员，1942年在马德里的一座监狱中被佛朗哥政府处决。作为赤色分子和政治犯的子女，弗朗西斯卡·阿吉雷姊妹三人曾被送入一所由修女主持的政治犯子女专门学校，在那里她们遭遇了肉体折磨和精神虐待，人生第一次体味到什么是孤独、无助和绝望，也从此失去了接受正规教育的机会。所幸在多方奔走下，三姊妹终于脱离了教会的魔爪，母亲带着她们在马德里艰难求生，帕卡15岁就不得不出门打工养家。虽然世道艰辛，诗人的母亲依然想尽办法让女儿们学习文化："妈妈是我们的埃斯帕萨出版社/我们的蒙面武士/我们的仙境/悲惨世界中隐藏的富足。（……）尽管某些日子我们没有东西吃，/我们却有一台收音机可以听贝多芬。"诗人的母亲还言传身教："是妈妈告诉我们我的父亲崇拜古希腊人，/酷爱书籍，/生活中不能没有音乐，/他还是乌纳穆诺的朋友。"母亲让女儿们坚信人绝不能苟且地得过且过，真善美是人类永远的理想国。诗人曾回忆说："发现书籍是我从生活中得到的寥寥无几的礼物之一。对我来说《爱丽丝漫游奇境》是黑暗国度中的一个奇迹。它教会了我无视周遭邪恶的世界，教会了我嘲笑丑恶和压迫。"①

阅读、音乐和电影仿佛一束温暖的光，照入西班牙战后灰败的日常，给予了弗朗西斯卡·阿吉雷无限慰藉和骄傲的逃避，也为她铺就了文化、美学的养成道路。她在租书店里找寻一切可以阅读的书籍："那些散乱的破破烂烂的纸/是我们光彩夺目的亚历山大图书馆/无人有过如此神奇的大学。"她骄傲地宣布，"在那个摊子上我开始读文学硕士"，更"发现"了安东尼奥·马查多。在这位"98年一代"代表人物的诗作中，她逐渐摸索到了西班牙语现代抒情诗的精髓。弗朗西斯卡·阿吉雷从不讳言自己深受马查多的影响，她将诗人视为杰出的伦理教师和美学教师，强调他对"内战的孩子们"意义非凡，仿佛日常生活

---

① Miró, E. «Prólogo», Aguirre, Francisca. *Ensayo general. Poesía completa (1966-2000)*, Madrid: Calambur, 2000, p. 9.

弗朗西斯卡·阿吉雷（Francisca Aguirre）

中的光，宛若每日食用的面包和盐："安东尼奥·马查多教会了我们笑是人类屈指可数的生命源泉之一，是热情真诚和团结的伟大同盟。"[①]阅读滋养和抚慰了她的心灵，在与经典和当代作家的一次次相遇中，她也尝试着将自己的所思所感诉诸笔端，开始建构自己的文学世界。精妙的用典、余味悠长的互文、奇思妙想的改写和重写贯穿了弗朗西斯卡·阿吉雷的全部文学创作。

1957年，在一次诗歌沙龙上，她遇到了一位年轻的诗人和弗拉门戈音乐家费利克斯·格兰德（Félix Grande，1937—2014），1963年他们二人缔结连理，他们的独生女瓜达卢佩·格兰德（Guadalupe Grande，1965— ）继承了父母的艺术天赋，也是一位诗人、评论家和艺术家。同样在一次诗歌沙龙活动中，弗朗西斯卡·阿吉雷结识了西班牙"36年一代"著名文人路易斯·罗萨莱斯（Luis Rosales，1910—1992）。从此，弗朗西斯卡·阿吉雷找到了自己的思想导师。在他的引荐下，她加入了百科辞典编辑团队，并于1971年进入西班牙语文化学院（Instituto de Cultura Hispánica）担任罗萨莱斯的秘书。同样在这段时间，她还接触到了希腊现代诗人卡瓦菲斯（Constantine P. Cavafy，1863—1933）的作品，其独特的观察世界的视角、成熟简练的语言风格，以及将客观性、戏剧性和教谕性融为一体的文本表达，深深地打动了弗朗西斯卡·阿吉雷。她烧毁了此前的全部习作，开始探索新的表达方式。1972年弗朗西斯卡·阿吉雷发表首部个人诗集《伊萨卡岛》（Ítaca，1972），诗集的题目源自希腊的一个岛屿，传说是荷马史诗英雄奥德修斯的故乡，也与卡瓦菲斯的代表作《伊萨卡岛》同名。诗集分为"伊萨卡岛的圆环"（El círculo de Ítaca）和"珀涅罗珀的阁楼"（El desván de Penélope）两部分，从女性视角重写了珀涅罗珀的故事，创造了一个自主的抒情主体，一个自传性的女性抒情声音。她是一段残酷历史的

---

① Aguirre, Francisca. *Espejito, espejito*. San Sebastián de los Reyes: Universidad Popular «José Hierro», 1995, p.113.

见证，被时间的孤独、等待、希望或绝望浸染了心灵。她凝视虚空的深渊，探寻存在的疆界，如乌纳穆诺所言"感受思想，思考情感"[1]，在"任何人都会死去/孤独的死亡更加漫长"的叹息中直面现实的恐怖。整部作品内敛洗练，知性精确，自然深邃，奠定了弗朗西斯卡·阿吉雷的抒情诗基调。

就年龄结构上看，弗朗西斯卡·阿吉雷应该属于西班牙战后的"50年一代"，又称"半个世纪派"（Generación del Medio Siglo）诗歌群体，但部分研究者认为她没有在20世纪50和60年代发表过任何作品，缺少归属于"50年一代"的重要时间标签。整体上看，弗朗西斯卡·阿吉雷的创作可以分为起步期、成熟期和经典化时期三个阶段。

起步期：1972—1978年。主要作品有：《伊萨卡岛》，1971年"莱奥波尔多·帕内罗诗歌奖"（Premio Leopoldo Panero de Poesía）；《三百级台阶》（*Los trescientos escalones*，1977），1976年"伊伦市储蓄银行文学奖"的"西班牙语诗歌奖"（Premios Literarios Kutxa Ciudad de Irún. Modalidad de Poesía en castellano）；《另一种音乐》（*La otra música*，1978）。

成熟期：1995—2000年。在长达17年的沉寂之后，弗朗西斯卡·阿吉雷在新世纪重返文坛，接连发表了短篇小说集《让罗莎·卢森堡熨衣服》（*Que planche Rosa Luxemburgo*，1995）和回忆录《小镜子！小镜子！》（*Espejito, espejito*，1995），前者还是托莱多市加利亚纳公主女性叙事文学竞赛获奖作品。同时，她进入了诗歌创作的另一个高峰期，著有：《彩排》（*Ensayo general*，1996），1995年"埃斯基奥西班牙语诗歌奖"（Premio Esquío de Poesía en lengua castellana）；《忧虑的帕瓦纳舞曲》（*Pavana del desasosiego*，1999），1998年第一届"玛利亚·伊莎贝尔·费尔南德斯·西马尔诗歌奖"（Premio María

---

[1] Unamuno, Miguel. de. *Obras completas*: *Tomo XII, Poesía I*. Madrid: Afrodisio Aguado, S. A., 1958, p. 200.

Isabel Fernández Simal）。2000年出版的《彩排（全集1996—2000）》（*Ensayo general. Poesía completa*，*1966-2000*）收录了她从1966年到2000年的全部诗歌作品，其中《名歌手》（*Los maestros cantores*）一部分于2011年发行了单行本。

经典化时期：2006—2019年。在又一个6年静默期之后，弗朗西斯卡·阿吉雷在2006—2012年期间发表了多部个人诗集，其中包括：《让废弃物安眠的摇篮曲》（*Nanas para dormir desperdicios*，2007），2007年瓦伦西亚"阿方索大帝"西班牙语诗歌奖（Premi Alfons el Magnànim "València" de Poesía en castellano）；《一次解剖的故事》（*Historia de una anatomía*，2010），2010年瓦伦西亚自治区"米格尔·埃尔南德斯国际诗歌奖"（Premio Internacional de Poesía Miguel Hernández）和2011年西班牙"国家诗歌奖"（Premio Nacional de Poesía）；《和我的陪伴动物聊天》（*Conversaciones con mi animal de compañía*，2012），2012年西班牙"诗歌编辑协会诗歌奖"（Premio de Poesía de la Asociación de Editores de Poesía）。另外还发表了诗集《荒谬的伤口》（*La herida absurda*，2006），以及《根：诗选》（*Raíces: antología*，2017）和《彩排（1966—2017年诗作汇编）》（*Ensayo general: poesía reunida 1966-2017*，2018）两部作品汇编。

值得注意的是，弗朗西斯卡·阿吉雷的诗歌风格一直处于不断发展和进化之中。回忆、大自然、生命、爱、周遭的平凡事物都是她心爱的主题，神话、音乐、文学、艺术为她提供了建构无穷无尽的互文、重写和改写的素材。但从始至终，记忆和良知都是弗朗西斯卡·阿吉雷文学创作的两大支柱。而且在时光的洗涤下，她早期作品中浓郁的文化主义因素逐渐让位于更加平实的日常；自传性写作也演化为去时间性的普世关怀；存在主义特质清晰而深邃，形成了"心灵纯净，诗句明澈"[①]的弗朗西斯卡·阿吉雷风格——既丰富多义又沉静简洁；既清澈高雅又质朴睿智；既充满繁复的互文、意象关联和隐喻，又有着近乎口语的自白与倾诉，真挚感人，动人心魄，发人深省，将西班牙语自由体抒情诗推向又一个新高峰。正如诗人所言，她"以一种带有些许忏悔色彩的方式写作。我和自己对话，我告诉自己我喜欢什么、我不喜欢什么"[②]。这些"源于我生活过的生活，源于经历和经验，很多时候源于我没有得到的一切"[③]的诗篇，是"关于内心情感的诗，关于自我的诗，同时也是普遍意义的诗，内心的形而上学"[④]。2018年，由于"她的诗歌（'半个世纪派'中最具马查多神韵的诗作）在悲哀与洞察、明澈和痛苦之间，喃喃出（不仅仅是说出）良知与记忆的词语"，耄耋之年的诗人荣膺"西班牙文学国家奖"（Premio Nacional de las Letras Españolas）。

弗朗西斯卡·阿吉雷荣获的其他重要文学奖项还有2000年"瓦伦西亚文学批评奖"（Premio de la Crítica Literaria Valenciana）和2009年"阿兰胡埃斯王家行宫园林诗歌奖"（Premio de Poesía "Real Sitio y Villa de Aranjuez"）。

[①] Lorenci, Miguel. «Adiós a la poeta de alma limpia y verso claro», *Diario de León*, 2019-04-15. https://www.diariodeleon.es/articulo/cultura/adios-poeta-alma-limpia-verso-claro/201904150400001885805. html, 2020-04-09.

[②] Aguilar, Eduard. «Paca Aguirre, nunca es tarde si la dicha es buena», *Alicante Plaza*, 2019-04-14. https://alicanteplaza.es/paca-aguirre-nunca-es-tarde-si-la-dicha-es-buena, 2020-04-09.

[③] Martín, Inés Rodrigo; Aguirre, Francisca. «Este mundo no está bien organizado porque a muchas mujeres que piensan muy bien no les dejan pensar», *ABC*, 2018-11-15. https://www.abc.es/cultura/libros/abci-francisca-aguirre-este-mundo-no-esta-bien-organizado-porque-muchas-mujeres-piensan-bien-no-dejan-pensar-201811131821_noticia.html, 2020-04-09.

[④] Aguilar, Eduard. «Paca Aguirre, nunca es tarde si la dicha es buena», *Alicante Plaza*, 2019-04-14, https://alicanteplaza.es/paca-aguirre-nunca-es-tarde-si-la-dicha-es-buena, 2020-04-09.

弗朗西斯卡·阿吉雷（Francisca Aguirre）

弗朗西斯卡·阿吉雷的作品已经被翻译为英语、法语、意大利语和葡萄牙语等多种语言，目前国内尚未发行她的作品的中文单行本。

《一次解剖的故事》（*Historia de una anatomía*）

《一次解剖的故事》（2010）是西班牙当代诗人弗朗西斯卡·阿吉雷年近八旬时出版的个人诗集。弗朗西斯卡·阿吉雷坦承《一次解剖的故事》取材于她的个人经历，与1977年的《三百级台阶》一样，也是诗人献给关于父亲的记忆的心曲。《一次解剖的故事》延续了贯穿诗人一生的两大主题——记忆和良知。父亲的惨死、内战的血与火、流亡的艰辛、战后西班牙的饥馑和白色恐怖……都是弗朗西斯卡·阿吉雷刻骨铭心的个体记忆，但诗人并没有沉浸在个人和家庭的痛苦中，而是不断提醒自己，同时也在诗作中一遍遍呼唤世人：活下去，记住。她将写作视为自己每日的坚守，用柔软、酸楚和绵长的目光回望西班牙内战和内战后的西班牙。诗歌意象浑然天成，通透睿哲，语言明澈洗练，既仿佛深沉的自白，又如同耳畔的絮语，在炽热的抒情和对话坦白之间形成了一种奇妙的平衡，邀请读者开启内心的交流与对话。

同时，正如诗集题目所示，《一次解剖的故事》是透过人类身体呈现的自画像，试图讲述身体和探寻关于身体的一切，即诗人所谓的"《解剖》是我的骨骼，是我的X光片"[1]。弗朗西斯卡·阿吉雷曾感叹说："没有身体就没有一切，但有了身体或许也带来太多的东西，题

---

[1] Caballero, M.; Aguirre, Francisca, «Historia de una anatomía es mi esqueleto», *El Cultural*, 2011-11-17. https://elcultural.com/Francisca-Aguirre-Historia-de-una-anatomia-es-mi-esqueleto, 2020-04-09.

目各色不同，因为身体也各不相同。"①她在评价《一次解剖的故事》时指出："身体创造一切。身体创造了心灵、政治、天堂与地狱。身体创造了满足，但它贪婪而不餍足。没有任何办法能让身体安静下来。身体是一切，同时身体自身也是模糊的、混乱的、含混的。就此而言，身体和诗类似。如同所有的创造，诗是多重释义和歧义的王国。这部诗集有太多的逆喻、太少的定义。"②在《一次解剖的故事》中，"我"的身体发肤（如头、口、手、皮肤、头发），甚至身体器官（心、肝、胰、肾等）和内心世界（记忆、意识、幻梦等）共同组成了诗人的抒情客体。他人或他者仅仅在诗集末尾的几首作品中才出现，它们作为"解剖"的另一个侧面存在，映衬"我"对于"我"的身体和"我"的存在的反思。例如，在《皮肤》一诗中，诗人首先感叹人的皮肤着实令人惊诧，它看上去是"不可靠的脆弱的织物"，然而"事实上它很坚韧/真不可思议/皮肤竟然比心脏/或者脑袋坚韧。/有时候/词语被埋葬在心中。/有时候头脑让心灵中毒/但皮肤忍受着/满身痛苦/还承受着/毛孔尖叫/却坚持着。/它好像盔甲/小小的幕布/阻挡试图摧毁我们的痛苦"。在诗人笔下，形而上的思考从身体描写中自然生发出来，又牵引读者回到身体本身，不断探寻它的秘密。

在《一次解剖的故事》中，弗朗西斯卡·阿吉雷选择探索组成传记的各种或真实或虚构的因素。她引用了库切的"身体说出真相"作为诗集的开端，反思人类的存在或者人类的某种生存状态。例如，在《双手》一诗中，她写道："我花了好多好多的时间教育它们/我还不知道是否达成了目标/因为大部分情况下/它们自行其是突然乱动/仿佛有了自己的生命。"在接续的诗句中诗人不断强调"我"无法控制"我的双

---

① Aguirre, Francisca, «Cada libro debe tener el lenguaje que le corresponde». https:// poesiaerestu.com/ revista/francisca-aguirre-cada-libro-debe-tener-el-lenguaje-que-le-corresponde/, 2020-04-09.

② Rodríguez Marcos, Javier. «El odio es la muerte ambulante», *El País*, 2011-11-17. https:// elpais.com /cultura /2011 /11 /17/actualidad/1321484414_850215.html, 2020-04-09.

手"，暗示身体不是理智也并非情感的附属，相反它"创造了天空和地狱、罪与赎、自由和奴役"，而人也需要学习与自己的身体和平共处，因为"最终生命接近我们/尽管如此短暂亦如期待"。

《一次解剖的故事》如同一段平和睿智的对话，柔情和自省相伴共生，也不乏反讽和某种挥之不去的疏离感。弗朗西斯卡·阿吉雷曾表示她希望这部诗集是"和谐的生命体。它有头有脚，有心脏，有内在，而所有这一切都笼罩在幽默的轻纱下"[①]。身体、心灵、记忆、良知，共同构成了弗朗西斯卡·阿吉雷反思人与人的存在的路径，而且身体被置于思考与探索的中心，原因在于"身体是神秘的创造物。身体是疑问的源泉，因此也是艺术源泉，或者简而言之，是一种慰藉的方式"[②]。正如《拍X光片》一诗所示："我的历史就是它的故事。/我们该拿它怎么办？马查多说过没有人能选择自己的爱/而且显而易见人也不能选择自己的肾脏/自己的胰脏自己的骨骼/更不用说/面对生命奇迹的痉挛/我们唯一知道的是/脉搏加快，X光机的灯暗了。"笑与泪、爱与痛、感受与思考都源于身体也归于身体。如果身体是疑问之源，它也应该并且必须成为解决问题的出发点和回归带。因为诗人相信"艺术即生活，生活在文学中获得新生"，并在喃喃细语中说服了读者。

（许彤）

[①] 转引自：Revista Poesía eres tú. Aguirre, Francisca. «Cada libro debe tener el lenguaje que le corresponde».

[②] 同上。

玛尔塔·亚松森·阿隆索
（Martha Asunción Alonso）

玛尔塔·亚松森·阿隆索（1986— ），西班牙青年诗人，评论界认为她的作品个性鲜明，为西班牙语诗歌注入清新之风，是当今西班牙诗坛最富有代表性的声音之一。她1986年生于西班牙马德里，康普顿斯大学（Universidad Complutense de Madrid）法语文学博士，萨拉戈萨大学艺术史高级研修硕士，在法国、法属海外领地和加拿大法语区的多所中学担任过语言教师，还曾短期任职于西班牙埃斯特雷马杜拉（Extremadura）大学和阿尔巴尼亚地拉那大学，现移居法国北部亚眠生活、创作和工作。

玛尔塔·亚松森·阿隆索的个人经历体现了西班牙年轻一代诗人的某种范式：持有高等教育文凭，有着完备的学术养成，习惯穿梭游历于世界的不同角落，擅于在文化冲突与融合中寻找新的生存体验，同时也不逃避外界赋予同代人的"不不一代"（Generación Nini，不学习、不工作的青年）标签，并试图以自己的方式寻找自主的空间与模式，反抗社会固化："那时我记下的每一首诗都以/某种方式讲述了她的身

玛尔塔·亚松森·阿隆索（Martha Asunción Alonso）

体。"诗人还从不讳言自己来自马德里劳工阶层和移民的传统聚居区拉瓦皮埃斯，家中没有其他人从事文学创作。因为在她看来诗既不是一种天赋的标记，也并非某个特殊群体的独占权利，而是赋予了人另一种视角、另一种方式去感受生活、认知自我、捕捉真实："在我家，我和你们说，没有诗人/但当我的曾祖母/亚松森/第一次看到海/——第一次也是唯一的一次——/他们跟我说她一下子很严肃，一声不吭/好久好久之后才说到/感/谢/眼睛。/我不知道自己源自何处。在我家没有/糟糕的/诗人。"（原文的斜体字，中文用楷体标出）

玛尔塔·亚松森·阿隆索是当今西班牙诗坛地位斐然的多产青年诗人，自2009年以来已经出版了9部诗集。她具有独特的诗学观念和美学理念："我们不是被神/为透明而选择的：/他们不过也是故事。/所以诗，/如同水晶墓或者做女人/不会是恩赐的天赋。"为此，尽管"我们的语言被偷走了"，但诗人还必须以语言为武器，以诗为剑，担负起反抗的责任。玛尔塔·亚松森·阿隆索擅长以色调斑斓的词语构建杂糅多义的诗歌意象，在时空交错的多棱镜下不断尝试捕捉、凝结和交融诗意，富于个体意识的深刻反思。她的诗作既贴近当下的日常，又能牵引读者欣然踏上生活在别处的无尽旅程；既如同复杂的拼图，娓娓道来街区的变迁，承载着集体记忆的流转，又背负了个体最尖锐的后现代体验，记录了成长的恐惧、觉醒与和解。诗歌语言真挚精练，直叩心底，又仿佛词语喷薄的流光溢彩，令人心醉神迷。诗句中蕴藏着精巧典雅的典故和互文，也不乏粗粝直白的街头语言和文化意象，幽默风趣，又不失浑然天成的暖心温情，将"新锐派"（los novísimos）的绮丽文雅和"体验派诗歌"（poesía de la experiencia）的日常性巧妙地融化在诗句中。

《缉捕春天》（*Detener la primavera*，2011）、《超细涂鸦喷嘴》（*Skinny Cap*，2014）、《温蒂》（*Wendy*，2015）、《巴尔卡尼卡》（*Balkánica*，2018）都是玛尔塔·亚松森·阿隆索颇受评论界和读者

青睐的诗集。《缉捕春天》是诗人在故乡马德里和法国北部加来海峡大区生活时创作的，荣获2012年"米格尔·埃尔南德斯青年诗歌国家奖"（Premio Nacional de Poesía Joven Miguel Hernández）和2011年格拉纳达省阿尔沃洛特市"安东尼奥·卡瓦哈尔青年诗歌奖"（Premio de Poesía Joven Antonio Carvajal de Albolote）。诗集记录了一段跨越重重界限的私密旅程，她穿越遗忘、孤独、回归或记忆，奋力用手中的笔留住春天。

《超细涂鸦喷嘴》的题目源自一种涂鸦专用喷色工具，诗人将它视为献给童年与少年时代的怀恋之曲，也是致无名涂鸦画家的秘密赞歌。涂鸦是诗人一向关注的文化和艺术现象，她的艺术史硕士论文就是关于2001—2014年马德里城市涂鸦研究。她以"超细涂鸦喷嘴"为比喻，强调诗集以最直接、最自由的形式提供了细腻而丰富的细节，仿佛涂鸦在城市空间中留下了难以洗刷的印记。《超细涂鸦喷嘴》中的诗句如色彩般蔓延和侵入，构成了关于身份的书写、关于抵抗的纪念、关于过往的私密记事："而这个有着小小树脂甲胄的世界。天际线/牛仔蓝色。/不能画大船的十万孩子们舌头上的/圆圆的小钩子。"

《温蒂》是2015年第七届"西班牙国家广播电台青年诗歌奖"（Premio de Poesía Joven de RNE）获奖作品，诗集诗作形式多样，既有精致的韵诗，也有极富乐感的散文诗，用典精致巧妙。正如诗集名称所示，《温蒂》带有强烈的互文色彩，从《彼得·潘》的故事出发，书写了诗人眼中的温蒂，更刻画了历史上、生活中、书本里一位位或普通或传奇的女性剪影。她们如此相像又如此不同："我们一样是女人但一样不同"，但最终殊途同归，因为作为女人，"我从这一切中来，我就是这样的我"。诗集不曾远离当下世界，但记忆依然占据了《温蒂》的大部分书页，那个没有得到的玩偶，那些在学校里老师不会教的粗话，那些发生时不觉得重要，如今却萦绕在心头的时刻……

《巴尔卡尼卡》是玛尔塔·亚松森·阿隆索的最新诗集，荣膺2018

年"卡门·孔德女性诗歌奖"（Premio Carmen Conde de Poesía para Mujeres）。在这部诗集中诗人袒露了自己的伤口，反思了占有欲的复杂与含混："荷花长在污泥里/（……）为了学习爱/必须拥抱污迹"；也探寻着身份的所属和所指："我们不是来自我们的出生。/我们来自那些把面包分给/他人的国度。"

玛尔塔·亚松森·阿隆索的其他获奖作品还有：《克里奥耳人的孤独》（*La soledad criolla*，2013），2012年"阿多奈斯诗歌奖"（Premio Adonáis de Poesía）；《蝶蛹》（*Crisálida*，2010），2010年"格拉纳达青年诗歌竞赛创作新人奖"（Premio Nuevos Creadores de la Academia de Buenas Letras de Granada 2010）、马德里储蓄银行社会公益活动2009年"最年轻的声音奖"（Premio la Voz + Joven de la Obra Social de Caja Madrid）；《一个秋天的绿色年表》（*Cronología verde de un otoño*，2009），2008年西班牙马德里康普顿斯大学"布拉斯·德·奥特罗诗歌奖"（Premio Blas de Otero de Poesía）。她还曾入围2009年西班牙铁路基金会"安东尼奥·马查多诗歌奖"（Premio de Poesía Antonio Machado de la Fundación de Ferrocarriles Españoles）。

玛尔塔·亚松森·阿隆索的其他诗集还有《不太年轻了》（*No tan joven*，2015），以及与画家加夫列尔·比尼亚尔斯（Gabriel Viñals）合作的诗画集《自画像》（*Autorretrato*，2015）。诗人经常在文学杂志上发表作品，并被选入多部西班牙当代诗歌选集。玛尔塔·亚松森·阿隆索的诗作已被翻译成希腊语和罗马尼亚语，还入选了希腊出版社编选的《西班牙语当代诗歌选集》（*Antología de poesía contemporánea en lengua española*，2014），但目前还尚未被译介到中国。

《缉捕春天》(*Detener la primavera*)

《缉捕春天》(2011)是玛尔塔·亚松森·阿隆索的第三部诗集，也是她的代表作之一。诗集题目可能受到了聂鲁达诗句的启发。《缉捕春天》是一次穿越时光和空间的旅行，也是对个体意识的反思。"我"一边依靠回望过去支持"我"的存在，一边将怀旧作为坚固的锚牢牢地抓住当下；"我"一边凝视着祖先的历史和故事，一边崇拜着女子的同性之爱。抒情主体仿佛游荡于冬与春的边界，在自我流放和回归中徘徊，在记忆与遗忘、情感和感情中踯躅，试图穿越遗忘和孤独，回归到最初的情感记录。

《缉捕春天》也有着丰厚的历史镜像：困扰知识分子的"西班牙困境与问题"、面孔繁多的政治民主过渡、现代化的盛景等，都使诗集跳出了个人情感书写的狭小天地。《缉捕春天》语言明澈独特，诗歌意象具有丰富的文化意涵，附着大量涉及隐私、家庭和成长的意指，以及细腻的童年和少年生活图景。

诗集的第一部分是"玫瑰花间的房子（莫奈，1925）"，玛尔塔·亚松森·阿隆索借用印象派画作历时性和共时性并置的特性，召唤旧时光里的点点滴滴："现在我认为玫瑰花间的房子从来都是/我们。寻找它。"但这一切又被流逝的时光一一击破，令人们不得不一次又一次地品尝着物是人非："有人买了洛伦索的房子/他们关了你的酒吧"。

诗集的第二部分以"加来"为题，玛尔塔·亚松森·阿隆索书写了更多关于时间和空间的思考。诗人不动声色地牵引读者离开故乡，随着旅程的展开，欧洲跃然纸上，"我"具有了历史意识："我叫亚松森是为了纪念我祖父的母亲。/我也叫南方、卡斯蒂利亚、米、干涸的塔霍河。我们穿过欧洲是为了从干旱中/抓出杀死我们的干渴。/因渴望死去的我们，和因渴望幸福的人们。我们的名字。"

玛尔塔·亚松森·阿隆索（Martha Asunción Alonso）

  诗集的第三部分名为"地下掩体"，是一个源自德语的专有名词，在西班牙语中还指支持佛朗哥的极右翼分子。诗人认为历史不是过去的累积，历史在现实中，现实也将塑造历史并向未来展开："我们扛过了战争和那场饥荒，为了有朝一日给我们的子孙留下……火，也许火炭。但不是灰烬。"

  诗集最后一部分的题目是"圆"。在玛尔塔·亚松森·阿隆索笔下，时间和空间、回忆与遗忘、可能和不可能，往复循环，一切终将逝去，一切也总要归来："那时我又遇到了你，/你的小手指上戴着一枚戒指。/你让我试试它。我晕头转向。/白痴！我们一直的存在，/我们在一起的方式，/我们的爱，一切和乌有，都是圆的。回忆。桑巴。毕尔巴鄂街心广场的/出租广告。/我曾爱过你的一切。/地铁六号线。想谈你的愿望。/等待：圆的。"

（许彤）

何塞·路易斯·阿隆索·德·桑托斯
（José Luis Alonso de Santos）

何塞·路易斯·阿隆索·德·桑托斯（1942—   ），西班牙当代著名剧作家、戏剧导演、批评家和编剧。他与费尔明·卡巴尔·列拉（Fermín Cabal Riera）、何塞·桑奇斯·希尼斯特拉（José Sanchis Sinisterra）一起被评论界并称为1975年民主转型后西班牙戏剧革新的三大领军人物，对后来的戏剧家有着重要的影响。

阿隆索·德·桑托斯1942年出生于巴亚多利德，1959年移居马德里，不久后获得康普顿斯大学信息学和心理学学士学位。与此同时，他还在马德里工作坊剧团（Teatro Estudio de Madrid）进修戏剧课程，师从美国演员威廉·莱顿（William Layton，1913—1995）等人，并于1964年在该剧团开始了自己的戏剧生涯。1964—1981年，阿隆索·德·桑托斯热衷于非商业戏剧活动，尤其对具有创新和进取精神的独立戏剧团体情有独钟，譬如：马德里戏剧研究剧团、牛虻剧团（Teatro Tábano）、独立实验剧团（Teatro Experimental

何塞·路易斯·阿隆索·德·桑托斯（José Luis Alonso de Santos）

Independiente）和自由剧团（Teatro Libre）。他时常身兼数职，既是剧作家，还是导演或者演员。从80年代开始，他的工作重心逐步转向了剧本创作，虽然并没有因此而彻底放弃戏剧导演的工作。此时他的作品因大胆新颖、富有活力的特点日益受到评论界和公众的认可，逐渐从小众的独立戏剧领域走向大众戏剧和商业戏剧的范畴。

阿隆索·德·桑托斯的戏剧创作明显经历了从模仿、探索到成熟的过程。在早期的模仿和探索阶段，一方面，他对传统戏剧进行深入的学习和研究，有意识地继承了自黄金世纪以来的西班牙戏剧传统，创作内容也多取材于传统文学作品，力图从传统中汲取养分；另一方面，他又受到了先锋艺术的影响，进行了一系列的戏剧实验，对戏剧内容和表现形式进行大胆的创新。从莎士比亚到罗哈斯·索里亚（Rojas Zorrilla，1607—1648），从普鲁斯特到波兰戏剧家塔迪尔兹·康托（Tadeusz Kantor，1915—1990），他的戏剧创作受到了众多剧作家的影响，并在此基础上形成了自己独特的艺术风格，批判而又不失幽默地反映着社会现实。

对于阿隆索·德·桑托斯来说，戏剧创作是实现社会承诺的一种方式。关注社会现实，展现漫漫历史长河中小人物及边缘人物的生存状态，一直是他戏剧创作的重心。他醉心于在剧作中寻找偏离道德之犯罪行为的社会根源，擅长塑造在矛盾中挣扎的戏剧人物，努力展示当代观众生存的现实环境。虽然在西班牙戏剧传统的影响下，他似乎更偏爱悲喜剧，并且致力于新现实主义创作，也被某些评论家称为"都市大众现实主义"（Realismo popular urbano），但实际上他的戏剧创作包罗万象，包含了各种不同的风格和种类：从传统剧种、流行戏剧到美国喜剧，从神话传说到心理追踪，他都曾经小试牛刀。

他还一直努力创作一种直接、丰富、无拘无束、毫无禁忌的戏剧语言，甚至希望在舞台上再现街头语言。他用大众的语言直接将人物性格及其所处的环境赤裸裸地呈现在观众面前，探讨人性是如何在复杂的环境中变形和自相矛盾的。

阿隆索·德·桑托斯的主要作品包括：《我们的主人，公爵万岁！》（¡Viva el duque, nuestro dueño!，1975年上演）、《从迷宫到30号方格》（Del laberinto al 30，1979年上演）、《公主和龙的真实又奇异的故事》（La verdadera y singular historia de la princesa y el dragón，1980年上演）、《巴列卡斯的烟草店老板娘》（La estanquera de Vallecas，1981年上演）、《家庭相册》（El álbum familiar，1982年上演）、《给睡美人的吻》（Besos para la Bella Durmiente，1984年上演）、《南下摩洛哥》（Bajarse al moro，1985年上演，并于1988年被拍摄成电影，由安东尼奥·班德拉斯主演）、《最后一跳》（La última pirueta，1986年上演）、《失常》（Fuera de quicio，1987年上演）、《两个密友和妮内斯》（Pares y Nines，1988年上演）、《肉欲先生与斋戒女士的争斗》（El combate de don Carnal y doña Cuaresma，1989年上演）、《为鸟儿设下的陷阱》（Trampa para pájaros，1990年上演）、《浪荡子的影子》（La sombra del Tenorio，1994年上演）、《探视时间》（Hora de visita，1994年上演）、《瘾君子和美国佬》（Yonquis y yanquis，1996年上演）、《野孩子》（Salvajes，1998年上演）、《卡尔拉和路易莎的喜剧》（La comedia de Carla y Luisa，2003年上演）、《将军的晚餐》（La cena de los generales，2008年上演）、《圣费利佩教堂的守门人（加的斯，1812）》［Los conserjes de San Felipe (Cádiz 1812)，2013年上演］以及《文化周》（La semana cultural，2016年上演）等。除了戏剧作品之外，他还出版了三部戏剧理论或戏剧研究专著：《80年代的西班牙戏剧》（El teatro español de los 80，1985，和费尔明·卡巴尔合著）、《戏剧创作》（La escritura dramática，1998）、《戏剧理论与实践教程》（Manual de teoría y práctica teatral，2007），并经常在报纸杂志上发表戏剧研究的评论文章。

何塞·路易斯·阿隆索·德·桑托斯（José Luis Alonso de Santos）

此外，他还改编了普劳图斯（Plauto）、莫雷托（Moreto）、阿里斯托芬（Aristófanes）、莫里哀、莎士比亚、卡尔德隆（Calderón）等诸多大师的经典作品，创作了电影、电视剧剧本、童话故事和小说。他的作品不仅在西班牙出版，还被翻译成英语、法语、德语、日语、俄语等多国语言。他亲自执导了超过40部剧作，其中包括布莱希特、阿里斯托芬、辛格（Synge）、卡尔德隆、比奥·巴罗哈（Pío Baroja）、巴列-因克兰（Valle-Inclán）、普劳图斯、莎士比亚、阿尔尼切斯（Arniches）以及他本人的一些剧作。

阿隆索·德·桑托斯因其包罗万象且独具一格的戏剧创作和戏剧实践，先后收获了"蒂尔索·德·莫利纳奖"（Premio Tirso de Molina，1984）、"梅特戏剧奖"（Premio Mayte de Teatro，1986）、"罗哈斯·索里亚奖"（Premio Rojas Zorrilla，1986）、"国家戏剧奖"（1986）、"巴亚多利德戏剧金质奖章"（Medalla de Oro de Teatro de Valladolid，1993）、"马科斯最佳改编剧本奖"（Premio Max a la mejor adaptación de obra teatral，2005）和"卡斯蒂利亚-莱昂文学奖"（Premio Castilla y León de las Letras，2009）等众多的奖项和荣誉。

《圣费利佩教堂的守门人（加的斯，1812）》［*Los conserjes de San Felipe*（*Cádiz 1812*）］

《圣费利佩教堂的守门人（加的斯，1812）》（2012）是西班牙当代著名剧作家何塞·路易斯·阿隆索·德·桑托斯的戏剧作品。

2011年，为纪念《加的斯宪法》颁布两百周年，阿隆索·德·桑托斯创作了该剧；2012年初，西班牙国家戏剧中心（Centro Dramático Nacional）决定将它搬上舞台；数月后，该剧由埃尔南·赫内（Hernán Gené）执导，在马德里的西班牙剧院（Teatro Español）首演。同年，卡特德拉出版社（Cátedra）出版了该部作品。

作品以19世纪初期的加的斯为背景，讲述了一群小人物在战争和爱情面前演绎的悲喜故事。故事发生在1812年《加的斯宪法》颁布前夕，议员们齐聚圣费利佩教堂，准备即日颁布宪法。但与此同时，教堂的三个守门人安塞尔莫（Anselmo）、贝尼多（Benito）、孔特雷拉斯（Contreras）和两名女清洁工比尔图德斯（Virtudes）、胡安娜（Juana）已经好几个月没有拿到报酬了。生活极度困顿的他们不得不铤而走险，意图暗中盗走即将颁布的宪法文稿，以此胁迫议员支付他们应得的报酬，却未曾想到竟被人捷足先登：就在准备行动的当天晚上，他们发现文稿已经被人盗走。于是守门人聚在一起讨论谁是这起偷盗事件的最大嫌疑人，得出结论之后，他们决定前往圣玛利亚港夺回被盗的宪法文稿。他们的行动得到了路易斯的鼎力相助。路易斯是其中一位守门人的儿子，同时也是一名士兵，正在与围困加的斯的法国军队作战。战争的间歇，爱情来袭。他爱上了自由党议员的女儿伊内斯，但他们的关系遭到了议员的坚决反对。路易斯加入之后，大家决定夜间潜入目的地夺回宪法文稿，却不料众人都被法国人抓住，就地枪决。最后，混乱之中，女清洁工冒死夺回了宪法文稿。

阿隆索·德·桑托斯在作品中提到，故事的灵感来自他的好友、研究圣玛利亚港的历史学家胡安·戈麦斯。戈麦斯在研究该港历史时发现，《加的斯宪法》颁布前夕，在圣玛利亚港的海滩上有几个立宪议会的守门人被法国军队枪决。为什么法国入侵者会在此时处决几个无关紧要的守门人呢？这个问题一直在阿隆索·德·桑托斯的脑海中萦绕，于是便有了这部作品。

作品由一个引子和十四场构成。每一场都附有一个标题，标题言简意赅地呈现每一场的内容。从整部戏剧的总体构架来看，作品可以分为三个层面：第一是历史层面，涉及19世纪初期的重大历史事件，如1812

何塞·路易斯·阿隆索·德·桑托斯（José Luis Alonso de Santos）

年宪法的拟定、反法战争等；第二是人物故事的层面，如剧中的爱情故事、人物间的矛盾和冲突、守门人密谋盗取宪法文稿的缘由等；第三是作品营造的戏剧氛围，剧中歌舞交融，将人生和时局的艰难困苦融入如狂欢节一般恣意欢歌的气氛当中。

阿隆索·德·桑托斯依托历史，以19世纪初期的重大历史事件为背景，对剧中涉及的时代、真实历史事件、历史人物及其相关内容都做了大量的调查、考证和研究，将真实与虚构和谐、有效地融为一体。同时，作品秉承阿隆索·德·桑托斯创作的一贯特点，关注边缘人物，把焦点聚集在终将被历史所遗忘的小人物身上，为历史长河中默默无闻的芸芸众生发声，将其作为自己戏剧作品的主角，展现他们的悲欢离合、爱恨情仇以及他们的爱国情怀、勇敢无畏。在立宪会议进行的同时，在抗击法国侵略者的同时，在这些历史重要关头，还有一群卑微的小人物在艰难而乐观地生活。另外，尽管女性人物被看成是这一历史时期的边缘人物，但也在作者描绘的芸芸众生相中占有一席之地。作者重点塑造了伊内斯和清洁女工的角色，前者为自己的爱情和独立不懈抗争，后者冒着生命危险夺回了被盗的宪法文稿。她们是真正的英雄。

全剧一共有四十多个人物，守门人、清洁女工、自由党、保皇党、普通士兵、酒馆老板、酒馆常客、法国人、加的斯人等。而且每个人物都有自己的语言，或文雅或粗俗，或法语或安达卢西亚地区方言，每种语言对应着人物的身份及其所处的社会环境。导演埃尔南·赫内需要用十几个演员演出这四十多个人物，这对演员和导演都提出了很高的要求。

此外，从作品中可以明显看出黄金世纪戏剧大师洛佩·德·维加的影子，具体体现为：悲剧因素和喜剧因素的糅合，民间歌舞的运用。在这部作品中，文雅和粗俗并存，爱情因素和悲剧因素并存，戏剧的紧张节奏与喜剧的欢腾气氛并存，政治宣言与传统歌谣并存，历史的重大事件与个人的日常琐碎并存。作者用喜剧幽默的口吻来展现鲜血淋漓的现实,无疑也是巴列-因克兰的谐剧和戈雅的黑色绘画的延续。

而民间歌谣的运用,一来鲜活地体现了作品主人公——也就是这些小人物——所生存的真实环境,二来也暗喻了作品,整部作品实为一部生活之歌,因为生活也像是狂欢节的歌谣,在灾难和痛苦降临之时,唯有爱与乐观的精神能赋予人们继续活下去的力量。

(温晓静)

伊格纳西奥·阿梅斯托伊
（Ignacio Amestoy）

伊格纳西奥·阿梅斯托伊（1947—　），西班牙当代著名剧作家、记者、马德里皇家高等戏剧学院（Real Escuela Superior de Arte Dramático）戏剧文学教授。1947年生于毕尔巴鄂（Bilbao），大学期间攻读信息科学，曾在电视及报刊媒体任职，担任过若干知名报纸、杂志的主编、专栏作家，至今仍活跃在新闻领域。同时，他在戏剧界也有着非常丰富的经验。

在阿梅斯托伊的剧作中，我们能够看到乌纳穆诺（Unamuno）和布埃罗·巴列霍（Buero Vallejo）的影子，他的第一部作品《明天，这里，老时间》（*Mañana, aquí, la misma hora*，1979）就是献给这两位大师的。在其早期作品中，他尝试对西班牙历史进行反思，指出狂热只能以醒悟来终结，斗争不可避免，伤痛也无法修补。

阿梅斯托伊的戏剧创作经常围绕历史主题展开，特别是与故乡巴斯克地区相关的以及其他一些对其人生造成重大影响的历史事件，巴斯克地区、西班牙民主过渡时期以及女性的境遇是他的作品反复探讨的话题。他学识渊博,在西班牙古典戏剧研究领域颇具造诣,对戏剧结构的把控非常到位,对创作精益求精,善于将古希腊悲剧的诸多因素融入西班牙现代戏剧。其创作风格典雅,常运用精致、诗意、充满激情和活力的语言,有时表达精辟而又充满预言性,还常见大段激昂的独白与朗诵。典雅的风格和布莱希特的影响交织在一起。此外,循环式的构思、礼拜仪式及其相关标记与符号、合唱队的使用等,也都是其戏剧作品在形式上的突出特点。

他创作了大量的世俗剧,其中大部分是令人心情抑郁的悲剧。其悲剧性不仅仅是因为拒绝变革的政治体制,或者是因为社会运作过程中缺乏宽容性,也因为无能的人拒绝理想、建议或者出路。剧作中的人物总是饱含激情且趋于极端化的,甚至在某些作品中,带着复仇的执着并且鲜血淋漓。

阿梅斯托伊一共创作了二十多部剧作,收获了众多奖项和殊荣。他的《明天,这里,老时间》获得1980年"阿吉拉尔戏剧奖"(Premio Aguilar de Teatro)。成名作《埃德拉》(*Ederra*,1981,1983年首演)探讨巴斯克地区问题,主人公是一位名叫埃德拉的巴斯克少女。这个名字在巴斯克语中意为"美丽",这里它象征的是巴斯克地区的政治暴力。这个从质朴乡村走出来的15岁少女,遭遇到了一个陌生而充满敌意的外界环境,她渴望与旧秩序决裂,终于因为绝望而走向暴力。阿梅斯托伊凭借这部作品一举斩获1982年"洛佩·德·维加戏剧奖"(Premio Lope de Vega de Teatro)和西班牙皇家语言学院颁发的"埃斯比诺莎·科尔蒂娜奖"(Premio Espinosa Cortina)的1982—1987年最佳作品奖。

《埃德拉》是"巴斯克三部曲"的第一部,第二和第三部分别是《堂娜埃尔维拉,你想象一下巴斯克地区》(*Doña Elvira, imagínate Euskadi*,1985)和《杜兰戈:一个梦想,1439年》(*Durango, un*

伊格纳西奥·阿梅斯托伊（Ignacio Amestoy）

sueño. 1439，1989）。其中第二部先后获得1986年锡切斯戏剧节（Festival de Teatro de Sitges）"卡乌·费拉特特别奖"（Premio Especial "Cau Ferrat"）和"埃尔西利亚奖"（Premio Ercilla）。与巴斯克问题有关的作品还有《格尔尼卡：一声怒吼，1937年》（*Gernika. Un grito. 1937*，1994）、《红色斗牛》（*Betizu, el toro rojo*，1991）和《最后的晚餐》（*La última cena*，2010），最后一部作品获2010年"巴列–因克兰戏剧奖"（Premio Valle-Inclán de Teatro）提名。

此外，他的作品还有：向西班牙戏剧致敬的作品《佛朗哥时期我曾是演员》（*Yo fui actor cuando Franco*，1990）；关于佛朗哥统治时期儿童被拐、被偷现象的《坎德拉里亚·古斯曼，坎德拉》（*Candelaria Guzmán, La Candela*，2011）；关于背叛佛朗哥的政治家里特鲁埃霍悲剧一生的《迪奥尼西奥·里特鲁埃霍，一种西班牙激情》（*Dionisio Ridruejo. Una pasión española*，2014）；探讨新一代移民问题的《德国》（*Alemania*，2012），获2012年"巴伦西亚戏剧奖"（Premio Palencia de Teatro）；关于女性境遇的四部曲《倘若柏油路上雏菊绽放》（*Si en el asfalto hubiera margaritas*），其中包括两部重量级作品《巧克力早餐》（*Chocolate para desayunar*，2001，获2001年"洛佩·德·维加戏剧奖"）和《把门关好》[*Cierra bien la puerta*，1999，获2002年西班牙"国家戏剧文学奖"（Premio Nacional de Literatura Dramática）]。

2005年卡特德拉出版社将《埃德拉》与《把门关好》合集出版。

《把门关好》（*Cierra bien la puerta*）

《把门关好》（1999）是西班牙剧作家伊格纳西奥·阿梅斯托伊戏剧生涯中最杰出的作品之一。这部作品创作于1999年，次年12月由弗朗西斯科·比达尔（Francisco Vidal）执导，在马德里自治区的阿道弗·马尔西亚奇剧院（Teatro Auditorio Adolfo Marsillach）首演，2001年9月在马德里市文化中心（Centro Cultural de la Villa de Madrid）再度上演。2002年阿梅斯托伊凭借该剧作将西班牙"国家戏剧文学奖"收入囊中。

《把门关好》以《两幕的女人纪事》（*Crónica de mujeres en dos actos*）为副标题，是阿梅斯托伊创作的关于女性境遇和命运的四部曲《倘若柏油路上雏菊绽放》中的第一部。作品讲述了一对母女之间的故事：母亲罗莎是一位知名记者，她将在第二天的报纸上发表一则重磅新闻，是关于某显赫人士严重腐败丑闻的特别报道。因此她加班到很晚才下班，下班后又跑去酒吧庆祝，一直到清晨5点才醉醺醺地回到家。女儿安娜当天有个非常重要的工作面试，她一大清早就醒过来，等着母亲回来陪她一同去面试。母女二人，一个因为酒精的作用显得非常亢奋，一个一大早醒来睡意全无，于是两人谈起了她们的过去和未来，对各自的生活展开了讨论。随后故事进入第二幕：安娜在工作上取得了成功，数小时后就要出发去巴黎，并且未来几年都会在巴黎工作。母亲罗莎此前因为工作上的不顺利，身体一直欠佳，现在又面临职业的新阶段。她无法忍受和女儿的分离，想陪女儿去巴黎开一家公司。但是安娜想过自己的生活，她坚决捍卫自己独自生活的权利，由此引发了母女之间一轮新的讨论。

如果非要给这部戏剧归类，可以把它归入正喜剧的范畴，也就是正剧和喜剧的结合，既有正剧的严肃性、批判性和冲突，又有喜剧的轻松感、日常性和幽默因素。虽然作品中不乏轻松幽默的因素，但从深层次来看，它延续了阿梅斯托伊作品中一贯的悲剧性内涵。阿梅斯托伊的戏剧创作纵然形式多样，题旨、体裁也不尽相同，但是作品的统一性是显而易见的：在他的作品中总能看到对西班牙历史的思考，笔下的人物渴盼幸福却求之不得。他们受出身和传承所累，无法从不幸福的枷锁中解脱出来，就像神话中的西西弗，背负着历史的重石，负重前行。这就是阿梅斯托伊作品最深层的悲剧性，是他戏剧创作的真正主题，贯穿其全部作品。

这部剧作中的母女二人家境富裕，可是优越的家庭环境不是罗莎个人奋斗的结果，而是来自她父亲在佛朗哥独裁时期积攒下来的财富。罗莎能够接受良好的教育，享受家庭的优越条件，恰恰得益于独裁统治的腐败。然而戏谑的是，罗莎一生都致力于与腐败作斗争。这就出现了阿梅斯托伊作品常见的悖论。罗莎一方面表现出与传统决裂的强烈意愿，另一方面又享受着家族优越的社会和经济地位为她带来的好处。她的出身既是她个人发展的平台，又是她不幸福的源头。

此外，作品还探讨了西班牙新社会女性境遇和命运的变化、家庭关系的新变化、家庭的代际冲突等问题。这些新的变化给传统家庭模式、传统意识带来了冲击，造成了集体性的失落。但作者并不想单纯地表现这种失落和哀伤，他试图让他的人物跳出困惑，接受新的挑战。罗莎的生活并不会因为女儿离开她去巴黎独立生活而结束，她还有时间面对和弥补亲情的缺失，还能重新开始，再次期盼幸福的到来。喜忧参半的结局正好体现了正剧和喜剧因素的平衡，完美地展现了母女之间的冲突和羁绊，也为作品深层的悲剧性平添了一丝希望。

（温晓静）

布兰卡·安德鲁（Blanca Andreu）

　　布兰卡·安德鲁（1959——　），西班牙当代诗人，20世纪80年代红极一时，西班牙抒情诗后现代转向的典型代表。布兰卡·安德鲁出生在西班牙西北部的拉科鲁尼亚（La Coruña），后随家人移居东南沿海阿利坎特省，在小城奥里韦拉（Orihuela）度过童年和少年时期。安德鲁自幼喜欢阅读和写作，希望自己能够成为波德莱尔，因为只有这样才有人会像她阅读波德莱尔一样热情地阅读她的诗作，而这是她知道的唯一能够成为不朽的方法。布兰卡·安德鲁14岁时荣获"可口可乐青年天才竞赛短文写作奖"（Concurso Coca-Coca Jóvenes Talentos Premio Relato Corto）。她曾进入穆尔西亚大学文学院学习，随后前往马德里并计划在那里完成大学学业。安德鲁自称："西班牙的大学很快耗尽了我原本匮乏的耐心。"[1]移居马德里后她放弃了接受正规高等教育，全

---

[1] Fernández Insuela, Antonio. «Presentación de la poesía de Blanca Andreu, Francisco Castaño y Aurelio González Ovies», *Género y sexo en el discurso artístico* (coord. por Santiago González, José Luis Caramés). Oviedo: Servicios de publicaciones de la Universidad de Oviedo, 1995, p. 298.

心投入文学创作，还为西班牙国家电视台工作过一年。

20世纪80年代布兰卡·安德鲁出版了《一个到夏加尔画中生活的外省女孩》（*De una niña de provincias que se vino a vivir en un Chagall*，1981）、《巴比塔权杖》（*Báculo de Babel*，1983）和《埃尔芬斯通船长》（*Capitán Elphistone*，1988）三部诗集，连续获得了"阿多奈斯诗歌奖"（1980）、"费尔南多·列罗神秘主义诗歌国际奖"（Premio Mundial Fernando Rielo de Poesía Mística，1982）和"伊卡罗文学奖"（Premio Ícaro de Literatura，1982），一举成名，受到了市场和评论界的双重青睐。她撰写的故事、诗篇、文章和访谈也屡屡见诸《凯旋》（*Triunfo*）、《巴塞罗那》（*Barcelona*）、《国家报》（*El País*）、《日报16》（*Diario 16*）等西班牙知名报纸杂志，还荣获了"加夫列尔·米罗短篇小说奖"（Premio de Cuentos Gabriel Miró，1982），一时风头无二，备受期待。

在私人生活方面，布兰卡·安德鲁在马德里认识了西班牙战后著名文人和报人弗朗西斯科·翁布拉尔（Francisco Umbral，1932—2007）。在他的引荐下，她很快在马德里文学圈站稳了脚跟。1982年安德鲁结识了西班牙战后小说大家胡安·贝内特（Juan Benet，1927—1993），他们于1985年结婚。1993年胡安·贝内特因病去世，遭受丧偶之痛的安德鲁旋即离开了马德里，回到故乡独自居住。在因伤心封笔数年之后，布兰卡·安德鲁在21世纪初重返诗坛，发表了《透明的土地》（*La tierra transparente*，2002）、《希腊文档》（*Los archivos griegos*，2010）两部诗集。此外，诗人还在1988年和1994年分别出版了两部诗歌选集：《选集》（*Antología*）、《黑暗的梦（诗集，1980—1989）》［*El sueño oscuro*（*Poesía reunida, 1980-1989*）］。

布兰卡·安德鲁出生于1959年，在文学史上往往被划入"后新锐派"（los postnovísimos）、"80一代"（los del 80）、"复兴派诗人"（poetas del resurgimiento）、"第三突变派"（la tercera mutación）。他们将诗视为一种自主和自足的存在，力图诉诸语言的可能性与可行性探寻诗与现实的边界，使抒情诗成为个体经验探索的载体和平台，构建抒情主体与内部和外部世界间的对话。在语言上，他们既不满意"新锐派"夸饰繁复的意象和滥用典故，也不赞同元诗歌所追求的冷漠快感与蓄意的节制，而是努力挖掘韵脚、节奏和格律的可能性，复兴被文学主流忽视或搁置已久的韵律和诗歌形式，形成了复杂、多元、融合的风格特征，开启了西班牙抒情诗的后现代转向。布兰卡·安德鲁的抒情诗既继承了西班牙文学传统，又不乏外来文学和文化的印记；既洋溢着日常生活的体验，又不断涉足语言冒险；既能够制造强烈的情感共鸣，又利用意象和想象建构了一个自足的诗歌世界；既富含瑰丽的超现实主义意象，又充满了密集的互文、典故和个性鲜明的隐喻，诗歌风格融合开放，多元调和，具有典型的后现代特征，在20世纪50年代出生的诗人群体中率先赢得了广泛的声誉。

  客观地讲，诗人的成功有一定的非文学因素。80年代的布兰卡·安德鲁时髦、新潮、青春逼人，加之她在诗作中肆无忌惮地谈论性、毒品等禁忌话题，意象大胆、文笔清新，令人耳目一新，迅速走红也在情理之中。某些评论家甚至认为她是伪先锋，是市场过眼云烟的宠儿，是评论界刻意制造的才女佳人。然而无可否认的是安德鲁重拾了惨遭"新锐派"诗人摒弃的超现实主义传统，并将这种写作方式（散文诗、梦呓、意识流、自动写作……）渗透到对时下青年生活和心态的描摹之中，极富时代感，更能够反映青年人的心声，足以被视为"后新锐派"的一个开端或代表。

  《一个到夏加尔画中生活的外省女孩》是布兰卡·安德鲁初登诗坛之作，带有强烈的个人生活烙印和个人化风格，一经推出便引发了读者和评论界的激烈争论。布兰卡·安德鲁大量应用马赛克拼贴技法，诉诸繁复的引用，制造阅读的眩晕感。诗集中出现了大量艺术家的名字，如巴赫、莫扎特、夏加尔、荷尔德林、兰波、里尔克、维庸（François

Villon，1431—1463）、伍尔夫、圣-琼·佩斯（Saint-John Perse，1887—1975）、加尔西拉索、胡安·拉蒙·希梅内斯等，他们都是诗人笔下单纯的诗歌意象，不断触发读者的联想和通感。诗人的新超现实主义风格也在青年诗人（特别是年轻女诗人）中风靡一时。

《巴比塔权杖》是布兰卡·安德鲁的第二部诗集，诗人尝试了散文诗写作，但主题和风格均与前一部诗集类似。在爱的主题之下，布兰卡·安德鲁再次将我们带入她的语言冒险之中。她不断探寻和挖掘语言的可能性，试图为诗歌创造一个可以自由栖居的世界，语言的快感最终凝结为一种急迫而执着的怀疑和疑问，一种近乎宗教狂热般的对语言自身的质疑。

《埃尔芬斯通船长》代表了布兰卡·安德鲁新的诗歌尝试。她坦言在丈夫胡安·贝内特的劝导下，她不再滥用超现实主义的隐喻，而是尝试提高语言的精度和力度，把想象的缰绳牢牢把控在自己的手中。诗集描绘了一个完整的虚构世界，读者被邀请加入主人公悲怆的旅程，分享埃尔芬斯通船长的冒险经历，但是拒绝祈求读者的怜悯和同情，因为她的主人公不需要廉价的情感。诗集发展但没有超越布兰卡·安德鲁惯用的意象，但更加清澈、崇高，更趋向可感知的客体，如一名旅行者、一匹马的阴影、眼泪、美、帝国……就诗歌语言而言，布兰卡·安德鲁继续探索创作的极限，语言富有张力、叙事感强，制造了一种强大的美感，成功克服了交流与表达之间荒谬的二元对立，赋予整部作品咏叹调和赞美诗式的庄严。

《透明的土地》是诗人布兰卡·安德鲁沉寂十余年之后的回归之作，荣获了2001年"劳雷亚·梅拉国际诗歌奖"（Premio Internacional de Poesía Laureá Mela）。这部诗集以短诗为主，分为11个部分，主题是爱和爱的各种存在形式，如欲望、激情和富有象征意味的物体（橄榄树、水、海洋、河流、泉水……）。布兰卡·安德鲁坦言《透明的土地》不是一部诗集，而是"若干本小书的汇编，它们写于不同的创作时期,有些已经写了很久了"①。或许正因为如此,《透明的土地》不是一部结构严谨的闭合性作品,而是近似于马赛克拼贴,记录了安德鲁关于美学、情感和生存的反思,也留给读者更加广阔的阅读空间。

目前尚未发行布兰卡·安德鲁诗作的中文单行本。

《一个到夏加尔画中生活的外省女孩》(*De una niña de provincias que se vino a vivir en un Chagall*)

《一个到夏加尔画中生活的外省女孩》(1981)是布兰卡·安德鲁的第一部诗集,也是诗人最受欢迎的作品。诗人曾在访谈中强调她在4月动笔写《一个到夏加尔画中生活的外省女孩》,9月就完成了整部诗集,所有的诗句都仿佛是从心里直接流出的,她没花费力气,也没有字斟句酌地修改,整个过程近似一次奇妙的自动写作体验。诗人还特意运用简单的语法错误制造和强化自动写作的效果。

诗集带有强烈的自传色彩,意象个性鲜明。《一个到夏加尔画中生活的外省女孩》的抒情主体是一位年轻女子,她告别了平静刻板的外省中产阶级生活,加入波希米亚式的艺术家世界,自由自在地冒险。爱、死亡、吸毒后的亢奋与迷醉是《一个到夏加尔画中生活的外省女孩》吟唱的主题。在诗人笔下,爱源于人性,是人类无从逃避的基本情感,在病态的冲动中走向毁灭。

布兰卡·安德鲁曾指出诗集题目《一个到夏加尔画中生活的外省女孩》与诗集内容完全无关,她随便起了个题目,没有特定的含义,只是为了引人注目。不过"奔马"这个核心意象还是令读者直接联想到夏加尔的画作。奔马不断召唤着抒情主体陷入梦魇和幻想,也同毒品世界

---

① Rico, Manuel. «Un mosaico en claroscuro», *El País*, 2002-05-02. https:// elpais. com/diario/2002/05/11/ babelia/ 1021074621_850215.html, 2020-04-08.

有着千丝万缕的联系。对死亡的恐惧如影随形,重重压在诗人的身体以及同身体有关的一切事物上。由于关于毒品的种种隐喻,《一个到夏加尔画中生活的外省女孩》也被某些评论家认为是西班牙以诗歌形式描述吸毒问题的第一部作品。当然,诗人在处理死亡主题时也不乏幽默和反讽,特别是那些暗示头发和乳房的诗句。

布兰卡·安德鲁曾指出《一个到夏加尔画中生活的外省女孩》的创作受到了聂鲁达的《大地上的居所》和加西亚·洛尔卡《诗人在纽约》的影响,整部诗集具有明显的超现实主义印记。语言是布兰卡·安德鲁诗歌动力的源泉,她没有照搬"新锐派"路线,也没有选择"极简主义"(minimalismo)。在超现实主义、"垮掉的一代"甚至摇滚乐的影响下,诗人积极开拓语言的非理性价值,试图创造一种完全不受逻辑与理智束缚的自由语言,一种颠覆语言符号初始含义的"超级语言",并以此为载体描摹最基本的情感,力求直达感情本原。诗人擅长散文化的自由体诗,灵感飞腾,富于乐感。诗句中充斥着光怪陆离的意象与狂怒的比喻,如螺旋升腾、攀缘扶摇直上。作品节奏往往急促有力,暴风骤雨般倾泻而下,令读者无暇喘息。诗人庄严富丽的风格往往令人联想到圣-琼·佩斯的诗歌语言,只是安德鲁不急于捕捉和扩散"震惊"感,也不要求分享理念,而是召唤读者进入她的想象世界——诗人正在创造的、属于她自己的自由王国。

《一个到夏加尔画中生活的外省女孩》荣获1980年"阿多奈斯诗歌奖"。

(许彤)

费尔南多·阿朗布鲁(Fernando Aramburu)

费尔南多·阿朗布鲁（1959—   ），西班牙小说家、诗人、散文家。1959年生于圣塞巴斯蒂安（San Sebastián）一个工人家庭。1982年毕业于萨拉戈萨大学西语语言文学系，一直积极参与各类文学活动，20世纪80年代初组建文学团体CLOC并创办同名文学杂志（1978—1981），他的身影一度在巴斯克自治区、内瓦达和马德里的文学界十分活跃。阿朗布鲁自1985年起移居德国，起初从事教学工作，为移民者后裔教授西班牙语，后放弃教职，潜心进行文学创作。

《青柠镇火》（*Fuegos con limón*，1996）是阿朗布鲁发表的第一部小说，以自己在CLOC的经历为原型，讲述了一群青年文学爱好者的故事，获得了1997年"拉蒙·戈麦斯·德·拉塞尔纳小说奖"（Premio Ramón Gómez de la Serna de Narrativa）。他的第二部小说《空洞的眼睛》（*Los ojos vacíos*，2000）获"巴斯克文学奖"（Premio Euskadi de Literatura），被译成了德文。第三部小说《"乌托邦"酒吧的小号手》（*El trompetista del Utopía*，2003）由导演费利克斯·比斯卡雷特（Félix Viscarret）搬上银幕，影片题为《星空之下》（*Bajo las estrellas*，2007）。此外，他还出版了多部用卡斯蒂利亚语和巴斯克语双语写成的诗集，如《阴影鸟》（*Ave Sombra; Itzal Hegazti*，1981）、《糊涂与清醒》（*Bruma y conciencia; Lambroa eta kontzientzia*，1993）等，在散文、儿童文学领域亦有建树。

然而真正令阿朗布鲁在文坛声名鹊起的是短篇小说集《苦难的鱼儿》（*Los peces de la amargura*，2006），这本书以若干短小精悍的故事刻画了在埃塔（ETA）分裂主义恐怖组织横行时期遭受迫害与苦难的众生群像，为其同一题材的代表作《沉默者的国度》（*Patria*）奠定了基础。他的创作将距离叙事与心理暗示、自我批判与深邃思辨有机结合起来，在某种程度上令人联想到南非作家库奇的某些作品。《苦难的鱼儿》获得了2007年"马里奥·巴尔加斯·略萨NH故事奖"（Premio Mario Vargas Llosa NH de Relatos）、2007年"杜尔塞·查贡西班牙小说奖"（Premio Dulce Chacón de Narrativa Española）和2008年"西班牙皇家学院奖"（Premio de la Real Academia Española）。

2012年出版的《岁月迟迟》（*Años lentos*）为阿朗布鲁赢得2011年"图斯盖兹小说奖"（Premio Tusquets de Novela）和"马德里书商奖"（Premio de los Libreros de Madrid）；描写西班牙诗歌界众生态的《贪婪的企图》（*Ávidas pretensiones*，2014）被授予当年塞伊斯·巴拉尔出版社（Seix Barral）的"简明丛书奖"（Premio Biblioteca Breve）；《半开半合的文字》（*Las letras entornadas*，2014）具有自传色彩，表达了作者对文学和书籍的热爱。文章《我们是由文字组成的》（Estamos hechos de palabras）获2018年"堂吉诃德新闻奖"（Premio Don Quijote de Periodismo）。

近年来，阿朗布鲁的作品被翻译成多种语言，对西班牙当代文坛的影响日益增大，尤其是2016年的新作《沉默者的国度》更是为他赢得了商业和文评的双重成功。阿朗布鲁不仅成为2017年销量惊人的畅销书作家，更是凭借《沉默者的国度》在西班牙国内外斩获数项文学大奖。他还著有短篇小说集《不存在不痛苦》（*No ser no duele*，1997）、小说《没有影子的巴米》（*Bami sin sombra*，2005）、散文集《无我的自我画像》（*Autorretrato sin mí*，2018）、诗歌评论集《深层纹理》（*Vetas profundas*，2019）、报刊文集《灾难的用途》（*Utilidad de las desgracias*，2020）。

中译本：《沉默者的国度》，李静译，上海译文出版社，2020年。

《沉默者的国度》（*Patria*）

《沉默者的国度》（2016）是西班牙作家费尔南多·阿朗布鲁创作的小说，由图斯盖兹出版社（Tusquets）出版发行。该作品斩获数项文学大奖，其中包括2016年西班牙"国家小说奖"（Premio Nacional de Narrativa）与"批评奖"（Premio de la Crítica），2017年"弗朗西斯科·翁布拉尔奖"（Premio Francisco Umbral）、"杜尔塞·查贡西班牙小说奖"、"本雅明·德·图德拉小说奖"（Premio de Novela Benjamín de Tudela）、"马德里书商协业奖"（Premio del Gremio de Libreros de Madrid）、"巴斯克文学奖"（Premios Euskadi de Literatura）、"圣·克莱门特文学奖"（Premio San Clemente）、"国际新闻俱乐部奖"（Premio del Club Internacional de Prensa）和"国际新闻奖"（Premio Internacional de Periodismo），2018年意大利"斯特雷加欧洲文学奖"（Premio Strega Europeo）、"朱塞佩·托马西·迪·兰佩杜萨国际文学奖"（Premio letterario internazionale Giuseppe Tomasi di Lampedusa）。

费尔南多·阿朗布鲁（Fernando Aramburu）

　　《沉默者的国度》讲述了恐怖组织埃塔横行巴斯克地区的一段暗沉岁月。小说中的人物、情节和故事发生的地点是虚构的，但它们的背后却投射出一段真实存在过的、令人触目惊心的历史。正如西班牙"国家小说奖"评委会的评价：阿朗布鲁"以深刻的人物心理刻画、紧凑的叙事节奏和交错的视角，创作出一部全球性的小说，向人们展示了巴斯克地区那段动荡的岁月"①。

　　小说以比托丽（Bittori）和米伦（Miren）两家之间因巴斯克独立问题而产生的对抗与冲突为主线：她俩原本是闺蜜和邻居，但比托丽的丈夫被暗杀（凶手很可能是米伦的儿子，如今他在狱中服刑）后，她不得不远走他乡。埃塔宣布放弃武装斗争后，比托丽决定返回故乡，此举打破了小镇虚假的平静；另有一条寻求和解并最终达成和解的隐性叙事线索作为平行支线，共同构成了这部宏大作品的框架。小说涉及社会问题的多重层面，如武装冲突、英雄入狱、受害者的心态、自诩"被上帝选中的民族"的心理成因、天主教会所扮演的双重角色，将社群划分为优劣等级的社会体系等。

　　《沉默者的国度》引起如此广泛的社会关注，不仅在于作者以文学的笔触展现历史，更在于蕴含其中的人文思考。阿朗布鲁追根溯源，探索恐怖主义之所以竭力散布仇恨与恶意的真正动机、根源所在，其中既包括"家族内部环境"等内因，诸如在陈旧封闭的父权社会中得以延续的家庭等级价值观；也有"对埃塔组织的社会支持"的外部因素，例如作家反思了被整个社会所推崇的道德精神与政治生活方式（如英雄崇拜、群众游行等）如何成为孕育暴力和恐怖组织的温床，作者的这些追问与探求正契合了整个社会对恐怖主义问题的困惑与沉痛思索。有评论认为，阿朗布鲁这种将回忆与分析相结合的写作方法与佩雷斯·加尔多斯的《民族轶事》和托尔斯泰的《战争与和平》有异曲同工之妙，堪比

---

　　① https://elpais.com/cultura/2017/10/17/actualidad/1508235702_743644.html, 2018-05-22.

大家手笔。

　　《沉默者的国度》这部"关于恐怖主义的伟大史诗",对于"了解20世纪最后一段时期的巴斯克地区和西班牙具有极大的历史价值"。[①]它不仅在西班牙引起很大反响,同时也将在英、美、意、法、德、荷兰、波兰、瑞典等国出版发行。2019年9月由HBO（Home Box Office）电视网拍成8集电视剧,在圣塞巴斯蒂安国际电影节上参演,2020年正式公演。

（蔡潇洁）

[①] https://www.elmundo.es/cultura/2017/02/08/589b2d7d268e3e590b8b456e.html, 2018-05-22.

费尔南多·阿拉巴尔·特兰
（Fernando Arrabal Terán）

费尔南多·阿拉巴尔·特兰（1932—　），西班牙剧作家、小说家、电影导演。其文学作品风格特异，除了归入他自己定义的"牧神戏剧"（teatro pánico，比较接近于荒诞戏剧）外，不能归入其他任何一个团体或流派。

阿拉巴尔1932年生于梅利亚，早年曾在罗德里格城和马德里居住，并在首都学习法律。面对第一部作品《三轮车夫》（*Los hombres del triciclo*，1957）的失败，他决定移居法国，此后一直住在巴黎。他的作品，不管是用法语还是西班牙语写的，都具有很深的反叛意味和尖锐的挑衅色彩。牧神戏剧具有反教权主义、反军事主义、叛逆、暴力等特点，是阿拉巴尔在与智利裔法国喜剧作家乔多罗夫斯基（Jodorowski，1929—　）、画家兼导演托坡尔（Topor，1938—1997）的合作过程中产生的，受到法国剧作家安托南·阿尔托（Antonin Artaud，1896—1948）"残酷戏剧"（Teatro de Crueldad）理论和西班牙超现实主义、达达主义的影响。牧神戏剧的命名来源于希腊神话中的牧神潘（Pan），牧神的音乐可以让人失去理智，从而使得人的情感和情绪得到彻底的释放，由此产生了牧神戏剧。其特点是向观众展现一个被情欲和邪恶左右的非道德的残酷世界，在戏剧人物和观众之间建立一种性虐狂—被虐狂的关系，以此激怒观众，并从观众对恶行的愤怒中实现该戏剧的价值。其戏剧的代表作品有：《野餐》（*Pic-Nic*，1952）、《三轮车》（*El triciclo*，1953）、《迷宫》（*El laberinto*，1956）、《两个刽子手》（*Los dos verdugos*，1956）、《汽车墓地》（*El cementerio de automóviles*，1957）、《建筑家和亚述王》（*El arquitecto y el emperador de Asiria*，1966）、《喂，故乡，我的痛苦》（*Oye patria, mi aflicción*，1975）、《肉体的愉悦》（*Las delicias de la carne*，1985）和《爱之书》（*Carta de amor*，1998）。他早期的戏剧作品常选择循环或封闭的世界作为故事发生的背景，如《两个刽子手》和《汽车墓地》。此后，他的戏剧融汇了诸多超现实主义因素，并在戏剧空间场景、神态的表现力等外在形式上进行着不断的探寻，如《建筑家和亚述王》《喂，故乡，我的痛苦》就是这一时期的重要作品。阿拉巴尔的《戏剧全集》于1997—1998年出版，分为上、下两部。

阿拉巴尔因其独树一帜的戏剧创作，收获了众多奖项和荣誉。他于1987年和2006年分别被授予"美术金质奖章"（Medalla de Oro de Bellas Arte）和法国荣誉军团勋章（Medalla de la Legión de Honor），2001年和2002年连续两年获得西班牙"国家戏剧奖"，2003年荣获"国家戏剧文学奖"，2007年获得"马科斯舞台艺术荣誉奖"（Premio Max de Honor de las Artes Escénicas），2019年被西班牙文化部授予"智者阿方索十世大十字勋章"（Gran Cruz de la Orden Civil de Alfonso X el Sabio）。

同所有特立独行的作品一样，阿拉巴尔的作品既受到尖锐的批评，也有忠实的拥护者。他捍卫的是彻底的自由，反对任何政治、美学教

费尔南多·阿拉巴尔·特兰（Fernando Arrabal Terán）

条，赞成泛道德主义，拒绝唯一的道德，因为它最终会消灭那些不信这套价值的人。他甚至接受与他完全相反的观念及生活方式。对阿拉巴尔来说，戏剧是一种仪式，既有庄严神圣的一面，也有亵渎神明的一面；既带有宗教的神秘色彩，也不乏世俗的情欲气息。戏剧囊括了生活的方方面面，其中许多看似对立的因素在这里合为一体，譬如：生与死、幽默与诗意、沉迷与恐惧等。

阿拉巴尔的作品在西班牙国外（特别是法国）的上演率和认知度都比在西班牙国内高，从某种程度上说，与西班牙文化的疏离是作者自己刻意造成的。在很多次公开宣言中，他都使用了"妄自尊大""迫害妄想狂"等词来形容西班牙文化，这可以看作是他对西班牙社会的挑衅和轻蔑，或者说这种行为和他在作品中表现的思想完全一致。

除戏剧创作之外，阿拉巴尔在小说领域也笔耕不辍，代表作品有《阿拉巴尔举行混乱仪式》（*Arrabal celebrando la ceremonia de la confusión*，1966）；《被闪电击中的城堡》（*La torre herida por el rayo*），获1982年"纳达尔小说奖"（Premio Nadal de Novela）①和1994年"纳博科夫国际小说奖"（Premio Internacional Nabokov de Novela）；《一个恋爱的阉人离奇的奋斗》（*La extravagante cruzada de un castrado enamorado*，1990）等。他在电影领域也有所建树，拍摄了《死亡万岁》（*Viva la muerte*，1971）、《格尔尼卡之树》（*El árbol de Guernica*，1975）、《再见，巴比伦！》（*¡Adiós, Babilonia!*，1992）等作品，其电影题材与戏剧题材相似。此外，他还出版了若干部诗集和若干散文，如《疯狂的石头》（*La piedra de la*

---

① "纳达尔小说奖"（Premio Nadal de Novela）是西班牙历史最悠久的文学奖项（每年1月6日颁奖），由巴塞罗那命运出版社（Ediciones Destino）于1944年出资授予尚未出版的年度最佳小说。其名称取自杂志社主编欧亨尼奥·纳达尔（Eugenio Nadal）先生，以纪念这位不满28岁便离世的文学教授兼编辑。自1988年行星集团并购命运出版社以来，"纳达尔小说奖"的商业性加重，奖励的常常是已经成名的大作家，而不像过去那样致力于发掘文学新人。

locura，1963）、《阿拉巴尔式》（*Arrabalescos*，1983）、《十首牧诗和一个故事》（*Diez poemas pánicos y un cuento*，1997）；《隐约的日光》（*La dudosa luz del día*，1994），获"埃斯帕萨散文奖"（Premio Espasa de Ensayo）；《致西班牙国王的信》（*Carta al rey de España*，1995）、《一个名叫塞万提斯的奴隶》（*Un esclavo llamado Cervantes*，1996）。

中译本：《三封写给独裁者的信》（*Cartas a Franco，Castro y Stalin*），陈小雀、武忠森译，允晨文化出版社，2013年。

《爱之书》（*Carta de amor*）

《爱之书》（1998）是西班牙剧作家费尔南多·阿拉巴尔·特兰的戏剧作品，1998年创作于耶路撒冷，并于次年6月在以色列国家剧院首演。但是直到2002年该剧才由胡安·佩雷斯·德·拉富恩特（Juan Pérez de la Fuente）执导，在作者的祖国西班牙索菲亚国家艺术中心博物馆上演。有评论家认为，这是阿拉巴尔在其祖国最受欢迎的作品之一。

这部作品取材于作者青年时代的自身经历，具有强烈的自传色彩。整部作品实际上是一位母亲的独白，或者更确切地说，是一位母亲通过书信与远方儿子的对白。母亲在生日当天收到了19年来儿子的第一封来信，由此展开了对过去的回忆，尤其是对以往与儿子共同生活的美好回忆。整个故事是以西班牙内战为背景展开的，父亲是梅利亚的一名军官，坚决拥护民主共和，而母亲却是法西斯势力佛朗哥的拥护者。在内战爆发前夕，父亲由于拒绝加入西班牙国内法西斯武装叛乱而招致母亲的不满。母亲指责父亲为了民主共和的理想而不顾家人的安危，因此向法西斯政府检举自己的丈夫，导致父亲被捕入狱，并被判处死刑。虽然

费尔南多·阿拉巴尔·特兰（Fernando Arrabal Terán）

后来父亲越狱成功，但从此销声匿迹，与家人失去联系。父亲入狱后，母亲把孩子安置在罗德里格斯城自己父母的家里，向孩子隐瞒了父亲入狱的真相，并禁止孩子给狱中的父亲写信，同时隐藏了父亲寄给孩子的所有信件，而自己则前往布尔戈斯，从事打字员的工作。不久之后，全家人又迁至马德里，并在马德里最终安定下来。父亲入狱的真相曝光之前，儿子一直全身心地深爱着自己的母亲，并且完全依赖着母亲。但是，当他发现母亲藏匿的信件以及与父亲入狱事件相关的文件后，他把家庭的不幸全怪罪在母亲身上，从此母子关系开始疏离，并逐渐恶化。儿子最终离开了母亲，只留下她孤单一个人。直到19年后，母亲才终于盼来了儿子的第一封来信。

不管是剧中的母亲还是儿子，都是作为人而存在着，因而也都有着他们各自的缺点、恐惧和脆弱。一方面，母亲为了向儿子证明自己的无辜，努力把自己塑造成一个完完全全的牺牲者，不承认自己过去的错误。为了逃避孤独痛苦的现在，她将自己沉浸在理想化的过去中，用回忆创造了一个美好但虚构的现实。在她身上，观众可以看到各种情感的交织、混合，罪过、愤怒、骄傲、绝望以及母爱等，怜悯之情油然而生。另一方面，虽然儿子的愤怒是情理之中的事情，但是作品中也表现了儿子自私、残忍的一面。他完全忽视了母亲也是战争受害者的事实，而与母亲断绝往来，将她置于绝望的孤独之中。

此外，在这部作品中，潜意识和回忆的运用也是作者的用心之处。阿拉巴尔通过对潜意识和回忆中的形象的艺术加工，成功地展现了一个由虚构、美好、痛苦、绝望、愤怒交织而成的过去。

（温晓静）

安德烈斯·巴尔瓦
（Andrés Barba）

安德烈斯·巴尔瓦（1975—　），西班牙当代小说家、散文家和诗人，同时也从事文学翻译与摄影工作。巴尔瓦1975年生于马德里，父亲是一位文学教师。巴尔瓦毕业于马德里康普顿斯大学西语语言文学系，毕业后曾先后在美国鲍登学院（Bowdoin College）和母校康普顿斯大学从事教学工作；其文化养成的足迹也到达过以西班牙"科学与教育现代化核心基地"著称的马德里"大学生公寓"（Residencia de Estudiantes，2004）。

巴尔瓦是当代西班牙值得期待的年轻作家，他的作品已被翻译成多国语言，2010年还被英国重要文学杂志《格兰塔》（*Granta*）列为当代22位"最佳西班牙语青年小说家"之一。他的第一部作品《极痛之骨》（*El hueso que más duele*，1998）获得1997年"托伦特·巴列斯

安德烈斯·巴尔瓦（Andrés Barba）

特尔小说奖"（Premio Torrente Ballester de Narrativa）[①]。《卡蒂娅的妹妹》（*La hermana de Katia*，2001）讲述一个俄裔移民家庭在鹿特丹的底层生活，在对碎屑式日常生活的描述中，探讨童年话题以及女性家庭成员（母女、姐妹）之间的关系问题，该作入围"埃拉尔德小说奖"（Premio Herralde de Novela）决赛，并且于2008年被荷兰著名影视制作人米合·德·琼（Mijke de Jong）改编成电影。

在短篇小说《小手》（*Las manos pequeñas*，2008）中，巴尔瓦对童年题材的关注逐渐凸显。作品讲述的是因父母意外亡故，7岁女孩玛丽娜进入孤儿院之后在期待与敌意中辗转生活的故事。她既为人羡慕，又被人孤立，最终丧生在由她自己发明的夜间"游戏"中。女孩对自我身份的彷徨认知、循环往复的场景、电影的穿插、片段化的叙事，使得文本风格独特而耐人寻味。

获奖作品：《特蕾莎的版本》（*Versiones de Teresa*，2006），2006年"托伦特·巴列斯特尔奖"；《一匹马之死》（*Muerte de un caballo*, 2011），2011年"胡安·马奇基金会短篇小说奖"（Premio Juan March de Novela Breve）；《光明共和国》（*República luminosa*，2017），2017年"埃拉尔德小说奖"；与哈维尔·蒙特斯（Javier Montes）合著的《色情片的仪式》（*La ceremonia del porno*, 2007），2007年"阿纳格拉玛散文奖"（Premio Anagrama de Ensayo）。

其他作品：《现在你们弹舞曲音乐》（*Ahora tocad música de baile*，2006）、《雨停了》（*Ha dejado de llover*，2013）、《八月、十月》（*Agosto, octubre*，2013）、《正直的企图》（*La recta intención*，2017）。

[①] "托伦特·巴列斯特尔小说奖"由拉科鲁尼亚省议会（Diputación Provincial de la Coruña）每年颁发一次，用来嘉奖以卡斯蒂利亚语或加利西亚语写成的未出版的优秀作品；该奖项以20世纪西班牙著名文学家贡萨洛·托伦特·巴列斯特尔（Gonzalo Torrente Ballester）命名。

另外,巴尔瓦在摄影和文学翻译方面也颇有成果。目前他已举办多场个人摄影展,将十余部文学作品翻译(重译)成西班牙语,其中包括亨利·詹姆斯的《纽约》(2010)、刘易斯·卡罗尔的《爱丽丝梦游仙境》(2010)、丹尼尔·笛福的《鲁滨孙漂流记》(2014)等。

中译本:《光明共和国》,蔡学娣译,广西师范大学出版社,2020年。《小手》,童亚星、刘润秋译,广西师范大学出版社,2020年。

《光明共和国》(*República luminosa*)

《光明共和国》(2017)是西班牙作家安德烈斯·巴尔瓦出版的新作,由阿纳格拉玛出版社发行,获当年"埃拉尔德小说奖",颁奖词表示:"在《光明共和国》中,巴尔瓦不仅运用了一如既往的大胆叙事,发挥了处理模糊情境的天赋,更增添了形而上学与暗黑寓言的维度,令人紧张而又不安,颇具康拉德《黑暗之心》式的犀利,呈现出了伟大文学作品的气象。"[1]《光明共和国》探讨暴力、童年、秩序、恐惧等话题,情节紧凑,讲述一群来路不明的孩子突然出现在热带小城圣克里斯托瓦(San Cristóbal)街头,造成一系列破坏活动,甚至在下水道建立起另一个遵循独特秩序的地下王国的故事。

作者在《卡蒂娅的妹妹》与《小手》中探讨的童年话题再度出现在《光明共和国》中。巴尔瓦认为,"对于所有人来说,童年都是一个经过最多伪饰的世界","童年的阴暗与混沌都被成年人美化或是遗忘了"[2],而在这部作品中,作者既揭示了童年中被掩饰的真实,如混

---

[1] "安德烈斯·巴尔瓦的《光明共和国》,呈现了一部虚构的美洲编年史。"https://www.sohu.com/a/393584941_161795, 2020-05-07.

[2] Santos, Carmen R. "Andrés Barba: «La infancia es el mundo más falseado de todos»", *ABC Cultural*. 2 de deciembre de 2017. (Web. 8 de abril de 2020)

沌、贫穷、惧怕、彷徨和暴力，同时又以一种刻意的模糊视角暗示了童年世界独特的秩序，在与成人秩序的冲突和对比中，童年世界不仅具有独特的美感，甚至还暗含一种具有启示性、寓言性的强大张力。实际上这部作品在题材上与英国作家威廉·高丁（William Golding）的《蝇王》、法国作家让·谷克多（Jean Cocteau）的《可怕的孩子们》、让·热内（Jean Genet）的《罪童》颇为类似，同样是对童年观念具有（后）现代意义的颠覆与重构。

此外，在对数条交织线索的叙述之中，作者展示了一定思想维度的纵深，阐发出对诸如社会生活中人的自由度，言语与他人眼光对个体构成的桎梏，爱与恨、崇高与丑恶的复杂二元关系等问题的思考。值得一提的是，巴尔瓦将自己对童年观的阐释融入叙事文本构建与话语形式的创新之中，小说文本对地点的选择显然富有象征意味——20世纪90年代中期一个与现代文明疏离的热带小城——，热带雨林、河流似乎是人类自然天性暗流奔涌的物化表达。这群外来的孩子发明了一种他人无法理解的"语言"，类似于暗号或者密码，只有个别本地的孩子声称能够理解一二。而在作品的悲剧结局中，孩子们在下水道中构建的美轮美奂的"光明"世界随着管道的崩坏轰然崩塌，消失得毫无痕迹，更加显示出童年世界与成人世界之间的不可通约性。童年的秩序、快乐、暴力与苦难在成人的眼中如同海市蜃楼，无法触碰，也无法理解。

（蔡潇洁）

阿玛莉亚·包蒂斯塔（Amalia Bautista）

　　阿玛莉亚·包蒂斯塔（1962—　　），西班牙当代诗人，1962年生于首都马德里，康普顿斯大学信息科学硕士，任职于西班牙科学研究高等理事会（Consejo Superior de Investigaciones Científicas），多次出任西班牙重要诗歌奖项的评委。她的诗作风格洗练、韵律优美、意象深邃，被评论界视为当代西班牙语诗歌不可或缺的组成部分和富有代表性的声音。包蒂斯塔不是一位高产诗人，她坦言自己对作品质量自我要求高，却不够勤奋，抚育女儿们又需要投入大量时间和精力，因此正式发表的诗作数量不多，诗集篇幅不长。她的首部个人诗集是《爱之狱》（*Cárcel de amor*，1988），其后的《再给我讲一遍故事》（*Cuéntamelo otra vez*，1999）、《我离去》（*Estoy ausente*，2004）、《假胡椒》（*Falsa pimienta*，2013）都广受评论界和普通读者的青睐。她还出版了诗歌选集《雾宅——诗选（1985—2001）》（*La casa de la niebla. Antología 1985-2001*，2002）、《三重愿（诗歌

阿玛莉亚·包蒂斯塔（Amalia Bautista）

汇编）》（*Tres deseos. Poesía reunida*，2006）和《正午的光（诗歌选集）》（*Luz del mediodía. Antología poética*，2007）。

评论界认为阿玛莉亚·包蒂斯塔是西班牙当代诗人路易斯·阿尔贝托·德·昆卡提出的"明澈路线"（«la línea clara»）的践行者。她认为："一首诗必须具有清晰准确的结构，必须告诉我们事物而不是仅仅说出词语，必须在个人与普遍之间搭建一道桥梁，铺架作者和读者可以行走的一条往来回复的道路。"[①] 在她的作品中既看不到繁复的巴洛克意象，也找不到夸饰而隐晦的词语。诗人遵循的是童话和神话的传统，语言明晰而不贫乏，结构精巧而不雕琢，诗风凝练富有哲思，又兼具某种神秘和忧郁的气质。诗人将观察的目光投向日常生活，俗世凡尘的点点滴滴都构成了她的抒情客体。

在包蒂斯塔的诗歌世界中，抒情主体是一位现代妇女，她生活在都市中，从平常女性的角度使用日常语言讲述平常的生活，发掘其中的无限诗意，以睿智的哲思超脱日常生活的琐碎和平庸。例如，《再给我讲一遍故事》一诗："再给我讲一遍故事/再给我讲一遍：它那么美/我永远也听不厌。/再给我讲一遍故事里/那对人儿幸福一生/她对他忠贞不渝，他从没起过/欺骗她的念头。还有你别忘了讲/虽然时间流逝，虽然也少不了麻烦/他们依然在每个夜晚亲吻/给我讲一千遍这个故事，请你讲，/它是我知道的最美的故事。"诗作朴实无华，情感炽烈，充满了对爱的执着与渴望，字里行间却弥漫着挥之不去的无奈和孤独，令人不禁感叹滚滚红尘的荒芜和悲凉。阿玛莉亚·包蒂斯塔仿佛游走于入世的凡俗和出世的哲思之间，引领读者踏上奇幻的内心旅程，穿越记忆和梦境，剖析情感与妄念，直面心底的孤寂和愿望，直面诗歌语言创造的另一种真实："破裂的心依然是人的心灵，这颗心的主人也不会因此放弃

[①] Bautista, Amalia. «La poesía tiene que ser memorable», https://temblorpoesia.com/amalia-bautista-la-poesia-tiene-que-ser-memorable, 2020-04-09.

人性。"①

包蒂斯塔认为传统、语言和身份是支撑诗歌的三大支柱。她坚信诗的功能不在于它能否产生实际功用或能否赢利，而在于它能够负载并传递外界难以察觉的、独特的个体经验，甚至是私密的内心体验。现实主义内心情感的表达往往选择富有感染力的事件与场景，同时诉诸生动的词语和传神的意象，与读者形成共情，甚至令读者无法分辨出自己是被这首诗还是被它描绘的内容打动。这种模糊性的负面作用是制造自怨自艾的陷阱，消解抒情的锐度。阿玛莉亚·包蒂斯塔凭借独特的语言和意象实现了私密情感的升华与提纯，成功克服了"体验派诗歌"容易陷入的修辞粗糙、内容庸俗的流弊，引领读者发现情感的种种矛盾，不断拷问自己、生活和世界。

十一音节诗是阿玛莉亚·包蒂斯塔诗歌作品的鲜明标志。她惯于也善于使用十一音节诗，韵律典雅严谨，音韵优美和谐，灵动多彩，拓展和深化了十一音节诗律的表现力。她认为十一音节诗植根于西班牙语诗歌传统，简洁洗练，是一种能够与空洞和晦涩抗衡的"智慧"诗体。在第三部个人诗集《我离去》中，诗人尝试突破创作惯性，少量运用了亚历山大体、九音节体、七音节体等其他韵律格式，赋予诗作变化无常的节奏，强化了现代世界无解的焦虑和对希望的信仰："要找到恰当的一点/偶然和命运在那里重叠/恰恰在这个时候/旋转门给了你一个出口。"

互文性构成了阿玛莉亚·包蒂斯塔诗作的另一个特征。与诗人的语言追求类似，在包蒂斯塔的笔下，互文不是诗人掉书袋的沾沾自喜，而是抒情的直接需要。《三重愿（诗歌汇编）》中不乏许多耳熟能详的文学意象，如《圣经》人物和故事、《一千零一夜》、亚瑟王的传说、古老的寓言……诗人将这些素材从原来的语境中剥离出来，创造性地在自己的诗歌中重写它们的面貌，以全新的视角诠释这些经典形象在后现代

---

① Díaz de Castro, Francisco. «Amalia Bautista. Roto Madrid», *El Cultural*, 2008-07-10. https://elcultural.com/Roto-Madrid, 2020-04-09.

世界的意义。

阿玛莉亚·包蒂斯塔还编选了20世纪墨西哥著名女诗人罗萨里奥·卡斯特里亚诺斯（Rosario Castellanos，1925—1974）的诗歌选集《智慧游戏》（*Juegos de inteligencia*，2011），并撰写了序言。

阿玛莉亚·包蒂斯塔的其他诗歌作品还有《罗得的妻子和其他的诗》（*La mujer de Lot y otros poemas*，1995，后收录于《再给我讲一遍故事》）和《丝线》（*Hilos de seda*，2003，后收录于《我离去》）。近年来阿玛莉亚·包蒂斯塔与小说家兼诗人阿尔贝托·珀尔兰（Alberto Porlan）出版了合集《罪孽》（*Pecados*，2005），与艺术家何塞·德尔·利奥·蒙斯（José del Río Mons）合作了诗文摄影集《断裂·马德里》（*Roto Madrid*，2008）。她的诗歌作品还入选了多部重要诗歌选集：《〈海岸〉杂志一代》（*Una generación para Litoral*，1988）、《她们有话说》（*Ellas tienen la palabra*，1997）、《爱之根》（*Raíz de amor*，1999）、《99年一代》（*La generación del 99*，1999）、《斧子与玫瑰》（*El hacha y la rosa*，2001）、《世纪交替：1990—2007年西班牙诗歌选集》［*Cambio de siglo. Antología de poesía española（1990-2007）*，2007］、《两姊妹——20世纪西班牙和西班牙语美洲绘画诗歌选集》（*Las dos hermanas. Antología de la poesía española e hispanoamericana del Siglo XX sobre pintura*，2011）、《根》（*Raíces*，2017）等。

阿玛莉亚·包蒂斯塔的诗作还入选葡萄牙文版《当代西班牙诗歌选集》（*Poesía espanhola de agora*，1997），她的《我离去》已经被翻译为葡萄牙文（*Estou ausente*，2013），还有一些诗作被翻译为意大利文、俄文、阿拉伯文和葡萄牙文。目前国内尚未发行阿玛莉亚·包蒂斯塔作品的中文单行本。

《三重愿（诗歌汇编）》（*Tres deseos. Poesía reunida*）

《三重愿（诗歌汇编）》（2006，下文简称为《三重愿》）收录了阿玛莉亚·包蒂斯塔1988—2006年间创作的诗歌，包括个人诗集《爱之狱》《再给我讲一遍故事》《雾宅——诗选（1985—2001）》《我离去》《罪孽》和一些未刊诗作，被视为诗歌创作的一个重要的阶段性总结。

《三重愿》中活跃着一位都市女性的声音，诗人以一种平实却充满梦幻的语言精心建构了一个完整的诗歌世界。诗人讲述普通人生活中的关爱或冷漠，描绘平凡却似乎永远难以企及的梦想，历数那些最喜爱的东西、最爱恋的人，倾诉小小的悲喜交集和每个忧伤背后埋藏的焦虑，坦白那些我们不得不日复一日与之共处的罪恶。例如《山鲁佐德》（«Sherezade»）一诗中写道："我花了一千个夜晚编故事/我头痛，口干/舌燥，脑袋空空/想象枯竭。"在阿玛莉亚·包蒂斯塔的笔下，《天方夜谭》中坚强聪慧的少女变成了疲于奔命的现代妇女，她拼命挣扎，却绝望地发现自己既无力支撑谎言，谎言也无法帮助她熬过一个又一个晨昏。

《三重愿》文字质朴直白，通俗易懂，甚至选择以家务劳动为抒情客体，平铺直叙琐碎的日常，例如《我们来做大扫除》（«Vamos a hacer limpieza general»）一诗中写道："我们来做大扫除/我们扔掉那些/用不着的东西，那些/我们不用的东西，那些/留着只会落灰的东西/那些我们不会避免触碰的东西/那些带着苦涩回忆的东西/那些伤害我们的东西，那些占着地方，/或者我们早就不想靠近的东西。"然而随着诗人诗歌意象的重重建构，日常生活的幻象层层崩坏，露出了狰狞的爪牙，"或者我们去点燃一切/我们去了断恩怨，伴着那个映像/世上的炭火在眼前/和一颗无处栖居的心"，撕裂了"我""我"的周遭和周遭的一切。

阿玛莉亚·包蒂斯塔（Amalia Bautista）

阿玛莉亚·包蒂斯塔的诗歌作品往往使用第一人称，看似具有明显的告解性。她从个人的体验出发，用近乎自动写作的方式记录日常生活中最直接的感受。例如《最终》（«Al cabo»）一诗："最终，只有很少的词语/真正让我们痛苦，很少的词语/让人开怀。/同样只有很少的人/能让我们心动，更少的人/让我们久久心动。/最终，少之又少的事物/在生活中真正重要：/能爱上一个人，我们被爱/和不要晚于我们的孩子死去。"诗人从细碎的情感描写入手，逐渐提炼出人类共通的爱与焦虑，将读者引向日常生活中蕴藏的诗意和哲学思考。正如《请三重愿》（«Pide tres deseos»）一诗所示，"和你一起看晨曦/和你一起看夜幕降临/在你闪亮的眼眸中/再一次看到晨曦"，所有的情感表达最终回归于爱本身，所有的诗句化成了爱的表达。

阿玛莉亚·包蒂斯塔认为诗歌的独特性不因对独特性的追求而实现，而独特性的获得也不能成为诗歌的质量保证，因为晦涩和空洞缺乏打动人心的力量。为此，她不断追求内容、文体和风格上的高度凝练与统一，不断提纯情感表达的烈度和强度。《三重愿》体现了诗人的美学追求，也展现了她创作历程的演变。从最初的嬉笑和反讽，到不经意地触碰人生的荒芜与悲凉，再到哲学与情感的双重共情，《三重愿》平易、凝练、精致，充满文字的力量，激荡人心，睿智深邃。

（许彤）

费利佩·贝尼特斯·雷耶斯
（Felipe Benítez Reyes）

  费利佩·贝尼特斯·雷耶斯（1960—　），当代西班牙小说家、诗人、散文家。1960年2月25日生于西班牙西南部海滨省份加的斯小镇罗塔（Rota），曾在加的斯大学和塞维利亚大学学习西班牙语语言文学，现居家乡。贝尼特斯·雷耶斯是一位多产作家，文学创作涉及多种体裁，已出版多部诗集、小说、散文集，并积极为各大报刊撰写评论文章，而且还翻译过T.S.艾略特和博纳科夫的作品，在西班牙当代文坛具有较大的影响力。

  诗集《种种不可能的生活》（*Vidas improbables*）首次出版于1995年，先后获得"梅利亚城市国际诗歌奖"（Premio Internacional de Poesía Ciudad de Melilla，1994）、"国家诗歌奖"（1995）和"批评奖"（1995）。这是一部融合了达达主义、超现实主义、戏仿等现代性元素的作品，诗集中所收录的诗歌分别由诗人虚构的不同身份的"作者"写成，不仅描述种种现实中的"自我"无法实现的生活，更是对诗

费利佩·贝尼特斯·雷耶斯（Felipe Benítez Reyes）

歌创作不同风格、形式与写作策略的实验性探索与尝试。在诗集的初版为他赢得很大声誉之后，贝尼特斯·雷耶斯并未停止对该题材的挖掘，又陆续创作了不少"番外"诗歌，创造了一些和原诗集中人物同样怪诞而多元的新形象。这些新诗均被收录到2010年的新版本中，篇幅已增加为初版的两倍。

贝尼特斯·雷耶斯的小说新作《命运及其反面》（*El azar y viceversa*，2016）是一本带有自传性的小书，延续了他在小说创作中一贯表现出的诙谐幽默，同时又充满辛辣反讽和戏仿的姿态。小说采用流浪汉小说的模式，以第一人称叙述，通过小人物回顾自己在成长、职业和爱情等问题上所经历的种种尴尬境遇，呈现了现代社会不同领域的棱角，时间跨度涉及佛朗哥时期、政治过渡时期以及西班牙当代民主阶段。小说叙述者在直接表述内心世界的同时，又对自己的行为进行略带距离感的审视；同时，作品中对社会道德的戏仿腔调以及短小精悍的格言警句的使用，使得该书具有较强的可读性，能够吸引读者的兴趣。

贝尼特斯·雷耶斯的小说还有：《烟》（*Humo*），1995年"塞维利亚文学协会小说奖"（Premio Ateneo de Sevilla de Novela）；《全世界的男友》（*El novio del mundo*，1998）；《蜃景市场》（*Mercado de espejismos*，2007），2007年"纳达尔小说奖"；《惯常与奇异》（*Cada cual y lo extraño*，2013），被《国家报》评选为当年"最佳短篇小说集"。

贝尼特斯·雷耶斯的诗集还有：《特殊的影子》（*Sombras particulares*），1992年"罗意威基金会诗歌奖"（Premio Fundación Loewe）；《雾网》（*Trama de niebla*，2003）；《同一个月亮》（*La misma luna*，2007）；《身份》（*Las identidades*，2012）；《影子来了》（*Ya la sombra*，2018），2018年西班牙"蒂芙洛斯文学奖"诗歌奖（Premios Tiflos de Literatura de la ONCE）。

贝尼特斯·雷耶斯的散文集有：《荣誉侵入者》（*El intruso*

honorífico），2019年"曼努埃尔·阿尔瓦人文研究奖"（Premio Manuel Alvar de Estudios Humanísticos）。

《蜃景市场》（*Mercado de espejismos*）

《蜃景市场》是西班牙作家费利佩·贝尼特斯·雷耶斯2007年出版的小说，由西班牙命运出版社发行，获当年"纳达尔小说奖"。

小说讲述了两位艺术品职业惯偷在决定金盆洗手前夕，接受了一个具有神秘主义倾向的古怪墨西哥人的委托，去偷盗保存在德国科隆大教堂中的所谓东方三圣（los Reyes Mayos）的遗迹，以完成这位雇主幻想建造一个能窥见上帝面孔的三棱柱的奇思异想。故事的开头似乎预示着一部与《达·芬奇密码》相类似的侦探悬疑小说，然而正如《堂吉诃德》是对骑士小说的戏仿，《蜃景市场》本身也构成了对"悬疑小说"具有解构意义的戏仿。这部小说的重心并非情节，而是读者/作者的"体验"，通过幽默与戏仿超出了"侦探悬疑小说"惯常采用的基于现实与日常的情节；故事的很多线索并不明朗，充满了意外的转折，人物在多次往返教堂途中遇到许多历史和传说中存在的，或者完全是杜撰的奇特人物，从而将文本引入了离奇的领域。而作品给人最突出的印象之一是作者通过令人身临其境的形象语言和时常出人意表的喻指与关联，体现出一种言语和心灵的机智，使阅读"如同一场智力游戏"，引导读者对"思维的脆弱性、想象力的陷阱、幻想对于构建真实生活的必要性"[①]等问题进行思考。

然而对该作的接受也存在一些争议。有评论家尖锐（或许未必中肯）地指出，之前更多以诗人的身份获得极大认可的贝尼特斯·雷耶

---

① https://publibros.com/aventuras/mercado-de-espejismos-felipe-benitez-reyes, 2018-06-03.

费利佩·贝尼特斯·雷耶斯（Felipe Benítez Reyes）

斯，在小说创作方面似乎有所欠缺。该小说确实存在一些问题，如情节比较薄弱、缺乏合理性，众多无效的人物，冗长的解说，节奏的失衡和某些线索不知所终，等等。就连作家本人在小说中也有所坦言："（这部作品）是对一些在生活中时刻向我们袭来的思绪的混乱记录，其实这些思绪不明所以、不知所终，也并没有什么太大的意义。"

当然，现实中的无意义对叙事文学而言却未必如此。至少言语的机智、形象而怪诞的比喻和联想仍然使得这部小说在艺术性与可读性上为人称道。

（蔡潇洁）

洛拉·布拉斯科（Lola Blasco）

洛拉·布拉斯科（1983—　），西班牙剧作家、导演、演员，全名玛利亚·多洛雷斯·布拉斯科·梅娜（María Dolores Blasco Mena），当前西班牙成名剧作家中最年轻的一个，2009年大学毕业便一鸣惊人，迄今已成绩斐然。

布拉斯科1983年生于阿利坎特，2005年进入皇家高等戏剧学院，在豪尔赫·爱因斯（Jorge Eines）工作室学习，2009年获戏剧写作学士学位。在校期间，她创办了剧团"无生命"（Abiosis），撰写、排练、公演、正式出版了剧本《写真判定》（*Foto Finis*，2007），用45分钟的时间、3个环法自行车手的较量，类比了体育竞技与战争、资本主义，试图重新塑造在生活这场比赛中"屈居第二"但坚持不懈的人。毕业时她还有一部剧本《为一匹马的祈祷》（*Oración por un caballo*，2008）被朋友搬上舞台，之后也出版了。

还是在2009年，她的剧本《风景独幕剧加前言》（*Pieza paisaje en un prólogo y un acto*）获得"布埃罗·巴列霍戏剧奖"（Premio Buero

Vallejo de Teatro）。该剧取材于真实故事，用美国气象飞行员失事、透露广岛原子弹投放计划、1961年与德国犹太哲学家君特·安德斯（Günther Anders，1902—1992）的通信，具象化地反思了个人决定与集体命运之间的伦理问题。该剧由作者本人执导，2010年上演并出版了剧本。

2009—2011年，布拉斯科在卡洛斯三世大学攻读人文学硕士，结业时被评为"优秀毕业生"，之后连续推出3个剧本，留校承担"20世纪文学潮流""西班牙当代戏剧"和"戏剧写作"等课程，连续获得多个奖金进行创作、研究和剧评。最初是马德里戏剧学校"第四面墙"（la Cuarta Pared）资助研究戏剧中的文献和虚构，如《云的孩子》（Los hijos de las nubes，2011）；探讨以音乐革新政治剧的面貌，如《为一种政治—革命戏剧辩护》（En defensa de un teatro político-revolucionario，2011）；探讨个人和集体身份的冲突，如《天狼星（一个家庭、一个国家的伪福音书）》[Canícula（Evangelio apócrifo de una familia, un país），2015]。她的作品还被国家戏剧中心选入"舞台上的写作"（Escritos en la Escena）项目，列为2012年戏剧季首场演出。

在较好的资助保障下，2011—2018年，她公开了将近二十个剧本，如《一场离别音乐会》（Un concierto de despedida，2011）、《没有海也没有陆地。关于〈暴风雨〉的三段独白》（Ni mar ni tierra firme. Tres monólogos sobre La Tempestad，2014）、《吉诃德的忏悔》（La confesión del Quijote，2015）、《离吉诃德7步》（A 7 pasos del Quijote，2015）、《摇篮曲》（Canción de cuna，2016）、《沉默的和谐》（La armonía del silencio，2017）等。每一部都进行了剧本朗读或排演，其时事评论、政治参与倾向具有极高的个人辨识度。在这些作品中，2014年写成、2015年出版的《我的世纪，我的野兽》（Siglo mío, bestia mía）荣获2016年"国家戏剧文学奖"，使她成为第四位获

此殊荣的女性。

由于表现活跃，布拉斯科在欧美戏剧界很受欢迎，成为欧盟当代剧作家跨国联合创作平台"寓言世界"（fabulamundi）的作家之一，也经常应邀参加阿维尼翁戏剧节、柏林戏剧节、纽约环球18站接力剧本创作（Around the Globe Chain Play），以及在波兰、墨西哥、玻利维亚各处展演。

除了戏剧剧本，她也参与电影剧本的创作和改编；除了自主创作，也改编过《硬糖》和奥地利作家阿图尔·施尼茨勒（Arthur Schnitzler）1924年出版的小说原著《爱尔丝小姐》（*Fräulein Else*，1929年和2002年分别有过两个电影版，西语译为 *La señorita Else*）；除了文本创作，她也担任戏剧导演，对自己的多部作品进行更深入的诠释；除了幕后，她也会站到台前，让头脑、智性与身体、即兴实现最大化的结合。总之，布拉斯科从事关于戏剧的一切，作为家里6个孩子中最小的一个、双胞胎之一，她从小需要跟人分享房间、生日、姓氏缩写，由此把"对话"融为生活的最高形式。

《我的世纪，我的野兽》（*Siglo mío, bestia mía*）

2016年，布拉斯科年仅33岁便凭借《我的世纪，我的野兽》加冕"国家戏剧文学奖"，为她"彪悍的人生"又增加了一道分量。

这个剧本写于2014年，标题来自曼德尔施塔姆（Óсип Эми́льевич Мандельшта́м，1891—1938）的名作《世纪》，并引为题献："我的世纪，我的野兽，谁能/看进你的眼瞳/并用他自己的血，黏合/两个世纪的脊骨？"①当年6月6日，剧本在阿利坎特的阿尔尼切斯剧院（Teatro

---

① Blasco, Lola. *Siglo Mío, bestia mía*. Madrid: Instituto Nacional de las Artes Escénicas y de la Música, 2015, p. 14.

洛拉·布拉斯科（Lola Blasco）

Arniches）作过一次读演，演出时间不到1小时。2015年，国家舞台艺术和音乐学院（Instituto de Artes Escénicas y de la Música）为其出版了单行本，体量很小，仅82页，除去书系介绍和序言，正文才不过68页。2016年获得"国家戏剧奖"之后，布拉斯科还在采访里说希望这个奖项能够打开更多的机会之门，希望有人对这个剧本感兴趣，把它制作出来。但是截至2018年年底，虽然有几次再版，但似乎并没有排演的新消息传来，那么，这个剧本到底是什么样的，为什么得奖，又为什么不容易在舞台上呈现呢？

总体说来，《我的世纪，我的野兽》并不致力于讲述一个完整的故事，而是用罗马数字（不是明确的幕、场概念）组合起了八节：结、风、帆、地平线、海盗、亚历山大大帝剑砍绳结、鲸、星。另外在第一、三、八节后安排了大段斜体的"航海日志"，设定出一艘船，没有舵、不知起点、无所谓去向。人物在海上突然出现又倏忽离开，对话不太连贯，甚至似乎并不相互接续，顺势提出许多各自关心的话题，一些隐喻、影射、政治热点，但又不作深入的发展和阐释，造成荒诞、纷纭、迷惑的氛围。

以第一节为例，主题为"结"（los nudos），对话者是"领航员"和"我"，前者试图传授各种打结的方式、用途、典故，"我"丝毫不感兴趣，思维跳跃到萨达姆·侯赛因的死，到美国、以色列、叙利亚，再到信仰和宗教。但人物只提出问题、不给出解答，"这问题半个世界的人都在问"，"那另外半个问什么"，"另外半个不问"。之后的"航海日志"仿拟短句，不断发出呓语式、自反的断言："我讨厌写旅行的书。我讨厌旅行和游客。我讨厌探险家和征服的精神……"体现出思维和沟通处处受阻的情形。

在文中，"我的野兽"是一头鲸，在不远处喷水，警示"这个世界的种种交易和欲望"，但它不能被"领航员"看见，因为只是"我"头脑产生的幻象，是自己的一个念头。突然之间，船上又多出一名潜水员

（第三节末出现，第四节围绕他展开），自称是鲸喷到甲板上来的新旅伴，是用管子和潜水服把外界隔绝开，在海底采石油、划国界的工人。在"我"看来，他是一位穿盔甲、守护宝藏、与鲸搏斗的骑士，是追求和平的使者。

所有这些跨度，因为暗含了大量的心理时间，是很难呈现，也很难被观众完整汲取的。实际上从开头就已经埋下了伏笔，既没有人物表，也没有"规范"的场景说明："船甲板上。清晨。一股劲风吹着他们。他们有时大喊以便互相理解，有时沉默，因为疲倦。"这里，"他们"是谁，如何在一开始就表现"有时"，表现"以便"和"因为"的逻辑关系，都是不太常见的剧本写作法。

学者胡利奥·切卡（Julio Checa）在序言和2017年的研究文章中都写道，这个剧本是布拉斯科创作的一个转折点，甚至是成熟起来的标志，取消了此前批判性的腔调，开始使用更辩证的方法处理矛盾，声音转为温和，几至困倦伤感。[1]"国家戏剧奖"授奖词将其定性为"诗的节奏"，针对恐怖主义、暴力、孤独、失恋作了新的戏剧架构，"有力量，独自面对和挑战断裂的时间、历史的铰链"[2]，也算是一种大度的接纳、一种充满现代性的收编，肯定了其近年来不断的寻找和尝试，表明她走在正确的方向。

（于施洋）

---

[1] Checa, Julio. «*Siglo Mío, bestia mía*, de Lola Blasco: Diario, testimonio y confesión», *Estreno: cuadernos de teatro español contemporáneo*. Nº. 1, 2017, pp. 53-66.

[2] http://www.culturaydeporte.gob.es/ca/actualidad/2016/11/20161108-pnliteratura-dramatica.html, 2018-10-03.

阿尔贝托·博阿德亚（Albert Boadella）

阿尔贝托·博阿德亚（1943— ），1943年生于内战后的巴塞罗那，1962年与人合办"游唱诗人"剧团（加泰罗尼亚语Els Joglars）并担任团长，直到2012年9月11日（加泰罗尼亚的民族日）。五十年里他的名字与这个独立剧团紧密联系在一起，他们共同制造的"挑衅"也历久弥新（La provocación cumple años）[①]。

博阿德亚一生与戏剧为伴，先后在巴塞罗那戏剧学院（Instituto del Teatro）、斯特拉斯堡东部戏剧中心（Centre Dramatique de l'Est）学习理论，在巴黎一个滑稽剧团做学徒、揣摩身体语言。19岁时，他与卡洛塔·索尔德维拉（Carlota Soldevila）和安东尼·冯特（Antoni Font）一起成立了"游唱诗人"剧团，自编、自导、自演，迄今推出过约四十个剧目，在欧洲、美洲二十多个国家上演逾千场。

"游唱诗人"秉承希腊喜剧作家的讽喻精神，化身中世纪晚期弹拨乐器伴朗诵、歌唱的形象，常常与加泰罗尼亚新歌运动成员同台演出，

[①] https://www.elmundo.es/larevista/num117/textos/boa.html, 2018-05-31.

用虚构、模仿、影射、讽刺的手法，不断探讨本土无政府主义、个人主义和意识形态断裂的种种表现，建立起强烈的趋地中海，尤其是地中海北部的欧洲文明观，不认同现代西班牙"正统"的、压制性的卡斯蒂利亚政治传统和宗教传统。

也正因为这样，剧团和博阿德亚遭遇过种种阻挠，也因为不断逾越而成为自由和反叛的代表，如1977年年底首演的《添头》（*La torna*）①，因为触怒政府在面世不到一个月即被禁，博阿德亚本人也遭到羁押。虽然他利用就医的机会逃脱、潜入法国、后偷偷返回，但这一罪名到1981年年初才最终被撤销。此外他还担任编剧、执导过多部戏剧作品，后来发展到电台、电视台、电影媒介，毫不留情地讽刺佛朗哥、菲利佩·冈萨雷斯、乔尔迪·普约尔、多位主教、加泰罗尼亚共和左翼党、达利等，反对一切教条主义和既得利益。与此同时，他又极其热衷于斗牛运动，跟近年取缔这一运动的政治正确的声音发生龃龉。

最终，博阿德亚不仅在戏剧界树敌过多，也在多个圈子成为"不受欢迎的人"，如普约尔时代的电视3台、阿斯纳尔时代的国家电视台。于是继2001年回忆录《一个小丑的回忆》（*Memorias de un bufón*），他又于2007年出版了著名的《别了，加泰罗尼亚——爱与战争纪事》（*Adiós Cataluña. Crónicas de amor y de guerra*），获当年"埃斯帕萨散文奖"，正式告别连自己的作品都受到抵制的故乡。

2009年，博阿德亚受命担任新落成的马德里伊莎贝尔二世水渠剧院（Teatros del Canal de Isabel II）艺术总监②，2012年他正式作别

---

① 1974年3月2日，加泰罗尼亚年仅25岁的工人运动积极分子、无政府主义、反法西斯、反资本主义者萨尔瓦多·普伊格·安提克（Salvador Puig Antich）被执行铁环绞首刑，激起极大的社会反响，致使这一刑罚最终被1975年宪法取消，普伊格成为西班牙历史上最后一个被这样处死的人。而本剧中的主人公乔治·米歇尔·威尔赛尔（Georg Michael Welzel）在同一天被处刑，却只是默默死去，并且他的判决书在剧中被演绎为法官们吃着海鲜饭、喝醉之后下达，使其成为普伊格·安提克的"添头"。

② 博阿德亚2016年辞职，在2018年的一次采访中，他第一次明确表示"水渠剧院被政治绑架了"。

阿尔贝托·博阿德亚（Albert Boadella）

"游唱诗人"，随后被评为"阿方索·乌西亚奖"（Premios Alfonso Ussía）年度人物，2017年获得"西班牙历史剧之友"协会（Amigos de los Teatros de España）颁发的第二十届"佩佩·伊斯伯特国家戏剧奖"（Premio Nacional de Teatro "Pepe Isbert"）。

博阿德亚的剧目从来不乏评论、期刊论文、博士论文研究，但在笔者看来，他最大的创举是两个戏剧活动：圆顶排练厅（La Cúpula）和塔巴尼亚（Tabarnia）。

1972年6月，在准备《打鸡蛋的玛丽》（*Mary d'Ous*）的演出时，为了保证排练的专注、效率、连续性，博阿德亚决定把剧团带到普鲁伊特（Pruit），一个离巴塞罗那120公里，常住人口不足百人的小村庄。1976年他们干脆在山顶平地、村子的教堂和墓地旁搭建了一个固定的圆顶"帐篷"。到1983年，剧团又在村里买了一座小庄园"约腊"（Llorà），让全团成员排练期间就近居住、沉浸、切磋。这样一个外部开阔、尽收山水，内部去中心、不置一物的排练厅，完全展现了博阿德亚对空间的敏感和把控，锤炼出一种工作方式，即取消导演，也就是剧作家/观众双重视线的发出者，任由演员即兴、互动、享受动作和对话完全的自由。圆顶排练厅是博阿德亚提出的最为封闭，也最为自足的创意。

这位白发丹心的戏剧人还参与了一个开放的作品：2012年，一些地中海沿岸小城建立了"巴塞罗那不是加泰罗尼亚"组织，试图对抗日渐高涨的独立潮流，2015年前后，一个新词在社交网络成形——塔拉戈纳和巴塞罗那两个词头合并的"塔巴尼亚"，新词"塔巴尼亚人/的"也在2017年12月27日获得西班牙皇家语言学院正式承认。2018年1月16日，博阿德亚受命担任这一"地区"的"主席"，发表一份讽刺演说，表示一旦分裂，将加入中央政府一方。实际上，这并不是一个政治实体，而是一个公共舆论平台，支持本地公民不为煽动性的媒体所胁迫，尤其不要被加泰罗尼亚"官方"的、部分政治家操纵的分裂话语所蛊惑。3月22日，博阿德亚还来到加泰罗尼亚前主席在比利时藏身的楼前，用自治区旗颜色的雨伞、精神病院白大褂、悲喜剧面具等，表演了对普伊格蒙特政治闹剧的模仿和嘲弄。可以说，博阿德亚无所谓派别，他永远追求的，只是自问的真理；也因此，只要加泰罗尼亚分裂者蠢蠢欲动，塔巴尼亚便会是他矛头所出的"进行中的作品"（work in progress）。

"乌布王"系列（*Serie de Ubú rey*）

20世纪90年代至今，博阿德亚出版了十多个剧本单行本或选集，如《我在美洲有个叔叔》（*Yo tengo un tío en América*，1995）、《塔利亚之被掳》（*El rapto de Talía*，2000）。他也曾对戏剧理念立下"十诫"：

> 拒绝幻想——艺术家的责任不是创造，而是揭示各色情境；
> 不要在人上厕所的时候打电话——对时间、空间和机会的把握是戏剧的本质；
> 打破诗人的垄断——诗歌对所有艺术来说都嫌艰深；
> 系统地参与恶趣味——这才是对时代潮流和品位最好的把握；
> 警惕现代性——它已造成无法沟通的局面；
> 壮大敌人——看见更好的自己；
> 不要老喝施舍的菜汤——保持攻击性；
> 周期性叛国——喜剧演员要不断拆解习见；
> 无情地跟新神作斗争——让社会反思自己塑造的权利体；
> 永远不要工作——戏剧是一个巨大的集体游戏。[①]

[①] https://www.march.es/conferencias/poetica-teatro/detalle.aspx?p0=1&p1=5, 2018-05-31.

阿尔贝托·博阿德亚（Albert Boadella）

但博阿德亚最具社会影响力的作品当属"乌布王"系列。实际上，这是对一个法国系列的借鉴：1896年，阿尔弗雷德·雅里推出《乌布王》（*Ubu rey*），因粗鄙怪诞，上演第二场即被禁；1898年、1900年、1901年，他又陆续推出三个同主人公剧作，令其贬斥的乌布王——作者当年中学物理老师的形象广为流传。

到了1981年，博阿德亚因《添头》被捕、逃亡、脱罪的风波刚刚要过去，立刻推出《乌布行动》（*Operació ubú*）重燃战火：对成为加泰罗尼亚自治区主席的普约尔大加揶揄，为其设定的形象虽然不似原版乌布王大腹便便、令人作呕，但强烈的自我中心主义却如出一辙。1995年《乌布主席》（*Ubú President*）延续了针对普约尔的尖锐嘲弄，试图在一个保守、温和、享受音乐性和形而上的"白色幽默"的戏剧界恢复对真实生活戏仿、讽喻的实在力量。2001年，《乌布主席，或庞贝最后的日子》（*Ubú presidente o los últimos días de Pompeya*）再次不期而至，庆贺普约尔卸任的同时，不忘给后继的阿尔图尔·马斯（Artur Mas）一记耳光。

这一切看起来或许只像是文人对待政治的尖酸刻薄，然而在2014年普约尔被曝出拥有海外账户、涉嫌受贿洗钱多重罪名后，曾经茶余饭后的会心一笑，立刻变成普约尔盘踞加泰罗尼亚20年间一个"小丑"的洞见和反抗——博阿德亚从不介意自己被视为小丑（bufón），甚至自诩享有那种边缘人的观察、记忆和清醒。多年以后，面对媒体的马后炮，观众们将会回想起博阿德亚编排乌布主席面对电视台[①]记者慷慨陈词，而他的儿子们拎着装满欧元的手提箱溜走那遥远的一幕。

17世纪初，塞万提斯借用《神奇的祭坛圣像画》（*Retablo de las maravillas*），亦即"皇帝的新衣"原型，揭露强调基督徒血统论的宗教狂热。博阿德亚的"乌布王"系列深受其影响，甚至在2004—2005年

[①] Telestrés，作家将"电视3台"作文字游戏，"3"（tres）变成"压力"（estrés）。

还排演了这部幕间剧向塞万提斯致敬。他本人指出,个体的虚伪固然丑恶,但催生它的温床同样需要刺激和揭穿:一个道德和思想上松弛的社会,正是当下加泰罗尼亚和西班牙的现实。①

(于施洋)

---

① http://revistaleer.com/2014/09/retablo-de-maravillas-boadella-y-el-caso-pujol/, 2018-05-31.

卡洛斯·博索尼奥（Carlos Bousoño）

　　卡洛斯·博索尼奥（1923—2015），西班牙诗人、评论家、大学文学教授。1923年出生于阿斯图里亚斯的博阿尔（Boal），两岁时随家人迁至奥维多，在那里度过了童年与少年时期。1946年毕业于中央大学（今马德里康普顿斯大学），1949年取得博士学位，博索尼奥从1950年起在该校文哲学院任教直至1988年退休。1979年博索尼奥当选西班牙皇家语言学院院士。博索尼奥一生与多位前辈和后辈诗人友情深厚，留下了许多文坛佳话。诗集《灰烬中的赞歌》（*Oda en la ceniza*，1967）和《钱币对墓碑》（*Las monedas contra la losa*，1973）先后于1968年和1974年两度获得西班牙"诗歌批评奖"（Premio de la Crítica de Poesía），《胡作非为的比喻》（*Metáfora del desafuero*，1988）1990年荣获"国家诗歌奖"。他本人先后荣膺"西班牙文学国家奖"（1993）和"阿斯图里亚斯亲王文学奖"（Premio Príncipe de Asturias de las Letras，1995）。2015年卡洛斯·博索尼奥在马德里逝世，享年92岁。

1945年卡洛斯·博索尼奥发表首部个人诗集《向爱攀登》（*Subida al amor*，1945），展现了宗教信仰与存在主义视角之间的冲突，是内战后年轻的"拔根派"（poesía desarraigada）存在主义反思的代表作。《死亡的春天》（*Primavera de la muerte*，1946）是他的第二部诗集，神秘主义色彩更加浓郁。1952年卡洛斯·博索尼奥以《朝向另一种光》（*Hacia otra luz*，1952）为题，将《向爱攀登》《死亡的春天》《梦的替代》（*En vez de sueño*，1952）结集再版。《感觉之夜》（*Noche del sentido*，1957）集中表现了诗人的形而上思考，而到了《入侵现实》（*Invasión de la realidad*，1962）中，诗人已然超越先前的焦灼与迷茫，以更为积极的姿态面对神秘的现实。其后陆续出版了《灰烬中的赞歌》（1967）、《寻觅》（*La búsqueda*，1971）、《与夜晚同时》（*Al mismo tiempo que la noche*，1971）、《致比森特·阿莱克桑德雷的挽歌》［*Elegías（A Vicente Aleixandre）*，1988］、《针眼》（*El ojo de la aguja*，1993）、《砧上的锤》（*El martillo en el yunque*，1996）等诗集。另有《诗歌选集（1945—1973）》［*Antología poética（1945-1973）*，1976］、《自选集》（*Selección de mis versos*，1982）、《死亡的春天：诗歌全集（1945—1998）》［*Primavera de la muerte. Poesías completas（1945-1998）*，1998］等诗歌作品选集与全集。

西班牙文学史普遍认为卡洛斯·博索尼奥与何塞·耶罗（José Hierro，1922—2002）、布拉斯·德·奥特罗（Blas de Otero，1916—1979）、加夫列尔·塞拉亚（Gabriel Celaya，1911—1991）等同属内战后第一代"拔根派"诗人，但他没有追随当时的"社会诗歌"（poesía social）和"见证诗歌"（poesía testimonial）潮流，而是发展出了自己的诗学理念，踏上了独特的诗歌创作道路。20世纪40年代中期到60年代初（从《向爱攀登》到《入侵现实》），博索尼奥的诗歌创作延续了新浪漫主义、存在主义和"拔根派"风格，格律手法比较传统古雅。60年代中期之后,随着西班牙当代诗歌发生形式主义和唯美主义转向、"实验诗歌"日渐风行和"新锐派"诗人崛起,他的诗歌作品(从《灰烬中的赞歌》到《砧上的锤》)也出现了散文化趋势,象征主义、非理性主义色彩浓郁。墨西哥著名小说家卡洛斯·富恩特斯指出,卡洛斯·博索尼奥是一位"管弦乐式诗人","从击弦古钢琴到合唱都得心应手。他深刻,同时也可以幽默又简单"。[①]例如《费利佩二世与蠕虫》(«Felipe II y los gusanos»)借蠕虫之口解构权力,消解宏大叙事,词章诙谐,幽默讽刺;《孤独的灵魂》(«Alma solitaria»)的主题是受难、美与爱,诗人以登山比喻灵魂探求上帝的过程,作品结构复杂,浸透了形而上的思考。

对立并置和相向对举是博索尼奥诗歌的一个重要特色,如价值与无价值、存在与虚无、"死亡的春天"等。"死亡的春天"是博索尼奥钟爱的表述,诗人以它命名了自己的第二部个人诗集和晚年的诗歌全集,它集中体现了诗人的二元论:"我知道世界并非永恒,但仍然狂热地爱过它,因此有了这句'死亡的春天'……世界可能是死亡或虚无,但与此同时它就在那里,任我们恋爱的双眼、我们的耳朵、我们的心灵、我们的智力感受,因此它有巨大的价值,最高的价值。它是一眼灼热的泉水,一缕无法拒绝的芬芳,一汪至高的可能性之源泉,一道光,一个春天。一个春天——可悲的春天。令人钟情,叫人痛苦,美妙又可怖。"[②]盛开的事物与消亡的事物,知晓结局的痛苦与仍然存留的爱与热情,二元因素相向而行,相互对立,相关依傍,彼此间的张力贯穿了博索尼奥的全部诗篇。

非理性是博索尼奥诗歌的另一重要特色。在浪漫主义和象征主义的

[①] Cuartas, Javier. «Carlos Bousoño, premio Príncipe de Asturias de las Letras por su obra poética y teórica», 2005-11-25. https://elpais.com/diario/2005/11/25/cultura/1132873202_850215.html, 2018-10-17.

[②] Franco Carrilero, María Francisca. *La expresión poética de Carlos Bousoño*. Murcia: Universidad de Murcia, 1992, p. 86.

传统影响下，诗人视表象世界的经验为被遮蔽的精神秩序的表征。他大量运用借代、通感、对举、重复等修辞手法，频繁诉诸纷繁的幻象和象征，制造出回环往复的节奏，在词语的重叠复沓中，不断探寻感性和情感的边界。例如，《在这转瞬即逝的世界》（«En este mundo fugaz»）一诗："在这转瞬即逝的世界/现实之井，令人恶心的/确认，夜影的包围。/一切/直至死亡。/我们是不祥的驯顺光芒，花朵/盛开的夜晚。/这不朽的悲惨。……你，同你柔弱/好似花朵的手臂/同你的腰身/你易折的肉体/你的瘦削，你的眼睛/你的惊吓，你的笑/你目光中的夜晚/你，我的小尤特卡，/你，在这里抵抗着。"悲观与乐观、对未来的畏惧与对此刻的珍视、不可避免的消逝与微弱却坚决的抵抗，彼此冲突又相互交融，共同构成博索尼奥的抒情世界。

卡洛斯·博索尼奥也是西班牙内战后的文学评论大家。他关于"27年一代"代表人物比森特·阿莱克桑德雷（1898—1984）的论文是西班牙第一篇以在世作家为研究对象的博士论文，以此为基础出版的专著《比森特·阿莱克桑德雷的诗歌》（*La poesía de Vicente Aleixandre*，1950）一直是西班牙现代诗歌研究领域中的经典文献。1952年，他出版专著《论诗的表达》（*Teoría de la expresión poética*，1952），激发了年轻一代诗人反思诗学理论的热情。此外，《诗的非理性主义：象征》（*El irracionalismo poético: El símbolo*，1977）、《诗的超现实主义与象征化》（*Superrealismo poético y simbolización*，1979）、《当代诗歌演变的意义：以胡安·拉蒙·希梅内斯为例》（*Sentido de la evolución de la poesía contemporánea en Juan Ramón Jiménez*，1980）、《文学时代及其演变》（*Épocas literarias y evolución*，1981）、《后当代诗歌：四篇研究与一篇导论》（*Poesía postcontemporánea: Cuatro estudios y una introducción*，1985）等文论都在西班牙当代文学批评史上地位卓然，影响深远。

卡洛斯·博索尼奥（Carlos Bousoño）

目前国内尚未发行卡洛斯·博索尼奥作品的中文单行本。

（黄韵颐、许彤）

《胡作非为的比喻》（*Metáfora del desafuero*）

《胡作非为的比喻》是西班牙诗人卡洛斯·博索尼奥1988年出版的诗集，荣获1990年西班牙"国家诗歌奖"。

西班牙"50年一代"诗人克劳迪奥·罗德里格斯（Claudio Rodríguez）指出，《胡作非为的比喻》"主题广泛，风格多样，其中一些诗作堪称当代西班牙诗歌的巅峰之作"。而诗人自己也曾强调："在《胡作非为的比喻》一书中，我打破了传统诗集的整体统一：我任由好几种声音流动，好几本书糅合为一。这是我第一次有意地将纯自由体、篇幅较长的诗歌同韵律传统、较为短小的诗歌作为对比安排在一起。"①

"胡作非为的比喻"是诗集的题目，也是诗集第十二部分的小标题。在同名诗作中，诗人以近乎超现实主义的风格书写了生命与创作的隐喻，揭示了诗集的主题："你的整个身体由过于庞大的材料，由噪音组成，你/无可比拟的骨架/你可怕的骨架，大步/走向无人，走向无物，/然后/突然间一切都变小，一点点回到开端/而你身体的每一部分，极为缓慢地，开始消失……全然精确，从无先例，没在家具磨光的表面上留下一点尘斑，如此释放出/无序，/未被目睹的混乱，无形的骚动，混淆的骚动/在真实的反面，在谎言的另一边，/在不可描述的边界/那个无定位的地点，那里真实与谎言/作为你从未提出过的问题之答案显现，/你这乞讨自我意识的人，计数者，一丝不苟的探险家/称颂不幸的

---

① Bayón Pereda, Miguel. «Carlos Bousoño recibe el Premio Nacional de Poesía por su obra *Metáfora del desafuero*», 1990-05-29. https://elpais.com/diario/1990/05/29/cultura/643932009_850215.html, 2018-10-19.

人啊。"

《胡作非为的比喻》共分为十三部分，分别是"两首歌""厄洛斯""词语研究""询问""献给比森特·阿莱克桑德雷的挽歌""等待""热望""理性之梦""错误""视觉美研究""圈套""胡作非为的比喻"和"拯救"。诗集主题纷繁芜杂，包罗万象。例如，"厄洛斯"描绘了爱的轻柔和谐与爱欲的暴戾；"词语研究"探讨了词语的功用、诗歌理性、诗歌处理经验的手段和方法；"献给比森特·阿莱克桑德雷的挽歌"凭吊亡友，哀恸人心；"拯救"提出了对于生命、时间与死亡的冥思……就诗歌形式而言，《胡作非为的比喻》韵律多样，形式丰富，既有传统的九音节四行全谐音韵诗，如《死去》（«Morir»），也有不押韵的自由体诗，还有诗行更为松散的散文诗，如《圈套》（«La encerrona»），等等。

非理性主义和二元主题在《胡作非为的比喻》中体现得淋漓尽致。看似毫无联系的事物、全然对立的意象和概念并置相连，对照映衬，构建出奇崛的景象。例如，第一部分"两首歌"中的《第二支歌》（«Segunda canción»）描写大海的动与静，以及动与静之间的辩证转换。第二部分"厄洛斯"中"爱"与"爱欲"形成鲜明的对比，《第一首献词》（«Primera dedicatoria»）以轻柔的笔触写爱的温柔："仅仅是呓呓声，花朵，或比这还少：私语，轻盈"；而《厄洛斯》（«Eros»）一诗则形容爱欲"归根结底是进攻、广场、庙宇、野蛮、不信神者的破坏、渎神、劫夺、凶暴的抢掠"。第三部分"词语研究"提出了严肃的哲学思考，与诗集第八部分"理性之梦"遥相对应，后者充满幻想与反讽，令人联想起戈雅的黑色系列。

《胡作非为的比喻》的许多诗篇具有元诗的性质。如《词语的诞生》（«Nacimiento de la palabra»）称颂词语具有令事物重生的力量，引领我们走向"意义的包容"和"最终的宽恕"。《肥皂泡》（«La pompa de jabón»）将生命经验喻为美丽光亮却易于消散的肥皂泡，叹惋

卡洛斯·博索尼奥（Carlos Bousoño）

言说经验和将经验铸成诗歌语言的艰难："在这黑暗里，传来难以描述的遥远声响/一具躯体掉落水中/破碎的图像，被打断的对话。/我们到达时，确实，某人沉默下来/在我们即将明白，即将达成协议/即将握手，在宴会中欢饮美酒的时刻。/之后一切陷入死寂/一切可能就此绝迹/无人知晓，无人能够言说/无人能够说出那/已然逝去之物以外的东西，气泡最终破裂/肥皂泡消失不见。"在《论诗歌创作》（«Disertación sobre la creación poética»）中，博索尼奥直接阐释了自己的诗学理念："在诗歌经验深处/是剂量极大的扭曲/喷涌的双关，反常的剥夺。/此外/在诗歌经验中/唯有无用的有用，无价值的有价值。"诗歌是对常规逻辑与价值的反叛，是"超越生命的理性"爆炸的光芒，这正是博索尼奥"非理性主义"诗歌的精髓——诗歌的非理性是超越生命经验之外的另一种理性，另一种创造性、超越性的秩序："那是语言和它层层分级的毒药，依大胆的划分归类，在精巧迷宫般的形式里排列整齐，/为了在无限的图书管理员迷失于无数小径的混沌中时/它能以强大之姿重生，沐浴于不歇的光芒，/这光芒诞生于颜色变换的永恒，来自/超越生命的理性那巨大、轰鸣、永无止境的爆炸。"

（黄韵颐）

费尔明·卡巴尔·列拉
（Fermín Cabal Riera）

　　费尔明·卡巴尔·列拉（1948——　），西班牙当代著名剧作家、编剧、导演、演员和戏剧研究学者。他与何塞·路易斯·阿隆索·德·桑托斯、何塞·桑奇斯·希尼斯特拉一起被评论界并称为1975年民主转型后西班牙戏剧革新的三大领军人物，对后来的戏剧家有着重要的影响。

　　卡巴尔1948年出生于莱昂。大学期间他学习的是法律，但是不久便加入独立戏剧的活动中（1972—1977）。最初他以演员的身份接触戏剧，但很快就实现了从演员身份到剧作家身份的转变。卡巴尔的戏剧创作缺乏连贯性。在经历了20世纪70年代末到80年代初的创作高峰期之后，他曾暂别戏剧创作，醉心于古典、当代戏剧的改编和导演工作以及电视剧、电影的编剧工作，直到1988年才又回归戏剧创作。

　　卡巴尔的戏剧创作，无论是戏剧内容还是表现形式，都呈现出多样性的特点：通过不同的戏剧种类和审美观照，对西班牙当代现实进行展示或批判，从而实现卡巴尔的社会承诺。其戏剧创作风格游走于新现

费尔明·卡巴尔·列拉（Fermín Cabal Riera）

实主义与先锋戏剧之间。一方面，为了尽可能地提高观众对其戏剧作品的接受度，卡巴尔时常运用现实主义戏剧惯常采用的戏剧结构、情节发展、时空设置和人物塑造方式。他意识到非商业戏剧和诸多高水平戏剧的一大通病，即戏剧与观众的脱节。因此，其戏剧创作常常采用直接取材于日常生活的主题和人物，力求以诗意的方式展现日常生活，以唤起观众的共鸣，争取最广泛的观众群体。而另一方面，其作品又充满了对实验的渴望。卡巴尔通过使用省略法、片段叙述、打破逻辑和时间顺序、戏中戏等手段，寻找新的戏剧叙事方式，实现传统戏剧形式的革新。整体来说，其作品直面社会，语言简洁明快，时常表现得粗犷而锋利。不少剧作形似独幕风俗喜剧（sainete），但因作品常含有尖锐的社会批判和悲剧性的结局，所以和独幕风俗喜剧有着本质上的区别。

卡巴尔的绝大部分作品都以不同的方式直面西班牙社会现实：《布利翁内斯，你疯了！》（*!Tú estás loco, Briones!*，1978），以透视及黑色幽默的手法表现民主化进程中西班牙社会的复杂性；《你去看过奶奶吗？》（*¿Fuiste a ver a la abuela?*，1979），以自传式叙述反映佛朗哥时期教育和家庭的陈旧价值观和陋习；《魔鬼的小马》（*Caballito del diablo*，1981），以非常自然且不带道德评判的态度讲述一个年轻女人如何因为偶然的环境因素走上吸毒之路；《打消念头》（*Vade retro*，1979，1982年首演，获1984年"梅特戏剧奖"），呈现了两个人生观不同的修士之间的冲突；《今夜，盛会》（*Esta noche, gran velada*，1983），聚焦拳击比赛背后的肮脏内幕；《那一切爆发》（*Ello dispara*，1989），揭露当代西班牙社会在知识、道德、情感方面的巨大缺失及其冷漠残酷的社会氛围；《空中城堡》（*Castillos en el aire*，1995年上演）毫不留情地激烈批判政府的腐败。他最具代表性的戏剧作品还包括《航程》（*Travesía*，1991）、《又一个没有戈多的夜晚》（*Otra noche sin Godot*，2001年上演）、《阿格里皮娜》（*Agripina*，2002年上演）、《绿瓦集中营》（*Tejas verdes*，2002年上演）。2015年他的戏剧作品集《7个半》（*Siete y media*）出版。

除了孜孜不倦的戏剧创作之外，卡巴尔还致力于戏剧研究，经常参加学术研讨会，发表了诸多研究论文和专著，其中包括：《西班牙戏剧状况》（*La situación del teatro en España*，1994）、他与何塞·路易斯·阿隆索·德·桑托斯合著的《80年代的西班牙戏剧》（*Teatro español de los 80*，1985）、《今日西班牙戏剧》（*Dramaturgia española de hoy*，2009）等。

毫无疑问，卡巴尔是民主转型后西班牙戏剧界的标杆式人物，被无数后辈剧作家尊为导师，同时也获得了观众的认可。他在其戏剧生涯中收获了大量戏剧奖项，其中包括"观众和评论大奖"（Premio El Espectador y la Crítica，1984）以及"蒂尔索·德·莫利纳奖"（1991）。

《绿瓦集中营》（*Tejas verdes*）

《绿瓦集中营》是西班牙当代著名剧作家费尔明·卡巴尔·列拉的代表作品，2002首演，2015年修改后再次上演。

卡巴尔受"阿兰剧团"（Arán Dramática）团长兼导演欧亨尼奥·阿马亚（Eugenio Amaya）之托，创作了反映皮诺切特独裁统治时期智利人民所受迫害的作品《绿瓦集中营》。2002年，该剧由阿马亚执导，在巴达霍斯的洛佩斯·德·阿亚拉剧院（Teatro López de Ayala）首演。此后，又先后在西班牙国内外多次上演，获得了巨大成功。剧本也被翻译成英语、法语等多国语言。但受朋友之托所创作的剧本受到诸多条件的限制，并非卡巴尔心目中理想的版本。于是他又遵照自己的创作思路和戏剧理念，在保持主要剧情不变的前提下，对剧本做了大幅度

费尔明·卡巴尔·列拉（Fermín Cabal Riera）

的改动，并于2015年亲自操刀执导，将修改后的新剧本搬上了舞台。

作品以绰号为"金翅雀"（La Colorina）的女孩在皮诺切特独裁时期的不幸遭遇为主线，展现了与她相关联的形形色色的人们如何成为独裁统治的牺牲品。独裁统治所带来的恐惧和压抑如影随形，或毁灭躯体，或侵蚀灵魂。女主人公来自智利的一个富裕家庭，因为走路姿势轻盈形似金翅雀，所以人们也用"金翅雀"的绰号来称呼她。"金翅雀"是一个天真善良的学生，偶然的机会认识了共产党人米格尔，两人很快便成了恋人。但其实她并不知道米格尔的真实身份。结果，好景不长，智利中央情报局四处追捕米格尔，机缘巧合之下"金翅雀"受了牵连，被关进了"绿瓦集中营"。"绿瓦集中营"原是一座温泉疗养院，皮诺切特政变后被改作关押和审问犯人的集中营。"金翅雀"在集中营里遭受了各种折磨和侵犯。一次，一位军官的手枪"擦枪走火"，"不小心"伤到了她的脚。于是她被送到医生那里医治。这已经不是她第一次受伤就医了。这一次，她决定抓住机会，要求医生帮她出具一份关于她身上新伤、老伤的诊断报告。"金翅雀"的这一举动惹怒了集中营的军官，他们决定秘密处决她和她的男友米格尔。于是两人被缚住手脚从直升机上扔进了海里。25年后，也就是1998年，西班牙法官巴尔塔萨尔·加尔松（Baltasar Garzón）代表在皮诺切特独裁时期被杀害的西班牙人，以反人类罪为由，向英国政府提出引渡皮诺切特的请求。在案件诉讼过程中，"金翅雀"不幸遭遇的真相才借助每个认识她的人提供的证词或证据浮出了水面。

原作由七段个人独白组成，每一段独白都对应一个人物，或是"金翅雀"本人，或是认识她的人，每个人物都在独白中讲述自己过去的经历以及和"金翅雀"相关的事情。独白内容取自当事人的回忆、第三者的证词、独立调查等。卡巴尔将这些主观片段和客观材料有效地拼接在一起，将戏剧性和纪实性有机地融为一体，使作品非常具有表现力。同时，独白并不是按线性时间顺序进行排列的，独白中涉及的空间也不完全统一，再加上作者在每一段独白中都故意设置了留白，观众需要仔细比对每个人物所讲述的内容，并对内容进行适当的取舍和整理，才能拼凑出故事的全貌。修改后的版本在此基础上加入了大量的对白和表演，作品不再是个人独白的串联。虽然原作的每段独白都非常精彩，但是千篇一律的独白让剧情的推进略显单调。新版本中，作者增强了人物之间的互动，使得人物性格也更加突出。故事情节的推进也不再单单依靠个人的讲述，而是加入了真实的对话和表演。总体来说，新作的戏剧表现更具多样性，人物之间的对比更加强烈，作品变得更有活力，也更容易感染观众的情绪。此外，新版本还有一个突出特点，就是增强了作品的嘲讽性和幽默性，它和剧情本身的悲剧色彩交相辉映，两者之间形成张力，达到高度的和谐统一。

在舞台设置上，不管是原作还是新作，布景都非常简单。新作的布景仅仅是一张桌子、一把椅子以及背后的百叶窗。百叶窗同时也充当屏幕的作用，导演可以把影片投射在百叶窗上，直接呈现给观众。作者的核心思想通过简单的舞台布景和灯光效果得以实体化：在独裁统治期间被迫害的人们，他们的故事看起来是那么简单，但又是那么沉重。

作品以史讽今，讲述历史的同时，也促使观众审视今天的社会。虽然作品描写的是智利的集中营，但它指向的却是冷酷无情的政治权力。"金翅雀"只是人类历史上无数大屠杀中无声消逝的生命之一，她不是第一个，也不会是最后一个。作品最后一场中，演员为观众奉上了一段夜总会风格的舞蹈。该舞蹈以百叶窗为背景，而百叶窗上投射出的是诸多国家政变制造者的面孔。这一布景设置无不含有辛辣讽刺的意味。

不可否认，作品所触及的主题是非常沉重的，但是观众在观看的过程中能感受到乐观和愉悦。不仅因为剧中不乏或幽默诙谐或感人至深的场景和片段，还因为卡巴尔塑造了"金翅雀"这样一个不同寻常的悲情人物。她生前遭受种种不幸，死后也无安息之处。但即便是变成幽灵，

费尔明·卡巴尔·列拉（Fermín Cabal Riera）

她的身上仍然存留着生命的活力和快乐，这恰恰是许多活着的人所缺乏的。在她的身上我们看见了女性特殊的力量：战胜悲痛，乐观地负重前行。

（温晓静）

埃内斯托·卡瓦列罗
（Ernesto Caballero）

埃内斯托·卡瓦列罗（1957— ），西班牙剧作家、导演、戏剧教授。他受到了第一代剧作家费尔明·卡巴尔等人的直接影响，是西班牙民主转型后的第二代剧作家中的代表人物。

埃内斯托·卡瓦列罗1957年生于马德里。大学期间不仅完成了康普顿斯大学语言文学专业的学习，还获得了皇家高等戏剧学院表演专业学位。本科毕业后，他和几位同学一起成立了独立戏剧团体"边缘创作"（Producciones Marginales），上演了若干西班牙经典剧作以及他本人的几部早期作品。此后，他又相继创立"萝韶拉剧团"（Teatro Rosaura）、"十字路口剧团"（Teatro el Cruce）。1991年，他以副教授的身份再次进入皇家高等戏剧学院，教授表演专业课程。2011年年末他开始执掌西班牙国家戏剧中心（Centro Dramático Nacional）。卡瓦列罗是戏剧界少有的全才，一直以剧作家、导演、演员、戏剧教师等多重身份活跃在跟戏剧相关的各个领域。

埃内斯托·卡瓦列罗（Ernesto Caballero）

卡瓦列罗的剧作注重反映当代社会的问题、冲突和愿望，将自然主义式的刻画和描写、浓重的社会承诺意味与诗意的幽默语调有机地融为一体。一方面，他的制作具有浓厚的理性色彩；另一方面，穿插其中的幽默感与抒情性又相对稀释了这样的厚重，为观众创造出一种讽刺且真挚的氛围。卡瓦列罗时常以剧作家、导演、布景三重身份参与戏剧创作的全过程，从剧本创作到导演，再到布景设计，将戏剧创作一直延伸至落幕的那一刻。他熟稔戏剧领域的各种专业知识，擅长巧妙地借鉴经典剧作家的经典技法，戏剧技巧臻于完美。其戏剧创作受到众多前辈剧作家的影响，特别是卡尔德隆和莎士比亚两位大家，除此之外，巴列–因克兰、布莱希特、贝克特等人对他的影响也不容忽视。

卡瓦列罗的戏剧创作大致可以分为四个阶段。第一阶段主要致力于社会批评，代表作有《萝韶拉，梦如人生，我的小姐》（*Rosaura, el sueño es vida, mi leidi*，1983）、《哇哇叫的乌鸦呼喊复仇》（*El cuervo graznador grita venganza*，1985）、《壁球》（*Squash*，1988）和《太阳与影子》（*Sol y sombra*，1988）。

第二阶段为风格转型期，表现为新现实主义风格，代表作有《等他们观看时》（*Mientras miren*，1992）和《去迦百农》（*A Cafarnaúm*，1992）以及反军事主义的《后备队》（*Retén*，1991）。这三部作品都不同程度地表现出象征主义以及存在主义的创作手法。

第三阶段是卡瓦列罗创作的全盛期，代表作有《判决》（*Auto*，1992）、《落后者》（*Rezagados*，1992）、《最后一幕》（*La última escena*，1993）、《水之思念》（*Nostalgia del agua*，1996）、《加尔各答五重奏》（*Quinteto de Calcuta*，1996）和《荒芜的目的地》（*Destino desierto*，1996）。从表面看，所有这些作品都是对具体琐碎的日常生活的再现；但实际上，在这些作品中，死亡总是在不远处等待着主人公。作者运用极限的手法，要求人物反思和调整自己的行为，并对自己的灵魂进行深入的净化，从而使得这些作品变成了一出出现代劝诚短剧。

第四阶段，卡瓦列罗借助神话传说、文学隐喻，对历史，特别是西班牙历史，进行了一系列的回顾，以历史关照现实，并时常对经典的文学作品进行现代改编。代表作有《国王的裁缝》（*El sastre del rey*，1996）、《（古巴）圣地亚哥，围合西班牙！》[*¡Santiago (de Cuba) y cierra España!*，1998]、与阿森·贝纳德斯（Asun Bernárdez）合著的卡尔德隆式短剧《在中魔的塔中》（*En una encantada torre*，2000）、《伊凡·伊里奇·乌里阿诺夫的回归》（*El retorno de Iván Ilich Ulianov*，2001）、《我见过两次哈雷彗星》（*He visto dos veces el cometa Halley*，2003）、《责任感》（*Sentido del deber*，2005）、《亚伯拉罕先生和〈古兰经〉之花》（*El señor Ibrahim y las flores del Corán*，2005）、《佩费克塔女士》（*Doña Perfecta*，2012）、《神奇的迷宫》（*El laberinto mágico*，2015）、《宫娥的创作者》（*La autora de las meninas*，2017）。与此同时，卡瓦列罗还进行了古典喜剧创作的探索，如《我爱你，洋娃娃》（*Te quiero, muñeca*，2000），在剧情创作中延续一贯的理性批判精神，始终保持着情感和理智上的适当距离。

埃内斯托·卡瓦列罗因其在戏剧领域孜孜不倦的创作和实践，先后收获了西班牙舞台导演协会（Asociación de Directores de Escena）授予的"何塞·路易斯·阿隆索奖"（Premio José Luis Alonso，1992）、"马德里戏剧批评奖"（Premio de la Crítica Teatral de Madrid，1994）、"马科斯最佳改编剧本奖"（2006）、"西班牙舞台导演协会奖"（Premio ADE，2006）和"巴列-因克兰戏剧奖"（2017）等众多奖项。

埃内斯托·卡瓦列罗（Ernesto Caballero）

《责任感》（*Sentido del deber*）

《责任感》是西班牙当代剧作家埃内斯托·卡瓦列罗的戏剧作品。2005年，卡瓦列罗创作了这部作品，并于同年亲自执导，在马德里的伊萨卡剧场（Sala Ítaca）首次将其搬上舞台。

作品改编自黄金世纪戏剧大师卡尔德隆的经典剧作《荣誉的医生》（*El médico de su honra*，约1637年）。卡瓦列罗对卡尔德隆的敬仰是由来已久的，虽然在他出生的年代，激进的知识分子和戏剧家大多轻视西班牙古典戏剧，但卡瓦列罗却执着于从西班牙传统戏剧中汲取养分，尤其偏爱卡尔德隆的作品。作为剧作家，他改编了多部卡尔德隆的经典剧作，譬如：他的处女作《萝韶拉，梦如人生，我的小姐》以及《在中魔的塔中》都改编自卡尔德隆的《人生如梦》（*La vida es sueño*，1635）。作为导演，他也执导了若干部卡尔德隆的经典剧目。他甚至还创立了"萝韶拉剧团"，剧团的名字就直接取自《人生如梦》的女主人公萝韶拉。

《责任感》这部作品讲述了一个用暴力和鲜血来换取所谓荣誉的悲剧故事。宪兵队的交通巡逻警察恩里克斯在执行任务时不慎从摩托车上摔下来，受伤后被送到营地的医务室，由军医门希亚（Mencía）为他医治和包扎。恩里克斯和门希亚曾经是恋人，但门希亚结婚后，两人就再没有交集。这次偶然的机会，他们再次相遇。恩里克斯认为门希亚对他余情未了，于是趁她丈夫古铁雷斯值夜的机会，半夜登门，向门希亚表达自己的爱意，并企图挑逗她。门希亚虽对恩里克斯仍存有一些旧情，但出于对婚姻的责任断然拒绝了他的要求。正在此时，古铁雷斯突然回家，门希亚让恩里克斯躲到后院，以便此后悄悄逃走。门希亚出于害怕的心理，并未向丈夫吐露这件事情。恩里克斯也没有理会门希亚的拒绝，趁着留在营地疗伤的机会，一而再、再而三地引诱她，门希亚只能不断地拒绝他。但一次偶然的机会，军士长雷耶斯撞见了他们会面的场景。于是雷耶斯借机隐晦地向古铁雷斯表达，应该树立自己在家中的权威，捍卫男人的尊严。恩里克斯见屡次引诱门希亚未遂，终于准备离开营地。在他临行前，门希亚在护士哈辛达的撺掇下，给他写了一封饱含爱意的诀别信。谁知机缘巧合之下，信落到了古铁雷斯的手里。他愤怒之下，为了捍卫自己的尊严，杀死了恩里克斯和门希亚，最后自己也在痛苦和煎熬中结束了自己的生命。

卡瓦列罗创作这部作品的目的在于借助卡尔德隆原著中所探讨的荣誉主题来反映当代社会的另一个痛点：针对女性的暴力行为。很多时候暴力并不是激情和非理性的极端表现，而是一个社会根据贯穿其中的信仰和理念确立的行为准则。针对女性的暴力行为在本质上是一种控制，一种用权力来决定好坏对错的行为。这部作品的悲剧并不是一时的激情或疯狂所致，而是经过冷静思考后的结果：古铁雷斯清醒地认为自己在履行作为男人的职责，他所做的一切，不管有多残酷，都是应该做的。在他的认知中，社会上所有的男人都在他背后无声地支持着他，推动他去完成自己的职责，捍卫自己的荣誉。而卡瓦列罗要批判的并不是某个人的嗜血冲动或残忍行为，而是整个社会的这种畸形氛围和荒谬认知。

作者将原著《荣誉的医生》中的宫廷背景换成了宪兵的营地，时间从古代跨越到现代，虽相去甚远，但在逻辑结构上却一脉相承：同样是封闭的环境和尚武的习惯，同样是个人荣誉和集体荣誉相互纠缠，相似的人物名字，相似的社会等级和人物关系。作者保留了原著的主要情节，删去次要情节、次要人物，将焦点集中在主要人物和主要冲突上，同时对细节部分做了必要的改动，使其与新的时间、空间相匹配。

在语言的运用上，卡瓦列罗用简短有力的口头语言代替了卡尔德隆巴洛克式的华丽言辞，并大幅度地删减了原著中个人独白的运用，以省略和沉默代之，一方面缩减了篇幅，另一方面也以此消解个人独白自述痛苦、释放痛苦的作用，将内心的不安、猜忌和痛苦推至极致。但通

埃内斯托·卡瓦列罗（Ernesto Caballero）

篇来看，作者并没有完全远离卡尔德隆的语言风格，对话中时不时出现的一语双关、诗句形式的舞台说明，都让人清晰地看到了卡尔德隆的影子。

  作品的舞台设置和角色演绎秉承了布莱希特的戏剧美学观点，专注于情节叙述，舞台布景及舞台效果极为简约，陌生化效果明显。舞台布景摒弃了现实主义的风格，以象征性的物件代替生动逼真的道具。与此同时，演员的演绎也体现出明显的间离效果：剧中的五个角色，不论男女，均由女演员扮演；演员甚至会在演出时高声宣读自己所扮演角色或者其他角色的舞台说明。除去这些刻意展现的陌生化效果之外，演员的表演入木三分，令人信服，完美地塑造了多个真实而富有个性的人物形象。如此设计可能会让某些习惯传统现实主义表现手法的观众感到不适，但就戏剧表现本身而言，它能够更有效地突显剧情，也能让观众更冷静、更专注地解读剧情。这正好与作者的写作意图一致：针对女性的暴力行为所酿成的悲剧并不是一时兴起的冲动，而是整个社会氛围、社会准则推动下的理性行为，需要我们冷静、客观地看待和鞭辟入里地分析，不能被表面现象所欺骗。

（温晓静）

何塞·曼努埃尔·卡瓦列罗·博纳尔德
（José Manuel Caballero Bonald）

何塞·曼努埃尔·卡瓦列罗·博纳尔德（1926—2021），西班牙诗人、小说家、评论家。1926年出生于加的斯省的赫雷斯·德拉弗龙特拉。在塞维利亚学习航海课程并作为海军预备役队员短暂服役，之后前往马德里修读文哲专业。1959年移居波哥大，在哥伦比亚国立大学教授西班牙文学。1963年回到西班牙，从事编辑出版工作。1974—1978年间任教于美国布林茅尔学院西班牙语文化研究中心，曾出任胡卡尔出版社文学总编、《松·阿尔玛丹斯报》（*Papeles de Son Armadans*）杂志副主编、国际笔会西班牙分会主席等职。2021年5月9日在马德里逝世。

1952年，卡瓦列罗·博纳尔德出版第一部诗集《预言》（*Las adivinaciones*），获得"阿多奈斯诗歌奖"二等奖。1954年出版第二部诗集《短暂时间的回忆录》（*Memorias de poco tiempo*，1954）。其后陆续出版了《安泰俄斯》（*Anteo*，1956）、《闲暇时刻》（*Las horas muertas*，1959）、《挂绳文学》（*Pliegos de cordel*，1963）、《英雄

何塞·曼努埃尔·卡瓦列罗·博纳尔德（José Manuel Caballero Bonald）

失信》（*Descrédito del héroe*，1977）、《命运的迷宫》（*Laberinto de fortuna*，1984）、《阿尔戈尼达纪事》（*Diario de Argónida*，1997）、《违规者手册》（*Manual de infractores*，2005）、《夜晚没有墙壁》（*La noche no tiene paredes*，2009）、《战争间歇期》（*Entreguerras*，2012）、《忘却》（*Desaprendizaje*，2015）等诗集，以及《活着为了讲述》（*Vivir para contarlo*，1969）、《我们是自己所余下的时间》（*Somos el tiempo que nos queda*，2003）两部诗歌全集。其中，《闲暇时刻》获1959年"诗歌批评奖"，《违规者手册》获2006年"国家诗歌奖"。卡瓦列罗·博纳尔德荣膺的其他重要奖项还有：2004年"索菲亚王后伊比利亚美洲诗歌奖"（Premio Reina Sofía de Poesía Iberoamericana）、2005年"西班牙文学国家奖"、2012年"塞万提斯奖"（Premio Cervantes）。传记作品《奇才的考试》（*Examen de ingenios*）被西班牙《国家报》评为2017年度最佳书籍之一。

诗人胡安·卡洛斯·阿夫里尔（Juan Carlos Abril）将卡瓦列罗·博纳尔德的诗歌创作大致分为四个阶段：第一阶段从《预言》到《安泰俄斯》，这一阶段诗歌的玄思色彩较浓，多见对诗歌与语言本身的思考。如《预言》开篇的《我的双唇成灰》（«Ceniza son mis labios»）一诗，想象生命与词语如何接续诞生："在他黑暗的开端，自他/奇妙的起源，上帝最先创造的数，/某人，某个人类，等候着。/令人不安的梦境在/生灵从中受造的原初空无前/在它斗争的遗产前/竖起迫人的消息，赋予/盲眼的秘密以生命，/赋予隐秘的符号以生命，它们仍然无声地/从深不可测的记忆中奋力挣扎/要浮现为一首首歌，/嘴唇纯粹的讶异疼痛，将人类/内心火焰变为灰烬的/被选中的人。"

第二阶段从《闲暇时刻》到《挂绳文学》，这一阶段诗人的写作风格更加成熟，诗歌的存在主义色彩更加鲜明，同时在内观"我"与外观"他人"的两个面向有所发展，童年与社会成为更常书写的主题。这一阶段中的一些诗作有着"承诺诗歌"的特质，与历史、与现实有着紧密的联系，如《西班牙白》（«Blanco de España»）一诗中，诗人叹惋西班牙过去所遭受的劫难，期待未来自由之光能够照耀祖国："西班牙白，鲜血/令你暗淡。那憎恨的母亲与木材，/忘掉死亡的数目吧，/以忘却的光芒擦亮/染血的铁器，为它上色，/好让谁也不要想起/你身上分裂的伤痕，/好在我的名上写下你的/好用我的希望点亮/你新生的自由之光。"

第三阶段从《英雄失信》到《命运的迷宫》，诗歌围绕"迷宫"的概念展开。《英雄失信》中时间与回忆成为神话中的迷宫，如引用忒修斯与阿里阿德涅典故的《阿里阿德涅之线》（«El hilo de Ariadna»）所言："无眼的景象/比疲惫旋转的回忆/更固执地闪过。奥滕西亚，/米诺斯的女儿，现在/还不算太晚，来吧，/我们从前度过的夜转瞬即逝：/我们仍然还有时间，/不必急着离开迷宫。"而《命运的迷宫》中的迷宫则是词语与自我认知的迷宫，在这一阶段，诗歌文本更加开放，邀请读者参与到语言的解谜中。第四阶段则从《阿尔戈尼达纪事》到《夜晚没有墙壁》，这一阶段诗歌的美学意义与伦理意义逐渐交融，肩负反对陈规、反对权力话语的责任。

对语言与词语、时间与记忆的关切是卡瓦列罗·博纳尔德诗歌最核心的特征。诗人向来重视诗歌语言的打磨与雕琢，他曾经表示，诗歌首先是一种语言的造物，本质上是一种语言行为，而"如果作家忘记了风格才是最重要的因素，是真正的文学的核心，那他就入错了行，他把文学和新闻报道搞混了"[①]。对于诗人来说，词语有拯救的作用，写作就是在记忆与语言的迷宫里寻找恰切的词语，来讲述曾经历过的事情，将过去的经验从时间的废墟中挽救出来。"时间"和"记忆"则是卡瓦列罗诗歌中常见的主题，从几部诗集的题目即可看出：《短暂时间的回忆录》《闲暇时刻》《我们是自己所余下的时间》。诗人认为诗歌终究要从个人的、无可取代的经历出发，诗歌不在情感之中而在经验之中，过

---

① De Ory, Carlos Edmundo. *José Manuel Caballero Bonald, el magnífico*. Alicante: Biblioteca Virtual Miguel de Cervantes, 2016, p.105.

何塞·曼努埃尔·卡瓦列罗·博纳尔德（José Manuel Caballero Bonald）

去的记忆是诗歌最重要的材料来源。

而词语和记忆、语言的经验和生命的经验又是可以彼此转化的。诗人曾经表示，他在创作诗歌时最常做的，就是将生活的经验变为语言的经验。在这一转化的过程中，真实的与虚构的经验不可避免地杂糅在一起，因为如诗人自己所言，"追忆过去的经历等同于杜撰它"①。对现实经验的文学虚构使得诗人拥有诗歌内外的"双重生活"，一方面，诗人笔下的抒情主体与诗人自身相当相似，分享诗人对日常事物的观察与感受；但另一方面，这位抒情主角在诗歌中有着自己独有的偏好与行为举止，成为诗人并不忠实的自画像。除却加入虚构的成分，诗人还会将现实经验泛化，在诗歌中并不点出具体的"此时"与"此处"，少叙事，多象征与反思，将具体的经历上升到对广泛人性的思考。《乞丐》（«Mendigo»）一诗便是一个典型例子，诗歌的原型取自诗人曾经见过的一位沉默寡言、在行乞中默默维持尊严的乞丐，但在诗中，这位乞丐被抽象化了，不再是一个具体的个人，而成为一切处于困境中的人的象征。

卡瓦列罗·博纳尔德是一位非常多产的作家，在诗歌以外，他也积极进行其他文学体裁的创作，著有《九月的两天》（*Dos días de Septiembre*，1962）、《玛瑙猫眼》（*Ágata ojo de gato*，1974）、《彻夜闻鸟过》（*Toda la noche oyeron pasar pájaros*，1981）、《在父亲的家》（*En la casa del padre*，1988）、《混乱之地》（*Campo de Agramante*，1992）等小说。其中《九月的两天》获"简明丛书奖"，《玛瑙猫眼》获"批评奖"。除此之外，卡瓦列罗·博纳尔德还创作了大量散文、游记，撰写了题为《战争失败的年代》（*Tiempo de guerras perdidas*，1995）与《生活的习惯》（*La costumbre de vivir*，2001）的两部回忆录，改编了多部西班牙经典剧作，如罗哈斯·索里亚的《睁

---

① Fundación Caballero Bonald. *José Manuel Caballero Bonald: actas del congreso-homenaje*. Alicante: Biblioteca Virtual Miguel de Cervantes, 2016, p. 41.

开眼睛》（*Abre el ojo*）、蒂尔索·德·莫利纳的《穿绿裤子的希尔先生》（*Don Gil de las calzas verdes*）、洛佩·德·维加的《羊泉村》（*Fuenteovejuna*）等。

目前国内尚未发行卡瓦列罗·博纳尔德作品的中文单行本。

《违规者手册》（*Manual de infractores*）

《违规者手册》是西班牙诗人卡瓦列罗·博纳尔德于2005年出版的代表作，荣获2006年"国家诗歌奖"。

诗集的标题颇具反叛精神，诗人自己在接受采访时亦曾说道："我原本要给诗集取名为《不服从》。"[①]所谓"违规"，是违反愚昧保守的陈规，是对盲从、愚蠢、虚伪等人类劣根性的一次宣战。虽然西班牙步入民主化进程足有30年，佛朗哥的阴影看似已然与过去一同远去，但诗人认为当今仍有佛朗哥主义的残余，潜伏在那些毫无主见、被保守思潮裹挟的人们身上。诗人对这一情状的担忧与讽刺鲜明地体现在这本反叛的《违规者手册》之中。

《违规者手册》某种程度上仍延续诗人一贯的"巴洛克风格"，用词考究，比喻繁多，但与先前的作品相比，去除了一些装饰性的修辞，多了一分新鲜的简洁，如《空白》（«Blanco»）一诗，风格就颇为洗练："空白的时间和空虚的/通知：/我的语言和我的灵魂。"诗集中的一些诗歌有着讽刺现实的强烈色彩，如讽刺毫无创造力的人云亦云者的《愚蠢的人比邻而居》（«Necios contiguos»）："他们连续不断地/喊叫，演说，/憎恶违反规章的人们，喜爱/茶话会里难以容忍的单调言辞，/永远保持他们的本质：/别的悲伤回声的悲伤回声。"以及讽刺愚昧盲从

[①] Cruz, Juan. «Para mí, el estilo es fundamental», 2005-11-25. https:// elpais. com/ diario/ 2005/11/25/cultura/ 1132873202_850215.html, 2018-09-13.

的人们的《教派》（«Secta»）："他们用化妆品遮掩他们的血统/但仍然无法掩盖/那支撑他们信仰的/盲从的低贱性格。/他们正是那些/在一支凯旋的伪善队伍/沿着大道前进的同时/仍以爱国者的煽动演说/自娱的人们，始终紧抓/标准与十字架，试图以此/与他们的长辈一争高下。"另一些诗歌受伊拉克战争的激发，反对战争的虚伪与残暴，如《一个问题》（«Una pregunta»）一诗，对战争的正当性发出了振聋发聩的质问："在生命最终获胜以前，/我们还得将多少/骗子的财团，可憎的/讲道师，军火买卖，/只为掩盖罪行的/婉转词语，/与我们的死者两相比对？"或是《预防的恐怖》（«Terror preventivo»）一诗中，诗人对战争即将引发的灾难忧心忡忡，对战争本身充满厌恶："就在那里，在无可挽回的/恐怖战略背后，你难道没有听到/宗派血腥的脚步，/手握权力之人/排斥的标记，/他的掠夺，他的欺诈，他的谎言？/即将到来的残暴历史，/我们在一双怎样的手中，为了继续活着/生命还要策划出怎样的陷阱？"

　　除却直接与现实密切相关的反思与抗议，诗人还进一步邀请读者怀疑华丽的言辞、宏大的话语，怀疑所谓绝对的信念。在《各得其所》（«Cuique suum»）一诗中，诗人以连环问句结尾，给读者留下无限的深思："他所记得的一切都错了吗？/愚人和智者对调他们的错误？/是否只有不相信一切真相的人/才能成功了解他自己？"个人的记忆不甚牢靠，集体的记忆又常常由掌握权力者改写，于是坚信的事物可能成为完全的谎言，而要了解真正的真实，必须懂得怀疑、甄别，时刻保持警醒。

　　总而言之，《违规者手册》是一次全方位的"违规"或曰突破：对诗人往日风格的超越，对社会保守群体的挑战，对愚昧、伪善、盲目等人类之恶的揭露与抨击。在"违规"之中，诗人一面肩负起道德的责任，一面继续坚持打磨自己的美学追求，将诗歌的伦理意义与美学意义融为一体。

（黄韵颐）

劳拉·卡谢列斯
（Laura Casielles）

劳拉·卡谢列斯（1986— ），西班牙青年诗人、记者，新生代诗人代表人物，被评论界视为当今西班牙诗坛的革新性声音之一。

卡谢列斯1986年6月5日生于西班牙阿斯图里亚斯自治区，在波拉·德·谢罗（Pola de Siero）附近的村庄度过了童年和青少年时代，现在马德里居住。她自幼热爱阅读，学习成绩优异，中学毕业后前往首都求学。劳拉·卡谢列斯是马德里康普顿斯大学新闻学硕士、西班牙国立远程教育大学（Universidad Nacional de Educación a Distancia）哲学硕士、马德里康普顿斯大学当代阿拉伯和伊斯兰研究专业硕士。大学毕业后劳拉·卡谢列斯一直从事媒体相关工作。她曾供职于西班牙埃菲社，先后在埃菲社马德里分社和驻摩洛哥拉巴特通讯社工作，还担任过拉巴特塞万提斯学院的媒体顾问。她认为传媒和诗歌本质上并无不同，它们提供的不是日常生活的廉价解决方案，而是从根本上影响人对于自

劳拉·卡谢列斯（Laura Casielles）

我和世界的认知与思考。劳拉·卡谢列斯还积极投身政治活动，2014—2017年为"我们能"党（Podemos）媒体事务负责人之一，近期主管该党的众议院媒体协调工作。目前劳拉·卡谢列斯在马德里自治大学工作，同时撰写关于摩洛哥去殖民化文学与记忆的博士论文，并与多家媒体就文化等议题继续展开广泛合作。

2008年以来劳拉·卡谢列斯已经出版了四部个人诗集，分别是：《逃跑的士兵》（*Soldado que huye*，2008）、《共同语言》（*Los idiomas comunes*，2010）、《我们在地图上做的标记》（*Los señales que hacemos en los mapas*，2014）和《某些事物的简史》（*Breve historia de algunas cosas*，2017）。其中《共同语言》荣获2010年西班牙阿尔沃洛特市"安东尼奥·卡瓦哈尔青年诗歌奖"和2011年西班牙"米格尔·埃尔南德斯青年诗歌国家奖"。《逃跑的士兵》的主题是告别、旅行和启蒙的仪式，以及寻找某种被称为世界的存在，是一本问题多于答案的书。劳拉·卡谢列斯曾经在摩洛哥工作和生活过两年，《共同语言》和《我们在地图上做的标记》都直接涉及她在这个西班牙近邻的工作和生活经历。诗人坦承："几年前在旅行中我开始对摩洛哥产生兴趣，但关键是我在那里生活过，并意识到我们对那里的文化几乎一无所知，它不仅与我们毗邻而居，我们也是它的传承者。"[①]在诗人看来，《共同语言》描写了如何找到最真实的语言讲述相遇，描述不同的生活方式，以及我们如何凭借这些词语直面那些让我们焦虑不安的事物。《我们在地图上做的标记》描述了行走和旅程、令人惊诧而震撼的风景、对于自我和世界的再次发现："在海与沙漠的边界，/那里地图已经没有了用处，/被规训的人失去了方向。/那时不得不相信：/握住一只手，/托庇某位神祇，/跟着星星前行。"《某些事物的简史》进一步

[①] Casielles, Laura. «En mi poesía tienen mucha importancia el amor, las compañías, el viaje», *La Nueva España*, 2011-11-15. https://www.lne.es/sociedad-cultura/2011/11/15/laura-casielles-poesia-importancia-amor-companias-viaje/1156968.html, 2020-04-09.

深化了诗人关于主体、人性、文化多元性和多样性等的思考："我们被创造出来/为了寻找光/为了彼此相遇。"诗人的语言风格也愈发成熟，既明澈清晰，又复杂多义，不断刺探语言表达的极限，又给予读者无限的诠释可能。

评论界认为劳拉·卡谢列斯对于诗歌语言有着不同于同龄人和朋辈诗人的重视。卡谢列斯指出，诗歌创作的出发点是相信语言具有改造的力量。换言之，她认为借助诗歌可以找寻语言和词语："写作：采用陌生语言不驯服的词语"，从而"命名或见证即将经历的一切"。[①]在劳拉·卡谢列斯看来，语言作为一种天然的隐喻可以成为质疑和挑战固有规范的工具，解构新自由主义社会中被发达资本主义奴役身心的主体，并在此基础上恢复人的本性，实现真正意义上人的解放。诗人相信"写作：划定人可以袒露自己的疆域"，让她能够"从古老的语言翻译勇敢的记忆"，又"在天平的托盘内放置遗忘多产的种子。决定值当朝哪个方向倾倒词语的重量"，最终"加入牵引冲车的队伍，撞开一道门"。因此，在劳拉·卡谢列斯的笔下，相遇不仅仅是一个核心意象，也是一种通往路径，抒情主体往往处于"相遇"状态：遇见某个人、某种语言、某种文化，并在相遇中发现世界的多元与多样，反思自我，重构自己与世界的关系。2018年西班牙"国家诗歌奖"得主弗朗西斯卡·阿吉雷认为劳拉·卡谢列斯的诗歌是永无止境的冒险，它以全新的方式看待感情，用全然放松的方式描述所经历和所体验的，揭示真实时更没有任何陈词滥调。阅读她的诗是一种愉悦，令读者惊奇和感动。

劳拉·卡谢列斯的诗作还入选了《七个世界：新诗选》（*Siete mundos: selección de nueva poesía*，2015）等重要诗歌选集，并被翻译为其他欧洲语言。她的叙事作品入选《两岸，同一片海——古巴和

---

① Casielles, Laura. «En mi poesía tienen mucha importancia el amor, las compañías, el viaje», *La Nueva España*, 2011-11-15. https://www.lne.es/sociedad-cultura/2011/11/15/laura-casielles-poesia-importancia-amor-companias-viaje/1156968.html, 2020-04-09.

阿斯图里亚斯短篇小说集》（*Dos orillas, un mismo mar: antología de cuentistas cubanos y asturianos*，2006）、《氧化物时代：阿斯图里亚斯青年小说家选集》（*La edad del óxido: Antología de jóvenes narradores asturianos*，2009）。她还进行法语和英语文学翻译，参与创建了一个有关伊斯兰文化与阿拉伯世界的网站，主持过两个博客，在多种期刊上发表了诗作、文章、访谈和翻译作品，并参与跨界艺术创作［如作品《地图，非领土》（*El mapa, no el territorio*）参加了2013年《道路·旅行笔记》（*Estrada. Cuadernos de viaje*）展览］。诗人获得的其他奖项还有马德里储蓄银行社会公益活动2007年"最年轻的声音"奖（Premio La Voz + Joven de Caja Madrid y la Casa Encendida）；2009年，她的诗稿《厄洛斯和魔鬼们》（*Eros y Diablos*）荣获"拉丁青年艺术奖诗歌奖"（Premio Arte Joven Latina en la categoría de poesía）。

劳拉·卡谢列斯的诗歌作品尚未被正式译介给中国读者。

《共同语言》（*Los idiomas comunes*）

《共同语言》（2010）是西班牙青年诗人劳拉·卡谢列斯的第二部个人诗集，也是她的成名作和代表作，因"以个人独树一帜的声音传达了成熟的世界观，诗歌节奏富有思想与情感的力度和维度"，于2011年荣获西班牙首届"米格尔·埃尔南德斯国家青年诗歌奖"。

《共同语言》收录了劳拉·卡谢列斯42首诗作，分为四个部分。第一部分是对话风格，反思身体和身体的变形、事物的存在及其存在方式，质疑对陌生事物与人的下意识恐惧。第二部分探索人的个体存在，拷问唯一性及其概念的来源，并在第三部分逐渐揭示答案——语言。她宣称语言是将世间的人联系在一起的纽带，指出"词语/让我沿着理性之路前行/几千年来他们锻造了讲话的人"，同时，作为个体的人，她又需要"一种语言/我可以用它讲话/没有人不理解我讲的一切,/一种不那么沉重的语言"。换言之,语言及附着于语言的关系并非是天然的,它们往往服务于沟通,又受制于沟通的需要。为此,既然人类只能使用语言讲述和命名曾经、正在和即将经历的一切,诗人强调必须学习语言:"我要找到一种语言/在那里爱这个词语/不会有代词的意涵。"在第四部分中,诗人又回到了诗集的出发点,构成了对于爱、语言和存在的没有结尾的反思与探索。

《共同语言》中有20首诗中直接出现了"爱"这个词语的名词或动词形态,形成了诗人所谓关于"爱和爱的各种形态、生命中关键的陪伴"[1]的诗集。劳拉·卡谢列斯认为,作为既日常又抽象的存在,爱能将人类联系在一起,又能促使一个人远离他人、远离生活,因此她将"爱"上升为"共同语言",希望借助爱的力量恢复纯粹和纯洁的人性。

尽管诗集的主题是爱,但需要强调的是,《共同语言》并非一部爱情诗集,也不是诗人献给爱人的颂歌或哀歌。诗人指出,爱、语言和生命中的陪伴是《共同语言》所关注的主题。诗集讲述了旅行、认知的愿望和兴趣;遇到其他思维、生存方式和文化的冲撞所带来的震惊;认识和创造世界,人作为集体与个体所面临的多重焦虑和复杂多元的问题,成为"我们日常生活中各种困境的编年史"[2],并构成寻找"能够帮助我们更好地压服困境的生活方式"[3]之路径。就整体而言,《共同

---

[1] Casielles, Laura. «En mi poesía tienen mucha importancia el amor, las compañías, el viaje», *La Nueva España*, 2011-11-15. https://www.lne.es/sociedad-cultura/2011/11/15/laura-casielles-poesia-importancia-amor-companias-viaje/1156968.html, 2020-04-09.

[2] Valdés, Andrés. «Laura Casielles gana el Premio Nacional de Poesía Joven Miguel Hernández», *Información*, 2011-11-15. https://www.diarioinformacion.com/cultura/2011/11/15/laura-casielles-gana-premio-nacional-poesia-joven-miguel-hernandez/1190678.html, 2020-04-09.

[3] Casielles, Laura. «En mi poesía tienen mucha importancia el amor, las compañías, el viaje», *La Nueva España*, 2011-11-15. https://www.lne.es/sociedad-cultura/2011/11/15/laura-casielles-poesia-importancia-amor-companias-viaje/1156968.html, 2020-04-09.

劳拉·卡谢列斯（Laura Casielles）

语言》质疑固化，反对规训、法律帝国，解构经典神话，支持文化融合和杂糅。它赞美流动，但不批驳其他生活方式，而是强调它不仅是自己选择的生活方式，还可以作为认知的路径，寻找更多的相遇、对话和可能性。

（许彤）

哈维尔·塞卡斯（Javier Cercas）

哈维尔·塞卡斯（1962—　），西班牙小说家、《国家报》专栏作家、翻译家。1985年毕业于巴塞罗那自治大学西班牙语言文学专业，后在该校获得文学博士学位。1987—1989年在美国伊利诺伊大学任教，期间创作了自己的处女作、短篇小说集《手机》（*El móvil*，1987）。从1989年起在西班牙赫罗那大学任教，同年发表第一部长篇小说《房客》（*El inquilino*）。接下来的《鲸鱼的肚子》（*El vientre de la ballena*，1998）则是一部校园爱情小说。

塞卡斯的父亲及其他亲人为长枪党党员，但作家本人对西班牙内战有自己的观点和立场，对内战及佛朗哥之后的政治转型期抱有浓厚的兴趣。其小说融合了不同的文学类型，既使用见证小说，又把报道、散文与虚构混为一体。他的作品虽然题材不同，但都起始于一个问题，整部书是对该问题答案的寻找。2001年成名作《萨拉米斯的士兵》（*Soldados de Salamina*）的出版使塞卡斯在国际上获得较高知名度，从此放弃教职，成为专职作家。

哈维尔·塞卡斯（Javier Cercas）

《一个瞬间的详解》（*Anatomía de un instante*，2009）以1981年2月23日西班牙未遂政变为素材，成为当年非虚构作品的畅销书。1981年2月23日，任由政变者的子弹在国会大厅里嗡嗡作响，首相阿道弗·苏亚雷斯（Adolfo Suárez）、将军古铁雷斯·美亚多（Gutiérrez Mellado）和西共总书记圣地亚哥·卡里略（Santiago Carrillo）是仅有的三位仍然岿然不动的议会议员，其他人则躲在椅子下面寻找避难所。这部小说重构了西班牙民主转型时期的重要一幕，兼具纪实、侦探和惊悚小说于一体。该书分别获得2010年"国家小说奖"和"特伦西·莫伊斯散文奖"（Premio Terenci Moix de Ensayo）。

《边界法则》（*Las leyes de la frontera*，2012）具有元小说成分，身为作家的主人公经过4次漫长的调查和采访，重构了传奇人物萨尔科的故事。他的原型是外号为"小牛"的有名的罪犯，代表了20世纪70—80年代民主转型期年轻人吸毒、犯罪、入狱等社会问题。该书获2014年"曼达拉切青年读者奖"（Premio Mandarache）。

纪实性小说《骗子》（*El impostor*，2014）描写的是西班牙民主过渡时期的一位无政府主义者恩里克·马克（Enric Marco，1921—　）如何冒充纳粹集中营的幸存者，代表西班牙参加相关纪念活动，结果被揭穿其骗子面目。在经过大量的研究和调查后，作者还发现马克在几十年里一直把自己伪装成反法西斯、反佛朗哥分子。作者对该真实人物的评价是，当所有人都在虚构自己的生活时，他也这么做了。《骗子》获2015年"21世纪年度最佳外国小说奖"，并入围英国"布克国际文学奖"（Man Booker International Prize）。

《影子君主》（*El monarca de las sombras*，2017）再次将西班牙内战作为小说的背景，探讨了内战的遗产、英雄主义的本质、承担不堪回首的过往的困难。主人公是作家的母亲，由她回忆塞卡斯外公的兄弟曼努埃尔·梅纳·马丁内斯短暂的一生。此人作为长枪党的陆军少尉，19岁死于埃布罗河战役，塞卡斯家族对他的经历一直保持沉默。作家力图解开这个家族之谜，并更加客观地理解内战这段历史。但也有评论认为塞卡斯作为内战胜利者的后代，试图在小说中操纵历史记忆，为佛朗哥分子洗白。该书2018年获首届法国"安德烈·马尔罗小说奖"（Premio André Malraux）。

塞卡斯在《特拉阿尔塔》（*Terra Alta*，2019）中第一次涉猎惊险小说，获2019年"行星奖"（Premio Planeta）。其灵感来自2017年夏在巴塞罗那发生的恐怖袭击事件：4名持枪的伊斯兰武装分子在兰布拉斯大道（Ramblas）实施袭击之后数小时又企图在海滨大道制造屠杀，加泰罗尼亚警察与恐怖分子展开激战（主人公梅尔乔·马林在这场战斗中表现勇敢）。该事件的后遗症及那个夏天加泰罗尼亚即将宣布独立的紧张气氛为小说的背景，情节分两部分：一方面讲述马林与妻子在特拉阿尔塔（comarca de Terra Alta）的故事，另一方面叙述他在该地区首府甘德萨（Gandesa）破获三起杀人案的复杂过程。塞卡斯表示，该书与他之前所有的作品都完全不同，作家力图反思"法律的价值和意义，正义的可能性和复仇的合法性"，因此《特拉阿尔塔》是"一个在世上寻找自己位置的男人的史诗"。[①]

《独立》（*Independencia*，2021）是以梅尔乔·马林为主人公的系列政治小说的第二部，故事发生在不久的将来2025年，依然聚焦加泰罗尼亚分裂主义这一社会政治顽疾。书中的一个上流社会人物表示："不想独立的加泰罗尼亚人没有良心，想要独立的加泰罗尼亚人没有头脑。"小说涉及正义和复仇两个重要主题，抨击了加泰罗尼亚特权阶层，揭露了当地的政治腐败和排外思想。

塞卡斯还先后被意大利授予"厄尔巴岛国际文学奖"（Premio Letterario Internazionale Isola d'Elba，2017）、"维杰瓦诺市国际文学终身成就奖"（Premio alla carriera' Città di Vigevano，2018）。

---

① https://www.ohlibro.com/terra-alta-premio-planeta-2019/b-492224, 2020-03-05.

哈维尔·塞卡斯（Javier Cercas）

塞卡斯的其他作品：小说《光速》（*La velocidad de la luz*, 2005）、《阿伽门农的真相》（*La verdad de Agamenón*, 2006），短篇小说集《好赛季》（*Una buena temporada*, 1998）、《真实的故事》（*Relatos reales*, 2000），学术文集《贡萨洛·苏亚雷斯的文学著作》（*La obra literaria de Gonzalo Suárez*, 1993）、《盲点》（*El punto ciego*, 2016）。

中译本：《骗子》，刘京胜、胡真才译，人民文学出版社，2016年；《萨拉米斯的士兵》，侯健译，人民文学出版社，2021年。

《萨拉米斯的士兵》（*Soldados de Salamina*）

《萨拉米斯的士兵》（2001）是西班牙当代作家哈维尔·塞卡斯的代表作。1994年夏作家桑切斯·费尔洛西奥去赫罗那大学做讲座时曾对哈维尔·塞卡斯讲述自己的父亲马萨斯（西班牙长枪党创始人之一、作家）在内战结束时的一次共和派枪决中侥幸逃生。后来塞卡斯把这个故事告知旅居赫罗那的智利著名作家波拉尼奥，后者鼓励他把这段匪夷所思的历史写成一部小说。

萨拉米斯海湾曾在历史上上演了著名的希腊—波斯海战，结果希腊海军以少胜多，打败波斯舰队，塞卡斯以此来影射西班牙内战的双方决战。《萨拉米斯的士兵》既非传统意义上的小说或自传，也不是散文或新闻报道，它综合了这些体裁的特点，其目的是让读者相信叙述者所讲述的故事的真实性，恢复被遗忘的内战失败者的记忆。

在《萨拉米斯的士兵》里，第一人称叙述者是哈维尔·塞卡斯（虽然他的某些经历与作家本人有出入）。作为某报刊记者，他从桑切斯·费尔洛西奥口中得知其父在1939年1月的一次遭遇。当时内战已近尾声，佛朗哥的部队朝加泰罗尼亚地区进军，溃败的共和派在流亡法国之前决定集体枪决关押在巴塞罗那的50名长枪党人。行刑开始,机枪扫射,桑切斯·马扎斯逃入了丛林,在搜索过程中,共和派士兵米拉叶斯(这个战士前几天在舞曲"西班牙叹息"的伴奏下翩翩起舞,感动了那些犯人)发现了他的藏身之地,四目相对,千钧一发,桑切斯·马扎斯自感难逃一死,但那个士兵却无言地转身离去。后来马扎斯入阁佛朗哥政府,他知恩图报,千方百计保护曾救过自己性命的人。

现在轮到哈维尔·塞卡斯穷追不舍,他作为小说的第一人称叙述者,力图重构这段发生在西班牙内战末期的历史。塞卡斯逐个采访所有的证人,唯独找不到那个释放马萨斯的英雄米拉叶斯。为了让故事有个完美的结局,他不得不杜撰了一个尾声:米拉叶斯跨越西法边境,参加法国抵抗运动,并随盟军攻打德国。战争结束后他隐姓埋名,在法国的一个疗养院里安度晚年。

《萨拉米斯的士兵》获得第一届"萨兰波奖"(Premio Salambó de Narrativa)、智利"批评奖"(Premio de la Crítica de Chile)、意大利"格林扎纳·卡佛奖"(Premio Grinzane Cavour)、2004年英国"独立报外国小说奖"(The Independent Foreign Fiction Prize)。该书已被译成二十多种语言,2017年再版。

2003年西班牙导演大卫·特鲁埃瓦(David Trueba)将该小说搬上银幕,获2004年西班牙电影"戈雅奖"(Premio Goya)最佳影片提名,并代表西班牙参加当年奥斯卡最佳外语片竞赛。

(王军)

拉斐尔·齐尔贝斯
（Rafael Chirbes）

拉斐尔·齐尔贝斯（1949—2015），西班牙作家、文学评论家。出生于瓦伦西亚，8岁起在铁路员工孤儿学校学习，16岁前往马德里，在首都攻读现当代历史。1969年前往巴黎，后在摩洛哥教授西班牙语，2000年返回故乡，从事文学批评和记者工作。齐尔贝斯用马克思主义的眼光来观察和反思西班牙的历史和社会，是一个大器晚成、不随波逐流的作家。

处女作《米蒙》（*Mimoun*，1988）以第一人称平铺直叙的方式讲述一个西班牙老师曼努埃尔在摩洛哥小镇米蒙（他打算在此地创作一部小说）与各式神秘的人物相遇（特别是一个自我毁灭的流亡者），并与这些人发生短暂的同性恋关系的故事。在此过程中，各自不正常的命运投射到主人公身上。

《在最后的战斗中》（*En la lucha final*，1990）以当代马德里为舞台，塑造了一群在自身矛盾和内心混乱面前屈服的资产阶级集体人物

（叙述者利用其余人物的声音来构筑一个多侧面、多视角的故事，时间不断往前或向后跳跃），小说揭示的重要一点是阶级的对立和斗争依然决定着西班牙人的日常生活。

《长征》（*La larga marcha*，1996）、《马德里的陷落》（*La caída de Madrid*，2000）和《老朋友》（*Los viejos amigos*，2003）构成反映西班牙社会的三部曲，时间跨度从西班牙内战后到民主转型期，因此作家被誉为"政治转型的B面作家"[①]。第一部可以看作是成长小说，也是齐尔贝斯第一次使用第三人称创作的小说，是对一个民族集体记忆遗忘的反抗。作品分析了西班牙内战、战后的独裁统治及60年代的抵抗运动，描写了一段充满痛苦和失败、求生和行动、寻找乌托邦和革命变化的长征。第二部是一个合唱式的作品，分析并诠释了一个具体的历史瞬间——佛朗哥统治的最后一天（1975年11月19号）。小说刻画了一群对立的人物，他们看待现实的不同态度和方式预示着西班牙社会从此将发生重大的历史变化。齐尔贝斯坦承，实际上《马德里的陷落》里的每个人物都是他的一部分，甚至可以把它当作作家本人的自传来阅读。在第三部中，一群曾为共同的革命事业聚集在一起的老同志应邀参加一个晚宴，如今多年之后他们回顾自己的生存，感觉自己的生活充满过错、失落、怨恨或背叛。

在《一笔好字》（*La buena letra*，1992）中，女主人公安娜以书信体的形式回忆了她家（属于内战失败者阵营）的遭遇，讲述了内战对西班牙社会所造成的浩劫，描述了内战失败者因失去希望和幻想而承受的精神苦难；同时还揭示了贫穷如何吞噬高尚的情感，激起卑鄙动机（她的小叔子安东尼奥原本是共和派战士，被捕入狱后放弃了自己的理想，与折磨自己兄弟的仇人沆瀣一气，以获取物质上的好处）。

对历史记忆的社会分析和对权力的思考在《猎人的射击》（*Los*

---

① https://www.elmundo.es/cultura/2016/01/15/5698e7cdca47416c4b8b4580.html, 2019-03-05.

拉斐尔·齐尔贝斯（Rafael Chirbes）

disparos del cazador，1994）中得到加强。主人公/叙述者是年迈的卡洛斯，他回忆了自己在佛朗哥时期的生活。作为共和派教师的儿子，卡洛斯年轻时代独闯马德里，为了发家致富而不惜道德沦丧。小说描写了卡洛斯与鄙视自己的儿子产生对立的故事，涉及的是战后西班牙社会道德和物质的贫乏，刻画了佛朗哥经济发展时期的真实面貌。

在西班牙2008年经济危机爆发的前一年，齐尔贝斯出版了《火葬场》（*Crematorio*），获得2007年"批评奖"和"杜尔塞·查贡西班牙小说奖"。该书与《猎人的射击》形成对应，暗示当代社会的道德困境复制了内战遗留的弊端。小说的主人公鲁文原本是一个接近共产主义、希望改变世界的年轻设计师，但最终放弃自己的理想，变成了高端社区、别墅的巨头。而他的弟弟马迪亚斯是西班牙共产党员，他的存在像一个阴影，在质疑鲁文的理想。但马迪亚斯实际上也是一个自私的人，他挥霍母亲的财富，却不照顾生病的老母；与两位女友及儿子的关系也充满矛盾和失败。作家通过对不同人物的描写，向我们展示了西班牙经济泡沫的顶点和几代人政治、道德的演变：房地产投机、肮脏的交易、毒品、性交易、腐败贯穿整个动荡的社会。在被神遗弃的世界中，语言和思想都只是表象，艺术和文学也只是空洞的玩具。借主人公鲁文之口，作家表示："我们经历了一个无可比拟的进步阶段，然而，我们常常不知道该如何对待它所给予我们的。"

遗作《巴黎—奥斯德立兹》（*Paris-Austerlitz*，2016）具有自传因素，舞台是巴黎，讲述一个流亡巴黎的马德里年轻画家与给予他庇护、又比他年长许多的一个诺曼底工人的爱情关系。小说包含了齐尔贝斯作品的所有基本要素，因此也可以被视为作家的遗言，同时也是对《米蒙》的一种回应。

齐尔贝斯被改编成电视剧的作品有：《火葬场》，2011年，Canal Plus电视台。

中译本：《在岸边》，徐蕾译，人民文学出版社，2015年。

《在岸边》(*En la orilla*)

《在岸边》(2013)是拉斐尔·齐尔贝斯的最佳作品之一,获得2014年西班牙"批评奖"和"国家小说奖",被《国家报》评为2013年度西班牙最佳小说,2014年在中国被评为"21世纪年度最佳外国小说"。

《在岸边》从某种意义上讲是对《火葬场》的延续,因为两部小说反映的是西班牙经济危机的不同阶段。《在岸边》描写了西班牙房地产泡沫危机所造成的后果,故事的开端是在瓦伦西亚沿海地区奥尔瓦镇的水库发现一具尸体,那里既有内战的遗迹,也有当代开发商和政客肆意进行房地产开发、破坏当地生态的场景。"水库在以往砖头的时代是静止的,在那里保持死寂,继续恶化。当你剥夺人们与邻居分享的部落空间,剩下水库还在起很大作用。"主人公是年满70的埃斯特万,他投资房地产失败,被迫关闭自家的木匠作坊,造成他的5个雇工失业。他一边照顾病重的父亲,一边探讨自己陷入人生败局的原因。"人类的生命是大自然最大的经济浪费:当你看似可以从你所知道的事情中获取好处时,你死了,后来的人再次从零开始。"事实上,埃斯特万一辈子都觉得自己是个失败者:他父亲是共和派,战后为谋生开了一家木匠作坊;埃斯特万并不喜欢这个职业,但为了对家庭负责不得不接过父亲的产业。他一生都未结婚生子,因为他爱的女人嫁给了自己的老朋友弗朗西斯科,后者是一个成功人士。"当你以为幸福会到你身边时,你感觉到它,预感到它,然后结果是幸福扬长而去,逃脱了你,不在了。"而当地最大的企业家佩德罗斯则毫不掩饰地指出金钱的作用:"避难所在哪里?金钱所在的地方即避难所,因此大家都在谈钱。"

《在岸边》的历史背景是西班牙内战,它决定了书中人物的命运。"如果一个人开始看自己来自哪里,当他查到父亲或爷爷时可能就找到了原罪。这里曾有过一场战争,一个人是那场角色分配的后代,是那些获利者或被剥夺者的儿子。"《在岸边》的舞台从妓院到赌场,从猎场到家庭,反思了西班牙社会受金钱和利益操控的人际关系、移民问题(来自拉美和北非的移民成为西班牙的廉价劳动力)、家庭关系的破裂(父子关系、夫妻关系)、失业、衰老、孤独、性爱。作者批判了某些来自左派的企业家忘记自己的社会承诺,为了金钱而背叛,导致西班牙社会的腐败、权钱交易。作品使用第一人称(主人公的内心独白占据主要篇幅)和第三人称(其他次要人物对主人公生活的描述,特别是给埃斯特万当佣人的哥伦比亚女人的话语)叙述。小说并不以情节取胜,而是侧重人物的心理刻画和反思。

2017年该作品被搬上舞台,导演为阿道弗·费尔南德斯(Adolfo Fernández)和安赫尔·索罗(Ángel Solo)。

(王军)

路易斯·阿尔贝托·德·昆卡
（Luis Alberto de Cuenca）

路易斯·阿尔贝托·德·昆卡（1950—　），西班牙当代诗人、翻译家、语文学家、评论家、文学出版人、西班牙皇家历史学院院士、西班牙格拉纳达文学院通讯院士，1985年"国家批评奖"（Premio Nacional de la Crítica）和2015年"国家诗歌奖"得主。

德·昆卡1950年出生于西班牙马德里，中学毕业后，他先在马德里康普顿斯大学修读法律，第二年转到马德里自治大学学习古典文学，以优异成绩取得古典文学学士和古典文学博士学位。1974年进入西班牙科学研究高等理事会从事研究工作，曾任科学研究委员会人文与社会科学中心希腊罗马文学部部长、语言文学所所长（1992—1993）、出版部部长（1995—1996）和委员会杂志《树》（Árbol）的主编。德·昆卡还出任过多项公职，在担任西班牙国家图书馆馆长期间（1996—2000），他和时任塞万提斯学院院长推动创办了"世界文学丛书基金会"（Fundación Biblioteca de Literatura Universal）。

路易斯·阿尔贝托·德·昆卡（Luis Alberto de Cuenca）

德·昆卡与安东尼奥·科里纳斯（Antonio Colinas，1946— ）、莱奥波尔多·玛利亚·帕内罗（Leopoldo María Panero，1948—2014）、路易斯·安东尼奥·德·比耶纳（Luis Antonio de Villena，1951— ）等都属于"新锐派"诗人。他们注重诗歌语言与形式的革新，作品中表现出波普艺术、漫画、侦探小说或黑色电影等各种流行文化的影响。德·昆卡1971年发表首部诗集《肖像》（Los retratos），在西班牙文坛崭露头角，1978年《训诂》（Scholia）的问世使他成为"新锐派"的核心代表人物之一。诗人在四十余年间陆续出版了《埃尔西诺》（Elsinore，1972）、《恋尸癖》（Necrofilia，1983）、"国际批评奖"获奖作品《银匣》（La caja de plata，1985）、《六首情诗》（Seis poemas de amor，1986）、《另一场梦》（El otro sueño，1987）、《瑙西卡岛》（Nausícaa，1991）、《斧头与玫瑰》（El hacha y la rosa，1993）、《冰巨人》（Los gigantes del hielo，1994）、《森林及其他诗歌》（El bosque y otros poemas，1997）、《失眠》（Insomnios，2000）、《无惧亦无望》（Sin miedo ni esperanza，2002）、《火中人生》《La vida en llamas，2006》、《白色王国》（El reino blanco，2010）、"国家诗歌奖"获奖诗作《假日笔记》（Cuaderno de vacaciones，2014）等数十部诗集以及《隐蔽的敌人》（El enemigo oculto，2003）、《爱与苦涩》（De amor y de amargura，2003）、《着魔的花园》（Embrujado jardín，2010）等诗歌选集。

以《银匣》的出版为分界点，德·昆卡的诗歌创作可以分为"新锐派"和"明澈路线"两个阶段。前一阶段他坚持"新锐派"所推崇的诗学理念，诗歌作品具有明显的文化主义（culturalismo）特征，诗歌风格较为封闭、隐晦。后一阶段他提出并践行了所谓的"明澈路线"，在追求精确细密的诗歌结构的同时，以更为明快、清晰的语言风格寻求理解与交流的可能。"明澈路线"源于丹麦画家约斯特·斯瓦尔特（Joost

Swarte，1947——）提出的"明晰线条"概念，用以形容《丁丁历险记》的作者埃尔热（Hergé，1907—1983）干净、清晰、利落、毫无冗赘细节的绘画风格。德·昆卡将它引入诗歌领域，成为自己诗歌创作的指导理念〔2017年，他出版了《假如没有我的连环漫画该怎么办》（*Qué haría yo sin mis tebeos*），以表达对这类绘画作品的热爱〕。诗人认为真诚与明晰是诗歌必须具备的两个特点，诗歌既是认知也是沟通。诗人在诗歌中书写普遍的情感时，诗歌就在言说者和倾听者之间建立起超越个体维度的联系。德·昆卡认为自己的诗歌是富有同情性的，它们同读者分享正面或负面的情感，给予他们安慰或警示，为他们带去宁静或焦灼、快乐或不安，因此诗歌虽然不能改变世界，但通过沟通人与人之间的情感，能够让世界变得更易于忍受。

多样的主题和丰富的文化元素是德·昆卡诗歌作品鲜明的风格特征。他善于在诗中处理各种文化主题——古希腊罗马文化、各国神话、中世纪罗曼语文学、幻想文学、电影和漫画，为当代西班牙诗坛贡献了"跨文化诗学"作品。诗人认为诗是艺术的艺术，是所有艺术的综合，它必须在最短的篇幅内讲述事件、唤醒意象。他的作品在大众与精英、传统与创新之间灵活切换，读者可以看到十一音节诗或亚历山大体等传统格律、对古代神话、古典作家的娴熟引用，也能够辨识出大众媒体、波普艺术和黑色电影的影响。比如在《街道上的僵尸》（«Zombies en la calle»）一诗中，诗人就将类型片甚至是B级片中的画面和古典元素（《伊利亚特》、吉尔伽美什、象牙号角）混合在一起，制造出一种幽默乃至于讽刺的效果，对诗歌文体笼罩的高雅艺术光环进行祛魅："我卖掉了最后一本《伊利亚特》。/我的房间里满是小鼩鼱。/我看向窗户外边看见天空如何/逐渐变红，染上鲜血的颜色。/所以他们已经来临。当他们穿过/沉睡的城市，寂静到听不见一只苍蝇。/所以他们并不仅仅是一个/恐惧塑造的传说，也不是说给傻瓜听的故事。/这儿没有象牙号角可以吹响，/我的母亲不知要度假到何时。/假如吉尔伽美什在这儿会

路易斯·阿尔贝托·德·昆卡（Luis Alberto de Cuenca）

怎么做？/我要出去。我宁愿它别拖得太久。"

在诗歌创作之外，德·昆卡还是一位杰出的翻译家，他将数十部经典著作由古希腊语、拉丁语、中世纪法语、加泰罗尼亚语、法语、英语、德语等各种语言译为卡斯蒂利亚语，翻译过荷马、欧里庇得斯、卡利马科斯、维吉尔等古典作家的作品，以及蒙茅斯的杰弗里（Geoffrey of Monmouth，1100—1155）、克雷蒂安·德·特罗亚（Chrétien de Troyes，1135?—1183?）、玛丽·德·法兰西（Marie de France，1160—1215）等中世纪作家的作品，并凭借1989年出版的译作《瓦尔塔里奥之歌》（*Cantar del Valtario*）荣膺"国家翻译奖"（Premio Nacional de Traducción）。此外，他还评注过欧福里翁、欧里庇得斯、卡尔德隆、胡安·博斯坎、鲁本·达里奥等经典作家的作品，并主编了"文学领域（诗歌、小说、散文）"［Ámbitos literarios（poesía，narrative，ensayo）］、"中世纪作品选读"（Selección de Lecturas Medievales）、"美杜莎的头颅"（La Cabeza de Medusa）等系列丛书。

目前国内尚未发行路易斯·阿尔贝托·德·昆卡作品的中文单行本，但其主编的《西班牙语经典诗歌100首》（*Las cien mejores poesías de la lengua castellana*，1998）已由朱景冬翻译为中文，于2002年由人民日报出版社出版。

（黄韵颐、许彤）

《假日笔记》（*Cuaderno de vacaciones*）

《假日笔记》是西班牙诗人路易斯·阿尔贝托·德·昆卡2014年发表的诗集，由取景器出版社（Editorial Visor Libros）出版，荣膺2015年西班牙"国家诗歌奖"。国家诗歌奖评委会认为《假日笔记》是"近年西班牙抒情诗中最具存在主义和象征主义色彩的作品之一",它"将知识与直觉、传统与先锋融合在一起,显现出一种跨文化诗学的特征";"杰出的诗歌风格同文学空间中真实的抒情声音相结合,令这部诗集中的诗作具有能够抵达崇高之处的情感力量,将神话和起源、知识和写作、生命和想象的变化与现代性所仰赖的创造源泉联结在一起"。①

《假日笔记》分为八节,收录诗人2009—2012年间创作的85首诗。一如诗集题目所示,这些作品都是诗人度假期间在随身携带的笔记本上完成的。诗人在接受采访时指出,尽管《假日笔记》涉及许多较为沉重的主题,但实际上,其中许多诗歌都是他在夏天创作的,是在放松的状态下写出的。诗集依然带有德·昆卡所推崇的"明澈路线"风格的鲜明特征:以不同的语调——其中最主要的是幽默与讽刺——表现经典主题,如爱、死亡、时间的流逝,无韵的亚历山大体、九音节诗和十一音节诗与十四行诗、俳句、隔行押韵四行诗等更为古典的诗体共存,诗歌呈现碑铭体式的封闭结构,诗中充满丰富多样、或隐蔽或直露的文化指涉。在《假日笔记》中,诗人自身的经历和他所阅读或观看过的作品共同构成了诗歌传递的记忆。德·昆卡坚持着自己对于日常语言的偏好,拒绝高昂的声调。他在诗集中表现了一种多元、开放、摈斥精英主义的文化概念,从不将文化封闭在过去的某个时刻之中,而是吸取许多当今大众文化的元素,例如,伊阿古和齐格飞会同西班牙历史连环画的主角"面具武士"和罗伯托·阿尔卡萨尔一起出现在诗中。

谐谑的语调贯穿整部诗集,哪怕是在讨论衰老、孤独或死亡等沉重的主题时,诗人也不忘加入幽默的元素。在《希洛和莱安德罗》(*Hero e Leandro*)一诗中,诗人便以戏谑的语调冲淡了经典爱情悲剧的凄美气氛:"但他,不管再怎么游荡,最后却迷上住在塔中、毫不优雅的祭

---

① «Luis Alberto De Cuenca, Premio Nacional de Poesía por *Cuaderno de vacaciones*», *ABC*, 2015-09-28. https://www.abc.es/cultura/20150928/abci-luis-alberto-cuenca-premio-201509281351.html, 2019-02-20.

路易斯·阿尔贝托·德·昆卡（Luis Alberto de Cuenca）

司/（像谣曲中的'纤弱姑娘'）/因为他不像他的同学是个布尔乔亚，倒是一个'受诅咒的诗人'/他们追求英年早逝，好在/大英百科全书和谷歌里边占一个墓坑。"诗人以口语化的语言和谐谑的语调，赋予古典故事以现代的色调，将它带入读者所处的时代之中。古典与现代、精英与大众、高雅与通俗，在《假日笔记》中，这些看似对立的面向都在路易斯·阿尔贝托·德·昆卡包罗万象的文化观中彼此交融。

（黄韵颐）

胡安·曼努埃尔·德·普拉达
（Juan Manuel de Prada）

胡安·曼努埃尔·德·普拉达（1970—　），西班牙当代最有前途的年轻作家、文学评论家之一。毕业于萨拉曼卡大学法律系，现定居马德里。凭借短篇小说集《阴蒂》（*Coño*，1994）一举成名，其灵感来自西班牙"1900年"一代作家戈麦斯·德·拉塞尔纳（Gómez de la Serna，1888—1963）的《乳房》（*Senos*）。该作想象大胆，语言恣肆，是对文学和妇女的致敬（1995年再版）。短篇小说集《滑冰者的沉默》（*El silencio del patinador*，1995）显示了德·普拉达最突出的文学特征：颓废的唯美主义，恣肆的巴洛克风格，过分倾向于讥讽、残酷和病态，把文学界作为审美和情节的基础。

德·普拉达的"失败三部曲"由《英雄的面具》（*Las máscaras del héroe*，1996年"批评眼光奖"）、《空气的角落》（*Las esquinas del aire*，2000）和《放荡者和边缘人》（*Desgarrados y excéntricos*，2001）组成，把历史小说与人物传记、商业性题材与巴洛克风格协调起来。其主人公均为20世纪头30年一些被遗忘的诗人和作家，一些次要人物穿插在各部小说中，展示了那段时期西班牙文坛辉煌而荒诞、充满活力而贫困的文学风貌。

为德·普拉达赢得更大声誉的是《暴风雨》（*La tempestad*, 1997），这部小说具有侦探小说和连载小说的结构，但德·普拉达希望表达的是向文学致敬和对艺术本质的探究（视艺术为感情的宗教），也想揭示爱情和艺术所包含的极大悲伤。2004年由蒂姆·迪斯尼（Tim Disney）拍成惊悚片《伪造案》。

《第七层纱巾》（*El séptimo velo*）获2007年"简明丛书奖"，是一部关于爱情、背叛和历险的小说。主人公胡利奥在母亲去世后得知了一桩隐瞒了半个世纪的家族秘密，于是他开始以此为起点，调查二战期间的一些隐秘事件，跟踪神秘男子朱尔斯的脚步。舞台从被德军占领的法国到内战后的西班牙和给纳粹提供庇护的阿根廷。该书的创作受电影影响很大（书名来自1945年的一部同名影片），同时又引用了许多作家的名言，互文性色彩较浓。

《死神会找到我》（*Me hallará la muerte*, 2012）涉及三类题材：流浪汉小说、历险小说和黑色小说。故事发生在20世纪40—50年代，主人公安东尼奥是一个职业小偷，与同伙卡门多次行窃，差点被警察抓获。为此他参加了"蓝色师团"，前往俄国参战，结果被俘，遭受了一系列的灾难。回国后安东尼奥决定使用一个新身份，并尝试新的生活。

《在你的天空下死去》（*Morir bajo tu cielo*, 2014）原本是德·普拉达创作的一部电影剧本，以美西战争期间西班牙人在菲律宾的最后一个据点巴雷尔教堂展开长达一年的保卫战（1898—1899），最终失去对菲律宾的统治权这一历史事件为素材。后来德·普拉达对剧本加以改写，融合了历史人物和虚构人物，力图歌颂西班牙士兵在当局已经投降的情况下依旧浴血奋战的勇气和友谊。

历史小说《钻石城堡》（*El castillo de diamante*, 2015）的主

人公是菲利佩二世时期西班牙最重要的两位女性人物：埃博利公主（Princesa de Éboli）安娜·德·门多萨和大德兰修女特蕾莎。她们展开了一场不间歇的战斗，以各自的方式在男权社会里开辟出自己的道路：前者试图在西班牙大公中获取至高地位；后者力图与上帝完美结合，对政治权力的窥伺予以嘲讽。她们都渴望实现自己的梦想，结果导致这两个女人之间爆发矛盾，安娜在宗教裁判所告发特蕾莎。小说汲取了西班牙流浪汉小说、巴列-因克兰的怪诞手法和塞万提斯的幽默，展示了那个历史时期权力斗争与宗教信仰之间的冲突，获"卡斯蒂利亚-莱昂批评奖"。

《白乌鸫、黑天鹅》（*Mirlo blanco, cisne negro*，2016）是作家基于自身经历，对西班牙出版界和文坛各种人物冷酷、嘲讽的描写，其中包括他与卡米洛·何塞·塞拉（Camilo José Cela，1916—2002）、翁布拉尔的师徒关系，在这部作品中德·普拉达与自己、与出版界做了清算。

新作《夜晚的露西娅》（*Lucía en la noche*，2019）是一部关于爱情和神秘的小说，主人公是一位成名很早的作家，后来因个人危机而沦为电视节目嘉宾（这里似乎有作家本人的某些经历）。缺乏写作灵感导致他背弃自己和这个世界，直到一个夜晚遇到一位神秘的女子露西娅，他才感觉生活再次获得了意义。

其他作品：报刊文集《自然保护地》（*Reserva natural*，1998）、《陪伴的动物》（*Animales de compañía*，2000）、《新暴政》（*La nueva tiranía*，2009）、《逆流而上》（*Nadando contra corriente*，2010）、《雨中泪》（*Lágrimas en la lluvia*，2010）和《金钱、争吵的民主和其他权力魔鬼》（*Dinero, demogresca y otros podemonios*，2015）。

胡安·曼努埃尔·德·普拉达（Juan Manuel de Prada）

《隐形生活》（*La vida invisible*）

《隐形生活》（2003）是西班牙作家德·普拉达最知名的小说之一，曾获 2003年"春天小说奖"（Premio Primavera de Noevla）和2004年"国家小说奖"。

《隐形生活》标志着德·普拉达创作的一个重大变化，即放弃波希米亚式的失败人物，探讨当代问题。小说由三部分组成："秘密的守护者"（El guardián del secreto）、"想象之地导游册"（Guía de lugares imaginarios）和"隐形生活"（La vida invisible）。作品讲述了两段平行的故事：主人公是一个刚成名的年轻作家阿雷杭德罗·罗萨达（在他身上可以看到德·普拉达的影子），以第一人称讲述自己即将成婚前去芝加哥做一场文学讲座（当时美国仍处在"9·11"恐怖袭击事件的阴影下），在飞机上结识了他的粉丝埃莱娜（她是音乐老师，此行是为了与加拿大男友会合），两人之间发生了一段地下情。罗萨达在芝加哥遇到汤姆，一位老兵，后者向他提及50年代的色情杂志广告模特、后悄然失踪的范妮（以美国20世纪50年代最性感的海报女郎贝蒂·佩吉为原型）。汤姆在一家养老院里发现了被关在那里的范妮，他希望罗萨达写一本关于这位年老色衰、被人遗忘的模特的传记。

回到马德里后，罗萨达试图抹去在芝加哥遇到的那些隐形生活的痕迹，但它们再次出现在自己的生活里，并且彻底改变了他的人生。一方面，汤姆为他提供有关范妮的文件、录音（年迈的范妮讲述自己生平最可怕的那些片段）和资料，建议他创作一部"从一段无人知晓的真实历史出发的小说"（这个构思与《空气的角落》相似）。罗萨达在创作的过程中，逐渐发现自己人生的某些片段与范妮的遭遇有某种相似之处。另一方面，埃莱娜因失恋而发疯，沦落在马德里黑社会掌控的妓院里，为此罗萨达感到自己有责任去寻找并解救埃莱娜。她的经历与范妮的生平意外地形成平行关系，她们的遭遇打破了作家安宁的生活。在罗萨达看来，这些不幸的人物"一直在那里，即便我没有关注过他们。突然，隐形生活的房客在我面前形体化，每个人都带着刻在容貌上的蒙受苦难的详细记载"。

《隐形生活》是一部灰色的心理小说，触及了当代人和我们生活的这个社会的焦虑和不安（罪孽、赎罪、过错、秘密、牺牲）。它也可以被视为一部自传体小说，虽然不是从生平而是从精神的角度来看。从形式上看它类似于哥特小说，那些徘徊在城堡里的幽灵被人物的痛苦和苦难所替代。此外还对美国电影所宣传的神话，对那种获得成功的美国梦及个人主义进行了反思和嘲讽。小说的叙述在第一人称和第三人称之间转换，语言充满隐喻，但词汇的使用时常有重复的现象。

（王军）

维克多·德尔·阿尔博
（Víctor del Árbol）

　　维克多·德尔·阿尔博（1968—　　），西班牙当代知名小说家，1968年5月4日生于巴塞罗那一个贫困家庭，是6个孩子中的长子。幼年时，做清洁工的母亲曾经常把他独自留在大学的图书馆里，直到晚饭时间才来接，好有时间去照顾他的弟妹。而这份经历却在无形中开启了他的文学生涯之门。德尔·阿尔博曾在神学院学习5年，后进入巴塞罗那大学学习历史专业。他还有比较丰富的工作经验，曾在加泰罗尼亚警察部队任职10年（1992—2012），也在电台（Radio Estel，ONCE）做过播音主持和策划工作。

　　德尔·阿尔博显然是一位颇有成就的作家，他的写作生涯一路伴随着荣誉：小说《逝者的分量》（*El peso de los muertos*，2006）获得"蒂芙洛斯文学奖"小说奖（2006）；《梦的深渊》（*El abismo de los sueños*，2008）入围"费尔南多·拉腊小说奖"（Premio de Novela Fernando Lara）决赛，并获得"蒂芙洛斯文学奖"小说奖

（2008）；《一百万滴血》（*Un millón de gotas*，2014）获"侦探文学大奖"（Grand Prix de Littérature Policière，2015）；《山雨欲来》（*La víspera de casi todo*，2016）获"纳达尔小说奖"（2016）；《在雨上》（*Por encima de la lluvia*，2017）获2018"黑色瓦伦西亚奖——年度最佳西语小说"（Premio Valencia Negra 2018 Mejor novela en castellano）。其他作品有：《通过伤口呼吸》（*Respirar por la herida*，2013）。此外，他还拥有"法国艺术及文学骑士勋章"（Caballero de la Orden de las Artes y las Letras，2017）等荣誉称号。

《武士之哀》（*La tristeza del samurái*，2011）是德尔·阿尔博一部广受好评的作品，先后获得"欧洲极地奖"（Prix du Polar Européen，2012）和"黑岩侦探小说奖"（Premio Tormo Negro de novela policiaca，2014）。它也是被译介最多的一部小说，目前已有十多种语言的译本。小说讲述发生在1941年的西班牙西部地区埃斯特雷马杜拉和1981年的巴塞罗那的两个平行故事，文本"连通管式"的结构（vasos comunicantes）令人联想到巴尔加斯·略萨的某些作品。随着情节的发展，两条平行线索逐渐现出交集，展现出作为小说主人公的阿尔卡拉一家因西班牙内战时期的一桩罪行而引发的三代人之间的纠葛。这是一部情节紧凑、非常引人入胜的作品，其中不乏对阴谋、绑架、谋杀、折磨与暴力的描述，可谓德尔·阿尔博所擅长的黑色小说的一个典型代表。

《父亲的儿子》（*El hijo del padre*，2021）是一首献给20世纪60年代西班牙人的挽歌，讲述一位受人尊敬的大学教师迭戈·马丁的心路历程。作为从乡村的西班牙向工业化的西班牙过渡的那代移民家庭的孩子，他为了摆脱贫困的原生家庭而不断奋斗。如今虽然在外人眼里有着完美的生活，却因放弃了自己的根而无法找到在世界上的位置。

维克多·德尔·阿尔博（Víctor del Árbol）

《山雨欲来》（*La víspera de casi todo*）

　　《山雨欲来》是西班牙作家维克多·德尔·阿尔博2016年出版的小说，由命运出版社发行，获当年"纳达尔小说奖"。

　　《山雨欲来》是德尔·阿尔博的又一部黑色悬疑侦探小说，这也是他最为擅长的题材。种种神秘、惊悚和悬疑的元素以及贯穿始终的紧张不安的气氛使它可以轻易调动读者的好奇与情感。

　　故事围绕一桩三年前发生的连环绑架、残杀少女案，沿着两条线索展开叙事。一条线是警官赫米纳尔·伊瓦拉（Germinal Ibarra），他在破获了一桩著名的谋杀案而声名鹊起之后，却益发彷徨，遂举家迁往加利西亚，希望过一种半隐居式的生活。然而这种愿望没有实现，他很快就被卷入与杀手有关的事件。另一条线索围绕被害少女的母亲埃娃·马勒（Eva Malher）展开：这位庞大家族企业的继承人因不堪丧女重负，为逃避过往，来到加利西亚一个偏远的海滨小镇，在神秘女房东多洛雷丝（Dolores）的引导下结识了一群同样想要逃避过去却无路可遁的边缘人。

　　或许该作在叙事策略上最成功之处之一便是塑造了自始至终笼罩着的令人不安的氛围。随着叙述的深入，读者发现所有人物都背负着阴暗的过去并试图掩藏。埃娃结识的"新朋友"并非只是艺术家、老式电影爱好者，他们其实也是连环杀人凶手和心理疾病患者，有些甚至不知自己已经犯下罪行，仍然若无其事地继续日常的生活，这令读者更加毛骨悚然。就连警官赫米纳尔·伊瓦拉也在过往的束缚中挣扎：他幼年时曾被疯子强暴，而且还有一个身患古怪不治之症的儿子；他在夜夜思考的时候必将一把可以终结生命的手枪含在口中，苦苦挣扎。

　　该作品的另一重要特点是将暴力、罪恶与诗意之美进行奇特的结合，反而实现了更加令人惊异的美学效果。例如女孩失踪、家人惨死火海的事件伴随着胡安·赫尔曼的诗歌、普鲁斯特和科塔萨尔的名句，埃娃的房东用以引火的是托马斯·曼的名作，连环杀人凶手在自己的片库里给孩子们播放温馨的夏洛特电影，等等。另外，"陀思妥耶夫斯基"式的丰富而深刻的心理描写，对强烈而通常具有破坏性的情感、情绪的突出刻画等，也是一个显著特点。

当然，也有评论指出，该作品在情节与人物设定上未能超越悬疑小说的惯常套路，缺乏创新；而且书中人物的言语并不十分符合各自的身份，似有"千人一面"之感。

（蔡潇洁）

伊格纳西奥·德尔·莫拉尔
（Ignacio del Moral）

伊格纳西奥·德尔·莫拉尔（1957— ），西班牙剧作家、电影及电视剧编剧，是西班牙民主转型后的第二代剧作家中的代表人物。

德尔·莫拉尔1957年出生于圣塞巴斯蒂安，从小就爱好戏剧，怀揣着当演员的梦想。他曾经在马德里自治大学学习生物学专业。1974年，他参加了由马努埃尔·坎塞科（Manuel Canseco）和胡利娅·特鲁希略（Julia Trujillo）负责的马德里自治大学戏剧学堂。不久后他又加入了坎塞科创立的帕切卡剧场（Corral de la Pacheca），并在此与高中同学埃内斯托·卡瓦列罗重逢，自此之后，两人建立了非常深厚的友谊。为了追求戏剧梦想，德尔·莫拉尔决定放弃大学学业。1979年报考皇家高等戏剧学院失败后，他加入了何塞·路易斯·阿隆索·德·桑托斯建立的自由剧团。1984年，他参加了赫苏斯·坎珀斯工作坊（Taller de Jesús Campos），结识了许多同辈剧作家。德尔·莫拉尔在其戏剧生涯中，从未接受过正规、系统的戏剧专业教育，主要依靠自学成才，依靠从经典文学和电影作品中获取的养分以及在戏剧界摸爬滚打的岁月中积淀的经验。此外,马努埃尔·坎塞科和阿隆索·德·桑托斯两位名师的指点也对他的戏剧养成产生了非常重要的影响。2018年,他开始担任西班牙剧作家协会(Autoras y Autores de Teatro)会长一职。

德尔·莫拉尔与其导师阿隆索·德·桑托斯秉持同样的创作理念,即"戏剧应该反映社会现实"。相对于戏剧形式的创新,他更关注在内容上对社会问题进行的反思。其戏剧创作的整体基调是现实主义,但是作品呈现给读者和观众的却不仅仅是现实,还有现实的另外一面,即诗意和神奇的一面。在他的作品中,写实与幻想、社会性与抒情性、客观性与主观性、集体与个体、外在世界与内在世界常常以独特的方式紧密相连。

德尔·莫拉尔的作品通常是对日常生活的反映或革新,在保持理性批判精神的同时,又充满了幽默感、尖锐而善意的讽刺以及对人物的深切同情。他喜欢把人物置于表面平静实则凶险的漩涡中央。这些漩涡平时是看不见的,它们被掩盖在日常生活的稀疏平常之下。他的许多作品都直指这种稀疏平常却毫无意义的社会常规,所有人都困在其中。只有在偶然的机会下,通过艺术的视角,才能窥探到被隐藏的真实状况。然而偶然窥见的真实,无法言说,更无力改变,偶然之后一切又恢复如常。

他作品的主人公通常是被生活抛弃、找不到立足之处的人物,但仍对生活充满理想与憧憬,然而在作品的有限时间里,他们总是难以美梦成真,理想的失落与痛苦纠缠着他们。德尔·莫拉尔把这些人物形象塑造得非常饱满,常常让人又爱又恨,而且不管环境是多么黑暗和绝望,总会给他们一丝希望。但从1991年创作的《无名小卒的目光》(*La mirada del hombre oscuro*,1993年首演)开始,作品的怀疑主义倾向愈发明显。作家对社会的怀疑、失望加深,在对于人类是否可以相互理解、团结一致这个命题的探讨上,此后的作品也表现得更为麻木和

伊格纳西奥·德尔·莫拉尔（Ignacio del Moral）

负面。但与此同时，对社会的怀疑、失望又逐渐把德尔·莫拉尔推向了新的创作道路，也就是被某些评论家称为"主观现实主义"（Realismo subjetivo）的创作，即从周遭现实的细枝末节或内心的微小念头引出内心世界的情感抒发或者现实的神奇面。

德尔·莫拉尔的剧作众多，具有代表性的作品包括：取材于经典文学作品的戏剧作品，如《鲁滨孙·克鲁索的孤独与幻想》（*Soledad y ensueño de Robinson Crusoe*，1983）、《塞诺比娅》（*Zenobia*，1987）；"城市现实主义"（Realismo urbano）作品，如《爸妈》（*Papis*，1992）、《熊仔》（*Oseznos*，1992）、《黑国王》（*Rey negro*，1995，1997年上演）、《但愿谁也不知道……（直到选举结束）》[*Que no se entere nadie…*（*hasta que pasen las elecciones*），2000]、《熊之夜》（*La noche del oso*，2001）、《她什么都知道》（*Ella se entera de todo*，2002）、《女囚》（*Presas*，2005）、《灾区》（*Zona catastrófica*，2006）、短剧《当上帝睡着时》（*Mientras Dios duerme*，2010）、《遗憾》（*La lástima*，2017）；"主观现实主义"作品，如《妈妈的生日》（*El cumpleaños de mama*，1988）、《女逃犯》（*Fugadas*，1994）、《从P先生日记上撕下来的纸页》（*Páginas arrancadas del diario de P.*，1994）；反映奇幻现实的作品，如《萨比娜之夜》（*La noche de Sabina*，1985）、《二者之一或你的侄女不会忘记》（*Una de dos o tus sobrinas no olvidan*，1986）、《水族馆》（*Aquarium*，1989）；儿童剧，如《大城墙》（*La gran muralla*，1982）、《间谍的一天》（*Un día de espías*，1987）；改编自其他作家的作品，如《刑法应当禁止探监》（*Las visitas deberían estar prohibidas por el Código Penal*，2006）、《未知旅程》（*El viaje a ninguna parte*，2013）、《沉睡的声音》（*La voz dormida*，2011）。

德尔·莫拉尔因其丰富多彩的创作，收获了若干戏剧奖项，其中包括巴达霍斯市政府第一届"儿童戏剧奖"（Premio de Teatro Infantil del Ayto. de Badajoz）、第一届"作家与出版商协会戏剧奖"（Premio de Teatro de la SGAE，1991）、"卡洛斯·阿尔尼切斯奖"（Premio Carlos Arniches，2003）等。

除戏剧创作之外，他在电视、电影剧本的创作领域也颇有建树。他撰写的电影剧本获得了诸多奖项，多部剧本被提名"戈雅奖"其中动画片《塔德奥·琼斯历险记》（*Las aventuras de Tadeo Jones*，2012）获得2013年"戈雅奖最佳改编剧本奖"（Premio Goya al mejor guion adaptado）。电视剧剧本《值班药房》（*Farmacia de Guardia*，1991—1995）、《警察局长》（*El comisario*，1999—2009）、《告诉我怎么回事》（*Cuéntame cómo pasó*，2001—2017）等也获得了观众的认可，取得极大成功。

《女囚》（*Presas*）

《女囚》（2005）是西班牙当代剧作家伊格纳西奥·德尔·莫拉尔的戏剧作品。2005年德尔·莫拉尔应朋友埃内斯托·卡瓦列罗的要求，与维罗妮卡·费尔南德斯（Verónica Fernández）合作，为皇家高等戏剧学院的毕业班学生量身打造了这部作品。同年7月，作品由卡瓦列罗执导，在马德里三角剧场（Sala Triángulo）首演，演出整整持续一个月。2007年，国家戏剧中心再次推出这部作品，仍由卡瓦列罗执导，在巴列–因克兰剧院（Teatro Valle-Inclán）再度上演。

作品讲述了女子监狱里10个女囚的故事。故事发生在20世纪40年代或50年代初的西班牙。10个女囚因为偷盗、卖淫、通奸、政治罪等不同原因被关押在某省女子监狱里。监狱里的生活由修女照看，监狱的管理则由堂毛罗（don Mauro）负责。女囚们在监狱里生活艰难，吃不饱，穿不暖，也几乎没有医疗保障。根据惯例，大主教每10年赦免一个

伊格纳西奥·德尔·莫拉尔（Ignacio del Moral）

女囚。眼下大主教圣佩尔佩托（San Perpetuo）的特赦将近，监狱里也因此乱成一团。每个人都希望自己是被赦免的那一个，大多数人急切盼望出去与家人团聚。10个女囚之一的玛格达莱娜（Magdalena）认为自己比其他人更有优势。她曾是妓院的老鸨，还在妓院时就认识大主教。那时候的大主教还只是个牧师，经常让她找些年轻处男来作陪。于是玛格达莱娜直接给大主教写了一封信，信里回忆起当初在妓院的往事，其用意不言自明。终于到了大赦那天，监狱里女囚们情绪激动，以致发生了不少事情。因为通奸罪被关押的帕基塔（Paquita）恰好在这天生下了情人的孩子，但她的丈夫决意要把孩子送人，于是婴儿刚出生就被修女夺走，以便按照帕基塔丈夫的意思送予他人。这立马引起了女囚和修女之间的争斗。最后，得知玛格达莱娜获得了赦免，其他人都非常沮丧。妓女恰里托（Charito）尤为绝望，她发现自己被堂埃斯特万（don Esteban）玩弄欺骗，悲愤交加，自杀身亡。在这之后，所有的一切又归于平静，女囚们继续往常的监狱生活。

  10个女囚，个个都有自己的故事；与监狱相关的其他数十个人物，也个个都有自己的隐秘。这些隐秘和故事交织成了一个复杂的社会关系网，映射出四五十年代战后西班牙的整体社会状况。德尔·莫拉尔希望通过这部作品，让大家回顾并记住这一段并不遥远的西班牙历史，并借由剧中人物的具体故事，通过艺术的手段，来探讨自由、平等、公正、权力、人性、尊严等人类生活永恒的命题，特别是女性的自由和平等这一主题。四五十年代的西班牙是典型的男权社会，男性主宰社会和家庭，女性只是男性的附庸，在社会和法律上都无法享有与男性同等的权利。10个女囚的故事都或多或少反映了这一残酷的社会现实。

  作品注重语言的运用，在遣词造句上都非常谨慎，力求再现西班牙四五十年代的语言风格——用词讲究，有那个时代特有的用语习惯和话语风格，不像当前社会的口头语言这么随意。在舞台呈现上，简朴和阴冷是布景的总基调。舞台设置简单，几乎空无一物，只有水泥墙、水泥地面以及舞台上方用钢丝床做成的隔断，以此展现监狱阴冷无情的氛围以及它与外界的隔绝。道具的使用秉承了卡瓦列罗执导作品中一物多用的惯常做法。钢丝床的使用是舞台设置的一大亮点，它不仅能随时空、事件的变换演变出多种功用，而且其中的某些功用还被赋予了象征的意义。

　　《女囚》所涉及的那个西班牙已然成为过去，但是过去的幽灵挥之不散。用剧作家本人的话来说，这些不堪回首的过去"或许在世界的另一个角落仍在真实上演"，抑或是改头换面以新的方式继续留存在当代的西班牙。所以人们应该记住这段历史，仔细地思考和审视这段历史。这正是作者想通过《女囚》这部作品真正向读者和观众传达的讯息。

（温晓静）

安娜·迪奥斯达多（Ana Diosdado）

安娜·迪奥斯达多（1938—2015），1938年生于阿根廷的布宜诺斯艾利斯，当代西班牙最早一批女性剧作家、导演之一。安娜·迪奥斯达多来自一个演艺氛围浓厚的家庭：父亲是著名演员恩里克·迪奥斯达多，教母是更加著名的演员玛格丽塔·希尔古（Margarita Xirgu，1888—1969），也就是出演了巴列-因克兰、萧伯纳、邓南遮的作品，尤其把加西亚·洛尔卡几乎所有重要剧目都搬上舞台的戏剧活动家；其继母也是希尔古旗下演员阿梅莉亚·德·拉托雷（Amelia de la Torre，1905—1987），跟恩里克结婚后成立独立剧团[①]。

安娜小时候从不说话，直到有一次在希尔古的化妆室，催场两次打铃都没有任何人理会，她突然大喊：铃儿！（¡Timbre!）。5岁时她开

[①] 他们一行人在拉美巡演期间遭遇西班牙内战爆发，后希尔古移居乌拉圭，迪奥斯达多一家滞留阿根廷，1950年他们回国后，极大地推动了西班牙戏剧和电影、电视行业的发展。

始跟教母同台演出《马里亚娜·皮涅达》（Mariana Pineda）[①]，到西班牙之后，一边上中学，一边继续在父亲的剧团里打工，参演《过五年吧》（Así que pasen cinco años）[②]等作品。之后她入读康普顿斯大学文哲系，但中途辍学，想入读索邦大学考古系未果。1962年，她的小说《无论何处，无论何时》（En cualquier lugar, no importa cuándo）进入"行星奖"[③]决选名单，1965年出版；1969年第一个改编剧本《半路》（A mitad de camino）[④]首演，1970年第一个原创剧本《忘掉那些鼓吧》（Olvida los tambores）上演，获巨大反响，不仅赢得两个专业奖项（Premios Mayte y Foro Teatral），而且很快被改编成电影，难怪布埃罗·巴列霍在首演之后对她说"欢迎你，同伴"（Bienvenida, compañera）[⑤]。

由此安娜·迪奥斯达多开启了持续30年的旺盛创作期，包括跟《阿贝塞报》等报纸的专栏合作，3部长篇小说，各种剧本改编，如田纳西·威廉斯《热铁皮屋顶上的猫》、易卜生《玩偶之家》，以及把王尔德安插进《温夫人的扇子》的《名叫王尔德有多重要》（La

---

[①] 《马里亚娜·皮涅达》：加西亚·洛尔卡1923—1925年创作、1927年导演的剧本，当时由达利负责布景和服装，希尔古扮演女主角，即反抗费尔南多七世专制主义、年仅27岁即被处死的格拉纳达真实的历史人物皮涅达。

[②] 《过五年吧》：加西亚·洛尔卡1931年创作的三幕剧，同时期"不可能上演的剧作"（teatro imposible）之一，情节和语言具有强烈的超现实主义风格，1936年曾经排练但被内战中断，直到1959年才在巴黎上演，1969年在墨西哥首次呈现其西班牙语原貌，1975年登上西班牙的舞台。

[③] "行星奖"是西班牙行星出版社从1952年起颁发的一个小说奖项，其创立者为出版社社长何塞·曼努埃尔·拉腊·埃尔南德斯（José Manuel Lara Hernández）。它是继诺贝尔奖之后西班牙奖金最优厚的文学奖，每年于10月15日圣特蕾莎节（拉腊·埃尔南德斯妻子的名字）揭晓。

[④] 《半路》，即彼得·乌斯蒂诺夫（Peter Ustinov, 1921-2004）于1967年创作的《上树中途》（Halfway up the tree），讲述一位英国将军留起胡子、爬到树上弹吉他，以便理解孩子们的嬉皮潮流。

[⑤] https://www.elconfidencial.com/cultura/2016-09-06/ana-diosdado-teatro-ultima-obra-el-cielo-que-me-tienes-prometido_1255440/, 2018-06-09.

importancia de llamarse Wilde，1992）。她还创作了多个电视和广播剧本，尤其是1983年的《金戒指》（*Anillos de oro*），聚焦刚刚通过的离婚法，反映离婚、重逢、堕胎、性解放等主题，成为西班牙电视剧史上最成功的剧集之一，给电视制作带来了一次革命（revolucionó la televisión）。

与此同时，安娜·迪奥斯达多保持了"主业"的持续发展，共推出14个话剧剧本，既有历史题材，如从老年卡洛斯一世视角回忆1520年动乱的《卡斯蒂利亚结社起义者》［*Los comuneros*，1974，原名《要是有个好主人》（*Si hubiese buen señor*），被佛朗哥审查后更改了标题］；也有现实话题，如《您也能享用她》（*Usted también podrá disfrutar de ella*，1973）、《80年代是我们的》（*Los ochenta son nuestros*，1988）。安娜·迪奥斯达多被视为20世纪下半叶西班牙戏剧遗产的奠基者之一，在民主过渡时期为西班牙戏剧打开了走向现代的大门。2007年，她作为戏剧作家协会（Asociación de Autores de Teatro）的杰出成员，收到一份自己所作剧本的精选集；2013年获得第十六届"马科斯舞台艺术荣誉奖"，2014年被授予阿尔卡拉大学荣誉博士，2016年被追授"智者阿方索十世大十字勋章"（Gran Cruz de la Orden de Alfonso X el Sabio），还有人建议巴列–因克兰剧院门口的小广场以她命名。

《你许我的天堂》（*El cielo que me tienes prometido*）

20世纪70年代初，安娜·迪奥斯达多与著名演员、大众情人卡洛斯·拉腊尼亚加（Carlos Larrañaga）产生感情并于1979年在英国结婚，后于1987年在托雷多再次举办仪式，并合演了话剧《白银之路》（*Camino de plata*，1988）。1999年两人分手，拉腊尼亚加之后再婚两次，而迪奥斯达多则沉寂下来。著名制片人萨尔瓦多·科亚多（Salvador Collado）曾说："这样一部活戏剧史竟然干耗在家里，没有话剧、电影、电视剧本可写，简直太不公平了。她很长一段时间都在郁闷没有工作，这个行业也忘记了她，之后是2013年诊断出慢性白血病，又犯过脑出血，可惜。"①于是科亚多借大德兰修女诞辰500周年之际邀请她创作剧本，她不仅欣然领命，而且编剧、导演了一部深刻的作品——《你许我的天堂》（2015）。

剧本情节取材于真实历史。1573年，菲利佩二世的得力干将、葡萄牙出身的贵族、那不勒斯的埃博利王子（Príncipe de Éboli）戈麦斯·德·席尔瓦突然离世，其妻子埃博利公主、萨丁岛的安娜·德·门多萨随即决定迁入夫妻二人当年捐资修建的位于帕斯特拉纳（Pastrana）的赤足加尔默罗修会修道院，而且不仅自己，还要求所有随侍成为修女。主持这一修院的大德兰修女不情愿地接收了她们，并分派了朴素的房间。但公主很快厌倦，搬到菜园里的一处大房子，重新铺排起盛装和首饰，并从偏门随意出入。为此大德兰修女下令所有仆从撤出帕斯特拉纳，只留公主一人在修道院。后者不甘寂寞，出了一本歪曲大德兰修女形象的回忆录，之后回到马德里的宫殿。

《你许我的天堂》截取了大德兰修女与埃博利公主最后一个长谈的夜晚，想象两位个性极强的女性极尽唇枪舌剑：一边是锐意改革、对上帝充满敬畏和期待的日后圣徒，一边是沉浸在丧夫之痛、由奢入俭难的往昔贵妇。而这并不仅仅是个人的冲突，而恰恰是两种社会生活和价值取向的矛盾：理念和神秘主义的精神世界，对抗权谋和穷奢极欲的现世。

从表现上说，有限的空间和行动让位于大量的对话和独白，容易造成听觉上的疲倦和视觉上的沉闷。但此剧对人形成刺激的是，大德兰修

---

① https://www.elconfidencial.com/cultura/2016-09-06/ana-diosdado-teatro-ultima-obra-el-cielo-que-me-tienes-prometido_1255440/, 2018-06-09.

安娜·迪奥斯达多（Ana Diosdado）

女并不以伟大、艰深的传统形象进行说教，而是化为一个普通的老妇，一个在锅碗瓢盆中间寻找上帝，一个处理日常、具有最普通意义上的"人性"的圣徒；同时，通过第三个人物（一个初级修女）之口，大德兰修女又树立起铁腕形象，将所建教团、修院勾连成网络的政治强人，习惯于发号施令，无异于狂热和偏执的牺牲品。正因为如此，她才会跟埃博利公主产生巨大的冲突——这是迪奥斯达多对大德兰修女独特的反省，也是其对自己台前幕后生涯的最后审视。2015年4月此剧成功上演后不久，迪奥斯达多在一次工作会议上昏迷、辞世，走向自我应许的天堂。

（于施洋）

玛利亚·杜埃尼亚斯（María Dueñas）

玛利亚·杜埃尼亚斯（1964— ），西班牙当代知名女作家，出生于西班牙卡斯蒂利亚-拉曼查自治区首府雷阿尔城（Ciudad Real），英语语言学博士，现执教于西班牙穆尔西亚大学（Universidad de Murcia）英文系。2009年杜埃尼亚斯凭借处女作《时间的针脚》（*El tiempo entre costuras*, 2009）一举成名，成为近年来全球最畅销的作家之一。《时间的针脚》被诺贝尔文学奖得主巴尔加斯·略萨称为是"一部包含了阴谋、爱情、秘密和温柔无畏的所有元素的小说"[1]，该作可谓当代出版业成功的典范，在全球范围内有数百万册的销量，目前已被译成近30种语言。

杜埃尼亚斯的新作《希拉》（*Sira*, 2021）是《时间的针脚》的姊妹篇，女主人公在第二次世界大战后不再与英国军情机关合作，她开始成长，成为一名时政记者，见证和报道了许多大事件。

---

[1] https://www.amazon.co.uk/El-Tiempo-Entre-Costuras-Espanol/dp/1451649851, 2018-06-13.

玛利亚·杜埃尼亚斯（María Dueñas）

继《时间的针脚》之后，杜埃尼亚斯出版的小说《"遗忘"传教站》（*Misión Olvido*，2012）和《温和庄园》（*La Templanza*，2015）也同样获得商业和评论的双重成功。《"遗忘"传教站》由西班牙最大的图书出版集团——行星集团（Grupo Planeta）旗下"当今主题"出版社（Temas de hoy）发行，讲述遭受婚变的女教师布兰卡·佩雷阿（Blanca Perea）为逃避生活，接受了加利福尼亚一所并不知名的大学的奖学金，负责整理30年前已故的西语学者安德烈斯·冯塔那（Andrés Fontana）的资料及遗物，却意外发现了一段深藏已久的秘密。与新同事的情感纠葛以及市民们针对政府欲拆毁一处古老林地修建商业中心的抗议活动，也似乎与布兰卡发现的往事有着千丝万缕的联系。《温和庄园》同样由"当今主题"出版社出版，描写债台高筑的商人毛罗·拉雷阿（Mauro Larrea）孤注一掷投身葡萄酒产业的传奇经历以及他与一位名门闺秀的曲折的爱情故事。书中人物穿梭于19世纪后半叶民主共和国时期的墨西哥、繁华的古巴殖民地、伦敦以及西班牙南部安达卢西亚地区繁荣的商业大都会赫雷斯城（Jeréz），涉及爱情、阴谋、商战与激情。2021年该作品被改编成电视剧。

2018年行星出版社出版了杜埃尼亚斯的《"船长"餐馆的女儿们》（*Las hijas del capitán*）。故事的舞台发生在1936年的纽约，西班牙移民阿雷纳斯在那里开了一家名为"船长"的小餐馆，他的意外去世导致自己的三个女儿不得不接过父亲的班，在异国他乡艰难打拼。小说歌颂了西班牙移民在新大陆的艰苦创业精神，塑造了三位有个性、有勇气、有毅力的西班牙女性形象。

中译本：《时间的针脚》，罗秀译，南海出版公司，2012年。

《时间的针脚》（*El tiempo entre costuras*）

《时间的针脚》是西班牙作家玛利亚·杜埃尼亚斯的处女作，于2009年由行星出版社发行。这部初期缺乏营销宣传，由不知名作者完成的小说却在短时间内畅销，成为2011年西班牙图书销售榜冠军，在西班牙的销量达150万册，并很快被译成近30种语言在全球发行，可谓"当代出版业的奇迹"。

《时间的针脚》以主人公希拉·基罗加（Sira Quiroga）的第一人称叙述，通过女性视角切入宏大的历史。希拉在马德里的一家裁缝店里度过童年，西班牙内战前夕，她因情感失意，离开战争边缘的马德里，来到摩洛哥的得土安，为维持生计开了一家时装定制店，不料生活却由此悄然发生了逆转。随着时装店声名鹊起，她与当时西班牙佛朗哥政府驻摩洛哥的高级专员胡安·路易斯·贝格伯德（Beigbeder）及其情妇罗莎琳达·福克斯（Rosalinda Fox）等人往来频繁，由此开始介入并影响历史。二战开始后，希拉重返马德里，后去往里斯本，而所有这一切都是为掩盖她的秘密间谍身份和不为人知的特殊使命。小说情节跌宕起伏，处处暗藏精心设计的陷阱，真实的历史人物和虚构人物交相登场。整个故事通过描述几个缺席二战的国家至关重要的影响力，导引出欧洲未来的命运走向。

小说情节紧凑、跌宕起伏，涉及历史、情感、悬疑等题材；叙事地点穿梭于传奇般的北非殖民地、战后的马德里、充满间谍的大都会里斯本，令人眼花缭乱，再加上叙述语言流畅、具有美感，可以说具备了成为畅销小说的充分要素。作者杜埃尼亚斯作为英语语言学博士，对小说细节刻画严谨，尽量模拟与还原历史的真实面貌，这使得《时间的针脚》文本中的真实与虚构得到很好的平衡，从虚构的人物出发勾勒出宏大的历史视野。

2012年3月，杜埃尼亚斯来到中国，中国当代作家徐坤在对谈会上

玛利亚·杜埃尼亚斯（María Dueñas）

表示这部作品可以称为"西班牙语的《飘》"①，女主角希拉特别像《飘》里面的女主人公，她们受教育程度都不高，但是非常有个性、倔强、坚强，在历史的紧要关头、在大是大非面前有自己独立的判断和见解。

另外，该小说于2013年由西班牙电视台Antena 3改编拍摄成11集的电视剧，同样获得了收视成功。

（蔡潇洁）

---

① 应妮:《〈时间的针脚〉作者玛利亚·杜埃尼亚斯》，凤凰网读书，2012年3月20日，htpp://www.chinanews.com/cul/2012/03-19/3755981.shtml，访问日期为2020年4月8日。

露西娅·埃塞巴里亚（Lucía Etxebarria）

露西娅·埃塞巴里亚（1966— ），西班牙当代最具争议性的小说家、散文家之一。毕业于哲学和新闻专业，2000年9月前往苏格兰阿伯丁大学当访问作家，在那里教授剧本写作课程，同年被阿伯丁大学授予名誉博士学位。埃塞巴里亚是一位极具才华的女作家，她对女性处境的明确观点，特别是妇女在文学界的地位使她成为许多人非议的对象。另外她在西班牙电视节目上的一些言语和剽窃事件也给她带来不少官司和麻烦。

埃塞巴里亚的第一部长篇叙事作品是关于美国女歌手科特妮·洛芙和"涅槃乐队"歌手科特·柯本的传记——《科特与科特妮的故事：承受这一切》（*La historia de Kurt y Courtney: aguanta esto*，1996），其中所涉及的流行音乐、毒品和女性故事将成为她后来作品的三大主题。

成名作《爱情、好奇心、普乐扎克抗抑郁剂和疑问》（*Amor, curiosidad, Prozac y dudas*，1997）涉及毒品和性两大敏感话题，同时又具有许多自传成分，描写了具有不同人生观、爱情观和价值观的一

露西娅·埃塞巴里亚（Lucía Etxebarria）

家三姊妹在事业、爱情、婚姻中殊途同归的命运。小说获得了巨大的商业成功，也得到前辈著名女作家安娜·玛利娅·玛图特（Ana María Matute）的肯定，被认为是90年代西班牙最震撼的作品之一，她本人也被列为"克朗的一代"。1998年该书发行了德文版，2001年由作家本人将它改编成电影剧本，米格尔·桑德斯马塞斯（Miguel Santesmases）将它拍成电影。

《贝亚特里斯和天体》（*Beatriz y los cuerpos celestes*，1998年"纳达尔小说奖"）继续关注同性恋、毒品、双性恋、母女关系等问题。性是本书的中心，它驱动着女性人物的各种情感，使她们的肉体互相吸引，就像互相撞击的天体。

《关于一切有形和无形的东西》（*De todo lo visible y lo invisible*，2001年"春天小说奖"）讲述发生在一个三十多岁的女导演露丝与一个二十多岁的男诗人胡安之间毁灭性的浪漫史。《我们跟其他女人不一样》（*Nosotras que no somos como las demás*，1999）包含的几个短篇小说由不断重现的人物串联起来，构成一部长篇小说的结构。《宇宙恐惧症》（*Cosmofobia*，2007）勾画了马德里市中心移民聚集区拉瓦比艾斯20个不同身份、职业、国籍的人物众生相，是一部合唱式小说。

《真实是虚假的一瞬间》（*Lo verdadero es un momento de lo falso*，2010）是一部惊悚小说，情节聚焦于一个年仅27岁的摇滚乐队主唱神秘死亡的案件，头部中枪的尸体出现在马德里郊外的一片松树林里，是他杀还是自杀？死者的女友、情人、朋友、邻居、经纪人所提供的13种不同的说法版本使得案情扑朔迷离。小说深刻分析了当今社会各种人际关系和爱情关系的瓦解。

《沉默的内涵》（*El contenido del silencio*，2011）揭露了天主教邪教组织"耶稣的军团士兵"（Legionarios de Cristo）对普通人的戕害。主人公加布列尔在长达10年的时间里没有妹妹的消息，突然得知她可能死于"耶稣的军团士兵"组织的一场集体自杀后，立即放弃在伦敦的平静生活，前往妹妹的自杀地加纳利群岛，这一悲剧使他重新思考自己的过去和未来。2016年该书被西班牙女导演埃莱娜·达贝尔娜（Helena Taberna）拍成电影，取名《悬崖》（*Acantilado*）。

2014年埃塞巴里亚自编自导的剧作《上帝没有空闲时间》（*Dios no tiene tiempo libre*）上演，这是一部关于权力、金钱、性爱、阴谋、腐败的作品。剧中过气的演员大卫与曾经的女友埃莱娜及后者的表妹阿莱克西亚之间展开的欺骗、引诱、背叛和谎言游戏，揭示了西班牙社会的道德伦理危机和腐败机制。

2015年埃塞巴里亚首次作为电影导演，与奥拉·冈萨雷斯（Olaf González）合作拍摄了短片《出柜》（*Salir del armario*）。

其他作品：小说《为什么爱情让我们如此痛苦》（*Por qué el amor nos duele tanto*，2017）、短篇小说集《一个普通的爱情故事》（*Una historia de amor como otra cualquiera*，2003）、《致摩登女郎的经典故事》（*Cuentos clásicos para chicas modernas*，2013）、文集《未来的文学和未来的夏娃》（*La letra futura y la Eva futura*，2000）、《我不为爱情痛苦》（*Yo no sufro por amor*，2005）、《不爱更危险》（*Más peligroso es no amar*，2016）、诗集《地狱之站》（*Estación de infierno*，2001）、《爱情与享乐的行为》（*Actos de amor y placer*，2004）、电影剧本《我将幸存下来》（*Sobreviviré*，1999）、《我爱你，亲爱的》（*I love you baby*，2001）、《我生命中的女人》（*La mujer de mi vida*，2001）。

《一个保持平衡的奇迹》（*Un milagro en equilibrio*）

《一个保持平衡的奇迹》（2004）是西班牙当代女作家露西娅·埃

露西娅·埃塞巴里亚（Lucía Etxebarria）

塞巴里亚发表的第九部小说，以她自己做母亲的经历为蓝本，具有强烈的自传色彩。该作品获2004年"行星奖"，埃塞巴里亚把此奖献给一年前出生的女儿。

《一个保持平衡的奇迹》从形式上看是一封日记体书信，由初为人母的埃娃·阿古耀写给她新生的女儿阿曼达，以便日后女儿能更好地了解自己。这位叛逆的女作家刚以一本关于毒瘾的书成名，她本人也酗酒，是个难以成熟、不自信的女人。埃娃受周围环境的制约，无法走出少年时代的阴影，总是把自己的错误、缺点归咎于他人，不断指责父母（此时她的母亲正病危住院），批评自己所接受的教育，埋怨周围奇怪而不可理喻的世界。面对初为人母的责任，埃娃一开始不敢拿自己开刀，只是平庸、怯懦地接受了这个现实。现在她试图超越人生的幼稚阶段，从成熟的角度对待母亲的角色。因为她逐渐明白抱怨是毫无用处的，每个人必须对自己负责。于是埃娃着手撰写这封家书，回顾、探讨自己往昔的生活，试图解释自己来自何种家庭，希望真正了解自我，明确未来该朝哪种家庭发展，为女儿打下成长的基础。"我知道等你长大了，你会像我曾经评判我父亲那样来评价我，那让我恐怖，因为我认为，如果我父母不懂得以另一种方式行事，很可能我也不知道向你传递任何有效的东西，犯同样的错误，把我的失败和忧虑倾注在你身上，不懂得控制自己的坏脾气的爆发、隐藏自己的不自信和抑郁，当你需要我的时候不能是你的庇护者或安慰。"

小说介于过去、现在和未来之间，舞台从阿利坎特到马德里、纽约，重构了阿古耀家族从未述说的家史：家族公开的秘密、父母留给子女的物质或精神遗产。埃娃得出的结论是：生活即一个保持平衡的奇迹。

埃塞巴里亚把母性视为文学创作的基础，在她看来，文学对死亡已有很多了解和记录，相反，对生命的诞生和母性知之甚少。《一个保持平衡的奇迹》行文简单，口语化程度高，具有很浓的商业化色彩，但它探讨了当代人性的突出问题和冲突。可以说，这是一部从女性的视角分析情感、情商，探索一个人从出生到成熟，个性是如何发展的作品。

（王军）

胡安·弗朗西斯科·费雷
(Juan Francisco Ferré)

　　胡安·弗朗西斯科·费雷（1962—　），西班牙当代作家、文学评论家，出生于马拉加，西班牙语语言文学博士。2005—2012年费雷作为客座讲师和研究员在布朗大学执教，教授西班牙及西语美洲文学与电影相关课程。费雷已出版的作品有：小说《我爱你，萨德》（*I love you Sade*，2003）、《驴的节日》（*La fiesta del asno*，2005）、《天意》（*Providence*，2009）、《游戏王》（*El Rey del Juego*，2015），短篇小说集《回到世上》（*La vuelta al mundo*，2002）、《变形记》（*Metamorfosis*，2006），散文集《模仿与伪装》（*Mímesis y simulacro*，2011），选集《变数：最新一代西班牙小说》（*Mutantes: narrativa española de última generación*，2007）等。

　　西班牙学界通常认为费雷属于"诺西亚一代"（Generación Nocilla）①，又称"后波普"（Afterpop）成员。"诺西亚一代"是

---

① "诺西亚"是一个在西班牙畅销的巧克力榛子酱品牌。这个西班牙品牌的巧克力酱在当地销量很大，深受人们喜爱，是不少西班牙人童年时代的标志。

活跃在1960—1976年间的一个作家群，因为作家奥古斯丁·费尔南德斯·马约（Agustín Fernández Mallo）名为"诺西亚计划"（Nocilla Project）的小说三部曲而得名。"后波普"的文学创作延续了波普文化碎片化、跨界关联等艺术特征，作家们普遍习惯于通过博客等网络平台和多媒体途径创作和传播作品，也通过一些小众的、非传统的出版社出版；他们的作品充分体现出波普文化进入21世纪以来与"传统高雅文化"、文化商业化以及多媒体的相互反应与融合。

西班牙当代作家埃洛依·费尔南德斯·波尔塔（Eloy Fernández Porta）在其专著《后波普》（*Afterpop*，2007）中指出："后波普是年轻一代作家对大众传媒时代所产生的过度符号化社会现状所做出的一种审美回应。"[①]

《天意》是一部比较典型的后现代小说，作者将后"9·11"时代的恐怖主义事件、当代美国式消费生活方式以及世界电影史进行重构、杂糅，哥特式悬疑小说的外表下不乏与真实历史的互文，隐藏着对当代社会现实的嘲讽与反思。《天意》获得西班牙评论界的一致认可，其法文译本也在法国颇为畅销。3年后费雷推出的另一部小说《狂欢节》（*Karnaval*，2012）也获得当年"埃拉尔德小说奖"。最新作品科幻小说《革命》（*Revolución*，2019）的主题是人工智能对人类未来的影响，故事发生的时间是2037年，在作者看来，"科幻是当下的现实主义"。该书获2020年"安达卢西亚批评奖"（Premio Andalucía de la Crítica）。

---

① Fernández Porta, Eloy. *Afterpop. La literatura de la implosión mediática.* Córdoba: Berenice, 2007.

胡安·弗朗西斯科·费雷（Juan Francisco Ferré）

《狂欢节》（*Karnaval*）

　　《狂欢节》是西班牙作家胡安·弗朗西斯科·费雷的作品，2012年由阿纳格拉玛出版社发行。《狂欢节》是所谓"后波普"的一部典型作品，小说以一桩真实事件开篇：法国经济学家、律师、政党要员斯特劳斯-卡恩（Dominique Strauss-Kahn）是活跃于电视与媒体的热点人物，他涉嫌在纽约市一家豪华饭店性侵一名非裔女服务生，之后企图搭机逃回法国，但在机场遭到警方逮捕。

　　然而这一人物与事件仅仅是小说的开端，作者动用了多种叙事技巧将事件进行变形、重构。小说由若干具有复调结构的章节构成，最初出现在作品中的"真实"人物——政治家、银行家、知识分子等，身份也逐渐体现出不确定性，并发生转化，化身为公羊形态的反英雄、小丑形象或者被拖至悬崖边的贪婪政客的尸体；同时，作品在叙事形式上也大胆创新，将政府报告、司法声明、纪事新闻和检举信等具有现代社会特征的公式化文本与叙事进行拼贴，碎片化的文本结构同样体现出后现代叙事的特征。

　　此外，作者通过巷道中的哈哈镜等具有隐喻意味的意象对社会现实进行戏仿、讽喻，在集体狂欢式的欢愉表象之下折射出对21世纪人类所面临的政治、经济、道德状况的全面拷问，评判的内容涉及新自由主义泛滥、银行系统、权力仪式、性爱关系、具有双重标准的当代虚伪道德等。《狂欢节》出版之后，在西班牙文化界引起了比较广泛的关注，各大著名报刊都发表文章进行介绍与评析。如西班牙《国家报》对这部作品评价道："《狂欢节》本质上是一部政治小说，然而同时也是对理想叙事形式的大胆探索。费雷从《天意》开始就使用多重声部展开叙事……在伦理与意识形态遭受困惑的当下时刻，《狂欢节》适时地向我们提出了一些迫在眉睫的问题。"[1]

《西班牙邮报》(*El Correo Español*)则认为胡安·弗朗西斯科·费雷"或许是当今西班牙最有文化雄心的作家,也只有他拥有谈论那个'涵盖一切主题的主题'的叙事能力,而那个主题即是我们当下的文化与文明……费雷同时也是当代西班牙最具现代性的作家之一"[2]。

(蔡潇洁)

---

[1] https://elpais.com/cultura/2012/11/05/actualidad/1352114695_374840.html, 2018-07-06.
[2] www.palidofuego.com/la-vuelta-al-mundo-juan-francisco-ferre, 2018-07-06.

安东尼奥·加拉·贝拉斯科
（Antonio Gala Velasco）

安东尼奥·加拉·贝拉斯科（1930—　），西班牙剧作家、诗人、小说家，是近年来得到评论界和公众一致认可的畅销书作家。

加拉出生于雷阿尔城，在科尔多瓦就读小学和中学，之后进入塞维利亚大学攻读法律，获得塞维利亚大学法学学士学位，并且获得马德里大学文学学士和政治经济学学士学位。

加拉首先以写诗开始自己的文坛之旅，他的诗集《亲密的敌人》（*Enemigo íntimo*，1959）获1959年"阿多奈斯诗歌奖"。随后加拉创作了大量的戏剧作品，与评论界的反应相比，他的作品更受公众的欢迎。因为加拉既不打算通过他的作品来迎合富裕的资产阶级，也不试图做任何的道德评判，而是潜心创作充满隐喻、诗意的史诗型作品，给读者留下足够的空间，让读者通过自己的想象去联系当前的或遥远的现实。

加拉最成功的几部戏剧作品包括：《伊甸园的绿野》（*Los verdes*

campos del Edén，1963），获1963年"卡尔德隆·德·拉巴尔卡奖"（Premio Calderón de la Barca）及1965年"巴塞罗那城市奖"（Premio Ciudad de Barcelona）；以及《镜中的蜗牛》（El caracol en el espejo，1964），《蚂蚁窝上的太阳》（El sol en el hormiguero，1966），以西班牙内战为背景的《十一月和一点草》（Noviembre y un poco de hierba，1967）、《荒废的好日子》（Los buenos días perdidos，1972），历史题材的《献给一个贵妇人的戒指》（Anillos para una dama，1973），描写皈依天主教的犹太人与老基督徒冲突的《挂在树上的西塔拉琴》（Las cítaras colgadas de los árboles，1974），《尤利西斯，你跑什么？》（¿Por qué corres, Ulises?，1975），《天堂的老小姐》（La vieja señorita del Paraíso，1980），《佩德拉·雷加拉达》（Petra Regalada，1980），《鸟的墓地》（El cementerio de los pájaros，1982），反映同性恋问题的《撒马尔罕》（Samarkanda，1985），触及西班牙地方自治问题的《小旅馆》（El hotelito，1985），探讨知识分子与权力关系的《塞内加，或质疑的好处》（Séneca o el beneficio de la duda，1987），歌颂个性自由的《卡门，卡门》（Carmen, Carmen，1988）、《女骗子》（La truhana，1992）、《睡美人》（Los bellos durmientes，1994）、《星期五的苹果》（Las manzanas del viernes，1999）。他最新的一部戏剧作品是2003年出版并公演的《宽衣解带的伊内斯》（Inés desabrochada，2003），改编自"唐璜"（Don Juan）传说。但和西班牙文学史上众多版本的"唐璜"不一样，这部作品的主人公并不是唐璜，而是被他欺骗的伊内斯。

　　加拉的小说创作开始得比较晚，但是很受公众欢迎。他的第一部历史小说《洋红色手稿》（El manuscrito carmesí，1990）一举获得"行星奖"。这是一部虚构的回忆录，主人公为格拉纳达最后一个阿拉伯国王博阿迪，他回忆了自己失败的一生和面对天主教国王收复失地而无法避免的灭国之灾。之后又出版了《土耳其的激情》（La pasión turca，1993；1994年被比森特·阿兰达改编成电影）、《在花园的那边》（*Más allá del jardín*，1995；1996年被佩德罗·奥雷阿改编成电影）、《三人法则》（*La regla de tres*，1996）和《不可能的遗忘》（*El imposible olvido*，2001）。

此外，加拉还创作过电视剧本，如《人物与风景》（*Paisaje con figuras*，1985）。他也为知名报刊撰写文章，其专栏《与特罗伊洛聊天》（*Charlas con Troylo*）享有很高的知名度。

纵观加拉的整个文学生涯，与历史相关的主题如同其文学作品的主旋律，反复出现。但是作者更多地倾向于借古讽今，而不是单纯地深入分析过去。他的作品将现实主义和抒情性融为一体，常借用寓言或象征来暗示西班牙当代的历史和现实。

《星期五的苹果》（*Las manzanas del viernes*）

《星期五的苹果》是西班牙剧作家安东尼奥·加拉·贝拉斯科的戏剧作品，创作于1999年，同年10月由弗朗西斯科·马尔索（Francisco Marsó）执导在毕尔巴鄂的阿亚拉剧院上演，曾与加拉合作过多次的孔查·贝拉斯科（Concha Velasco）担任该剧的女主角。

这部作品讲述的是一位成熟女人的爱情故事。女富豪奥罗西亚·巴尔德斯（Orosia Valdés）早年靠不太光彩的欺诈手段发家致富，现如今事业有成，虽年近半百，但风韵犹存，性格独立，外表时尚靓丽。她原本一心扑在事业上，心无旁骛，不料青年男子毛里西奥·比利亚米尔（Mauricio Villamil）的出现改变了她的人生轨迹。毛里西奥是侯爵夫人之子，而这位侯爵夫人又是奥罗西亚学生时代最好的朋友。奥罗西亚和毛里西奥之间年龄差距巨大，但年龄上的悬殊并不能阻止她疯狂地爱上这位初出茅庐的小伙子。在一次电视访谈节目中，主持人佩德罗·鲁伊斯（Pedro Ruiz）问奥罗西亚，她心目中的另一半是什么样子的。她回答道，她不需要另一半，她的人生就是完整的人生。但只要耐心看完访谈，大家就能从她的言语间发现她的秘密：她早已陷入爱情漩涡不能自拔，而这爱情却不能给她带来幸福。她的小情人毛里西奥成天无所事事，只追求金钱和享乐，并未付出真心。他甚至堂而皇之地把另一个漂亮的年轻女人带到奥罗西亚的家里。奥罗西亚在追逐爱情的过程中变得越来越卑微，成为众人指责的对象，沦为他人的笑柄。她的仆人批评她，公司的上上下下都指责她，花边新闻杂志常把她深夜买醉的照片当作封面以博眼球。她心心念念的爱情也离她越来越远。最终她拿出了藏在抽屉里的手枪……

奥罗西亚和毛里西奥之间的爱情——更准确地说应该是欲望或激情——对奥罗西亚来说，既是创造性的，也是毁灭性的。爱情让她一成不变的生活重放异彩，同时也将她推入毁灭和死亡的深渊。

爱情的主题在加拉的文学创作中反复出现，不管是在他的诗歌、戏剧、小说，还是电视剧剧本、报刊评论文章中，爱情都作为一个主旋律频频出现。作者常将爱情与正义、希望等其他主题编织在一起，寻求人与人之间的交流和羁绊。正如加拉自己所言，他写这部作品的本意是讲述一个爱情故事。故事中没有好人，也没有坏人，有的只是或肤浅或深沉的人物，被化身爱情的命运所戏弄。从结局来看，这是一出现代悲剧，虽然其间也不乏喜剧和正剧的成分。

在语言的运用上，加拉坚持认为，剧本的语言文字是凌驾于其他戏剧因素之上的，是为人物的塑造和戏剧的表现力服务的。这部作品文字优美，语言富有诗意，语言层次也非常分明。这对演员的表演是一个巨大的挑战：既要演绎出巨大的痛苦，又要将快乐和喜剧色彩诠释到位。我们即使不能对奥罗西亚所经历的爱情和背叛感同身受，也能通过剧中的语言倾听她在经历爱情和背叛时的心声。

（温晓静）

路易斯·加西亚·蒙特罗
（Luis García Montero）

路易斯·加西亚·蒙特罗（1958—　），诗人、散文家、文学评论家、小说家，西班牙格拉纳达大学文学教授。2017年被授予"安达卢西亚的爱子"头衔（hijo predilecto de Andalucía），并获得墨西哥"拉蒙·洛佩斯·贝拉尔德国际诗歌奖"（Premio Internacional de Poesía Ramón López Velarde）。2018年7月被任命为塞万提斯学院院长。

加西亚·蒙特罗秉持"世俗化诗歌"理念，强调诗歌创作不能排斥日常生活，其艺术风格深受安东尼奥·马查多、希尔·德·别德马、弗朗西斯科·布里内斯（Francisco Brines）、佩德罗·萨利纳斯、路易斯·塞尔努达（Luis Cernuda）、阿尔贝蒂、加西亚·洛尔卡等前辈大师的影响。20世纪80年代初，在老师、马克思主义文学理论家胡安·卡洛斯·罗德里格斯（Juan Carlos Rodríguez, 1942—2016）教授的影响下，他与友人哈维尔·埃赫阿（Javier Egea）和阿尔瓦罗·萨尔瓦多（Álvaro Salvador）共同发起了颇具争议性的"另一种情感"（la otra sentimentalidad）诗歌运动，反对西班牙70年代诗坛主流的夸饰文风、唯美主义倾向和非理性诗歌，提出情感必须对历史做出承诺，诗歌必须回归生活，回归"体验派诗歌"，回归"半个世纪派"的艺术追求，成为当代西班牙诗坛主流"体验派诗歌"的先声之一。

加西亚·蒙特罗坚信保卫幸福是人类的首要责任，因此爱的经验与体验在他的诗作中占有重要地位。他塑造了一个后现代诗歌主体，一个彻头彻尾的当代都市动物。他出没在城市空间中，行走在光怪陆离的都市风景里，目光游离，视角复杂模糊，不断怀疑一切，甚至是自身的存在。诗人认为诗是一种虚构，而当代诗歌的效力就在于它能够逼真地描绘情感，贴近内心世界的感受，为此他要求自己的诗作必须直面日常生活的原生态。加西亚·蒙特罗的诗歌既不回避历史矛盾，也不讳言个人极度私密的内心冲突，意象丰富，想象瑰丽，具有明显的互文特征，长于细节描写，但从不追求远离内容的矫饰风格，形成了一种奇异的现实主义效果，最终达到了理智与情感的共处。诗人还坚称诗歌语言既不是"元语言"，也非"超级语言"，所以不应成为脱离现实的另一种存在。他提出后现代诗歌应诉诸后现代人的日常话语，将文学性语言与口语巧妙结合起来，广泛使用令人联想到都市空间的词汇，诗歌语言精确明澈，生动多彩，张力十足，诗句朗朗上口，但绝不流于平铺直叙，粗陋鄙俗，往往带有一种优秀散文的特质。

散文诗集《现在你是布鲁克林桥的主人了》（*Y ahora ya eres dueño del puente de Brooklyn*，1980）是加西亚·蒙特罗的成名作，诗人从美国"黑色小说"后现代读者的视角重构了小说中那个充满激情与回忆、暴力和性的虚构世界。《同谋日记》（*Diario cómplice*，1987）是加西亚·蒙特罗最富有个性的诗集，记录了都市风景里爱的剪影——那些发生在出租车、有轨电车、酒吧或者荡漾在电话通话中的爱情故事，诗人也因此被评论界视为"近年来最佳性爱诗人之一"。

《分开的房间》（*Habitaciones separadas*，1994）是加西亚·蒙

路易斯·加西亚·蒙特罗（Luis García Montero）

特罗的诗歌代表作，分别荣获1993年第六届"罗意威基金会诗歌奖"、1995年西班牙"国家诗歌奖"。《分开的房间》的抒情主体是后现代世界中的一位旅客，头晕目眩地穿行于由机场、高速公路、橱窗、旅店房间拼接而成的芜杂世界里。诗人再次使用亚历山大体吟唱后现代生活，无论就内容、结构还是风格而言，许多诗句极富个性，独一无二。

《完全"星期五"》（*Completamente Viernes*，1998）歌唱幸福和对妻子的爱恋，诗集的题目源于他的妻子、小说家阿尔慕德娜·葛兰黛丝（Almudena Grandes）的一部小说《我将称你为"星期五"》（*Te llamaré Viernes*）。《禁闭》（*A puerta cerrada*，2017）延续了他张力十足的语言风格，描绘了危机下的自我的困惑与救赎，进一步深化了对于后现代的反思。

其他诗歌作品有：与阿尔瓦罗·萨尔瓦多合著的《特里斯蒂亚》（*Tristia*，1982）、《异国花园》（*El jardín extranjero*，1983）、《城市韵律》（*Rimado de ciudad*，1984）、《两幢摩天大厦的牧歌》（*Égloga de los dos rascacielos*，1984）、《冷花》（*Las flores del frío*，1991）、《此外》（*Además*，1994）、《几乎一百首诗（诗选1980—1995）》［*Casi cien poemas. Antología（1980-1995）*，1997］、附送诗人本人朗诵CD的《个人选集》（*Antología personal*，2001）、《诗选》（*Antología poética*，2002）、《蛇的私密》（*La intimidad de la serpiente*，2003）、《诗集（1980—2005）》［*Poesía（1980-2005）*，2006］、《疲惫的目光》（*Vista cansada*，2008）、《破碎的话语》（*Las palabras rotas*，2019）等。其中《异国花园》《蛇的私密》和《疲惫的目光》分别荣膺1982年"阿多奈斯诗歌奖"、2003年"国家批评奖"和2009年"安达卢西亚批评奖"。

路易斯·加西亚·蒙特罗还是优秀的诗歌评论家和散文家，撰写了《中世纪戏剧。关于不存在的争论》（*El teatro medieval. Polémica de una inexistencia*，1984）、《拉斐尔·阿尔贝蒂诗歌的原则与风格》（*La norma y los estilos en la poesía de Rafael Alberti*，1986）、《诗的坦白》（*Confesiones poéticas*，1994）、《领海》（*Aguas territoriales*，1996）、《"奇伟"：古斯塔沃·阿道弗·贝克尔的抒情诗》（*Gigante y extraño: las "Rimas" de Gustavo Adolfo Bécquer*，2001）、《第六天——西班牙诗歌秘史》（*El sexto día. Historia íntima de la poesía española*，2002）、《空虚的主人》（*Los dueños del vacío*，2006）、《弗朗西斯科·阿亚拉》（*Francisco Ayala*，2006）、《野蛮的焦虑》（*Inquietudes bárbaras*，2008）、《一位名叫费德里科·加西亚·洛尔卡的读者》（*Un lector llamado Federico García Lorca*，2016）等文学批评专著。他还改写了《塞莱斯蒂娜（卡里斯托与梅里贝娅的悲喜剧）》（*Celestina. Tragicomedia de Calisto y Melibea*，1999），既保留了作品的中世纪独特风貌，又照顾到了现代人的趣味，降低了阅读门槛，使经典作品成功地贴近21世纪的读者。此外，诗人还长期为西班牙《国家报》撰写专栏文章，并以《临街的门》（*La puerta de la calle*，1997）和《寓言作家年鉴》（*Almanque de fabulador*，2003）为题结集付梓。

加西亚·蒙特罗近年来还投身于长篇小说创作，颇受评论界和读者的青睐。他的第一部长篇小说是传记小说《明天并非如上帝所愿》（*Mañana no será lo que Dios quiera*，2009），取材于西班牙"半个世纪派"代表人物安赫尔·冈萨雷斯（Ángel Gónzalez，1925—2008）的青少年岁月，题目也取自安赫尔·冈萨雷斯的诗句。小说讲述了饱受内战迫害的少年安赫尔如何在一片死亡和绝望中恪守对记忆的忠贞，呵护珍贵的信念，最终成为一位伟大的人道主义者和抒情诗人。《别跟我讲你的生活》（*No me cuentes tu vida*，2012）是加西亚·蒙特罗的第二部长篇小说，讲述了内战流亡者、政治民主过渡的亲历者和当下社会中前途渺茫的青年三代人之间的误解、矛盾和冲突，还涉及了东欧移民问题，情节跌宕起伏，直面社会现实。在诗人看来，沉重的记忆是任何

路易斯·加西亚·蒙特罗（Luis García Montero）

人都无法挣脱的桎梏，但也赋予了人们反思过去和现在的可能，能够帮助人们克服现实困境，打开通向未来的缺口。《有人说你的名字》（*Alguien dice tu nombre*，2014）是一部典型的教育小说，诗人带领读者回到了1963年夏天的格拉纳达小城。大学生莱昂·埃赫阿留在城里打工，在酷热而干燥的风中他发现了文学，发现了爱情，发现了那些在日常生活中被精心掩盖的一切……成长悄然来临。

中译本：《乐观的忧伤》（*Una melancolía optimista*），赵振江译，四川民族出版社，2021年。

《禁闭》（*A puerta cerrada*）

《禁闭》是西班牙当代著名诗人路易斯·加西亚·蒙特罗2017年出版的一部诗集，题目取自萨特的戏剧代表作《禁闭》的西班牙语译名。它不是一本轻松的诗集，同《疲惫的目光》相比，《禁闭》中的怨艾和哀痛更加尖锐刺耳，不断冲击着读者的心灵。诗集的抒情主体是一个无法找到自我的人，其困境并非在于缺乏自我认知，而是由于自我的困境折射出历史终结的梦魇，自我和自我行为随之也变成了地狱，致使我们"不得不承认地狱之中有我们自身的投影"①。在萨特式的"他人即地狱"之外，加西亚·蒙特罗的《禁闭》揭露了普遍意义上的集体失败，诗集充斥着关于生活的负面看法，弥漫着一种能将"我"引向崩溃的悲观主义，把后现代世界的深层危机赤裸裸地暴露在我们面前。就此而言，《禁闭》是一部关于深层危机的诗集，它记录了精神危机中的自我的所思所感，展现了社会危机对个体影响的深度和强度。它既是一部

---

① Morales, Clara. "Luis García Montero: «Una de las enfermedades más graves de la cultura neoliberal es el cinismo»", *infoLibre*, 2017-11-29. https://www.infolibre.es/noticias/cultura/2017/11/29/ luis_ garcia _montero _puerta_cerrada_72465_1026.html, 2020-04-10.

隐秘的日记，也是危机中的主体剖析内心和外部世界的有效方式："为了找到我自己/我学会了追随你"。在诗人笔下，危机是政治的、外部的，也是个人的、内在的。作为典型的欧洲左派知识分子，面对左派价值观的凋零和解体，面对左派政治群体无力应对当今世界危机的现实，面对犬儒主义和相对主义大行其道，路易斯·加西亚·蒙特罗愤怒而无奈。诗人不否认犬儒主义是逃避危机的常用手段，但它也是新自由主义最可怖的恶疾之一，将后现代世界引入无边无际的迷茫。就此而言，《禁闭》再现了自我摧毁和重生的过程："我打碎了我的存在/为了能够与'我'的自我相遇"，为筋疲力尽的"我"构建了避难所，庇护"我"对抗犬儒主义，对抗绝望，让"我"相信生活还在继续，更有它继续的理由。

《禁闭》的创作始于2011年，4年之后，正当诗集即将完稿之际，路易斯·加西亚·蒙特罗增加了反思"诗歌已死"的散文诗，用自己的诗歌反思他者、外界和自我，穷尽"我"的经验和体验，对时间中的"我"不断发出拷问，叩问"我"的生命周期，探究"我"的悲哀和绝望，并在困境重重、冲突不断的后现代世界找寻危机产生的根源。正如诗人所言，年少成名的他早已深谙评论界的偏好与市场密码，重复自己的标志风格不失为安全而舒适的选择，但在年逾半百之际，加西亚·蒙特罗希望带着新的行李回归他一向坚守的诗歌主题——探寻真理，言说真实。诗人在《禁闭》中尝试了新的表达方式，要求自己"必须在一本书中寻找记忆和希望的理由，虽然这样做既残酷又艰难"[1]。为此，他将"我"付诸隐喻，将自我和隐喻联结，建构诗歌人物就成为建构自己的个性，建构自我。诗人还求助于记忆，在他看来，记忆是现在的组成部分，是现在与过去的妥协，因此记忆负载了伦理焦虑，也构成了诗的

---

[1] Morales, Clara. "Luis García Montero: «Una de las enfermedades más graves de la cultura neoliberal es el cinismo»", *infoLibre*, 2017-11-29. https://www.infolibre.es/noticias/cultura/2017/11/29/ luis_ garcia _montero _puerta _cerrada_72465_1026.html, 2020-04-10.

路易斯·加西亚·蒙特罗（Luis García Montero）

材料。当然，诉诸记忆并不是为了向过去致敬或者认同我们是某一传统和文化的继承者，而是因为记忆给予我们力量，让我们有勇气应对这个，甚至把时间都变成了消费品的后现代世界。

《禁闭》凝练、直言不讳、勇往无前。诗人将日常生活建构为抒情对象，书写后现代的困惑、震惊和迷茫，语言干净明澈，睿智大气，利用多重意象实现了日常情感与情感想象的融合。或许耳顺之年的诗人已经无力振臂高呼承担保卫幸福的道德责任，但他依然相信诗歌探寻真理的力量，依然在这个后真相时代绝望地追寻着真相，不懈地尝试与真实沟通对话，言说真实。在他看来，真理不是教条，不是极端主义；真理只关乎人的信仰，关乎你对信仰的忠诚。因此诗歌既是与真实保持个人联系的空间，也同时开启和容纳了真正的讨论和对话。历经危机归来的诗人接受了伤痕累累的自己，却没有丧失继续前行的勇气。他依然相信爱，相信宽容与和解的力量，相信人类凭借善念终能重建和平，而诗的用处就在于言说真相、信念和希望："衰老是面孔的习惯/在皱纹中/令自己惊诧不已，/正直罪犯的/可疑经历"。

《禁闭》是隔绝更是抵抗，人类决绝的抵抗。

（许彤）

约兰达·加西亚·塞拉诺
（Yolanda García Serrano）

约兰达·加西亚·塞拉诺（1958—　），西班牙女剧作家、导演、电影及电视剧编剧。1958年生于马德里，中学毕业后，她曾在大学学习公共关系专业。此后数年，一直从事办公室文员工作。与此同时，她开始学习戏剧，并加入了一个剧团，先是写些儿童剧，后来渐渐也开始写给成年观众看的戏剧。她勤于学习，参加了不少戏剧课程和戏剧工作坊，借此机会向费尔明·卡巴尔、何塞·路易斯·阿隆索·德·桑托斯、赫苏斯·坎珀斯等前辈戏剧家虚心求教。后来，加西亚·塞拉诺又学习了电影指导与影视叙事，开始了电影、电视剧本的创作。1988年，她正式开始职业编剧生涯。此后她长期与华金·奥里斯特雷尔（Joaquín Oristrell）、曼努埃尔·戈麦斯·佩雷拉（Manuel Gómez Pereira）、胡安·路易斯·伊博拉（Juan Luis Iborra）合作，创作了若干优秀的电影、电视及戏剧剧本，在西班牙国内外荣获诸多奖项。此外，她还执导了好几部电影、电视剧及戏剧，并曾在马德里影视学校（Escuela de

约兰达·加西亚·塞拉诺（Yolanda García Serrano）

Cinematografía y del Audiovisual de la Comunidad de Madrid）任教，教授编剧课程。

约兰达·加西亚·塞拉诺是一位相当真诚且具有社会责任感的作家。她认为剧作家可以通过其作品将社会问题展现在观众面前，引起观众的关注和思考，从而影响和改变观众。因此戏剧是改变社会的有效工具。作为一位女作家，加西亚·塞拉诺戏剧创作关注的焦点是女性的处境。她认为，当今社会在男女平等方面取得了一些进步，但远远不够。许多男性认为他们并没有不平等地看待或对待女性，因此对女性争取平等权益的做法很是不解。加西亚·塞拉诺曾当众反驳这种观点。她认为，只有身为女性才能明白问题所在，否则很难清楚地意识到女性处境的艰难以及女性所遭受的不平等待遇。她一再强调，女作家的一大责任就是为自己抗争，让人们看到女性艰难的社会处境，意识到男女不平等是切切实实存在的。

爱的获得和丧失是贯穿加西亚·塞拉诺所有戏剧作品的主题。她笔下的爱不仅仅只是爱情，而是广义的爱，包括爱的各种形式——爱情、亲情、友情等。她喜欢塑造简单、平常的人物，把最真挚、最真实的情感注入其中，再通过舞台真诚地将这些情感传达给观众。她尤其偏好喜剧，擅长以幽默诙谐的手法传达爱的苦涩。

加西亚·塞拉诺最具代表性的戏剧作品包括：《爱情的恶心之处》（*Qué asco de amor*，1998），"南方家园喜剧奖"（Premio Hogar Sur de Comedias，1998）；《我把头放哪儿》（*Dónde pongo la cabeza*，2006），"芝华士舞台艺术奖最佳剧作"（Premio Chivas Telón al mejor texto dramático，2007）；《愉悦的性爱。愉悦的一天》（*Good sex. Good day.*，2011年上映）、《护栏》（*Parapeto*，2017）；与胡安·卡洛斯·卢比奥（Juan Carlos Rubio）合著的《莎士比亚从未到过此处》（*Shakespeare nunca estuvo aquí*，2013），2013年"洛佩·德维加戏剧奖"；与华金·奥里斯特雷尔一起创作的《快跑！》（*¡Corre!*，

2016），2018年"国家戏剧文学奖"。

与此同时，她在电影、电视领域也成绩斐然，参与创作了电影剧本《男人都一样》（*Todos los hombres sois iguales*，1994），"戈雅奖最佳原创剧本"（Premio Goya al mejor guión original，1994）；《断臂之爱》（*Amor de hombre*，1997）、《爱情真伤身》（*El amor perjudica seriamente la salud*，1997）；《零公里处》（*Km. 0*，2000），"都灵电影节最佳影片奖"（Premio a la mejor película del Festival de Turín，2000）；《我们到了这儿》（*Hasta aquí hemos llegado*，2002）。电视剧剧本有：《值班药房》（*Farmacia de Guardia*，1991—1995）、《夏天的奶奶》（*Abuela de verano*，2005）、《女逃犯》（*Fugitiva*，2018）等。此外，她还出版了若干部小说，如：《断臂之爱》（*Amor de hombre*，1997，根据同名电影改编）、《一再错爱》（*Siempre me enamoro del hombre equivocado*，2000）、《一无所有》（*Descalza por la vida*，2007）等。

《快跑！》（¡*Corre!*）

《快跑！》（2016）是西班牙当代剧作家约兰达·加西亚·塞拉诺和华金·奥里斯特雷尔合作创作的戏剧作品。最初，加西亚·塞拉诺想把它写成电影剧本，但是奥里斯特雷尔认为戏剧的形式更适合作品的内容。于是，奥里斯特雷尔不断地劝说她，并最终在制片人何塞·萨玛诺（José Sámano）的帮助下让她改变了初衷。2016年，《快跑！》由加西亚·塞拉诺亲自执导，在马德里的"瞭望台剧场"（Sala Mirador）上演。作品自首演之日起就受到观众和评论界的一致好评。演出整整持续了五周时间，观众反应热烈，场场爆满。2017年，该作品再度在马德里的"伽利略剧院"（Teatro Galileo）上演，导演仍然是加西亚·塞拉

约兰达·加西亚·塞拉诺（Yolanda García Serrano）

诺本人。2018年，该作品一举夺得"国家戏剧文学奖"。

《快跑！》是约兰达·加西亚·塞拉诺的第一部正剧作品，讲述了一对姐弟之间难以言说的亲情故事。姐姐艾玛是音乐老师，她与丈夫埃斯特万过着岁月静好、衣食无忧的生活。弟弟基科从小就是姐姐的梦魇，总是不断地给艾玛带来灾难，因此她无时无刻不想摆脱基科。弟弟因防卫过当而入了狱，艾玛已经有三年没有见过他了。但是一年前他们的母亲因中风而去世，艾玛不得不赶到监狱去见基科，告知他母亲去世及遗留了一套房子给他的消息。后来艾玛又因为那套房子的事情陆续去看了基科七次。在这个过程中，一次又一次的面对面交流让姐弟俩不得不再次面对两人都尽力逃避的痛苦过去。艾玛发现了许多从前没有发现的事情：总是给别人带来灾难的弟弟也在不断经历着自己无法想象的灾难。她想改善和弟弟的关系，想重新建立他们之间的血脉之情，但是却痛苦地发现，明明是最亲的人，却越来越难以沟通。每次探视后回到家总免不了一场痛哭。两个在同一个家庭里长大的孩子，从小就走上了完全不同的道路，一个生活体面、衣食无忧，另一个身陷囹圄、一无所有。八次探视之后，两人的内心都发生了些许改变。艾玛原谅了弟弟，甚至还想拯救这个"坏"弟弟；基科发现他所有的厄运其实都来源于自己，是自己毁了所有的一切。虽然两人都清醒地意识到，也许永远分开才是对两姐弟最好的结局，但是内心仍不免憧憬姐弟和睦的那一天。

毫无疑问，这部作品的主题是家庭，尤其是家庭成员之间的爱、恨、隔阂、沟通……这些难以分辨、难以割离又错综复杂的情愫。艾玛和基科看似是性格截然相反的两个人，但在本质上又是如此的相似。他们都害怕承认对方，害怕将他们紧密联系在一起的那个可怕的、不堪回首的过去。在恐惧面前，他们都本能地选择了逃避，一个把音乐当作庇护所，一个把犯罪当成挡箭牌，恨不得相互断了联系，免得一看到对方又回想起过去。约兰达·加西亚·塞拉诺曾在一次访谈中提到，艾玛和基科两姐弟的原型就是她和弟弟。虽然故事情节是虚构的，但是故事表达的内容在本质上和她的真实体会别无二致：内心深处难以割舍的亲情让他们忍不住靠近，一旦靠近又互不理解，甚至因为种种原因互相伤害。爱、恨、孤独、相互的不理解交织在一起，犹如一张布满荆棘的密网，让困在其中的人鲜血淋漓、痛彻心扉，越是挣扎，越伤得体无完肤。

作品的时间架构独具匠心。首先，故事的时间跨度大概是一年，从冬天开始，到春天结束，起始时间的象征意义不言自明。其次，作家借助精巧的剧情设置，将过去和现在合理有效地穿插在一起，通过不同的视角分段展现在观众面前，让观众自己去拼凑和发现两段不同的过去。主观时间、客观时间、情节发展、人物内心情绪交相辉映，让作品极富戏剧性和感染力。

舞台设置秉承极简风格，简单紧凑而又富有张力，暗藏着撕裂心扉的激情和力量。整个舞台是一个开放式的空间，被俨然划分为两个区域，分别象征艾玛和基科所生活的两个世界，两个截然不同的世界。椅子、落地灯、玻璃隔板……简单几个道具，再加上灯光、音效的配合，呈现出两种完全不同的氛围，分别对应姐弟两人不同的性格以及不同的境遇。

演员出彩的表演也是作品成功的重要因素。整部作品只有两位演员，但是作品涉及的人物却远远不止两个：艾玛的丈夫埃斯特万、监狱的心理医生、基科的狱友、处理房产问题的律师……两位演员不仅需要通过相互之间的对话或者个人的独白来推进戏剧冲突、拷问各自的灵魂，而且还需要时常和这些"隐形"人物对话，或者营造出多人在场的气氛。两位主人公的对话看似简单，实则是情绪的旋风，直击灵魂，将他们心灵深处某些最黑暗、最痛苦的角落暴露在观众面前。

还值得一提的是，由于加西亚·塞拉诺的初衷是将作品打造成一部电影剧本，虽然后来改变了主意，但是电影创作的某些手法还是融入了这部剧作当中，例如电影叙事中的"省略"手法就在作品中得到了很好

约兰达·加西亚·塞拉诺（Yolanda García Serrano）

的运用，为观众提供绝佳的想象和思考空间。

　　《快跑！》是一部极富戏剧性和感染力的作品，作品将戏剧的传统和革新和谐地融入故事的骨血中，再现了人与其所处环境之间的永恒冲突，也是对亲人之间难以言明的复杂情愫的深入剖析和解读，是一部难得的佳作。

（温晓静）

阿莉西亚·希梅内斯·巴特勒
(Alicia Giménez Bartlett)

阿莉西亚·希梅内斯·巴特勒（1951— ），西班牙当代知名女作家，出生于西班牙卡斯蒂利亚-拉曼查自治区阿尔瓦赛特省（Albaceta）小镇阿尔曼萨（Almansa），曾就读于瓦伦西亚大学语言文学系，后获得巴塞罗那大学文学博士学位，1975年起移居巴塞罗那。2018年获西班牙"黑色格拉纳达奖"（Premio Granada Noir）。

希梅内斯·巴特勒从20世纪80年代开始文学创作，第一部作品是《出口》（*Exit*，1984），目前共有二十多部小说和两部散文集问世。其中《别人的房间》（*Una habitación ajena*，1997）讲述发生在弗吉尼亚·伍尔夫及其女佣人奈莉（Nelly Boxal）之间的平行故事，该小说获得"鲁门出版社女性奖"（Premio Femenino Lumen）。2011年希梅内斯·巴特勒凭借小说《无人寻得你芳踪》（*Donde nadie te encuentre*）获得"纳达尔小说奖"，另一部小说《赤裸的人们》（*Hombres desnudos*）获得2015年"行星奖"。

阿莉西亚·希梅内斯·巴特勒（Alicia Giménez Bartlett）

此外，希梅内斯·巴特勒还是著名的侦探小说家。她从90年代开始创作侦探小说，认为侦探小说这一题材充满了大男子主义气息，而她创作的以女侦探佩德拉·德利卡特（Petra Delicado）为主人公的系列侦探小说，却从女性视角展开叙述与分析。这位职业女侦探有过三次婚姻，不愿生孩子，特立独行，突破了侦探小说中传统女性角色的刻板形象。目前该系列已经出版了11部作品，已被译成多种语言，在德、意等国颇为畅销，产生了较大的公共影响，获得"雷蒙·钱德勒奖"（Premio Raymond Chandler，2008）等数个奖项。另外，该系列小说还于1999年被改编成13集电视连续剧。

《无人寻得你芳踪》（*Donde nadie te encuentre*）

《无人寻得你芳踪》是西班牙作家阿莉西亚·希梅内斯·巴特勒创作的一部小说，于2011年由命运出版社发行，获得当年"纳达尔小说奖"。

《无人寻得你芳踪》可以看作是一部历史小说，围绕"寻找"这一主题展开叙述。一位法国精神科医生及其团队希望对绰号为"牧羊女"（la Pastora）的传奇人物进行采访与研究。"牧羊女"本名特蕾莎·布拉·梅塞格尔（Teresa Pla Meseguer），是一位在西班牙内战后长期被西班牙宪兵搜捕的反法西斯游击队员"玛吉斯"（Maquis），据传身负29桩命案，然而却始终神龙见首不见尾，令西班牙宪兵无可奈何，一度成为一桩民间传奇。

在医生团队进入马埃斯特拉斯戈（Maestrazgo）山区寻找的过程中，他们不仅要躲避宪兵的监视，还要辨别真伪线索、克服重重障碍，而在这场寻找/逃避之旅中，他们也发现了有关西班牙历史和人性的诸多秘密。而作为小说核心的神秘人物"牧羊女"，在传奇性的外表之下,其实也一直在逃避这个世界,同时逃避着自己的内心。因此有评论称《无人寻得你芳踪》是一部重新发现我们的过去以及人类永恒孤独的作品。

希梅内斯·巴特勒在这部小说中对"牧羊女"的刻画是比较成功的,作者尽可能地还原历史人物原型的真实形象。据说她主要以学者何塞·卡尔渥(José Calvo)在其学术著作《牧羊女从山区到神话》(*La Pastora. Del monte al mito*)中描述的史实为依据编织自己小说的相关情节,不仅在与"牧羊女"有关的事件上尽量贴近史实,而且表现方式也力求真实、符合原型人物的特点,例如将"牧羊女"的内心独白以口语的方式呈现,堪称小说行文上的一大亮点。

作品语言简洁、精练,叙事节奏快,情节跌宕起伏,同时充满戏剧性和想象力。医生团队中的两个主要的虚构人物——诺利赛医生(Nourissier)和记者卡洛斯·因方特(Carlos Infante)与希梅内斯·巴特勒侦探小说系列中的女侦探佩德拉·德利卡特及其助手费尔明·卡尔松(Fermín Garzón)颇为神似,而小说情节的展开过程(寻找谜团的答案的过程)也在一定程度上延续了希梅内斯·巴特勒侦探小说常用的模式与手法。

但也有批评者指出,诺利赛医生和记者卡洛斯·因方特虽然与佩德拉·德利卡特搭档相类似,然而他们的互动与对话却缺乏后者之间的流畅与和谐,有矫饰和做作的痕迹,人物表现不够自然。另外,作品在细节的处理上也略显粗糙,例如对某些具有鲜明时代特征的环境与细节描写存在不准确、不合常理或者不甚符合史实之处。

(蔡潇洁)

胡安·戈麦斯–胡拉多
（Juan Gómez-Jurado）

  胡安·戈麦斯–胡拉多（1977—　　），西班牙当代作家、记者，1977年12月16日生于西班牙马德里，毕业于西班牙圣巴勃罗大学（Universidad CEU San Pablo）信息科学系。戈麦斯–胡拉多有丰富的传媒工作经验，曾先后在西班牙国家电台（Radio España）、《阿贝塞报》、《加利西亚之声》（La Voz de Galicia）、《世界报》（El Mundo）等多家新闻传媒机构任职，并与数家重要媒体合作，如西班牙重要文化网站"读什么"（Qué leer）、《纽约时报书评》（New York Times Book Review）等；且目前参与多个网络文化话题类节目，在YouTube，iTunes 以及iVoox平台上拥有广大的关注度。

  戈麦斯–胡拉多的文学创作主要集中于历史题材类"黑色惊悚小说"和青少年文学作品，被誉为"欧洲最佳惊悚小说家"[1]，"是西班

---

[1] http://juangomezjurado.com/, 2018-07-05.

牙当代作家中译介最广、读者最多的作家之一"①。戈麦斯–胡拉多的第一部作品《上帝的间谍》（*Espía de Dios*，2006）获得"挪威书商奖"（Premio de Libreros Noruegos），在全球拥有150多万的读者，畅销42个国家。难能可贵的是，戈麦斯–胡拉多还是一位热衷公益事业的作家，他倡导和推动非政府组织"拯救儿童"（Save the Children）于2011年发起"1欧元1本书"（"1 libro 1 euro"）活动，并将自己的《上帝的间谍》纳入该项目中。

《上帝的间谍》讲述2005年4月2日在罗马圣彼得广场举行的教皇约翰·保罗二世（Juan Pablo II）逝世纪念活动上，两位红衣主教先后被杀，谋杀过程充满神秘的仪式感，并有难解的宗教符号出现在尸体附近。在追踪连环杀人案件的过程中，年轻的女侦探和心理学家宝拉·狄康蒂（Paola Dicanti）逐渐发现了隐藏于梵蒂冈教廷中的阴暗秘密。

戈麦斯–胡拉多的第二部作品《与上帝的合约》（*Contrato con Dios*，2007）同样成为全球畅销书，第三部小说《叛徒的徽章》（*El emblema del traidor*，2008）则获得第七届"古塔城市小说国际奖"（Premio Internacional de Novela Ciudad de Torrevieja）。

戈麦斯–胡拉多的其他作品有奇幻惊悚小说《伤疤》（*Cicatriz*，2015）以及儿童文学《阿雷克斯·考特：伽倪墨得斯之战》（*Alex Colt. La Batalla de Ganímedes*，2017）②等。2019年出版的惊悚小说《黑色母狼》（*Loba Negra*）与《红色女王》（*Reina Roja*，2018）、《白色国王》（*Rey Blanco*，2020）构成他的侦探小说三部曲。在这三部畅销书中，主人公安东尼娅·斯科特（Antonia Scott）和乔恩·古铁雷斯（Jon Gutiérrez）搭档成为"红色女王"调查小组，破获了一起又一起犯罪案件。

---

① https://www.malagahoy.es/ocio/Juan-Gomez-Jurado-serio-cuenta-mejor-fluidez_0_1302770116.html, 2018-07-05.

② 据希腊神话，伽倪墨得斯是特洛伊国王特罗斯之子，因其出众的美貌而受到宙斯的喜爱，后成为宙斯的情人并为众神侍酒。

胡安·戈麦斯–胡拉多(Juan Gómez-Jurado)

《叛徒的徽章》（*El emblema del traidor*）

　　《叛徒的徽章》（2008）是西班牙作家胡安·戈麦斯–胡拉多的作品，通常被认为是一部"黑色小说"（novela negra）或"惊悚小说"（novela de terror）。截止到2018年7月它是亚马逊网站全球销量位列前100位的畅销书，在德博尔西略（Debolsillo）、布拉萨与哈内斯（Plaza & Janés）、布克特（Booket）等多家知名出版社均有发行。该作品还获得第七届"古塔城市小说国际奖"（2008）。

　　《叛徒的徽章》的创作灵感来自一个真实的历史事件：1940年一名西班牙海员在直布罗陀海峡救了一群落水的德国人。于是作家根据此事件编织出小说的故事情节：一位名叫冈萨雷斯的西班牙船长于1940年在直布罗陀海峡的一次海上风暴中搭救了一伙遇难的德国人，为表感激，这伙人的头目赠予他一枚由金子制成、镶嵌着宝石的徽章，随后他们神秘地消失了。在与这些德国人的交谈中，令船长印象深刻的只有两个德语词——背叛与救赎。此后，叙事跳转至数十年后（2002年），一个神秘的作家向书商胡安·卡洛斯——冈萨雷斯船长之子——开价换取他手中的父亲遗物，即那枚徽章。胡安·卡洛斯拒绝这笔交易，但那位作家固执己见，于是胡安·卡洛斯同意作家向他讲述为什么那枚徽章对作家如此重要：两次世界大战期间，纳粹统治下的慕尼黑，年轻的保罗（Paul）——故事的真正主人公——发现母亲多年来一直隐瞒自己生父的真实死因，他一边照料贫病交加的母亲，一面展开了寻根与揭秘之旅，并且赢得了一个勇敢的犹太裔女摄影师艾伊斯（Alys）的爱情。然而寻找真相的过程却为他自己和身边的人带来了意想不到的后果，并彻底改变了他们的命运。在有关爱情、背叛、诡计的故事中，"共济会"（masonería）与德国纳粹的若干隐秘也逐渐浮出水面。

　　戈麦斯–胡拉多是一位懂得读者心理的作家，他的作品往往能在开篇迅速吸引读者的兴趣，情节设计紧凑、引人入胜，而且叙事语言精练、准确，善于运用短句，人物对话丰富；章节一般也短小精悍，且在章节结尾处多设置悬念，牢牢掌控着读者的好奇心。此外，作品的人物性格鲜明，使得《叛徒的徽章》成为一部富有极强的可读性的作品，有评论家这样形容："这部作品如同一部疯狂的惊悚片，同时具有电影式的节奏和宏伟的历史背景。"[1]《泰晤士报》则评价该作品是"一个充满阴谋、贪婪、渴望和残忍的宏大的原创故事，是一部生动地呈现在读者眼前的不容抗拒的惊悚小说"[2]。

然而也有部分评论认为《叛徒的徽章》中对人物善恶的区分有极端化的趋势，善者无不尽善尽美，而恶者亦十恶不赦，这使得人物塑造在深度上受到了一定程度的限制。

（蔡潇洁）

---

[1] http://www.abretelibro.com/foro/viewtopic.php?t=28519, 2018-07-05.
[2] http://juangomezjurado.com/book/emblema-traidor/, 2018-07-05.

何塞·安赫尔·冈萨雷斯·塞恩斯
（José Ángel González Sainz）

何塞·安赫尔·冈萨雷斯·塞恩斯（1956—　），西班牙当代小说家、散文家。1956年生于西班牙中北部索里亚省（Soria），9岁时移居巴塞罗那，并在巴塞罗那攻读工程与政治学（Ingeniería y Ciencias Políticas），但最终获得西语语言文学学士学位。1982年迁往威尼斯，在威尼斯卡夫斯卡里大学（Universidad Ca' Foscari de Venecia）从事文学教学，同时进行写作与翻译工作。现居意大利东北部港口城市的里雅斯特（Trieste）。

1988年创办文学杂志《群岛》（Archipiélago）并担任主编（1988—2002），也为《国家报》《世界报》《国际文学》（Letra Internacional）等报刊撰写文章。

1989年冈萨雷斯·塞恩斯的第一部小说集《相遇》（Los encuentros）由阿纳格拉玛出版社出版。小说《恼怒的世界》（Un mundo exasperado，1995）获得"阿纳格拉玛奖"和"埃拉尔德小说奖"（1995），该作品讲述一个步入中年、对周围的人与事感到厌倦的男子回首人生，重新寻找生命意义的故事。这部小说充满对人生的哲思，与陀思妥耶夫斯基的《地下室手记》、西班牙作家费利克斯·德·阿苏阿（Félix de Azúa）的《愚人自述》（*Historia de un idiota contado por él mismo*，2006）在题材上颇为类似。这个挣扎在对世界的抗拒和被接纳的渴望之中，既感到厌恶又被所厌恶之物深深吸引的中年男子集中表达出了我们这个时代的道德危机：激情、挫败、迷茫和精神悖论等。

冈萨雷斯·塞恩斯2003年出版的小说《重返世间》（*Volver al mundo*）讲述生活在20世纪70年代的年轻人的青春、梦想及其幻灭，是一部语言充满诗意，同时具有深刻哲思性的优秀作品。他近年的新作还有聚焦巴斯克民族恐怖主义问题的《失明之目》（*Ojos que no ven*，2010），以及探讨生命、时间、死亡、欲望等人类终极问题的短篇小说集《叶间轻风》（*El viento en las hojas*，2014）。

很多评论都认为冈萨雷斯·塞恩斯是当代不可多得的叙事高手和语言大师，其作品所达到的思想深度也同样为人称道。从他的作品中多少可以看到福克纳、赫尔曼·梅尔维尔、普鲁斯特、塞万提斯、安东尼奥·马查多和胡安·贝内特等文坛名匠的影子。

《重返世间》（*Volver al mundo*）

《重返世间》是西班牙作家何塞·安赫尔·冈萨雷斯·塞恩斯创作的一部小说，2003年由阿纳格拉玛出版社发行。

贝尔莎从国外赶回故乡的村庄，探望即将面临死亡的曾经的爱人米格尔。为探寻米格尔神秘死亡的原因，她寻访了米格尔的数位密友，小说于是逐渐展现了曾经的几位友人共同度过的岁月：20世纪70年代正值

何塞·安赫尔·冈萨雷斯·塞恩斯（José Ángel González Sainz）

青春飞扬的一代人，如何为实现梦想中的天堂拼搏、奋斗，后来却经历了相互欺骗、辜负甚至敌对；他们将青春献祭给了理想，却最终落得伤痕累累、力不从心，而且不得不面对曾经的理想的幻灭：有关自由、爱情、家庭、友谊、信仰等一切皆已物是人非。

作品对小说人物的刻画以米格尔为中心，然而也可以将围绕他的数位曾经的友人看作集体主人公：布兰卡忍受身体的病痛，只能身陷轮椅之中；格列高里因过分的负疚感主动与外界社会自我隔离；胡利奥沉溺于逝去的青春时代无法自拔；外表光鲜的知识分子、诗人鲁伊斯·德·巴勃罗其实心怀阴暗的动机，直到小说结尾才得以揭晓——他们似乎正是为生活所摆布与磋磨的一代人的缩影。

冈萨雷斯·塞恩斯将深沉的哲思注入文本叙述之中：理想的乌托邦注定溃败，唯独留下巨大的空虚。时空中存在众多的可能性，然而人的生命却只有一次，是否有获得救赎的可能性？是否还可以重来？在摇摇欲坠的现实深渊面前是否还有可能找到新的平衡？评论家克劳迪奥·马格里斯（Claudio Magris）认为"这是一部十分厚重的小说，它几乎囊括了真实世界中的一切"[①]。西班牙文学评论家里卡多·塞纳布雷（Ricardo Senabre）则认为这本书是对"我们生存的当下世界的一种艺术性的再现"，"是用叙事艺术展现出身处社会中的人类所面临的旧有的、传统价值的崩塌"[②]。

《重返世间》显然是一部"哲理小说"（novela de pensamiento; novela ensayística），难能可贵的是，作品的叙事纯净、自然，充满诗意的语言并未影响到叙事的节奏和思维的深刻，反而增强了思想的表现力，语言的优美、情节的张力与思想性的深刻相得益彰，是一部难得的将语言艺术与哲思性有机结合的优秀作品。西班牙当代著名学者、

---

① https://www.goodreads.com/author/show/13803672.Jos_ngel_Gonz_lez_Sainz, 2018-07-11.

② https://elcultural.com/Volver-al-mundo, 2018-07-11.

评论家桑斯·比亚努埃瓦（S. Sanz Villanueva）也对这本书给予了很高的评价，称之为一部"值得脱帽致敬的小说"，"一部毫无疑问的上乘佳作，甚至可以归入伟大的小说的行列"。[①]

（蔡潇洁）

---

① Sanz Villanueva, Santos. «Fracaso de la utopía», *Revista de libros*. Abril 2020. Web. 8 de abril de 2020.

贝伦·科佩吉（Belén Gopeigui）

贝伦·科佩吉（1963—　），西班牙小说家、电影编剧，出生于马德里，父亲是著名的航空物理学家。科佩吉毕业于马德里自治大学法律系，是西班牙共产党员，公开支持卡斯特罗和古巴的政治制度。她在西班牙文坛以鲜明的社会批判精神而著称，其作品往往具有左派的政治立场和社会意识。

《清冷枕畔》（*El lado frío de la almohada*，2004）以马德里为舞台，讲述2003年伊拉克战争爆发前夕发生在美国驻马德里外交官费利普与古巴裔的西班牙女间谍劳拉之间的爱情故事。双方爱情故事的反面是古巴革命的艰难历程，小说揭示了个人与集体之间的矛盾，人类的本质不是与个体无关的抽象的东西，而是社会关系的总和。作品融合了政治、爱情、间谍等要素，作家的立场是捍卫古巴的社会主义革命。

作为一个极富社会责任感的作家，科佩吉的作品大多围绕当今世界所面临的一些严重问题。《触摸我们的脸》（*Tocarnos la cara*，1995）主题为人类的规划和向往的失败，个人生活只有在群体中才有意义。它涉及人与人之间的依赖关系（人物是一个戏剧老师和他的学生们），介于戏剧和集体心理治疗之间。

《空气的征服》（*La conquista del aire*，1998）的主题是友谊的意义和价值、金钱和社会承诺，试图历史地见证西班牙当代社会，反思个人与社会的矛盾。小说展示了西班牙90年代年轻人的失望，因为他们不知道自己年轻时代的理想变成了什么。2000年，导演赫拉尔德·埃雷罗（Gerardo Herrero）将该作搬上银幕，片名为《我朋友的理由》（*Las razones de mis amigos*）。

《当朋克的愿望》（*Deseo de ser punk*，2009）的主人公—叙事者是16岁少女马尔蒂娜，小说通过摇滚音乐来讲述她面对社会和生活的不妥协态度，该作获2010年"杜尔塞·查贡西班牙小说奖"。

《没有权限的登录》（*Acceso no autorizado*，2011）是一部有关网络安全和政治的惊悚小说，主人公分别是一名黑客和政府女副首相，涉及网络世界的个人社交平台。《黑夜委员会》（*El comité de la noche*，2014）讲述一个跨国制药公司非法购买失业者的血液，用来滋养富人。两位而立之年的妇女（来自西班牙的艾利克斯和在捷克斯洛伐克一家血液衍化物公司就职的克拉拉）通过"黑夜委员会"建立联系，她们共同为反对这项吸血鬼式的交易而战。

《今天和今晚请和我在一起》（*Quédate este día y esta noche contigo*，2017）是一部对话体小说，书名取自惠特曼《我自己的歌》中的一句诗。两位男、女主人公分别是22岁的马特奥和退休的女数学教师奥尔加（他们之间的隔代友情也是小说的一个重要主题），他们向谷歌公司申请工作，为此两人围绕人工智能、人类的隐私价值与谷歌公司买卖个人信息的行为进行对话和质疑。小说的故事情节几乎是为作家的批评服务，人物设置苍白，近似于散文。

其他作品：小说《地图的比例》[*La escala de los mapas*，1993年"老虎胡安奖"（Premio Tigre Juan）]、《白雪公主的父亲》（*El*

贝伦·科佩吉（Belén Gopeigui）

padre de Blancanieves，2007）；电影剧本《沉睡的运气》（*La suerte dormida*，2003）和《阿基米德定律》（*El principio de Arquímedes*，2004）；散文集《粉碎某物》（*Rompiendo algo*，2014）。

中译本：《清冷枕畔》，崔燕译，人民文学出版社，2008年。

《真实的东西》（*Lo real*）

《真实的东西》（2001）是西班牙女作家贝伦·科佩吉以《基督山伯爵》为模式的一部反映西班牙当代现实和道德危机的小说，再现了一个去意识形态化的社会风貌（缺乏实质的价值、道德的腐败、编织权力之网的新奴仆）。

主人公艾德蒙德·戈麦斯·里斯科（Edmundo Gómez Risco）是一名记者，这个马基雅维利式的人物为了出人头地而不择手段，唯一的生活目标是在长期等待和学习之后进行一场报复。艾德蒙德的父亲是一名企业家，在1969年的玛德萨案件（Matesa）中被控腐败，缺少关系的他遭遇牢狱之灾，成为佛朗哥统治时期这一重要政治和经济丑闻的替罪羊。于是从15岁起他就发誓"不当主子，但也不再当奴仆"，不让父亲的悲剧在自身重演。他确信决定人际关系和职业关系的不是友情、正义和成就，而是经济权力和社会地位，因此艾德蒙德选择伪装和谎言作为达到目标的武器。在佛朗哥统治后期他积累信息，建立人脉关系，伪造部分简历，构建一个有吸引力的身份。在加入北大西洋公约组织的公民投票期间，他在一个民意测验中心工作，参与了1988年12月14号西班牙全国工会组织的大罢工。

艾德蒙德以间谍和复仇者的双重身份与少数人建立联盟，企图在只有主子和奴仆的社会获得一席自由之地。"总有一天，他，艾德蒙德·戈麦斯·里斯科，活着将不用向任何上司汇报，不担心阻碍他生存、抚养家人、为家人提供庇护所和获取幸福的报复行为……总有一天，他将平静地活着……，摆脱干涉、命令和服从，也摆脱竞争，不必获得他瞧不起的那些人的许可。"

故事的叙事者是艾德蒙德的合作伙伴、电视制片人伊雷内·阿尔塞（Irene Arce），这个视角既贴近主人公，又与事件保持一定的距离。小说还插入了一群中产阶级白领的合唱式叙述，这组群像式的人物发声为作品提供了更广阔的社会背景，凸显了主人公代表性的悲剧色彩。

西班牙著名文学评论家伊格纳西奥·埃切瓦利亚（Ignacio Echevarría）对科佩吉创作的《真实的东西》赞誉有加："贝伦·科佩吉最全面、最正确地把小说作为探讨、反思和政治质询的工具，而最后这个术语是按照其最宽泛的意义加以理解的：与城市国家的问题相关的议题。"[1]

《真实的东西》分别入围2001年"批评奖"、2002年"何塞·曼努埃尔·拉腊基金会小说奖"（Premio de Novela de la Fundación José Manuel Lara）和2003年"罗慕洛·加列戈斯国际小说奖"决赛。2009年、2013年再版。

（王军）

---

[1] https://www.anagrama-ed.es/libro/compactos/lo-real/9788433973573/CM_501, 2019-03-20.

胡安·戈伊狄索洛（Juan Goytisolo）

胡安·戈伊狄索洛（1931—2017），西班牙最具国际知名度的公共知识分子、作家、文学评论家，也是对西班牙官方文化体制批评最多的作家之一，但这并不妨碍他在西班牙国内外获奖无数，如"奥克塔维奥·帕斯诗歌与散文奖"（Premio Octavio Paz de Poesía y Ensayo，2002）、"胡安·鲁尔福拉丁美洲及加勒比海文学奖"（2004）、"堂吉诃德国际奖"（Premio Internacional Don Quijote，2010）、"福门托文学奖"（Premio Formentor de las Letras，2012）和"塞万提斯奖"（2014）。

胡安·戈伊狄索洛出生于巴塞罗那一个大资产阶级家庭，兄弟三人均为知名作家（哥哥何塞·阿古斯丁是诗人，弟弟路易斯是小说家）。米格尔·达尔茂（Miguel Dalmau）曾出版传记《戈伊狄索洛一家》（Los Goytisolo，1999），记述这个家族的传奇三兄弟。

1938年戈伊狄索洛的母亲死于佛朗哥军队的轰炸，他又遭到外祖父的性骚扰，这两件事给他幼小的心灵造成极大的伤害。大学期间他开始文学创作，出版了《变戏法》（Juegos de manos，1954）和《在天堂决斗》（*Duelo en el paraíso*，1955）等反映他那一代出身有钱、有闲家庭的资产阶级大学生的苦闷和反抗的小说。

1956年戈伊狄索洛自动流亡法国，在巴黎伽里玛出版社从事编辑和翻译工作，同时进行文学创作。那一时期的作品，如《马戏团》（*El circo*，1957）、《节日》（*Fiestas*，1958）和《酒后不适》（*La reseca*，1961），倾向于全盘的客观描写，批判性和政治性加强。1962—1976年他的作品在西班牙被禁。

《为了在这里生活》（*Para vivir aquí*，1960）、《岛》（*La isla*，1961）和《节日尾声》（*Fin de fiesta*，1962）完全呈现"社会现实主义"的倾向，是典型的反资产阶级小说，在这些作品中戈伊狄索洛试图全面展示西班牙人的精神面貌（文化、宗教、传统）。

《身份特征》（*Señas de identidad*，1966）、《堂胡利安伯爵的复辟》（*Reivindicación del conde don Julián*，1970）和《没有故土的胡安》（*Juan sin tierra*，1975）构成"粉碎神圣西班牙"的三部曲，是西班牙战后小说中最独特的作品之一。主人公阿尔瓦罗·门迪奥拉（作者的化身）贯穿这三部小说，其关键主题是破除对西班牙的神化。戈伊狄索洛打断纪事顺序，采用片段化、诗歌化的叙事，结合各种叙述声音（包括第二人称），放弃标点符号。从《身份特征》几乎自传体的参照性到《堂胡利安伯爵的复辟》的互文性游戏和《没有故土的胡安》的自我参照话语，可以发现作家经历了一个实验主义的叙事演变过程。

戈伊狄索洛热爱西班牙语言和文学，但有意与西班牙现实保持距离。随着时间的流逝，他对传统、保守的西班牙的排斥逐渐变成对西方保守思想、宗教和政治教条主义的抵制。从80年代起戈伊狄索洛对伊斯兰文化产生浓厚兴趣，是继伊塔司祭（Arcipreste de Hita）之后第一个能说摩洛哥北部方言的西班牙作家，在他的创作中占主导地位的是对神秘主义以及个人灵魂的关注。这类作品有《墓地》（*Makbara*，1980）、《孤鸟的品德》（*Las virtudes del pájaro solitario*，1988）、

《四旬斋》(*La cuarentena*,1991)、《这里和那里的流亡者》(*El exiliado de aquí y allá*,2008)。

戈伊狄索洛的作品包括小说、散文、回忆录、游记、报道,其中大部分以作家本人的经历为蓝本。在《战役结束后的风景》(*Paisajes después de la batalla*,1982)中他写道:"我:作家。我:所写的东西。"作家自身的形象介于虚构和现实之间的作品还有《马克思家族传说》(*La saga de los Marx*,1993)、《包围地方》(*El sitio de los sitios*,1995)、《花园的星期。一群读者》(*Las semanas del jardín. Un círculo de lectores*,1982)、《该死的喜剧》(*Carajicomedia*,2000)和《背景》(*Telón de boca*,2003)。

改编成影视的作品:《变戏法》,1980年,由意大利导演恩索·塔尔基尼(Enzo Tarquini)执导;《孤鸟的品德》,2007年由作曲家何塞·马里亚·桑切斯–贝尔杜改编成歌剧《西莫之行》(*El viaje a Simorgh*)。

中译本:《变戏法》,屠孟超、陈凯先译,外国文学出版社,1988年;《卡塔兰现代诗选》(戈伊狄索洛编选),王央乐译,人民文学出版社,1991年。

《自传》(*Autobiografía*)

《自传》(2017)是胡安·戈伊狄索洛的遗作,包括了之前问世的、引起广泛争议的回忆录《禁区》(*Coto vedado*,1985)、《在分邦的王国》(*En los reinos de taifa*,1986)和附录里6篇带有自传因素的文章。它们记录了作家童年时代所经历的内战、战后的独裁统治以及与"巴塞罗那派""马德里派"成员的交往,向我们描述了西班牙和法国的风景,讲述了作家作为参与政治活动的知识分子在巴黎的流亡生活。其中最紧张的时刻要数他与法国当代著名剧作家、评论家、社会活动家让·热内（1910—1986）的会面（两人的名字缩写相同，都具有同性恋和颠覆社会的倾向），以及与法国妻子莫尼卡·朗赫（Monique Lange）常常冲突的情感关系（是她帮助戈伊狄索洛在伽里玛出版社获得稳定的工作，并给予他精神上的慰藉）。在这两部书中戈伊狄索洛与西班牙告别，奔向自由和同性恋（把后者视为对男权社会禁区的冒犯）。

在《禁区》（2015年再版）里按年代顺序（从1931年出生于巴塞罗那到1956年流亡巴黎），以传统写作方式撰写的自传片段与作家使用新的表达方式（包括标点符号的省略，只留下分号）创作的长段文学评论交替呈现。1938年作家母亲死于内战的轰炸，这个悲剧深深影响了戈伊狄索洛："那时你被夺走的东西将对你的命运产生重大影响，但你孤儿的后果会更晚表现出来：对父亲形象的放逐，对宗教的冷漠、对爱国主义的不屑、对任何权力方式的本能排斥……"

戈伊狄索洛回忆前半生的经历与追求，反思他作为外国人、漂泊者的无根状态："在加泰罗尼亚我是卡斯蒂利亚人，在西班牙我是亲法者，在法国我是西班牙人，在美国我是拉丁人，在摩洛哥我是基督徒，在所有的地方我是摩尔人……"

通常《禁区》被认为是理解其阿尔瓦罗·门迪奥拉小说三部曲的一个重要材料。"我受那个粗野、污秽、恶劣的世界一种隐秘的相近性引导，继续访问那些最廉价、人流最多的妓院，在我眼里它们具有一种刺激和连贯性，相比之下，家庭、中学和大学的形象及景色被降低档次，犹如陈旧的资产阶级的家具玻璃橱，里面满是灰尘，塞满扇子、玩偶和破烂货：一副腐败、衰落的社会残忍、不做作的形象，在这个社会里首都的平民百姓艰难地生存着。"

戈伊狄索洛表示，"这本书必须是一个长期生活在国外的西班牙人写的",因为"他以十分不同的方式看待西班牙"①。评论家路易斯·巴塞特斯（Lluís Bassets）认为，"在这部著作里戈伊狄索洛与他父亲、与加泰罗尼亚、甚至与佛朗哥社会和解，与他自身和解。"②

《在分邦的王国》（En los reinos de taifa, 1986，2009年再版）是《禁区》的续集（从1956年他在朗赫家安身到他发现自己的同性恋倾向），继续扩大戈伊狄索洛在《禁区》里所做的美学和伦理研究（他选择从马格里布人及穆德哈尔人的视角来解读西班牙文化）。涉及的范围在时间上更近（动荡的20世纪60年代），舞台更辽阔——以作家从北非到巴黎、意大利，从苏联到古巴的旅行、居住和体验为核心——，历史事件与个人经历相互融合，二者构成西班牙自传体文学最优秀的作品之一。

（王军）

---

① https://www.elconfidencial.com/cultura/2014-11-25/, 2020-04-07.
② https://elpais.com/diario/1985/01/31/cultura/475974004_850215.html, 2020-04-07.

阿尔慕德娜·葛兰黛丝
(Almudena Grandes)

阿尔慕德娜·葛兰黛丝（1960—　），西班牙女作家，与著名诗人路易斯·加西亚·蒙特罗组成西班牙文坛的明星夫妻。葛兰黛丝毕业于马德里康普顿斯大学历史系，之后从事出版和新闻工作。她总是从女性的角度来创作纪实性很强的小说，涉及她的国家、城市（马德里）以及她那一代人的意识形态、情感和个体的冲突。葛兰黛丝作品的基本主题是童年、记忆、性欲（大胆描写女性情爱世界）和生存。"半个世纪派"对她影响很深，特别是胡安·加西亚·奥特拉诺（Juan García Hortelano）的作品。2018年，西班牙出版商行业协会（Federación de Gremios de Editores de España）授予她"西语书籍国际书展最佳作家奖"（Premios Liber），以表彰她"创作聚焦女性和西班牙当代历史的文学作品的能力"[①]。

1989年处女作《露露年华》（*Las edades de Lulú*）获情爱小说"垂

[①] https://elcultural.com/Almudena-Grandes-Premio-Liber-2018, 2019-06-07.

阿尔慕德娜·葛兰黛丝 (Almudena Grandes)

直微笑奖"(Premio Sonrisa Vertical)①,先后被翻译成21种语言,令作家一举成名。《马莱娜是一首探戈曲名》(*Malena es un nombre de tango*,1994)与前一部作品一样,还是采用了自传模式,以一个女性声音、从女权主义的角度来讲述马德里一个典型的资产阶级家庭半个世纪的家族史,其中三代妇女的人生经历是主线,性爱仍是家庭关系和社会关系的决定性因素。葛兰黛丝在她的作品中不断描写人物的外貌、体态的美丑在人物性格、生活中所起到的作用,常常把外貌作为声色的对立面。葛兰黛丝的立场是坦然接受自我的长相和个性,对世俗的审美观进行机智的嘲讽。她特别擅长描写人物,逼真地刻画复杂的性格。

《人文地理地图》(*Atlas de geografía humana*,1998)是一部"新风俗主义"小说,依然以4位女性人物为主人公,她们以第一人称形式叙述在一个意识形态混乱、代沟严重的社会各自的遭遇。《冰冷的心》(*El corazón helado*,2007)以两个家庭、两代人探索内战以来的家族秘史为主线,回顾、反思了西班牙战后最黑暗的一段历史时期及其后果。该著是近年来西班牙语小说最成功的作品之一,先后获得"何塞·曼努埃尔·拉腊基金会小说奖"(2008)、"马德里书商协业奖"(2008)和法国"地中海外国小说奖"(Prix Méditerranée Étranger,2009)。该书正在被拍成电视连续剧。

对西班牙内战及佛朗哥统治时期历史记忆的恢复和挖掘是葛兰黛丝重点关注的主题,为此她成为首位获得"穆尔西亚地区历史记忆奖"(Premio Memoria Histórica de la Región de Murcia,2018)的作家。从2010年起葛兰黛丝启动了以西班牙内战及战后抵抗运动为背景的系列小说《一场无法终结的战争轶事》(*Episodios de Una Guerra*

---

① "垂直微笑奖"(Premio Sonrisa Vertical)是由 Tusquets 出版社于1979年设立的一个色情文学奖,最初的目的是推出佛朗哥时代被禁止的那些情爱文学作品。第一部获奖小说为阿根廷女作家苏珊娜·康斯坦特(Susana Constante)的《索尼亚小姐的情感教育》(*La educación sentimental de la señorita Sonia*)。该奖项于 2004 年中止。

Interminable），现已出版5部：《伊内斯与欢乐》（*Inés y la alegría*，2010）、《儒尔·凡尔纳的读者》（*El lector de Julio Verne*，2012）、《马诺丽塔的三次婚礼》（*Las tres bodas de Manolita*，2014）、《加西亚大夫的病人》（*Los pacientes del doctor García*，2017）和《弗兰肯斯坦的母亲》（*La madre de Frankenstein*，2020）。这些小说都是从虚构的情节出发，描写真实的事件（涉及西班牙共和国在战后的武装抵抗、政治抵抗、外交抵抗等）；选择"大事件中的小人物"是葛兰黛丝在叙述这些被遮蔽的历史事件时常用的手段，历史人物和虚构人物互动，其中一些人从一部作品自然过渡到另一部作品。例如《加西亚大夫的病人》以长枪党妇女支部的委员克拉拉·斯陶弗（Clara Stauffer）这一真实历史人物为主人公（她具有德国和西班牙双重国籍），讲述她在西班牙如何收容、庇护从德国逃出来的纳粹分子，并帮助他们转移到拉美。另一个历史人物约翰内斯·伯恩哈特（Johannes Bernhardt，1897—1980）在西班牙内战爆发后充当佛朗哥与希特勒的中间人，于1936年7月24日把佛朗哥要求军事援助的亲笔信带给希特勒，帮助西班牙得到了德国20架战斗机和运输机（由此开始了两国的密切合作）。在这个历史事件之上，作家虚构了一位共和派间谍，他打入克拉拉的组织，目的是说服联合国推翻佛朗哥政权。该作荣获2018年西班牙"国家小说奖"。

《弗兰肯斯坦的母亲》则聚焦20世纪50年代的战后西班牙社会，那时佛朗哥政府及天主教会开始利用精神病学介入普通百姓的私密生活。西班牙女权主义者、多疑症患者奥罗拉·罗德里格斯1933年亲手杀害自己18岁的天才女儿伊德加特（Hildegart），于是被关进马德里的一家精神病院长达26年，并被指控杀人是源于"妇女无节制的读书"。作者反思了这一事件产生的历史、社会和宗教背景，剖析这两位在那个时代特立独行的西班牙女性的灾难命运。有意思的是，罗莎·蒙特罗的《女性小传》也单列一章，叙述这对母女令人惋惜的人生。

其他作品：小说《我将称呼你为"星期五"》（*Te llamaré Viernes*，1991）、《面包上的吻》（*Los besos en el pan*，2015），短篇小说集《女性榜样》（*Modelos de mujer*，1996）、《路过的车站》（*Estaciones de paso*，2005），报刊文集《巴塞罗市场》（*Mercado de Barceló*，2003）。

改编成电影的小说：《露露年华》，1990年，导演比佳斯·鲁纳（Bigas Luna）；《马莱娜是一首探戈曲名》，1995年，导演赫拉尔德·埃雷罗；《艰难的环境》（*Los aires difíciles*，2002），2006年，导演赫拉尔德·埃雷罗；《人文地理地图》，2007年，导演阿苏塞娜·罗德里格斯（Azucena Rodríguez）；《纸版城堡》（*Castillos de cartón*，2004），2009年，导演萨尔瓦多·加西亚·鲁伊斯（Salvador García Ruiz）。

中译本：《伊内斯与欢乐》，王军译，作家出版社，2021年。

《伊内斯与欢乐》（*Inés y la alegría*）

《伊内斯与欢乐》（2010）是西班牙女作家阿尔慕德娜·葛兰黛丝以19世纪作家加尔多斯的《民族轶事》为模本的系列小说《一场无法终结的战争轶事》的第一部，先后获得墨西哥"索尔·胡安娜·伊内斯·德·拉克鲁斯奖"（Premio Sor Juana Inés de la Cruz，2011）、"马德里批评奖"（Premio de la Crítica de Madrid，2011）和"伊比利亚美洲埃莱娜·波尼亚托夫斯卡小说奖"（Premio Iberoamericano de Novela Elena Poniatowska，2011）。该书于2012年再版。

《伊内斯与欢乐》以1944年的阿兰谷战役为素材。二战结束之际，一支流亡法国的西班牙共产党游击队进攻位于西法边境的阿兰谷地区，并占领该地区达10天左右，试图推翻佛朗哥的独裁统治，结果在美、苏、英、法等国的绥靖政策下不幸失败。这一真实事件长期被官方历史所湮没，导致大部分西班牙人对此壮举毫不知情。

小说分纪实与虚构两条主线，在纪实的"事前""事中""事后"三部分以第三人称叙述了西班牙共产党抗击佛朗哥独裁统治及在第二次世界大战期间反纳粹的英勇斗争，也揭露了西共内部的权力之争、政治家的爱情与政治命运的错位，涉及苏联、德国、英国、法国对佛朗哥政权及阿兰谷战役的微妙立场和各自的国家利益。为此葛兰黛丝事先做了大量的案头工作，查阅了大量的历史档案和资料，将这些历史人物（斯大林、丘吉尔、西共总书记"热情之花"和继任者卡里略、西共在法国的实际领导人蒙松及伴侣卡门·德·佩德罗，以及佛朗哥及其家人、长枪党头目、佛朗哥军队的将军）不为人知的家庭和情感关系披露出来。

最意想不到的是，作家把多洛雷斯·伊巴露丽和佛朗哥作为有血有肉的普通人的喜怒哀乐表现出来。例如谈到西共总书记与一位小她十四岁的战友之间的婚外恋，她"爱上了一个非常年轻英俊，对她很合适而对其前途很不合适的男孩"。正是这段恋情间接或直接导致多洛雷斯·伊巴露丽失去对流亡法国的西共地下组织的控制，后者利用这个权力空白发起了阿兰谷战役。

佛朗哥（小名帕科）这位不可一世的大独裁者，在他父亲眼里却是最无能的一个孩子："在我三个儿子里，最能干的是拉蒙。尼古拉斯最聪明，而帕科……"父亲还完全蔑视佛朗哥执政的能力："小帕科，国家元首？你别逗我了！"

葛兰黛丝披露这些政治家私生活的内幕并非为了博读者眼球，而是展示蝴蝶效应的后果，并且使小说的纪实部分与虚构部分产生直接关联。在"事前""事中"和"事后"之间嵌入的虚构部分讲述的是长枪党家庭出身的女孩伊内斯历经千辛万苦，逃离法西斯家庭的桎梏，投奔进驻阿兰谷的西共游击队，并与外号为"美男子"的游击队员相识、相爱，共同经历失败，流亡法国，参加二战抵抗运动，多年后最终回到恢

阿尔慕德娜·葛兰黛丝 (Almudena Grandes)

复民主的西班牙。这部分的章节由男、女主人公各自以第一人称交叉叙述，不同的叙事角度使得错综复杂的人物关系、历史事件、时空跳跃有机结合在一起，将大写的历史人物与虚构人物的经历联系起来，两者水乳交融，勾画出抵抗运动波澜壮阔、可歌可泣的感人画面。

有趣的是，作家在描写残酷的政治、军事斗争时，有意加入一条看似平常的情节线，那就是厨房文学。女主人公对烹饪的热爱是贯穿全书的一大看点：在阿兰谷为游击队员当厨娘，流亡法国后开了一家西班牙餐厅，对战友胜利后的承诺（五公斤面包圈）作为一个象征一直到重返祖国后兑现。《伊内斯与欢乐》从厨房这个经典的女性生活区域生发出复杂而多变的社会、政治关系，成功地将生活与事业、前方与后方融为一体。

《伊内斯与欢乐》是一部关于那些没有得到公正评价的女游击队员的史诗，是一个为解放西班牙而战斗的男人和女人充满激情和信念的故事。他们遭遇多年的流亡，佛朗哥死后重返西班牙，但遇到的是一个无法相认的祖国，对他们曾经低调的壮举表现得冷漠和善忘。

（王军）

索尼娅·埃尔南德斯（Sonia Hernández）

索尼娅·埃尔南德斯（1976—   ），西班牙作家、诗人、文学评论家。出生于巴塞罗那的特拉萨市，大学期间学习新闻专业，毕业之后继续深造，博士论文以西班牙人文学家、文学评论家、作家胡安·拉蒙·玛索利威尔（Juan Ramón Masoliver）为研究方向。自1999年起，埃尔南德斯为巴塞罗那《先锋报》（La Vanguardia）文化栏目及西班牙和拉丁美洲的多本杂志撰写文学评论。此外，作为巴塞罗那自治大学流亡文学研究小组（GEXEL）成员，埃尔南德斯也发表了多篇与马克斯·奥布（Max Aub）及比森特·罗霍（Vicente Rojo）相关的学术专著。同时，她也是加泰罗尼亚作家协会的成员。

埃尔南德斯已出版的作品包括诗集《大海之家》（La casa del mar，2006）、《时间之名》（Los nombres del tiempo，2010）、《金属的宁静》（La quietud de metal，2018）、《未完成的一切》（Del tot inacabat，2018），短篇小说集《错误的病人》（Los enfermos erróneos，2008）、《沉默的蔓延》（La propagación del silencio，2013），长篇小说《拉帕洛的女人》（La mujer de Rapallo，2010）、

索尼娅·埃尔南德斯（Sonia Hernández）

《皮辛博尼一家》（*Los Pissimboni*，2015）、《自以为是比森特·罗霍的男人》（*El hombre que se creía Vicente Rojo*，2017）和《等待的地方》（*El lugar de la espera*，2019）。2010年英国著名文学杂志《格兰塔》将其评选为"最佳西班牙语青年小说家"之一（杂志共评选出22位35岁以下的西班牙语青年作家，其中女性作家5人）。

埃尔南德斯自幼热爱写作，对她影响较深的当代作家包括：西班牙作家恩里克·比拉–马塔斯、克里斯蒂娜·费尔南德斯·古瓦斯（Cristina Fernández Cubas），以及意大利作家克劳迪奥·马格里斯和梅拉妮娅·玛祖科（Melania Mazzucco）。她写作的初衷是用笔诠释世界，试图通过写作去理解周遭事物以及现实的特定形态。但她的写作目的逐渐发生变化，她希望在现实之上构建一种包容性更强的现实，使前者显得不那么面目可憎。她的写作视角从为现实世界辩解转变为建立一种更温暖、更光明、更富有幽默感的独特存在。埃尔南德斯的作品主题多围绕着主人公与所处环境之间的相互隔绝、格格不入及主人公对自身身份认同的困境而展开。

令索尼娅·埃尔南德斯最先得以扬名的文学作品是诗集《时间之名》。她认为我们的躯体感受、想象及世俗的定规皆由语言组成，《时间之名》探寻语言的本质含义和原初价值。自语言中诞生出一种深沉的意象，代表着使用者在解构人类最原始的特性时所表达的最纯粹、最真挚的态度。对外物和自身躯体的发现、对自我和他人的发现，这一切的表象、冲突及其不完美，代表着对终极话语无止境的拷问，希求能找到这一切的答案。这一部极富张力、撕裂人心的诗集，在现代西班牙诗坛发出了独特的声音。

小说《皮辛博尼一家》是埃尔南德斯入围第十一届"杜尔塞·查贡西班牙小说奖"的作品。文学评论网站"标准"（Estandarte）评价其为"一部卡夫卡式的作品"①。与居住地相看两相厌的皮辛博尼一家始终梦想着回归父母亲的故里——自由之城圣多法尔。他们所生活的村庄充斥着压抑人性的陈规陋习，村民们顺从、愚昧而落后。埃尔南德斯用超现实主义的笔触讲述了一个极有可能源于现实的故事，文中对现实的扭曲让人想起卡夫卡，对公务员及官僚制度的影射让人想起果戈理，而主人公对自由的追求及向往则让人想起塞林格。

《拉帕洛的女人》（*La mujer de Rapallo*）

《拉帕洛的女人》出版于2010年，是索尼娅·埃尔南德斯的第一部长篇小说，讲述了一个关于爱情、疯癫与艺术的故事，讲述了年轻时候的梦想破灭后的贫瘠生活，讲述了背叛与失望、过错与责任，讲述了爱情如何使人疯狂、如何摧毁一切。小说以第一人称视角展开叙述，故事情节简单，人物的思想、心理活动大于情节。故事围绕着一对囿于平庸现状的夫妻展开，他们生活在过去那转瞬即逝的辉煌所投射的阴影之下，却不甘就此黯然。

索尼娅·埃尔南德斯在为胡安·拉蒙·玛索利威尔基金会刊物《巴伦加纳学刊》（*Quaderns de Vallençana*）撰写文章时发现了拉帕洛这个位于利古里亚海边的小镇。20世纪30年代，这里曾聚集了众多美国、英国、德国的知识分子，他们受到埃兹拉·庞德主笔的文学杂志《大海》（*Il Mare*）的感召，从世界各地纷至沓来。其时，玛索利威尔正担任庞德的秘书一职，埃尔南德斯由此发现了这个令她着迷的地方。

《拉帕洛的女人》讲述的是在热那亚不远处的小城拉帕洛的一间住宅里关着一个女人，多年来她都与世隔绝。而远在西班牙的一处像迷宫

---

① https://www.estandarte.com/critica/los-pissimboni-de-snia-hernndez_253.html, 2018-09-14.

索尼娅·埃尔南德斯（Sonia Hernández）

般的房子里，弗拉维亚和保罗·蒙佐尼也自愿过着离群索居的生活，但他们无时无刻不受到拉帕洛那个女人的巨大影响。事实上，"保罗·蒙佐尼"是小说中的"我"为了不泄漏丈夫的真实身份而编造的名字。"我"的丈夫比"我"年长，是一名退休医生。"拉帕洛"这个地名充斥着"我"的生活，对"我"而言却毫无意义。那里有着"我"丈夫的过去，"我"却被排除在那个世界之外。"我"提笔写日记的目的是为了记录丈夫的种种自毁行为，研究他暴行的对象、性质和目的。透过"我"的描述，一个既无助却又不断伤害他人的男性形象跃然纸上。保罗·蒙佐尼被囚禁在他神秘的过往里，每天下午他都会接到一个电话，在那通电话里，"拉帕洛"的名字被反复提及，一次又一次地复活了他的过去。蒙佐尼也会翻看妻子的日记本，他决定也要记录下自己眼中这令人产生幽闭恐惧的生活。他们终日无所事事，也从不外出，只有家政服务员阿苏塞纳的到来定期打破这份幽闭。蒙佐尼为妻子虚构了"弗拉维亚"这个名字。明知对方会看日记本，他们却仍装聋作哑、各自为政，继续着各自的记录。一方观察着、揣摩着，另一方则更正或补充这些关于自己人格、个性的观察和揣测。日记里的文字就像隧道这一头所能看到的光，而当读者循着这束光穿越隧道，却发现另一头的景象迥异于原先的想象。作者小心翼翼地剥掉层层矫饰，露出了主人公们扭曲病态的灵魂：一个惶惑无依，一个霸道强势。主人公们的无所事事导致他们会一遍又一遍地分析同一件事，呈现在读者面前的就是两个备受折磨、痛苦压抑的可怜人。他们被无法从这个地方逃离的焦虑感所包围。两人的关系复杂而又耐人寻味。乍一看，那是一种相互依存、相互依靠的关系。然而在这样的表象之下却是各种冲突、矛盾的纵横交错。

这仿如一潭死水般的生活被保罗·蒙佐尼在报纸上读到的一则新闻打破了。一位退役军人在一家疗养院过世了，但他并非死于疯病，而是死于与世隔绝：他只会说匈牙利语，十几年来，没人听懂过他说了什么。蒙佐尼内心隐秘的一角被触动,他决定请弗拉维亚姐姐的儿子贡萨洛去一趟拉帕洛,调查他的一位旧友。蒙佐尼与这位朋友的关系、贡萨洛在拉帕洛发现的秘密和他的仓促归来引领读者走向了一个让人焦虑难安的结局。碎片拼合在一起,还原了主人公们支离破碎的生活。这就是生活,让人无可奈何的生活。

弗拉维亚和蒙佐尼的文质彬彬、丰富的内心活动以及对主线故事的避而不谈为小说营造了神秘而黏滞的氛围。第一人称"我"的剖白,以及日记本中逐字逐句还原的人物对话,显著加强了忏悔式的真实效果。

除了展现并剖析主人公之间的亲密关系,《拉帕洛的女人》也同时对艺术的本质,尤其是造型艺术做了深沉的反思。小说中对美国诗人埃兹拉·庞德的提及表达了作者对诗歌的理解。蒙佐尼作为一个失败的画家这样说道,创作可以发挥深远的影响力,这是我们向世界偿还债务的途径,去为世界贡献一点点美。细致入微的心理分析和对美的至上追求在一个不同寻常的爱情故事里交相辉映。

凭借《拉帕洛的女人》,索尼娅·埃尔南德斯被西班牙《世界报》的《文化副刊》评选为2011年度十佳新人作家。该作家尚无作品被译成中文引进国内。

(徐玲玲)

何塞·耶罗·雷埃尔（José Hierro Real）

何塞·耶罗·雷埃尔（1922—2002），西班牙诗人、文艺评论家、西班牙皇家语言学院院士，被视为西班牙"社会诗歌"最具有代表性的声音。他1922年出生于马德里，幼年时随家庭移居北部城市桑坦德，并在那里度过了童年和少年时代。1936年西班牙内战爆发，他被迫中断学业，1939年因被控支持共和国，被佛朗哥政权抓捕入狱。1944年1月何塞·耶罗被解除监禁，此后他曾一度迁居瓦伦西亚，1947年返回桑坦德，1952年起定居马德里，在西班牙国家广播电台工作直至1987年退休。1998年何塞·耶罗荣膺"塞万提斯奖"，第二年当选西班牙皇家语言学院院士，2002年在马德里逝世。

何塞·耶罗在1936—1937年期间开始公开发表诗作，入狱期间也没有放弃写作。重获自由之后，他参与创办了《战马》（*Corcel*）杂志，与《船头水手》（*Proel*）杂志积极合作，在《加尔西拉索》（*Garcilaso*）等重要文学杂志上发表诗作，并在40年代中期开始发表艺术评论。1946年何塞·耶罗第一部个人诗集《没有我们的土地》（*Tierra sin nosotros*）问世，1947年他的第二部诗集《愉悦》（*Alegría*）付梓并荣获了"阿多奈斯诗歌奖"。这两部作品奠定了何塞·耶罗在西班牙当代诗坛的地位，其后他陆续出版《南风》（*El viento sur*，1949）、《与石，与风》（*Con las piedras, con el viento*，1950）、《42年一届》（*Quinta del 42*，1952）、《我所知道的我》（*Cuanto sé de mí*，1957）、《幻觉之书》（*Libro de las alucinaciones*，1964）、《神经放射学象征》（*Emblemas neurorradiológicos*，1990）、《记事簿》（*Agenda*，1991）、《十四行诗集》（*Sonetos*，1995）、《纽约笔记》（*Cuaderno de Nueva York*，1998）、《诗歌选集》（*Antología poética，1936-1998*，1999）、《自选集》（*Antología personal*，2001）等。其中，《我所知道的我》《幻觉之书》分别荣获1958年、1965年西班牙"诗歌评论奖"；《纽约笔记》荣获1998年"诗歌评论奖"和1999年西班牙"国家诗歌奖"。何塞·耶罗荣膺的其他重要文学奖项还有1981年的"阿斯图里亚斯亲王文学奖"、1990年的"西班牙文学国家奖"、1995年的"索菲亚王后伊比利亚美洲诗歌奖"等。

何塞·耶罗坦承自己深受"27年一代"诗人的影响，桑坦德诗人赫拉尔多·迭戈（Gerardo Diego，1896—1987）对他而言更犹如精神之父。他与加夫列尔·塞拉亚、布拉斯·德·奥特罗等同属西班牙内战后的第一代诗人。他们聚焦人生痛苦与存在困境，具有比较强烈的社会关注和参与意识，被评论家归为"拔根派"诗人。何塞·耶罗的诗歌创作一般被划分为两个相互衔接的时期：第一个时期从《没有我们的土地》至《我所知道的我》，以"报道式"诗歌为主，叙事性强，表达直接，主题单一鲜明；第二个时期自《幻觉之书》至《纽约笔记》，他的诗作中出现了更多所谓的"幻觉"，事件与情感、现实与想象的界限逐渐模糊，诗歌形式更加复杂，情感表达更加含蓄，诗歌语言不如第一阶段明晰直白，但更有感染力，比喻等修辞也更加丰富。

何塞·耶罗·雷埃尔（José Hierro Real）

不过，虽然在诗歌形式上有所变化，但从内容上而言，何塞·耶罗的诗歌一直是真正意义上的"见证的诗歌"。他认为诗人分为两种：颂扬美的诗人与见证的诗人。前者犹如香水，锦上添花但无力雪中送炭；后者如同滋补药剂，对人类的健康至关重要。前者是幸福安宁时代的歌手，后者则是这个严峻的时代的声音，因此战后一代诗人必须是见证的诗人。何塞·耶罗的作品中不乏贴近传统意义上的"社会诗歌""承诺诗歌"的作品，语调高昂，向庞大的集体或抽象的事物作抒情独白。如《致西班牙的歌》（«Canto a España»）一诗，诗人喟叹西班牙的老朽与西班牙人民遭受的苦难："西班牙啊，我见你多么干枯老朽。/你的腹地仍如蒙尘银币闪耀。/被火之梦点燃的石竹花。/我看见你的星星闪烁，你的月亮在水中破碎，/你的人民赤脚行走，被你炙热的石头烫伤。……西班牙啊，我见你多么干枯老朽。/我多想用我的手砍倒你的森林，在你贫瘠的土地上洒满灰烬/将你古老的壮举投进火堆，/同你的梦一起入睡，然后在晨光来临时站起，/从背上抖落你废墟沉重不幸的阴影。"

但更多的作品则从更为私人的经验出发，个体的经验与集体的经验彼此转化。诗人从自身的经历出发，但并不沉溺于对过往遭遇的感伤，而是透过自己的经验探索更为普遍的、为一代人甚至全人类所共有的苦乐。例如，《囚徒摇篮曲》（«Canción de cuna para dormir a un preso»）一诗与他过去身陷牢狱的经历密不可分，却又是对一切被囚禁者、一切受伤害者的同情与安慰："你所受的痛苦都不是真的/只是别人向你讲述的悲伤故事/你是一个悲伤的孩子/你是一个不做梦的孩子/海鸥正等待着，/你入睡后它就会来临。/睡吧，无垠夜晚的蓝色/已在你手中。"正如何塞·耶罗的诗歌作品不是精致的工艺品，不歌颂虚无缥缈的美，更不试图从周围的现实中逃离。它们力图扎根于现实生活之中，通过描述个体的经验与情感，表现一代人的感情、经历与处境，构成了"一代人的证词，这总显羞涩的诗的自传变为一种内化的自传，变为历史中集体的代言"①。

何塞·耶罗的诗歌语言平实优美，格律多样，擅于利用十四行诗、谣曲等传统诗歌形式。诗人偏爱日常词语和平静的叙述语调，力求诗作明澈清晰，如一面镜子般呈现在读者面前。他还在诗作中大量使用对话手法，以直接引用的方式呈现不同角色之间的对话，抒发情感或推进场景的变换，制造出更为流畅的节奏感和更加鲜明的画面感。同时多个角色的对话犹如多个声部的交织，使诗歌作品在时空坐标系上不断向纵深延展。移位（encabalgamiento）和重复（reiteración）也是耶罗诗歌另外两种常用的技法。移位"在冰冷、有序的概念和复杂的诗句与格律之间制造张力，在心灵的秩序和感情的混乱之间制造张力"②，重复增加了抒情的强度，栩栩如生地传达了抒情主体的迷茫和迷失。

音乐性是何塞·耶罗抒情诗的另一个重要特色。诗人的作品中不乏各种音乐元素，他曾多次提及贝多芬、莫扎特、亨德尔、巴赫、威尔第等音乐大师的名字，也常以音乐词汇命名诗作，如《中央公园圣诞谣》（«Villancico en Central Park»）、《曼波舞曲》（«Mambo»）、《安魂曲》（«Réquiem»）等。音乐性更体现在诗歌语言内在的音乐节奏中，如《安魂曲》一诗中，低沉流畅的叙事声音不断被重复的格里高利圣咏唱词打断："全都一样，无论躯体化作/岩石、石油、白雪还是芬芳。/痛苦的不是在此处/或彼处死去……/永远安息/曼努埃尔·德尔里奥……现在鹰的利爪降到/你的山巅。震怒之日。/痛苦的不是在此处/那一日或彼处死去；/而是毫无光荣地死去……"（楷体字原文为斜体）诗句犹如乐曲的主歌与副歌彼此交替，在两个声音的交织中，忧伤与肃穆、平凡与神圣合奏成一首感人至深的安魂曲。

---

① Grande, Guadalupe. «José Hierro o la estela de la poesía», https://cvc.cervantes.es/literatura/escritores/hierro/acerca/visiones_03.htm, 2018-09-01.

② Hierro, José. «Reflexiones sobre mi poesía», https:// cvc.cervantes.es/ literatura/escritores/hierro/acerca/reflexiones_01.htm, 2018-09-01.

何塞·耶罗·雷埃尔（José Hierro Real）

在诗歌和艺术评论以外，何塞·耶罗还创作素描和油画，2001年他的绘画作品在阿维拉举办的"绘画或人生"（«El dibujo o la vida»）展览中展出。

目前国内尚未发行何塞·耶罗作品的中文单行译本。

《纽约笔记》（*Cuaderno de Nueva York*）

《纽约笔记》出版于1998年，荣膺1998年西班牙"诗歌评论奖"及1999年"国家诗歌奖"，被认为代表了何塞·耶罗诗歌创作的顶峰，囊括了从十四行到自由体的各种诗歌体裁，汇聚了诗人在以往诗作中处理过的全部主题，是一部集大成之作。

《纽约笔记》取材自诗人10年间多次到访纽约的所见所感，与其说是一部"关于纽约"的诗集，不如说是以诗歌的形式同纽约这座城市建立起的一场对话。在对话中，诗人思考着那些自人类起源以来一直困扰着人类的种种谜团：生命、爱、时间、死亡与艺术。纽约的地理版图成为诗人的情感领地。中央公园、长岛、哈德逊河沿岸的郊区、贫民游荡的边缘之地，以及全然虚构的场景——阿尔玛·马勒（Alma Mahler）住过的旅馆、贝多芬聆听一首寂静交响乐的房间。现实的风景与诗人想象的地域混杂在一起，将纽约变作真实与虚构交叠的城市，外在的景象内化为抒情主体"我"的记忆，扎根成长，打破了一般时空的逻辑，构建出幻象般的环境，为诗人的抒情与冥思提供了绝佳沃土。

《纽约笔记》结构清晰。诗集以一首无题自由诗为序言开篇，想象在人类进化过程中语言是如何逐渐形成的，又以一首十四行为结语收尾，思考有与无之间生命的意义。诗集的主体部分由"莫大的欺骗"（*Engaño es grande*）、"阴影的残骸"（*Pecios de sombra*）和"因我记不起"（*Por no acordarme*）三部分组成。"莫大的欺骗"中充盈着诗人所谓的"幻觉"（alucinaciones），景物亦真亦幻，时空模糊朦胧，眼前所见的景色与诗人的所思所感融为一体，雾气般模糊不清。在《蓝色狂想曲》（«Rapsodia en Blue»）中，纽约现实中的楼房与街道同诗人头脑中西班牙的文化符号交叠："于是我转向90号街，或69号街/——我从来弄不清，要么就是忘了——/在上西区，这儿奇迹般的事情/可能已经发生或将要发生。/我，卡利斯托，攀上丝梯/上到四楼，五楼，第十层楼。/而窗户关着。梅丽贝娅并不在那儿。"而在《阿尔玛·马勒旅馆》（Alma Mahler Hotel）中诗人干脆脱离现实，在想象的空间中漫游，凭着文化记忆向过去回溯："我走遍旅馆虚幻的走廊，/旅馆已不存在，或尚未存在/因为我正在眼前将它建起，/一层接一层，一天又一天，/沿着1991年的4月。……我是从另一个时间层面/来到的旅人/不知是从过去还是未来/（如今我什么都不能确定）。"

第二部分"阴影的残骸"多为更具古典诗歌气质的短诗，抒情更为平和，少有漫长的叙述与跳跃的想象，更专注于对存在问题的沉思：清醒与梦、记忆与遗忘、对语言的解读、对瞬间的捕捉、对爱的寻索。第三部分"因我记不起"延续第二部分中的思索，但重拾了第一部分中丰盈的想象与虚实相错的写法，如《苦修中的李尔王》（«Lear King en los claustros»）一诗中，诗人借李尔王的声音讲述爱与遗忘："来得快些，期限/已将要逼近。别带花/好像我已经死去。/来，趁着我还没有/沉入梦的漩涡。/来告诉我'我爱你'，紧接着消失。/消失，趁着我还没有看见你/沉没在浑浊颤抖的烈酒之中/像隔着一块磨砂玻璃。/趁着我还没有对你说：/'我知道我深深地爱过你，/但我已忘记你是谁。'"

除却"幻觉"以外，在《纽约笔记》中也有着丰富的音乐因素，在诗作题目中就可见一斑，如《蓝色狂想曲》《鲁特琴》（«El laúd»）、《电视机前的贝多芬》（«Beethoven ante el televisor»）、《致弗朗茨·舒伯特的柔板》（«Adagio para Franz Schubert»）、《中央公园圣诞谣》等。其中，《电视机前的贝多芬》一诗将音乐、时间、想象、艺

何塞·耶罗·雷埃尔（José Hierro Real）

术等主题诠释得最为淋漓尽致。真实的音乐会与作者想象中的贝多芬，现实中的乐声与失聪的贝多芬想象中的、唯有他才能听到的音乐交叠在一起，真实与虚构层层嵌套，在引人遐想的梦一般的场景里揭示出艺术的真谛：艺术创造的源泉蕴藏在那灵魂不可见的深处，在艺术家全能的想象之中。

（黄韵颐、许彤）

雷伊·洛里加（Ray Loriga）

　　雷伊·洛里加（1967—　　），原名豪尔赫·洛里加·托雷诺瓦（Jorge Loriga Torrenova），西班牙作家、编剧和电影导演。1967年出生在马德里的一个艺术家庭，父亲是漫画家，母亲是配音演员，从小接受很好的艺术熏陶，特别是对音乐和电影有独到的见解。深受美国二战后"垮掉的一代"小说家的影响，被认为是西班牙"肮脏现实主义"的代表人物。他的小说紧跟时代潮流，但却能从低微之处发现社会现实问题。也因此被一些评论认定为是"X一代"（Generación X），尽管作家本人对这一定位不置可否。

　　墨镜、香烟加啤酒是洛里加的代名词，颓废中透露着敏锐的洞察力，他的形象犹如他的文字，睿智与反叛相得益彰，他的字里行间都透露出对成长的不确定和对未来的悲观主义思想。作家不喜欢歌颂英雄式的人物，因为在他看来，每个人都有悲剧的一面。作为小说家，洛里加从不把写作当作是信息的传递和意志的表达，而是通过写作的方式向读者分享自己的困惑和焦虑。他喜爱旅游和阅读，也积极参与政治评论，并从中汲取写作的素材和灵感。

1992年洛里加出版了第一部小说《最糟糕的事》(*Lo peor de todo*),并获得了出版界和评论界的一致好评,这与他一直以来坚持写作密不可分。第二年洛里加又出版了《英雄们》(*Héroes*,1993),名字的灵感来源于英国摇滚音乐家大卫·鲍伊的音乐,以此向20世纪60和70年代的音乐巨匠致敬。故事讲述一个为了逃避现实自愿走入"象牙塔"的男孩,只愿与音乐为伍,鲍勃·迪伦、米克·贾格尔、大卫·鲍伊都出现在不同的故事里。这些故事由无序的梦境构架而成,打破了传统的线性叙事方式。小说通过描绘一个面对社会的巨大变革不知所措、沉迷幻想、人生目标旨在得到一位美丽的姑娘和一杯啤酒的青年,成功塑造了一个非常具有时代感的典型人物形象。《纽约时报》曾评论洛里加为"欧洲文学界的摇滚明星"[①]。他作为西班牙第一代民主主义作家,其早期作品在当时的青年中引起了很大的反响,这也反映出90年代西班牙身份认同危机的严峻形势。

之后雷伊·洛里加经历了10年的沉寂,如今其文学创作风格日趋成熟,出版了青少年小说《嗜眼泪的人》(*El bebedor de lágrimas*,2011),小说《投降》(*Rendición*,2017)和《周六、周日》(*Sábado, domingo*,2019)。2019年丹尼尔·希梅内斯(Daniel Jiménez)推出以雷伊·洛里加为主人公的小说《雷伊·洛里加的两次死亡》(*Las dos muertes de Ray Loriga*),剖析他的不寻常创作在西班牙文坛所引起的反思。

与此同时,洛里加对电影事业的追求和热爱在1997年得以实现,他改编了自己在1995年出版的小说《从天堂坠落的人》(*Caídos del cielo*,1995),并担任导演,电影改名为《哥哥的手枪》(*La pistola*

[①] Lipsyte, Sam. "«Tokyo Doesn't Love Us Anymore»: Don't Speak, Memory", *The New York Times*. https://www. nytimes. com/2004/10/17/books/review/tokyo-doesnt-love-us-anymore-dont-speak-memory, 2018-09-13.

de mi hermano,1997）。10年之后,他为电影《大德兰修女:基督之身》(*Teresa: el cuerpo de Cristo*,2007)担任导演,以传奇人物大德兰修女为蓝本,讲述大德兰修女从贵族之女到因为反抗既定的命运而进入修道院,因其虔诚的信仰,一度被认为是反叛者和精神病患者,但最后成为圣人的故事。大德兰修女坚韧和特立独行的形象成为许多西班牙知名艺术家的创作缪斯,也为新时代女性形象的塑造提供了素材和反思。电影同时也反映出当时女性的社会地位和状况,即年轻女性面临的两种选择:出嫁或者成为修女。2007年获得"蒙特利尔国际电影节最佳艺术贡献奖"(Premio a la mejor contribución de arte del Festival Internacional de Cine de Montreal)。洛里加还与佩德罗·阿莫多瓦一起创作了影片《活色生香》的剧本。

《投降》(*Rendición*)

《投降》(2017)是西班牙作家雷伊·洛里加的作品,获得"丰泉小说奖"(Premio Alfaguara de Novela,2017)。

在《投降》里,雷伊·洛里加的极简主义风格表露无遗,简练但富于表达能力的语言为读者描绘了一个充满想象力的世界,但讽刺的笔调却反映出作家反乌托邦的思想。最初,小说名为《胜利》(*Victoria*),洛里加用自己的偶像、著名阿根廷足球运动员庇隆的绰号"小巫师"投稿给"丰泉小说奖",得到一致好评,被称为"用卡夫卡和奥威尔式的小说,诉说权力与舆论的关系,以寓言的方式向读者展示一个暴露在大众视野和评判中的社会。在不落入道德说教的情况下,作者以谦逊而深思熟虑的话语以及出乎意料的幽默感,建立了一个关于流亡、失落、父权以及情感的寓言"①。

  小说围绕战争、父权、放逐和失去等一系列主题，讲述了一对因战争失去亲人的夫妇收留了一个不会说话的男孩胡利奥，从开始的怀疑到因为情感的缺失而渐渐建立亲密的关系。后来因战事的影响迫于安全问题的考虑，他们放弃了自己的家园，迁徙到一个陌生的地方。在这里没有痛苦的记忆，没有战争带来的恐惧，没有亲密关系，更没有秘密，剩下的只是绝对而虚幻的快乐。所有人的思想和情感都被舆论操控，只有自我意识觉醒，才能走出这座"乌托邦之城"。

  这个新的家园便是墨西哥女作家埃莱娜·波尼亚托夫斯卡所形容的"玻璃之城"，主人公从此被困其中而不自知。看似完美纯净的城市，实则是一座密不透风的监狱，用"坚硬无比"的规则束缚了人们的行动和思想。"透明"的城市意味着没有秘密，私人空间被暴露于大众的视野并接受众人的审判。在"空间转向"已成为主导趋势的当下，洛里加用一座具有象征意义的、架空于现实世界之外的玻璃之城，向胡安·鲁尔福致敬，也通过隐喻的手法表达作家对未来的担忧和焦虑：在享受现代化高速发展所带来的成果的同时，势必要遵循其规则，但这也使国家、文化和个人面临严峻的身份认同危机。是选择顺应世界的变革向现实"投降"，还是坚持传统获得"胜利"，成为作家笔下的主人公所面临的抉择，也反映出生活在当下的人们所面对的困惑。

（陈硕）

---

① 这段 2017 年洛里加获得"丰泉小说奖"的获奖评语，请参见 http://premioalfaguara.com/ganadores/，2018-09-13。

费尔南多·马里亚斯（Fernando Marías）

费尔南多·马里亚斯（1958— ），西班牙当代小说家和影视剧编剧。1958年出生于毕尔巴鄂，17岁时为了追寻电影梦想移居到马德里并开始为电视剧撰写剧本，其中，与胡安·巴斯（Juan Bas）合作，为西班牙国家电视台（TVE）编写的《隐藏的历史篇章》（*Páginas ocultas de la historia*）打破历史现实与小说的界限，成为他早期的代表作品。

费尔南多·马里亚斯的写作才能得到认可是在1991年，他的第一本小说《奇迹之光》（*La luz prodigiosa*，1992）获得"巴尔瓦斯特罗城市短篇小说奖"（Premio de Novela Corta Ciudad de Barbastro，1991），成为激励他坚持文学创作的动力。2001年，凭借侦探小说《上校之子》（*El niño de los coroneles*，2001），马里亚斯斩获第57届"纳达尔小说奖"，奠定了他在西班牙文学界的知名度。此后，在2005—2015年间他先后获得许多重要的西班牙文学奖：《入侵者》（*Invasor*，2004），"杜尔塞·查贡西班牙小说奖"（2005）；儿童文学作品《天空之下》（*Cielo abajo*，2005），"儿童和青少年文学

费尔南多·马里亚斯（Fernando Marías）

国家奖"（Premio Nacional de Literatura Infantil y Juvenil，2006）；《每天都是世界末日》（*El mundo se acaba todos los días*，2005），"塞维利亚文学协会小说奖"（2005）；《萨拉和巴格达书商》（*Zara y el librero de Bagdad*，2008），"广角青少年文学奖"（Premio Gran Angular de literatura juvenil，2008）；《所有的爱和几乎所有的死亡》（*Todo el amor y casi toda la muerte*，2010），"春天小说奖"（2010）；《父亲岛》（*La isla del padre*，2015），"简明丛书奖"（2015）。2019年他又获得第一届"时光旅客奖"（Premio Viajero en el Tiempo）。

费尔南多·马里亚斯的成就并不局限于文学创作，他涉猎非常广泛，而对电影的热爱，使其也积极参与到电影制作当中。值得一提的是，马里亚斯在2001年成为恐怖电影《异世谎言》（*El segundo nombre*，2002）的编剧，2003年又为自己的小说《奇迹之光》撰写剧本，并在当年分别获得西班牙国内著名的电影奖项"戈雅奖"以及"电影作家俱乐部"（Círculo de Escritores Cinematográficos）"最佳编剧奖"的提名。2012年他的小说《入侵者》也被搬上了银幕。

马里亚斯出生于佛朗哥时代，在他的很多作品中我们都可以感受到内战和独裁统治所带来的影响。但作家的风格多变，并不拘泥于某种固定的描述方式，通常在一部作品中可以看到多种写作方式的融合。电影表达手法的融入，也使得作品更加具有张力和画面感。作家善于从生活的细微处发现人生哲学，那些关于生死离别的瞬间都成为其不断追忆和反思的源泉。

2016年为纪念《奇迹之光》出版25周年，小说再版并重新成为热议的话题。故事发生在西班牙内战伊始并跳跃性地延续到了20世纪80年代，围绕一个传奇人物和一个设想展开。费德里科·加西亚·洛尔卡（1898—1936）是对西班牙20世纪文学影响深远的一位诗人和剧作家，同时也是思想进步的青年。由于在内战时期支持民主政府、反对法西斯主义而被佛朗哥军队杀害。马里亚斯由此提出一个猜测："假如加西亚·洛尔卡没有在1936年被害，会发生什么？"[①]小说围绕这个猜测展开叙事。真实与想象的界限在诸多的细节描述中变得模糊难辨，电影镜头般的闪回使现在和过去的时间线变得扭曲，生与死也在不同的视角的反思中循环往复。

  西班牙内战作为西班牙历史上的重要转折点，其影响久久不能消散，至今仍作为很多文学作品创作的灵感来源。马里亚斯的《天空之下》便是以1936年11月7日爆发的马德里战役作为小说的历史背景，讲述一个关于忠诚与背叛、友情与爱情的故事。小说中两条时间线并行，现在和过去不断互相穿插，这使得故事变化多端、引人入胜。叙事者是一个落魄的作家，在朋友的装修公司帮忙，无意间发现了一个尘封已久的故事：哈维尔是一位牧师，却想完成儿时的梦想，成为一名飞行员。他与一位想成为牧师的飞行员华金交换了身份，从此以后者的身份生活，并结识了飞行上尉科尔特斯。在一次任务中，他偷偷藏在科尔特斯的飞机上，并发现上尉和一个名叫拉米罗的人见面。后来得知，上尉与此人是童年挚友，但因为阵营不同而分道扬镳，时值支持共和的人民阵线与法西斯国民军的矛盾日益尖锐，华金被派去共和派人士拉米罗家中当间谍，与其妻子康斯坦萨成为好友并对她暗生情愫。11月7日，佛朗哥领导的叛军对马德里发起大规模轰炸，华金决心加入维护共和国的阵线。但为时已晚，拉米罗在与上尉的空中对峙中坠机身亡，康斯坦萨也不幸遇难。华金悲痛不已向朋友忏悔。故事结束，时间又回到了现在，叙事者看到华金所驾驶的飞机突然直冲向地面坠毁。所有的一切本应该随着华金的去世而结束，但叙事者却决心让这个充满矛盾却惊心动魄的故事被世人所了解，个人的生与死在内战背景的烘托下再一次变得发人深省。

---

  ① https://www.librosyliteratura.es/la-luz-prodigiosa.html, 2018-09-09.

费尔南多·马里亚斯(Fernando Marías)

中译本:《父亲岛》,梅莹译,人民文学出版社,2017年。

《父亲岛》(*La isla del padre*)

《父亲岛》(2015)是西班牙当代小说家费尔南多·马里亚斯的新作,获得2015年"简明丛书奖"。作为西班牙知名小说家,他的作品也开始被翻译并介绍到中国,为中国观众和读者所熟知。2016年,《父亲岛》被人民文学出版社收录在了"21世纪年度最佳外国小说"系列丛书中。

21世纪,我们只走过了短短不到20年的时间,仍然身处世纪之交的漩涡之中,各种新颖的文学形式不断出现——后解构主义、后现代主义、后殖民主义、女性主义、空间问题……我们向前展望未来,并在不断变革和重塑今天这个世界的面貌,但对历史的追思和回顾仍是一个不断重复的主题。新历史主义的代表人物路易斯·蒙特罗斯(Louis Montrose)在针对历史的文学再创造时提出了"历史的文本性和文本的历史性"的观点,意在强调历史的主观性和文学性。《父亲岛》以自传体模式,通过对父亲的追思和对自己童年的回顾完成了一次心灵旅行。历史、回忆、幻想编织成一张巨大的、富有弹性的追思网,每个人从中寻找生活的印记并过滤出自己的影子。其独特的构思和细腻而内敛的表达方式,把亲情的羁绊与成长的烦恼最终化为对挚爱的绵绵不绝的思念。

21世纪无疑是一个女性崛起的时代,对性别问题和女性身份认同的关注和讨论成为主流。而马里亚斯却用《父亲岛》重温父亲和儿子的关系,使男性角色回归家庭生活,更符合现代社会关系的新男性形象通过父亲的角色颠覆了传统性别形象中固有的"二分法"。父亲的去世使作者幡然觉悟到自己的青春已一去不返,和父亲经历的过往成为马里亚斯创作的原动力。故事从童年时期的回忆开始,父亲的海员身份使得他常年在外工作,在孩童记忆中的只是一个模糊的形象,孩子只能从母亲和家人的叙述中了解一二。突然回归的父亲使年幼的男孩产生了怀疑和敌对的心理。父亲却通过电影、旅行、故事使得二人渐渐打破隔阂,变得亲密无间。父亲成为作家成长过程中的灯塔,犹如在人生旅程的茫茫大海上让他心灵歇脚的一座岛屿。

正如费尔南多·马里亚斯所理解的文学,它意味着更多具有独特性的想象力的爆发。作为一个多方面发展的作家,在他的身上我们可以看到西班牙特殊历史时期的印记和20世纪整个文学发展的趋势。如果说奥尔罕·帕慕克的《纯真博物馆》是"最柔情的小说",那么《父亲岛》则是柔情之中带有温度的小说,和父亲一起生活的点滴成为这座父亲岛的每一块基石,是作家得以回顾过往、展望未来的中转站。

(陈硕)

哈维尔·马里亚斯（Javier Marías）

哈维尔·马里亚斯（1951—　），西班牙小说家、翻译家、西班牙皇家语言学院院士（2006）。他系出名门，父亲是西班牙著名哲学家胡利安·马里亚斯，母亲是作家，一个哥哥费尔南多·马里亚斯是艺术史学家，另一个哥哥米格尔·马里亚斯是经济学家兼电影评论家。马里亚斯幼年时曾随父亲在美国生活，与纳博科夫做过邻居。

马里亚斯毕业于马德里康普顿斯大学英语文学专业，深受亨利·詹姆斯、康拉德和托马斯·布朗的影响，是西班牙当代最英美化的作家之一。1979年因翻译英国作家劳伦斯·斯特恩的小说《商第传》（*Tristram Shandy*）而获西班牙"国家翻译奖"，1974—1977年任巴塞罗那丰泉出版社（Editorial Alfaguara）文学顾问，1983—1985年在牛津大学（此地成为他好几部小说的舞台）教授西班牙文学和翻译理论，1987—1992年在康普顿斯大学教授翻译理论。先后获得2013年"福门托文学奖"和2017年"西语书籍国际书展最佳作家奖"。

马里亚斯在他的文学生涯中曾得到"半个世纪派"代表人物胡

安·贝内特的大力提携。其处女座《狼的领地》(*Los dominios del lobo*, 1971)通过参照美国文学以及20世纪40—50年代的好莱坞电影、新闻和电视,描写了20年代一个美国自由职业者家庭在姑妈死后破落,3个子女分道扬镳的故事,在一定程度上反映了西方的种种社会问题。历险小说《穿越地平线》(*Travesía del horizonte*, 1972)采用故事套故事的手法,叙述20世纪初一次奇怪的冒险旅行中所发生的犯罪、对抗、激情的爆发、警察的调查。

从80年代起马里亚斯的作品主要是分析人类复杂的内心世界,具有浓重的文化主义色彩。"他的人物是自身遭遇的叙述者,处于个人思想与外在刺激之间。从人物个性来看,他们是典型的当代人,与大众不同,不被大众理解,因此是流亡在一个不利世界里的日常普罗米修斯的候选人。"[①]《世纪》(*El siglo*, 1983)介于心理小说和抒情小说之间,提出寻找个人命运的问题。《伤感的男人》(*El hombre sentimental*, 1986年"埃拉尔德奖")是一部性爱喜剧、一出滑稽歌剧,它不是在舞台上演出,而是秘密地呈现在书中人物的厅堂上。在这部作品中马里亚斯将梦境与现实两个层面融合在一起,以便人物坦白自己内心的隐私。

《如此洁白的心》(*El corazón tan blanco*, 1992)是马里亚斯的代表作之一,获当年"批评奖",被译成37种语言,在44个国家出版。题目取自莎士比亚名剧《麦克白》中麦克白夫人的一句话:"我的手染上了你的颜色,但我羞愧于怀着一颗如此洁白的心。"小说呈现的是马里亚斯最典型的主题:在一个被死亡、爱情、友谊、背叛和忠诚打上烙印的世界里,意外事故作为命运的工具,与人物个体展开游戏。由偶然事件或一个自杀者的回忆所引发的阴谋,营造出一种神秘的氛围,将人物笼罩其间。

---

① Alonso, Santos. *La novela española en el fin de siglo (1975-2001)*, Madrid: Marenostrum, 2003, p. 138.

哈维尔·马里亚斯(Javier Marías)

《明天在战斗中请想着我》(*Mañana en la batalla piensa en mí*，1994—1995年"罗慕洛·加耶戈斯小说国际奖")的书名取自莎士比亚《查理三世》中的一句台词。马里亚斯在这部作品中把眼光投回马德里，向我们展示了当代西班牙人的婚姻和爱情困境。

《迷情》(*Los enamoramiento*，2011)是一部侦探、爱情小说，其中还加入了主人公对哲学和伦理问题的思考。《国家报》文化栏目评选它为2011年度最佳小说。2012年该小说获得西班牙"国家小说奖"，但作家本人拒绝领奖。在《迷情》里马里亚斯第一次设置了一个女性叙事者，借助充满悬疑的情节，探讨恋爱的状态。恋爱一直被视为一件积极、正面的事情，但也会造成最大的不幸和卑鄙。

《坏事开头》(*Así empieza lo malo*，2014)的书名出自莎士比亚《哈姆雷特》里的一句话："不幸已经开始，更大的灾祸还在接踵而至。"小说的背景是20世纪80年代初的马德里（那时西班牙还未完全摆脱内战的阴影），小说描写了一对不幸夫妻的生活（由于当时西班牙尚未颁布离婚法，因此失败的婚姻得不到合法的解体）。丈夫穆里埃尔是一个事业处于下坡状态的电影导演，对性格压抑的妻子诺格拉很鄙视。平时家里高朋满座，但似乎大家都在刻意隐瞒一件发生在过去却无法抹去，并对现时产生隐秘影响的事件。而这一切都是从刚刚大学毕业、被穆里埃尔聘为助手的胡安·德·贝雷的视角来观察的（他迷上了女主人，也发现诺格拉与一些朋友公开调情），如今已经成熟的他再把这一切讲述出来。德·贝雷在小说中扮演了双重调查者的角色，因为他还按照穆里埃尔的要求，调查一个深陷谣言圈子的医生朋友在内战和战后的所作所为。小说再现了西班牙民主政治转型期的社会氛围和状况，涉及历史、仇恨、正义、私密、性欲、时间的流逝等主题。

牛津系列小说《万灵》(*Todas las almas*，1989年"巴塞罗那城市奖")是一部抒情的部分自传小说，书名是为了纪念果戈理的《死魂灵》。马里亚斯选取了大学知识分子精英的精致、现代要素，探讨叙事者"我"（西班牙教师哈伊梅·德萨，刚从牛津大学回到马德里）与世界的关系（没有描写任何具体的故事，只是讲述人物的印象），嘲讽了支配某些大学同事行为的准则。

《时间的黑背》（*Negra espalda del tiempo*，1998）书名来自莎士比亚的作品《暴风雨》，被作家本人视为最富雄心的小说，混合了虚构、自传、元文学和反思等因素（没有清晰的小说结构），探讨了马里亚斯关注的两个文学问题：古典叙事模式不足以讲述某些事件，协调传记与虚构的困难。

《你明日的容颜》（*Tu rostro mañana*，2002—2007）是马里亚斯最宏大的作品，分三卷出版，延续了《万灵》的一些人物，尤其是叙事者哈伊梅·德萨。他曾为英国情报机构服务，如今离异后又回到伦敦，在英国广播公司工作，与牛津大学的老教授惠勒（Wheeler）恢复联系。根据这位有着超凡记忆的退休老教授的看法，主人公属于少数具有一种天赋或不幸的人：能够看到人们将来会干什么，今天就知道明天他们的面孔将会是什么样，知道谁将背叛我们或对我们忠诚。因此老教授介绍他加入一个神秘人杜普拉（Bertram Tupra）的机构，为某个不明确的利益工作。在这个过程中哈伊梅·德萨认识了自己周围的人甚至是他自己的不同面孔，并且发现在看似平静的生活下，其实处处都是阴谋和暴力。

其他作品：小说《时间的君主》（*El monarca del tiempo*，1979），短篇小说集《当她们入睡时》（*Mientras ellas duermen*，1990），散文集《逝去的激情》（*Pasiones pasadas*，1991）、《幽灵的生活》（*Vida del fantasma*，1995）、《影子之手》（*La mano de la sombra*，1997）、《我不忠时将得到爱》（*Seré amado cuando falte*，1998）、《他们将把我变成一个罪犯》（*Harán de mí un criminal*，2003）、《走出影院的时候一切都发生了的地方》（*Donde todo ha sucedido. Al salir del cine*，2005），传记《书写的人生》（*Vidas escritas*，1992）、《审视》(*Miramientos*，1997)，文论集《文学与幽灵》(*Literatura y fantasma*，1993)、《好似什么也不喜欢的男人》(*El hombre que parecía no querer nada*，1996)、《自从我见到你》(*Desde que te vi*，1999)，报刊文集《过时的教训》(*Lección pasada de moda*，2012)、《我发誓永远不说真话》(*Juro no decir nunca la verdad*，2015)、《当社会是个暴君的时候》(*Cuando la sociedad es el tirano*，2019)，译作《假如我再次醒来》(*Si yo amaneciera otra vez*，1997)。

改编成电影的小说：《万灵》，1996年，导演格拉西亚·盖雷黑达（Gracia Querejeta），片名为《罗伯托·莱兰兹的最后一次旅行》(*El último viaje de Robert Rylands*)。

中译本：《如此苍白的心》，姚云青、蔡耘译，上海文艺出版社，2015年；《迷情》，蔡学娣译，人民文学出版社，2016年；短篇小说集《不再有爱》(*Cuando fui mortal*，1996)，詹玲译，人民文学出版社，2018年；《坏事开头》，叶培蕾译，人民文学出版社，2019年。

《贝尔塔·伊斯拉》(*Berta Isla*)

《贝尔塔·伊斯拉》(2017)是哈维尔·马里亚斯的新作，也是他牛津系列小说的第四部。这部"爱情+间谍"的小说获2017年"批评奖"（这是他第二次获此殊荣）和2018年"杜尔塞·查贡西班牙小说奖"，也被《国家报》评为2017年度最佳小说之首。作品讲述了一段被秘密和阴谋掌控的爱情史，时间跨度从1969年到大约1995年，舞台还是马德里和牛津大学（《你明日的容颜》里的教授惠勒和杜普拉再次出现）。

《贝尔塔·伊斯拉》男主人公托马斯·内文森[①]一半是英国人血统，一半是西班牙人血统，掌握多种语言，且善于模仿各种口音和声音。在牛津学习期间，被英国情报机构招募，成为间谍。他后来消失、变成幽灵。而作为托马斯的妻子，女主人公贝尔塔在20年里一直等待他回家（如同希腊神话里尤利西斯的妻子珀涅罗珀）。久别重逢后贝尔塔发现托马斯变化很大，好似另一个人。小说揭露了间谍世界的阴暗、邪恶，阐述了作家的一贯观点，即一切都是脆弱的，唯有爱情。

《贝尔塔·伊斯拉》恢复了《迷情》的某些主题，因为活人与死者，特别是失踪者和回来的幽灵之间的交流是马里亚斯从巴尔扎克的小说《夏倍上校》（*El coronel Chabert*）中获取的主题；现在又指涉了美国女作家、诗人珍妮特·刘易斯（Janet Lewis，1899—1998）的《马丁·吉尔之妻》（*La mujer de Martín Guerre*，1941）；也与他之前的《坏事开头》（2014）形成某种对话，涉及爱情与痛苦、忠贞与背叛、生命与死亡。

《贝尔塔·伊斯拉》是一部伟大的爱情小说，但也展示了我们在《你明日的容颜》中已有所了解的间谍邪恶、黑暗的那一面。爱情和间谍（以及所关联的虚假、伪装、背叛和谎言）是小说情节的两大支柱，但马里亚斯需要间谍这个人物来阐述他两个最新的主题：他者的难以捉摸（我们永远无法确定他者在想什么，他到底是谁）和爱情的必要性（它可以驱散疑惑）。

为此作家在《贝尔塔·伊斯拉》里采取了双重叙事策略。有关贝尔塔的情感和生活出自她的第一人称之口，而有关托马斯的间谍生涯则采用第三人称叙事，客观、全面地披露了间谍活动的残酷性和间谍的个人生活。一个从事不能言说的活动、必须严守秘密的人，与他的家庭和情感生活形成巨大的张力，令他的痛苦和无助日益增大。

[①] 马里亚斯的新作《托马斯·内文森》（*Tomás Nevinson*，2021）再续了《贝尔塔·伊斯拉》里男主人公从事情报工作的职业经历。

哈维尔·马里亚斯（Javier Marías）

从《时间的黑背》开始，马里亚斯的散文节奏常常变得抒情，这点在《贝尔塔·伊斯拉》中也得到充分体现："那大概就是托马斯的命运，落入所发生和未发生之事的迷雾之中，落到时间的黑背，被大海的喉咙吞噬。他就是一根细草、一粒尘埃、一阵短暂的闪电、一个爬在夏日墙头的蜥蜴、一片最终消散的烟雾，或一片落下但没有凝固的雪花。"

"批评奖"评委会的评价是："这是欧洲叙事文学中的一部高水平的小说，意味着它延续了《你明日的容颜》所开启的弧度，并从这部作品继承了一些人物"；"利用间谍小说类型让读者潜入人类本质的深处，以其独特风格融合思考与行动，其中还加入了抒情时刻，探讨世界性的伟大话题，如爱情、秘密、他者的不可捉摸和国家情报机构道德的缺乏"。[1]

（王军）

---

[1] https://www.rae.es/noticias/javier-marias-premio-de-la-critica-por-berta-isla, 2019-03-05.

胡安·马尔塞（Juan Marsé）

胡安·马尔塞（1933—2020），西班牙"半个世纪派"的代表作家之一，他的创作摆脱并超越了同代人的"社会现实主义"美学倾向，先后获得"胡安·鲁尔福拉丁美洲及加勒比海文学奖"（1997）、"塞万提斯奖"（2008）。

马尔塞自称是"一个用西班牙语写作的加泰罗尼亚作家"[1]，其生身父母是来自安达卢西亚的移民，家境贫寒，因而把他过继给一个出租车司机。他的作品都以巴塞罗那（具体说是他从小生活的基那尔多区）为舞台，他在那里度过了战后佛朗哥政权统治下的童年岁月，这段经历给马尔塞的写作生涯留下了深刻的烙印。"我本能地、以一种直觉的方式，一直对失败者比对胜利者更感兴趣。"[2]另外电影艺术也对马尔塞的创作手法产生极大影响，他的作品画面感强，大多具有电影剧本的元素。

---

[1] https://www.rtve.es/noticias/20090423/juan-marse-premio-cervantes-2008-soy-escritor-catalan-escribe-castellano/269088.shtml, 2019-04-07.

[2] https://www.elmundo.es/especiales/2013/cultura/juan-marse/entrevista.html, 2019-04-05.

胡安·马尔塞（Juan Marsé）

马尔塞的早期作品，如短篇小说《死无牵挂》[*Nada para morir*，1959年"芝麻奖"（Premio de Sésamo）]、长篇小说《只带一个玩具隐居》（*Encerrados con un solo juguete*，1960）和《月亮的这一面》（*Esta cara de la luna*，1962），涉及的主题都是一代年轻人在一个无法实现自我的社会里所遭受的失败。尽管他有意避开内战题材，但仍反映了未直接参加内战的那代西班牙人所承受的战争后果。

《与特雷莎共度的最后几个下午》（*Últimas tardes con Teresa*，1966年"简明丛书奖"）是马尔塞的成名作，从那时起他才有了职业作家的意识，标志着作家在不放弃聚焦社会的前提下小说形式创新的一个转机。小说讽刺了那些出身在富有资产阶级家庭的大学生参与政治活动的无能和虚伪，因而与加泰罗尼亚左翼精英人物结怨（由于胡安·戈伊狄索洛的反对，《与特雷莎共度的最后几个下午》的法文版直到1993年才问世）。

如果说马尔塞在《与特雷莎共度的最后几个下午》里与那些时髦的进步青年分手，那么在《蒙塞表妹的灰暗经历》（*La oscura historia de la prima Montse*，1970）和《穿金色短裤的姑娘》（*La muchacha de las bragas de oro*，1978年"行星奖"）里，马尔塞则抨击那些从佛朗哥阵营转向拥戴加泰罗尼亚独立的资产阶级。《蒙塞表妹的灰暗经历》是《与特雷莎共度的最后几个下午》的延伸，但在这里幽默让位给嘲谑，小说深刻揭露了加泰罗尼亚资产阶级的思维方式和行为。《穿金色短裤的姑娘》构成了马尔塞作品主导题材的一个例外，是一部政治讽刺式的元小说。

80—90年代是马尔塞创作的高峰期。《基那尔多区巡逻》（*Ronda del Guinardó*，1984年"巴塞罗那城市奖"）是一个从胜利者的角度触及战后创伤的小说，截取了《借尸还魂》(*Si te dicen que caí*，1973年"墨西哥小说国际奖"）的一个片段。虽然小说世界是同一个，但描写的技巧不同。

《纸飞机里的幸福消息》(*Noticias felices en aviones de papel*, 2014）是一部让我们思考幸福和往昔的中篇小说（配有插图），记忆把我们带回80年代末的巴塞罗那。刚满15岁的孤独少年布鲁诺假期去看望二楼的邻居、年迈的波兰舞蹈演员汉娜·保利，在挂满黑白照片的客厅，布鲁诺发现汉娜独自一人生活，但永远面带微笑的她忙着以自己的方式弥补年轻时被迫放弃波兰的可怕过去：从自家阳台丢下纸飞机，里面装着乐观的好消息……"或许我们已经终结了过去，但过去没有消灭我们"，布鲁诺从汉娜的怪异行为中学到了面对生活的态度。

马尔塞在《那个如此出众的风尘女子》(*Esa puta tan distinguida*, 2016）里再次回到他熟悉的世界：战后灰色的巴塞罗那。此书的灵感源自1949年1月名妓卡门·布洛托（Carmen Broto）被杀的真实案件（牵连到佛朗哥政权的高级人物，1985年凶手赫苏斯·纳瓦罗居然拜访过作家，目的是让他修改在《借尸还魂》中提到的这个案件的某些细节），但作家只是选择了案件发生的日期及凶手的某些特征。

《那个如此出众的风尘女子》情节如下：1949年1月，电影放映员费尔明在放映室把妓女卡洛尔勒死。三十多年后，1982年夏，正值西班牙政治转型期，一位著名作家（即作家本人的化身，以第一人称出现）受一名制片人的委托，撰写关于该案件的剧本，以便拍摄一部揭露佛朗哥政权的电影。为此他采访已被释放、如今头脑糊涂的年迈凶手，想调查此案的真相。而结果令人失望，费尔明没有忘记自己当年杀害卡洛尔的任何细节，却完全不记得自己为什么痛下杀手。剧本没有写成，案件的真相也不了了之。记忆和遗忘是这部小说的主题，"或许真的是从独裁者去世以来，话语说的是另一件事，我对此还没明白"。

2008年安娜·罗德里格斯（Ana Rodríguez Fischer）主编出版了有关马尔塞的研究文集《马尔塞巡逻》(*Ronda Marsé*)，2015年何塞·玛利亚·昆卡（Josep María Cuenca）推出了《当幸福来临。胡安·马尔塞传记》(*Mientras llega la felicidad. Una biografía de Juan*

胡安·马尔塞（Juan Marsé）

Marsé）。

马尔塞的遗作、写于1962年的游记《南方之行》（*Viaje al sur*）于2020年9月在西班牙出版。除了记录即将成为全职作家的马尔塞在安达卢西亚的旅行见闻，还讲述了他在巴黎的经历，以及该书稿辗转于伊比利亚斗牛场出版社档案馆并最终被发现的传奇过程。2021年鲁门出版社推出了马尔塞生前的日记《为我永远不会写的回忆录做的笔记》（*Notas para unas memorias que nunca escribiré*）。

马尔塞被改编成电影的作品：《蒙塞表妹的灰暗经历》，1977年，导演赫尔蒂·卡德纳（Jordi Cadena）；《穿金色短裤的姑娘》，1980年，导演比森特·阿兰达（Vicente Aranda）；《与特雷莎共度的最后几个下午》，1984年，导演贡萨洛·埃拉尔德（Gonzalo Herralde）；《借尸还魂》，1989年，导演比森特·阿兰达；《双语情人》（*El amante bilingüe*，1990年"塞维利亚协会奖"），1993年，导演比森特·阿兰达；《基那尔多区巡逻》，2001年，导演维尔玛·拉瓦特（Wilma Labate），片名为《周日》；《上海幻梦》（*El embrujo de Shanghai*，1994年"批评奖"），2002年，导演费尔南多·特鲁埃瓦（Fernando Trueba）；《洛丽塔俱乐部的情歌》（*Canciones de amor en Lolita's Club*，2005），2007年，导演比森特·阿兰达。

中译本：《与特雷莎共度的最后几个下午》，王军宁译，人民文学出版社，2007年（2018年百花文艺出版社再版）；《蜥蜴的尾巴》（*Rabos de lagartija*，2001年"批评奖"、西班牙"国家小说奖"），谭薇译，南海出版公司，2012年（2017年百花文艺出版社再版）。

《梦想的书写》（*Caligrafía de los sueños*）

《梦想的书写》（2011）是胡安·马尔塞获"塞万提斯奖"之后创

作的第一部小说，也是最具自传色彩的作品（男主人公的各种经历和特征与作者相似，并且马尔塞在这部作品中谈到了自己被领养的隐私），与《借尸还魂》无论在时空舞台、主次人物、情节设计、历史背景上都保持了传承，只不过《借尸还魂》是面向过去，而《梦想的书写》是面向未来。

故事发生在20世纪40年代末，主人公是一个喜欢读书、热爱美国电影的15岁男孩。主人公弃用了自己在《借尸还魂》里的本名明戈（Mingo，Domingo的昵称），改成美国人的名字林戈（Ringo，这是美国演员约翰·韦恩扮演的一个人物的名字）。早早放弃学业后，主人公在一家珠宝店当学徒，又因工伤失去一个手指，在家休养时常去罗萨雷斯（Rosales）的酒馆打发时光。在那里他观察街区的生活（但小说并没有采用第一人称来叙事），目睹了一段邻居之间的爱情悲剧：职业按摩师维基（Vicky Mir）是一个上了年纪的女子，丈夫住进了精神病医院，有一个性感的女儿维奥莱塔（Violeta）。她天真、容易爱上别人；阿隆索（Abel Alonso）是一个50岁左右的退役足球运动员，这个英俊的男子一开始光顾她家以治愈脚伤，后来两人同居，直到发生一件意外的事：一个周日的下午维基试图卧轨自杀，而阿隆索失踪，再也没有回来。唯一留下的是他的一封信，在信中，阿隆索答应会来信。林戈充当他俩之间的信使，却弄丢了阿隆索写给维基的信。这个女人苦苦等待情人的来信，直至发疯，而她17岁的女儿与林戈似乎也有一种奇怪、疏远的关系。

整个街区的生活在林戈的目光下逝去，"他们只是一群被压制的人，他们可怜的热望无足轻重，不值得关注。"影院、酒吧、妓院是他们逃离现实的唯一去处，而他胡乱阅读的大量书籍也滋养了"一种对未来的怀念，对周围环境日益增长的敌意"。林戈疏远同伴们，他变成一个孤独的梦想家，从自身的无根、孤独中获得美学的益处。他放弃了当"9个手指的钢琴家"的幻想（小说中有大量关于视唱法的片段和引

胡安·马尔塞(Juan Marsé)

言,暗示了马尔塞的叙事艺术),转而希望成为作家,因为这个职业允许他"重新虚构自我,抵挡敌对的环境"。在后记(时间转到1958年的夏天)中林戈与阿隆索10年后意外相遇,他失踪的谜底才被揭开:原来吸引阿隆索的不是维基,而是她的女儿维奥莱塔,这里上演了一出底层社会版本的《洛丽塔》。

《梦想的书写》是对马尔塞之前小说的总结(现实、想象力、记忆和梦想在其中占据重要地位),再现了其一贯的主题和舞台:战后贫困的巴塞罗那、战败者的灰色世界,童年、少年、发现世界和性,幻想和想象力,沉默、暧昧、掩饰、小道消息、流言蜚语。作品反思的创作的力量,因为多亏了写作,男主人公才有可能生活在一个与现实平行、充满魅力的文学世界,将苦难的日常生存抛到身后。《梦想的书写》既有成长小说的因素(书中我们可以看到林戈的成长和成熟),也与决定论有很大的关系,一个特定的情景(如忘记传递一封求爱信)可以决定一个必须递交此信的年轻人的生活。"所有成长的东西需要很多时间长大。所有消失的东西也需要很久才被遗忘。"

(王军)

伊格纳西奥·马丁内斯·德·皮松
(Ignacio Martínez de Pisón)

伊格纳西奥·马丁内斯·德·皮松（1960—　），西班牙小说家、编剧，先后毕业于萨拉戈萨大学西班牙语文学专业和巴塞罗那意大利文学专业，自1982年起定居巴塞罗那。

在马丁内斯·德·皮松的创作中，童年和成长的经历是其重要主题。第一部长篇小说《龙的柔情》（*La ternura del dragón*，1984）从形式上看依然保持着短篇小说的结构，其中童年的记忆扮演着重要角色。在这部处女作中已经显露出作家偏爱的一些主题：家庭的重要性、父子关系、对人物的同情、基于现实主义的美学观。《二级公路》（*Carreteras secundarias*，1996）由6章组成，以第一人称简洁的语言讲述了一个14岁少年的成长历程，令人想起《麦田里的守望者》（1951）中的男主人公霍尔顿·考尔菲德。另外，从这部小说起，作家越来越多地在自己的作品中呈现西班牙当时的历史和社会现实。

在《秘密城市的新地图》（*Nuevo plano de la ciudad secreta*，

伊格纳西奥·马丁内斯·德·皮松（Ignacio Martínez de Pisón）

1992）中，一位漫画家租了一个离他年轻时夏天度假的家很近的别墅，由此回忆起自己的人生和情感成长历程。《漂亮的玛利亚》（*María Bonita*，2001）讲述少女玛利亚成长、走向生活的故事（她遇到了无法抵御的诈骗犯、快乐的理想主义者和无可救药的失败者）。《女性时代》（*El tiempo de las mujeres*，2003）是一部女性成长小说（采用三个第一人称叙述者），主题是走向成熟与孤独的契合，讲述一家三姊妹的故事，背景是西班牙政治转型期。

除此之外，马丁内斯·德·皮松的小说题材多样，既有对西班牙文化圈和作家剽窃现象的戏谑嘲讽，如《安托法卡斯塔》（*Antofagasta*，1987）；也有描写20世纪30年代一群西班牙人前往好莱坞、为西班牙语市场改编成电影的《美洲之行》（*El viaje americano*，1998）。历史小说《好口碑》（*La buena reputación*，2015年"国家小说奖"）叙述的是20世纪中叶西班牙飞地梅利亚一个西班牙人家族的故事：祖父萨穆埃尔是犹太人后裔，祖母梅塞德斯是天主教徒，他们的婚姻融合了西班牙天主教文化及被驱逐出伊比利亚半岛、定居北非的犹太人传统。当摩洛哥摆脱西班牙殖民统治时，萨穆埃尔和梅塞德斯带着女儿和外孙前往马拉加定居，之后又辗转于萨拉戈萨和巴塞罗那，但他们的心愿和幻想都受制于家族不能坦白的秘密。小说聚焦被西班牙人遗忘的那些犹太人群体，探寻一段并不遥远的过去，

《乳齿》（*Dientes de leche*，2007）同样描写的是一部家族史，时间从西班牙内战到20世纪80年代。1937年一个意大利人作为墨索里尼的志愿者加入佛朗哥军队，他爱上了一名西班牙女护士，战后留在西班牙生活，一家三代人的生活见证了西班牙半个世纪的历史。

《自然权利》（*Derecho natural*，2017）的时空是20世纪70年代的巴塞罗那和80年代的马德里，从一个儿童安赫尔的视角反思他的家庭：当演员的父亲对家庭不负责任，不断玩失踪；母亲独自承担抚养4个孩

子的重任。这一切在安赫尔的心灵留下创伤,上大学后他试图与父亲和解。

马丁内斯·德·皮松也擅长写短篇小说,塑造具有启发性的内心世界,挖掘复杂的家庭关系和童年世界,以细腻和暗示的笔触勾勒出一个人物和一个不安的情节,取消现实与幻想的界限。如《有人在秘密观察你》(*Alguien te observa en secreto*,1985)、《好时光的终结》(*El fin de los buenos tiempos*,1994)和《家庭照片》(*Foto de familia*,1998)、《丰沙尔机场》(*Aeropuerto de Funchal*,2009)。

马丁内斯·德·皮松感兴趣的是"那些可以通过他们讲述大写历史的次要人物"。《埋葬死者》(*Enterrar a los muertos*,2005)以小说的形式记录西班牙内战期间美国小说家多斯·帕索斯调查他的西语译者、共和派人士何塞·罗弗雷斯·巴索丝遭暗杀的真实事件,获2006年"杜尔塞·查贡西班牙小说奖"。

《菲莱克:欺骗了佛朗哥的骗子》(*Filek:El estafador que engañó a Franco*,2018)与《埋葬死者》一样,是一部"没有虚构的小说"。作家以报告文学的手法讲述奥地利诈骗犯阿尔伯特·冯·菲莱克(Albert von Filek)1931年来到西班牙,内战结束后欺骗佛朗哥政府,谎称可以用哈拉马河的河水加秘方,制造出神奇的石油。这个骗局最终被识破,佛朗哥为掩饰自己上当的丑闻,于1941年将阿尔伯特·冯·菲莱克关进监狱。5年后菲莱克被引渡到德国,1952年死于汉堡。

《季节尾声》(*Fin de temporada,* 2020)的主题是病态的母子关系。1977年女主人公罗莎未婚先孕,准备去葡萄牙的地下诊所堕胎,但一场车祸让她的男友胡安丧命。罗莎决定离开故乡,生下孩子,最终在毕尔巴鄂的一个海岸宿营地扎下根来。20年后儿子伊万帮助她经营这家宿营地,让它重新焕发生机。他知道了自己的身世,同时也渴望摆脱与母亲的病态依赖关系。小说反思的是往昔如何一直存在于我们的生活中。

伊格纳西奥·马丁内斯·德·皮松（Ignacio Martínez de Pisón）

马丁内斯·德·皮松被改编成电影的作品：《二级公路》（作者本人为编剧），1997年，导演埃米利奥·马丁内斯·拉萨罗（Emilio Martínez Lázaro）。2003年法国制片人曼努埃尔·波里尔（Manuel Poirier）用马丁内斯·德·皮松的剧本重拍了这部电影，改名为《交叉的道路》（*Caminos cruzados*）。马丁内斯·德·皮松还是马丁内斯·拉萨罗的电影《13朵玫瑰》（*Las trece rosas*）的编剧，获得戈雅电影节最佳原创剧本提名。

《未来》（*El día de mañana*）

《未来》（2011）是马丁内斯·德·皮松以战后西班牙为背景的一部充满流浪汉小说气息的作品，讲述了胡斯托·希尔（Justo Gil）在命运的捉弄下如何从一个有朝气的青年堕落为独裁政府秘密警察的告密者，这个野心勃勃、厚颜无耻、向上爬的人的行为和演变，有助于我们理解西班牙政治转型期的那些重要片段（从战后物质匮乏的艰难时期到反佛朗哥运动，从民主转型到极右势力的最后反击）。

马丁内斯·德·皮松表示，选择告密者作为本书的主角，是为了"展示一个本质上邪恶的政权的道德水准"，但在小说中胡斯托并未真正出场，而是由12个次要人物（胡斯托的朋友或熟人）向我们叙述他们如何在生命的某个时刻认识了主人公（60年代他从故乡阿拉贡地区与病重的母亲一起移民到巴塞罗那，一无所有，但渴望变成成功人士），他们之间建立了什么关系，每个人物提供的视角都不同。这种合唱式的叙事结构与主人公拉开了距离，突出了叙事者的客观性，呈现了西班牙20世纪60—70年代社会变化的万花筒，同时重构了胡斯托个人的堕落过程（这个人物与胡安·马尔塞的《与特雷莎共度的最后几个下午》中的男主人公很相似）。

马丁内斯·德·皮松对这些灰色人物的刻画具有意大利新现实主义电影的特点，其中有几个带有正面色彩的人：卡梅·罗曼，一个想当演员的女孩，与胡斯托有过一段数年的爱情关系；检查员马特奥（他的上司兰达是一个凶残的警察），与胡斯托交情很深，充当了后者的保护人；出身中下阶层的埃尔维拉，对那些所谓的反佛朗哥统治的上流社会少爷持批判立场。正在摆脱贫困、走向繁荣的巴塞罗那（处于投机、房地产兴旺、权钱交易的时代），作为小说的舞台，为这些卑微人物实现自己的梦想提供了最佳平台。时间跨度则从1962年到1978年，那时的加泰罗尼亚极右派贵族在佛朗哥去世前后忙于寻找新的政治靠山和资金。作者在创作此书时得到了被视为西班牙政治转型期言论自由象征的著名记者哈维尔·比纳德尔（Xavier Vinader，1947—2015）的大力帮助，获得了关于那个时代的许多一手资料。

《未来》体现了作者对西班牙当代历史和社会现实的关注，先后获得2011年"国家批评奖"和2012年"巴塞罗那城市奖"。该作品2018年被改编成电视剧，导演是马里亚诺·巴洛索（Mariano Barroso）。

（王军）

胡利奥·马丁内斯·梅桑萨
（Julio Martínez Mesanza）

　　胡利奥·马丁内斯·梅桑萨（1955—　），西班牙诗人、意大利语翻译家，西班牙马德里康普顿斯大学意大利语语文学硕士，曾任西班牙国家图书馆媒体中心主任、西班牙教育和文化部顾问、塞万提斯学院总部学术部部长和多处区域中心负责人，目前担任斯德哥尔摩塞万提斯学院院长。

　　马丁内斯·梅桑萨被批评家何塞·路易斯·加西亚·马丁（José Luis García Martín）视为"80年一代"（Generación de los ochenta）诗人群体的代表人物。他年轻时在马德里康普顿斯大学学习过哲学，擅于运用《圣经》典故和战争意象，却甚少诉诸隐喻，诗风古雅庄严，形式自由不羁，语言优美明澈、简约凝练、富有乐感，颇有古希腊罗马诗人和但丁、洛佩、克维多、贡戈拉等罗曼语族古典作家的神韵，在当今西班牙诗坛独树一帜。诗人宗教情感深厚，偏爱善恶斗争的主题，内疚、躁动和悔改的情绪遍布诗行（创作于20世纪末的诗篇中更是将诗人对千禧年到来的焦虑、疑惑和不安刻画得入木三分），但诗句中仍不乏希望，浸润着深邃的神性。某些评论家认为马丁内斯·梅桑萨的诗歌风格与博尔赫斯有近似之处，但诗人本人否认他们之间存在任何风格的关联。马丁内斯·梅桑萨指出博尔赫斯的诗通过搭建庞杂的符号系统进行形而上反思，而他则认为："只有从道义出发，我才能接近艺术情感的根源，因为只有人性，只有这苦难沉重的人世，才能在我身上激发所谓的艺术情感。"[1]为此，诗歌应该去寻找意义，背负道义经验，传递价值观念。就此而言，马丁内斯·梅桑萨的全部诗篇都是对现实、对存在的起源、对我们从哪里来、又到哪里去的拷问，是整个世界的隐喻，其核心是贯穿历史的人类行为。

《欧洲》（*Europa*，1983）是马丁内斯·梅桑萨的成名作和代表作，诗人本人更将它视为旨在传达欧洲乃至整个西方价值观的诗集，意图带领读者回顾欧洲几个世纪以来的文化变迁。"欧洲"组诗的创作始于20世纪70年代末，1983年首次结集付梓，此后又四次修订再版，所收录的诗篇也由最初的5首逐渐增加到120首，演化为《〈欧洲〉及其他诗作》[*Europa y otros poemas*（*1979-1990*），1990]。《欧洲》具有明显的史诗风格，在形式上以十一音节诗为主，句法齐整，格律严谨，既远离了当时流行的"新生代"诗歌的实验风格，也一扫当代流行抒情诗挥之不去的多愁善感。历时性和共时性是《欧洲》引人注目的两大特征。诗人诉诸传统价值观念，以独特的历史视角书写对于人性的定义。他缅怀和捍卫骑士理想，不满衰败的现实，对神性缺位的和平不屑一顾，鞭笞流血和暴行，哀叹在当今社会中传统价值观无处容身，因为它们早已不是现代人关注的重点。因此马丁内斯·梅桑萨的诗作不是传统意义上的战功歌，而是借由回归圣徒和武士治下的英雄世界，书写孤独、悲伤和边缘人物的普遍悲剧，并以此衬托出人类的脆弱和坚持正统

---

[1] "Una poesía con visión del mundo", *OPUS DEI*. http://opusdei.org/es-es/article/una-poesia-con-vision-del-mundo/, 2018-06-20.

胡利奥·马丁内斯·梅桑萨（Julio Martínez Mesanza）

价值观的艰难。诗集《战壕》（*Las trincheras*，1996）题材更为多样，也是马丁内斯·梅桑萨宗教感情最浓烈的诗集之一，收录了诗人献给圣母玛利亚的颂歌。在《沙漠颂歌》（*El elogio del desierto*，2009）中诗人把世界观比作"塔"，从高耸漆黑的塔中向外望去，世界的一切美好尽收眼底。"塔"是马丁内斯·梅桑萨笔下的一个新意象，也是诗歌写作的基础，某些诗作之所以差强人意恰恰是因为它们的世界观肤浅而乏味。

马丁内斯·梅桑萨的重要诗歌作品还有《四百年书》（*Un libro de 400 años*，1988）、《欧洲片段集》（*Fragmentos de Europa*，1998）、《我存在于五月：选集（1982—2006）》（*Soy en mayo : antología*，1982-2006，2007）、《在墙壁和壕沟之间》（*Entre el muro y el foso*，2007）、《荣耀》（*Gloria*，2016）等。诗集《荣耀》荣膺2017年西班牙"国家诗歌奖"。马丁内斯·梅桑萨还是造诣颇高的翻译家，代表译作有但丁的《新生》（*La Vida Nueva*，1983）、米开朗基罗的《诗韵集》（*Rimas*，1983）等。

马丁内斯·梅桑萨与媒体一向互动良好，是《阿贝塞报》和《政治、文化和艺术新杂志》（*Nueva Revista de Política，Cultura y Arte*）合作作家，曾与时任西班牙国家图书馆馆长、诗人路易斯·阿尔贝托·德·昆卡合作在《政治、文化和艺术新杂志》上发表《千言史诗》（*La épica en mil palabras*，1998）。

胡利奥·马丁内斯·梅桑萨的诗歌作品尚未被译介到中国。

《荣耀》（*Gloria*）

《荣耀》（2016）是胡利奥·马丁内斯·梅桑萨的新作，全书共64页，仅收录了36首诗作，是诗人十余年创作的心血结晶。《荣耀》中的诗作以无韵十一音节诗为主,不重押韵但音调和谐,语言质朴,句式简练,令读者联想起中世纪谣曲,既可以被视为诗集《欧洲》的延续和发展,也呈现出不同以往的语域和语体特征。

诗集分为五个部分,记述了诗人游历地中海的旅程,也阐述他的道德观和价值坚守。2005年8月至2016年3月期间,从马德里到突尼斯再行至特拉维夫,胡利奥·马丁内斯·梅桑萨在不同的文化中寻找神迹,体味文化碰撞,感受心灵震撼。《荣耀》中的地理指代是具有迷惑性的。诗人在真实的地理空间中旅行,漫游"荷马之海",纵横天地之间,也借助词语的力量(书籍、传说、歌谣)穿越时间,叩问历史,思考当下,求索未来……诗人记述了深蓝色的突尼斯,加尔米勒赫的海浪是"你这一生见过的最奇异的海浪/着了魔的东南风/似乎能拖走你的灵魂";在马尔萨巴修道院,"我向沙漠走去,请给我奇观,/第一次看到简单即奇妙。黑暗和光明分离;/黑夜到了,清晨来了";以色列是地中海的另一面,在那里"腓尼基的灵魂"与"天主教的灵魂"相遇。

《荣耀》也记录了一段灵魂的旅程。诗人坚信荣耀产生于万事万物,也寓于世间万物之中。整部诗集充满哲思,浸透着对万物深沉的爱,情感表达往往依托传统文化、神话和传说意象或象征符号,含蓄、凝练、热忱、深邃、引人遐思。《荣耀》是马丁内斯·梅桑萨的内心史诗,是他与自己心灵的交流,也是他和天地万物的对话。诗人不断反思和追问关于生存的终极问题、人性的价值和意义,推崇忠诚坚贞的传统价值观念。他在诗篇中倾诉衷肠,向世人宣告即便他不得不追问"谁掩藏了自己",不得不在"迷雾之河"中跋涉寻找内心和爱(诗人唤之为"她"),不得不承受"这美丽土地上最恐怖之事/莫过于爱我们所爱之人的蔑视",但他不会停步驻足在"紧闭的门"前放弃前行,因为他相信宇宙中、人世间"总有某个形象/保有真正的光和黄金"。人的灵魂不可磨灭,在海洋中、天空中和被雨水洗净的橙子上——荣耀属于每一个等待的人。

胡利奥·马丁内斯·梅桑萨（Julio Martínez Mesanza）

《荣耀》再一次书写了诗人对于欧洲和欧洲价值观的忧虑。马丁内斯·梅桑萨认为："我们自称欧洲人，不是因为同属于欧盟，而是共同的传统和文化将我们联结在一起。这一纽带远比我们想象的深厚。"[①]因此"不应背离立足于西方根基的价值观"[②]。在《扬·索别斯基》一诗中，诗人歌颂波兰国王在维也纳之围中击退奥斯曼土耳其拯救了欧洲，更流露出对于老欧洲价值观的怀念："虽然人们并不在意/欧洲没有用，什么都不相信/或者被月球遮挡冰冻"。

2017年，胡利奥·马丁内斯·梅桑萨的诗集《荣耀》因"面对现行的单一思维，深度挖掘了形式之美和反叛的意义，为古典传统注入了清新的气息"而荣获西班牙"国家诗歌奖"[③]。

（张韵凝　许彤）

[①] 转引自：Plaza, José María. "Julio Martínez Mesanza: «Los nacionalismos nos han llevado al desastre de Occidente»", *El Mundo*, 2011-10-11. http://www.elmundo.es/cultura/literatura/2017/10/11/59dd01d822601d797d8b4622.html, 2020-09-10.

[②] Rodríguez Maros, Javier. «La poesía de raíz clásica de Mesanza gana el Premio Nacional», *El País*, 2017-10-10. https://elpais.com/cultura/2017/10/10/actualidad/1507635535_816125.html, 2020-04-10.

[③] Cedillo, Jaime. "Julio Martínez Mesanza: «Soy demasiado conservador como para ser rebelde»", *El Cultural*, 2018-02-23. http://www.elcultural.com/noticias/letras/Julio-Martinez-Mesanza-Soy-demasiado-conservador-como-para-ser-rebelde/11805, 2020-04-10.

安娜·玛利亚·玛图特
（Ana María Matute）

安娜·玛利亚·玛图特（1925—2014），属于内战中"受惊的孩子"（niños asombrados）那代人，出生于巴塞罗那一个富有家庭。但婚姻不幸，导致她多年患有抑郁症，在很长一段时间她都处于封笔状态。她的文学辉煌期是20世纪50—60年代，1996年当选西班牙皇家院士，先后获得"西班牙文学国家奖"（2007）、"塞万提斯奖"（2010）。

西班牙内战是玛图特小说的基本主题之一，它出现在处女作《亚伯家族》（*Los Abel*，1948）、《在这片土地上》（*En esta tierra*，1955）、《死去的孩子》（*Los hijos muertos*，1958年"批评奖"和1959年"国家小说奖"）和《家族魔鬼》（*Demonios familiares*，2014）里。《亚伯家族》以《圣经》中该隐与亚伯的故事为灵感，从儿童的视角反映了战后西班牙的氛围。《死去的孩子》叙述两个或为捍卫理想、或属于战败者阵营的男子的悲惨命运：流亡法国的丹尼尔最终拖着病体回到祖国；米格尔，一个无政府主义者的儿子，也回到故乡，但他唯一的出路是犯罪。

玛图特作品的另一个主题是人与人之间的无法沟通和理解、孤独与无助、冷漠与仇恨、野心和平庸。《小剧场》（*Pequeño teatro*，1954年"行星奖"）、《不宜居住的天堂》（*Paraíso inhabitado*，2009）中的人物都遭遇到这种困境：在前者中，一个理想主义的男孩目睹了一个充满敌意和虚伪的世界；后者的女主人公阿德里亚娜开场便说："我出生的时候父母已经不相爱了。"

玛图特偏爱三部曲，她的最佳三部曲是《商人》（*Los Mercaderes*），由《初忆》（*Primera memoria*，1959年"纳达尔小说奖"）、《士兵在夜晚哭泣》（*Los soldados lloran de noche*，1962）和《陷阱》（*La trampa*，1969）组成。

玛图特的作品既有社会批判意识，又充满诗意和想象，常常聚焦天真、单纯、美好的童年和少年世界，与肮脏、虚伪、残酷的成年人世界形成强烈反差。虽然她的每一部作品情节都是独立的，但它们都具有一个共同点，那就是都是内战题材和刻画一个被物质主义、个人利益所掌控的社会。

玛图特还创作了一些幻想小说，如中世纪三部曲《瞭望塔》（*La torre de vigía*，1971）、《被遗忘的国王古都》（*Olvidado Rey Gudú*，1996）和《麦穗之月》（*Aranmanoth*，2000）。她曾两次获"儿童文学国家奖"作品分别是《尤利西斯的流浪者》（*El polizón de Ulises*，1965）、《只光着一只脚》（*Solo un pie descalzo*，1984）。她还著有短篇小说集《月亮门》（*La puerta de la luna*，2010），作品被译成23种语言。

玛图特被改编成电影的作品：《尤利西斯的流浪者》，1987年，导演哈维尔·阿吉雷（Javier Aguirre）。

中译本：《幡然悔悟》，丁文林译，收入《小说山庄》（周晓苹选编），人民文学出版社，2004年；《黑羊》、《鸟儿》，蔡潇洁译，收入《世界文学》，2017年第5期；《傻孩子们（选译）》，蔡潇洁、于施洋译，收入《世界文学》，2017年第5期。

《家族魔鬼》（*Demonios familiares*）

《家族魔鬼》（2014）是安娜·玛利亚·玛图特的遗作，也是她关于西班牙内战的收官之作，其情节是从《不宜居住的天堂》中的一条线索发展而来的。小说的主题是童年、秘事、不可能的爱情、家族成员的无法沟通。

美丽、单纯、敏感、不谙世故的少女埃娃从7岁起在一家修道院学习，将来打算当见习修女。1936年春当共和国民兵烧毁修道院时，17岁的埃娃被迅速接回家里。她的父亲是一名参加过非洲战争的少校，思想极端保守，如今瘫痪在轮椅上；母亲生她时难产去世，只有女管家马格达莱娜爱护她。"有些夜晚少校听见一个男孩在黑暗中哭泣。一开始他问自己那会是谁，因为多年来没有任何男孩生活在家里。只是在母亲的床头柜上留下一张深棕色的照片，一个纯净、漂泊不定的微笑——谁知道是母亲的还是男孩的——如一只带翅膀的萤火虫漂浮在黑夜里。"这是一个冰冷、沉默、无爱的家庭，那里"所有的墙壁都是用沉默甚至抑制的呼吸砌成的"，时间在这里好像停滞了。

内战初期，共和派的飞机坠落在埃娃家附近的树林里，她和仆人雅格（一个神秘的男人，藏有很多埃娃不知道的秘密）把跳伞受伤的贝尔尼救起来，藏在自家阁楼里。他是埃娃最好的女友赫维塔的男友，后者为了他而未婚先孕。对于埃娃来说，贝尔尼代表着一个陌生而有吸引力的情感世界。在照顾贝尔尼的过程中，埃娃情窦初开，对贝尔尼怀有一种朦胧的好感，但她也清楚这个感情意味着背叛自己的家庭和女友，因

安娜·玛利亚·玛图特（Ana María Matute）

为两人属于内战中不同的阵营。

《家族魔鬼》的时间跨度很短，只到1936年10月。舞台是西班牙中部的一座小城，内战不再占据小说的近景，聚焦的是同一屋檐下的一家人紧张、冷漠的关系（去世的祖母和说一不二的父亲分别代表了等级和权力），这一表象又掩盖了一个遥远的秘密。秘密突然被揭开，它改变了一切。小说分两部分：第一部分为"阳台的窗户"（La ventana de los balcones），这是埃娃的小世界（局限于家族的社交范围）；第二部分为"眩晕"（Vértigos），年轻人的生活占据近景（雅格与贝尔尼之间的友谊，埃娃因爱上闺蜜的男友贝尔尼而承受的道德冲突）。

作家在《家族魔鬼》里交替使用第一人称（叙述者是女主人公）和第三人称。埃娃与《在这片土地上》《初忆》和《不宜居住的天堂》中的女主人公很相似，都处于从少年向成年的过渡期，内战使她们长大、成熟。她们对爱情怀有向往，对保守、虚伪的资产阶级家庭持排斥态度。在成长的过程中她们不可避免地付出代价，但没有被命运压垮。

（王军）

胡安·马约尔卡（Juan Mayorga）

胡安·马约尔卡（1965— ），西班牙当代最高产、最深刻的剧作家之一，2018年4月12日当选皇家语言学院M席院士。马约尔卡是数学学士，曾在中学、大学教数学；同时他也是哲学学士，在明斯特、柏林、巴黎深造后，1997年以论文《本雅明的历史哲学》获哲学博士学位。戏剧方面，1993年他与人合作开办"造船厂剧团"（Teatro del Astillero），以先锋派精神探讨和出版剧本，偶尔排演面世。2011年又创办"家里的疯女"剧团（compañía La Loca de la Casa）并屡次亲自执导，2014年联合创办西班牙舞台艺术学院（Academia de las Artes Escénicas de España）。马约尔卡长期在马德里皇家高等戏剧学院教授哲学和戏剧，在西班牙科研高级理事会（CSIC）哲学院主持"当代戏剧中的记忆与思想"研修班，在国家戏剧中心和国家古典剧团（Compañía Nacional de Teatro Clásico）从事编剧工作，在卡洛斯三世大学担任戏剧艺术讲席教授。

1989年，刚刚大学毕业、年仅24岁的马约尔卡试笔《七个好人》

胡安·马约尔卡（Juan Mayorga）

（*Siete hombres buenos*），随即获得"布拉多明侯爵奖"（Premio Marqués de Bradomín）二等奖并发表作品。从那时起至今，他已经创作了近四十个剧本，特别是近年来一直保持着一年两部的势头，著名的作品有《更多灰烬》（*Más ceniza*，1992）、《给斯大林的情书》（*Cartas de amor a Stalin*，1997）、《烧毁的花园》（*El jardín quemado*，1999）、《坐最后一排的男生》（*El chico de la última fila*，2006）、《达尔文的乌龟》（*La tortuga de Darwin*，2008）等，其中部分推出单行本或合辑，如2012年的《大象占领了大教堂》（*El elefante ha ocupado la catedral*），2014年的《戏剧1989—2014》（*Teatro 1989-2014*）。此外，他还有一个短剧集，收录了二十多个"分钟剧"（teatro para minutos）另外他还对经典剧作家、小说家甚至诗人进行过改编，如欧里庇得斯、洛佩·德·维加、卡尔德隆、莎士比亚、莱辛、陀思妥耶夫斯基、易卜生、契诃夫、卡夫卡、拉斐尔·阿尔贝蒂等。创意写作的同时，他也撰写戏剧论文、举办讲座、参加研讨，其戏剧理念和思想在散文集《椭圆：散文（1990—2016）》［*Elipses (ensyaos 1990-2016)*，2016］中得到集中反映。

2000年之后，马约尔卡在戏剧市场和学界的地位都逐渐巩固，先后获得"国家戏剧奖"（Premio Nacional de Teatro，2007），三届"马科斯最佳剧作家奖"（Premio Max a la mejor autoría teatral，2006，2008，2009）、两届"马科斯最佳改编剧本奖"（2008，2013）、"巴列-因克兰戏剧奖"（2008）、"国家戏剧文学奖"（2013）、"茅屋奖"（Premio La Barraca，2013）、"欧洲新戏剧现实奖"（Premio Europa Nuevas Realidades Teatrales，2016）等。2018年11月上演了他的最新喜剧作品《魔术师》（*El mago*）。他的作品被翻译成几十种语言在世界各地上演，其突出特点包括：首先，继承博尔赫斯的观点——"戏剧是一门演员假装是另一个人而观众假装相信他的艺术"①，充分发挥想象、进行虚构，同时尽力与观众达成共谋；其次，不排斥复现的主题，如本雅明式的翻译观、对暴力的思索和意大利小说家普利莫·莱维（Primo Levi，1919—1987）的"灰色地带"、野蛮如何冲撞文明、哲学与理性；此外，非常重视"我们如何运用词语，又如何被词语运用"②，强调在戏剧中不仅可以听到声音，也可以听到寂静。

《坐最后一排的男生》还被法国导演弗朗索瓦·欧容（François Ozon）改编成了电影《登堂入室》（2012）。

中译本：《天堂之路》，韦哲宇、张若讷译，收入《戏剧与影视评论》，2017年第3期；《坐最后一排的男生》，马政红译，收入《戏剧的毒药：西班牙及拉丁美洲现代戏剧选》（*Dramaturgia contemporánea iberoamericana*），上海人民出版社，2015年。

《天堂之路》（*Himmelweg. Camino del cielo*）

《天堂之路》是马约尔卡2003年创作的、在西班牙国内外最富盛誉的剧本，当年10月17日在马拉加首演，第二年11月18日与马德里观众见面。虽然最初受到几位著名评论家的苛责，但之后在五大洲17个国家上演逾30场，如2005年登陆伦敦皇家宫廷剧院，之后巡回都柏林、布宜诺斯艾利斯、奥斯陆、巴黎、纽约、哥本哈根、悉尼、蒙得维的亚、温尼伯、雅典、首尔等地，被《纽约时报》称为"欧美近期热剧"（a hit），是一些评论家眼中的"宣示作者达至成熟之作"（confirma la madurez de Juan Mayorga）③，直到2017年6月还被选作伦敦第五届西班

---

① https://www.aisge.es/juan-mayorga, 2018-05-13.
② https://elpais.com/cultura/2014/05/16/babelia/1400253535_818447.html, 2018-05-13.
③ http://www.madridteatro.eu/teatr/teatro/teatro098.htm, 2018-05-13.

牙戏剧节（Festelón）展演代表作。

　　该剧上演时通常分为五个部分，以红十字会巡视员的独白开场，即交代国际红十字会代表团1944年视察捷克特雷津集中营（Theresienstadt），后撰写报告、拍摄影片宣传其为"模范犹太人定居点"的真实历史事件。之后穿插表现①小女孩教玩偶游泳、②堡垒司令接待代表团宣称"世界正走向统一"、③犯人/村长格尔肖姆（Gershom Gottfried）被迫编排歌剧等。最后一幕突出表现格尔肖姆提醒大家"注意台词和动作"，暂时忘却带众人一去不返的火车，憧憬"要是我们演得好，就能重新见到妈妈了"①。

　　如果把主题归结到二战中对犹太人的大屠杀，那么这部剧会因为政治正确而略显陈腐。正如阿尔贝托·德·拉埃拉（Alberto de la Hera）所说，"这个故事已经有人给我讲过很多次了"②；但如果推进一步，会发现其特殊之处在于作者并不着力刻画纳粹的冷酷凶狠，而是顺从其话语、任由其粉饰，甚至让伦敦版的司令官散发出一种休·格兰特式的绅士风度，由此表现常人之无力透过表面的正常去预见恶的各种形态，甚至往往出于预设的善意帮助铺垫以天堂之名洞开的地狱。

　　在舞台呈现上，《天堂之路》进行了各种感官/意义上的设置，环形的空间、悬空的树林、焚烧的烟雾、延伸的铁轨，一切在儿歌的缭绕下显得层次丰富且极具深意。虽然也许独白和重复存在一定的冗余，容易造成观众疲倦无聊，但这可以在诸多经典的戏剧化（teatralización）和戏剧性（teatralidad）中找到参照，如古希腊悲剧、文献剧、布莱希特、卡尔德隆、莎士比亚、品特和巅峰时期的布埃罗·巴列霍。此外，演员们的表演有不甚平衡的缺陷，如堡垒司令过于浮夸，犹太首领稍嫌克制，红十字会巡视员缺乏存在感。不过总体而言，当导演、服装、灯

---

　　① https://en.wikipedia.org/wiki/Theresienstadt_concentration_camp, 2018-05-13.
　　② De la Hera, Alberto. «Un espectáculo políticamente correcto», *La Guía del Ocio*. Madrid, 1510, 19 al 25 de noviembre, 2004, p. 117.

光、音乐的阐释渐次释放并沉淀，马约尔卡《天堂之路》的题旨和结构愈加凸显，当得起21世纪初西班牙戏剧领域的"一部大作"（un texto mayor）[①]。

（于施洋）

[①] García Garzón, Juan Ignacio. «Mirar sin ver», *ABC*. 20 de noviembre, 2004, p. 56.

阿尔贝托·门德斯（Alberto Méndez）

阿尔贝托·门德斯（1941—2004），西班牙作家、编辑。父亲是诗人、戏剧家兼翻译家何塞·门德斯（José Méndez Herrera，1906—1986），1962年因翻译莎士比亚的作品《暴风雨》而获西班牙"路易斯·德·莱昂修士翻译奖"（Premio de traducción Fray Luis de León）。由于父亲曾长期在罗马工作，阿尔贝托·门德斯出生于意大利首都，并在那里上完中学。

门德斯是左派人士，为西班牙共产党员（直到1982年），为此他受到了许多迫害：因参加1964年的游行而被大学开除，因其学生领袖的身份而被取消马德里康普顿斯大学文哲系的学士学位，被迫流亡罗马。这一切为他日后创作以西班牙内战及战后独裁统治为背景的《失明的向日葵》（*Los girasoles ciegos*）提供了灵感和亲身经验。

虽然门德斯直到60岁才开始创作，但一直在出版行业工作。他与别人合办了名为"新科学"（Ciencia Nueva）的政治性出版社（在立场上十分接近西班牙共产党），担任"蒙德纳"（Montena）出版社高管，为西班牙电视台、电台的戏剧节目撰稿，为著名女导演比拉尔·米罗（Pilar Miró，1940—1997）当编剧。

门德斯去世前不久《失明的向日葵》被授予"批评奖"，过世后获得2005年西班牙"国家小说奖"。这本155页的小书至今已出了42版（销量38万册），深受读者好评。当被人问起创作这部作品的目的时，门德斯表示："有些时候你不是要在生与死之间选择，而是在尊严和其他东西之间抉择。我想歌颂尊严。"①

2008年西班牙导演何塞·路易斯·奎尔达（José Luis Cuerda）将该作品拍成同名电影，获得2009年"戈雅奖最佳改编剧本奖"，并代表西班牙参加第81届奥斯卡最佳外语片角逐。

《失明的向日葵》（*Los girasoles ciegos*）

《失明的向日葵》（2004）这部短篇小说集是阿尔贝托·门德斯唯一发表的叙事作品，他当时已63岁，作品出版后11个月便离开人世。

《失明的向日葵》由4个短篇小说组成，故事发生在内战最艰难的岁月（从1936年到1942年），情节彼此独立，但又有共同的主题，人物也都是内战的失败者，他们走上了一条不归路，不知道自己的生命何时结束。第一个短篇（第一场失败）的主人公是法西斯军队的卡洛斯上尉，他在部队打进马德里的时候居然向共和军投诚。这个态度双方都难以理解，但卡洛斯本人的解释是他不愿当一名为了胜利而不惜犯下残酷罪行的军人。

第二个短篇（第二场失败）是全书最成功、最感人的部分，讲述一个为躲避胜利者而逃到阿斯图里亚斯山区的年轻诗人的短暂经历。与诗

---

① https://www.elmundo.es/cultura/literatura/2019/07/31/5d40255cfc6c834a468b4577.html, 2020-01-05.

阿尔贝托·门德斯（Alberto Méndez）

人结伴的是怀有身孕的妻子，她在孤独和寒冷中产下孩子后死去。通过诗人的日记，我们看到了他的恐惧以及为拯救儿子的生命所进行的徒劳奋斗。

第三个短篇围绕着一个名叫胡安的共和派战士展开。当审判他的法院院长及妻子得知胡安认识并目睹了自己儿子被枪毙的过程时，便命令胡安讲述这段经历。为了延长自己的生命，胡安把他们的儿子谎称为英雄，但不久胡安就对这个谎言感到恶心，他说出了事实真相，原来那个儿子作恶多端才被枪毙。而这一真相的揭露也不可避免地把胡安引向死亡。

第四个短篇发生在新政权统治下的日常生活里。主人公里卡多是一名共产党，传言他在战乱中被杀，也有传言说他在法国，可是其实他就躲在自家衣柜后面的密室里，每日只能在窗帘紧闭的家里游走，这种暗无天日的生活使他陷入了从未有过的抑郁。他的妻子埃琳娜名义上是寡妇，儿子学校新来的一位年轻男老师萨尔瓦多对她十分着迷，他原本是一名神职人员，从此在信仰和情欲之间摇摆，而他的行为给这个处于困境的家庭带来了新的威胁。里卡多整天躲在衣柜后面，恐惧而又无能为力地看着自己的妻子受到萨尔瓦多的性骚扰。小说的结局是悲惨的、戏剧性的。

《失明的向日葵》是一部关于历史记忆、集体记忆的作品，只有超越那段民族悲剧，才能真正翻过历史上的这一页。"迷失的人就像失明的向日葵，他们看不到阳光，但太阳其实已经出来了。"阿纳格拉玛出版社社长豪尔赫·埃拉尔德（Jorge Herralde）在推介这本书时表示："这是对记忆的清算，是一本反抗战后沉默、遗忘的书籍，它赞成复原的历史真相，同时又是与文学真相的一次重要和决定性的相遇。"①西班牙女诗人、学者伊齐亚尔·洛佩斯（Itzíar López）的专著《阿尔贝

---

① https://www.elmundo.es/cultura/literatura/2019/07/31/5d40255cfc6c834a468b4577.html, 2020-01-05.

托·门德斯的〈失明的向日葵〉。10年以后》(*Los girasoles ciegos de Alberto Méndez. 10 años después*,2013)收录了作家的生平、评论界对此书的众多评价、有关《失明的向日葵》研究的详细书目。

（王军）

爱德华多·门多萨（Eduardo Mendoza）

爱德华多·门多萨（1943—　）被誉为"西班牙文学严肃作家中最风趣的一位"[①]。先后获得2015年捷克"弗朗茨·卡夫卡奖"、2016年"塞万提斯奖"、2017年西班牙"何塞·路易斯·桑佩德罗奖"（Premio José Luis Sampedro）、2020年"巴西诺历史小说国际奖"（Premio Internacionel Barcino de novele nistórice）。谈到他的创作手段时，门多萨指出："我的第一个语言是幽默，第二个是历史。"[②]

门多萨出身于巴塞罗那的一个检察官家庭，1965年法律系毕业后前往伦敦攻读社会学（英国文学对他日后的创作产生重要影响），回国后在银行工作。但他厌倦这样的生活，于是移居纽约（1973—1982），在联合国当同声传译。在那里门多萨创作并发表了处女作《萨博尔塔事件真相》（La verdad sobre el caso Savolta，1975年"批评奖"），它标志着西班牙小说"从乡土的社会现实主义（几乎是社会学的）向世界小说的过渡"，被许多评论家视为西班牙政治民主改革的第一部小说（在

[①] https://elpais.com/cultura/2017/04/20/actualidad/1492682206_984563.html, 2020-07-08.
[②] https://cadenaser.com/ser/2016/11/30/cultura/1480502242_657772.html, 2020-07-08.

它问世之后几个月佛朗哥便去世）："门多萨让大多数后来的小说家知道什么是自由写作。"①

《奇迹之城》（*La ciudad de los prodigios*，1986）展示了1888—1929年两届世博会期间巴塞罗那的经济、工业、社会和城市发展给这座城市带来的奇迹般变化，该书得到胡安·贝内特的赞扬，受到西班牙国内外读者的一致好评。《洪荒之年》（*El año del diluvio*，1992）讲述佛朗哥统治时期一个有进取心的修女康斯坦萨和一个加泰罗尼亚地主之间的激情与失恋的故事，从一开始就把人物各自的世界对立起来，其中幽默对情节的发展起了很大作用。

《闹鬼的教堂地下室秘事》（*El misterio de la cripta embrujada*，1978）的故事发生在20世纪70年代的巴塞罗那。弗洛雷斯警官面对一名女生的失踪案，决定寻求一个被关在疯人院的罪犯的帮助。他们达成协议，如果罪犯帮助警官破了案，将获得自由。该罪犯—侦探获释回到巴塞罗那后又卷入一个案子：一位有钱的加泰罗尼亚工厂老板想隐藏一具死尸。为了掩盖这起死亡又发生了几起罪行（死亡、毒品），但该侦探在一名自己学生的帮助下侦破了所有案件。该作品融合了哥特小说、黑色小说和科幻小说，具有独特的幽默、戏仿、嘲讽的因素。

这个无名侦探成为以当代巴塞罗那为舞台的系列侦探小说的主人公/叙事者：

在《橄榄迷宫》（*El laberinto de las aceitunas*，1982）里，主人公离开被关了6年的疯人院，去执行一项简单的任务：把一个装有数量可观的现金的公文箱带到马德里。然而这项任务遇到了很大挑战：这名侦探从巴塞罗那出发，在两个随从的帮助下，面对的是一个曲折的诡计，

---

① https://elpais.com/cultura/2016/11/30/actualidad/1480522507_197648.html, 2020-07-08.

参与其中的有失败的演员、橄榄巨头、僧侣和6名航空工程师。他们想不惜任何代价获得这个遗失在奇怪环境下的公文箱……小说揭露的是西班牙的腐败和犯罪。

在《女士理发店历险记》（*La aventura del tocador de señoras*，2001）里，20世纪90年代末，主人公被赶出疯人院，前往巴塞罗那郊区投奔妹妹坎蒂塔，在妹夫的女士理发店当上了一名理发师。当他的生活看似稳定时，又被卷入了一家公司文件被盗和该公司董事长被杀的案件中。面对这个局面，主人公必须使出全部力量证明自己的无辜。

《金钱与生命的纠葛》（*El enredo de la bolsa y la vida*，2012）的背景是经济危机时期的巴塞罗那，无名侦探出于友情（因为他在疯人院的同伴罗慕洛失踪了，此前罗慕洛建议他参与一项非法但来钱多的生意，被主人公/叙述者拒绝了），在国家情报机构介入之前，再次操刀侦探工作，以瓦解一个恐怖主义行动，此事成为解决一个具有国际影响力事件的开端。

该系列侦探小说的最后一部《误入歧途的女模特的秘密》（*El secreto de la modelo extraviada*，2015）选择了两个时间段：巴塞罗那被选为奥运会举办城市之前的那些年和现在的巴塞罗那。那时主人公被诬告杀害了一名女模特，为了证明自己的清白，他不得不运用自己的智慧和手段摆脱罪名。这点他做到了，不过二十多年以后这名侦探故地重游，他想弄清楚事件的真相。但一切都变了，巴塞罗那变了，生活方式变了，那些与案件相关的人也变了，主人公揭露真相的努力落空了。

《毛乌里西奥或普选》（*Mauricio o las elecciones primarias*，2006）首次选择政治转型后的巴塞罗那作为舞台，试图反映对民主和政治寄予厚望的那代西班牙人如何逐渐失去幻想，变得现实，政治已不再是他们追求的目标。该书获得"何塞·曼努埃尔·拉腊基金会小说奖"。

《国王接见》（*El rey recibe*，2018）是"牛顿的三代运动定律"三部曲（*Las tres leyes del Movimiento*）的第一部（时空为1968年的巴塞罗那），讲述记者鲁佛·巴塔亚（Rufo Batalla）接到一项任务，报道一位流亡的王子与一个上流社会的美丽小姐的婚礼。作家试图从主人公的个人经历出发，回顾20世纪60—70年代主要的政治和文化事件（如种族平等斗争、嬉皮士运动、女权主义、同性恋运动、大的文化中心的转移）。作者表示，该人物几乎是他本人的翻版，书中有不少自传的影子。

以鲁佛·巴塔亚为主人公的第二部小说《阴阳局》（*El negociado del yin y el yang*，2019）时间始于1975年春天，这位记者被卷入波罗的海王子图库洛（Tukuulo）重新夺取里波尼亚（一个如今已不存在的王国）王位的荒诞计划。故事情节从纽约辗转到东方，为作者幽默和远距离地回顾20世纪最后几十年的一些历史、文化和社会事件提供了舞台。该系列的第三部为新出版的《莫斯科转机》（*Transbordo en Moscú*，2021）。

门多萨被改编成影视的作品：《萨博尔塔事件真相》（西班牙、法国、意大利合拍），1980年，导演安东尼奥·特洛维（Antonio Drove）；《闹鬼的教堂地下室秘事》，1981年，导演夏耶塔诺·德尔·雷阿尔（Cayetano del Real），片名为《教堂地下室》；《奇迹之城》，1999年，导演马里奥·加缪斯（Mario Camus）；《洪荒之年》（西班牙、法国、意大利合拍），2004年，导演哈伊梅·查瓦里（Jaime Chávarri）。

中译本：《一桩疑案：萨博尔塔事件真相》，恒民译，北方文艺出版社，1985年；《奇迹之城》，顾文波译，人民文学出版社，2008年；《外星人在巴塞罗那》（*Sin noticias de Gurb*，1992），查芳菲译，上海文艺出版社，2016年；《猫斗，马德里，1936年》，赵婷译，人民文学出版社，2017年。

爱德华多·门多萨（Eduardo Mendoza）

《猫斗。马德里，1936年》（*Riña de gatos. Madrid 1936*）

《猫斗。马德里，1936年》（2010）是西班牙作家爱德华多·门多萨的一部"侦探+间谍+爱情"题材的作品，获2010年"行星奖"和"欧洲图书奖"（2013）。该书于2015年再版。

小说的开篇是身为艺术史家的英国年轻人安东尼·怀特兰兹应一个西班牙公爵的邀请于1936年3月从伦敦坐火车来到马德里，为后者鉴定一批收藏品。他在公爵的午宴上意外遇到了长枪党的创立者普里莫·德·里维拉，这位散发出令人炫目魅力的政治家正在追求公爵的大女儿帕基塔。"凭借自己的智慧和勤奋进入剑桥大学"的怀特兰兹，其命运随之与长枪党党魁交织在一起，他无意中卷入了一起头绪纷乱、多方角力的政治事件，同时又陷入与多个不同社会阶层女子的爱情纠葛。

1936年3月正是西班牙内战爆发前夕，局势动荡，第二共和国处于风雨飘摇之中。佛朗哥等将军对是否发动武装政变犹豫不决，普里莫·德·里维拉指责那些策划推翻第二共和国的将军是"猫的争斗"。对政治不感兴趣的怀特兰兹判定公爵的收藏品都是赝品，正当他准备动身回国时，帕基塔告诉他在公爵府地下室收藏着一幅委拉斯盖兹的油画真品。西班牙第二共和国政府害怕公爵变卖油画来资助长枪党，其经济价值将有助于西班牙一场关键的政治变局。英国大使也派人跟踪怀特兰兹，不可思议的是，苏联方面对此事同样很感兴趣，于是警察、外交官、政治家、间谍都在跟踪和监视怀特兰兹。

《猫斗。马德里，1936年》的情节设置紧凑，人物众多（包括真实的历史人物），从外国人的视角观察内战爆发前马德里的氛围。主人公栖身于市中心的一个小旅店，穿梭于西班牙首都的大街小巷、博物馆、酒吧、贵族宫殿、豪华酒店、妓院，其中穿插的对各种油画作品的评论实际上是对各种现实人物的描写和反映。

《猫斗。马德里，1936年》同时也是对"98年一代"作家的致敬。门多萨在刻画人物及营造马德里氛围时采用了巴列-因克兰的"埃斯佩尔蓬托"（esperpento）手法，在设置情节、环境和人物时也受到巴罗哈的影响。

（王军）

何塞·玛利亚·梅里诺
（José María Merino）

何塞·玛利亚·梅里诺（1941—　），西班牙诗人、小说家，他的童年和少年时期是在莱昂地区度过的（2014年莱昂大学授予他名誉博士的称号）。从康普顿斯大学法律系毕业后，梅里诺曾在教育部工作（参与了联合国教科文组织在拉美的项目），1987—1989年主管文化部西班牙文学中心（Centro de las Letras Españolas）。从1996年起，梅里诺专业从事文学创作，2008年当选为西班牙皇家学院院士。（其女儿安娜·梅里诺也是诗人、剧作家）

梅里诺的文学生涯从写诗开始，著有诗集《包围塔里法》（*Sitio de Tarifa*，1972）、《远离家的生日》（*Cumpleaños lejos de casa*，1973，2006）和《美杜莎，看着我，及其他诗歌》（*Mírame Medusa y otros poemas*，1984），所以在他的小说里可以看到优美的文笔、丰富的词汇和睿智的描写。梅里诺认为故乡对自己有很大的启发和激励，无论是童年听到和读到的故事，还是当地农村的景色和悠久的历史氛围，都为他的创作提供了无尽的源泉。梅里诺善于把想象与现实、梦幻与生活融合起来,在他的故事中幻想或梦境与真实具有同等的地位,小说处于非现实的范围,但又深深地扎根于现实主义。梅里诺一方面倾向于在人物的内心世界虚构故事,另一方面喜欢在小说中融入历史、传说、神话和传统。"他主张以开放的态度看待现实,使之协调地融合想象、非理性和梦境,而要这样做,就必须重新发掘被理性主义排斥的那些领域,并回归个人和家庭的本原,从而找回个体特征。"[1]可以说,西班牙当代神幻文学的兴起要归功于他。

1976年,梅里诺发表叙事类处女作《安德烈斯·乔斯的小说》(*Novela de Andrés Choz*),这是一部典型的元小说(从书名就可以看出其小说套小说的结构)。《黑岸》(*La orilla oscura*,1985年"批评奖")通过记忆和想象寻找身份,与卡夫卡的象征风格很相似,虽然也有爱伦·坡的强烈影响。作者对我们谈及记忆、梦境和回忆,思考通过融合真实与想象的故事来回顾往昔的不同手段。主人公见证了多种故事的汇合,它们都与人物的出身相关。

历史小说三部曲《混血纪实》(*Las crónicas mestizas*)由《梦中的金子》(*El oro de los sueños*,1986)、《失落时代的土地》(*La tierra del tiempo perdido*,1987)和《太阳的眼泪》(*Las lágrimas del sol*,1989)构成,素材来源于历险小说和西印度历史纪实,是对16世纪西班牙在美洲开发和殖民的反思。

《无形人》(*Los invisibles*,2000)由两部分组成:第一部分是一本幻想小说(以第三人称叙事),书名为《亚德里安讲述的故事》(*La historia que contó Adrián*);第二部分(以"作者"的第一人称叙事,书名为《既非小说也非尼波拉》(*Ni novela ni nivola*,这里显然是对乌纳穆诺的致敬),讲述该小说的创作环境和条件,这一切构成了元小说的游戏。

---

[1] Villanueva, Darío. *Letras españolas 1976-1986*, Madrid: Castalia, 1987, p. 63.

何塞·玛利亚·梅里诺 (José María Merino)

《继承人》（*El heredero*，2003）获2004年"拉蒙·戈麦斯·德·拉塞尔纳小说奖"，其主题是梅里诺一贯所关注的：通过回到起源寻找身份，通过探究家族历史恢复个人的记忆，隐秘的相似性，人物的双重性和神秘。《继承人》恢复了《安德烈斯·乔斯的小说》的某些叙事机制，例如交织和重叠的不同故事相互交替，插入科幻类型的主题。小说叙述一个年轻人巴勃罗·托马斯回到前辈的祖居，见证其祖母索莱达的临终时刻，这给他提供了回忆童年景象和感觉的机会，并以此为起点重构家族历史。

《第十位缪斯》（*Musa Décima*，2016）的故事背景回到16世纪，寻找一个如今已完全被遗忘的女作家奥利娃·萨布科（Oliva Sabuco）。这位女作家22岁时便创作了一本有关人类激情的作品《人类本性的新见解》（*Nueva filosofía de la naturaleza del hombre*，1587），因此洛佩·德·维加称她为"第十位缪斯"。

《我不是一本书》（*No soy un libro*）获1993年"儿童和青少年文学国家奖"，这部儿童文学类作品围绕三个朋友在暑假计划和实施的环游欧洲之行展开。在从马德里到巴黎的第一段旅程中，一个奇怪事件的发生为他们打开了历险之门，这三个人物将不得不借助自己所有的勇气和机智应对他们的坏运气。

梅里诺的其他作品还有：短篇小说《想象的日子》（*Días imaginarios*，2002）、《没有过失的地方》（*El lugar sin culpa*，2006）、《倒计时之书》（*El libro de las horas contadas*，2011）、《索托老师的历险和发明》（*Aventuras e invenciones del profesor Souto*，2018），小说《逃亡者的街心花园》（*La glorieta de los fugitivos*，2007年"萨兰波奖"）、《深渊》（*La sima*，2009）。

《伊甸园之河》（*El río del Edén*）

《伊甸园之河》[①]（2012）被何塞·玛利亚·梅里诺视为迄今他最具现实主义色彩的小说，"书中无论人物还是情节发展的舞台都获得了至关重要性"[②]。该书被《世界报》评为2012年最佳小说，获得2013年"国家小说奖"和"卡斯蒂利亚-莱昂批评奖"（Premio de la Crítica de Castilla y León）。

《伊甸园之河》的主人公/叙事者丹尼尔在儿子西尔维奥（Silvio）的陪伴下游历塔霍河（el Tajo）上游地区，这是一条充满传奇和神话的河流，在书中构成一个具有象征意义的空间，代表了男、女主人公曾经生活的天堂。主人公想把亡妻特蕾（Tere）的骨灰撒在那片土地上，因为他俩年轻时在那里相识并相爱（在创作此书之前，作者携妻子去塔霍河实地游历了一番，这次亲身经历为塑造小说的氛围和舞台提供了难得的蓝本）。在行走的过程中丹尼尔与患有唐氏综合征的儿子西尔维奥（作者表示，多亏了这个人物，他才了解患唐氏综合征的人群如何在当今世界生存和发展）谈论了许多话题，特别是关于因车祸去世的妻子（他回忆起俩人在大学相遇并一见钟情的故事、儿子的降生在这个家庭引发的危机，以及随着岁月的流逝对妻子的不理解、背叛和如今的悔恨），他很难向儿子解释这个事件（后者还在与骨灰盒里的母亲说话，并不明白母亲的离世）。

小说采用第二人称，构成了人物自我反思的客观叙述和意识流。"据说一个人只需8秒钟就可陷入情网，当你注视并倾听那个姑娘时，你感觉到对她产生那种不可战胜的亲近欲望，那是爱情出现时所表现的特征。"过去（夫妻之间的误解、欺骗和爱情的消失，对患病儿子的不接受）与现时（对妻子临终的关怀、对儿子的父爱）在丹尼尔的叙述中

[①] 英国演化生物学家道金斯（Richard Dawkins）出版过一本同名科普作品。
[②] https://elpais.com/cultura/2013/01/31/actualidad/1359648415_520997.html, 2019-08-10.

自然地流淌。小说讲述了多种意义的爱：夫妻之爱、母子之爱、父子之爱，以及体肤之爱、情感之爱。这些爱都处于脆弱的平衡中，因为其中会发生不可避免的背叛。

《伊甸园之河》由40章组成，以人物的对话为主，现时是从一个周五的"上午10点半"，到周六的"9点"，而往昔的时间则持续了数年。小说再现了作家以往作品的一些主题和意象：河流（象征着时间和生命的流逝）、神话（伊甸园，失去的天堂）和传说（堂罗德里格和堂胡利安）[1]。

"国家小说奖"评委会认为，《伊甸园之河》"构成了一部技巧上冒险，但得到很好处理的作品，随着叙事的展开张力加大，小说的一些关键问题，如有权利、有尊严地离世，得到了完美的阐释"[2]。

（王军）

---

[1] 堂罗德里格是伊比利亚半岛上最后一位西哥特国王，其部下堂胡利安背叛了他，帮助阿拉伯人越过直布罗陀海峡，占领伊比利亚半岛。关于这一历史事件有许多传说。

[2] https://www.rtve.es/noticias/20131025/jose-maria-merino-premio-nacional-narrativa-rio-del-eden/776862.shtml, 2019-08-10.

胡安·卡洛斯·梅斯特雷
（Juan Carlos Mestre）

胡安·卡洛斯·梅斯特雷（1957— ），西班牙诗人、视觉艺术家和版画家，巴塞罗那大学信息科学学士。1957年出生于西班牙莱昂省的比亚弗兰卡·德尔·比埃索（Villafranca del Bierzo），1982年凭借诗集《比埃索山谷秋日赞歌》（*Antífona del otoño en el Valle del Bierzo*，1986）荣膺"阿多奈斯诗歌奖"，同年还发表了《雨中题诗七篇》（*Siete poemas escritos junto a la lluvia*，1982），在西班牙诗坛初露锋芒。

之后梅斯特雷陆续出版了《萨福来访》（*La visita de Safo*，1983）、《火之页》（*Las páginas del fuego*，1987）、《诗歌陷入了不幸》（*La poesía ha caído en desgracia*，1992）、《天堂笔记簿》（*Los cuadernos del Paraíso*，1992）、《天赋之舟》（*El arca de los dones*，1992）、《济慈墓》（*La tumba de Keats*，1999）、《红房子》（*La casa roja*，2008）、《想象共和国》（*La república*

胡安·卡洛斯·梅斯特雷（Juan Carlos Mestre）

de la imaginación，2009）、《面包师的自行车》（*La bicicleta del panadero*，2012）等作品，并主编过多位作家的作品集，他的诗作也曾入选《诗歌不是一场唱颂的弥撒》（*La poesía no es una misa cantada*，2013）、《另一空间的形象》（*La imagen de otro espacio*，2013）等多部重要的当代诗歌选集。

梅斯特雷荣膺的重要诗歌奖项还有：《诗歌陷入了不幸》，1992年"海梅·希尔·德·别德马国际诗歌奖"（Premio Internacional de Poesía Jaime Gil de Biedma）；《红房子》，2009年西班牙"国家诗歌奖"；《面包师的自行车》，2013年西班牙文学评论家协会颁发的"卡斯蒂利亚语诗歌批评奖"（Premio de la Crítica de poesía castellana）。

梅斯特雷认为诗不对任何人施加精神威权，而且作为一种方案，与诗相联系的是精神的自由发展而非经验主义知识和技能的社会应用。因此，写诗不是为了贩卖诗歌，而是恰恰因为被消费而反抗。梅斯特雷的诗歌风格瑰丽，形式灵活，很少受到既定格律的束缚，诗歌语言流畅、自然，少有复杂的句法和烦琐的修饰，散文诗在他的创作中占很大的比重。他强调直觉的重要性，认为"诗歌思维的抽象直觉是和精确计算的语用学相对的"[1]，要"放任自己由某种语言的直觉引领去发现世界"[2]，让诗歌引领我们习得超越理性的知识，使我们感知到无法以其他方式感知的事物。

"想象"是梅斯特雷诗歌创作的关键词。诗人常用列举式的写法，在诗歌中置入大量绚丽斑斓的意象，如："你曾是错误道路上的一颗石子，曾是如讲道人碾磨上一小滴蜂蜜般的一片海洋，被老年人小口吞

---

[1] Pera, Mario. "Juan Carlos Mestre: «Los poemas no se hacen para vender, sino para ofrecer resistencia precisamente a ser consumidos»", http://www.vallejoandcompany.com/los-poemas-no-se-hacen-para-vender-sino-para-ofrecer-resistencia-precisamente-a-ser-consumidos-entrevista-a-juan-carlos-mestre/, 2018-07-16.

[2] 陈默：《西班牙国家诗歌奖得主梅斯特雷：诗歌就是反叛》，2016-11-05. https://cul.qq.com/a/20161105/004091.htm, 2018-07-16.

食的一片海绵。你曾是我钟爱的爱人,我的雨衣,带着热红酒中的耳朵部落。你曾是清晨恣意的晨光。一半是狼群落在糖里的足迹,另一半是骨髓滋味的星云。"梅斯特雷的诗歌意象往往沾染了梦境和幻想的色彩,鲜明迥异,并置交织,打破了线性的时空观,以想象对抗权力和陋习,彰显出诗意想象的力量。通过想象、梦境、幻想和幻象,词语获得新的意义,诗歌也由此完成诗人所期望的反叛成规、拓宽语言范围和抵抗市场话语的三重使命。

"记忆"是梅斯特雷诗歌的另一个关键词。诗人认为,我们现在的知识都来自过去,又与现时关系密切,我们有必要再次唤起这些知识,因此在他的诗歌中不乏对于祖先的想象和历史重述。如在《祖先》(*Antepasados*)中,诗人想象自己的祖先如何为事物命名:"我的祖先发明了银河,/将必要的名字赋予了风云变幻的环境,/称饥饿为饥饿的城墙,/将一切与贫穷无异的东西称之为贫穷",将历史和对于历史的诠释衔接为一个整体。在《共和国》(*República*)中,诗人借助与前辈诗人的互文,用略含悲哀与反讽的语调重述了西班牙第二共和国的覆灭:"欢迎绰号坎波里奥的小安东尼奥/欢迎玉米片和燃烧泪水的引擎/欢迎格拉纳达姑娘的双唇盛白粉的瓶……美啊,欢迎你!共和国高呼,然后被枪毙。"同时,作为另一种层面的记忆,文学经典与宗教传统的回声也贯穿于梅斯特雷的作品,更不乏《圣经》式的叙述和箴言式的语句。例如《诗歌秘史》(*Historia secreta de la poesía*)以倒置时间的方式戏仿《创世记》,以"第八日""第七日""第六日"的顺序向后推进重构诗歌历史。《写于奥斯维辛》(*Fechado en Auschwitz*)一诗中,诗人一遍遍重复着"那……的人"结构,营造出庄重的悲剧氛围:"我见过那睡在锤子冰冻的血上的人,也见过那站在脚踏车踏板上,横穿周六去参加合唱的人。"他还曾多次致敬济慈、兰波等对他影响深刻的诗人:"那天你在济慈墓前留下鲜花,/那里守着蛮荒的哨兵,人们

胡安·卡洛斯·梅斯特雷（Juan Carlos Mestre）

言辞下悲惨的看守人，/他在水中写下名，如罪人在石上刻下名。/他在空洞的顶点向上躺下，/被树的根须碰触，如一只动物被蜂蛇环绕。"在书写个人阅读史的同时，诗人将个体的审美体验延展为通向无尽的美的超验通道。

在梅斯特雷的诗作中，频繁的互文、致敬、与前代和同代诗人的对话表现出知识分子写作的风格，模仿《圣经》的语调则呼应着诗人作为先知言说的古老传统，然而对于梅斯特雷而言，诗人与其说是"知识分子"或"先知"，不如说是"变色龙"，他不具有固定的身份，时刻关注"他者性"，有着随时将自己置于他人境地的能力。这种信念在他的诗歌中体现为所写对象和想象场景的多元：精于创造的炼金术士、游荡的诗人、自杀的朋友、二战集中营里的犹太人、历史上的受难之人、将死之人和绝望之人，诗人在诗歌中将自己与他们置于同一时空中，成为他们的见证者和同情者。读者能在梅斯特雷的诗歌中读到受苦的、流浪的、孤独的、不幸的人们，诗人所主张的身份的溶解和延展令他能够更容易地进入他们的视角，为他们发出声音。虽然梅斯特雷曾表示他对诗歌评论中的"承诺""揭露"等用词感到困惑，但他的确具有所谓"承诺诗人"的特质：关注时代的危机，叩问社会的弊病，关怀边缘群体，贴近受难者，并为其发声。对于梅斯特雷而言，诗歌是一种抵抗，对语言陈规的抵抗，对消费社会的抵抗，对种种反人道主义罪行的抵抗。面对历史的伤痕、存在的困境、现代社会的危机，梅斯特雷的诗歌带我们重回生命的尊严，谈论怜悯、爱与仁慈，反思他者的处境，让我们靠近受苦的人们。

梅斯特雷还是一位著名的视觉艺术家和版画家，曾获得1999年国家版画奖荣誉提名、2009年亚特兰特国际版画奖、2010年"比万科朝代基金会国际版画奖"（Premio Internacional de Grabado Dinastía Vivanco）等重要美术奖项。

北京大学赵振江教授曾经译介过胡安·卡洛斯·梅斯特雷的个别诗

作，但国内尚未发行梅斯特雷作品的单行本。

（黄韵颐、许彤）

《红房子》（*La casa roja*）

《红房子》（2008）是西班牙当代诗人胡安·卡洛斯·梅斯特雷的代表作之一，荣膺2009年西班牙"国家诗歌奖"。

诗集以其收录的散文诗《红房子》为名，"红房子"是诗人之心所在，是想象与梦幻栖居的地方："我的心是一座覆着玻璃鳞片的红房子，我的心是游泳者的更衣室，它的永恒短暂如泪柱……我看见彩虹，我看见音乐家的国度、福音书的橄榄。我的房子是一座光线之纤下的红房子，我的房子是一座岛的幻象与美丽。"《红房子》延续了梅斯特雷的经典风格，诗作中充斥着纷繁的意象、奇异的幻想和稠密的比喻。诗作均为自由体或散文诗，常以相同句式的重复、连词和介词的连续使用制造出令人着迷的节奏："我曾彻夜阅读《论人的尊严》，/从中推断出海的算术，圣栎木树皮下的法则，/推断出科学的河流，迦勒底的燕子，/推断出死亡的不存在，犹可辩驳之物的丰饶。"在梅斯特雷的诗中，看似不相干的意象并置相连，引发出语言的魔力，如《亡马村》（*Cavalo Morto*）一诗中连串的奇异比喻："一首莱多·伊沃的诗是一只寻找丢失钱币的萤火虫。每一枚丢失的钱币都是一只背过身的燕子，栖息在避雷针的光上。一根避雷针里，一群史前蜜蜂围绕一个西瓜嗡嗡作响。在亡马村，西瓜是半梦半醒的女人，心里荡着一串钥匙的响声。"日常之物如"西瓜"与奇异之物"史前蜜蜂"交织，诉诸视觉的意象"半梦半醒的女人"与诉诸听觉的意象"一串钥匙的响声"联结，给读者以新鲜奇异的审美快感。

胡安·卡洛斯·梅斯特雷（Juan Carlos Mestre）

诗人认为《红房子》并非一个主题鲜明的整体，它的写作"没有任何预先的计划，整体不是很连贯，写的方式也很随性"①。关于诗集的灵感来源，诗人表示与和物理学家默里·盖尔曼的邂逅有关，在与后者的交谈中，他萌生出"用微粒来写一本书"②的想法。《红房子》也的确包罗万象，从所用的意象到所处理的经验都庞杂而丰富，不同的时空、不同的语体、不同的形式彼此交织、叠加、成倍地增长，最终编织出一种整体的诗歌，揭示出存在各种各样的侧面。小如诗人背包中携带之物，大至历法所记载的事件，都是梅斯特雷书写的对象，各种声音、各类角色都汇聚在他的诗歌中。在梅斯特雷笔下，个体与集体的思考、记忆和经验在丰富而鲜明的意象中被再现或重述。但诗人从未试图构建一个确凿的整体，而更像是在不同的角色、不同的经验中来回切换，消解诗歌主体"我"的唯一性，以多样与无限取而代之。在《诗人》（«El Poeta»）一诗中，梅斯特雷写道："诗人坐救护车穿过葵花田，/诗人是马槽边的天使，/峭壁上的草丝。/诗人是时疫雨水的钟表，/抵御瘟疫的煮沸破布的蒸汽。"在梅斯特雷的理想中，诗人能够以任何形象出现在任何场合，见证并言说。

互文与讽刺也是诗集《红房子》的重要特征。梅斯特雷在诗篇中不断引用自己钟爱的思想家、作家、诗人，对惠特曼、荷尔德林与葛兰西的引用将诗集分成三个部分，伊尔汗·博尔齐、布罗茨基、阿波利奈尔作为诗中的角色出现，马雅可夫斯基、兰波和莎士比亚都登上了诗歌的标题。讽刺则大多通过对日常话语和政治语言的戏仿得以实现，如《代表大会》（«Asamblea»）中，诗人模仿一则通知的口吻："亲爱的木匠和制作红木家具的师傅们，/我给你们带来了形而上学者声援的敬意。/由于同盟者拒不交纳会费，/我们的形势同样难以为继。"《小型演

---

① 陈默：《西班牙国家诗歌奖得主梅斯特雷：诗歌就是反叛》，2016-11-05. https://cul.qq.com/a/20161105/004091.htm, 2018-07-16.

② 同上。

讲》（«Pequeña conferencia»）在模仿演讲的同时不断插入毫无意义的废话，制造出一种强烈的荒谬感："女士们、先生们，我开始写作的时候你们还没出生。/问题比乍看上去要复杂许多。/我靠让人看清明显事实谋生，这绝非徒劳。"在与他者构成各种形式的对话的同时，胡安·卡洛斯·梅斯特雷讽刺揭示日常生活的裂隙与痛楚，批判社会、政治和文化等一切层面上的权威，在对话之余坚持发出质问。

（黄韵颐）

康斯坦丁诺·莫利纳·蒙特亚古多
（Constantino Molina Monteagudo）

康斯坦丁诺·莫利纳·蒙特亚古多（1985— ），西班牙青年诗人，被评论界视为21世纪西班牙诗坛冉冉升起的新星和未来领军人物之一。他1985年出生在卡斯蒂利亚–拉曼查自治区阿尔瓦塞特省的一个小镇，中学毕业后进入卡斯蒂利亚–拉曼查大学人文学院学习，但在2006年退学。此后他干过电话簿分销员、粉刷工、钢筋工、园丁、体育用品商店店员、制造业工人等，一边打工维持生计一边坚持创作。2016年荣获"米格尔·埃尔南德斯青年诗歌国家奖"时，康斯坦丁诺·莫利纳还是一家超市的全职收银员。他笑称这笔两万欧元的奖金能让他在未来一段时间内专心阅读和写作，不必为生计四处奔波，虽然他自己也不知道这样的日子能够持续多久。

康斯坦丁诺·莫利纳目前只发表了两部个人诗集，分别是2015年出版的《命运的枝条》（*Las ramas del azar*，2015）和2016年付梓的《一种怪异的余音在嘶鸣》（*Silbando un eco extraño*，2016）。尽管直到而立之年才有单行本诗集问世，但康斯坦丁诺·莫利纳甫入诗坛就受到批评界和市场的双重青睐，并接连获得了2011年"卡斯蒂利亚–拉曼查青年艺术家奖"（Premio Jóvenes Artistas de Castilla-La Mancha）和2012年"阿尔瓦塞特市青年诗歌奖"（Premio de Poesía Joven Ciudad de Albacete）。他的第二部个人诗集《一种怪异的余音在嘶鸣》是2016年"瓦伦西亚'伟大的阿方索'卡斯蒂利亚语诗歌奖"（Premi Alfons el Magnànim "València" de Poesía en castellano）获奖作品。他还入围过"罗意威基金会诗歌奖"、桑坦德市"'快乐'诗歌奖"（Premio Alegría de Poesía）、"莱昂山基金会青年诗歌奖"（Premio Monteleón de Poesía Joven）和"马丁·加西亚·拉莫斯青年诗歌奖"（Premio de Poesía Joven "Martín G. Ramos"）。他的诗作入选多部重要的当代诗歌选集，如《平原烈火》（*El llano en llamas*，2011）、《20岁时他们疯狂》（*Tenían veinte años y están locos*，2011）、《"阿多奈斯诗歌奖"第七选集》（*Séptima antología de Adonáis*，2016）、《再生》（*Re-generación*，2016）、《生于另一个时代——西班牙青年诗歌选集》（*Nacer en otro tiempo. Antología de la joven poesía española*，2016）和《危与梦——阿尔瓦塞特诗歌流派（2000—2016）》［*El peligro y el sueño: la escuela poética de Albacete（2000-2016）*，2016］。

康斯坦丁诺·莫利纳认为，诗歌首先关乎心灵，它构成了另一种存在，是创造，是说出那些只能用诗句表达的事物的方式；它是一种生存方式，一种与世界对话的方式，它以正直而严肃的方式贴近我们自身的存在。他还在诗中指出："当我们谈论诗歌的时候，我们说的是生活，除此之外别无其他。"不过诗人坚持"我不用诗讲我的生活，我讲生活，但不是我的生活。这之间存在着一个巨大的差异，必须从一开始

康斯坦丁诺·莫利纳·蒙特亚古多（Constantino Molina Monteagudo）

就认识到写诗不是记录私密日记或者炮制心灵治愈剂"[①]。因此他努力逃避陈词滥调和矫揉造作的"伪"诗，试图在后现代世界中为诗歌找到新的表达内容和表达形式，克服"半个世纪派"和"体验派诗歌"的陈腐："我们为诗句寻找一个家/墙上砌着隐喻/亮闪闪的一个标牌写着：/'诗之家'。"

康斯坦丁诺·莫利纳的诗作反映了抒情主体对于周遭的意识和认知，有着丰厚的文学底蕴，克劳迪奥·罗德里格斯、弗朗西斯科·布里内斯、何塞·耶罗、何塞·安赫尔·巴伦特（José Ángel Valente）、安东尼奥·科里纳斯、鲁文·马丁·迪亚斯（Rubén Martín Díaz）、埃洛伊·桑切斯·罗西略（Eloy Sánchez Rosillo）以及荷尔德林、雪莱、兰波、里尔克和他的同乡哈维尔·洛伦索（Javier Lorenzo）、安德烈斯·加西亚·塞尔丹（Andrés García Cerdán）等诗人的影响在他的作品中都有迹可循。不过互文和借鉴并没有损伤莫利纳·蒙特亚古多的作品的独特性，他笔下的诗行个性鲜明，语言精练，明澈清晰，无拘无束，充满张力，深邃真挚，能够轻而易举地打动读者。

评论界认为，作为首部个人诗集，《命运的枝条》充分表现了康斯坦丁诺·莫利纳的诗学理念和美学追求。他在《关于诗》（«Sobre la poética»）中写道："每一首好诗都流溢出诗意，而且它们都是自洽的，无须灵性的脚手架或谵妄支撑。"诗人用纯净的眼睛凝视大自然，与周遭的现实共呼吸，诗句明快清晰，活力充沛，自由自在："多么美/这些扁桃树/无人照料，无人修剪/保持生长/遗忘布满/新的枝条。"

《怪异的余音在嘶鸣》题目来自友人乐队专辑中的一句歌词，诗人提出所谓"怪异"指的是我们这个光怪陆离的世界和这个世界种种的光怪陆离。人们被暗物质环绕，被虚空包围，致使自身的存在都沦为一

[①] Benjumea, Dafne. «Constantino Molina: Internet ha cambiado nuestras vidas, pero sospecho que no cambiará mucho la poesía», *Oculta Lit*, 2017-03-07. https://www.ocultalit.com/entrevistas/constantino-molina-internet-poesia/, 2020-04-10.

个怪诞不经的事实。评论界认为《怪异的余音在嘶鸣》标志着诗人已经进入创作成熟期,诗作兼具古典诗歌的明快自然和巴洛克想象的肆意奔放,并强调说如果黄金世纪的诗歌在表象与本质的二元对立中进行诗的视觉建构和修辞布局。在《怪异的余音在嘶鸣》中,康斯坦丁诺·莫利纳植入了自然之美与塑料包裹的人造物之间的二元对立,投射出当下后现代世界的诗意:"因为眩晕/也懂得欢愉与和谐。"

康斯坦丁诺·莫利纳·蒙特亚古多还是《卡斯蒂利亚–拉曼查阿贝塞报》(*ABC. Castilla-La Mancha*)撰稿人,也有作品发表于《巴塞罗那》(*Barcelona*)等杂志。他的诗歌作品目前尚未被正式译介到中国。

《命运的枝条》(*Las ramas del azar*)

《命运的枝条》(2015)是西班牙青年诗人康斯坦丁诺·莫利纳·蒙特亚古多的首部个人诗集,2014年"阿多奈斯诗歌奖"获奖作品,还因"在这部平和的诗集中大自然使主体—沉思者发现了生命的神秘,内敛洗练,富有乐感"①,荣膺2016年"米格尔·埃尔南德斯国家青年诗歌奖"。

诗人说"命运的枝条"这个表述源自诗人家乡阿尔瓦塞特省的一个地方性艺术节的宣传语,他用澄净的目光注视着大自然,赋予世间万物(无论多么细碎抑或多么庞杂)同等重要的价值,也在万事万物中寻找真相的本质,找寻存在的真谛。正如《世界之歌》(«*Canción del mundo*»)一诗所示:"如果偶尔我们停止讲话/像树、像云、像石头/一

---

① «Constantino Molina gana el premio Nacional de Poesía Joven por *Las ramas del azar*», *ABC*, 2016-11-17. https://www.abc.es/cultura/libros/abci-constantino-molina-gana-premio-nacional-poesia-joven-ramas-azar-201611171409_noticia.html, 2020-04-10.

康斯坦丁诺·莫利纳·蒙特亚古多（Constantino Molina Monteagudo）

样不作声，或许能够彼此倾听/树、云和石头。/在这些事物中还回响着一首歌。/从它们的沉默中邀请我们/相信无须说出词语的声音"，《命运的枝条》是自然的倾听与凝视，是对心灵的关切、对事物内在的关注。诗人邀请我们倾听野性的搏动、树林的乐音、事物对我们说出的赤裸裸的真相。诗集《命运的枝条》是献给大自然的热忱的歌，也负载了对现实的尖刻批评，仿佛静水中酝酿的波澜，于无声处听惊雷，安静地颠覆一切："呼吸/如同格律在一首诗中呼吸。/感受/肺的节奏/吸入氧气调节心跳。/意识到它/为了其后让空气/赋予你他的节律/画出这一天的诗篇/让平静/发现一行新的诗句。"

《命运的枝条》风格质朴洗练，韵律考究，平和含蓄，生机勃勃。康斯坦丁诺·莫利纳认为："诗就是词语，在以诗蛊惑情感上没有什么新把戏。"[1]既然任何语言游戏、拼贴装饰都不可能带来抒情诗的革新，只有走入语言内部才能找到另外的语言、另外的形式，开辟另外的诗歌道路，同时还必须挖掘内容的锐度、深度和广度，防止形式上的革新成为无源之本。《命运的枝条》不是一个人的喃喃私语，它传递了对人性的坚信，建构了与他人沟通的通道。诗人自在优美的诗句从未远离世界，正如他的中学老师、阿尔瓦塞特诗人安德烈斯·加西亚·塞尔丹所言，康斯坦丁诺·莫利纳心里有一团火，他更是持火者，献身词语和阅读，被美、情感和思考也仅仅被它们所驱动，踏着一条孤独而寂静的创作之路而来，成为"我们这块土地的诗人，大地的诗人，他从黄雀的飞舞中获取灵感，叩问自己一块普通不过的石头的内心生活，沉迷于贝尼尼的雕塑，破除浮夸的诗歌灵感王国的神话"[2]。《命运的枝条》是

---

[1] Molina, Constantino. «Yo el ogro, tú la poesía, el dinero Dios», *ABC*, 2016-04-13. https://www.abc.es/espana/castilla-la-mancha/toledo/abci-ogro-poesia-dinero-dios-201604131352_noticia.html, 2020-04-10.

[2] García Cerdán, Andrés. «Constantino Molina Monteagudo, portador del fuego, premio Adonáis de Poesía 2014», 2015-02-25. http://dylanismo.blogspot.com/2015/02/constantino-molina-monteagudo-portador.html, 2020-04-10.

康斯坦丁诺·莫利纳·蒙特亚古多抒情诗构想的完整实践，也为这位青年诗人未来的创作历程奠定了坚实而丰厚的基础："夜晚写作/不知道写下了什么。/渐渐点燃词语/仿佛萤火虫/在粗粝的岩石上。

（许彤）

罗莎·蒙特罗（Rosa Montero）

　　罗莎·蒙特罗（1951—　　），西班牙当代最负盛名的女作家和记者之一，2017年"西班牙文学国家奖"得主。她的文章和小说给1975年佛朗哥去世后的西班牙新一代人（特别是妇女）的思维方式打上了很深的烙印，"代表了一种持久的，尤其是捍卫女性地位的义务"①。蒙特罗在新闻和文学两个领域游刃有余，自由跨越。无论是新闻访谈还是文学创作，女性作为社会实体的觉醒在其作品中占据着重要地位。在从记者到小说家的演变过程中，蒙特罗一直保持着对社会问题的关注。其中包括妇女的角色、男女之间的关系、有权者的滥施淫威。除了这些能看得到的现象，蒙特罗还关心理想与现实之间的冲突以及对"真相"的社会建构。

　　1968年蒙特罗进入马德里大学文哲系学习，与那时的独立先锋剧团"牛虻"和"卡诺"合作。第二年她决定转学到马德里新闻学院，改读新闻专业，并开始从事实习记者的工作。从1976年起蒙特罗为西班

---

　　① Sanz Villanueva, Santos. «Introducción a la novela», *Historia y crítica de la literatura española. Los nuevos nombres: 1975-1990*. Barcelona: Crítica, 1992, p. 264.

牙《国家报》工作，在此报上常年撰写专栏文章和访谈录，受到广大读者的喜爱和欢迎。迄今为止已出版了《西班牙永远给你》（*España para ti para siempre*，1976）、《国家报的五年》（*Cinco años de El País*，1982）、《赤裸的生活》（*La vida desnuda*，1994）、《访谈录》（*Entrevistas*，1996）和《激情》（*Pasiones*，1999）等多部文集。1978年成为第一位获得"曼努埃尔·德尔·阿尔克采访奖"（Premio Manuel del Arco de Entrevista）的女记者。此后蒙特罗还陆续获得"国家新闻奖"（Premio Nacional de Periodismo，1980）、"采访世界奖"（Premio Mundo de Entrevistas，1987）、"曼努埃尔·阿尔坎塔拉国际新闻奖"（Premio Internacional de Periodismo Manuel Alcántara，1993，2017）、"世界报专栏作家奖"（Premio Columnistas del Mundo，2014）和以维护作家版权为宗旨的西班牙复印权利中心（Centro Español de Derechos Reprográficos）颁发的"塞德罗奖"（Premio CEDRO，2020）。

　　蒙特罗从纪实小说起步，处女作《失恋纪实录》（*Crónica del desamor*，1979）的书名已明白地点出了此书的风格。《德尔塔函数》（*La función Delta*，1981）依然保持了相当纪实的叙事风格，它所描写的各种女性生存状况仍具有一定的代表性。《我将待你如女王》（*Te trataré como a una reina*，1983）可以称为女权主义小说。《亲爱的老板》（*Amado amo*，1988）涉及现代社会人际关系的不同方面，如对他人的依附，商业社会中权力和金钱的残酷竞争、对自由的寻求。在《家里的疯女人》（*La loca de la casa*，2003）中，蒙特罗打破了小说、散文、自传之间的界限，把文学与生活融为一体，并借鉴他人的传记，以散文的笔调塑造了自己的形象。该著获2005年"格林扎纳·卡佛国际小说奖"（Premio de Grizane Cavour）。

　　进入21世纪，蒙特罗开启了"科幻+侦探"小说的创作之路：《雨中泪》（*Lágrimas en la lluvia*，2011）、《心的分量》（*El peso del corazón*，2015）和《仇恨的时代》（*Los tiempos del odio*，2018）的主人公均为女侦探布鲁娜（Bruna Husky），都以她的破案经历为主线。《心的分量》发生在2109年的马德里，布鲁娜遭遇了一场国际腐败案，将威胁到一个动荡的地球与拉瓦利王国（Reino de Labari）的宗教独裁之间的平衡，为此布鲁娜展开倒计时的斗争，以捍卫自由和生命。

《再也见不到你的荒唐念头》（*La ridícula idea de no volver a verte*，2013）介于散文、小说和传记之间，蒙特罗以居里夫人在丈夫去世后开始撰写的日记为引子，向我们展示了她本人2009年丧偶之后的心路历程（反思男人与女人的关系、述说对痛苦的战胜、夫妻性生活的美好、死亡的不可避免、科学与愚昧、文学和智慧的拯救作用）。该作介于个人回忆和集体记忆之间，分析了我们的时代和个人的私密变化。该书获2014年"马德里批评奖"，并于2019年被搬上舞台。

《肉体》（*La carne*，2016）是一部关于年龄、心理脆弱、病态爱情的小说，对后现代社会不接受衰老的心态提出批判。主人公索莱达（西语名字的意思是"孤独"）年满60岁，是一位知名的艺术代理人，正在国家图书馆策划"垮掉的一代"作家展。她开始感到自己肉体的衰老，于是变得悲伤绝望。索莱达，无法接受男友马里奥与她分手这个事实，于是策划了一场报复行动。索莱达雇佣了一个年仅32岁的俄国帅哥（其实是个男妓）陪她去看歌剧，以胜利者的姿态出现在所有人面前，让马里奥看到她并未消沉，而是能够吸引一位有魅力的年轻男子。但这一切只是事物的一面，表面充满活力、心理脆弱的索莱达并不能掌控她与那个俄国男子的危险关系。

蒙特罗自认为是一个"存在主义的作家"，死亡是她作品的一个常见主题，因为"活着就是在时间中逐渐消解"。但她在生活和作品中没有失去乐观主义，"我的书是关于那些求生者的"，"我创作是为了把生活的伤口变成光明"。①

其他作品：小说《美丽和阴暗》（*Bella y oscura*，1993）、《食人生番的女儿》（*La hija del caníbal*，1997年"春天小说奖"）、《透明国王的故事》（*Historia del Rey Transparente*，2005）、《拯救世界的指令》（*Instrucciones para salvar el mundo*，2008）、《好运》（*La buena suerte*，2020）；短篇小说集《梦想的巢穴》（*El nido de los sueños*，1991）、《情人与敌人》（*Amantes y enemigos*，1998）、《母亲不在迪斯尼公园哭泣》（*Las madres no lloran en Disneylandia*，1999）、《波士顿插图及其他旅行》（*Estampas bostonianas y otros viajes*，2002），杂文集《我生命里的爱情》（*El amor de mi vida*，2011）。

中译本：《女性小传》（*Historias de mujeres*，1995），王军译，南海出版公司，2005年；《地狱中心》（*El corazón del tártaro*，2001），屠孟超译，南海出版公司，2006年。

《女性小传》(*Historias de mujeres*)

《女性小传》（1995）是罗莎·蒙特罗出版的一部传记作品，传主是17位有着独特人生经历的欧美妇女。其中既有贤妻良母型的塞诺维亚·坎普鲁维（1887—1956），她与西班牙诗人胡安·拉蒙·希梅内斯（1956年诺贝尔奖得主）的夫妻关系建立在以下这个原则上："胡安·拉蒙以他的行动与纷乱的生存做斗争：一种传统男性的答复。塞诺维亚则相反，她以毁灭自我来抗争，把自己的人格融化在她丈夫的人格里：一种传统女性的回应"；也有邪恶型的美国女诗人、评论家和散文

---

① https://www.abc.es/cultura/libros/abci-rosa-montero-sobre-nacional-letras-gran-alivio-para-inseguridad-arrastramos-novelistas-201711150128_noticia.html, 2018-10-12.

罗莎·蒙特罗（Rosa Montero）

家劳拉·赖丁（1901—1991），她"是一种可与龙卷风相比的邪恶力量。她经过的地方，一切都坍塌"。既有学霸型的女强人、法国女权主义者西蒙娜·德·波伏瓦，她"像冰箱里的一块表"，"勤奋，简洁，冷漠；在构筑她的生活及与他人的关系时严厉无情"；也有善良、传统的西班牙现代主义女戏剧家玛利亚·莱哈拉加（1874—1974），其创作的大部分作品是以她丈夫、现代主义剧作家马丁内斯·西埃拉（1881—1947）的名义发表，却惨遭丈夫抛弃。既有善于伪装自己的英国女侦探小说家阿加莎·克里斯蒂，"一辈子都在掩饰事物，隐瞒缺点，把自己塑造成一个感人的虚构人物"；也有以热诚争取妇女平等的教育机会和社会地位而闻名的英国女作家玛丽·沃斯通克拉夫特（1759—1797），在保守派的眼里，"她是一个疯子、一个可怜虫、一个不道德的女人、一个女权主义者；女权主义者都是不道德的、倒霉的、疯狂的。"

蒙特罗选择这些女性人物的标准不是看其社会地位高低或知名度大小，而是看她们身上是否有与众不同之处。2018年《女性小传》第二次再版时，蒙特罗增加了90篇新传记，书名改为《我们：女性小传及更多的东西》（*Nosotras. Historias de mujeres y algo más*）。所有这些女性人物在接受教育的过程中都遭遇过巨大的困难，她们大部分是自学成才，她们的业绩被丈夫、兄弟、老师"偷窃或遮蔽"，没有一位被收录到官方历史文鉴。

中国女作家洁尘对《女性小传》的评价是："传是经线，评是纬线，经纬交错，煞是精彩。"[①]与《地狱中心》相比，《女性小传》显得更加光芒四射，这种光芒，一方面是才华的光芒，另一方面，也是一种愿望的光芒。这种光芒，其实在几乎每个女人的心中，引导着女人们，也折磨着女人们。罗莎·蒙特罗出众的判断力和表达力在她的传记作品中更有光彩："她的声音在随笔里显得既干脆又繁复，节奏很好，

---

① http://blog.sina.com.cn/s/blog_475be1410100085b.html, 2018-10-12.

音量也很合适，听上去很悦耳，有穿透力，但没有攻击性。"①

蒙特罗在《女性小传》的前言中还特意提到中国的女书，认为"地下"女书赋予妇女文字表达的能力，是一种女性互助的力量。而她的这部作品在中国读者，尤其是女读者中也引起了强烈的反响，在2006年6月人民网"我最喜欢的一本书"征文活动中，文红霞的文章《〈女性小传〉：打捞被历史遗忘的女性》榜上有名，她的推荐理由是：

> 人类的历史既是男人的历史，也是女人的历史，是在男人和女人之间行走的历史。阅读这部《妇女小传》，我们似乎处身剧场，穿越时空，在观看一幕又一幕的戏剧人生。虽然场景和时代在变化，服饰和面貌在更改，但人物的表情和她们的故事情节仍然有着惊人的相似。在漫长的岁月里，那些才华独具的女性一直致力于塑造自我，她们通过言说破解女性的隐匿之谜和寻找女性的正确位置，来摆脱坟墓般狭隘的命运和社会的禁锢。罗莎以这些优秀的女性为个案来剖析女性群体，可谓慧眼独具，也非常有说服力。"镜子般的特性"也让我们清楚地看到了自身，这些女人的困惑在今天依然在追问，我们并不比这些女性更智慧，我们的困境依然残酷地存在。②

（王军）

---

① http://blog.sina.com.cn/s/blog_50ebca150100hqgo.html, 2018-10-12.
② http://culture.people.com.cn/GB/22226/62992/62997/4443809.html, 2018-10-12.

哈维尔·蒙特斯（Javier Montes）

　　哈维尔·蒙特斯（1976—　），西班牙作家、翻译家和艺术评论家，1976年出生在马德里。蒙特斯毕业于康普顿斯大学和巴黎第四大学，即巴黎-索邦大学的艺术史专业。虽然西班牙一直是他的故乡，但是蒙特斯探索世界的脚步却未停止过，他曾长期旅居于赤道几内亚、巴黎、里斯本、里约热内卢和布宜诺斯艾利斯。在赤道几内亚居住期间，蒙特斯还执教于马拉博西班牙语学院（Colegio Español de Malabo），教授艺术史。

　　世界性又兼具艺术性的视野使蒙特斯的作品独树一格，2008年他发表处女作《倒数第二》（*Los penúltimos*）。蒙特斯的作品还被收录到短篇小说集《纯粹的故事》（*Puros cuentos*，2008）和《欧洲当代作家选集》（*An Anthology of European Contemporary Writers*，2009）。他与安德烈斯·巴尔瓦还合作编写了短篇小说集《亨利·詹姆斯之后》（*After Henry James*，2009）。2010年蒙特斯的第二本小说《第二部分》（*Segunda parte*，2010）问世，并以此被《格兰塔》杂志列入

"最佳西班牙语青年小说家"名单。《酒店生活》(*La vida de hotel*, 2012)和《搁浅在里约》(*Varados en Río*, 2016)则体现了他对于旅行、写作、城市生活与情感的最私密的感悟。

此外,蒙特斯还与多家杂志和报纸,如《阿贝塞报》《国家报》《文化》《艺术新闻》《格兰塔》《图书杂志》等,有长期的合作并发表文化艺术方面的评论。作为一名翻译家,他还专注于莎士比亚作品的批判性研究,翻译并出版了《辛白林》(*Cymbeline*, 2010)、《李尔王》(*El rey Lear*, 2011)和《科里奥拉诺的悲剧》(*La tragedia de Coriolano*, 2010)以及短评《莎士比亚与音乐》(*Shakespeare y la música*, 2009)。

《酒店生活》讲述了酒店评论家在一次工作中意外误入了隔壁的房间,看到了一个奇特的场景,并认识了一位从事色情职业的神秘、美丽的女子。虽然职业各不相同,但漂泊的经历使两个人有了共同的话题,他们谈论各自住过的酒店,表达自己的喜好。相聚总是短暂,分别又在眼前,在去过了无数的城市,看过了无数的风景和评论了无数的酒店之后,只有这一次的不期而遇使评论家对这个谜一般的女子产生了强烈的好奇心。更为神奇的是,评论家发现他可以看到神秘女子所看到的一切。于是,从一个城市到另一个城市,从一个酒店到另一个酒店,评论家追随着女子的脚步,体验着她光怪陆离和迷幻的生活,试图拨开重重迷雾,解开女子神秘的面纱。蒙特斯巧妙地利用"平行世界"法则,以第一人称叙述者,向读者描述了另一个不被了解的世界——像极了我们存在的世界,却又有着自己独特的生存法则。时间和空间在作家的笔下变得含混不清,模糊的时代大背景、无名的城市和虚构的酒店充斥着整个故事。小说一只脚踏入幻想和创造中,而另一只则扎根写实主义。它向我们展示日常生活的种种面貌,与此同时,这种纪实主义又是超越纯粹真理的现实。

我们总是感受到被天堂放逐的孤独滋味,但却未曾想过有一天被放

哈维尔·蒙特斯（Javier Montes）

逐的目的地会是天堂，更不曾幻想过当被赐予无限的美景和幸福的幻觉时我们将如何对待？《搁浅在里约》便是从这样的疑问孕育而生的小说。里约热内卢，一个充满欲望和幻想的地方，在人类想象世界的版图中占有一席之地：人间天堂、炽热的阳光、美女和无穷无尽的狂欢节……但对于流亡者来说却是命运的捉弄。里约生活的经历和对文学艺术的感悟成就了蒙特斯的这部小说，小说讲述了五位作家和一座大都市的故事：曼努埃尔·普伊格（Manuel Puig）、罗莎·查塞尔、伊丽莎白·毕肖普（Elizabeth Bishop）、斯蒂芬·茨威格（Stefan Zweig）是来自不同国家、有着不同身份背景的流亡作家，在蒙特斯的笔下超越了流派之间的隔阂，打破了时间的界限，一同汇聚在这个充满迷幻色彩的城市。在旅行报道和文学随笔之间，作家巧妙地找到了一种新的叙事方式，对于读者来说这无疑是一场想象的盛宴，也是对一座城市别开生面的发现和反思。

《倒数第二》（*Los penúltimos*）

《倒数第二》（2008）是哈维尔·蒙特斯出版的第一部小说，虽然只有218页的篇幅，却以独特的视角和引人入胜的写作技巧使作家受到评论界和读者的关注，还未出版就在2007年获得了"何塞·玛利亚·德·佩雷达短篇小说奖"（Premio de Novela Corta José María de Pereda）。

毫无疑问，蒙特斯是一个善于思考的作家，他的作品总是围绕着问题展开。"到底我们可以逃往何处？"即这篇小说的起点，一个非常具有时代性的话题，反映了当代年轻人对未来的迷茫和不知所措。故事发生在午夜躁动不安的马德里，一个无名的、年轻的剧院女演员，为了摆脱压抑无聊的生活，沉迷于毒品、酒精和一夜情中，直到她遇见了沉默寡言的青年佩德罗。在短暂的认识之后，两个人来到了青年的家，女演员给佩德罗下了不知名的药，使他昏睡过去，而女演员的乐趣则在于观察熟睡的人。一觉醒来一切都像是做了一场梦，但这却引起了青年强烈的好奇。于是，在萍水相逢的一夜之后青年开始执着于追寻年轻女演员的身影，两段平凡的人生轨迹从此开始不断地交叠，打破了一成不变的生活。由此引发了一系列的寻找、相遇和分别，不断重复的过程同时也连接起了两个年轻人的过去、现在和未来。作家以第三人称的叙述方式，讲述了一段充满诱惑、欲望和秘密的都市爱情故事，其中大量省略法和隐喻手法的运用，使得小说更加具有想象的空间和吸引力。

对都市生活的关注无疑是蒙特斯小说的一个共通之处，而《倒数第二》则侧重于描述忙碌的城市生活使人们用来交流的时间变得越来越少，以至于失去了表达内心和自我的能力。女主人公与他人奇特的相处方式则是这一现象最好的证明。

在这部处女作中，蒙特斯并没有像他之后的作品那样试图突破经典小说的写作模式，而是更注重于向读者展示现代都市生活的方方面面，特别是以年轻人为主的群体，在面对形形色色的诱惑和没有目标的未来时所表现出来的叛逆和反抗情绪。他们在不断的探索和受伤中互相慰藉，然后又各自开始新的旅程。就像小说开放式的结局一样，故事结束于他们最后一次在剧院重逢，但正如小说标题所表达的那样，这绝对不是他们的最后一次相遇，而是永远的倒数第二次。

（陈硕）

安赫莱斯·莫拉（Ángeles Mora）

安赫莱斯·莫拉（1952— ），西班牙诗人、作家、大学教师，西班牙"另一种情感"和"体验派诗歌"代表人物之一。她出生于科尔多瓦省小城鲁特，师范学院毕业后曾在科尔多瓦省当过一年的幼儿教师。80年代初期安赫莱斯·莫拉进入格拉纳达大学文哲系，获得文学学士和对外西班牙语教学硕士学位，后在格拉纳达大学现代语言中心任教，目前在格拉纳达大学"文学研究"团队中从事科研工作，并担任"自由体诗妇女与文学协会"（Asociación de Mujer y Literatura Verso libre）会长，致力于女性作品的传播和接受。2003年当选格拉纳达文学院（Academia de Buenas Letras de Granada）院士。

莫拉1982年出版首部诗集《以为道路是直的》（*Pensando que el camino iba derecho*），不过她青年时代的早期诗作直至2000年才以《昨日的书写》（*Caligrafía de ayer*）为题结集出版。她的个人诗集还有：《忘却的歌》（*La canción del olvido*，1985）；《30年战争》（*La guerra de los treinta años*，1990），1989年"拉斐

尔·阿尔贝蒂诗歌奖"（Premio de Poesía Rafael Alberti）；《流浪的妇人》（La dama errante，1990）、《哀歌和明信片》（Elegía y postales，1994）、《主观的镜头》（Cámara subjetiva，1996）、《美人鱼的歌》（Canto de sirenas，1997）；《矛盾·飞鸟》（Contradicciones, pájaros，2001），2001年"梅利亚城市国际诗歌奖"；《马鞭草的气味》（Un olor a verbena，2001）；《地毯之下》（Bajo la alfombra，2008），"海梅·希尔·德·别德马国际诗歌奖"；《虚构自传集》（Ficciones para una autobiografía，2015），2015年"诗歌批评奖"和2016年"国家诗歌奖"；《从前有个男孩没有猫》（Érase un chico que no tuvo un gato，2017）；《诗歌选集（1982—1995）》［Antología poética（1982-1995），1995］、《女人都是魔女吗？》（¿Las mujeres son mágicas?，2000）、《盐覆在雪上（诗歌选集1982—2017）》（La sal sobre la nieve: antología poética 1982-2017，2017）三部诗歌选集，还入选了《她们有话说》（Ellas tienen la palabra，1997）、《面向21世纪的12位安达卢西亚女诗人》（Doce poetas andaluzas para el siglo XXI，2004）、《体验派诗歌》（Poesía de la experiencia，2007）、《八道风景·九位诗人》（Ocho paisajes, nueve poetas，2009）等多部西班牙当代诗歌重要选集。在诗歌创作之外，她还为《今日格拉纳达报》（Granada Hoy）撰写了大量评论文章，在多种文学期刊上发表文学批评。

　　就诗歌风格和审美取向而言，安赫莱斯·莫拉抒情诗创作的基点是认同情感是历史性的，并且相信只有当人认识到诗歌是"谎言"时，才能开始书写"真实"，因此她常常被评论界划入"另一种情感"和"体验派诗歌"诗歌流派。"另一种情感"诗歌群体形成于80年代初期的格拉纳达，是在西班牙马克思主义文学批评家、格拉纳达大学教授胡安·卡洛斯·罗德里格斯（后来他与莫拉结为夫妻）的直接影响下产生的。他们的创作理念深受阿尔都塞马克思主义学说的启发，强调历史观念和道德反思，呼吁诗人自觉创作承载全新伦理观念的全新诗歌，将现实意识与历史责任注入词语和意象之中。80年代晚期，随着意识形态斗争色彩的减弱，"另一种情感"逐渐汇入"体验派诗歌"潮流，后者是近四十年来西班牙诗歌的主流声音之一。

安赫莱斯·莫拉坦承："书籍塑造我，在我身上留下印记。诗建构了我的存在方式、我的思考模式。它帮助我思考、反思和观察世界。"①她的诗作以讽刺、互文游戏、语言简洁优雅著称，擅于将"传统与现实的精髓编织在一起，毫无辞藻的堆砌、文化主义的修饰或不必要的隐喻"②。互文是安赫莱斯·莫拉的风格标志，她的首部个人诗集《以为道路是直的》的题目就源于加尔西拉索《十四行诗XVII》的第一句，她还常常从华兹华斯、奥登、约翰·多恩、艾米丽·狄更生、瓦莱里、贡戈拉等人的作品中汲取大量灵感。女性主体意识是她诗歌中的重要意象，女人和女人的周遭是诗人不断探索的主题。胡安·卡洛斯·罗德里格斯指出："虽然表面看来诗人远离了本我，但事实上她所寻求的正是自我的重新构建。而这也是现代诗歌最重要的追寻。"③诗人认为女人在写诗时要主动进入理性领域，要发现并远离她们自身的潜意识（所谓女人是情感动物、感性代言人、崇高的化身），远离以女性为客体的诗，远离爱的文学"诡计"，完成某种主客体身份置换。在诗人笔下，女人是抒情主体，爱不是女人的宿命，而是演化为"被反思的客体"。安赫莱斯·莫拉在评价自己的新作《从前有个男孩没有猫》时指

---

① Mateo Pérez, Manuel. "Ángeles Mora: «La poesía ha construido mi modo de ser y de pensar»", *El Mundo*, 2018-09-23. https://www.elmundo.es/andalucia/2018/09/23/5ba262fdca474129498b45ed.html, 2020-04-10.

② Mora, Ángeles. *Antología poética (1982-1995)*. Granada: Diputacion Provincial de Granada, 1995, p. 9.

③ Rodríguez, J C. «Ángeles Mora o la poética nómada», prólogo a *Contradicciones, pájaros* de Ángeles Mora. Madrid: Visor, 2001, p. 10.

出,"没有罗曼蒂克的爱。只有建构我们的旅程。我的爱情诗不肤浅,不会转瞬而逝。它们必须进入人的内心,掏出我们内心的一切,并把它们放置在真实生活的旁边"。①

安赫莱斯·莫拉的抒情主体变幻不定,模糊流动,游离漂泊。她的目光常常流连于自己的身体,通过对自身的观望表达对生活和诗歌的思考。例如在《地狱在我之中》(«El infierno está en mí»)一诗中她书写了主体的自我批判与流放:"我所居住的荒漠以我命名。/我的流放,是我所追寻的/……/在这里我是异乡人。/我只有一种力量,甚至只有一个秘密:/将我书写下来的声音,/将我置于寂静之中的另一个我。"情愫与感伤、爱与毁灭、时间与欲望、记忆与现实相交织,诗人在重新发现、认识自我的过程中也揭露了认知的矛盾。

"身体"也是安赫莱斯·莫拉笔下的一个重要隐喻。在《提着行李的女孩》(«La chica de la maleta»)一诗中,一位去意已决的女孩在准备离开时重新发现自我:"这个离十二月很近的冷冽的清晨/树杈的尖端摩挲着云/与如此多的不幸、冻僵的柔软一道/我把我的无能,我个人的灾难/丢在这些被遗忘的白色褶皱中。""白色的褶皱",既指代床单的纹路,又象征着笔下纸张的凹凸不平。在过去的自我与未来的自我的间隔、缝隙中,身体—诗歌诞生了:"我的躯体双重赤裸地下落/我破碎的衣裳,随后成为了诗。"这里的"双重赤裸"代表了身体的赤裸和语言的直白,自我将心事(灾难)转化成诗歌素材——诗歌语言是"我破碎的衣裳",将"我"的不幸、灾难、恐惧暴露无遗,记录下抒情主体的私密,袒露被忘却的内心角落,而"诗的作用在于发现秘密,

---

① Mateo Pérez, Manuel. "Ángeles Mora: «La poesía ha construido mi modo de ser y de pensar»", *El Mundo*, 2018-09-23. https://www.elmundo.es/andalucia/2018/09/23/5ba262fdca474129498b45ed.html, 2020-04-10.

安赫莱斯·莫拉（Ángeles Mora）

这个秘密促使我们将内心深处令我们着迷、折磨着我们的东西表达出来"①。

（许彤、张韵凝）

《虚构自传集》（*Ficciones para una autobiografía*）

安赫莱斯·莫拉曾指出，她在诗集《矛盾·飞鸟》中确立了自己的诗歌理念，在《地毯之下》中延续了个性化的诗歌话语，故此评论界普遍认为，《虚构自传集》（2015）是她抒情诗风格的又一发展，既引入了新的创作因素，又继续进行自我的背离与构建。诗人则不时地消失在作品中，又隔着文字远观写作的奥秘与诡计。《虚构自传集》是一部温情脉脉又反讽睿智的诗集，它融爱情、回忆、自我审视、日常琐事于一炉，成功建构起自我和他者、作者和她的双重身份的对立与对话。诗人使用"虚构"和"自传"这两个相互矛盾的词语作为诗集的题目，令读者迷惑不已，也巧妙地透露了她的创作意图：自传是创作出来的，由于记忆天然是不确定的、不忠实的，自传永远无法剔除虚构的成分。安赫莱斯·莫拉注意到书写过去的困难之处不仅仅在于讲述一系列虚构的事件，还在于发现自身埋藏的稍纵即逝的真相："在你自身找寻/燃烧得最烈的光芒"。

《虚构自传集》包括序言（含有两首诗）和"谁在这里走动？"（«¿Quién anda aquí?»）、"圈套"（«Emboscadas»）、"我们的话"（«Palabras nuestras»）、"时间的瞬间"（«Los instantes del tiempo»）和"外面的房间"（«El cuarto de afuera»）五个部分。在第

---

① Mateo Pérez, Manuel. "Ángeles Mora: «La poesía ha construido mi modo de ser y de pensar»", *El Mundo*, 2018-09-23. https://www.elmundo.es/andalucia/2018/09/23/5ba262fdca474129498b45ed.html, 2020-04-10.

一部分中，诗人在一系列对立中摇摆不定：说出和未说出的话、词语的真实意涵和家庭主妇用来掩饰悲伤的谎言、思想所抛弃和所构建的……光怪陆离的诗歌展示了记忆的欺骗性，同时也肯定地指出必须书写记忆、探索记忆的可能。在第二部分中，基于前一部分的对立，诗人探索人类态度和行为的谜团。第三部分展现了共同或分开生活的瞬间；第四部分是诗集最富有哲思的一部分，诗人脱离物质世界将目光集中于统治外部世界的法则。最后一部分，诗人回到遥远而又仿佛触手可及的童年和少年时代。整部诗集大量使用互文手法追忆童年和探讨人生。

"谁在这里走动？"是本书最重要的篇章之一。在自我和他者的一般性对立之外，安赫莱斯·莫拉还建构了更为私密的诗人身份和女性身份的对立。她用诗歌语言叙述了从幼年时期萌芽的创作欲望，只有在所有人都昏昏欲睡的晌午时分，小女孩才得以逃离到阁楼上，像爱丽丝一样流连于"词语构筑的迷宫"，悄悄藏起草稿："谁在这里走动？/谁在我的物品间来回穿梭，/在夜里缄默地穿过/我的纸页/篡改笔迹？/谁打翻了墨水/抢走了我的梦"。诗人与女性身份对立造成的困扰一直持续到她成年之后。诗人用简单有力的语言描摹了家庭妇女的内心矛盾："我从不想编织，/而是更愿读报纸/或者在台灯下写写画画。/我学着爱上寂静，做黑夜的女主人。"属于主妇身份的白天和属于自己的柔软的夜晚形成鲜明对比，也是诗人所谓女性创作主体"二元裂变"的基础。正如安赫莱斯·莫拉所言："我想（在作品中）描绘出我心目中的女性形象，分析女性在社会中角色的转变。特别是资本主义私有/公共的二元对立，把女性束缚在私有空间内，隔离于众多情愫之外。"[①]在洗盘子的间隙，她双手插入"肥皂泡和清水"中构思诗歌，厨房成为她"写作的地方"，诗人剥离了自己的女性身份，从日常的琐碎中创造了诗。

---

① Velasco, J. "Ángeles Mora: «La mujer tiene que salir de lo privado»", *Cordópolis*, 2017-11-05. http://cordopolis.es/2017/11/05/angeles-mora-la-mujer-tiene-que-salir-de-lo-privado/, 2020-04-10.

安赫莱斯·莫拉（Ángeles Mora）

《虚构自传集》因"用极致的诗意表达痛苦或灿烂的情感真实与抒情声音的伪装之间的联系"①荣获2016年西班牙"国家诗歌奖"，并于同年荣膺"国家诗歌批评奖"。

（张韵凝、许彤）

---

① «Ángeles Mora, Premio Nacional de Poesía 2016», *El Cultural*, 2016-11-14. https://cordopolis.es /2017/11/ 05/angeles-mora-la-mujer-tiene-que-salir-de-lo-privado/, 2020-04-11.

安东尼奥·穆尼奥斯·莫利纳
（Antonio Muñoz Molina）

  安东尼奥·穆尼奥斯·莫利纳（1956— ），西班牙当代著名小说家。毕业于格拉纳达大学艺术史专业，1974—1995年在马拉加市政府任公务员，同时开始文学创作，之后移居马德里。1996年成为西班牙最年轻的皇家语言学院院士，2004—2006年任塞万提斯学院纽约分院院长。2013年因"深刻、精彩地叙述了西班牙的重要片段、当代世界的关键事件及其个人经验有意义的方面……令人钦佩地承担了与时代保持承诺的知识分子身份"[1]，而被授予"阿斯图里亚斯亲王文学奖"，同年再获"耶路撒冷奖"（Jerusalem Prize）。2017年获西班牙"乌纳穆诺奖"（Premio Unamuno），以表彰他对新教的尊重和对自由思想的捍卫。

  作为"80年一代"中的佼佼者，穆尼奥斯·莫利纳的小说题材很大

---

[1] https://www.fpa.es/es/premios-princesa-de-asturias/premiados/2013-antonio-munoz-molina.html?texto=acta& especifica=0, 2019-10-12.

安东尼奥·穆尼奥斯·莫利纳（Antonio Muñoz Molina）

一部分涉及西班牙当代历史（西班牙内战、佛朗哥独裁统治、地下抵抗运动、战后的流亡），如《简朴宁静的生活》（*Beatus ille*，1986）、《波兰骑士》（*El jinete polaco*，1991年"行星奖"、1992年"国家小说奖"）和《时光之夜》（*La noche de los tiempos*，2009）。《时光之夜》以倒叙的方式，由一个外在叙述者（即作家的化身）以第一人称讲述西班牙建筑师伊格纳西奥·阿贝尔在内战爆发前后的生活及流亡美国的经历：1936年10月底的某一天，西班牙建筑师伊格纳西奥·阿贝尔到达宾夕法尼亚火车站，受雇为美国一所大学设计新图书馆。这是他丢下妻儿，从爆发内战的西班牙逃跑后长途旅行的最后一站。在这段旅行中，年过半百的他回忆了自己的个人生活和最近一年发生在西班牙的大事：作为贫寒家庭的儿子，他通过优异的学业成为受人尊敬的建筑师；在马德里大学城为第二共和国工作，与保守的富家女子阿德拉结婚并生育了两个孩子（阿德拉发现丈夫出轨后企图投河自杀）；1935年末开始了与美国女子朱迪思的婚外恋，这段感情又因内战的爆发而中断。

叙述者力图客观地重构阿贝尔的生平，与人物保持一段距离。"在宾夕法尼亚车站的喧哗人群中，伊格纳西奥·阿贝尔听到有人叫他名字时停了下来。首先我远远地看见他，在人群中……就像在一张那时的照片里。"在下一段中叙述者补充道："我越来越清楚地看见他，他出自无处，来自无处，诞生于一次想象力的闪光……他总是看报纸的前几页，既期望又害怕看到出现西班牙、战争、马德里字眼的标题。他也看某一特定年龄和身材的所有女人的脸，不理智地期待命运让他与失散的情人相遇……"

另外小说还讲述了一些次要人物的各种故事，以此来突出主人公的代表性和时代背景。其中有真实的历史人物，如第二共和国前后两任总统阿萨尼亚、内格林，诗人阿尔贝蒂、萨利纳斯，艺术史家何塞·莫雷诺·比亚，散文家何塞·贝尔加明，他们与主人公在某一时刻相遇。

作者表示："我希望讲述人们在政治激情所造成的困境中如何被

爱的激情绊住，在这两种情况下失去控制，并可能产生毁灭性的后果。"[1]他在《时光之夜》得出的结论为：伊格纳西奥和西班牙都是自身错误和基于仇恨、暴力所采取的一系列政治决定的牺牲品。作者将个人阅历编织于其中，思考着因为同胞自相残杀而产生的社会动荡，将原本简单的叙述变成了一曲时代的交响乐。2012年该书获"地中海外国小说奖"，2013年推出英文版。

穆尼奥斯·莫利纳善于运用侦探小说、黑色电影的手法，故事中间往往穿插着神秘的爱情故事、冷酷的暗杀。他常常通过第一人称叙述者从旁观者的角度回忆、讲述主人公的经历，反思历史，关照现实，因此其作品具有引人入胜的可读性和艺术性，如《贝尔特内布鲁思》（*Beltenebros*，1989）、《里斯本的冬天》（*El invierno en Lisboa*，1987年"批评奖"、1988年"国家小说奖"）和《满月》（*Plenilunio*，1997）。在《满月》里穆尼奥斯·莫利纳第一次关注现实世界，触及暴力和恐怖主义这两个棘手的社会问题及其后果。

穆尼奥斯·莫利纳以家乡乌贝达镇为原型虚构的玛希娜镇成为他不少小说的重要舞台，如《简朴宁静的生活》《波兰骑士》和成长小说《月亮之风》（*El viento de la luna*，2006）。《月亮之风》以1969年阿波罗号飞船首次登月为背景，讲述一位少年对这一人类壮举着迷，见证了科幻时代的诞生；与此同时，他身边的世界及童年的不幸开始变得如此遥远。在玛希娜镇，表面上生活依然照旧，还是处于佛朗哥的长期独裁统治之下。但细微的变化在发生，如主人公的家里有了第一台电视机，阅读带给他无尽的安慰，并且他发现了从内战以来影响着该镇的一个秘密。

《人群中的孤独行走》（*Un andar solitario entre la gente*，2018）书名出自西班牙黄金世纪的诗人克维多厄的十四行诗《爱情》

---

[1] https://elcultural.com/La-noche-de-los-tiempos, 2019-10-12.

安东尼奥·穆尼奥斯·莫利纳（Antonio Muñoz Molina）

(《Elamor》)，被视为"当代喧嚣生活的拼贴画"，揭露了资本主义的极端倾向，歌颂世界的美和多元化。作者观察到现实可以具有几乎小说式的离奇，他反思被科技和社交网络所冲击的世界中的艺术创作（回顾了波德莱尔、爱伦·坡、德·昆西等作家的时代）。该作品被西班牙媒体评为2018年最佳小说之一。

新作《楼梯上你的脚步》（*Tus pasos en la escalera*，2019）描写刚刚定居里斯本的男主人公布鲁诺如何焦虑地等待恋人塞西莉亚（一位从事记忆和恐惧实验的女科学家）的到来。在这一过程中，他开始回忆起两人的相恋和在纽约的共同生活，特别是"9·11"事件对他们生活的重大影响。有一天布鲁诺感觉自己遗忘了某个重要的东西，他发现时空混为一体，纽约和里斯本的轮廓模糊了，叙述者变得越来越不可信。小说展示了"9·11"事件的余波所造成的世界末日感和当代人的孤独。

穆尼奥斯·莫利纳改编成电影的作品：《贝尔特内布鲁思》，1991年，导演比拉尔·米洛（Pilar Miró），获3项"戈雅奖"；《里斯本的冬天》，1991年，导演索里亚（Zorrilla）；《满月》，1999年，导演伊马诺尔·乌里维（Imanol Uribe）。

《如影随形》（*Como la sombra que se va*）

《如影随形》（2014）是穆尼奥斯·莫利纳最"美国化"的小说，讲述的是1968年刺杀美国黑人领袖马丁·路德·金的凶手詹姆斯·厄尔·雷（一位美国南部的极端种族主义白人）从逃跑到被抓获的过程（凶手在里斯本逗留了10天，企图获取前往安哥拉的签证，最终在伦敦机场被捕）。作者通过查阅美国联邦调查局解禁的档案，重构了这段迷雾重重的历史。

此书创作于2012年12月至2014年2月作者旅居纽约期间，他表示：

"美国人和英国人对私生活是非常在意的，他们的优点是把一切都倾诉在纸上。他们对自己说，必须讲述这一切，说到做到。我对这部小说也是这样做的——全力以赴。我不仅急切地追随厄尔·雷的脚步，而且把我的私生活作为对照，回到了《里斯本的冬天》的写作过程。那就好像是在我自己的生活里画上了一个圆圈。"①

在《如影随形》里，一方面，作者/叙述者以缜密的手法细致地描写了厄尔·雷不堪回首的人生过往（他来自一个充满矛盾的家庭，成为一名无足轻重的罪犯，后来他越狱，从事过一些蓝领工作，最后他计划并实施了对路德·金的刺杀）以及他在亡命天涯、躲避国际刑警组织追捕的过程中所承受的巨大心理压力；另一方面，穆尼奥斯·莫利纳谈论自身作为小说家的追求和所付出的代价（他在格拉纳达的公务员工作、他的家庭生活、1987年儿子刚出世时他在里斯本的闪电旅行，他解剖自己的意识、情感和生活，探讨写作的本质、与时间的失败抗争）。

里斯本是这部小说的主要舞台（从某种意义上说它也是小说的主人公），它见证了三次旅行：第一次是1968年厄尔·雷的逃亡之旅；第二次是1987年穆尼奥斯·莫利纳为创作《里斯本的冬天》前往该城市；第三次是二十多年后穆尼奥斯·莫利纳为创作《如影随形》再次回到葡萄牙首都，探望已成年的儿子，并与他聊起撰写有关厄尔·雷经历的创作冲动。三个不同的时间混合在同一个舞台，厄尔·雷在里斯本的大街小巷东躲西藏，穆尼奥斯·莫利纳则在里斯本寻找文学创作的灵感，不同的人生追求都在此地留下了各自的足迹。

作品重申了穆尼奥斯·莫利纳的一贯观点，即再现历史的困难、瞬间的脆弱，偶然事件是现实的发动机。该作品获2015年"伊比利亚美洲埃莱娜·波尼亚托夫斯卡小说奖"，并入围2018年英国"布克国际文学奖"决赛，已在英国、美国、意大利、法国、德国、以色列和波兰出版。

（王军）

---

① https://www.elmundo.es/cultura/literatura/2018/05/, 2019-10-12.

埃尔维拉·纳瓦罗（Elvira Navarro）

埃尔维拉·纳瓦罗（1978— ），西班牙当代女作家，1978年3月25日出生在西班牙韦尔瓦市，毕业于康普顿斯大学。和许多作家一样，纳瓦罗在大学并没有学习文学和写作，而是专修哲学。转折点出现在2014年，纳瓦罗参加马德里市政府举办的"青年创作者大赛"并获奖，由此开始了她的文学创作生涯。2005—2008年期间，纳瓦罗获得由马德里"大学生公寓"提供的创作奖学金，并于2007年出版首本著作《冬季之城》（*La ciudad en invierno*，2007），开始在西班牙文学界崭露头角。出版于2009年的《幸福之城》（*La ciudad feliz*）先后斩获第二十五届"哈恩小说奖"（Premio Jaén de Novela，2009）和第四届"最佳新人作家风暴奖"（Premio Tormenta al mejor nuevo autor，2010）。凭借这两部互为补充的作品，2010年纳瓦罗被《格兰塔》杂志评为22位35岁以下"最佳西班牙语青年小说家"之一。

在此之后她的写作风格和主题逐渐成熟，并陆续出版了小说《冬天与城市》（*El invierno y la ciudad*，2012）、《女工》（*La trabajadora*，2014）、《阿德莱达·加西亚·莫拉莱斯最后的日子》（*Los últimos días de Adelaida García Morales*，2016）。短篇小说集《兔子岛》（*La isla de los conejos*，2019）获2020年"安达卢西亚批评奖"。此外，她还与西班牙《世界报》《国家报》《大众日报》《文化》《图书杂志》《自由文学》等报纸杂志以及文学批评网站"杯中风暴"（Tormenta en un vaso）合作，撰写文学评论。纳瓦罗同时也经营自己的博客"边缘地带"（Periferia），以探索现代化高速发展的马德里那些处于"灰色"地带的街区所发生的事情。2013年她被《世界报》的《文化副刊》选为最具潜力的西班牙"声音"，并在2014年6月作为西班牙作家代表在北京举行的第二次"中国—西班牙文学论坛"发表演讲。目前她的小说作品已经被翻译成多种语言出版。

纳瓦罗的小说作品风格统一，所探讨的中心主题也非常鲜明，正如题目所反映出来的（前三部小说中都出现了"都市"一词，而后两部也是以女性工作者和女性作家的名字命名），都是对城市化和女性所面临的境遇进行反思。如果说她的博客"边缘地带"是对马德里城市"不明确"区域的探索，那么她的姊妹篇小说《冬季之城》和《幸福之城》则是以她童年和少年时期记忆中的瓦伦西亚为蓝本，讲述成长中的少年们如何面对他们所生活的这个充满未知的城市，如何在家庭与社会、情感与道德的界限边缘抉择。作家通过孩童的目光来反思城市主义（urbanismo）带来的人口流动和区域性社会经济隔离使人们逐渐失去了生活的乐趣，导致人们用一种疯癫的状态或者游离于"中心"边缘的态度来对抗城市中出现的各种社会现象。

作家的第一篇小说打破传统的小说写作模式，利用四个分离的片段描述女主人公克拉拉因为精神的过度敏感而对周遭的一切产生敌意和怨恨，这种精神上的暴力使得克拉拉逐渐失去了生活的意志和能力。四个故事分别以"赎罪"（Expiación）、"鸡蛋头"（Cabeza de huevo）、"冬季之城"（La ciudad de invierno）和"爱"（Amor）命

埃尔维拉·纳瓦罗（Elvira Navarro）

名，代表克拉拉人生的不同阶段，这种分段式的写作方式和内容上的独立又互相关联的形式，用作者自己的话来说是一种"介于小说和短篇小说之间"①的文体。前三个故事分别对应了青少年在青春期可能遇到的暴力事件："赎罪"中与姨妈之间的话语暴力，是导致克拉拉扭曲心理的潜在原因；在童年时期埋下的怨恨在第二个故事"鸡蛋头"中爆发，最终导致克拉拉犯下暴力罪行，和朋友瓦内莎像敲碎鸡蛋壳一样敲碎了一个盲人的脑袋，仅仅因为对其长相丑陋而产生的厌恶感；第三个故事中，主人公的生活也进入了"冬天"，成为暴力事件的受害者，作为受害者的精神病患者和作为刽子手的弱者位置不断转换。语言、身体和性暴力成为主人公克拉拉的"成人礼"（rito de paso）②，同时也是其成长过程中不可磨灭的伤痛和记忆。最后一个故事则侧重于青少年时期的爱情，更多的在于游戏和社会性角色的确立。当被问到为什么会以"冬天之城"作为题目时，作者的回答是："因为本书的主角，克拉拉，漫步在城市中，追逐着当太阳落下时，一种无法与城市冬天的色彩分离的颜色。那是一种奇怪的、令人不安的，但却非常美丽的地中海岸城市独有的色彩。"③对这种色彩的感受就像是在面对自己的人生经历时，克拉克所感受的痛苦万分却又无法逃离的心情。文学评论界称《冬季之城》是恐怖文学的最佳范例，但并没有因为幻觉与现实的交替而丢失读者对内容真实性的感受。

《幸福之城》讲述了两个独立的故事：一个成长在中国移民家庭的男孩以及一个被流浪汉窥探和跟踪的女孩的故事，两个故事看似无关，

---

① Corral, Patricia. «Nuevo Talento FNAC», http://elviranavarro.com/critica/critica-la-ciudad-en-invierno/la-ciudad-en-inviernonuevo-talento-fnac/, 2015-03-23.

② Castilla Torrecillas, Lorena. «Actos de violencia en *La ciudad en invierno*, de Elvira Navarro», *Tuércele el cuello al cisne. Las expresiones de la violencia en la literatura hispánica contemporánea (sigloXX y XXI)*. Sevilla: Renacimiento, 2016, p. 587.

③ Corral, Patricia. «Nuevo Talento FNAC», http://elviranavarro.com/critica/critica-la-ciudad-en-invierno/la-ciudad-en-inviernonuevo-talento-fnac/, 2015-03-23.

却被纳瓦罗从细微处把问题聚焦于华人移民问题和社会排斥问题。对身份认同问题的探索使得她的小说真实地反映了一个多元文化并存的西班牙社会。纳瓦罗的小说为我们讲述了那些远离城市中心的街道和被遗忘的老城区里正在发生的事情。她利用逆向思维的写作策略，意在打破"中心—边缘"的这种二元对立的思维定式，而小说中所反映的社会学问题，如女性就业问题，使得小说不仅具有独特的文学价值，而且为女性主义，特别是女性在社会文化生活中可能遇到的性别问题提供了丰富的素材。

《女工》（*La trabajadora*）

《女工》是埃尔维拉·纳瓦罗2014年出版的一本小说，一经问世就受到出版界和评论界的好评和肯定，被《世界报》的《文化副刊》、《机密日报》（*El Confidencial*）以及多家文学网站评为年度最佳小说。

小说的主人公埃莉莎是一家大型出版集团的校稿人，由于公司长期拖欠工资，出于经济压力，埃莉莎被迫将自己公寓的房间租给了一个陌生女人苏珊娜，开始了合租的生活。工作的压力和这个"没有过去的"神秘女房客使得整个公寓笼罩在令人窒息的沉默中，这让埃莉莎感到不堪重负。压抑的气氛最初让她感到害怕，但随着时间的推移埃莉莎逐渐克服了恐惧心理，并对这个不寻常的房客产生了强烈的好奇心，迫不及待地想要了解她的过去。而更让埃莉莎始料不及的却是神秘女子以一系列虚构的故事作为回答，企图用一种近乎疯癫的形象破坏任何试图了解她过往的可能性，把自己与城市生活隔绝开来。埃莉莎震撼于女房客的行为，却认为这并不是她出于本意而表现出来的精神错乱。实际上，两位女性由于生活的压力，都有不同程度的心理问题，并且都在接受药物

埃尔维拉·纳瓦罗（Elvira Navarro）

治疗。两人之间的相处非常谨慎而陌生，彼此充满了怀疑和不信任。这种非正常的相处模式，也许是源于各自的心理问题，也许是因为现实使她们永久性地否认所有非自我的一切。

纳瓦罗透过她敏锐而独特的视角，向我们描述了一个处于经济危机时代的西班牙社会，并特别关注职业女性在面对残酷和诡异的社会，承受来自身体和心理上的双重压力时，所表现出来的恐惧、惊慌、不知所措和无助，以及她们为寻求宣泄和保护在其周围构筑起的幻觉与现实围墙，所有这些因素被作家巧妙地结合在一起。

书中要强调的另一个方面是对个人与城市规划之间关系的反思。纳瓦罗在她的博客中也反复提到城市与居民之间建立的紧密联系，以埃莉莎为例，心理问题是社会不稳定性的结果而非原因。小说中所有与政治、社会相关的痕迹都被一种更加个人的、私密的和心理学的解读所掩盖。换句话说，所有的一切都被简化为内部冲突，而外部冲突，即社会层面的冲突几乎不存在，但恰恰是这种缺席说明了问题的严重性。《女工》所要反映的正是这种隐蔽的外部冲突决定了个体的内部，正是不稳定的、善变的、以资本为导向的劳动市场阻碍了个体建立连贯的生活叙事和构想未来的能力。

远离城市中心的喧嚣与浮华，纳瓦罗向读者讲述着生活在城市"边缘""外围"、被大众视野所忽略的小人物，揭露了在城市光环笼罩之外存在于真实生活中的那些动荡、不安的因素。这些因素导致人们不得不用疯癫的形象来寻求一线生机，却也让人逐渐在真实和幻想的混沌中逐渐失去自我。作为少数能将精神病理学与社会现实紧密联系在一起的西班牙当代女作家，纳瓦罗无疑是独一无二的。

（陈硕）

弗朗西斯科·涅瓦（Francisco Nieva）

弗朗西斯科·涅瓦（1924—2016），西班牙内战和第二次世界大战后成长起来的第一批戏剧艺术全才之一，著名舞台设计师、舞美造型师、剧作家、戏剧导演，西班牙国际戏剧艺术中心所在的巴列–因克兰剧院里有一个展厅即以他命名。

20世纪40—50年代涅瓦与好友诗人卡洛斯·艾德蒙多·德·奥里（Carlos Edmundo de Ory）和爱德华多·齐查罗（Eduardo Chicharro）一起领导了试图集先锋派之大成的"后主义"（Postismo）。50—60年代涅瓦寓居巴黎，耳濡目染了现代戏剧的诸多探索和美学革命。1964年回到西班牙之后进入戏剧行业，1971年首次发表作品《没头脑更好》（*Es bueno no tener cabeza*），并进行了内部演出，引起极大反响。1976年后进入旺盛的创作期，到90年代末共推出二十多部剧本，两度赢得"国家戏剧奖"（1980、1992），陆续收获"批评奖"（1982）、"国家戏剧文学奖"（1992）、"阿斯图里亚斯王子文学奖"（1992），并当选西班牙皇家语言学院院士（1986年获得提名，1990年就任）。

弗朗西斯科·涅瓦（Francisco Nieva）

除自主创作之外，戏剧界还有改编经典作品的惯例，涅瓦就曾操刀改编阿里斯托芬、塞万提斯、里瓦斯公爵、拉腊、加尔多斯、巴列-因克兰等人的作品，不断吸取养分并赋予其新的感染力，其中最有代表性的三个"自由版本"还被收入作品全集中。另外，涅瓦从小喜欢画画，曾就读圣费尔南多美术学院，试图在战后的先锋派氛围中成为一名造型艺术家。1953—1963年在法期间，他也主要以画油画、插画等赚取奖学金和生活费用。1964年回国之后，他首先专事服装道具设计，与多位导演合作推出尤内斯库的《国王正在死去》、萧伯纳的《卖花女》、阿瑟·米勒的《坠落之后》等，其舞美和布景迅速成为业界标杆。加之涅瓦从小接受家庭中祖辈的艺术熏陶，熟悉歌剧、说唱剧（zarzuela）、芭蕾等形式，因此从他开始执导戏剧后，便以清晰的结构、分明的节奏感、高超的舞台呈现，长期受到观众的喜爱。

进入21世纪，涅瓦度过了人生的最后16年，由于年事已高，他主要致力于回顾和总结，如2002年出版回忆录《往事如斯》（*Las cosas como fueron*），2007年全面修订1991年的戏剧全集，推出作品全集两巨册，各2500页，分别收录剧本和小说、报刊随笔。在这套全集中他的戏剧风格得到不断的解读和确认，最终分为6类：诗文摘录（Centón de teatro，12个小短剧、童年习作等）、愤怒戏剧（Teatro furioso）、荒诞与灾难剧（Teatro de farsa y calamidad）、纪实与写照剧（Teatro de crónica y estampa）、三个自由版本（Tres versiones libres）和戏剧杂录（Varia teatral）。其中愤怒戏剧、荒诞与灾难剧的辨识度最高，多以宗教和性、性别为主轴，糅合怪诞的幽默感，用丰富、充满诡谲意象的语言，对20世纪中期以后西班牙中产阶级习以为常的平庸艺术进行全面冲击。涅瓦坦承"98年一代"作家巴列-因克兰对他有很大影响，同时他还吸纳了"27年一代"喜剧作家卡洛斯·阿尔尼切斯对马德里市井风俗的观察，尤其是短促音节的捕捉。另外，布莱希特、贝克特、安托南·阿尔托、让·热内、盖尔德罗德（Michel de Ghelderode），包括文化学者巴塔耶和画家索拉纳都是他思考和灵感的源泉。

《雌斑鸠，晨昏和……幕布》（*Tórtolas, crepúsculo y...telón*）

《雌斑鸠，晨昏和……幕布》是弗朗西斯科·涅瓦1953年在法国生活时进行的最初尝试之一，散发着当时巴黎波希米亚式的自由氛围和威尼斯的神秘魅力，用他自己的话说，"写得天真、开心、无拘无束，在西班牙那种悔罪的性格和氛围下绝对写不出来"[①]。也因此这部作品一直遭到出版审查，直到1971年成为"洛佩·德·维加奖"的终选作品，1972年才得以在西班牙国内出版，再晚至2010年修改结尾、排演问世。

根据作者自己的理解，该剧属于荒诞与灾难剧的类型，在分别有7场和9场的两部分及最后一段哑剧中，故事讲述了一个剧团由于某种不知名病毒的传播，以隔离为借口被禁闭在剧院里。人们像小白鼠一样投入残酷的实验，必须改变舞台世界乃至观众的行为才能逃生。在这一过程中发生了许多标志性的事件，产生了种种不同的意义，最后演变成一种混乱的、酒神式的狂欢，仅仅为了庆祝剧院的存在。

这部作品鬼魅、梦游般的氛围刻意设定在并不久远的过去——20世纪初，至晚不超过20年代末——是涅瓦自小从母亲口中得来的印象和想象：西班牙外省小城里金碧辉煌的意大利式马蹄形剧院，姥爷的固定包厢，幕间的寒暄、点心和香槟，层层叠叠的枝形吊灯和被折射的目光，红色天鹅绒幕布和每次升起之后的神秘世界。每说到动情的时候，母亲还会唱起整段的说唱剧。这样的经历涅瓦从未有过，在他出生前多年已经消失殆尽，但每次上学从鳞次栉比的小楼前经过，他总会期待发现一

[①] Nieva, Francisco. «Tórtolas, crepúsculo y...telón», *Cuaderno Pedagógico 17*. Madrid: Centro Dramático Nacional, Temporada 2009-2010, p. 9.

弗朗西斯科·涅瓦（Francisco Nieva）

个"神秘门"，进入那个惹人追忆的"体面"的文化时代——最终他自己打造了一个"神秘门"。

由此，这部作品没有以往的攻击性，而是温情、天真、诗意的，带着童年的光环和极其个人化的激情；另一方面，剧中又提出了非常客观的话题：什么是戏剧的真实与谎言？其口吻不再是一个先锋派的作家，而是一个批评家，用少许玩笑的方式，对戏剧和作者自身所处的时间进行了反省：其时，西班牙社会的审美观正经历"海啸"，本质主义、包豪斯风格、俄苏至上主义在绘画、建筑和城市景观上带来冲击，而且这些观念和技术并不仅仅为人所用，它们也逐步塑造、最终限定了人的认知和行为模式。

这部作品最有意义的一点在于剧本从初创、出版到上演的周期有近半个世纪，几乎贯串了涅瓦整个艺术生涯。2010年，当国家戏剧艺术中心向其约稿时，他原本有很多更新的本子，但他优先选中这本，经他多年的经验判断，这些当年的先锋派理念和形式略加整理便可成为经典。果然，该剧演出大获成功，随即获得2011年第十四届"马科斯奖"和第五届"巴列–因克兰戏剧奖"，在西班牙当代戏剧史上留下又一个深刻的印迹。

（于施洋）

伊齐亚尔·帕斯夸尔·奥尔蒂斯
（Itziar Pascual Ortiz）

伊齐亚尔·帕斯夸尔·奥尔蒂斯（1967—　），西班牙剧作家，同时也是戏剧研究者，关注戏剧历史、文化、业态，视角丰富而深入。

帕斯夸尔在皇家高等戏剧学院获得戏剧写作学士学位和高等研究文凭，并在康普顿斯大学信息科学系获本科和博士学位。1991年起，她陆续推出多部剧本，其中著名的有《逃离》（*Fuga*，1993）、《驯服影子的人》（*El domador de sombras*，1994）、《珀涅罗珀的声音》（*Las voces de Penélope*，1996）等，并获得不少奖项。

1999年她开始在母校担任戏剧文学教师，同时为电台和多家纸质媒体供稿，尤其是为专业戏剧杂志如《观众》（*El Público*）、《第一场》（*Primer Acto*）、《西班牙舞台导演协会戏剧杂志》（*Revista ADE-Teatro*）、《戏剧之门》（*Las Puertas del Drama*）等撰写评论。

同样在1999年，帕斯夸尔出版了剧本《没法儿喵》（*Miauless*，1999），讲述一个女孩、两只猫和几个大人的圣诞故事，表现成人下

伊齐亚尔·帕斯夸尔·奥尔蒂斯（Itziar Pascual Ortiz）

命令很容易，孩子要慢慢长大却有很多实际的困难。该剧历经十余年仍不时上演，但最主要的是该剧将帕斯夸尔引向少儿文学创作。自此，他倾注很大精力在儿童、青少年戏剧上，拿到了西班牙儿童戏剧文学四个主要奖项的"大满贯"：《嚼荨麻》（*Mascando ortigas*，2005），2005年"国际儿童青少年戏剧协会奖"（Premio ASSITEJ）；《香草香》（*Un aroma de vainilla*），2013年第二十四届"纳瓦拉戏剧学校儿童剧奖"（Premio del XXIV Certamen de Textos Teatrales para Público Infantil de la Escuela Navarra de Teatro de Pamplona）；话剧诗《艾娜拉》（*Ainhara*），2015年"莫拉莱斯·马丁内斯儿童文学奖"（Premio Morales Martínez para Textos Infantiles）；《三文鱼的生活》（*La vida de los salmones*），2015年作家出版社总协会（SGAE）儿童戏剧奖。由此帕斯夸尔不仅得以出版高质量的印刷版本，同时还获得专业剧团排练、公演的机会，尽力改观儿童剧不入流的印象。

在此期间，帕斯夸尔不仅保持个人创作，还加入管理和推广。2010年她开始在西班牙儿童青少年戏剧协会担任理事，还出版专著《苏珊·勒博[①]：希望的痕迹》（*Suzanne Lebeau: Las huellas de la esperanza*，2007）、《1800—1936西班牙儿童青少年戏剧》[*Teatro español para la infancia y la juventud（1800-1936）*，2008]，热切呼吁将戏剧作为情感、知识、价值观教育的工具，直到将戏剧本身作为目的。

除此以外，帕斯夸尔最主要的关注点还是在同性恋、双性恋、跨性别问题、女性平权问题上，她的三十多部成人作品都在这个范围中，并且很大程度上与马德里女性舞台艺术工作者联合会"女斗士玛利亚们"（Marías Guerreras, Asociación de Mujeres de las Artes Escénicas en Madrid, 缩写AMAEM）联系在一起。

[①] 苏珊·勒博（Suzanne Lebeau, 1948—   ）：加拿大魁北克演员、作家，1975年成立剧团，开始大量投入儿童戏剧创作。

作为该协会的创始人之一、第一任主席（2000—2003），帕斯夸尔为协会提供了近10个剧本，包括《头巾背后》（*Tras la toca*，2002）、《为什么？》（*Por qué*，2004）、《笼子》（*Jaula*，2004）、《女人，好起来，好起来》（*Sana, Sana*，2009）。引起社会很大反响的有《罗莎·帕克斯的变奏曲》（*Variaciones sobre Rosa Parks*，2007），重新讲述和演绎拒绝给白人让座的"美国民权运动之母"的故事，获"巴列–因克兰戏剧奖"；《尤迪》（*Eudy*，2013），取材于南非国家女子足球队队员尤迪·西姆莱恩（Eudy Simelane）的真实遭遇——在公开自己的性向之后遭20多人轮奸，脸部、胸部及脚等部位被捅25刀致死——获第七届"莱奥波尔多·阿拉斯·名格斯LGBT剧本奖"（Certamen Internacional Leopoldo Alas Mínguez para textos teatrales LGBT）。截至2018年，她每年都推出单独或合作的剧本，屡屡斩获专业奖项。

另一方面，帕斯夸尔对麾下的协会加以审视，除合作和参与其他戏剧活动外，也从不放松媒体话语、学术研究和出版，如2004年主编《"女斗士玛利亚们"在美洲之家第一辑》（*I Ciclo De Las Marías Guerreras En Casa De América*）；2007年撰写《隐形女人的舞台？以"女斗士玛利亚们"为例》（*¿Un escenario de mujeres invisibles? El caso de las Marías Guerreras*），被评为第十七届"维多利亚·肯特[①]奖"（Premio Victoria Kent）；2015年著《"女斗士玛利亚们"：妇女结社和文化行动》（*La AMAEM Marías Guerreras: Asociacionismo de mujeres y acción cultural*），回顾协会的发展和成果，更将其放在社会—经济、国内外其他女性戏剧社团等大环境中，分析其面对的现实和

---

① 维多利亚·肯特（Victoria Kent，1898—1987），1925年成为第一个进入马德里律师学校的女学生，西班牙第二共和国马德里、哈恩省议员（两位女议员之一），曾担任一年的监狱总长。内战爆发后任西班牙驻法国大使馆一等秘书，负责儿童转移、抚养问题。1948年流亡墨西哥，1950年定居纽约，终生研究西班牙法律传统和现实问题。

伊齐亚尔·帕斯夸尔·奥尔蒂斯（Itziar Pascual Ortiz）

发展的方向。

"萤火虫三部曲"（*Trilogía de luciérnagas*）

最近三年，帕斯夸尔与皇家戏剧艺术高等学校毕业生、墨西哥演员、作家阿马兰塔·奥索里奥（Amaranta Osorio）联手创作了三部作品，每一部都用心至深。

《女儿呀我的女儿》（*Moje holka，moje holka*，2016），两条线分别讲述两代人的故事，一位是犹太演员，在捷克泰雷津集中营照顾孩子们的生活，包括以演剧作为娱乐；另一位是研究萤火虫的昆虫学家，后来慢慢认识到自己是大屠杀幸存者。该剧在西班牙国内外多地进行过戏剧化朗读，获"赫苏斯·多明戈斯剧本奖"（Premio de textos teatrales Jesús Domínguez）。

《禁止给食》（*Vietato dare da mangiare/ Prohibido dar de comer*，2017）是关于意大利一个小镇的规定：不许给叙利亚难民食物，以"避免卫生问题"，由此一位女性居民在救助一位女难民时产生了诸多心理活动，表现为近半小时的独白（全剧仅此一人）。在西班牙剧院上演两次之后，门票收入全部捐给了人道主义组织。

《咔嗒，一切都变了的时候》（*Clic，cuando todo cambia*，2017）基于两位作者在领奖返程的火车上读到的一则新闻：2016年，一个未成年女孩在醉酒之后被轮奸致死。两位作者仔细分析了整个事件的悲剧元素：失恋、代际矛盾和缺乏关爱沟通、醉酒、吸食毒品、科技发展、暴力等，以现实性和诗化处理获得2018年"卡尔德隆剧院戏剧文学奖"（Premio Teatro Calderón de Literatura Dramática），2019年该剧上演。

综合而言，这个三部曲系列体现了帕斯夸尔近年的一些创作特点，首先是较好地平衡了著作权问题，合理利用联合创作，充分运用技手段（奥索里奥现居法国），最大化调动各自的兴趣点、创作激情和经验，保证产出的稳定性、连续性。不仅如此，如果将其与当代几位男性剧作家更具对抗性的展演相比，或者与一些夫妻搭档的合著相比，其"女性结社"的印迹会更加鲜明。

其次，帕斯夸尔在这三部作品中较好地平衡了理想和现实的问题，使得他在少儿题材创作之余，不沉溺于温情美好的想象和诗性处理，而是保持对历史和现实问题的关注、警醒，保持戏剧在舞台空间的虚构、冲突最大化、与观众的直接对话。

第三，在经过二十多年的工作生活之后，帕斯夸尔褪去了女权主义早期的咄咄逼人，舍弃了LGBT运动占领舆论高地、掌握言语霸权的政治伎俩，其女性角色设置主要遵从真实事件，继而作为人类的代表（相较于用阳性作为复数代表），相对平和地处理身份认同问题、社会效率与公平问题。

另外，戏剧作为一门立体的艺术，即使在当代西班牙复兴发展了近四十年，即使有像帕斯夸尔这样手握社会文化资源的剧作家，依然很难保证它必然从纸面跃上舞台，且运作周期较长。这里面有经济发展速度、资本运作的"障碍"，也取决于观众和文化市场如何预估、筛选、评价戏剧作品。

（于施洋）

帕洛马·佩德雷罗（Paloma Pedrero）

帕洛马·佩德雷罗（1957—　），出生并生活在马德里，20世纪80年代中期崭露头角，富于观察力和创造力，现已凭借三十多部作品成为西班牙当代剧坛著名的导演、演员，也引起欧美戏剧界的关注，他编写的剧本重排和研究度较高。

佩德雷罗14岁即参演了一些中学生剧目，在马德里康普顿斯大学读人类学时接受了许多戏剧艺术培训。1978年成立独立剧团"破烂儿"（Cachivache）并参与编剧、表演，用日常的语言和实验的手法吸引、培养年轻一代观众，如话剧《双面形象》［*Imagen doble*，1983）——后修订为著名的《狼之吻》（*Besos de Lobo*，1986）］、《劳伦的呼唤……》（*La llamada de Lauren...*，1984）、《愉快月亮之冬》（*Invierno de luna alegre*，1985）、《八月的色彩》（*El color de agosto*，1987），至今均仍是针对该作家的重点研究剧目。

从后佛朗哥时期西班牙民主化进程这一背景来看，佩德雷罗无疑是"社会戏剧"（teatro social）的开拓者，并由此成为一位极具影响力的公共知识分子。她为多家报纸撰写专栏、评论,出版诗歌、短篇故事集,尤其是2006年的杂文集《充盈的生命,空虚的生命?今日女性日记》(*Una vida plena, ¿una vida vacía? Diario de una mujer de hoy*)受到热烈的响应。此外,她的触角远及舞台和书房之外:到全国各地和墨西哥、古巴、哥斯达黎加等地举办戏剧工作坊;编排剧本《落入凡尘者》(*Caídos del Cielo*,2008)并成立同名公益组织,旨在"通过戏剧改变生活"[①],借助观剧、演剧、编剧等,帮助社会边缘人、无"家"可归者(缺乏认可)重新自尊、自信、自省地融入生活。

佩德雷罗作品的最大特点是短小,往往只有一幕,持续几分钟到几十分钟,故事时间与叙事时间等长;主题简单明了,偏爱处理身份认同、性别倒错、后现代社会中的个体独立、失落等矛盾;走新现实主义路线,取日常场景,人物容易辨识,通常都是作者的自身经历或就近临摹;呈现形式多为喜剧、轻喜剧,并且按照个人的理念称为"戏剧化朗读"(lecturas dramatizadas)或"半编排剧目"(semimontajes)。这类作品的代表有1987—1989年的《纵爱之夜》(*Noches de amor efímero*),一个较宽泛意义上的"一夜情"系列。该作品用几个简洁的短剧前后相接,展现男男女女在夜晚的偶遇、对生活的触动和可期待的改变,达到某种与观众的共情、纾解。其布景无外乎公寓、地铁站、公园,但又在剧情中获得象征意义,如屋外的狂欢节反衬室内/人物内心的幽闭。

佩德雷罗扎根现实又充满新意的观念、技法从一开始就赢得了同行的肯定,作品曾获第二届"巴亚多利德短剧奖"(Premio de Teatro Breve de Valladolid,1984)、第一届"圣沙勿略国家短剧奖"(Premio Nacional de Teatro Breve de San Javier,1987)二等奖、"蒂尔索·德·莫利纳奖"(1987)。随着她的思考越来越成熟,手法越

---

① http://www.caidosdelcielo.org/, 2018-06-30.

帕洛马·佩德雷罗（Paloma Pedrero）

来越精到，又陆续获得第六届马德里秋季戏剧节"另一种范式"最佳演员奖（Muestra Alternativa de Teatro del Festival de Otoño de Madrid，1997）、"古巴作家艺术家联合会最佳评论奖"（Premio de la crítica UNEAC，2003）、拉丁美洲戏剧创作与研究中心奖章（Medalla del Centro Latinoamericano de Creación e Investigación Teatral 2010）。

《在另一个房间》（*En la otra habitación*）

2005年前后，佩德雷罗推出了一部非常特殊的作品——《在另一个房间》。该剧虽然一直没有排演，但很快便被收入两个极具分量的当代戏剧选集，以互文性呼应索福克勒斯的《厄勒克特拉》和伍尔夫的《一间自己的房间》，同时表述当代西班牙的现实问题。

该剧本一如既往地以女性角色为主，从女权精神出发，但抓取的却是文学传统中无法解释又确实存在的漏洞——母女关系，而且是母女分别要与婚外/初恋情人相会，争夺阁楼45分钟使用权以及同一个男性的故事，初看让人相当错愕。

表现不同家庭模式出身、代际之间的巨大差别，这一点佩德雷罗在1994年《为爱疯狂的女人们》（*Locas de amar*）已进行过尝试。但当时，相对于进步的"女儿"，"母亲"是40岁上遭到抛弃的"常规"形象，即"家庭天使"（ángel del hogar）、"完美的已婚女人"（perfecta casada），被压抑、被牺牲又被迫演变，需重新认识自身的价值，并最终化解内心的冲突和人际交往的矛盾。而这一次，"母亲"的形象发展了，更加世俗、平权主义、以自我为中心，是经过职场的打拼，获得经济上的独立后，社会地位提高和思想上追求自我实现的女性，其事业上的成功带来更多的自恋、攻击性、不愿落入俗套的感情表达方式，在社会学上即反映为旧有家庭模式的转变和性别角色的再分配。

这时候的"女儿"有青春和冲动的一面,在意识形态上却是坐享其成的,以为理所应当,因而稚嫩孱弱:似乎仅仅因为年轻,仅仅因为是女儿,就有权利拥有,或者用作者在一次采访中的话说,"她们同更忙、更重要、更能拼的母亲正面遭遇会怎样呢?"①在剧中女儿的第一反应是用婚姻制度想让母亲产生负罪感,继而用照顾的责任来进行道德绑架,而且照顾不仅关乎生理上的养育,更需心理上的安慰,不能留下任何阴影,尤其是来自母亲自身的阴影。这是不是20世纪女性主义运动留给21世纪的巨婴?显然这让早期女权主义者始料未及。

在场景设计上,佩德雷罗采取了运用最熟练的"极简风格",单个房间,不需要任何转场;空间不大,封闭、阴暗,代表了性感、悸动,也预示了从懵懂未知到对话、沟通、认知的过渡。

这部作品最初于2005年4月在伦敦著名的戏剧和表演学校Rose Bruford College做过一次英文版"戏剧化朗读"(Michael Thompson作为翻译),之后的卡斯蒂利亚语首演于2007年5月在布宜诺斯艾利斯进行,迟至2011年底才在马德里上演。落到纸面却延迟面世,这个举动本身就是耐人寻味的,意即有写作的动力,但对其主题和上演保持观望态度,不确定其在西班牙本土的接受——人们习惯于观看女儿向母亲要求更少的限制/保护、更多的自由,但能够接纳"母亲"从原本的位置出走吗?母亲在家或不在家,下一代如何在社会的和平时期真正建设自己的"房间"、生活和人格?无论答案如何,这一场对伦理的质问不企图"改变生活",但至少"还原了它的透明度"(restituir su transparencia)。②

(于施洋)

---

① https://www.elimparcial.es/noticia/102256/cultura/en-la-otra-habitacion-de-paloma-pedrero-diagnostico-de-un-giro-historico, 2018-06-30.

② Pallín, Yolanda. «¿Cómo las griegas?», *Redescribir la escena* (ed. Juan Carlos Cuadros). Madrid: Fundación Autor, 1998, p. 217.

阿图罗·佩雷斯–雷维特
（Arturo Pérez-Reverte）

阿图罗·佩雷斯–雷维特（1951—　），西班牙记者、作家，西班牙皇家语言学院院士（2003），是第一个登上《纽约时报》畅销榜的西班牙作家，2008年荣获法国国家功勋骑士勋章。2015年被《世界报》授予"世界报专栏作家奖"，并荣获西班牙出版商行业协会创办的"西语书籍国际书展最佳作家奖"。2017年先后获得西班牙"堂吉诃德新闻奖"、西班牙"巴西诺历史小说国际奖"（Premio Internacional Barcino de Novela Histórica）、法国"昂蒂市雅克·奥迪贝尔蒂文学大奖"（Grand Prix Littéraire de la Ville d'Antibes Jacques Audiberti）。

1973—1994年佩雷斯–雷维特担任报纸、电台和西班牙电视台的战地记者，并因在南斯拉夫战争中的新闻报道而被授予"阿斯图里亚斯亲王奖"。《战争画师》（*El pintor de batallas*，2006）反思了作家在萨拉热窝、埃塞俄比亚和萨尔瓦多长期担任战地记者的经历。

佩雷斯–雷维特的作品大多介于历史小说与侦探小说之间，以西班牙19世纪、20世纪历史为背景，以马德里和塞维利亚为舞台。《击剑师》（*El maestro de esgrima*，1988）是一部关于冒险、侦探、背叛和政治操纵的小说，呈现的是1868年的马德里的环境（当时的西班牙正处于政治动荡时期），但暗示的是20世纪的金钱权力和政治野心泯灭了诚实和忠诚。1992年，导演佩德罗·奥莱亚（Pedro Olea）将它搬上银幕。

《步步杀机》（*La tabla de Flandes*）获1990年"侦探文学大奖"，讲述的是一个神秘历史事件的破解，历史与现代、游戏与生活紧密纠缠在一起。象棋在这部作品中是计划行动的寓言，是战争和暗杀的代用品，是生命与死亡的联系，是人类生活的一面镜子。1994年导演吉姆·麦克布莱德（Jim McBride）将该作拍成电影。

佩雷斯–雷维特善于掠夺历史，把历史小说化，其中法国、拿破仑、大仲马是其历史小说偏爱的背景和历史人物，在《轻骑兵》（*El húsar*，1986）、《大仲马俱乐部》（*El club Dumas*，1993）、《鹰之影》（*La sombra del águila*，1993）和《特拉法尔加海角》（*El Cabo de Trafalgar*，2004）中均能见到这些要素。《特拉法尔加海角》再现了1805年10月21日西法联军在特拉法尔加海角同英国海军进行的一场惊心动魄的海战。战役以拿破仑的惨败而告终，西班牙丧失了三分之二的军舰，法国占领英国的梦想破碎，此役改变了世界历史。1998年导演罗曼·波兰斯基将《大仲马俱乐部》搬上银幕，片名为《第九道门》（*La novena puerta*）。

佩雷斯–雷维特最著名的作品是系列历史小说《阿拉特里斯特上尉历险记》（*Las aventuras del capitán Alatriste*，1996—2011），迄今已出版了7部。2016年丰泉出版社把这7部小说集结成一卷出版，书名为《整个阿拉特里斯特》（*Todo Alatriste*）。主人公阿拉特里斯特，一位为西班牙帝国征战多年的老兵，"不是最诚实也不是最善良的人，但他是个勇敢者"。他从战场归来后成为一个雇佣剑客，屡次卷入各种暗杀、宫廷阴谋和险境。该系列以菲利佩四世（1605—1665）统治时期为历史背景，结合侦探小说的技巧，生动描写了17世纪西班牙帝国由盛而衰的过程中社会、政治、军事、外交、文化等方面的历史画面，阿拉特里斯特也成为西班牙文学的经典人物之一。2006年，导演奥古斯丁·迪亚斯·亚内斯（Agustín Díaz Yanes）将该系列小说拍成电影，片名为《阿拉特里斯特》（*Alatriste*）。

从2016年起，佩雷斯–雷维特开始创作另一个畅销书系列，主人公是洛伦索·法尔戈，曾经的武器贩卖者，如今在西班牙内战中充当佛朗哥阵线的间谍。第一部《法尔戈》（*Falcó*，2016）以20世纪30—40年代动荡的欧洲为舞台，1936年秋当敌我阵营的界限变得模糊和危险时，法尔戈接到一项任务，潜入红区，准备袭击一个城堡，救出关在那里的长枪党党魁普里莫·德·里维拉。这将是可以改变西班牙历史进程的一个困难使命，埃娃和蒙特罗兄弟将是他的同伴和牺牲品。虽然作者承认该书的情节完全是虚构的，但它们都基于真实事件。小说融合了畅销书的因素：不可能完成的任务、间谍、粗鲁而迷人的英雄、具有异国情调的女主人公。

该系列的第二部分、第三部分别为《埃娃》（*Eva*，2017）和《暗阻》（*Sabotaje*，2018）。在后一部中，主人公法尔戈奉命前往法国首都，任务是阻止画家毕加索在1937年世博会上展出自己的名作《格尔尼卡》（*Guernica*），虽然这个使命今天看来是政治不正确的。作家希望纠正非白即黑的历史观，探讨那些模棱两可、含混的灰色地带：毕加索创作这幅画的真实动机并非出于爱国主义或为了民主，而是为了金钱。作品真实地塑造了20世纪30年代的巴黎氛围，同时在这部小说中影射了许多名人（如海明威、安德烈·马尔罗）在战争中的虚伪、自私行为。

《冷酷的狗不起舞》（*Los perros duros no bailan*，2018）主人公——叙事者是一条退役的赛犬，但涉及的主题还是自由、忠诚、尊严、勇气和斗争。《熙德》（*Sidi*，2019）以11世纪西班牙民族英雄熙德为主人公，再现了他流亡、抗争、抵御阿拉伯人入侵的传奇经历。

在新作《火线》（*Línea de fuego*，2020）中，作者第一次涉足西班牙内战题材，描写西班牙内战期间著名的埃布罗战役，这是对那些参加此次战役的前辈的致敬。该作品在2020年荣获西班牙"批评奖"。

其他改编成电影的作品：《一个有关荣誉的事件》（*Un asunto de honor*，1995），1995年，导演恩里克·乌尔比足（Enrique Urbizu），片名《小家伙》（*Cachito*）；《科曼切人领地》（*Territorio comanche*，1994），1996年，导演赫拉尔德·埃雷罗；《航海图》（*La carta esférica*，2000），2007年，导演伊马诺尔·乌里维；《金子》（*Oro*）[①]，2017年，导演奥古斯丁·迪亚斯·亚内斯。

改编成电视剧的作品：《南方女王》（*La Reina del Sur*，2002），2011年，Antena电视台；《阿拉特里斯特上尉历险记》，2015年，Telecinco电视台。

中译本：《步步杀机》，吴佳绮译，重庆出版社，2006年（又译作《佛兰德斯棋盘》，陈慧瑛译，南海出版公司，2014年）；《大仲马俱乐部》，陈慧瑛译，重庆出版社，2005年（又译作《第九道门》，范湲译，南海出版公司，2014年）；《战争画师》，张雯媛译，陕西师范大学出版社，2009年；《航海图》，叶淑吟译，南海出版公司，2014年；《老卫队的探戈》（*El tango de la guardia vieja*，2012），叶培蕾译，人民文学出版社，2016年；《巴黎仗剑寻书记》（*Hombres buenos*，2015），李静译，上海译文出版社，2018年。

[①] 这部电影改编自作家一篇未出版的同名短篇小说。

阿图罗·佩雷斯-雷维特 (Arturo Pérez-Reverte)

《巴黎仗剑寻书记》（*Hombres buenos*）

《巴黎仗剑寻书记》（2015）是西班牙当代著名小说家阿图罗·佩雷斯-雷维特最具塞万提斯风格的作品，与其以往的小说模式完全不同。该书讲述18世纪末西班牙皇家语言学院派遣两个人前往法国秘密获取1751—1772年出版的28卷《法国大百科全书》的历险经历，由于这套丛书赞扬新教思想家，挑战天主教义，把宗教视为哲学的一个分支，因此1759年西班牙天主教会将它列为禁书。

两位主人公（一个保守的西班牙皇家学院图书馆员莫利纳和一个有学识的退役将军萨拉特）受命前往法国大革命前夕的巴黎，与此同时另外两名院士决定尽力阻止此次行动的成功（一个不希望革新的理念传到西班牙，另一个担心这些新理念在西班牙遭到误解）。他们雇佣的破坏者一直尾随着莫利纳和萨拉特，后两者没有预想到此行的艰难：土匪的袭击、出售各类禁书的黑暗书店、路途的颠簸、旅店的破败。在此过程中莫利纳和萨拉特加深了彼此的了解，对持不同观点的话题进行探讨（两个主人公的对话非常精彩，是全书的核心），他们逐渐消弭分歧，建立起伟大的友谊。

作者一方面叙述两位人物在巴黎寻书的历程（这部分与《三个火枪手》有相似的氛围），一方面解释自己创作此书的灵感（他在西班牙皇家语言学院图书馆意外找到《法国大百科全书》的原版，促成作者研究这套丛书来到西班牙的历史）、目的、方法、遇到的问题和解决的过程。小说基于真实的历史事件和人物、严格的史料查询（书籍、档案、地图，包括采访相关领域的专家学者），成功再现了18世纪的历史氛围和语言，批评了西班牙对宗教的狂热、愚昧和保守，与欧洲启蒙时代的精神完全背离。虚实相间，历史人物和虚构人物穿插其间。

佩雷斯-雷维特作为西班牙皇家语言学院院士，在《巴黎仗剑寻书记》里歌颂了文化、书籍、理性，向西班牙皇家语言学院致敬，因为他们希望通过书籍改变世界。"在黑暗的时代,总有在理性的指引下为把光明和进步带给同胞而奋斗的好人,也不缺少试图阻止这一切的人。"①

(王军)

---

① https://librotea.elpais.com/libros/hombres-buenos-v1xvux5vdf, 2019-04-08.

拉米罗·皮尼利亚（Ramiro Pinilla）

　　拉米罗·皮尼利亚（1923—2014），西班牙当代著名作家。是始于20世纪60年代的西班牙小说创新流派的代表人物。其作品擅长反映巴斯克地区工业飞速发展时期外来移民的巨大贡献及其带来的社会影响。

　　1923年9月13日，皮尼利亚出生于巴斯克地区比斯开省毕尔巴鄂市。少年时期尽管身处内战后贫瘠荒芜且恶劣的文化环境，他仍如饥似渴地阅读各类书籍，并开始尝试写作。皮尼利亚曾在商船队上工作，担任机器操作工，由于工作太过艰苦而辞职。随后他进入毕尔巴鄂的一家天然气厂工作。婚后为了补贴家用，他利用每天下午的时间为出版社编写版画背面的配图文字，夜间则专注于长篇小说的写作。

　　1960年，皮尼利亚凭借《盲蚁》（*Las ciegas hormigas*）获得当年"纳达尔小说奖"和1961年的"批评奖"。然而他兼职的出版社却借口他无法专心写作版画故事而将其辞退。他索性搬去乡下，彻底过上了与世隔绝的生活。在那里，皮尼利亚创办了书庄出版社（Libropueblo），这是一家仅在毕尔巴鄂地区发行书刊并以成本价销售书籍的小型出版社。他的作品大多出自这家出版社。他在自己的农场专心写作，完成了数目众多的小说、散文，同时坚持用自己的方式与佛朗哥独裁政权下的审查制度作斗争。即便是被审查制度责令删减的内容，他也照旧出版销售。

皮尼利亚一生著述颇丰、获奖无数，得到了广泛的认可。他的获奖作品还有：《偶像》（*El ídolo*，1957），获1957年"信使奖"（Premio Mensajero）；《乳房》（*Seno*，1971）入围"行星奖"决赛；三部曲《绿色山谷、红色山丘》（*Verdes valles, colinas rojas*）的第一部《抽搐的土地》（*La tierra convulsa*，2004）获得2005年"巴斯克文学奖卡斯蒂利亚语小说奖"（*Premio Euskadi de Literatura en castellano*）；第三部《铁的骨灰》（*Las cenizas del hierro*，2005）获得2005年"批评奖"和2006年"国家小说奖"。2012年出版《无法忘怀的年代》（*Aquella edad inolvidable*），为皮尼利亚再度斩获"巴斯克文学奖卡斯蒂利亚语小说奖"。同年，皮尼利亚获得巴斯克地区政府所颁发的"兰·欧纳利奖"（Premio Lan Onari），以表彰他在文学领域的杰出贡献。

他的其他作品还包括：以罗莫·P. 吉尔卡（Romo P. Girca）为笔名出版的《弗洛里埃客栈的秘密》（*Misterio de la pensión Florrie*，1944）、《越南英雄》（*El héroe del Tonkin*，1961）、《枝繁叶茂的时光》（*En el tiempo de los tallos verdes*，1969）、《跳跃》（*El salto*，1975）、《请你回忆，哎，回忆一下》（*Recuerda, oh recuerda*，1975）、《"赤色分子"安东尼奥·B，三等公民》（*Antonio B... "el Rojo", ciudadano de tercera*，1977）[①]、《无尽战争的早期故事》（*Primeras historias de la guerra interminable*，1977）、《唐娜托达的伟大战争》（*La gran guerra de Doña Toda*，1978）、《奇季·巴斯卡尔多

[①] 2007年再版时更名为《"俄国人"安东尼奥·B，三等公民》（*Antonio B. el Ruso, ciudadano de tercera*）。

冒险记》（*Andanzas de Txiki Baskardo*，1979）、《十五年》（*Quince años*，1990）、《骨头》（*Huesos*，1997）、《格乔车站》（*La estación de Getxo*，1998）、《绿色山谷、红色山丘》第二部《赤身裸体》（*Los cuerpos desnudos*，2005）、《无花果树》（*La higuera*，2006）、《不过多死一个》（*Sólo un muerto más*，2009）、《故事》（*Cuentos*，2011）、《空墓》（*El cementerio vacío*，2013）和《海滩上的尸体》（*Cadáveres en la playa*，2014）。其中，《不过多死一个》《空墓》和《海滩上的尸体》都是《绿色山谷、红色山丘》中的人物塞缪尔·斯巴达（Samuel Esparta）侦探分别破获的三起案件。而《故事》则汇集了《请你回忆，哎，回忆一下》及《无尽战争的早期故事》中的故事。另有讲述了一位工地保安的生死奇遇、在北部地区流传甚广的散文作品《比斯开秘密向导》（*Guía Secreta de Vizcaya*，1975）和自传《拉米罗·皮尼利亚：全世界都叫阿里古纳嘎》（*Ramiro Pinilla: el mundo entero se llama Arrigunaga*，2015）。

　　皮尼利亚备受赞誉的三部曲《绿色山谷、红色山丘》讲述了巴斯克地区和格乔的近现代史，被认为是皮尼利亚的巅峰之作。第一部《抽搐的土地》最早由作家本人开办的书庄出版社出版于1986年。后两部作品完成于近二十年后，并由知名出版社图斯盖兹（Tusquets）于2004—2005年间再版第一部后陆续出版。三部曲为皮尼利亚赢得了诸多奖项和荣誉，三部曲中的人物和事件都曾出现在《奇季·巴斯卡尔多冒险记》，是从历史及社会的角度对作者所熟知的、度过了一生的地方——格乔的宏大描述，包括他每天都会去的阿里古纳嘎海滩（Arrigunaga）。他还连续多年参加小镇举办的文艺茶会，从这个工作坊走出了一大批巴斯克文学的新代表作家。

　　与他同时期的作家费尔南多·阿朗布鲁评价他是一位内容大于形式的作家。巴斯克地区在内战后所经历的种种在皮尼利亚的笔下依然栩栩如生，他独特的幽默感让读者如鲠在喉，深刻地感受到那个年代的荒谬与讽刺。

《铁的骨灰》（*Las cenizas del hierro*）

《绿色山谷、红色山丘》三部曲的第三部《铁的骨灰》因其卓越的文学品质，成功地以史诗般的手法展现了丰富却又难以诉诸笔端的巴斯克世界而获得2006年"国家小说奖"。西班牙《国家报》评论称皮尼利亚的三部曲是巴斯克地区的《百年孤独》。

三部曲的故事情节一脉相承，着力展示巴斯克地区比斯开省格乔镇那个魔幻而又现实的小世界。根据皮尼利亚所创造的巴斯克神话，巴斯克民族来自大海，他们上岸之后建造了48间农舍，其中12间位于格乔海边。农舍建在已经遗失的一棵栎树旁，最早的巴斯克人就在那里商讨决策，统治着这片土地。属于不同家族（农舍）的人们相互纠缠、斗争，直到西班牙内战摧毁了这一切。三部曲主要讲述巴斯卡尔多家族和阿尔图波家族的变迁。

第一部《抽搐的土地》呈现了变化的世界与拒绝改变的小镇之间的矛盾。小说围绕19世纪末嫁给工业巨头卡米洛·巴斯卡尔多的贵族女子克里斯蒂娜·欧纳印蒂亚和无名女佣"她"之间的冲突展开。巴斯卡尔多家族是工业化的受益者、推动者以及代表性符号；欧纳印蒂亚家族拥有侯爵爵位，是天主教民族主义阵营的核心人物；"她"是来历不明的外来者（maketo），但狡猾、野心勃勃、挑战一切传统价值观念、搅乱既定秩序并怀上了男主人的私生子，代表了"恶"。克里斯蒂娜和"她"之间的矛盾持续几十年，改变了格乔镇的历史。

第二部《赤身裸体》中与书名对应的情节是卡米洛和克里斯蒂娜的儿子摩西从锡兰回来后，受到怪诞的东方哲学的影响，沉迷于裸体和毒品，把家里变成了嬉皮聚居地。与纸醉金迷的巴斯卡尔多家族不同，

拉米罗·皮尼利亚（Ramiro Pinilla）

洛克·阿尔图波在此时组建了最初的工会组织，但在民族主义者的渗透下，这些尝试都以失败告终。西班牙内战的爆发更是改变了一切。

第三部《铁的骨灰》开篇讲述了毕尔巴鄂的人们所经历的残酷战争：堑壕、轰炸、仓皇逃窜、佛朗哥军队的占领。作者以个人的真实经历塑造了阿斯亚尔·阿尔图波（《赤身裸体》中洛克·阿尔图波的侄子），阿斯亚尔·阿尔图波跟作者一样，都出生于1923年。意大利法西斯军团进入格乔，在"老城堡"旁驻扎时，曾邀请当地人去吃通心粉，年轻的皮尼利亚去了，而在小说的类似情节中，阿斯亚尔也去吃了。皮尼利亚曾在访谈中提到，由于频繁的轰炸，当地人能听声音判断空袭的目的地，文中的阿斯亚尔也就这样成了"飞行专家"。

格乔镇在内战正式结束两年前就已经开始经历战后的种种压迫与屈服。巴斯克工业家们密谋背叛共和国、转投佛朗哥的阵营，巴斯卡尔多家族也在此列。新体制的不公让人难以忍受，以在毕尔巴鄂求学的学生阿斯亚尔和在无政府主义者和民族主义者之间成长起来的欧塞阿诺为代表的年轻一代盲目地奋起反抗，这种反抗最终变成了恐怖主义暴行。少年阿斯亚尔和他的老师、民族主义者唐曼努埃尔就内战的目的、巴斯克民族主义党（PNV）的摇摆不定、反佛朗哥的斗争、埃塔恐怖组织的出现以及革命民族主义展开激烈的讨论。在战后佛朗哥独裁的残酷压迫下，阿斯亚尔的思想迅速转变，成了无政府主义者，卷入工人地下运动，参加了1947年的罢工。他怀着羞耻与焦灼的矛盾情绪目睹格乔镇被分为两大阵营：本地的和外地的、属于大海与森林的和属于钢铁的、属于绿色山谷的和属于红色山丘的。他的家人、朋友、老师还在现代化之前的传统世界，而和他一起参加工人运动的伙伴们则代表了现代化。

摩西·巴斯卡尔多和妻子欧纳印蒂亚女侯爵回到了故乡，他自觉是那里的守护者。他已经遗忘了在《赤身裸体》中曾经有过的自由。他在阿里古纳嘎目睹自己的妹妹和侄女被格乔镇的长枪党恶棍强奸，也见到加入了埃塔恐怖组织的侄孙克雷萨为此展开的报复。

老迈的洛克怀念19世纪90年代的罢工,他循着已逝的恋人、社会主义者伊西多拉的政治理想,参加了1947年坎塔布里亚高炉罢工,并应侄子阿斯亚尔的请求,去红色山丘为5月1日的游行发传单。

在小说的最后章节,作者借堂曼努埃尔之口感叹"旧的世界正在死去","钢铁时代"的末日已经来临,"收废铁的家伙"走在下坡路上。工业现代化的大潮早已在欧洲大陆开启。巴斯卡尔多家族最后的继承人在参观由具有时代标志性的高炉所改建成的钢铁博物馆时跌进那"一千多度"的"铁汤"里烧死了。他的骸骨就这样被封存在塞兰特斯山上。"这是一个时代的终结","这是铁的骨灰","就在那儿,在那山上"。

(徐玲玲)

阿尔瓦罗·庞波（Álvaro Pombo）

阿尔瓦罗·庞波（1939—　），作家、诗人，政治活动家，出生于西班牙北部城市桑坦德的一个贵族家庭，毕业于马德里大学文哲系。因公开承认自己的同性恋身份而被解除中学教职，不得不移居英国（1966—1977），在那里庞波获得伦敦伯克贝克学院哲学学士学位。2004年当选西班牙皇家学院院士，2018年被授予西班牙"桑坦德市文学荣誉奖"（Premio Honorífico de las Letras de Santander）。

庞波喜欢中世纪历史和现象学哲学，在他的作品中混合了心理研究和哲学思考；他倾向于把小说知识化，同时加入幽默、暗示、暧昧的元素，喜欢将现实与象征连接起来。他惯于重复一些主题，如主人与仆人的关系、同性恋以及封闭的家庭环境，在这些背景下，人物的行为受宿命的支配。如他的成名作《芒萨尔的芒萨尔式屋顶的英雄》（*El héroe de las mansardas de Mansarda*，1983年"埃拉尔德小说奖"）和《养子》（*El hijo adoptivo*，1984），前者刻画了战后桑坦德上流资产阶级家庭的颓废、腐败世界，同时指出年轻人在这种环境里会不可避免地堕落。作品的新颖之处在于大量运用了讽刺、幽默、风俗主义批评以及对人物关系的戏谑分析。

庞波往往喜欢把他的小说建构为"动作+悬念"的故事，如《无关紧要的犯罪》（*Los delitos insignificantes*，1980），一场没有出路的感情悲剧，造成一人被毁灭，另一人出逃。他的现实主义以分析人物的心理、行为、与他人的关系为基础，而且不断对一个堕落的社会环境进行批评。

从《铱白金的尺子》（*El metro de platino iridiado*，1990年"批评奖"）起，庞波开始创作"善的美学"，歌颂伦理、人性和善成为他作品的目标。在《违背人性》（*Contra natura*，2005年"巴塞罗那城市奖"）里庞波对同性恋被过度"市场化"和"世俗化"提出批评。

《马蒂尔达·杜宾的财富》（*La fortuna de Matilda Turpin*，2006年"行星奖"）以倒叙的方式讲述一个离世的奇女子的故事：在西班牙北部一座小城，马蒂尔达是一个哲学教授的妻子，育有3个孩子，他们13年的婚姻也很幸福。当孩子们长大时，她开始走出家庭，投身金融事业，取得了比她丈夫更大的成就。但马蒂尔达也为自己勇敢的职业选择付出了代价，她最终死于癌症，而她的丈夫和孩子都无法走出马蒂尔达去世所留下的阴影。作品反思了当代社会的婚姻关系、事业与家庭的矛盾、人与人之间的关系。

《大世界》（*Un gran mundo*，2015）叙述的是佛朗哥统治时期西班牙的外省生活。女主人公——叙述者埃尔维拉（以作家本人的外婆为原型），是一位既聪明又狡黠、既复杂又简单的上流社会贵妇，她崇拜佛朗哥，"依赖外省。她无法忍受外省，但同时如果没有它，她也就没有意义了"。她前往巴黎，在那里担任香奈儿的秘书，但最终又回到西班牙。2014年她的孙女对外祖母留下的回忆录（她的三次婚姻、她的出逃和旅行、家庭的不合、经济上的困难）进行重新整理，并分析家族里这个独特的女性人物。小说又从另一个孙子（即幼年时代的作家本人）的视角来呈现埃尔维拉往日的生活,他是一个内向、善于观察、不合群的小孩。

《时钟之家》(*La casa del reloj*,2016)依旧聚焦外省资产阶级的家庭生活,其风格与19世纪的英国小说有些相似。主人公胡安曾给富有的贵族安德烈斯当司机,并最终成为他的继承人,条件是修复一座名为"时钟之家"的乡下老宅并永远居住在那里(原本属于安德烈斯去世的妻子马蒂尔德的财产)。但他搬到老宅后才发现自己继承的其实是主子的记忆,在与泥瓦匠的交谈过程中胡安逐渐陷入主子的往日纠纷之中,神秘男子(安德烈斯的弟弟阿方索)的造访更让胡安得知他们兄弟与马蒂尔德的三角恋爱关系(阿方索勾引自己的嫂子,马蒂尔德成为家族金钱、利益争斗的牺牲品,这一切又是马蒂尔德临终前口述、丈夫笔录的遗嘱内容之一)。小说涉及该隐主义、不可宽恕的通奸、婚姻关系,是一出没有结论的道德戏。

其他作品:小说《相似者》(*El parecido*,1979)、《晴朗的天空》(*El cielo raso*,2001,2002年"何塞·曼努埃尔·拉腊基金会小说奖")、《上帝,请跟我们在一起,因为天黑了》(*Quédate con nosotros, Señor, porque atardece*,2013)、《约翰娜·桑希雷利的改观》(*La transformación de Johanna Sansíleri*,2014)、《子爵在冬天的画像》(*Retrato del vizconde en invierno*,2018),短篇小说集《关于缺乏价值的故事》(*Relatos sobre la falta de substancia*,1977),诗集《礼仪》(*Protocolos*,1973)、《变异》(*Variaciones*,1977)。

改编成电影的作品:《养子》,1992年,导演胡安·宾萨斯(Juan Pinzás),片名为《隐形信息游戏》(*El juego de los mensajes invisibles*)。

《英雄不寒而栗》（*El temblor del héroe*）

《英雄不寒而栗》（2012）是西班牙作家阿尔瓦罗·庞波的一部具有浓厚哲学和文学氛围的作品（里面穿插了大量的拉丁语和英语哲学引言，提及古今许多作家），以当代马德里为背景。男主人公罗曼是一位退休的大学老师，他留恋往日的教学生涯。如今没有了与学生的交流，他感觉自己的时代已经逝去。"退休之后一个人钻研隐形的事物。其他人的冷淡。对自己与日俱增的冷淡。"罗曼反思衰老（"衰老尤其可能是这点：无法接近任何事物，无法在任何人身边，无法抚摸任何真实的人"）、孤独（"我们的大问题是——罗曼认为——我们什么也感受不到。我自己现在就感受不到任何感情。"）和友谊的缺失。

小说隐藏的中心情节是他与年轻记者埃克托尔（此人想让罗曼加入一个数字周刊栏目）、中学老师贝纳尔多（他在埃克托尔13岁时便对其实施同性恋骚扰，使得后者年过30仍然无法摆脱此事的阴影，并继续维持这种关系）之间暧昧的三角恋爱关系。埃克托尔既是贝纳尔多的受害者，又是罗曼的"刽子手"。此外他过去的学生埃莱娜和欧亨尼奥（一对医生夫妇）与罗曼关系密切，彼此在知识和情感上保持沟通。小说设置了一个全能叙事者，他以第一人称复数形式对每个人物进行分析，例如："由于埃莱娜不理解自己，读者也不理解这本小说，我们将尽可能澄清这两方面。"

《英雄不寒而栗》由24个基于系列对话的章节组成，主要是在罗曼与上述几个人物之间展开。德国哲学在其中占据很大的分量，但不能取代作家对英国文化和现实的爱。"所有这些书本上的回忆，所有这些快照、推进、收缩、念头，现在犹如从房间的一头走到另一头的陨星，穿过罗曼的意识，没有任何意义。"

作品的结尾有点侦探小说的味道，因为发生了一系列死亡案，需要解开这些案件的谜底。庞波这部作品涉及友谊、信任、懦弱、过失、欺

阿尔瓦罗·庞波（Álvaro Pombo）

骗、操纵、背叛、后悔、生存的意义，他的语言丰富，既有实验性的巴洛克词汇，高雅、晦涩，又有当代年轻人的口语和黑话，庞波甚至引用自己的诗歌创作。

《英雄不寒而栗》讲述了一段关于操纵、面对他人的痛苦无动于衷的故事。这是一部观念小说，为良好的教育点赞，反对缺乏承诺所带来的负面后果。该书获得当年"纳达尔小说奖"。

（王军）

本哈明·普拉多（Benjamín Prado）

本哈明·普拉多（1961— ），西班牙诗人、小说家、散文家，典型的后现代西方左派文人，被视为当代西班牙文坛极富启发性的声音之一。他1961年出生在马德里，18岁左右开始写诗，80年代初在平面媒体初试啼声，1986年发表首部诗集《简单事件》（*Un caso sencillo*）。青年本哈明·普拉多与西班牙格拉纳达"另一种情感"诗人群体建立了深厚的友谊，见证和推动了20世纪80—90年代的体验派诗歌潮流。90年代中期他进入叙事文学领域，后又涉足传记文学创作。本哈明·普拉多曾任《西班牙语美洲日志》（*Cuadernos Hispanoamericanos*）主编，是西班牙《国家报》的撰稿人，经常作为嘉宾参与电视和广播节目。他还与创作歌手华金·萨维娜（Joaquín Sabina）等知名音乐人合作，填写歌词，参与演出活动。

本哈明·普拉多认为诗是绝对真理、情感、认知和智慧载体，寻找问题，解答问题。虽然与小说或戏剧一样，诗是一种文学样式，但"一

本哈明·普拉多（Benjamín Prado）

首伟大的诗说出来一切，超过了任何其他文学创作形式"[1]。他指出诗揭示了一个世界，创造了另一个世界，因此伟大的诗篇永远是发现与启示的混合体，是秘密的尽头，是一个人能够达到的最高远、最深邃的境地。既然"写作仿佛是一个人把自己抛到空中，却不知道落下时是正面还是背面"[2]，自觉的诗人不相信灵感的乞怜，在动笔之前必须做出一系列严肃的抉择：确定主题、风格、语言和韵律，重建具体词语和具体隐喻之间的连接，知道如何调和话语与沉默。本哈明·普拉多的诗学理念集录在《苹果的七种说法》（*Siete maneras de decir manzana*，2000）一书，这是一本入门指南性质的诗论专著，诗人试图用它解答困扰作者和读者的两个永恒问题：如何创作一首好诗？如何判断什么是一首好诗？

本哈明·普拉多和比森特·加列戈（Vicente Gallego，1963— ）、阿玛莉亚·包蒂斯塔、奥罗拉·卢克（Aurora Luque，1962— ）等"60后"诗人被视为西班牙诗坛"99年一代"，他们受到西班牙诗坛现实主义回归的影响，既植根于西班牙诗歌的丰厚传统，又具有典型的后现代特征和鲜明的文化主义倾向。本哈明·普拉多的早期诗作中带有西班牙"27年一代"诗人拉斐尔·阿尔贝蒂的深刻烙印，也不难发现艾略特、庞德、罗伯特·罗威尔（Robert Lowell，1917—1977）的影响。诗人本人对此从不否认，他坦陈自己是"阿尔贝蒂'承诺文学'之子"[3]。评论界认为与阿尔贝蒂一样，本哈明·普拉多的诗作是"晦涩

---

[1] Heredia, Daniel. "Benjamín Prado: «Lo que puede decir un gran poema, no lo puede decir mejor ninguna otra creación literaria»", ¡A los libros!, 2013-11-14. http://aloslibros.com/benjamin-prado-lo-que-puede-decir-un-gran-poema-no-lo-puede-decir-mejor-ninguna-otra-creacion-literaria/, 2020-04-11.

[2] Ibid.

[3] "Benjamín Prado se confiesa hijo de la «literatura comprometida» de Alberti", 2019-05-11. https://www.efe.com/efe/america/cultura/benjamin-prado-se-confiesa-hijo-de-la-literatura-comprometida-alberti/ 20000009-3974096, 2020-04-11.

的坦率"①和"明澈的魔法"②的共生体,诗韵悦耳,节奏欢愉。90年代中期之后,在早期诗作中电影技法和音乐元素之外,普拉多的表现手法日趋复杂多样,逐渐形成明晰与神秘和谐共生的个人风格。本哈明·普拉多擅于发掘日常元素中蕴涵的诗意,以洗练、灿烂而意味深长的语言描摹琐碎的生活、细碎的感觉和凡间俗世的爱情,但诗人并不满足于停留在浮光掠影的解释,而是通过独特的象征和隐喻使自己的诗句具有箴言的力量和穿透力,使诗歌成为空洞、沉寂和晦暗的对立面,从而制造快感,提出解释,厘清秘密,发掘事物内涵。诗人语言洗练准确,韵律流畅,朗朗上口,诗歌意象个人色彩鲜明,长于个人情感的抒发和表达,感情真挚深邃。本哈明·普拉多的诗作往往篇幅不长,但擅于意象铺陈,诗句往往具有很强的叙事能力,充满模糊多义的象征和出人意表的互文,比喻隽永精妙,闪烁着智慧的光芒,颇有俳句或格言诗的意蕴。

  互文性是本哈明·普拉多诗歌的另一个特点。诗人对各种文学元素进行再加工和再创作,巧妙地将它们引入自己的作品,是其成为自己诗歌世界的有机组成部分。例如,在《杰克·凯鲁亚克在燃烧的房子中》(«Jack Kerouac en la casa encendida»)一诗中,普拉多通过自身的阅读体验,将西班牙语、英语、法语世界不同时代、不同流派的诗歌意象融会贯通,赋予它们新的意义和范畴,形成个人风格鲜明的隐喻世界。在诗人笔下,"在路上"的杰克·凯鲁亚克(美国"垮掉一代"的代表人物)在雨中走向"燃烧的房子"——西班牙现代诗人路易斯·罗萨莱斯的长诗《燃烧的房子》,记忆、袭击、孤独、失落……"梦境仿佛阴影",凝聚成关于人的存在的思考:"我想到自己——仿佛同一位陌生人/相聚——几年前:/另一座有运河的城市/船燃烧/在水面上——好像冷

---

① García Martín, José Luis. «Benjamin Prado: Icebeg», *El Cultural*, 2002-12-26. https://elcultural.com/Iceberg, 2020-04-11.

② Ibid.

漠的天使取走/我的心放到另一个人的梦中——/与此同时我听着雨/落在两个城市上/淋湿高大的树木/那是我们的命运。"

普拉多主要诗歌作品还有《照明设备的蓝色心脏》(*El corazón azul del alumbrado*, 1991)、《私事》(*Asuntos personales*, 1992)、《躲避风暴的避难所》(*Cobijo contra la tormenta*, 1995)、《我们大家》(*Todos nosotros*, 1998)、《冰山》(*Iceberg*, 2002)、《关于拉斐尔·阿尔贝蒂我所唱过、说过的东西》(*Lo que canté y dije de Rafael Alberti*, 2004)、《人潮》(*Marea humana*, 2006)、《现在还不晚》(*Ya no es tarde*, 2014)。其中,《躲避风暴的避难所》荣获1995年第十届"伊贝利翁诗歌奖"(Premio de Poesía Hiperión);《冰山》荣获2003年第二十三届"梅利亚城市国际诗歌奖";《人潮》荣获2006年第八届"27年一代国际诗歌奖"(Premio Internacional de Poesía Generación del 27)。

2002年普拉多修订旧作《简单事件》《照明设备的蓝色心脏》《私事》《躲避风暴的避难所》《我们大家》五部诗集,并将它们拆分并按主题重新排序,并加入大量未刊作品,出版了自选集《赤道——诗集(1986—2001)》[*Ecuador (Poesía 1986-2001)*, 2002]。《赤道》诗作形式多样,意象丰富,有鲜明的叙事性追求和复兴现实主义的企图,被评论界视为本哈明·普拉多的一次诗歌创作自我总结。

90年代中期,本杰明·普拉多进入叙事文学创作领域,接连出版了《怪人》(*Raro*, 1995)、《你永远不要跟左撇子枪手握手》(*Nunca le des la mano a un pistolero zurdo*, 1996)、《你以为你去哪里,你认为你是谁》(*Dónde crees que vas y quién te crees que eres*, 1996)、《有人靠近》(*Alguien se acerca*, 1998)、《不仅是战火》(*No sólo el fuego*, 1999)等5部小说,广受评论界和普通读者好评。《不仅是战火》还荣获了1999年第十四届"安达卢西亚小说奖"(Premio Andalucía de Novela)。2006年他的黑色小说"胡安·乌尔瓦诺"系

列问世，目前已经出版了《当道的坏人》（*Mala gente que camina*，2006）、《"格拉迪奥"行动》（*Operación Gladio*，2012）、《报复》（*Ajuste de cuentas*，2013）和《30个姓氏》（*Los treinta apellidos*，2018）4部小说，以及短篇小说集《你手里藏了什么？》（*Qué escondes en la mano*, 2013）。本哈明·普拉多还有合著短篇小说集《我绝不会活着离开这个世界》（*Jamás saldré vivo de este mundo*，2003）。

普拉多还创作传记文学。《安提戈涅的名字》（*Los nombres de Antígona*，2001）以独特的视角和手法再现了阿赫玛托娃（А́нна Ахма́това，1889—1966）、茨维塔耶娃（Марина Ивановна Цветаева，1892—1941）、卡森·麦卡勒斯（Carson McCullers，1917—1967）、玛利亚·特蕾莎·莱昂（María Teresa León，1903—1988）等女作家的生平和创作，荣获2002年"何塞·奥尔特加–加塞特人文与散文奖"（Premio de Ensayo y Humanidades José Ortega y Gasset）。作为阿尔贝蒂的忘年交和研究专家，2002年本哈明·普拉多发表了一部深情的回忆录《在天使的阴影下——与阿尔贝蒂的13年友谊》（*A la sombra del ángel—13 años con Alberti*, 2002）。普拉多还与他人合作撰写了西班牙战后小说家卡门·拉福雷（Carmen Laforet，1921—2004）的传记《卡门·拉福雷传》（*Carmen Laforet*，2004）。近年来本哈明·普拉多还撰写了三部格言集《纯逻辑》（*Pura lógica*，2012）、《夹层底》（*Doble fondo*，2014）和《不仅是词语》（*Más que palabras*，2015）。

本哈明·普拉多的作品已被翻译成多国文字，在美国、德国、英国、法国、意大利、丹麦、葡萄牙、克罗地亚和匈牙利等国广泛传播，目前国内尚无单行本译作发行。

《冰山》（*Iceberg*）

　　《冰山》（2002）代表了本哈明·普拉多全新的艺术探索，标志着他进入一个新的创作阶段。《冰山》仅仅有94页，诗人尝试了许多以往从未使用过的诗歌形式与表现手法，同时，进一步开拓诗歌的叙事可能性，挖掘隐喻的力量，以语言的确定性传递意象的不可捉摸，达到明澈与神秘的和谐统一，即诗人所谓的"为灰烬而斗争就是拒绝火焰"。

　　在《冰山》中，本哈明·普拉多大量运用列举、总结、概述等手法，借助斩钉截铁的陈述句将读者拉入枚举的森林，迫使他们在缘由、征兆、疑问、假设、判断、结论之间踟蹰前行，不由自主地沉醉在诗人营造的意象世界之中："白天过去日子没有尽头。/愿望不靠硬币遮蔽喷泉。/女人在森林里迷失。/男孩踩上枝条时尖叫。"本哈明·普拉多凭借诗句在寻找与相遇、沉思和发现的两极之间游弋：时而陷入对死亡和命运的沉思，时而写下悠长的情爱笔记，时而潜心绘制曼德尔施塔姆、英格褒·巴赫曼（Ingeborg Bachmann，1926—1973）、安赫尔·冈萨雷斯、阿尔贝蒂等诗人的文学肖像；时而长歌恸哭在20世纪风云变幻的历史中多少诗人魂归离恨天……

　　《冰山》的第一部分"此时此地"（«Aquí y ahora»）汇集了本哈明·普拉多致阿尔贝蒂、安赫尔·冈萨雷斯等诗人的颂歌。在这些作品中，诗人不断诉诸修辞又不停地质疑修辞，在反思与提出自己的诗学思考。《冰山》中的爱情诗集中在"日复一日"（«Día a día»）一部分中。诗人着力刻画了爱情中美好的一面——相爱的甜蜜、幸福的恋爱……并以简练的语言、洗练的意象有效避免了同类作品绵软甜腻的通病。普拉多的诗句或清新直白，如风中的歌曲不经意拨动读者的心弦；或惜字如金，言短情长，颇具俳句的神韵；或构思精巧，充满令人意想不到的语法游戏。关于旅行的诗篇被收录在"离家"（«Fuera de casa»）一部分中。例如，《因为鲍勃·迪伦存在》（«Porque existe

Bob Dylan»）凝练有力，回荡着加西亚·洛尔卡哀歌的余韵。《动物园》（«Zoo»）是诗集中篇幅最长的作品。普拉多列举了20世纪不幸殒命的百余位诗人，通过隐喻，将三个名字——一位诗人、一种动物和一个地点——联系在一起，绵延不绝，回旋往复，形成了诗人一次华丽的修辞冒险。《绿色》（«Verde»）是一首带有鼓动色彩的环保主义诗歌。《冰山》一诗解释了诗集名字的由来："这就是生活：/真相在波涛之下/等着我们。"

（许彤）

索莱达·普埃托拉斯（Soledad Puértolas）

索莱达·普埃托拉斯（1947— ），出生于萨拉戈萨一个中产阶级家庭，14岁随家人移居马德里，在首都攻读新闻专业。1971—1974年随丈夫留学挪威和美国，获加利福尼亚大学文学硕士学位。1975年回国后当过记者、教师、文化部官员、出版社主编，同时开始文学创作。她先后被授予"阿拉贡文学奖"（Premio de las Letras Aragonesas 2004）、"马德里自治区文化奖"（Premio de Cultura de la Comunidad de Madrid 2008）和"萨拉戈萨金质勋章"（Medalla de Oro de Zaragoza 2012）。2010年当选西班牙皇家学院院士，2018年9月被任命为西班牙国家图书馆皇家理事会（Real Patronato de la Biblioteca Nacional）主席。

处女作《双重武装的强盗》（*El bandido doblemente armado*，1979）具有美国黑色侦探小说的叙事风格，获当年"芝麻奖"。成名作《长夜犹在》（*Queda la noche*，1989）加入了侦探、多角恋爱、东方情调和女性主题，语言直白流畅，颇具畅销小说的要素，获1989年

"行星奖",成为自1975年佛朗哥去世以来第一位获此殊荣的西班牙女作家。散文集《隐秘的生活》(*La vida occulta*)反思文学及作家的创作,获1993年"阿纳格拉玛散文奖"。散文《巴罗哈与我。明快的怀旧》(*Baroja y yo. Lúcida melancolía*,2017)回忆了她与巴罗哈的文学交往(从小她就喜欢阅读这位大师的作品,大学期间完成了以巴洛哈作品为主题的毕业论文),《隐秘的生活》也涉及巴罗哈给予她的文学养成。

普埃托拉斯的作品大多具有作家自身经历的影子,对家庭关系和人际关系充满内省,如《大家都撒谎》(*Todos mienten*,1988);注重刻画人物的内心世界,在平淡的生活中寻找真情。她的语言克制、细腻、充满暗示,结尾往往出人意料。各式人物自由出没,如《波尔图》(*Burdeos*,1986),连接他们的是相似的生活方式或遭遇。

人生的失意、无常和空虚体现在她的一些小说里,如《阿雷纳尔大街的时光》(*Días del Arenal*,1992)、《如果傍晚信使到来》(*Si al atardecer llegara un mensajero*,1995)、《一种意外的生活》(*Una vida inesperada*,1997)、《博格夫人》(*La señora Berg*,1999)、《银玫瑰》(*La rosa de plata*,1999)。

《夜晚的天空》(*Cielo nocturno*,2008)颇具自传因素,截取的是女主人公(与作家本人极为相似)从中学到大学的过渡阶段。普埃托拉斯表示这个女性人物有很多她本人的东西,但变形了,就像是在梦里。作家希望通过此书回答一个问题,即如果她像《夜晚的天空》里的女主人公那样留在故乡萨拉戈萨读大学,而不是前往首都求学,那么她本人的生活将会是一幅什么景象呢?

《我无望的爱》(*Mi amor en vano*,2012)从一个年轻人的视角探讨痛苦和激情。主人公埃斯特万刚刚遭遇了一场车祸,在康复期间他决心与自己过去的生活决裂。于是埃斯特万改变了住址,在一个充满破碎的梦想、失意、激情和渴望的新社区重建他的社交群。邻居的生活通过埃斯特万视角的过滤,变成了读者与人物之间的一种灵媒。作家对次要人物的偏爱使得这部小说里的群像人物获得了极大的分量和很高的地位。

新作《歌剧音乐》(*Música de ópera*,2019)是一部回忆性小说,讲述一个萨拉戈萨家庭三代人从动荡的内战岁月到佛朗哥统治最后时期的各种家庭秘密、怨恨、背叛、忠诚和衰败,披露了他们难以示人的伤痕和忧虑。在《歌剧音乐》中,知名的历史事件——内战的爆发和结束、美国总统的访问、古巴革命等——与人物的内在冲突联系起来,尤其是三个来自不同社会阶层的女性角色:出身于上流社会的寡妇埃尔维拉,热爱音乐、珠宝和旅行,在前往萨尔茨堡的一次旅行中正好遇到西班牙内战爆发,从此她的生活发生了翻天覆地的变化;外甥女瓦伦廷娜,一直在她的保护下生活;第三代子女阿尔瓦,努力探究家族的隐秘故事(她与作家本人最接近)。生活是由痛苦、不理解、欢乐和秘密构成的,有很多种爱,必须寻找爱,而音乐和书信为女性人物提供了生存的空间和心灵的自由。

普埃托拉斯写过不少短篇小说集,如《一种道德弊端》(*Una enfermedad moral*,1983)、《湾流》(*La corriente del golfo*,1993)、《再见,女友们》(*Adiós a las novias*,2000)、《旅行的女伴》(*Compañeras de viaje*,2010)、《终结》(*El fin*,2015)和《男孩与女孩》(*Chicos y chicas*,2016)。自传体短篇小说《与我母亲》(*Con mi madre*,2003)回忆了作家与母亲共同生活的往事。

《来参加我婚礼的人》(*Gente que vino a mi boda*,1998)由17个短篇小说构成(书名来自最后一个篇幅近似中篇的同名小说),所有的故事都是由第一人称叙述的:在前8个短篇小说里叙事者是男性,其余9个是女性。家庭关系(夫妻、母女之间的关系)、爱情的美好和脆弱、时间的流逝、旅行(尤其是坐火车,它给人物提供了回忆和反思自身经历的空间)、对日常生活状态和细节的捕捉是该书的基本主题。从篇幅上看,短的只有5页,如《理发师》(*El peluquero*);长的有26

页，如《受宠的女儿》（*La hija predilecta*）。出现最多的城市是马德里，另外还有作者的故乡萨拉戈萨。《来参加我婚礼的人》通过一个在屋中角落做缝纫活计的女人的记忆，向读者传递一种短暂性的感觉以及生活所赋予我们的持久偶然性。女主人公—叙事者表示："事物不该消失，我自言自语，那些我们慢慢创造的美好事物，把我们的所有身份、我们努力让自己成为的人，都倾注在它们身上……我不知道自己缝补的时候是否思考，我认为很多时候什么也没想，只是感到时间愉悦地流逝，而我也在它的内部流逝，被保留在时间的泡沫之内，它慢慢地、小心翼翼地移动，以便在移动的过程中包含在泡沫内部的东西不受到伤害。"

普埃托拉斯在这个短篇小说集里捕捉现实的片段，力图创造一个令人联想的完满世界。她塑造的人物大多是逃避现实的，他们回忆、反思，试图寻找那根串联自己生活的细线。该作品结构精妙，具有内在的和谐，与人物的生活形成强烈反差，作者仿佛是在手工编织这些故事。正如她的出版商豪尔赫·埃拉尔德（Jorge Herralde）所言，普埃托拉斯的短篇小说是一种轻松与高深的混合。

中译本：《长夜犹在》，刘晓眉译，光明日报出版社、华夏出版社，1999年（后改名《留住黑夜》，刘晓眉译，中央编译出版社，2018年）；《擦肩而过》，于琦译，中央编译出版社，2015年。

《擦肩而过》（*Historia de un abrigo*）

《擦肩而过》（2005）是索莱达·普埃托拉斯的小说代表作之一，具有不少自传因素。整个故事情节的导火索是一件旧大衣：女主人公玛尔（Mar，作家的化身）在退休的父亲家里及众多姊妹的衣柜里寻找属于去世的母亲的一件黑色羊皮大衣，执意要得到那件属于母亲的物品。

索莱达·普埃托拉斯 (Soledad Puértolas)

在此过程中，玛尔找到了父亲给全家拍摄的照片（原来父亲曾是位成功的职业摄影师，为了赡养人数众多的大家庭，不得不放弃自己的梦想，在照相馆工作），于是又生发出新的故事线索和人物。在小说的第一章"追寻"结尾，读者就知道了这件大衣如今落到了大楼女看门人的手里，但这一章为之后章节（全书共15章）的故事发展留下了许多线索。

从第二章"静止"起，每一章聚焦一个人物（包括这个大家庭的6个兄弟姐妹、各自的媳妇或女婿，他们在自己的章节里是叙述者，在别人的章节里变成一个次要人物，彼此之间形成隐性或显性的关系）：一个感觉被儿子排斥的母亲体验着无名的孤独，少年的梦想和苦恼，面对疾病和丧失记忆的困难，成年时期的困惑，地下情的代价，对旅行的渴望（尽管作家本人并不爱好旅行），陌生地域的敌意（例如第八章"曼彻斯特"讲述的这个英国城市之旅给人物所造成的印象），做决定之前的犹疑，邻居的生活所引发的好奇……这些故事的舞台分布在欧洲各地（曼彻斯特、福门特岛、威尼斯、纽约），人物关系错综复杂。"我们离开了自己的家，走进了别人的家，我们在街上与他人擦肩而过，在不同的地方遇到不同的人。我们所有人交织在一起。"

在这部作品中，普埃托拉斯通过一个微不足道的物件，讲述了一个大家庭各个成员不为人知的故事（14个人物都陷入一种相似的道德氛围）。他们生活在一个小天地里却无法彼此沟通，而命运或与他们无关的人物却能使这些人物建立联系。这种小说结构在《波尔图》和《阿雷纳尔大街的时光》中出现过，她根据人物关系的远近，采用第一人称或第三人称的叙述口吻。普埃托拉斯由此得出的结论是："她只了解她母亲的一部分生平，因为那就是我们对其他人（甚至对我们最亲近的人）生活的了解，部分、碎片、片段。"

《擦肩而过》体现了普埃托拉斯一贯的内心化风格，通过描写小人物的小悲剧，表现出人性的多棱角和碎片化形象。

（王军）

多洛雷丝·雷东多·梅伊拉
（Dolores Redondo Meira）

多洛雷丝·雷东多·梅伊拉（1969—　），西班牙小说家，专注创作侦探及悬疑推理题材。她出生于圣塞巴斯蒂安附近的一个小渔村，曾在由耶稣会创办的、在巴斯克地区享有很高声望的德乌斯托大学（Universidad de Deusto）攻读法律，但未能毕业，转而进修美食课程。她曾在多间餐厅工作过，还经营过自己的餐厅，后转行潜心从事写作。

多洛雷丝·雷东多表示她从14岁开始文学创作，最初的尝试是一些短篇小说和儿童故事。2009年她出版首部小说《天使的特权》（*Los privilegios del ángel*），并从2013年起发表"巴斯坦河谷三部曲"（*Trilogía del Baztán*）：《隐形守护者》（*El guardián invisible*，2013）、《骸骨遗训》（*Legado en los huesos*，2013）和《暴风雨的献祭》（*Ofrenda a la tormenta*，2014）。"巴斯坦河谷三部曲"叙事风格独特且颇具巴斯克地区的独特风土人情，长期蝉联西班牙畅销书榜

多洛雷丝·雷东多·梅伊拉（Dolores Redondo Meira）

单,已售出超过百万册,被翻译成36种语言。多洛雷丝·雷东多也因此获得了"当代西班牙最具力量及原创性的侦探类小说家"①的美誉。2019年她又推出了该三部曲的前传《心的北面》（*La cara norte del corazón*），小说的情节发生在两个不同的时代:第一个是1992年,女主人公、后来成为森林女警察的阿麦亚·萨拉萨尔（Amaia Salazar）当时才12岁,她在一个暴风雨之夜在森林里迷失了整整12个小时,而13年后一个电话及被头发掩盖的伤疤又将她带回那个可怕的夜晚。第二个时代是2005年,舞台也转到了美国的路易斯安那州（当地深受龙卷风袭击的危害）。此时的阿麦亚·萨拉萨尔受命追查一个利用龙卷风在当地制造灭门惨案的凶手,这个案情基于一个真实事件,作家正是希望借此来剖析人类的内心之恶。

2016年多洛雷丝·雷东多凭借犯罪悬疑小说《我将给你这一切》（*Todo esto te daré*）获得"行星奖"。在颁奖典礼上,雷东多表示:"你们让我实现了从青少年时期开始就一直怀有的梦想,因为这并非是我首次报名参加行星奖的评选,过去每当有女作家获此殊荣的时候,我总是梦想着是我自己站在这一舞台上。"②近日,该书又荣获了2018年意大利第六十六届"班卡雷拉文学奖"（Premio Bancarella）。

目前多洛雷丝·雷东多已开设个人网站（http://www.doloresredondo.com/）和读者进行交流与互动。值得一提的是,其代表作"巴斯坦河谷三部曲"的第一部《隐形守护者》、第二部《骸骨遗训》)和第三部《暴风雨的献祭》已由导演费尔南多·冈萨雷斯·莫利纳（Fernando González Molina）拍摄成同名电影,分别于2017年、2019年和2020年上映。

中译本:《隐形守护者》,陈岚译,天津人民出版社,2017年。

---

① https://www.doloresredondo.com/, 2020-07-06.

② https://www.doloresredondo.com/dolores-redondo-gana-el-premio-planeta-2016-con-todo-esto-te-dare/, 2020-07-06.

《隐形守护者》(*El guardián invisible*)

《隐形守护者》(2013)系西班牙知名侦探推理小说家多洛雷丝·雷东多的代表作"巴斯坦河谷三部曲"的第一部,也是最为成功的一部。它曾一度占据西班牙畅销书排行榜长达三年之久,仅本土销量就突破百万册,目前已被翻译成三十几种语言。

故事发生在紧邻法国边境的纳瓦拉地区(Navarra)的一个山区小镇上,这里拥有悠久的历史、独特的风土人情和神秘的民间传说,部分村民依然相信在密林里存在着超自然的力量,守护着这一方水土。最初,在森林的河边连着发生了两起神秘的命案,女警探阿麦亚·萨拉萨尔为了查案(她的助手是男侦探费尔明·蒙特斯),不得不回到她多年来一直试图逃避的家乡。受害者是两位花季少女,赤身裸体被勒死,阴部还放着当地的一种传统糕点,而萨拉萨尔警探家族祖传的蛋糕工坊恰是销售这种糕点的著名甜品店,目前由她姐姐弗洛拉经营。随着探案过程的推进,陆续发生了更多起针对少女的血案,真相扑朔迷离,线索甚至直接指向萨拉萨尔的家人;与此同时,阿麦亚·萨拉萨尔夜夜噩梦缠身,甚至在探案过程中亲眼见到了传说中的神秘生物"巴萨璜"和森林守护女巫"玛里",并最终回想起一段源自儿时受虐经历的、因为过于痛苦而自我封印的精神创伤。最后,在危急关头,弗洛拉亲手开枪打死了自己的前夫维克多,也就是一系列连环命案的真正凶手。这个误入歧途的变态杀手,沉浸在古老的传统和神话中,自诩为守护者,试图通过谋杀少女让她们回归纯净,维护自然界的平衡。

《隐形守护者》将紧张刺激的追凶情节与巴斯克地区的神话、风俗和宗教因素巧妙地结合在一起,营造出一种神秘而富有吸引力的阅读氛围,吸引了很多读者,也获得了评论界的美誉。其囊获的奖项包括:西班牙国家电视台(TVE)文化类节目"继续"(*Continuarà*)评选的"2013年度最佳小说",西班牙《先锋报》评选的"2013年度最佳犯罪

多洛雷丝·雷东多·梅伊拉（Dolores Redondo Meira）

小说", 法国《费加罗》杂志选出的"夏季十佳犯罪小说之一", 巴斯克地区书商协会（Asociación de Libreros del País Vasco）评选的2014年"银笔奖"（Premio Pluma de Plata）, 并在2015年入围由英国推理作家协会[①]组织的"国际匕首奖"（CWA International Dagger）最后一轮竞赛。此外,《隐形守护者》已被改编成电影并于2017年上映, 导演是费尔南多·冈萨雷斯·莫利纳, 并由作者本人亲自担任编剧。

（徐泉）

[①] 英国推理作家协会（Crime Writers' Association, 简称CWA）成立于1953年, 是英国最重要、历史最悠久的悬疑小说家、推理小说家和侦探小说家组织。由协会主办的"匕首奖"（Daggaer Award）是英国推理创作界最高级别的文学奖项。

豪尔赫·列克曼·费尔南德斯
（Jorge Riechmann Fernández）

　　豪尔赫·列克曼·费尔南德斯（1962—　），西班牙当代诗人、散文家、翻译家、社会学家、生态学家、伦理学副教授。

　　豪尔赫·列克曼1962年出生于马德里，祖父是移居西班牙的德国人。他自幼热爱阅读和写作，少年时期曾在可口可乐公司和西班牙图书协会（Instituto del Libro Español）征文比赛中获奖。1977年首次发表文学作品，1985年出版了首部译著。1986年毕业于马德里康普顿斯大学数学系，曾在西班牙国立远程教育大学进修哲学，在柏林洪堡大学学习德国文学，1993年在巴塞罗那自治大学取得政治学博士学位。豪尔赫·列克曼目前在马德里自治大学任伦理学副教授，此前他曾在巴塞罗那自治大学长期任教，是马德里康普顿斯大学客座教授，还在马德里卡洛斯三世大学、墨西哥国立自治大学等多处高校和科研院所担任过访问学者。他的研究领域包括后资本主义、文明的衰落、生态社会主义、政治生态学、"绿色"政治哲学、可持续哲学、生态伦理学、新技术伦

豪尔赫·列克曼·费尔南德斯（Jorge Riechmann Fernández）

理、科技哲学、社会运动研究等。在学术研究、写作和翻译之余，列克曼一直积极投身社会活动、环保运动和左派政党活动。

豪尔赫·列克曼被认为是当代西班牙重量级诗人之一。他创作了许多抒发个人情感的作品，更不乏蕴涵深刻社会意识的诗歌。诗人延续并发展了西班牙"社会诗歌的现实主义传统。他关注自己生存的时代的种种荒谬之处，诗作中洋溢着对当代社会非人性和后现代弊端的抵抗与反对。列克曼认为真正的诗歌应该拒绝装腔作势、矫揉造作、虚伪和自恋，更不能推卸责任。诗人认为现实是历史和意识形态的产物，他强调在诗歌范畴内诗人的承诺就是对诗的承诺，诗人应该成为对自己时代、自己同胞负责的公民。列克曼认为诗人无力也不该充当特定群体、政党、阶级或意识形态的代言人，抒情主体必须坚守反叛立场，但不应再自诩为英雄，不再沉溺于使命感的虚妄，或不应大言不惭地宣称自己说出了别人无法表达的现实。诗人要求以布莱希特的方式认识、观察、解读现实，试图在一首诗的范畴内实现道德、文学、美学与政治的融合。

豪尔赫·列克曼认为质疑、反叛与颠覆是诗歌的本质。诗歌凭借其借喻、转喻、比喻和隐喻手法，不断接近遥不可及的远方，不断在连接隔绝或孤立。一首诗延长了现实，它步履蹒跚地试图说出真理，因为真理不可能先验于存在。若诗歌不找寻真理，真理则不复存在。在诗人看来，语言的诗学功能涉及语言的各种范畴和应用，诗歌从本质上拒绝停滞，挑战现有秩序，从而推动乌托邦的建构，最终实现天下大同。在诗歌美学追求上，列克曼认为诗歌的本质是语言问题，诗歌语言并非所谓的"诗意语言"，各种用途的语言都具有诗学功能。他的很多诗歌作品都有明显的散文化倾向，诗句明澈清醒，自由奔放，坚定有力，富有战斗性。诗人灵活运用各种修辞手段，将不同来源、范畴、类别、规范的语言杂糅使用。无论是文学术语，还是广告用语，诗人都信手拈来，创造性挖掘它们的诗学内涵。如诗集《我停止阅读〈国家报〉的那天》（*El día que dejé de leer* EL PAÍS，1997）中《稳定工作的美好梦想》（«El bello sueño del trabajo estable»)和《超级洛佩斯自告奋勇，1996》（«Ofrécese SuperLópez，1996»）两首诗，是诗人从《国家报》上摘抄句子，并严格遵照原文中句子出现的前后顺序拼贴为一首诗。诗句均以大写形式出现，仿佛滚动着的头条新闻标题，强烈刺激着读者的视觉，却又因为过于频繁和重复的刺激，荒谬地消解了读者的注意力。

列克曼的早期诗作多围绕三个主题展开，即人的身份认同、社会问题和生态问题。诗人尝试以表现主义意象传达现实主义诉求，建立现实主义与非理性修辞之间的和谐关联。80年代末，列克曼受到"体验派诗歌"影响，关注个体在历史失落与个人苦难之间的彷徨境地。诗人嘲讽地思考存在问题，愉悦地观察日常生活，揭露晚期资本主义社会的弊端，风格粗犷狂放，语言直率坦白。1997年之后，列克曼的诗歌创作基本沿着两个方向发展：一部分作品带有强烈的格言诗特征，形式凝练，言简意赅，有时甚至浓缩为几个口号式的词语；另一部分通过散文诗般浓烈密集的语言描摹我们心底埋藏的感情和我们对乌托邦最后的渴望。以1997年"哈恩诗歌奖"（Premio Jaén de Poesía）获奖作品《我停止阅读〈国家报〉的那天》为例，诗人将犀利的目光投向自己的周遭，投向信息时代普通人的日常生活，真实记录和反映了90年代中期西班牙的社会、政治、文化氛围。面对全球化冲击，欧洲传统左派政党纷纷修正自己的意识形态诉求，走上"中间道路"，谋求吸引E时代青年选民的支持。这在当时和现在都引发了极大争论。《国家报》是西班牙左派的重要宣传阵地，诗集名称《我停止阅读〈国家报〉的那天》本身已经透露了诗人对左派转向的忧虑与不信任——"他们是世上的盐/但世间还需要/一点儿辣椒/或者其他香料"。豪尔赫·列克曼在诗集中延续了西班牙战后"见证诗歌"的基调，但抒情主体不以救世主自居，而是努力跳出传统"社会诗歌"意识形态僵化、表现手法单一的窠臼，大量应用超写实主义（hiperrealismo）——诗人所谓超级市场（hipermercados）时代的现实主义，拓展了"社会诗歌"的视野。例如，诗人选择了类

豪尔赫·列克曼·费尔南德斯（Jorge Riechmann Fernández）

似新闻报道的直白风格，甚至特意在近三分之二的诗作题目中标注了时间，如《青年工人，1993》（«Obrero joven, 1993»）、《新政府，1996》（«Nuevo gobierno, 1996»）等，以此凸显作品的时代感和历史感。同时，他还故意没有按照新闻事件的时间顺序编排诗集，打破了固化的叙事逻辑，以自己对西班牙社会的观察，提出后资本主义社会面临的尖锐问题。

豪尔赫·列克曼的主要诗歌作品有《蚀之颂》（*Cántico de la erosión*，1987）、《柏林笔记》（*Cuaderno de Berlín*，1989）、《火车——27种应对打击的方法》（*Material móvil. 27 maneras de responder a un golpe*，1993）、《皮下刀口》（*El corte bajo la piel*，1994）、《与一个外国人共舞》（*Baila con un extranjero*，1994）、《爱你义无反顾（爱情诗1981—1994）》［*Amarte sin regreso (poesía amorosa 1981-1994)*，1995］、《死亡的语言》（*La lengua de la muerte*，1997）、《带铭文的墙/万物言名》（*Muro con inscripciones/ Todas las cosas pronuncian nombres*，2000）、《临时工》（*Trabajo temporal*，2000）、《空旷的车站》（*La estación vacía*，2000）、《原路返回》（*Desandar lo andado*，2001）、《过路人的诗》（*Poema de uno que pasa*，2002）、《贴近的嗡嗡声》（*Un zumbido cercano*，2003）、《身已老却未出生》（*Anciano ya y nonato todavía*，2004）、《我想在那里看到你》（*Ahí te quiero ver*，2005）、《无遮无挡的诗》（*Poesía desabrigada*，2006）、《炼金术士之间的对话》（*Conversaciones entre alquimistas*，2007）、《伦戈·龙戈》（*Rengo Wrongo*，2008）、《冰桥》（*Puente de hielo*，2008）、《不可能的艺术》（*Las artes de lo imposible*，2010）、《巴勃罗·聂鲁达和狼的一家》（*Pablo Neruda y una familia de lobos*，2010）、《怀恋未来（诗歌汇编1979—2000）》［*Futuralgia (poesía reunida 1979-2000)*，2011］、《伤残的诗》（*Poemas lisiados*，2011）、《凡夫俗子》（*El común de los mortales*，2011）。

列克曼的诗歌作品屡获殊荣：《蚀之颂》，1987年"伊贝利翁诗歌奖"；《皮下刀口》，1993年"马德里书展奖"（Premio Feria del Libro de Madrid）；《死亡的语言》，1996年"比亚弗兰卡·德尔·比埃索诗歌奖"（Premio Villafranca del Bierzo）；《空旷的车站》，2000年"加夫列尔·塞拉亚国际诗歌奖"（Premio Internacional de Poesía Gabriel Celaya）；《伦戈·龙戈》，第十四届"梅里达市诗歌奖"（Premio de Poesía «Ciudad de Mérida»）。

我们不能脱离豪尔赫·列克曼的诗学和美学论述理解他的诗歌创作。在这些随笔中，诗人广泛涉及了当今文坛的热点问题，特别是从理论层面探讨诗人如何通过调查式的现实主义手法探查、发现并改造诗与现实之间的联系。列克曼的主要诗学和美学专著有：《群岛探险——走近勒内·夏尔》（*Exploración del archipiélago. Un acercamiento a René Char*，1986）、《实用诗歌》（*Poesía practicable*，1990）、《超越人性的歌》（*Canciones allende lo humano*，1998）、《空中居所》（*Una morada en el aire*，2003）、《物质的抵抗》（*Resistencia de materiales*，2006）、《在瓷砖上起舞》（*Bailar sobre una baldosa*，2009）等。

此外，诗人还翻译了法国诗人勒内·夏尔（1907—1988）、法国诗人亨利·米肖（Henri Michaux，1899—1984）以及德国戏剧家、诗人海纳·穆勒（Heiner Müller，1929—1995）、克莱斯特（H. Von Kleist，1777—1811）等人的作品。2000年豪尔赫·列克曼荣获"司汤达翻译奖"（Premio Stendhal de Traducción）。

列克曼还与诗人何塞·玛利亚·帕雷尼奥（José María Parreño，1958—　）共同为瓦伦西亚行会出版社（Editorial Germanía）编辑诗歌丛书，并担任社会学政论杂志《与此同时》（*Mientras tanto*）的编委。

近年来他还出版了多部生态社会哲学专著，如《脆弱的世界》（*Un*

豪尔赫·列克曼·费尔南德斯（Jorge Riechmann Fernández）

mundo vulnerable，2000）、《不愿意去火星旅行的人》（*Gente que no quiere viajar a Marte*，2004）、《生物仿制》（*Biomímesis*，2006）、《只有骑自行车才能实现社会主义》（*El socialismo puede llegar sólo en bicicleta*，2012）、《智能手机击溃了环保运动？》（*¿Derrotó el smartphone al movimiento ecologista?*，2016）、《像善良的孤儿一样活着？》（*¿Vivir como buenos huérfanos?*，2017）、《城外的伦理》（*Ética extramuros*，2017）、《写给〈大考验的世纪〉的推特。用寓言射击》（*Tuits para el Siglo de la Gran Prueba. Disparos con parábola*，2017）等。

豪尔赫·列克曼的作品已经被翻译为法语、英语、意大利语、德语等多种语言，他的作品入选了西班牙国内外多部重要诗歌选集，目前中国国内尚未发行其作品的中文单行本。

《伦戈·龙戈》（Rengo Wrongo）

《伦戈·龙戈》（2008）是西班牙当代诗人豪尔赫·列克曼的代表作之一。诗集政治倾向鲜明，批判色彩浓郁，被认为是近年难得一见的伦理诗佳作，是诗人从左派政治、社会和哲学视角革新承诺诗歌的成功尝试。

《伦戈·龙戈》中的作品以无韵自由体诗为主，主要分为"一块朝尼采脸上扔去的蛋糕""他的哲学跳蚤""神秘和精练""迟钝的龙戈""他的两根拐杖""一小份"六个部分，在抒情主体的独白、呓语、观察、追问中，在丰富的互文和繁杂的隐喻中，在结构日常世界的同时也在不停地寻找着人类生存的终极意义："那个叫龙戈的人怀疑/对生活/与它所有的深渊说'是'/一直是巧舌如簧的姿态/或罗曼蒂克的自我欺骗。/龙戈，猜测/真正有价值的/是对生活/与它所有的苦难说

'是'。/总之，瘸子龙戈，跛脚的龙戈。"

豪尔赫·列克曼在书中塑造了一位名为伦戈·龙戈的抒情主人公，诗集也因此而命名。"伦戈·龙戈"（Rengo Wrongo）本身也是一个狡黠的文字游戏，两词是一个叠音组合，拆分开来是来自两种语言的两个实词。在西班牙语中，"rengo"意思是"腿瘸的""跛子"，可以做形容词和名词使用；而"wrongo"是英语俚语，有"错误的""坏家伙""黑社会成员""不受欢迎的人"的意思。此外，在西班牙龙戈·东戈（Wrongo Dongo）还是一个知名葡萄酒品牌，它的商标是一个滑稽小人，头戴礼帽，留着翘八字胡，胡须被仔细地修剪成"W"形状。多种语义和文化内涵混合在一起，构成了主人公疯狂错乱的漫画像。

评论界普遍认为诗集主人公伦哥·龙戈是豪尔赫·列克曼的超我："在这首诗/持续的时间/你的名字是龙戈。/我的名字曾经是豪尔赫/现在和你一样/我叫龙戈。"伦戈·龙戈具有强烈的道德意识和明确的政治态度，作为诗集的抒情主体，他个性鲜明，性格复杂多面，正如诗人在《伦戈·龙戈》出版之后所强调的，"龙戈不是/也不可能是/诠释正义的楷模"。面对全球化冲击下资本主义道德败坏的现实，在最初的震惊、不满、愤怒和困惑之后，主人公追问自己："在个人资本主义的后现代世界中/像老龙戈这样的老牌启蒙主义者/能做些什么？"诗人的抒情主人公既没有惊慌失措地逃避，也没有固步自封地寻求自我安慰，他坚毅而温柔，以清醒而睿智的目光审视这个世界，精辟又不失幽默地分析着这个时代的各种现实——社会正义、生态主义、诗歌、贫困、爱情、新自由主义、后现代。通过伦戈·龙戈的独白、对话和思考，豪尔赫·列克曼吐露了几乎所有人内心的不平，坦然讲出了后现代的真相："龙戈建议：/如果你无聊，不要写作。/如果你快乐，不要写作。/当你远离厌烦和欢愉/拿起笔/到那时写下/只写下一个词。"在列克曼的佳作中，思想和政治理念化为隽永的诗句，内心情感与乌托邦追求、个人与

豪尔赫·列克曼·费尔南德斯（Jorge Riechmann Fernández）

集体、痛苦和失望透过绵延的诗意凝结为一个整体。正如豪尔赫·列克曼诗中所言："龙戈继续想/ 布莱希特和胡安·拉蒙/不是对手/而是互补的两人。"

2008年，《伦戈·龙戈》因"质朴铿锵、内敛谦逊、深邃坦荡、意象丰富"荣获第十四届"梅里达市诗歌奖"。

（许彤）

卡尔梅·列拉（Carme Riera）

卡尔梅·列拉（1948— ），巴塞罗那自治大学文哲系教授、小说家、散文家、编剧，2012年当选西班牙皇家语言学院院士、塞万提斯学院理事会成员。2015年被授予"西班牙文学国家奖"。

列拉出生于巴塞罗那，父亲是妇科医生，很小被送到马略卡群岛并在那里长大（因此她用加泰罗尼亚语写小说，用西班牙语写文论），这是她众多作品的舞台。1965年回到巴塞罗那大学攻读英语语言文学，后获得巴塞罗那自治大学语言学博士学位，1979年毕业留校。她的博士论文《巴塞罗那派：巴拉尔、希尔·德·别德马、戈伊狄索洛："50年一代"的诗歌核心》（*La escuela de Barcelona: Barral, Gil de Biedma, Goytisolo: el núcleo poético de la generación de los cincuenta*）获得1988年"阿纳格拉玛散文奖"。

短篇小说《亲爱的，我把大海留给你做信物》（*Te entrego, amor, la mar como una ofrenda*，1975）和《我把海鸥作为证人》（*Pongo por testigo a las gaviotas*，1977）以书信体形式讲述西班牙民

主变革之前加泰罗尼亚地区的一位女中学生爱上自己的女老师的同性恋故事，在技巧上借鉴元文学手法，大量使用对话和个人回忆，是对西班牙政治过渡时期妇女状况的见证。

第一部长篇小说《多梅尼科·瓜里尼的春天》（*Una primavera para Domenico Guarini*，1981）融合了侦探小说与散文、报刊语言与文雅语言，表面上讲述女记者伊莎贝尔前往佛罗伦萨报道精神不正常者多梅尼科·瓜里尼企图毁掉文艺复兴时期波提切利的油画《春》的案件，实际上这次意大利之行为伊莎贝尔提供了反思自己生活的机会，也使她的内心发生了重要的变化。

《在最后的蓝色中》（*En el último azul*，1995年"国家小说奖"）的时空背景是17世纪末的马略卡岛，讲述的是岛上犹太人群体的生活。《在天边和更远的地方》（*Por el cielo y más allá*，2001）同样是历史题材，但采用了连载小说的手法，讲述父亲去世后远嫁古巴的西班牙少女玛利亚在异国他乡的动荡生活（她的丈夫是古巴上流社会最有影响力的人物之一），其中交织着古巴独立运动的风雨。

《灵魂的一半》（*La mitad del alma*，2004）以战后的巴塞罗那为舞台，女主人公—叙述者收到一个藏有母亲信件和照片的文件夹（从信中发现母亲曾有过一个情人），开始寻找失踪的母亲，进而发现母亲实际上是共和国间谍（父亲一直在窥探她），她并非死于车祸，而是被暗杀。《纯真岁月》（*Tiempo de inocencia*，2013年"特伦西·莫伊斯国际小说奖"）是卡尔梅·列拉为回忆童年生活所写的自传。

黑色侦探小说系列：《英语之夏》（*El verano del inglés*，2006）包含着对美国小说家亨利·詹姆斯的名作《螺丝在旋紧》的致敬；《几乎消亡的本性》（*Naturaleza casi muerta*，2012）发生在巴塞罗那自治大学校园，女主人公是一名侦探，其名字曼努埃拉·巴斯克斯（Manuela Vázquez）明显是对西班牙侦探小说大家曼努埃尔·巴斯克斯·蒙塔尔万（Manuel Vázquez Montalbán）的致敬；《我将为你的死报仇》（*Vengaré tu muerte*，2018）的女主人公埃莱娜·马丁内斯曾是巴塞罗那一名私人女侦探，这位出生在加利西亚的中年女子在上小说课程，目的是学习如何重构一个案件。该案发生在2010年西班牙房地产腐败并爆发危机的时候，与一位名叫罗伯托的加泰罗尼亚企业家有关。但经济和政治权力掌控者的显性堕落不过是另一个更加可怕、隐蔽、私密的堕落的另一面，即性别暴力和鸡奸。

《临终话语》（*Las últimas palabras*）

《临终话语》（2017）是卡尔梅·列拉的新作，获2016年"圣胡安加泰罗尼亚文学奖"（Premio Sant Joan de literatura catalana）。

在《临终话语》里列拉以奥地利王子、茜茜公主的表弟路易斯·萨尔瓦多（Luis Salvador de Austria，1847—1915）的口吻，用第一人称形式虚构了这位神秘的历史人物在马略卡岛临终之前向秘书口述，后在一本被遗忘的手稿中发现的遗嘱。从他回顾自己一生的内心独白中我们得知，这位属于欧洲最显赫家族的主人公是一个有着渊博文化、四海为家、不知疲倦的旅行家（与他的奥匈帝国间谍身份相符）。1867年萨尔瓦多第一次来到马略卡岛，便爱上了那里的异国情调和优美的地中海环境。后来他在岛上建立了由12个庄园组成的小王国，种植蔬菜、水果和葡萄园（他酿制的葡萄酒成为世博会的参展品），修建道路和旅游设施，保护那里的一草一木。这个"嬉皮士之前的嬉皮士、具有多面性格的环保人士"[①]成为马略卡岛旅游业的开创者，同时他在岛上的宫殿（其中一个宫殿如今为美国演员迈克尔·道格拉斯所有）接待了那个时代欧洲许多重要的贵族、知识分子、艺术家和科学家，被称为"马略卡

[①] https://www.rtve.es/radio/20170324/ultimas-palabras-ultima-novela-carme-riera/1509600.shtml, 2019-08-04.

的无冕之王"。

列拉说，路易斯·萨尔瓦多的性格和外表都很特别，"穿得像乞丐，前胸有污渍，喜欢别人把他与穷人混淆，甚至有一次被挡在宫廷外面……他拒绝被人称为殿下，与仆人混在一起"①。萨尔瓦多在回忆录里叙述了自己为奥地利皇帝（尽管他厌恶维也纳宫廷的环境）提供的间谍服务、他的家庭关系、他对导致第一次世界大战的某些事件的看法（1889年奥匈帝国的皇太子鲁道夫在梅耶林皇宫的可疑殉情死亡、1914年奥匈帝国皇储斐迪南大公在萨拉热窝被暗杀的细节）、他未承认的同性恋身份（萨尔瓦多把所有的财产都留给了在马略卡岛认识的挚友安东尼奥·比维斯）及各种情史（其中一些是悲剧性的）。

作者表示，创作这部小说的初衷是她参加了纪念路易斯·萨尔瓦多逝世一百周年展览的组织工作，有机会接触到这个人物的第一手资料，在这部书里"有大约90%纯粹和艰难的历史，包裹在虚构的玻璃纸里，很少的想象力，所有出现的参考资料都得到证实"②。罗莎·蒙特罗把该书视为2017年必读之书，因为"只有像列拉这样的大家才能够以如此细腻的方式把私密与公共、伟大与下流联系在一起"③。

（王军）

---

① https://www.abc.es/cultura/libros/abci-luis-salvador-austria-primer-hippie-mallorca-201703190054_noticia.html, 2019-08-04.

② https://www.rtve.es/radio/20170324/ultimas-palabras-ultima-novela-carme-riera/1509600.shtml, 2019-08-04.

③ https://elpais.com/elpais/2017/12/15/album/1513340836_065235.html, 2019-08-04.

拉伊拉·里波尔（Laila Ripoll）

拉伊拉·里波尔（1964— ），近年大受推崇的西班牙剧作家、导演，1964年生于马德里一个舞台艺术之家：母亲是著名的电视电影演员孔查·奎多斯（Concha Cuetos），父亲是西班牙国家电视1台戏剧节目编导曼努埃尔·里波尔（Manuel Ripoll），弟弟胡安也是演员、灯光师。她从小经常被带进片场，也由此对作品原著产生兴趣，很早就开始阅读莎士比亚、王尔德、萧伯纳。后来，她进入皇家高等戏剧学院、国家戏剧艺术和音乐学院（Instituto Nacional de las Artes Escénicas y la Música），获得戏剧教育学位，组织过各种戏剧课程和实践工作坊，应邀指导过国家戏剧中心、国家古典戏剧团、国王学院基金会等多家专业机构的多个剧目，但最主要的活动舞台还是1991年与好友，包括后来的丈夫马里亚诺·略伦特（Mariano Llorente）成立的米戈米公剧团[1]。

在米戈米公，里波尔注重研究、发掘、改编、复兴"黄金世纪"的经典之作，尤其青睐洛佩·德·维加的作品，执导和亲自参演了多个改

---

[1] Micomicón，《堂吉诃德》第一部第29—30章，神父和理发师为了把堂吉诃德弄回家，编造出来的埃塞俄比亚米戈米公王国。

拉伊拉·里波尔（Laila Ripoll）

编自他的剧目，如1993年的《马德里铁剂》（*El acero de Madrid*）、1994年《私生子穆达拉》（*El bastardo Mudarra*）、1997年《傻姑娘》（*La dama boba*）、2017年《托雷多的犹太女人》（*La judía de Toledo*）等，称他是"前进路上的同伴、可以请求庇护的圣徒"①。卡尔德隆、塞万提斯、蒂尔索·德·莫利纳也是她时常改编的对象。她曾在某次采访中提及，如果有时光机，愿意回到17世纪，那时候"戏剧是一门手艺"②。

与此同时，她也通过创意写作来记录自己的观察和经历，逾20部剧本在西班牙国内外出版或被收入选集，重要的包括1996年《被围的城市》（*La ciudad sitiada*），获第一届"西班牙银行奖"（Premio Caja España）戏剧分项，另有《星星听我说就够了》（*Basta que me escuchen las estrellas*）、《共和国谣曲》（*Cancionero republicano*）、《边境》（*Frontera*）、《希望之树》（*Árbol de la esperanza*）等，被翻译成法语、匈牙利语、罗马尼亚语、葡萄牙语、阿拉伯语、意大利语、希腊语、日语、英语、加利西亚语和巴斯克语，陆续获得舞台导演联合会的"何塞·路易斯·阿隆索奖"，西班牙国家电台的"戏剧评论之眼奖"（Ojo crítico de teatro），并荣膺2015年"国家戏剧文学奖"和"马科斯奖"。

里波尔写作有一些特点，首先是二十多年来形成了默契的团队，可以商定分工之后进行四手、八手联"写"。其次是取材现当代（相较于改编作品的时期），尤其关注西班牙内战的悲剧冲突。如2005年的《迷失的孩子》（*Los niños perdidos*），基于真实访谈，从关在孤儿院阁楼的四个小孩的角度，重新审视他们父母的贫穷、被枪毙、被佛朗哥政权打败，讲述这一批儿童的物质匮乏、缺乏关爱、身份缺失，不企图为战争粉饰疗伤，而是希望民众能够更全面地了解历史，把握民主和文

---

① https://www.diariocritico.com/entrevistas/laila-ripoll, 2018-08-14.
② https://www.diariocritico.com/entrevistas/laila-ripoll, 2018-08-14.

明的进程。再次，里波尔的创作感染力很强，不仅在纸面上已经构思出舞台呈现，而且各种形象、语言栩栩如生。如2001年的《黑胆汁，当我们都安静下来》（*Atra Bilis，Cuando estemos más tranquilas*），表现守灵之夜四位农村老太的争执、辩解，吸取了巴列-因克兰的加利西亚元素，深具加西亚·洛尔卡《贝尔纳尔达·阿尔瓦之家》的后续神韵，但不再局限于任何单一地区，而是通过活络的口头话语、自然的身体语言，让巡演所到的西班牙、拉美各地观众都产生共鸣，为"回忆三部曲"（Trilogía de la memoria）开了一个好头。最后，作为80年代后成长起来的女剧作家群体的一员，她比较轻松地摆脱了对女性作家"温情"的设定和惯习，擅长用荒诞（lo grotesco）、极简、审丑来刺激观剧的体验。

《蓝三角》（*Triángulo azul*）

《蓝三角》是里波尔和丈夫略伦特合写的作品，经她执导、国家戏剧中心排练，2014年4月在巴列-因克兰剧院首演，获得巨大反响，很快摘得重量级的"国家戏剧文学奖"和马科斯剧本奖、舞美奖。

该剧讲述了鲜为人知的被关押在毛特豪森集中营的七千名西班牙人的故事。毛特豪森集中营位于奥地利上奥州首府，由于希特勒计划在林茨建一座宏伟的建筑，就在采石场旁边建起了这个规模巨大的、德国境外的第一座集中营。从1938年8月启用到1945年5月被盟军解放，毛特豪森集中营先后囚禁了约20万来自奥地利和欧洲其他各国的反法西斯政治犯、犹太人、战俘和无辜平民（包括5个中国人），造成至少9万人遇难。这其中，有一个特殊人群的囚服被缝上蓝色三角形标记、S字母（德语"西班牙人"Spanier的首字母）：西班牙内战后流亡到法国的共和派，因被德国军队抓捕而押送到毛特豪森，共约7200人。奥地利上多

拉伊拉·里波尔（Laila Ripoll）

瑙河地区纳粹头目奥古斯特·埃格鲁伯（August Eigruber）在1941年6月曾表示，他曾提出过把6000人送还西班牙，被佛朗哥拒绝了。由此，这批西班牙共和派成了没有祖国的人，没有任何一个政府关心他们是死是活，他们在集中营里如何生活。不幸中的万幸，巴塞罗那摄影师弗朗西斯科·博伊克斯秘密保留下大量胶卷。里波尔团队在得知这一情况后，希望尝试在舞台上加以呈现。

在创作过程中，首先需要考虑的问题是，如何将静态的照片以最好的方式转换到舞台上，戏剧性地表现焚尸炉、电网、35种酷刑、一日三餐的萝卜汤，以及运送40公斤石料上山时，几乎每天都有囚犯体力不支摔倒、连续砸死后排囚犯的那186级"死亡台阶"？

里波尔的策略是黑色幽默，比如，拥有些许自由和特权的博伊克斯试图用笑声掩盖枪声和惨叫，狱友们联合创办一份叫作《拉哈罗亚的印度王》（El rajá de Rajaloya）的杂志；改编各种小曲、清唱剧，用手风琴、长笛、小提琴伴奏，还不时来上一段双人舞（通常只有同性舞伴），或者众人一起疯跳。

当然另一个质疑是，如何在集中营题材上保持庄重，避免沦为一场音乐剧甚至"闹剧"（vodevil，源自法语词vaudeville）。在里波尔看来，走出剧院的人并没有得意扬扬、欢欣鼓舞，而是往往流着眼泪向他们道谢，这就证明了他们的作品并不只是无谓的消费、轻浮的娱乐。事实上，西班牙虽然有《历史记忆法》，对流亡、流放都有认定，可惜直到今天，体制化的承认和纪念并不是太多了，而是远远不够。跟法国南方的流放博物馆相比，跟他们对待"英雄"的方式相比，西班牙整个社会不仅让毛特豪森的2184名幸存同胞默默死去（至今在世的约有20人，其中生活在西班牙本土的约有3人），甚至没有采取一个公允的态度去评价他们，更没有一个畅通的渠道去述说他们。由此，臧否剧中的歌舞场面无疑忽略了当年的人性，暴露出当今的冷峻："笑"果不是剧组所看重的，苦中作乐才是团队的历史观和价值观。

西班牙七千共和派革命者白白被投入集中营，五千人白白死去，里波尔团队将这个故事用"高超的文学质量、稳定的戏剧结构和深刻的伦理反思"[1]呈现出来，戏里戏外都值得纪念。

（于施洋）

---

[1] https://www.elmundo.es/cultura/2015/10/26/562e164b46163f5d648b45a0.html, 2018-08-14.

安娜·罗塞蒂(Ana Rossetti)

安娜·罗塞蒂(1950—),西班牙诗人、剧作家、小说家和儿童文学作家。原名安娜·玛利亚·布埃诺·德·拉佩尼亚(Ana María Bueno de la Peña),1950年生于西班牙加的斯省圣费尔南多市。1995年因文学成就荣获安达卢西亚政府银质奖章(Medalla de Plata de la Junta de Andalucía)。

尽管个人文学命运迥异,女诗人的集体崛起是当代西班牙诗坛不争的事实,评论界普遍认为安娜·罗塞蒂是西班牙当代女性诗歌的代表声音之一。80年代初期她在诗坛上崭露头角,以女性的叛逆声音和颠覆性的意象挑战当时的抒情诗主流,不仅预示了80年代西班牙后现代文化的崛起,更对"新锐派"日趋僵化的诗学趣味造成了严重冲击,创造了富有个性的革新性抒情话语,成为80年代西班牙诗歌新兴势力的代表人物。值得注意的是从西班牙政治民主过渡进程的启动到当下21世纪的后现代社会,安娜·罗塞蒂始终保持着自己的美学追求和风格特征,性爱、唯美主义和文化主义是其创作的三大核心因素,对于电影和音乐的热爱贯穿于她的全部作品,颠覆、断裂、追寻变革或重申女性精神体现在她所有类型的文学创作之中。

爱的激情、丰盛的欲望、时间的流逝是安娜·罗塞蒂作品的主旋律。诗人背离了索尔·胡安娜·伊内斯·德·拉克鲁兹式的女性抒情诗传统，以独特的诗歌语言书写爱情、性爱、性快感、感官欲望，重新提出了爱与性的古老命题，并紧扣女权主义运动的脉搏，创造了全新的女性视角性爱诗歌，颠覆了彼特拉特式的男性中心主义抒情模式。安娜·罗塞蒂被批评界普遍视为西班牙当代女性性爱诗歌的开拓者，她善于以表现主义手法处理这些世人眼中所谓的敏感题材，细腻洗练，挥洒自如，赋予它们高贵、热情的色彩。在她的笔下女人不再是单纯的抒情客体，也非理想化的抒情对象，而是能够勇于袒露自身情感与欲望的抒情主体，是一个完整的人："诗说出我、你、他、她……/称呼所有人和我们中的每一个人/我们/抹去心灵的周遭。/所有人和每个人/我们被包括、被表述/所有人同时是她、他、你和我。"

1980年诗人发表首部诗集《厄剌托的谵妄》（*Los devaneos de Erato*），因大胆、率真、清新、感性的诗风震惊文坛。厄剌托是希腊神话中的情诗女神，安娜·罗塞蒂巧妙利用古典文化元素创造了一个纯粹的个人世界。在那里，令人浮想联翩的名字混杂在美丽的意象与象征之中，古老的布料、绣品和亚麻布堆积出神话的繁复与绚烂。诗集的主题是童年记忆，而且诗人的回忆总是缠绕在某种富含色情意味的具体事物上，如带有性暗示的儿童玩具、性意识的萌动、纯真童年与迷恋快感的青春期的对立，后来这一特征逐渐演变为安娜·罗塞蒂作品的身份标记。《厄剌托的谵妄》中的性爱描写纤细精致，柔情款款，毫无庸俗猥亵之嫌，散文化的诗句自由奔放，庄严华美，在巴洛克风格与现代主义之间维持精巧的平衡。

《宙斯的双生子》（*Dióscuros*，1982）延续了《厄剌托的谵妄》的精雕细琢的个人风格，但与前者不同的是它从一开始就构思严谨，架构清晰，结构精确。诗集收录了九首诗和一篇"鼓动书"

（"Incitación"），仿佛一首分为九个部分的长诗，大胆涉及了乱伦的诱惑这一禁忌主题。就表现手法而言，《宙斯的双生子》更类似于教育小说，在主人公生命体验的背后，罗塞蒂的主题是逃离童年的祈望和童年世界的重现，童年是诗集真正的主人公。

《激情征兆》（*Indicios vehementes*，1985）是罗塞蒂诗歌创作发展的自然产物。诗集收录了诗人截止到1984年发表的全部诗作，同以往的诗集相较，本书长诗比重增大，题材更加丰富深邃。诗人不再局限于性爱主题，不再单纯怀恋一去不返的童年，感叹青春期的突兀与残酷，开始进入更加"深刻"的命题——通过对自杀者的回忆，反思死亡和时光的流逝。

《祈祷书》（*Devocionario*，1986）无疑是诗人的代表作，1985年荣膺第三届"胡安·卡洛斯一世国王奖"（Premio Rey Juan Carlos I）。在《厄剌托的谵妄》中希腊神话是执念的客体，而在《祈祷书》中基督教圣徒故事和天主教仪式承担了这一功能。

安娜·罗塞蒂的其他诗歌作品还有《昨天》（*Yesterday*，1988）、《城市笔记》（*Apuntes de ciudades*，1990）、《大能者贞女》（*Virgo potens*，1994）、《背阴之地》（*Punto umbrío*，1995）、《布鲁斯音符》（*La nota de blues*，1996）、《填满你的名字》（*Llenar tu nombre*，2008）、《等待的地图》（*El mapa de la espera*，2010）、《负债》（*Deudas contraídas*，2016），以及诗歌选集《不能放弃的城市》（*Ciudad irrenunciable*，1998）和诗歌全集《排序：回溯（1980—2004）》［*La ordenación: retrospectiva（1980-2004）*，2004］。

作为小说家，安娜·罗塞蒂的代表作有反映边缘人群生活的流浪汉小说《西班牙的羽毛》（*Plumas de España*，1988）、1991年情爱小说"垂直微笑奖"获奖作品《背叛》（*Alevosías*，1991）、《圣徒之手》（*Una mano de santos*，1997）、《反面人物》（*El antagonista*，1999）、《个人的学习》（*El aprendizaje personal*，2001）、侦探小

说《金扣子》（*El botón de oro*，2003）以及短篇小说全集《复述》（*Recuento*，2001）。诗人还积极投身戏剧活动，创作了剧本《蝗虫》（*El saltamontes*，1974）、《三幕梦》（*Sueño en tres actos*，1975）、《转角梯之屋》（*La casa de las espirales*，1977），还参与了《羊泉村》经典剧作的改编与演出。90年代后期安娜·罗塞蒂开始涉足儿童文学创作，出版了"冒险衣箱"系列小说：《装满恐龙的衣箱》（*Un baúl lleno de dinosaurios*，1997）、《装满木乃伊的衣箱》（*Un baúl lleno de momias*，1997）、《装满海盗的衣箱》（*Un baúl lleno de piratas*，1997）、《装满雨水的衣箱》（*Un baúl lleno de lluvia*，1997）。另外还有《在你出生之前》（*Antes de que nacieras*，2008）、《合适的故事》（*Cuentos apropiados*，2014）等作品，想象瑰丽，充满童趣，深受读者欢迎。

《祈祷书》（*Devocionario*）

《祈祷书》（1986）是西班牙当代诗人安娜·罗塞蒂的代表作，创作历时将近四年，源于诗人所谓的"女性作家经验"，标志着其诗歌风格与审美趣味的完全成熟，于1985年荣膺第三届"胡安·卡洛斯一世国王诗歌奖"。

安娜·罗塞蒂指出作为批评界公认的西班牙当代女性性爱诗歌的开创者，她在《祈祷书》中延续了其抒情诗的核心主题——爱的激情、丰盛的欲望与时间的流逝，其中也不乏对享乐主义伦理的反讽与戏仿。诗人曾指出："谈论诗就像谈论爱。什么是爱？如果它只是一个被创造出来的东西，如果它只是一个文化产品，……那爱有什么用？不过一旦你堕入情网，就再也不会有这些疑问了。"[①] 由此可见，安娜·罗塞蒂

---

① «Poetas Andaluces. Ana Rossetti», https://www.poetasandaluces.com/profile/59/, 2020-04-11.

安娜·罗塞蒂（Ana Rossetti）

涉足性爱话题，打破了情爱迷思，但从不怀疑爱的存在与力量。在近乎自白的情感书写中，诗人向爱情诗的传统再次发出挑战，进一步确立了女性/主体、男性/客体的抒情模式。例如《致一位执扇青年》（«A un joven con abanico»）一诗中，诗人描写道："这多叫人着迷你的毫无经验/笨拙的手，忠实地追踪/你察觉到的灼烧的风情"。在女性主题的视角下，"执扇""无经验"这些往往具有女性标签的词语被用于表现性爱中的青年男子，颠覆、叛逆，充满安娜·罗塞蒂的个人风格。

又如《长子之死》（«Muerte de los primogénitos»）一诗，它是西班牙较早处理艾滋病问题的抒情诗，也是所谓西班牙艾滋病美学的代表作。安娜·罗塞蒂说《长子之死》源于真人真事，她的两位朋友胡安与何塞身染艾滋病不治身亡。诗人目睹了他们如何一步步走向死亡，更深刻体会到社会对于艾滋病/艾滋病毒的污名化。《出埃及记》第十一章中说："凡在埃及地，从坐宝座的法老，直到磨子后的婢女，所有的长子，以及一切头生的牲畜，都必死。"诗人借用"杀长子之灾"的神迹为隐喻，质疑了将艾滋病与倒错堕落、与《启示录》大审判相联系的合理性与合法性，控诉了社会对于艾滋病患者和艾滋病毒携带者的恐惧和歧视。

在诗歌风格上，《祈祷书》也延续了安娜·罗塞蒂庄严热情的语言风格。诗人改写了童年时日日诵念的《祈祷书》，重新诠释基督教圣徒的故事，再现童年或少年时代经历的天主教仪式，回忆充斥着传统宗教符号的情感教育（如西班牙战后儿童的情感教育）。在宗教语言的象征和比喻之下，殉道者、天使、魔鬼化为欲望的客体，成为最初的肉欲与恐惧的隐喻，充分体现了罗塞蒂驾驭意象与语言的能力，诗风大胆率真，自由奔放，精致绚烂。

（许彤）

卡洛斯·鲁伊斯·萨丰
（Carlos Ruiz Zafón）

卡洛斯·鲁伊斯·萨丰（1964—2020），西班牙当代畅销小说家，其作品被翻译成五十多种语言。他出生于巴塞罗那，在耶稣会学校接受教育。大学毕业后进入广告界，90年代初开始作家生涯，作品主要面向青少年读者。1993年前往美国，定居洛杉矶，从事编剧工作。2020年病逝于洛杉矶。

鲁伊斯·萨丰一方面喜爱19世纪小说，深受欧仁·苏、狄更斯、托尔斯泰、陀思妥耶夫斯基等文学大师的影响；另一方面，他大量接受60年代以来的视觉艺术技巧，作品具有哥特式风格和表现主义色彩。处女作《迷雾王子》（*El príncipe de la niebla*）获1993年"艾德贝文学奖"（Premio de Literatura Edebé），与《半夜的宫殿》（*El palacio de la medianoche*，1994）、《九月之光》（*Las luces de septiembre*，1995）构成"迷雾三部曲"（Trilogía de la Niebla）。

《遗忘之书墓园》（*El cementerio de los libros olvidados*）四部曲是鲁伊斯·萨丰最重要的作品，成为继《堂吉诃德》后全球最畅销的

卡洛斯·鲁伊斯·萨丰（Carlos Ruiz Zafón）

西班牙小说，但作家本人坚决拒绝把它们搬上银幕。第一部《风之影》（*La sombra del viento*，2001）是他的成名作，后三部分别为《天使游戏》（*El juego del ángel*，2008）、《天空的囚徒》（*El prisionero del cielo*，2011）和《灵魂迷宫》（*El laberinto de los espíritus*，2016）。该四部曲涵盖了从19世纪工业革命到西班牙内战结束后这一百多年的历史，每部作品情节独立，但共享某些人物和舞台。其中第一部和第四部的文学品质最好，并且主人公——叙事者均为丹尼尔，一个书商的儿子。《灵魂迷宫》开场白便是"昨晚我梦见自己回到了遗忘之书墓园"，故事从50年代末的巴塞罗那开始（氛围是巴洛克、哥特和浪漫主义的），成年的丹尼尔已经结婚生子，但他继续调查母亲的死因。在这部作品中，四部曲的所有人物、迷情都曲终人散。作者坦言，《灵魂迷宫》是他的最爱。

鲁伊斯·萨丰认为其作品试图成为一种体裁的混合物，里面装得下悲剧、侦探和阴谋小说、历险小说、爱情故事、风俗喜剧，不过每一部都有一种占主导地位的体裁：《风之影》是成长小说，《天使游戏》是哥特小说，《天空的囚徒》是历险小说，《灵魂迷宫》是阴谋和惊悚小说。

短篇小说《火玫瑰》（*Rosa de fuego*，2012）的背景是15世纪西班牙宗教裁判所建立的时期，记录了传奇的"遗忘之书墓园"的起源。遗作《蒸汽之城》（*La Ciudad de Vapor*，2020）收录了11个短篇小说，是对"遗忘之书墓园"这个文学世界的扩展。

中译本：《风之影》，范湲译，人民文学出版社，2006年，（2019年上海文艺出版社再版）；《天使游戏》，魏然译，南海出版公司，2010年；《天空的囚徒》，李静译，人民文学出版社，2013年（又译为《天堂囚徒》，范湲译，上海文艺出版社，2019年）；《风中的玛丽娜》（*Marina*，1999），詹玲译，上海文艺出版社，2016年；《风之影四部曲》，范湲译，上海文艺出版社，2019年。

《风之影》(*La sombra del viento*)

《风之影》(2001) 是卡洛斯·鲁伊斯·萨丰最成功的小说，这部哥特式作品在德国、美国和西班牙都成为畅销书，被翻译成45种语言，在全球的销售量超过1200万册。

《风之影》以1932—1966年的巴塞罗那（寒冷、孤寂、黑暗、哥特式的城市）为舞台。"我还记着父亲第一次带我去参观'遗忘之书墓园'的那个黎明。1945年夏季的头几天刚过……" 那天恰好是丹尼尔11岁生日，他的父亲是个书商，知道隐藏在老城中心的"遗忘之书墓园"，成千上万本被世人遗忘的各种书籍存放在这个地下图书馆，就像一个迷宫。这些书籍如果没有人收留，并作为读者赋予其生命，那它们将永无重见天日的机会。"数百万张被遗弃的书页、数百万个天地和没有主人的灵魂，沉没在一个黑暗的海洋，而在那些墙外跳动的世界失去了记忆，忘记的越多，越觉得自己博学。"

丹尼尔挑了胡利安·卡拉克斯的一本小说《风之影》，读后为之着迷，于是试图研究、重构这个神秘作家的生平。这个行动让丹尼尔陷入尘封的纠葛之中，逐渐发现这本书背后隐藏的许多惊人之谜，卡拉克斯的轮廓一点一滴地浮现出来：他年轻时爱上了佩内洛贝，但遭到女方父亲的坚决反对。卡拉克斯出走巴黎，已有身孕的佩内洛贝被软禁在地窖里，直到生下一个死婴后身亡。原来佩内洛贝与卡拉克斯是同父异母的兄妹，当他知道真相后，决定让自己从这个世界上消失，毁掉所有的作品，因为在他看来，"当某个人还记得我们时，我们就还存在"。

如今卡拉克斯正四处寻找自己的所有著作，《风之影》可能是他的最后一本。与此同时，丹尼尔的人生也渐渐与卡拉克斯重叠（后者逐渐成为前者的精神之父，在卡拉克斯身上丹尼尔看到了自己）：丹尼尔开始成长，并且也经历了初恋。若丹尼尔不及早发现真相，他的亲人都会成为谋杀、魔法和疯狂的牺牲品。

卡洛斯·鲁伊斯·萨丰（Carlos Ruiz Zafón）

在《风之影》里，身为作家的卡拉克斯与作为读者的丹尼尔，两人的命运因书籍而意外地交织在一起，另外卡拉克斯/佩内洛贝、丹尼尔/贝雅特丽斯的爱情也平行展开。《风之影》不仅写出了浓烈的情爱，同时也呈现了书本的魔力、凄婉的爱情、家族秘史、谋杀报复、疯狂等情节。故事的结构就像俄罗斯套娃，一个悬念套另一个悬念，<u>丝丝入扣</u>，非常吸引人。

近年来巴塞罗那推出了以《风之影》里经常出现的教堂、大街、酒吧、宫殿、古玩商店、书店为参照的文化旅游路线。2014年以《风之影》为灵感创作的交响乐组曲在加泰罗尼亚上演。

（王军）

克拉拉·桑切斯（Clara Sánchez）

克拉拉·桑切斯（1955—　），西班牙当代著名女作家、西班牙语语言学家。1955年3月1日出生于西班牙卡斯蒂利亚-拉曼查自治区瓜达拉哈拉市。由于父亲是铁路职工，桑切斯的童年辗转于瓦伦西亚等多个城市，后随家人定居马德里，就读于康普顿斯大学西班牙语语言学专业。毕业后曾在中学及西班牙国立远程教育大学任教多年，教授文学课程。目前是全职作家，并在中小学、大学及塞万提斯学院等开办西班牙语言及文学讲座。此外，她还参与制作了电视节目《电影多伟大》（*Qué grande es el cine*），并长期为《国家报》《松鸡》（*El Urogallo*）等媒体和文学杂志撰稿。

桑切斯的第一部小说《宝石》（*Piedras preciosas*）于1989年问世，此后她所创作的文学作品体裁均为长篇小说：《夜晚并无不同》（*No es distinta la noche*，1990）、《搁浅的宫殿》（*El palacio varado*，1993）、《从瞭望台上》（*Desde el mirador*，1996）、《每一天的奥秘》（*El misterio de todos los días*，1999）、《天堂最新消息》（*Últimas noticias del paraíso*，2000）、《一百万束光》（*Un*

克拉拉·桑切斯（Clara Sánchez）

millón de luces，2004）、《预感》（*Presentimientos*，2008）、《隐姓埋名》（*Lo que esconde tu nombre*，2010）、《请走进我的生命》（*Entra en mi vida*，2012）、《天堂回来了》（*El cielo ha vuelto*，2013）和《光明降临》（*Cuando llega la luz*，2016）。新作《沉默的情人》（*El amante silencioso*，2019）描写邪教对人的心理和精神的可怕操控。

《搁浅的宫殿》入选西班牙文学专业大学生必读书目，桑切斯的文学创作也由此受到了文学界和读者的一致肯定。她先后获得1998年英国威斯敏斯特学校颁发的西班牙语文学与文化研究所奖（Premio del Instituto Literario y Cultura Hispánico）、2006年"赫尔曼·桑切斯·路易佩雷斯奖"（Premio Germán Sánchez Ruipérez）年度最佳阅读文章奖。她的获奖作品有：《天堂最新消息》，2000年"丰泉小说奖"；《隐姓埋名》，2010年"纳达尔小说奖"，这一奖项奠定了桑切斯作为当代西班牙最受欢迎女作家的地位；《天堂回来了》，2013年"行星奖"和"曼达拉切青年读者奖"。

此外，她还在报纸杂志上发表了诸多文章、故事和短篇小说，并为三岛由纪夫等作家作品的西语译本作序。目前，她的部分作品已被译为德语、法语、希腊语、葡萄牙语、俄语、汉语等二十多种文字，在世界各地出版。桑切斯已成为最负盛名的西班牙女作家之一。

中译本：《隐姓埋名》，雷素霞译，重庆出版社，2014。

《隐姓埋名》（*Lo que esconde tu nombre*）

《隐姓埋名》是西班牙女作家克拉拉·桑切斯出版于2010年的一部心理恐怖小说，先后获得"纳达尔小说奖""罗马奖"（Premio de Roma）和"巴康特奖"（Premio de Baccante），成为那一时期西班牙和意大利最畅销的小说之一。

《隐姓埋名》的灵感源于第二次世界大战后隐匿居住在西班牙的纳粹分子的真人真事。怀着5个月身孕又对人生感到迷茫的年轻女子桑德拉来到东部沿海地区的小镇散心，无意中结识了一对挪威老夫妇：弗雷德里克和卡琳。他们举止得体、生活优渥，对待桑德拉也很亲切。桑德拉忍不住与他们亲近起来，她住进了挪威人的别墅，终日与卡琳为伴，弗雷德里克为此支付给桑德拉优厚的报酬。然而，朱利安的出现翻转了生活看似平静的面目。

朱利安是一名西班牙共和派人士，战争最后一年在毛特豪森集中营待过。在那里遭受了非人的虐待和劳役，甚至企图自杀。是他的朋友萨尔瓦救了他，鼓励他活下去。被解救后，萨尔瓦带着朱利安加入了一个追踪纳粹分子的组织。萨尔瓦的余生都致力于抓捕藏身于普通人群的纳粹分子，而朱利安却更愿意回归普通人的生活，且在抓捕过程中似乎始终欠缺一点运气，还没有成功地逮到过一个纳粹分子。他带着妻女生活在布宜诺斯艾利斯，过往的经历如同刺在他手臂上的集中营囚徒编号一样，被平静地遮掩了。

小说从朱利安突然收到萨尔瓦的来信开始。他请求朱利安前去西班牙东部沿海的一个小镇，和他一起追踪纳粹军官弗雷德里克和他的妻子护士卡琳。朱利安不顾女儿的劝阻和老迈病弱的身体执意前往西班牙，令他意外的是，当他赶到萨尔瓦居住的养老院时却被告知萨尔瓦已经过世，工作人员是按照萨尔瓦生前的嘱托，在他死后将信寄给了朱利安。

朱利安在酒店住下，凭借萨尔瓦留下的线索开始了对挪威人的追踪。循着他们的生活轨迹，他发现了越来越多的纳粹分子，甚至还有为了躲避制裁而对外宣称已经死亡的人也在这里改头换面。他们躲藏在这片安宁的海滩，尽管高龄却依然享有强健的体魄，过着舒适惬意的生活，对曾经犯下的恶行没有丝毫的悔悟。他们有自己的封闭团体"兄弟会"，组织内层级分明，所有人都听命于组织的大脑"黑天使"塞巴斯蒂安。同时组织还吸收了年轻的新纳粹分子马丁、阿尔贝托等为之效力。为了隐瞒身份，"兄弟会"不与外界过多接触；一旦发现异常，则会上报给组织，听命行事。

朱利安在发现了桑德拉的存在后，设法与之结识，向她道破了弗雷德里克和卡琳的真实身份。桑德拉半信半疑，"纳粹""集中营"似乎只存在于电影和纪录片，与自己毫不相干。但她在挪威人身边发现了越来越多的可疑之处：弗雷德里克的纳粹军官制服、希特勒授予的"金十字勋章"，就连他们生活的"太阳别墅"都是佛朗哥赠予塞巴斯蒂安后转卖给挪威人的房产，里面铺设的大理石极有可能来自纳粹分子奴役犹太人的采石场。想到他们的滔天罪行，桑德拉毛骨悚然，与这些恶魔的相处也令她越来越难以忍受。尽管出于安全考虑，朱利安劝诫桑德拉远离挪威人和兄弟会。但为了内心的正义感，为了让孩子出生在一个不再有人觊觎他鲜活生命的世界里，桑德拉不惜以身犯险也要充当朱利安的间谍，为他留意兄弟会的动向，获取有用的信息，帮助朱利安搜集证据。

弗雷德里克和卡琳为了进一步拉拢桑德拉，控制她腹中的孩子，设下陷阱并将其囚禁，迫使她加入"兄弟会"。病中的桑德拉听到毛特豪森的屠夫要让她"淋浴"、给她打针，于是不顾一切地想要逃跑。幸亏得到了渗入组织的侦探阿尔贝托的帮助，她成功逃离太阳别墅，并听从朱利安的安排，迅速离开小镇回到了马德里的家中。

回归正常生活的桑德拉在父母的照顾、姐姐的支持和男友桑迪的关爱下，生下了儿子小朱利安，也开启了自己的事业。就连离经叛道的"朋克"装束也被普通的衣着妆容所取代，但她内心始终牵挂朱利安和阿尔贝托。第二年夏天，桑德拉带着父母、孩子和姐姐全家再次来到小镇，却没能再邂逅朱利安和阿尔贝托。此外，"兄弟会"成员们居住的几处宅院也都已荒废或出租，纳粹分子已经闻风而动，集体消失了。

朱利安在桑德拉离开之后，将所有证据寄给了从前效力的纳粹追捕组织，自己则入住萨尔瓦曾经终老的养老院，准备在此度过余生，却意外地在养老院见到了两名被"兄弟会"遗弃的纳粹分子。从阿尔贝托同伴的口中他得知了阿尔贝托的死讯——由于身份暴露，他被"兄弟会"制造的交通意外害死了；也知晓了这群垂垂老矣的纳粹分子面对追捕组织的行动已经逃遁他乡，养老院里的纳粹分子将是专属于他的报复对象。正义永不会缺席。

《隐姓埋名》的结局是开放的，它的姊妹篇《光明降临》继续探讨纳粹主义这个主题。

（徐玲玲）

拉斐尔·桑切斯·费尔洛西奥
（Rafael Sánchez Ferlosio）

拉斐尔·桑切斯·费尔洛西奥（1927—2019），西班牙小说家、散文作家、文学评论家，2004年"塞万提斯奖"、2009年"西班牙文学国家奖"得主。这位作家的离世标志着西班牙"半个世纪派"作家群基本上退出历史舞台。

拉斐尔·桑切斯出生于罗马（后被授予罗马大学名誉博士学位），母亲是意大利贵族，父亲拉斐尔·桑切斯·马萨斯（Rafael Sánchez Mazas，1894—1966）为西班牙长枪党创始人之一及该党派的主要思想家，也是哈维尔·塞卡斯成名作《萨拉米斯的战士》中的主要人物之一。1954年拉斐尔·桑切斯与西班牙著名女作家卡门·马丁·盖特（Carmen Martín Gaite）结为文坛伉俪，可惜的是在两人事业有成时分手。

处女作《阿尔凡威历险记》（*Industrias y andanzas de Alfanhuí*，1951）是一部神奇的"成长小说"（也可以看成是作家本人的一部自传,尽管是以第三人称叙述),描写学徒阿尔凡威的学习、实践、成长的历程(童年的结束意味着童真的失去)。作品突出的特点是其东方寓言色彩(如阿尔凡威学会过滤天空的颜色)和意大利小说的技巧,与当时盛行的现实主义小说流派相去甚远,在结构上接近流浪汉小说。该书的出版由作家的母亲出资,献给当时的女友卡门·马丁·盖特。

成名作《哈拉马河》(*El Jarama*,1956)获1955年"纳达尔小说奖"、1957年"批评奖",是一首"关于平庸的史诗",被视为"新现实主义"最著名的作品。整部作品情节平缓简单(11名马德里年轻工人去哈拉马河郊游的16个小时中的日常琐事),以人物的"录音式对话"取胜(作家服兵役时所接触到的不同口音、说话方式、用词都被借用于这部小说)。小说以两个空间(哈拉马河与客栈)搭建起时间的平行,结尾露西塔的溺水而死促成这群无聊的年轻工人之间出现团结互助或反抗的行动,一个名字缩写为RSF的人(与作家本人名字的缩写吻合)把露西塔从河里捞出来,这个行为是"工人力量和文化力量"联盟的一个微妙建议。

但作家厌倦于成名所带来的烦恼和虚荣,于是放弃小说创作,退出公众生活15年,转而开始自学研究语言语法。《亚尔佛斯的见证》(*El testimonio de Yarfoz*,1986)是作家放弃小说创作多年后的回归之作。主人公亚尔佛斯是一位老水利学家的儿子,学会了父亲的技术,成为当地最好的水利学家之一,为本城的王子效力。他们一起抽干沼泽地,整治河道。但与其他敌对城市的分歧迫使王子与家人流亡。在这一过程中亚尔佛斯陪伴着王子,也一路观察他所遇到的人们的行为、热情和困惑。

拉斐尔·桑切斯后来转向散文创作,表现出他对语言、历史、古典作家、当下现实的兴趣和立场。散文集《花园的星期》(*Las semanas del jardín*,1974)是对叙事技巧和手段的分析;《只要神灵不改变,什么都变不了》(*Mientras no cambien los dioses*, *nada habrá*

拉斐尔·桑切斯·费尔洛西奥（Rafael Sánchez Ferlosio）

cambiado，1986）是对发展观念的批评；《那些弄错的、该死的西印度》（*Esas Yndias equivocadas y malditas*，1992）表达了作者对西班牙纪念发现美洲500周年的愤怒；《灵魂与羞耻》（*El alma y la vergüenza*，2000）思考散文的道德和政治哲学；《战争的女儿和祖国的母亲》（*La hija de la guerra y la madre de la patria*，2002）关注年轻人的教育问题、公立与私立教育的两难处境、公共生活的危机；《关于战争》（*Sobre la guerra*，2007）、《上帝与枪。战争学笔记》（*God and gun. Apuntes de polemología*，2008）涉及的是战争、武器等社会问题，也揭示了它们与宗教、暴力、狂热、权利的关系；《漂亮人与他的同类人》（*Guapo y sus isótopos*，2009）思考语言如何反映一个社会的主流思想；《金雀花的田野》（*Campo de retamas*，2015）阐述了作家的怀疑精神。《随笔，巴别塔对决巴别塔》（*Ensayos. Babel contra Babel*，2017）获当年西班牙"卡瓦列罗·博纳尔德国际散文奖"（Premio Internacional de Ensayo Caballero Bonald）。自传《一位写作者的造就》（*La forja de un plumífero*，2004）讲述了他中学期间的苦恼（大量的不及格）、对现实世界的不适应、对学术精神的反感并反思了作家这个职业。2017年西班牙作家贝尼托·费尔南德斯（J. Benito Fernández）出版了关于他的传记《未知的拉斐尔·桑切斯·费尔洛西奥：传记笔记》（*El incógnito Rafael Sánchez Ferlosio. Apuntes para una biografía*）。

拉斐尔·桑切斯还著有短篇小说《外省来信》（*Carta de provincias*）、《白银与石华》（*Plata y ónix*）、《扬子江上幽雅的花园或皇帝的女儿》（*El pensil sobre el Yang Tsé o la hija del emperador*）、《约坦的纹章》（*El escudo de Jotán*）、《牙齿、火药、二月》（*Dientes, pólvora, febrero*）、《火热的心》（*Y el corazón caliente*）。

被改编成电影的作品：《哈拉马河》，1965年，导演胡利安·马科斯（Julián Marcos）。

中译本：《哈拉马河》，啸声、问陶译，外国文学出版社，1984年。

《更多糟糕的岁月将至，让咱们更加盲目》（*Vendrán más años malos y nos harán más ciegos*）

《更多糟糕的岁月将至，让咱们更加盲目》（1993）是拉斐尔·桑切斯·费尔洛西奥最多元、最庞杂的一部散文作品，获得1994年"国家散文奖"（Premio Nacional de Ensayo）和"巴塞罗那城市奖"。他本人也被许多评论家视为"20世纪西班牙最佳散文家之一"[1]。

在长期的自由阅读生涯中，作者逐渐过滤出一种独特的文学体裁，即所谓的"残片"（pecios，它在西语里的原义是指"沉没的船只的碎片"）：格言、杂录、按语、语录、片段，均为篇幅短小但思想深刻的言论。在这方面拉斐尔·桑切斯受到西班牙作家戈麦斯·德·拉塞尔纳所独创的"格雷戈里阿"（greguería，即"幽默+隐喻"组成的短句）的影响，他从年轻时就视戈麦斯·德·拉塞尔纳为自己文学创作的导师。2019年何塞·拉萨罗（José Lázaro）出版了《与桑切斯的对话》（*Diálogos con Ferlosio*），其中收录了桑切斯在44个长篇采访和对话中所表述的大量残片。

《更多糟糕的岁月将至，让咱们更加盲目》包括各种体裁的文本：从小诗到长篇散文，从寓言到成语，从格言到批判性文章（这里可以看出作者对当代西班牙社会某些方面的深度担忧）。这些文本可以是最嘲讽的，或最抽象的，或包含文学或文化内容的。这部作品思想自由，也全然没有了以前的种种忌讳。在这部作品中选取了作家多年以来积累的很多文章，风格不尽相同，虽然纯正简短，却有着更深层次、更多方面

---

[1] https://elcultural.com/Muere-el-escritor-Rafael-Sanchez-Ferlosio, 2020-07-13.

拉斐尔·桑切斯·费尔洛西奥（Rafael Sánchez Ferlosio）

的思考。他用激烈的措辞揭开了隐藏在种种概念之中的陷阱。无论是民间谚语、神话故事、世界历史、政治、礼仪还是生活的祖国，在作者简练直白的语言面前变得一目了然。

"我在书中所做的是把散文和小说这两样东西稍微融合一下。我力图展示出它们服从一个共同的思想。在那个思想的中心或许是对语言的担忧，认为语言是介于人类和大自然之间的东西。从那点出发，相信语言是忠诚的工具或暴力的因素。"

《更多糟糕的岁月将至，让咱们更加盲目》的书名来自作家本人的一首诗，它反对事物的简单化，不断提醒现实要比思想的预先概念复杂得多。它反对屈从，反对在座右铭、戒律等面前退让，反对被视为不可改变的成规旧习和协议，提倡对所谓的事实采取一种健康的不信任态度。

（王军）

何塞·桑奇斯·辛尼斯特拉
（José Sanchís Sinisterra）

何塞·桑奇斯·辛尼斯特拉（1940—　），西班牙剧作家、导演、戏剧教育家和戏剧研究学者。他是西班牙当代戏剧最杰出、获奖最多的剧作家之一，同时也是西班牙戏剧布景的伟大革新者。

桑奇斯·辛尼斯特拉出生于瓦伦西亚，1957年进入瓦伦西亚大学文哲系学习，同年任该系西班牙戏剧部部长，其戏剧生涯从此开始。1963年创立"实验戏剧独立协会"（Asociación Independiente de Teatros Experimentales）。1967年离开瓦伦西亚大学，赴特鲁埃尔（Teruel）某中学任教。1971年调至萨巴德尔（Sabadell）一中学工作，并于同年成为巴塞罗那戏剧学院（Instituto del Teatro de Barcelona）教师。他对西班牙实验戏剧的发展做出了不可磨灭的贡献。1977年他与马圭·米拉（Magüi Mira）、维克多·马丁内斯（Víctor Martínez）、费尔南多·萨利亚斯（Fernando Sarrías）一起在巴塞罗那创立了"边境剧团"（Teatro Fronterizo）。众多剧作家、导演、演员聚集于此，进行戏剧实验和戏剧研究。1989年他又建立了贝克特礼堂（Sala Beckett），将其作为"边境剧团"的活动中心，不仅致力于戏剧实验和研究，还为剧作家和演员开设戏剧课程。1997年他离开巴塞罗那，移居马德里。2010年在马德里建立了"新边境剧团"（Nuevo Teatro Fronterizo），又名"内衣厂剧院"（La Corsetería）。桑奇斯·辛尼斯特拉的戏剧生涯主要是在西班牙和哥伦比亚度过的：作为戏剧导演他奔波于西、哥两国，同时兼顾舞台布景及学校的日常工作和研究。

桑奇斯·辛尼斯特拉受到了布莱希特、贝克特和不少拉丁美洲剧作家的影响。从批评和革新的角度来看，他的作品打破了既有的戏剧常规，拒绝流于表面的浮华，注重对本质的探求；追求戏剧文本的双重自然——文学性和美学性。许多作品都以边远地区、边境地区或奇幻地区为故事背景，经常运用戏中戏的手法，以表达"戏剧是现实世界的象征"的理念。他善于从对立的因素中汲取创作的能量：传统与现代、戏剧性与叙述性、嬉笑与反思、琐碎与崇高、现实与呓语、神秘与世俗。在他的作品中，读者和观众总能感受到戏剧传统与革新之间的张力。同时，传统与革新也是其戏剧研究关注的焦点，譬如，对戏剧边界的探讨、如何革新传统戏剧性的主要构成要素、如何改变观众感知模式等。桑奇斯·辛尼斯特拉认为，应该打破戏剧与其他艺术形式甚至与科学之间的边界，捍卫不同于观赏戏剧、商业戏剧的"小众戏剧"（teatralidad menor）。从20世纪80年代开始，他就经常打破小说和戏剧的边界，将乔伊斯、卡夫卡、科塔萨尔以及黄金世纪时期的文学名著改编成戏剧作品。

桑奇斯·辛尼斯特拉的代表作品有：《你，不管是谁》（*Tú, no importa quién*，1962）、《吉尔迦美什的传奇》（*La leyenda de Gilgamesh*，1977）、《佛朗哥统治初期的恐怖与贫困》（*Terror y miseria en el primer franquismo*，1979）、《莫利·布鲁姆之夜》（*La noche de Molly Bloom*，1980）、《草台戏班或关于虱子和演

员》（Ñaque o De piojos y actores，1980）、《俄克拉荷马的伟大自然戏剧》（El gran teatro natural de Oklahoma，1980—1982）、《盲人报告》（Informe para ciegos，1980—1982）、《征服者或"黄金国"的祭坛画》（Conquistador o el retablo de El Dorado，1984）、《啊，卡尔梅拉！》（¡Ay, Carmela，1986）（由卡洛斯·绍拉拍摄成电影）、《贫困的繁荣》（Mísero próspero，1988）、《巴特比，抄写员》（Bartleby, el escribiente，1989）、《迷失在阿巴拉契亚山脉》（Perdida en los Apalaches，1990）、《洛佩·德·阿吉雷，背叛者》（Lope de Aguirre, traidor，1992）、《两只忧伤之虎》（Dos tristes tigres，1993）、《明暗》（Claroscuros，1994）、《列宁格勒保卫战》（El cerco de Leningrado，1994）、《玛萨尔，玛萨尔》（Marsal, Marsal，1995）、《瓦莱里娅与鸟》（Valeria y los pájaros，1995）和《兼职朗读者》（El lector por horas，1999）。其中，最负盛名的当属《佛朗哥统治初期的恐怖与贫困》《草台戏班或关于虱子和演员》《啊，卡尔梅拉！》《列宁格勒保卫战》《兼职朗读者》等几部作品。除戏剧作品外，他还出版了涉及戏剧理论、戏剧教育等领域的专著，例如：《没有限制的场景》（La escena sin límites，2002）、《禁止创作经典作品》（Prohibido escribir obras maestras，2017）等。

桑奇斯·辛尼斯特拉因其孜孜不倦的戏剧创作和戏剧研究，收获了众多的奖项和荣誉。先后获得西班牙"国家戏剧奖"（1990）、"费德里科·加西亚·洛尔卡戏剧奖"（Premio Federico García Lorca de Teatro，1991）、"马科斯批评奖"（Premio Max a la Crítica，2012）、"马科斯荣誉奖"（2018）。1999年、2000年他凭借《啊，卡尔梅拉！》和《兼职朗读者》连续两年获得"马科斯最佳剧作家奖"。2004年又凭借《佛朗哥统治初期的恐怖与贫困》获得西班牙"国家戏剧文学奖"。2005年和2009年，他凭作品《列宁格勒保卫战》两次

何塞·桑奇斯·辛尼斯特拉（José Sanchís Sinisterra）

被提名"马科斯最佳西班牙语剧作家奖"。2016年，获得"西班牙大学戏剧学会"（Federación Española de Teatro Universitario）授予的"终身成就奖"（Premio a toda una carrera）。

《兼职朗读者》（*El lector por horas*）

《兼职朗读者》（1999）是西班牙剧作家何塞·桑奇斯·辛尼斯特拉的戏剧作品，是作者戏剧生涯中最受欢迎的几部作品之一。1999年创作于巴塞罗那，同年由何塞·路易斯·加西亚·桑切斯（José Luis García Sánchez）执导，"边境剧团"排演，在巴塞罗那的加泰罗尼亚国家大剧院首演。这也是首部在加泰罗尼亚国家大剧院上演的卡斯蒂利亚语剧作。三个月后，该剧又在马德里的玛利亚·格雷罗剧院（Teatro María Guerrero）再度上演。次年，桑奇斯·辛尼斯特拉凭借这部作品获得"马科斯最佳西班牙语剧作家奖"。剧中男主角的扮演者胡安·迭戈（Juan Diego）也因为在作品中的出色表演一举获得"银帧"（Fotogramas de Plata）最佳男主角奖。

作品讲述了一对家境优渥的父女和他们所雇佣的朗读者之间的纠葛。塞尔索（Celso）是一位经济条件优越、有文化、有涵养的上流人士，女儿罗雷娜（Lorena）是一位盲女。为了不让女儿的生活过于无聊，塞尔索雇用了青年伊斯梅尔（Ismael）来为女儿朗读经典文学作品。他要求伊斯梅尔像机器一样，用最透明、最中性的方式来朗读，不掺杂任何个人情感和个人评论，并且除了朗读之外，不得与罗雷娜进行任何形式的交流。伊斯梅尔正处于经济困难时期，母亲生病住院，需要一大笔钱进行透析治疗，所以他卑微地接受了塞尔索的诸多强硬要求，成为罗雷娜的朗读者。伊斯梅尔先后朗读了英国作家劳伦斯·杜雷尔的四卷本小说《亚历山大四重奏》、意大利作家兰佩杜萨的《豹》、英国作家康拉德的《黑暗的心》、法国作家福楼拜的《包法利夫人》、奥地利作家阿图尔·施尼茨勒的《梦幻故事》和墨西哥作家胡安·鲁尔福的《佩德罗·帕拉莫》。这些作品或击中罗雷娜脆弱的心，或引起她强烈的反感，但是随着一次又一次的朗读，伊斯梅尔和罗雷娜之间的交流不可避免。罗雷娜向朗读者吐露她的心声（她的童年、早逝的母亲），坦露她的焦虑和内心情感。而伊斯梅尔的内心世界、内心情感则从他朗读时的字里行间、从他语音语调的高低抑扬中泄露出来，被敏感的罗雷娜捕捉到了。随着交流的深入，伊斯梅尔的人生缓缓地在我们面前展开。他不仅是盲女的朗读者，同时也是一位年轻的作家。他出版了好几部作品，但没有一部作品取得了成功。曾一度把他当成朗读机器的罗雷娜，开始想要从他的声音中了解他创作的故事，了解他的生活，了解他所代表的另一个神秘世界，一个她既渴望了解又害怕触碰的谜一样的世界。然而，抗拒的心理一度占了上风，她甚至想到过辞退朗读者伊斯梅尔来规避好奇心所带来的风险。故事至此突然峰回路转：伊斯梅尔的母亲去世了。伊斯梅尔是因为母亲的原因才需要赚钱，需要这份朗读者的工作，所以不得不卑微地接受塞尔索的诸多苛刻条件。此时母亲的离去，让他从经济压力中解脱出来，重新获得自由。他毅然地离开了这对父女，一切又回归平静。但平静之下，波涛暗涌。

　　桑奇斯·辛尼斯特拉曾提到过，文学、电影、音乐对他影响至深。创作向文学、电影、音乐这三种艺术形式致敬的三部曲的想法由来已久，而《兼职朗读者》就是三部曲中的第一部。作品真正的主人公其实是文学。在这部作品中，作者延续了其戏剧研究中对戏剧边界的探讨，打破了戏剧舞台与文学文本之间的界限，将文学有效地融入戏剧结构当中，推动故事情节的发展。文学将塞尔索、罗雷娜、伊斯梅尔这三个人物有效地连接到一起，它既是联系两个阶层的纽带，又是隔离两个阶层的屏障。一边是家境优渥的父女，一边是经济窘迫的青年；一边是发号施令者，一边是卑微的顺从者；一边把文学当作打发无聊、装点生活的

何塞·桑奇斯·辛尼斯特拉（José Sanchís Sinisterra）

工具，当作文化、涵养、身份的象征，一边将文学融入了人生沉浮，融入了生活和心灵的期盼。读者和观众能够从两个对立因素——可言说的文学文本和不可言说的内心隐秘——的张力中，去体会思想、信念和感情的碰撞，从而解读三个人物各自的内心和灵魂，并构建自己对这部作品的理解。

在舞台呈现上，《兼职朗读者》巧妙地将声音的静寂、嘈杂以及光线的明暗对比和转换配合起来，从视觉和听觉两个维度有效地向观众呈现出盲女的世界。富含寓意的舞台设置与伊斯梅尔朗读的文本内容相互辉映，既将朗读的内容具象化，也暗示了人物各自的境遇，更加突显剧本的主旨。

正如某些评论家所言，不管是从剧本创作还是舞台表现来看，这部作品都是一部上乘之作。

（温晓静）

卡蕾·桑托斯（Care Santos）

卡蕾·桑托斯（1970—　），原名马卡蕾纳·桑托斯·伊·托雷斯（Macarena Santos i Torres），西班牙女作家、文学评论家。1970年4月8日出生于西班牙巴塞罗那省的海滨小城马塔罗（Mataró），毕业于巴塞罗那大学法律专业。不久她放弃专业方向，捡起儿时的兴趣，专心投入文学评论和创作事业。先后在《阿贝塞报》的《文化副刊》和《世界报》的《文化副刊》，以及文学杂志《幻想》和《历史与生活》（Historia y vida）做撰稿人和文学评论。

桑托斯8岁就爱上了写作，14岁就在文学竞赛中获胜，25岁出版了第一本书。作者从创作之初就使用笔名卡蕾·桑托斯。时至今日，卡蕾·桑托斯一共出版小说12部、短篇小说集6部。作者还保持了对少年儿童文学的创作热情，大量持续发表年轻人喜爱的作品，各种题材作品数量多达六十多部，其中较为知名的作品有：《非法占据者手记》（Okupada，1997）、《克里西斯》（Krysis，2001）、《我会告诉你你是谁》（Te diré quién eres，1997）、《处女座行动》（Operación

卡蕾·桑托斯（Care Santos）

Virgo，2002）、《月球网》（*Laluna.com*，2003）、《狼眼》（*Los ojos del lobo*，2004）、《蒙特卡洛赛道》（*El circuito de Montecarlo*，2005）、《伊利娜的戒指》（*El anillo de Irina*，2005）。她还于1992年创建了青年作者协会（Asociación de Jóvenes Escritores），她本人担任会长。

桑托斯面向成年读者的长篇小说有：《失败者的探戈》（*El tango del perdedor*，1997）、《学会逃跑》（*Aprender a huir*，2002）、《科特·柯本之死》（*La muerte de Kurt Cobain*，1997）、《飓风的路线》（*La ruta del huracán*，1999）、《影子的主人》（*El dueño de las sombras*，2006）、《向着光的方向》（*Hacia la luz*，2008）、《你所呼吸的空气》（*El aire que respires*，2013）、《蓝钻石》（*Diamante azul*，2015）、《所有的善与恶》（*Todo el bien y todo el mal*，2018）、《我将跟随你的脚步》（*Seguiré tus pasos*，2020）。最后两部小说的主人公是一位名叫雷伊娜的女子，她在《所有的善与恶》中尽管自身处于精神危机之中，仍全力调查是什么原因导致儿子决定自杀；而在《我将跟随你的脚步》里她又通过一封意外的来信开始追溯44年前父亲在内战中牺牲的真相。

1999年《有乌鸦的麦田》（*Trigal con cuervos*）"获塞维利亚青年文学协会奖"（Premio Ateneo Joven de Sevilla）。2007年，《维纳斯之死》（*La muerte de Venus*）进入第十一届"春天小说奖"决赛。2014年她以加泰罗尼亚语版的《巧克力的渴望》（*El deseo de chocolate*）获该地区著名的"拉蒙·尤伊小说奖"（Premio Ramón Llull de novela）。该作品横跨18—20三个世纪，讲述三个与巧克力相关的女子的故事，可谓一段荡气回肠的巧克力发展史。《半生》（*Media vida*）荣获2017年"纳达尔小说奖"。

桑托斯坚持用卡斯蒂利亚语和加泰罗尼亚语写作，多数作品都先后出版了两个语言的版本，另外她的多部作品也先后被翻译成23种语言。

悬疑推理小说《锁着的房间》(*Habitaciones cerradas*, 2011)被改编成电视剧,于2015年末在西班牙电视台一套播映。

《半生》(*Media vida*)

《半生》(2017)是西班牙女作家卡蕾·桑托斯新创作的长篇小说,荣获当年的"纳达尔小说奖"。小说用5个女子30年的人生刻画出友情、爱情和人性自由在时代变迁中的再现,探讨"罪过"和"原谅"对人生的意义。

故事开始于1950年7月29日的夏夜,5个刚刚步入青春期的少女在一家教会寄宿学校里像往常一样玩"真心话大冒险"("Acción o verdad")游戏。她们是幼年丧父又刚得到母亲改嫁消息的双胞胎姐妹奥尔加·维侬(Olga Viñó)和玛尔塔·维侬(Marta Viñó)、父母是音乐家却在刺杀中双双身亡的洛拉·彭塞尔(Lola Puncel)、父母双全却因工作繁忙而不得不住在寄宿学校的富家女妮娜·博拉斯(Nina Borrás)以及身世不详被修女们收养的孤女胡利娅·萨拉斯(Julia Salas)。

游戏在奥尔加的指挥下进入"大冒险"环节。胡利娅因为贫穷和自尊无法在押放筹码的环节拿出像样的物品,奥尔加刻薄地要求她脱下内裤以做抵押。专横而放肆的奥尔加命令同伴们用她母亲送给她绣花用的剪刀去剪熟睡的"傻子"比森特(El tonto Vicente)的头发作为"大冒险"的考验。比森特从小被修女们收养,先天智障,长成近20岁的彪形大汉才被修女们与前来受教育的富家女们隔离,被锁在修道院的另一端做苦力。就是这场天真的冒险游戏酿成了惨痛的悲剧,也改变了几个女孩的命运。最后一个去接受考验的胡利娅遭到被吵醒的比森特的强奸。为保教会的名誉,出于对傻男孩的偏袒,再加上对胡利娅衣冠不整潜入

卡蕾·桑托斯（Care Santos）

男子卧房的误解，修女们认定是胡利娅行为不检导致比森特犯错，并当即决定隐瞒事件，同时把胡利娅送到青年教养院接受管教。胡利娅遵守游戏中的保密誓言，无以自证清白。而女伴们也因为恐惧和对胡利娅一去不返后事件的不知情而把疑问深埋进心里。事发后不久，女孩们也各奔东西，开始了各自不同的人生。

1981年夏天，同样的7月29日，当年几个无知少女——出版商的妻子、知名的美食作家和电台节目主持人玛尔塔，刚刚丧偶的钢琴教师同时也是等待分娩的高龄产妇洛拉，演艺界知名策划人、特立独行的新女性妮娜——在当年游戏的裁判官、现如今已是医学教授之妻和5个孩子的母亲的奥尔加的邀请下，相聚在玛尔塔新开的名为"半生"（"Media vida"）的餐馆。她们一边品着"莫诺波"白葡萄酒（Monopole blanco，又译"独家酿制干白葡萄酒"）分享自己过去30年的人生经历，一边等待第五位应邀者——索邦大学法学博士、西班牙国会议员、女权运动领导者和离婚法颁布的推动者胡利娅·萨拉斯。每个人的30年，其间的幸与不幸、欢乐与痛苦共同拼构出的是佛朗哥政权后期到民主过渡时期西班牙一代女性的生存现实和心路历程。而胡利娅的30年人生至此对于四位友人还仍然是一个谜，是她们怀着不同程度的歉意期待揭晓的谜。

胡利娅在踌躇过后，找到了自己参加聚会的意义——为了"原谅"。然而决定赴约的胡利娅在暴雨中的车祸和洛拉出人意料的提前分娩使5个少年时的伙伴最终阴差阳错地团聚在医院的急诊病房里。胡利娅最终向当年的伙伴们道出了30年前那个夏夜的真相以及自己悲惨的身世和30年坎坷的人生。在小说的结尾，胡利娅把曾沾满青春血泪的绣花剪子还给了奥尔加。奥尔加失声痛哭，恳求胡利娅的原谅。

小说由14章构成，分成4个部分，分别以"衣衫游戏"（"El juego de las prendas"）、"莫诺波干白"（"Monopole blanco"）、"暗色调主义"（"Tenebrismo"）和"绣花剪子"（"Tijeras de bordar"）

为题。小说通篇保持第三人称全知视角叙事，大量使用人物对白，穿插少数书信，1981年后的部分结合倒叙和插叙。"衣衫游戏"部分叙述1950年7月29日夜晚的事发；"莫诺波干白"分成5个章回，以5位女孩命名，对每个人30年间的主要经历进行分别叙述；"暗色调主义"是对1981年7月29日的"半生"餐馆的聚会中四位朋友重玩"真心话大冒险"的叙述，此部分以"真心话"环节中的游戏步骤和伙伴们提出的多个问题为章回题目；"绣花剪子"是全篇的尾声，交代医院急诊室的团聚以及病房内的陈述和悔过。作者在小说结尾后附加"作者注"（"Nota de la autora"）解释小说灵感的由来，以及故事中的少数人物原型和历史素材的来源，并附相应致谢。

（宁斯文）

玛尔塔·桑斯（Marta Sanz）

　　玛尔塔·桑斯（1967— ），西班牙女作家，康普顿斯大学当代文学博士，现任安东尼奥·内布里哈大学教师。桑斯出生于马德里，在瓦伦西亚的海滨度假村贝尼多尔姆度过了童年，十几岁时回到故乡。2000年5月，桑斯完成其博士论文，主题为民主转型时期的西班牙诗歌。马德里文学学院的写作工作坊经历促使桑斯开始文学创作。1995年出版处女作《冷》（*El frío*，1995），至今创作了12部小说。桑斯的文学之路一直伴随着鲜花和掌声：《最好的时光》（*Los mejores tiempos*）获2001年西班牙国家电台"评论之眼奖"（Premio Ojo crítico），《苏珊娜和老人们》（*Susana y los viejos*）进入2006年"纳达尔小说奖"决赛。2007年，作家获"马里奥·巴尔加斯·略萨NH故事奖"。2013年，《达妮埃拉·阿斯托尔和黑匣子》（*Daniela Astor y la caja negra*，2013）一举囊获"老虎胡安奖""卡拉莫奖"（Premio Cálamo）和"临界小说奖"（Premio Estado Crítico de Novela）三项文学大奖。而她2015年的新作《演艺界》（*Farándula*）更是摘得西班牙举足轻重的"埃拉尔德小说奖"的桂冠。《锁骨》（*La clavícula*，2017）被《国家报》评为当年最佳书籍之一。

此外，作家还著有小说《死的语言》（*Lenguas muertas*，1997）、《家养动物》（*Animales domésticos*，2003）、《解剖课》（*La lección de anatomía*，2008）、《疯狂的爱》（*Amour Fou*，2014）、《黑色黑色黑色》（*Black black black*，2010）、《好侦探永远不婚》（*Un buen detective no se casa jamás*，2012），诗集《爱撒谎的母狗》（*Perra mentirosa*）、《硬核》（*Hardcore*，2010）、《陈酿》（*Vintage*，2013）、《流苏和星星》（*Cíngulo y estrella*，2015），杂文集《别那么煽动》（*No tan incendiario*，2014）和《我们曾是年轻女人》（*Éramos mujeres jóvenes*，2016）。其中，《陈酿》于2013年获得马德里作家协会颁发的"马德里批评奖"。

与此同时，桑斯还参与多部学术文集和文化读本的编写，也是几本知名文学、文化期刊的撰稿人，其中包括《国家报》文化版和旅游版、该报文学副刊《巴别塔》以及《世界报》的《文化副刊》。她的创作的混合风格、打破读者预期的能力，以及对历史时期和社会现象的回溯和反思，更使她的作品在文化读者中畅销的同时，还得到如拉斐尔·齐尔贝斯和安东尼奥·穆尼奥斯·莫利纳等知名作家、学者和评论家的高度评价。

《演艺界》（*Farándula*）

《演艺界》（2015）是西班牙女作家玛尔塔·桑斯近年来的获奖作品，为我们展示了西班牙当代演艺界的众生相，也揭示了现今社会的普遍问题：文化和作为公众人物的艺术家贬值；每个人都害怕失去自己在社会中的位置；害怕衰老，害怕权力和名望如泡沫般破灭。

玛尔塔·桑斯（Marta Sanz）

瓦莱里娅·法尔孔（Valeria Falcón）本生于演艺世家，姑母是女影星宝拉·法尔孔（Paula Falcón），挚友丹尼尔·瓦尔兹（Daniel Valls）更是拿过威尼斯影展沃尔庇杯（Copa Volpi）的演艺界新星。瓦莱里娅虽然也小有名气，但生性善良又长相平庸的她，总得不到好的角色和评论家们的赞赏。加上经济危机后政府对文化补贴的削减和戏剧行业发展的持续低迷，瓦莱里娅等一代艺人生计堪忧。她参与排练由好莱坞电影《彗星美人》（西语译名：*Eva al desnudo*）改编的舞台剧，剧组中少不更事的女演员娜塔丽亚（Natalia de Miguel）以她的甜美和天真得到中年不得志的男演员洛伦索（Lorenzo Lucas）的垂涎。二人有着初衷不同却一样炙热的戏剧梦，然而除了偶尔以鱼水之欢相互慰藉之外，留给他们的只是向现实的屈服：洛伦索活在他所扮演的剧评家艾迪生·德威特（Addison De Witt）的角色之中，娜塔丽亚也只得靠参加电视真人秀求得快速出名。

而瓦莱里娅最关心的是年老色衰而匿迹多年的戏剧名角安娜·乌鲁蒂亚（Ana Urrutia）。年轻时的特立独行、放浪不羁使乌鲁蒂亚成为新女性的偶像的同时也引来不少非议。而孑然一身又经营不善的乌鲁蒂亚晚年萧索，更糟糕的是，她患上了第欧根尼综合征，邋遢至极，生活已然无法自理。一日，瓦莱里娅像往常一样到家中看望乌鲁蒂亚，却无人应门，只听乌鲁蒂亚的狗在屋内狂吠不止。瓦莱里娅情急之下找来门房开门。怎知因脚扭伤错位而倒地不起的乌鲁蒂亚的落魄模样和她生活里的尘垢秕糠都被好事而贪利的门房卖给了媒体进行大肆曝光。悲愤又无奈的瓦莱里娅决定把乌鲁蒂亚送进养老院，而面对巨大的开销，她只得请求丹尼尔·瓦尔兹的资助。

丹尼尔虽然名声在外，又有法国金融界女强人为妻，却也一直得不到本国媒体和观众的青睐。主要原因是丹尼尔激进的政治立场和不合时宜的政治言论。一场"戈雅奖"的颁奖晚会，丹尼尔被观众掷来的鸡蛋击中胸口，这次羞辱把他对名利场中的装腔作势和自己表面光鲜的人生的厌倦推向了顶点。丹尼尔拒绝付养老院的费用，却出人意料地决定把乌鲁蒂亚带到巴黎，在妻子的宅邸奉养。然而，他所做的只不过是把乌鲁蒂亚丢给骄傲轻慢的妻子以及高薪雇用的护理人员。随后，他又在认清妻子和自己的价值观有巨大差异的那一刻，静静离去，此后再无音讯。

瓦莱里娅退出了演艺圈，甘愿成为失业人员。深居简出的她只以写作聊以自慰，把自己对演艺圈的观察和想法，糅合身边艺人的经历写下来。她用见证和遗嘱般的文字，表达一代艺人表达未尽或者被时代舞台的喧嚣掩埋的声音。

小说基于现实，以主人公瓦莱里娅·法尔孔帮助年迈患病的一代名角安娜·乌鲁蒂亚寻找安身之所为主线，结合倒叙和插叙，交错重叠地刻画出多个文艺界人物的形象，讲述他们的经历和生存状态。小说主体分为两部分，分别以Farándula（"演艺界"或"娱乐圈"）拆成的两个词"花边装饰"（Faralaes）和"大兰多毒蛛"（Tarántula）为题，每部分两个章回。第三部分题为"小法尔孔"（"La falconcita"），这部分篇幅短促，形式和内容上都更像是一个后记。小说大部分以第三人称全知视角叙述，最后的"小法尔孔"以瓦莱里娅叙事者的独白对故事和人物结局做出补充交代。大量通俗词语、大众文化典故、充满画面感的长篇幅列举与修辞上凝练犀利的反讽有机结合，加上小说在两个部分荒诞的命名、对多个人物充满悖论的设置，巧妙构筑了作者对这个庞大演艺界的戏谑批评。与此同时，结尾部分主人公瓦莱里娅·法尔孔近乎疯癫的对自己和同时代艺人事业挫败的总结性表述也体现了作者对当代文艺工作者的同情。

（宁斯文）

阿尔弗雷多·桑索尔（Alfredo Sanzol）

阿尔弗雷多·桑索尔（1972— ），西班牙剧作家、导演。1999年推出第一部作品，2010年前后开始受到关注，当前正值创作旺盛、稳步上升的事业黄金期。他生于潘普洛纳（也有资料称马德里），毕业于纳瓦拉大学法律系，后进入皇家戏剧艺术高等学校（RESAD）导演系深造，主要从事编剧、导演工作，除了早期的五六部作品，近年有名的原创包括：三部曲《笑与毁灭》（*Risas y destrucción*，2007）、《是的，但我不是》（*Sí, pero no lo soy*，2008）、《美好的日子》（*Días estupendos*，2010）。这三个剧本于2014年结集出版，展现了桑索尔的写作和编导基础，逐渐形成一种独特的讲故事的方式：以现实、感情和回忆为猎物，建立猎人抓捕用的完美陷阱。随着"铺设陷阱"的技术不断完善，这其中的第三部作品获2012年"马科斯最佳舞台艺术奖"（Premio Max de las Artes Escénicas）。

《脆弱的女人》（*Delicadas*，2010），用一些看似杂乱、片段的小故事，把自己的祖母放回内战爆发时20多岁的状态，用姐妹兄弟之间的争斗去表现被打断的情感教育，而人性终究会让她们恋爱、生子、梦想未来和原谅。本剧获2011年"马科斯奖最佳加泰罗尼亚/瓦伦西亚语剧作家奖"。

《想入非非》（*En la luna*，2011），探索潜伏最深、不时像闪电般突然照亮"我是谁""我从哪里来"的人生最初的记忆，无论是真实记得、被人反复讲述还是梦到过的，都是我们安放其他记忆的基石。本剧获得2012年第一届"谷神奖"（Premio Ceres，梅里达国际古典戏剧节与埃斯特拉马杜拉大区政府联合创办）最佳剧作家奖，并再次获得2013年"马科斯奖"最佳剧作家、最佳剧作奖。

继《冒险！》（*Aventura!*，2012）之后，桑索尔又推出《有魔力的平静》（*La calma mágica*，2014）：奥利弗在面试中尝试毒蘑菇，看到自己在未来工作中打瞌睡的场面。与客户争夺存有该视频的手机时，他突然决定寻找真正体面的工作和有意义的生活，由此开始了一系列离奇的探索。

最近几年桑索尔每年都有大制作：《呼吸》（*La respiración*，2016），2017年"国家戏剧文学奖"；《柔情》（*La ternura*，2017），2018年第十二届"巴列-因克兰戏剧奖"；《勇气》（*La valentía*，2018）也广受好评。

此外，他还改编了巴列-因克兰的《施洗约翰的头颅》（*La cabeza del Bautista*，2009）、王尔德的《不可儿戏》（*La importancia de llamarse Ernesto*，2012）、贝克特的《等待戈多》（2013）、索福克勒斯的《俄狄浦斯王》（2015）等。

桑索尔在"美洲之家""燃烧之家"（La Casa Encendida）、波哥大国家剧院、马德里屠宰场当代创意文化中心、国家戏剧中心、修道院剧院（Teatro de La Abadía）等多处举办讲座、工作坊和课程，尽力推动戏剧文化向"上"发展和向"下"普及。2014年，他指导了作家总协

阿尔弗雷多·桑索尔（Alfredo Sanzol）

会（Sociedad General de Autores）基金会的第二届戏剧写作实验室，同时携好友米格尔·德尔·阿尔科和安德烈斯·利马创办了"城市戏剧"（Teatro de la Ciudad）项目，与修道院剧院达成合作协议，从希腊-罗马传统戏剧的各个要素（专业演员、研究者、剧作家、舞美师、观众）进行探索。自2015年起每年推出一个表演季，既注重整体剧目（espectáculo），也强调沉浸式体验（experiencia escénica，在剧院内外设计多个场景、环节，让表演者根据观众情况自主发挥、积极互动，获2016年马德里自治大区文化奖（Premio de Cultura de la Comunidad de Madrid）。

2018年5—6月，桑索尔新一季"城市戏剧"作品《勇气》连续上演一个月，并从8月初到2019年5月在全国多地巡演。正如《有魔力的平静》取材于他父亲的去世，《呼吸》从自己的离婚中提取泪点，《勇气》是一部献给作者母亲和姥姥的剧作，纪念他在布尔戈斯附近小镇度过的每一个夏天。《勇气》讲述了一对姐妹继承了老家一座充满美好回忆的大房子，但就处置问题产生了分歧：老宅外面修了A1高速路，只有5米之隔，每天车水马龙、非常嘈杂（背景里是现场采集的录音），所以她俩一个主张卖掉房子，一个坚持留下，并且引发了另两组人物/鬼魂的争辩。这部剧作是一个隐喻，质问应当如何继承既往无用的东西、如何记住当下必要的东西；个人和社会都必须选择从过去挽救什么、放弃什么，这是需要努力和勇气的事情。

《柔情》（*La ternura*）

《柔情》（2017）是西班牙当代剧作家阿尔弗雷多·桑索尔的新作之一，已经基本确定了其在当代戏剧史上的地位：2018年第十二届"巴列-因克兰戏剧奖"、2019年"马科斯最佳戏剧表演奖"(Premio Max al mejor espectáculo teatral)。

自从2017年4月首演以来,《柔情》在西班牙全国巡演逾百场,迎接了超过三万两千名观众。故事讲述菲利佩二世安排两位公主鲁比(其西语意思是"红宝石")和萨尔蒙(其西语意思是"三文鱼")嫁给英格兰贵族,以便在入侵时里应外合。女王埃斯梅拉达(其西语意思是"祖母绿")憎恨男人,因为她总是被他们夺去自由、限定人生,于是在无敌舰队经过一个"荒岛"时,她施展魔法使船倾覆,带着两个女儿逃到了岛上,企图远离男人的烦扰。可是,岛上其实有一个砍柴人马龙(El leñador Marrón,"马龙"的西语意思是"棕色"),20年前就带着两个儿子贝尔德马("绿海")和谢罗阿苏("蓝天")在此,也想躲避女人的聒噪。他们的相遇必然是一场冲突,也注定在摩擦中增进认识,甚至产生需求。

通过浓缩在1小时50分钟里的纠葛,剧作家试图传达一个想法:在一种整体观(holismo)的统治下,人类被简单地按照生理特征划分成男女两性,而且粗疏地生活在两性的隔膜、互不理解之中。因此,要想得到爱,必须先冒吃苦的风险;要想表达爱,先得让渡温柔。于是寻找温柔成为一个把所有人联系在一起的愿望,无论是谁、对谁、在哪里。

不过,相比主题本身,专业观众更关注主题之展开。桑索尔此剧是配合"城市戏剧"第二季,开始探索莎士比亚的浩瀚宇宙(在人物的对话中可以找到莎士比亚14部喜剧的名字),经过研读揣摩,他抽取了莎氏浪漫喜剧的元素做设定,要有荒岛、海难、暴风雨、精灵、醉醺醺的鬼魅,由身份和性格形成强烈对比的贵族和平民去演绎无来由的嫉恨、压抑的热情、身份转换和情绪出口,过程表现为消失—出现、相离—相遇……由于预述了莎剧的框架、与《暴风雨》的互文性,使得情节上的非理性成分很容易淡化,比如角色名字的诗化、荒岛砍柴为生的莫名,观众迅速进入舞台给定的时空。

阿尔弗雷多·桑索尔（Alfredo Sanzol）

该剧的另一亮点是语言，借鉴英语无韵诗，舍尾韵，用音步。尤其是"重轻重轻重"的五音节诗句（尼卡诺尔·帕拉在翻译《李尔王》时也尝试过），富于大量的修辞，或铺陈，或暗喻，或起兴，或设问，使得人物形象愈发鲜明生动，而且其中的聪敏机智有如一场妙语的烟花盛会，令观众大笑不止、直呼过瘾。

另外，本剧的舞美强调"舞台空阔"（escenario desnudo）的理念，除了个别篮子、水罐等日用品，背景几乎空无一物；服装按照16世纪高度还原，并以颜色对人物名字进行配合和烘托；灯光精心设计（"马科斯奖"最佳灯光提名），让舞台呈现重点突出、节奏感十足。这些都在演员表演和观众的感受力、想象力之间搭建了一个流畅、集中而深远的通道。

（于施洋）

阿方索·萨斯特雷（Alfonso Sastre）

阿方索·萨斯特雷（1926—　），西班牙著名剧作家、编剧、评论家，其作品数量众多，大多反映了作者对人的存在和社会的承诺。

萨斯特雷1926年出生于马德里的一个资产阶级家庭。西班牙内战爆发时，他年仅10岁，但内战给他造成的深刻影响却贯穿了他一生的创作。1945年他与朋友创立了旨在革新西班牙戏剧布景的试验戏剧团体"新艺术"剧团（Arte Nuevo），从此开始了其戏剧生涯。

萨斯特雷的戏剧创作，不管在形式上还是内容上，都与其政治思想的演变密不可分。马克思、萨特、布莱希特都对他产生过巨大的影响。一方面，他的创作不断向前发展，从关心人的存在到对社会承诺，直至革命（1962年萨斯特雷加入西班牙共产党，因参与政治活动而多次入狱）；另一方面，他也不断追求戏剧形式的革新。在《社会鼓动剧场宣言》（*Manifiesto por un teatro de agitación social*，1950）中萨斯特雷具体阐述了自己的戏剧观念及其特点。他的作品《走向死亡的小分队》（*Escuadra hacia la muerte*，1953）与安东尼奥·布埃罗·巴列霍的《楼梯的故事》（*Historia de una escalera*，1949）、米格尔·米乌拉

（Miguel Mihura）的《三顶礼帽》（*Tres sombreros de copa*，1947年出版，1952年首演）被公认为西班牙内战之后戏剧革新的三部标志性作品。1985年萨斯特雷凭借讲述一个小混混处于社会边缘境遇的《奇妙的酒馆》（*La taberna fantástica*，写于1966年，1985年首演）荣获西班牙"国家戏剧奖"；1993年其作品《赫诺法·洪卡尔，海兹基贝山的吉卜赛红发女郎》（*Jenofa Juncal, la roja gitana del monte Jaizkibel*，创作于1983年，首演于1988年）被授予西班牙"国家戏剧文学奖"，2003年获得"马科斯奖"。

萨斯特雷的早期作品带有明显的存在主义色彩。属于这一时期的作品有：《铀235》（*Uranio 235*，1946）、《满载梦想》（*Cargamento de sueños*，1948）、《垃圾桶》（*El cubo de la basura*，1951）以及此前提到的引发西班牙戏剧布景革新的作品《走向死亡的小分队》。这是一部抨击冷战的作品，虚构了第三次世界大战爆发时一个小分队的5名战士和队长奉命去执行一项任务的经历。结果只有一人生还，而他最后依然陷入没有意义的生活。

1950年后萨斯特雷的作品风格转向了纪实现实主义。这一时期的作品变得更加政治化、更加激进，也更加具有抗争性，因此成为佛朗哥时期书报审查的重点对象，成为剧团老板的噩梦，被看成是不能吸引资产阶级观众的作品，从而导致他的作品很难上演。属于这一时期的作品有：《红土地》（*Tierra roja*，1954）、《堵嘴物》（*La mordaza*，1954）、《陋区死亡》（*Muerte en el barrio*，1955）、《吉列尔莫·特尔有一双悲伤的眼睛》（*Guillermo Tell tiene los ojos tristes*，1955）、《在网中》（*En la red*，1961）、《复活节早祷》（*Oficio de tinieblas*，1962）及关于斗牛士不幸命运的作品《顶伤》（*La cornada*，1960）。

60年代以后，萨斯特雷的作品中对形式的关注进一步加强。这一时期的作品受到布莱希特的极大影响，作品内容主要围绕自由、剥削、社会不公、对核战的恐惧等主题展开，包括描写宗教裁判所迫害异教徒的《血与灰》（*La sangre y la ceniza*，1965）、抗议艺人在资产阶级社会里成为商品的《宴会》（*El banquete*，1965）以及《阴郁的同志》（*El camarada oscuro*，1972）等。

自1980年移居巴斯克地区之后，萨斯特雷获得了戏剧生涯最大的成功。这一时期的作品有《人与影》（*Los hombres y sus sombras*,1983）、《桑丘·潘沙的无尽旅行》（*El viaje infinito de Sancho Panza*，1984）、《伊曼努埃尔·康德的最后日子》（*Los últimos días de Emmanuel Kant*，1985）、《你在哪里，尤拉路姆，你在哪里？》（*¿Dónde estás，Ulalume，dónde estás?*，1990）等。在《你在哪里，尤拉路姆，你在哪里？》的注释中他写下"是结束的时候了"（*Es ... el acabóse*）的字句，以此告别戏剧舞台。虽然此后他仍继续进行戏剧创作，但是此后的作品（除一部改编自希腊古典戏剧的作品外）没有再被搬上戏剧舞台。

除戏剧作品之外，他对诗歌、小说、散文等体裁均有涉猎，发表过多篇关于文学、戏剧和政治的文章，如《戏剧与社会》（*Drama y sociedad*，1956）、《解剖现实主义》（*Anatomía del realismo*，1965）和《革命与文化批评》（*La revolución y la crítica de la cultura*，1970），小说《隐形人自传》（*Vida del hombre invisible contada por él mismo*，1995）。

中译本：《难言之隐》，丁文林译，收入《外国独幕剧选·第六集》，施蛰存编，上海文艺出版社，1992年。

《你在哪里，尤拉路姆，你在哪里？》（*¿Dónde estás，Ulalume，dónde estás?*）

《你在哪里，尤拉路姆，你在哪里？》（1990）是西班牙剧作家阿

阿方索·萨斯特雷（Alfonso Sastre）

方索·萨斯特雷的戏剧作品，完成于1990年，但是直到1994年才在埃欧罗戏剧公司（Eolo Teatro）的运作下，由孔拉德·切德里奇（Konrad Zschiedrich）执导，首度被搬上戏剧舞台。

该剧是萨斯特雷为纪念19世纪的美国作家埃德加·爱伦·坡而作，取材于爱伦·坡的真实生活，讲述这位伟大作家在人生最后时日的经历，虽属虚构，但具有很明显的传记色彩。

爱妻弗吉尼亚去世后，爱伦·坡在精神上受到严重打击，终日以酒精麻痹自己。无可救药的酗酒使其一度濒临死亡的边缘。此后，爱伦·坡从纽约回到里士满（Richmond），并在这里重逢了幼年时的恋人埃米拉。再次的相遇使爱伦·坡燃起对未来的希望，决心走出过去的阴霾，与埃米拉一起开始新的生活。但是在开始全新的生活之前，爱伦·坡决定再去一趟纽约，收拾一下以前的东西，跟过去做一个了结，然后回到里士满，与埃米拉一起幸福地生活。

该剧就是以此为背景展开叙述的。1849年9月27日早晨5点，艾迪（埃德加的昵称）在里士满附近的纽波特纽斯港与埃米拉道别。艾迪将由纽波特纽斯乘船前往巴尔的摩（Baltimore），然后换乘火车去费城，再经费城去纽约，最后在纽约短暂停留之后回到里士满，投入埃米拉的怀抱，开始新的生活。但是埃米拉从一开始就对此次旅行有不好的预感，因此一再叮嘱艾迪要照顾好自己，不要酗酒。而艾迪也下定决心并向埃米拉保证自己将滴酒不沾，随后登上了前往巴尔的摩的轮船。9月29日下午，艾迪抵达巴尔的摩港口，并在港口附近某酒吧主人兼出租车司机的带领下，顺利到达巴尔的摩市火车站，买了当天去费城的车票。但是前往费城的火车晚上12点才发车，于是艾迪决定先在附近的餐厅吃点东西，然后再去城里转转以打发等车的时间。用餐期间，在服务生的一再劝说下，艾迪打破了滴酒不沾的禁令。虽然只喝了一点红酒，但是一点点酒精已经足够对艾迪造成很大的影响。随之而来的晕眩让他决定出去透透气。艾迪鬼使神差地来到一个外表酷似坟墓的小酒馆门前，已过世的爱妻弗吉尼亚的声音仿佛从里面传来。于是，艾迪走进了这个名叫红柏树的酒馆。在与酒馆里的一个红胡子男人谈话的过程中，艾迪又喝了一些酒。当走出酒馆的时候，他已经不记得来时的路了，正想打听，但是却在酒精的作用下失去了意识，瘫倒在地。当他苏醒过来的时候，已经是第二天了，广场上正在进行州长竞选的宣讲会。在问路过程中，艾迪遇到同样要去火车站的吉米，于是两人结伴而行。途中几番波折，两人曾一度分开，但又机缘巧合地再度重逢；而在此过程中，艾迪再次不由自主地陷入酒精的泥潭。最终，醉得几乎站不起来的艾迪终于在吉米的帮助下登上了去往费城的火车。但是，由于在半途中被查出没有车票，艾迪再次被遣送回巴尔的摩火车站。虚弱至极的艾迪又一次回到了红柏树酒馆，后来因酗酒过度昏厥被送至医院，并在入院后5天离开人世。前妻弗吉尼亚的母亲马蒂得知艾迪逝世的噩耗后，赶来参加他的葬礼，在马蒂的独白中全剧结束。

该剧的题目源自爱伦·坡的诗《尤拉路姆》（«Ulalume»）："她回答道：尤拉路姆，尤拉路姆。/这就是你失去的尤拉路姆的陵墓！"（She replied — "Ulalume — Ulalume — / 'Tis the vault of thy lost Ulalume！"）尤拉路姆是艾迪对亡妻的呼唤。尤拉路姆既象征着爱情，也宣告着死亡。带着对亡妻的深切哀思，艾迪在与世人、与社会的隔阂中，在孤独和恐惧中，一步一步走向冥冥之中注定的结局——最终的毁灭。通过人物语速的变化，萨斯特雷成功地表现了诗人爱伦·坡与其所在社会的格格不入以及人生的荒诞；同时，作者以渐进的方式不断加强戏剧的紧张度，加剧戏剧冲突，使观众即使预料到最终毁灭的结局，仍然自始至终时刻关注着主人公的命运。正如某些评论家所说，这部作品是萨斯特雷对其戏剧理念深刻而完美的总结。

（温晓静）

安赫拉·塞戈维亚·索里亚诺
（Ángela Segovia Soriano）

　　安赫拉·塞戈维亚·索里亚诺（1987—　），西班牙青年诗人和人文研究者，被认为是西班牙当今诗坛最有力的声音之一，在"新文学变动的版图上占据了自己的位置"。安赫拉·塞戈维亚1987年出生在西班牙卡斯蒂利亚-莱昂自治区阿维拉省拉斯纳瓦斯·德尔·马尔格斯市（las Navas del Marqués），中学毕业后进入马德里康普顿斯大学广告系学习，后在该大学获得文学理论和比较文学硕士学位，并于2013年荣获巴塞罗那自治大学文学和文化研究硕士学位。2014—2016年安赫拉·塞戈维亚获得马德里"大学生公寓"创作资助，担保人是西班牙当代著名诗人、2009年西班牙"国家诗歌奖"得主胡安·卡洛斯·梅斯特雷。安赫拉·塞戈维亚博士论文的题目是《政变后智利诗歌的反抗形式》（"Formas insurgentes de la poesía chilena postgolpe"）

　　安赫拉·塞戈维亚坦承自己从13岁才开始阅读诗歌，那是一本常见的名家名诗选集，她被书中的诗行深深打动了，但这种感动不是来自诗歌内容，而是源于抒情诗的韵律。自此一位小城少女"孤独而秘密地踏入了诗的世界"[①]，而音调、音韵甚至词语的发音至今都令人沉迷不已。十四五岁时，安赫拉·塞戈维亚喜欢一个人在城郊散步，不知不觉地开始构思诗句，她认为自己创作的真正意义上的第一首诗是中学时代的自由写作作业。进入大学后，安赫拉·塞戈维亚开始在《数学家笔记簿》（*Cuadernos del Matemático*，2009）、《磨石》（*Piedra del Molino*，2012）等期刊上发表作品，参与民间学术共同体和同人文学杂志活动。此外，她的戏剧作品曾受邀参加先锋戏剧节，多次参与戏剧、音乐等跨界艺术项目的创作，还与出版社合作开办工作坊，与没有偏见的青年伙伴共同研习挑战语言和文化欧洲中心主义传统。2017年安赫拉·塞戈维亚使用阿维拉省农村方言翻译了卢斯·皮切尔（Luz Pichel，1947— ）的加利西亚语抒情诗新作*CO CO CO U*，被评论界视为"将一种创新改造为另一种创新"的珠联璧合的诗歌翻译例证。

安赫拉·塞戈维亚目前已经出版了三部诗集。《你难过吗？》（*¿Te duele?*，2009）是安赫拉·塞戈维亚的第一部诗集，全书共64页，获得了路易斯·阿尔贝托·德·昆卡等西班牙当代著名诗人和文学评论家的高度评价，以全票荣获2009年马德里自治区圣塞巴斯蒂安·德·洛斯雷耶斯市"费利克斯·格兰德青年诗歌国家奖"（Premio Nacional de Poesía Joven Félix Grande）。作为诗人的初出茅庐之作，《你难过吗？》风格新锐，语言优美清新，意象个人化和内在化特征明显，例如："大地/将冲刷我们的岁月，/将清洁我们的岁月，/让它们虚无空洞。/深渊呼喊/饥饿雨水一切/都将消失。/一切都被埋在沙之下，/沙之上空虚的人群蹒跚踉跄，/没有什么可以言说，/人与人交锋，/人与物冲撞。/你们给事物贴上名签，/但你们遗忘了阅读，/词语字母也被大

---

① Martín, Aurora. «Me introduje en el mundo de la poesía en soledad y en secreto», *El Norte de Castilla*, 2016-07-16. https://www.elnortedecastilla.es/segovia/201607/16/introduje-mundo-poesia-soledad-20160716115829.html, 2020-04-11.

安赫拉·塞戈维亚·索里亚诺（Ángela Segovia Soriano）

地吞噬。/你们不会阅读了。/没有事物，没有人/步履沙沙/桌子椅子高脚杯喧闹/然而空无一切。/什么都没有用，/大地，/什么都没有。"诗人透过一个个看似没有关联的意象貌似随意地堆砌在一起，制造出纷乱迷茫的语义迷宫，同时大量应用陈述式将来未完成时，不断模糊预言和不确定性之间脆弱的极限，令读者在"遗忘"的必然和"抵抗遗忘"的决绝直接徒劳无力地寻找出口。《你难过吗？》仿佛"一连串强有力的意象，犹如超现实主义诗歌的一组镜头"[1]，折射出"非常难以定义的自我"[2]，体现了安赫拉·塞戈维亚的诗学理念和美学追求，也承载了来自青年一代的文学反叛与革新。诗人指出："我喜欢思索语言的物质性，我喜欢语言自身能带有某种确定的感官快感，当你阅读时你会被语言的这个侧面而深深诱惑。我还寻找有陌生感的词语，经常在诗中引入拉丁美洲西班牙语词汇，在奇特和快感之间寻找平衡。"[3] 这种对于超越语言极限与表达界限的追求也逐渐发展成为安赫拉·塞戈维亚的个人风格特质。

2010年在游学巴黎期间安赫拉·塞戈维亚开始创作第二部诗集《路过那已然如此》（*De paso a la ya tan*），并于2013年出版，全书96页，为散文诗和抒情诗合集，是诗人迄今为止最畅销的诗集，已经再版。题目"路过那已然如此"摘自诗集中《雨的独白》（*Monólogo de la lluvia*）一诗："路过那已然如此熟悉/自身的不幸刻印在指甲上"，但诗人在诗集题目中只截取了诗句中的前六个词，形成了一个语义不清、指向多样的单词聚合体，将读者引向无限阅读和意义的诠释。《雨

---

[1] Fundación Centro de poesía José Hierro. *Ángela Segovia V premio Félix Grande*, 2009-03-03 http://creacionpoetica.blogspot.com/2009/03/angela-segovia-v-premio-felix-grande.html, 2020-04-11.

[2] Ibid.

[3] Martín, Aurora. «Me introduje en el mundo de la poesía en soledad y en secreto», *El Norte de Castilla*, 2016-07-16. https://www.elnortedecastilla.es/segovia/201607/16/introduje-mundo-poesia-soledad-20160716115829. html, 2020-04-11.

的独白》的副标题是"疯女子（苏黎世，1934）"，讲述的是作家詹姆斯·乔伊斯的女儿露西娅，1934年因精神分裂症被送入苏黎世的一家疗养院接受治疗。《雨的独白》假托疯人呓语，打破了句法和语法规则，迫使"新的所指的能指破碎消散"，消逝在语言的边界。在《路过那已然如此》中，"疗养院""洞孔""监牢"等意象反复出现，例如《历程》一诗："栖居在牢房/是/一切都一成不变：/始终如一黑色的眼睛"，它们不断暗示着诗人笔下的空间似乎永远处于某种视线的监视之下，令人联想起福柯《规训与惩罚》中权力对于人身体与精神的统治和异化，传达了"如果我说话是因为有什么东西断裂了"这一不安而躁动的主题。安赫拉·塞戈维亚在《路过那已然如此》中还进行了诗歌呈现形式上的探索，例如故意去掉单词之间的空格，使它们组合成有多达二十多个字母的新单词，制造语义上的含混与陌生感；在排版上采用渐变字体，模仿电影结尾的淡出效果；以右端对齐、中间对齐和斜体字打破诗歌的线性阅读，不断挑战表达的极限和语言的极限。

《弯道变成了街垒》（*La curva se volvió barricada*, 2016）是安赫拉·塞戈维亚的第三部诗集，全书80页，为散文诗和抒情诗合集，是诗人个人艺术风格成熟的重要标志。因"代表了为西班牙语诗歌开辟的新道路，并构成了通往新的艺术表达方式和西班牙语美洲诗歌的桥梁"，2017年该诗集荣膺西班牙教育、文化和体育部颁发的"米格尔·埃尔南德斯青年诗歌国家奖"。

安赫拉·塞戈维亚的诗歌作品尚未被正式译介给中国读者。

《弯道变成了街垒》（*La curva se volvió barricada*）

《弯道变成了街垒》（2016）是西班牙青年诗人安赫拉·塞戈维亚的新作，创作于诗人在智利的瓦尔帕莱索、西班牙的巴塞罗那和马

安赫拉·塞戈维亚·索里亚诺（Ángela Segovia Soriano）

德里求学期间，2017年荣膺西班牙"米格尔·埃尔南德斯国家青年诗歌奖"。

诗集题目来自诗人的第二部诗集《路过那已然如此》中的《职业》一诗："但这弯道变成了街垒，/外面来的人带来了对话"。诗人坦承街垒是一种令她着迷的存在，因为它们是用所谓的城市垃圾建造的，但又横空嵌入城市之中，既在某种程度上阻止了权力的渗入，同时又为各种各样的人和事物创造了相遇的机会。因此"街垒"也构成了整部诗集的核心意象，代表着对于界限的发现、空间的重构和意义的再生。诗人强调："我认为我们应该开始探索诗歌流溢在书页之外的东西，探索诗与舞台艺术和音效的界限：诗似乎变成了一个表演体。探察这些界限，超越语言的标准范式或对其施加压力，这才是我感兴趣的东西。"[1] 因此《弯道变成了街垒》是一部试图从语言内部对抗和挑战一切既有规范的抒情诗集，它具有自洽的哲学内涵和鲜明的个人风格烙印，意象灵动隽永，"充斥着亚文本、呼语、链接、明暗对比"[2]，文本含义模糊含混，复杂多义，指向不一。例如《我的身体充满了……》一诗："我的身体充满了毒物/它是制造痛苦的空洞 缓慢/生成/让我无从察觉/但我却无时无刻不感到/成千上万的洞孔/遍布/它们是我唯一的陪伴/不会弃我而去。"诗人从日常生活中提取意象，不断重构和结构它们的意涵，在诗句中强力注入各种暗示、意指、讽喻、联想、断裂、切割、反转、延伸……将读者推向无边无际的阅读冒险。

安赫拉·塞戈维亚指出："我想诗歌是语言的断层，因为诗超越了语言的结构、技法和技巧；就某种意义而言，诗创造了一种语言，它能

---

[1] Morla, Jorge. «Ángela Segovia: Me interesa el poema que desborda el papel», *El País*, 2016-03-22. https://elpais.com/cultura/2016/03/15/babelia/1458057180_803573.html, 2020-04-11.

[2] Itfish, Paula. «Cansancio de significar: Ángela Segovia, *La curva se volvió barricada*», *Oculta Lit*, 2016-12-13. https://www.ocultalit.com/poesia/cansancio-de-significar-angela-segovia/, 2020-04-11.

够开启、拓展交流，也能够妨碍交流或使其变得复杂。"[1] 因此《弯道变成了街垒》构成了对于"优雅诗歌"的挑战。诗人在引进拉丁美洲语汇的同时，也将愈来愈空洞、暴力和父权男性中心的欧洲街头话语导入诗歌界域，制造了强烈的语言冲突和陌生感。她大量使用无韵诗，不追求诗句表面的格律严谨，诗行音节数不等，韵脚不一，但重音、停顿和音律控制严谨，排列精巧，附有强烈的意义表达需求，指引读者在貌似松散铺陈的诗句中捕捉到细节，挖掘诗歌表达的极限。在诗集呈现形式上，《弯道变成了街垒》比《路过那已然如此》更为大胆，诗行排列更具图案性，诗句内部夹杂了更多图像符号，追求更加直接的视觉刺激。总而言之，从内容到形式，《弯道变成了街垒》都是一部先锋之作，它拒绝将抒情诗矮化为空洞的伪存在主义语言装置、取悦读者的小物和闲适生活的装饰品，充分体现了安赫拉·塞戈维亚"探索流溢在书页之外的那些东西"的诗学观念，也代表了西班牙当代青年诗人的诗学追求。

（许彤）

---

[1] Itfish, Paula. «Cansancio de significar: Ángela Segovia, *La curva se volvió barricada*», *Oculta Lit*, 2016-12-13. https://www.ocultalit.com/poesia/cansancio-de-significar-angela-segovia/, 2020-04-11.

哈维尔·西耶拉（Javier Sierra）

哈维尔·西耶拉（1971— ），西班牙作家、记者、编辑、媒体人，1971年8月11日出生于西班牙阿拉贡地区的历史名城特鲁埃尔。西耶拉在少年时期就展露出对大众文化的关注和文字创作的才华。12岁起他便参与地方广播儿童档的录制，而同一时期，他已经写出了故事和杂文。西耶拉16岁开始发表自己的作品。1990年，19岁的西耶拉进入康普顿斯大学攻读新闻学。同年，他参与创办文化月刊《零年》（*Año Cero*）。这本对自然、历史和人类社会的神秘现象和事件进行追踪报道的科普杂志为西耶拉日后的新闻事业和写作生涯敲开了大门。24岁时，西耶拉出版了第一本书——《罗斯威尔：国家机密》（*Roswell: secreto de Estado*，1995），追踪调查"罗斯威尔坠机事件"以及美国官方粉饰不明飞行物之谜。这种采用史料考据、实地调查、逻辑推断和书面论证的写作方式也被沿用到作者之后的虚构体作品中，成为西耶拉文学创作的亮点和特点。

对神秘的探索和娴熟的写作技艺驱使作家在接下来的二十余载，先后创作出版多部作品，包括长篇小说：《蓝色夫人》（*La dama azul*,

1998）、《圣殿之门》（*Las puertas templarias*，2000）、《拿破仑的埃及秘密》（*El secreto egipcio de Napoleón*，2002）、《秘密晚餐》（*La cena secreta*，2004）、《迷失的天使》（*El ángel perdido*，2011）、《普拉多博物馆的大师》（*El maestro del Prado*，2013）、《不朽的金字塔》（*La pirámide inmortal*，2014），以及非虚构作品：《奇怪的西班牙》（*La España extraña*，1997，与赫苏斯·卡耶霍合著）、《追觅黄金时代》（*En busca de la Edad de Oro*，2000），《被禁止的航线和其他历史之谜》（*La ruta prohibida y otros enigmas de la historia*，2007）。此外，哈维尔·西耶拉是《科学之外》（*Beyond Science*）的编辑顾问，还长期参与西班牙电视台的访谈和科普栏目的摄制。

2009年，西耶拉凭借在小说《蓝色夫人》中对17世纪修女玛利亚·德·赫苏斯·德·阿格雷达传奇形象的刻画以及该宗教人士以"分身"方式在美洲传教事迹的讲述，获得索里亚古城阿格雷达"荣誉市民"称号。无独有偶，作家在新闻出版界的突出成就促使他在2017年获得特鲁埃尔省"圣乔治十字勋章"后，又于翌年成为"特鲁埃尔优秀公民"。

他的长篇小说《秘密晚餐》融汇侦探小说元素、惊悚氛围、神秘主义以及宗教阴谋论而著成。该书可谓《达·芬奇密码》的挑战版，以一封控告达·芬奇以画作渎神的匿名信作为线索，围绕《最后的晚餐》这幅画作，颠覆历史和人物的共识解读，探求宗教与艺术的隐秘关系，对文艺复兴大师本人的角色身份大胆推断。此书一经问世，在43个国家相继出版，获得多项文学奖项的提名，2004年进入兰登书屋旗下普拉萨与哈内斯出版社的"古塔城市小说国际奖"决赛，并于2006年4月进入《纽约时报》"畅销书排行榜"前十名。

2007年被译成英语的《蓝色夫人》在美国出版发行，获当年拉丁图书奖"最佳历史小说奖"。《迷失的天使》获选"最佳冒险小说"。

哈维尔·西耶拉（Javier Sierra）

2013年《普拉多博物馆的大师》成为当年西班牙语销量最高的虚构体出版物。2017年10月28日，哈维尔·西耶拉凭借《看不见的火》（*El fuego invisible*）赢得西班牙出版界著名的"行星奖"。2020年，在新冠疫情的大背景下，西耶拉又出版了《潘多拉的口信》(*El mensaje de Pandora*)，直面人类所遭受的疫情，并试图提供战胜疫情的药方。

中译本：《秘密晚餐》，萧宝森译，上海文艺出版社，2011年。

《看不见的火》（*El fuego invisible*）

《看不见的火》（2017）是西班牙作家哈维尔·西耶拉的新作。其主人公和叙事者大卫·萨拉斯（David Salas）从小生活在都柏林，他的外祖父何塞·罗卡（José Roca）原系马德里人，20世纪50年代定居爱尔兰，凭借自己的写作天赋成为享誉欧洲的小说家。畅销书的出版带来了不菲的收入，仅仅一代人创下的殷实家业就让罗卡一家跃入欧洲文艺界名流。大卫虽然含着金汤匙出生，父亲的神秘离开却给他的童年蒙上了阴影。祖父母的庇佑、母亲格洛丽娅（Gloria Roca）的呵护，加上书籍的熏染和陪伴，并没有给这个天赋异禀的孩子失去父亲的感伤留白。小说开始时，年满30岁的大卫已经是受聘于都柏林三一学院小有名气的语言学学者，并继自己的辞源学研究后，刚完成了关于古希腊哲学家巴门尼德的哲学博士论文。

2010春季学期即将结束，大卫受学院教学主任苏珊·皮考克（Susan Peacock）的委派到马德里竞拍一部绝版古籍。同时也是母亲格洛丽娅挚友的皮考克女士表明这也是大卫母亲的意思，借此机会让大卫散心。刚到马德里，大卫就被在酒店等候他的年轻女子宝拉（Paula Esteve）截住。宝拉自称是知名作家古德曼夫人（Lady Goodman）的助手并告诉大卫，古德曼夫人收藏了他外祖父的珍贵遗物且另有一事相托。带着重重疑问，大卫来到古德曼夫人位于丽池公园边的府邸。

会面中古德曼夫人向大卫介绍了自己创办的学院"人工山"（Montaña Artificial）。这个与丽池公园一景同名，与"艺术"和"人智"同根同源，也似乎暗指托马斯·曼的小说《魔山》的"学院"，实际上是古德曼效仿古希腊秘教学派集会的形式在自己的客厅组织的读书会。她亲自挑选精英学员，解读古老文本以探求文学存在的本质意义。就在第二天的读书会上，大卫认识了"人工山"的全部成员，中世纪艺术史博士宝拉、交响乐团中年指挥路易斯（Luis M. Bello）、智商超群的信息工程师小伙子"约翰尼"（Juan Salazar, "Johnny"）和金发碧眼的医药双科学生切斯（Ches Marín）。古德曼夫人引导大家读云游诗人特雷蒂安·德·特鲁瓦（Chrétien de Troyes）的《圣杯传说》（*Il Contes del Graal*）。大家激烈争论特鲁瓦造的词"grial"所指的"圣杯"是否真实存在，此处出现的grial是否真的就是《圣经》中提到的耶稣的"圣餐杯"（Cáliz）。大卫本不专长于讨论的主题，对古德曼夫人的入会邀请也无兴趣，但随后一连串事件使大卫无法脱身，这其中包括前成员吉列尔莫（Guillermo）在丽池公园的离奇死亡、宝拉在丽池公园人工山给自己的秘密一吻、古德曼夫人有意隐瞒的癫痫症、一直无法打通的书商电话、一名黑衣男子对成员的监视，以及一起差点让大卫送命的故意交通肇事。而当大卫终于明白此次马德里之行根本是一个布局时，自己已"鬼使神差"地卷入了这场"人工山"成员们对吉列尔莫真实死因追踪和圣杯真正含义的调研行动之中。

在古特曼夫人的安排下，宝拉和大卫赶往巴塞罗那，路易斯和约翰尼去了瓦伦西亚，而古德曼夫人自己则在切斯的陪同下驱车前往比利牛斯山麓。于是，西班牙境内与圣杯相关的地理坐标和文本符号被成员们分头收集，并在约翰尼设计的网络空间内实时分享。这跨越时空、多人共同完成的"日记"自然也记录下期间发生在每名成员身上的特别经历，甚至灵异事件。与此同时，吉列尔莫临死前去过的地方、见过的人

哈维尔·西耶拉（Javier Sierra）

也逐一浮出水面。然而在这双重秘密被揭晓的过程中，大卫也重新认识了自己家庭成员的过去和周围人的真实身份，历经磨难后，他也最终悟出了"看不见的火"这个对文艺创作之源的隐喻的真实所在。

小说由60章和一个后记构成，分成6个部分："出发前""马德里的三天""第四天""第五天""第六天"和"第七天"。故事基于现实，按自然时间顺序，以人物大卫·萨拉斯的第一人称和主人公视角叙事，适当穿插回忆、梦境和幻境的讲述。主人公的心理活动和人物之间的对白自然分明。小说只在集体日记的章回中转换叙事者和叙事的视角。而该部分仍然保留了直接引语对白，似乎有意营造小说套小说的创作样式。全书节奏跌宕起伏，发现和突转错落其间，虚构情节结合文学艺术、宗教历史的真实考据，并附多幅插图。此外，小说也折射出作者对于认知与创造、志向与禀赋、文艺与哲学、神秘学与宗教史辩证关系的关照。值得一提的是，小说除了对文艺创作灵感的来源和自身意义假说的求证，还通过情节设置，借人物之口，分别结合中世纪谣曲和丹·布朗作品，对通俗文学和畅销小说的价值进行直接讨论。

（宁斯文）

何塞·路易斯·西雷拉
（Josep Lluís Sirera）

何塞·路易斯·西雷拉（1954—2015），西班牙剧作家、戏剧史学家、戏剧活动家、教授，曾任瓦伦西亚大学副校长。

西雷拉1954年出生于瓦伦西亚，本科学习历史，1981年取得西班牙语语言文学博士学位，致力于西班牙戏剧史研究，主攻中世纪和现代早期，如撰写《17世纪戏剧：洛佩·德·维加系列》（*Teatro en el siglo XVII: ciclo de Lope de Vega*，1987）、《中世纪戏剧研究》（*Estudios sobre teatro medieval*，2008），关注历史上的流行剧种如音乐剧（melodrama）、独幕喜剧、说唱剧。同时，他特别重视本土戏剧发展，是加泰罗尼亚语作家协会成员，研究成果有《瓦伦西亚当代剧团》（*Les arrels del teatre valencià actual*，1993）、《瓦伦西亚文学史》（*Història de la literatura valenciana*，1995）、《埃斯卡兰特和19世纪戏剧》（*Escalante i el teatre del segle XIX*，1997）等。他也注意把握当代戏剧的发展趋势和动因，编著有比如《Moma剧团1982—2002：

20年如一日》（*Moma Teatre 1982-2002*，*Veinte años de coherencia*，2003）、《阿南达舞蹈团，从舞到话》（*Ananda Dansa*，*Del baile a la palabra*，2007）、《网剧团：25年无国界》（*Xarxa teatre: 25 anys sense fronteres*，2008）。

西雷拉陆续出任学术行政职务，包括瓦伦西亚大学文哲系副系主任（1986—1987）、系主任（1987—1989），西班牙语言文学专业负责人（1992—1995），瓦伦西亚大学图书与档案服务馆馆长（2002—2006），瓦伦西亚大学副校长（2010—2011）。他协调创设了瓦伦西亚大学戏剧硕士项目，鼓励大学生戏剧社团的发展，举办专题研讨会，建立戏剧杂志，尤其是常年组织埃尔切（Elche/ Elx）中世纪戏剧音乐节，促成"埃尔切圣母奇迹剧"在2001年入选首批联合国"人类口头与非物质文化遗产名录"。

西雷拉的电视剧本非常成功，也曾为西班牙国家电视1台热播了7年的《混乱时期的爱情》（*Amar en tiempos revueltos*）担任对话编剧。戏剧方面，他热衷改编瓦伦西亚地区宗教、民间的古老剧本，如《瓦伦西亚天主教圣体节神迹短剧》（*Misteris del Corpus de València*，2000）、《伟大的沙米拉姆》（*La Gran Semíramis*，2002）、《瓦伦西亚女先知歌》（*Cant de la Sibil·la de València*，2012）。此外，他的戏剧创作通常是与哥哥鲁道夫·西雷拉（Rodolfo Sirera，1948— ）合作的，从20世纪70年代起，两人联手推出了十余部剧本，如最早的《致敬弗洛伦蒂·蒙特福特》（*Homenatge a Florentí Montfort*，1972），虚构了一位瓦伦西亚民俗学方面的代表，在舞台上完整表现了他死后业界举办的一场纪念活动，包括一首圣歌、领导发言、学者讲座、茶歇、诗朗诵和一段独幕喜剧，最后还有对本场纪念活动接受度和"真实度"的总结。现在看来，构思、创作和排演这部作品的时候，西雷拉兄弟一个才23岁、一个才17岁。但对于本土传统文化在现代民众间和学术界的生存状态，他们已经有了诸多感知和预见，由此抓住了"死亡—纪念"这样一个悖论的节点，为之后四十多年筚路蓝缕的本土戏剧生涯奠定了基调。

之后，他们陆续推出《蜂鸣》（*El brunzir de les abelles*，1976）、《神怒》（*El còlera dels déus*，1979）、《赤道黄昏》（*El capvespre del tròpic*，1980）、《海马》（*Cavalls de mar*，1986）、《出发》（*La partida*，1991）、《骑士蒂郎的胜利》（*El triomf de Tirant*，1992）、《失落的城市》（*La ciutat perduda*，1994）、《黑的寂静》（*Silenci de negra*，2000）、《贝尔托特·布莱希特在芬兰死去的那天》（*El día que Bertolt Brecht va morir a Finlàndia*，2003）、《神佑》（*Benedicat*，2003）之后，路易斯·西雷拉还单独出版了3部剧本：《11次控球和1次越位》（*Onze dríblings i un offside*，2009）、《茅屋》（*Barraques*，2009）和《当代戏剧是个老东西》（*El teatre contemporani és cosa de vells*，2014）。

这些作品中，除《海马》《黑的寂静》等几部被翻译成卡斯蒂利亚语和法语之外，其余主要立足于瓦伦西亚/加泰罗尼亚语，是其本土戏剧现代化发展的重要代表。路易斯·西雷拉为地方戏剧所做出的贡献使他获得了多个奖项：1971年"阿尔科伊城奖"（Premio Ciutat d'Alcoi）、1977年"《金山》杂志"奖（Serra d'Or），1981、1982年连续两年"瓦伦西亚批评奖"（Premio de la Crítica del País Valencià）、2010年瓦伦西亚男女职业演员联合会"最佳戏剧贡献奖"（Premi AAPV a la Mejor aportación teatral）、2016年瓦伦西亚语言文学校际研究院"舞台和视听艺术奖"（Premio de las Artes Escéniques y Audiovisuales）。2015年他离世之后，西班牙戏剧界通过研讨会、剧本排演等方式进行了纪念，肯定了他一生的努力和价值，也让更多人看到了"一语独大"背后更多的可能性。

何塞·路易斯·西雷拉（Josep Lluís Sirera）

《贝尔托特·布莱希特在芬兰死去的那天》（*El día que Bertolt Brecht va morir a Finlàndia*）

2016年9月16日，西雷拉兄弟2003年创作、2006年出版的剧本《贝尔托特·布莱希特在芬兰死去的那天》由瓦伦西亚CRIT剧团（CRIT Companyia de teatre）时隔11年再次搬上舞台，以纪念路易斯·西雷拉逝世一周年。

剧本声称是在历史和地理框架中做出的虚构，开篇首先引用了布莱希特写于1941年的日记："逃离同胞们，我来到芬兰。昨天还不认识的朋友在他们干净的房间里给我铺床。收音机里，我听到那些人渣再次得胜的消息。我好奇地研究这里的地图，上面，拉普兰地区，接近北冰洋的地方，隐约看见一道门……"①

正文开始设定在1953年9月的民主德国，居住在东柏林的著名剧作家布莱希特收到一封信，寄自芬兰护林人米娅米·雷诺（Mirjami Leino），恳求他向高层求情，给她和她的儿子颁发签证。米娅米提醒道，1941年7月14日，布莱希特流亡芬兰和苏联之间的佩琴加地区时掉进沼泽差点冻死，是自己和丈夫救了他一命。布莱希特先是做出了可以给予热情帮助的回复，但收到第二封来信时开始感到懊悔，将信标为"不认识的寄信人"寄回原址，之后又回心转意，声称是秘书误操作。但到12月，布莱希特只收到精神病院院长的来信，得知12年前米娅米的儿子出生没几天便夭折，之后她精神失常住进医院，最近几个月虽然因为通信得到慰藉出现好转，但最终引火自杀。

在故事时间里，剧本不断闪回，通过同一组男女演员，不断扮演布莱希特在流亡过程中和成为东德戏剧界领袖后所接触的各位合作者、救助者、掌权者。比如分工编写音乐剧，但因为布莱希特"吃独食"而分

---

① https://www.catalandrama.cat/es/obra/el-dia-que-bertolt-brecht-va-morir-a-finlandia/, 2018-10-17.

道扬镳的朋友；比如在芬兰小木屋中最初鄙视知识分子，后来被打动的守林人，包括害怕影射、不准许修改已成名作品结尾的东德审查官（布莱希特回想起守林人妻子朴素的建议，想要尝试接受她的意见），以及诸多被他染指的女演员和秘书。

在所有人与布莱希特的关系中，普遍的共同特点是"困境"和"纠葛"，或者说，这是布莱希特一生的缩影，他以自己的方式在尝试和实践对错进退；他也会自大、无能，途中与许多人发生摩擦、冲突，但接受这些矛盾是理解别人、理解自己最好的，也是唯一的方式。

除了展现故事和主题，整部剧还巧妙地穿插了布莱希特的诗歌、音乐和戏剧理论，使得舞台充满了互文性和层次感，同时也让人忍不住追问：从西班牙瓦伦西亚来书写布莱希特，有什么特殊的立场和原因？事实上，这是西雷拉兄弟在无形之中透露对布莱希特的影响的焦虑：半个世纪过去，布莱希特的形象越来越高大，影子越来越长，叙事/史诗（epic）戏剧、间离效果被奉为经典，但他仍然是人，矛盾而不完美的人，甚至可能是一个失误、断裂的人——这也大概解释了为什么剧本名的加泰罗尼亚语和卡斯蒂利亚语版本都用了过去时（va morir, murió），而不是逻辑上的过去未完成时"濒死"（moría）：这位伟大的剧作家，总是处于不断的蜕变之中。

（于施洋）

安东尼奥·索雷（Antonio Soler）

　　安东尼奥·索雷（1956—　　），西班牙当代著名作家、编剧，出生于马拉加，从事电视编剧工作并为《世界报》等媒体撰稿。他时常基于历史记忆，为我们呈现一个错位的现实和一些处于社会边缘、前途未卜、在任何地方都感到陌生、不适应社会规则的人物。马拉加成为索雷小说最主要的舞台，可以看到他在马拉加度过的童年生活的影响，甚至在他的一些人物身上能找到自传的痕迹。2016年索雷被马拉加大学授予名誉博士学位。

　　成名作《边界英雄》（*Los héroes de la frontera*）获1995年"安达卢西亚批评奖"，讲述一个神秘的故事：盲人里内拉对住在他隔壁的妓女着迷，每晚都能听到这个女邻居做爱的声音。于是他把隔墙挖薄，日夜监听她的动静。一天盲人发现女邻居与丈夫合伙杀死了一个嫖客，他试图借此来敲诈自己无法企及的欲望对象。盲人的密友是一个失败的作家（作者的化身），名叫索雷，成为这一事件的见证人。索雷调查其中的隐情和动机，同时反思现实与欲望之间的鸿沟。

《死去的舞女》（*Las bailarinas muertas*）分别获得1996年"埃拉尔德小说奖"和"批评奖"，2016年再版。舞台为60年代的巴塞罗那和马拉加。叙事者是马拉加的一个男孩，他哥哥拉蒙在巴塞罗那的一家舞厅当歌手，经常给家人写信，寄照片和明信片，讲述自己在大都市奋斗的经历和舞厅里发生的故事。由此少年人的世界被一系列激情和混乱的爱情侵入，引发了他的恐惧和渴望，舞女们的死亡让他意识到成年人的世界比少年的更残酷和可怕。

《我现在所说的名字》（*El nombre que ahora digo*）获1999年"春天小说奖"，以内战期间马德里保卫战为背景，描写马德里一位20岁的战士古斯塔沃与一个35岁已婚妇女塞莱娜的爱情故事，具有浓厚的伤感主义，被一些研究西班牙内战的专家视为最忠实反映该战争氛围的小说。

《忧郁的巫师》（*El espiritista melancólico*，2001）的叙事者"忧郁的巫师"即作家本人，他以第一和第三人称讲述1971年马拉加的一名妓女的死亡案。马拉加当地的一名记者古斯塔沃（即《我现在所说的名字》的男主人公）负责报道此事，突然在他的生活中出现了一名年迈的女子塞莱娜，她既是32年前内战期间身为士兵的古斯塔沃深爱的那个女人，又是死者的母亲。古斯塔沃认出了塞莱娜，但没有向她暴露自己的身份。另外他也遇到了内战中的敌人，如今这些人变成了开设妓院的黑社会头目。该作品的灵感来自美国导演泰伦斯·马利克的电影《细细的红线》，反思了生命与死亡、性与爱。

《英国人之路》（*El camino de los ingleses*，2004）是一部典型的成长小说，其主题为对少年时光的追忆。小说具有浓重的自传成分，舞台依旧是作者的故乡马拉加。在所叙述的往事中，出现了许多预兆性的事件，如夏季的尾声、米格尔初恋的失败，这些都标志着一个时代的结束及少年友情的瓦解。

《洛桑》（*Lausana*，2010）是一部内心化的小说，其主题为时间的流逝、命运、衰老、遗忘及记忆的作用。在这部作品中作家第一次使用了女性叙述者，将女主人公玛格丽特变成了一个有思考能力的旁观者。她刚把失去记忆的丈夫赫苏斯送入医院，便乘火车从日内瓦前往洛桑看望儿子。在45分钟的旅途中，她的记忆不可抗拒地在日内瓦湖面（死亡的隐喻）铺展开来。玛格丽特反思了与丈夫共同度过的时光、一个流亡者家庭的沉重日常生活、她与铣工维拉的腼腆接近、赫苏斯与自己闺蜜的婚外情等。尽管时光逝去，某些记忆依然保持着完好的伤害能力。

与《英国人之路》相似，《一段残暴的历史》（*Una historia violenta*，2013）也属于"成长小说"，描写60年代末—70年代初西班牙一个外省城市的一群少男少女的少年时光。作者以简约的笔法向我们展示了这些人物是如何逐渐发现一个不存在公平、特权来自出身的世界，战败者永远是败者，所有的反抗都被镇压，死亡的发现发出最后一束现实之光。

索雷的第一部历史小说《博阿迪尔》（*Boabdil*，2012）再现了15世纪末最后一个阿拉伯国王博阿迪尔被迫向西班牙天主教双王投降的那段历史。《天使与杀手》（*Apóstoles y y asesinos*，2016）是20世纪初死于暗杀的西班牙无政府主义工会运动领导人萨尔瓦多·塞吉（Salvador Seguí，1886—1923）的小说化传记，再现了那个时期蔓延到巴塞罗那、马德里和巴斯克地区的工会运动，以及整个欧洲左派和右派之间的斗争、暴力工会和"白色恐怖主义"。

《南方》（*Sur*，2018）荣获第一届"胡安·戈伊蒂索洛小说奖"（Premio de Narrativa Juan Goytisolo）和"弗朗西斯科·翁布拉尔奖"（2018）。这部和声式小说（几十个人物同时出现在同一个空间和短短的18小时里）依旧以马拉加为舞台，描写属于不同社会阶层、具有不同语言和野心的各式人物（其中律师迪奥尼西奥和他的妻子安娜这对人物构成小说的开端和结尾）如何追求自己的梦想，又如何失败的故事。作家试图捕捉一个时代、一个城市的精神，为此索雷采用了第一人称和第三人称叙事、意识流、内心独白、日记、微信和广告等手法。

其他作品：短篇小说集《外国人在夜里》（*Extranjeros en la noche*，1992），小说《夜》（*La noche*，1986年"巴亚多利协会奖"）、《激情模式》（*Modelo de pasión*，1993年"安达卢西亚奖"）、《鳄之梦》（*El sueño del caimán*，2006），散文集《马拉加，失去的天堂》（*Málaga, Paraíso perdido*，2010）。

《英国人之路》（*El camino de los ingleses*）

《英国人之路》（2004）是西班牙作家安东尼奥·索雷的代表作，获2004年"纳达尔小说奖"。这是一部合唱式小说，基本主题是友谊、文学和爱情，见证了作者与幼时伙伴的童年和少年经历，反思那些没有实现的目标和褪色的梦想。

小说开篇有一张独立的页面，阐述故事的动机：一个无名叙述者（即索雷的化身）以第一人称的口吻表示"在我们的生活中心曾有过一个夏天"，回忆"那段时光"是为了"复活我本人的一部分"，做一幅"自我素描"。在那页的结尾又说，这不是随随便便的一个夏天，而是一个"蕴含了我们生活真实本质"的决定性夏天，即1978年之夏，叙述者及其马拉加同伴的最后一个少年的夏天，他们充满期望和恐惧地经历了走向成熟的过程。小说的尾声披露叙述者在法国一条小路上行走时"酝酿这部小说"，而那条小路的名字正好与之前那些逸事发生的舞台同名，即"英国人之路"。

《英国人之路》的叙事方式是重构那些对于叙述者来说具有决定性意义、由几个人物主导的那个夏天发生的事件：米格尔是个不安分的少年，在住院手术期间认识了一个有文化的男子，他为米格尔提供了通

安东尼奥·索雷（Antonio Soler）

过诗歌获取更美好生活的可能。于是米格尔幻想有朝一日放弃在五金店的工作，当个诗人，从此他的外号为"诗人"。这年夏天他遇到了自己的缪斯鲁丽，两人开始了一段恋情。与此同时，米格尔与其他伙伴们外出旅行，这个经历对他们的生活产生了重大影响。米格尔又结识了一位女老师，与她发生了关系。而鲁丽也遇到一个比她大、会调情的男子卡尔多纳。一开始此人承诺帮助鲁丽去学习舞蹈，以摆脱她目前的灰暗现实。当卡尔多纳发现米格尔对鲁丽不忠时，便对她展开追求。米格尔和鲁丽的关系由此破裂，他的诗人梦想也渐行渐远。

《英国人之路》是一部梦想者的成长小说，充满幻想和期望，一些梦想甚至显得有些不着边际。"我们总是推迟征服世界的行动"，生活逐渐把"每个人安置在一个不同的地方，有着不可逾越的边界"。但在这个充斥着初恋、性启蒙、友谊、惶恐、矛盾、幻想的变化世界里，少年挣扎在幼稚与成熟之间，而成年人的生活也彻底改变了方向，"我们是自己的生命流逝过去的景色，仅此而已"。叙事者在这部作品中明确表示，"20年之后的某一天把当年的事情披露出来的目的"是不希望它们遗失在忘却之中，颇有普鲁斯特"追忆似水年华"的情调。

《英国人之路》明显受到美国导演罗伯托·马利根（Robert Mulligan）的电影《1942年夏天》（*Summer of 142*, 1971）的影响，兼具商业性和文学品质。2006年底由西班牙著名演员安东尼奥·班德拉斯（Antonio Banderas）执导成同名电影，索雷担任编剧，该片获两项"戈雅奖"提名。

（王军）

埃斯特·图斯盖兹（Esther Tusquets）

埃斯特·图斯盖兹（1936—2012），西班牙女作家兼出版商，出生于犹太人银行家族，属于巴塞罗那上流社会，从小在德国学校接受精英教育。从60年代初起执掌西班牙鲁门出版社长达40年，出版了美国女作家苏珊·桑塔格的论著、意大利作家艾柯（Umberto Eco）的畅销小说《玫瑰之名》（*El nombre de la rosa*）和阿根廷儿童漫画系列作品《玛法尔达》（*Mafalda*）等畅销书，使鲁门出版社成为西班牙最赚钱、最受尊重的出版社之一，她也因此被称为"出版界的大姐大"（Gran señora de la edición）。

图斯盖兹很晚才开始文学创作，处女作《年年夏日那片海》（*El mismo mar de todos los veranos*，1978）开启了她的"大海三部曲"，后两部分别为《爱情是个孤独的游戏》（*El amor es un juego solitario*，1979年"巴塞罗那城市奖"）和《最后一场海难后的搁浅》（*Varada tras el último naufragio*，1980）。三部曲具有很强的自传色彩和女性意识，在时间上呈直线递进，开始于西班牙内战之后，结束于80年代。描

埃斯特·图斯盖兹（Esther Tusquets）

写的是出生于战后加泰罗尼亚上流资产阶级的成年女性处于道德习俗和家族利益的包围之中，受传统性别角色的限制，迷失在同性恋甚至吸毒的自我毁灭中，后来艰难奋斗以达到成熟（不妥协、不放弃）。她是西班牙第一个大胆触及女同性恋话题的作家，行文抒情，充满巴洛克式的繁复描写。

《7个目光落在同一个景色》（*Siete miradas en un mismo paisaje*，1981）、《一去不复返》（*Para no volver*，1985）、《疯癫的女孩和其他故事》（*La niña lunática y otros cuentos*，1997年"巴塞罗那城市奖"）的主题依旧是情色，探讨失败、失意、内心的秘密，描写资产阶级的空虚和西班牙最近几十年的社会变化。

《致母亲的信》（*Carta a la madre*，1996）反思了作者与母亲爱恨交织的复杂关系（她一直认为母亲不爱自己，甚至在母亲去世时都未见最后一面），与《年年夏日那片海》构成互文性叙述。《私人通信》（*Correspondencia privada*，2001）包括四封信和一个后记，图斯盖兹再次回顾了她与母亲的关系、在德国学校与一个文学课老师的初恋、大学期间的伴侣、她与丈夫度过的岁月（两人后来离异）。

她还与弟弟——著名建筑师奥斯卡·图斯盖兹（Oscar Tusquets）联手合著了自传作品《逝去的时光》（*Tiempos que fueron*，2012）。图斯盖兹去世后，她的女儿米莱娜·布斯盖兹（Milena Busquets）出版了畅销书《这一切也会过去》（*También esto pasará*，2015），在这部自传体小说中她回忆了生活和事业均不寻常的母亲（中译本由北京联合出版公司于2016年推出，译者罗秀）。图斯盖兹的弟妹埃娃·布朗切（Eva Blanch）也出版了《黄心蓝血》（*Corazón amarillo sangre azul*，2016），追忆作家临终的那段时光。

中译本：《年年夏日那片海》，卜珊译，人民文学出版社，2007年。

《我们打赢了内战》（*Habíamos ganado la guerra*）

《我们打赢了内战》（2007）是埃斯特·图斯盖兹自传三部曲的第二部，其他两部分别为《一个不大说谎的女出版商的自白》（*Confesiones de una editora poco mentirosa*，2005）和《一位卑鄙老夫人的自白》（*Confesiones de una vieja dama indigna*，2009）。

《我们打赢了内战》是作家童年和青年时代的回忆录：从她3岁起（佛朗哥军队进入巴塞罗那）到20岁（她退出长枪党，因为作家意识到自己不属于胜利者），向我们展现了40—50年代加泰罗尼亚资产阶级的画卷。"我们赢得了战争。几天前我听人议论，我们大家都输掉了西班牙内战。这不是事实。的确，在一场造成一百万人死亡、使国家处于破产的战争之后，双方阵营必须有决斗的动机。但一些人输了，另一些人赢了。胜利者很清楚这一点，我猜想战败者必须开始权衡灾难的规模。年仅3岁的我属于胜利者一方。"

图斯盖兹在自传里重点讲述了影响她一生的几件事：从小就读于有纳粹背景的德国学校；母亲不爱她，轻视她，因此与母亲关系紧张、疏远（"感觉我只写了关于母亲的事，或与母亲作对的事，从来未能消除这个矛盾。从小我就崇拜她。有时讨厌她。"）；身为神父的叔叔反犹太人、反共济会，充当佛朗哥的顾问；在政治问题上她是"天真和善意的"，大学期间短暂加入长枪党卫队的一个组织，因为她以为"长枪党是属于左派的"……

我之前最好的朋友……不理解我加入长枪党，太意外啦：一些人继续信任我，另一些人不再信任我。最要好的朋友之一，拉蒙·贡德，邀请我参加一个地下会议，直到30年后我才得知那之后不久有过一次搜捕，他们责备拉蒙把我带去，因为怀疑可能是我揭发了他们。大家都参加左派。我也一样。但我是什么左派呢？……

埃斯特·图斯盖兹（Esther Tusquets）

那个不眠之夜，我知道自己永远不会再参加一个党派，有一个党员证……我作为知识分子会维护自己的权利，面对每个形势、每个冲突，我做出自己觉得正确的结论，但不屈从于党派政治。

对于内战，图斯盖兹的视角迥异于胡安·马尔塞等这些战败者的后代。她清楚自己的家庭是内战的胜利者，她一步步叙述自己是如何逐渐发现这个世界，最终对生活有了清晰的概念，允许她采取一个坚定的立场：图斯盖兹，作为胜利者的女儿，属于战败者一方。

图斯盖兹的挚友、著名女作家安娜·玛利亚·莫伊斯（Ana María Moix，1947—2014）评价说："她是一个普鲁斯特式的作家，把记忆当作知识武器加以利用。用记忆对最近半个世纪的西班牙习俗做了精彩的清算。"[1]图斯盖兹在《我们打赢了内战》里坦率地披露了她出身的那个社会和政治阶级的秘密，批评这些掌握着加泰罗尼亚命运的人根据每一时刻自己的利益，毫不害臊地从佛朗哥派转为社会主义者和民族主义者等。对此西班牙评论家卡斯特耶（José María Castellet，1926—2014）表示："因其坦诚，图斯盖兹把自传体裁引入不被西班牙了解的领域。"[2]

（王军）

---

[1] https://elpais.com/cultura/2012/07/23/actualidad/1343031556_256578.html, 2019-07-21.

[2] https://www.lavanguardia.com/libros/20120723/54328537005/muere-tusquets.html, 2019-07-21.

胡利娅·乌塞达·巴连特
（Julia Uceda Valiente）

胡利娅·乌塞达·巴连特（1925— ），西班牙女诗人、作家。1925年出生于塞维利亚，于塞维利亚大学文哲系获学士和博士学位。曾在加的斯大学任教，于塞维利亚大学获得西班牙文学教授教职。1965—1973年任教于美国密歇根州立大学，其后短暂居住于西班牙与爱尔兰，1976年迁居加利西亚。曾担任西班牙诗歌评论奖、西班牙国家诗歌奖、西班牙国家文学奖、索菲亚王后伊比利亚美洲诗歌奖评委，现为塞维利亚皇家文学院、西班牙文学评论协会和西班牙语言文化学者国际协会成员。

1959年，胡利娅·乌塞达出版第一部诗集《化作灰烬的蝴蝶》（*Mariposa en cenizas*，1959）。1961年出版第二部诗集《奇妙的青春》（*Extraña juventud*，1961），并凭该作获得"阿多奈斯诗歌奖"二等奖。之后陆续出版《希望不大》（*Sin mucha esperanza*，1966）、《樱桃巷的诗篇》（*Poemas de Cherry Lane*，1968）、《桑苏威尼亚

胡利娅·乌塞达·巴连特（Julia Uceda Valiente）

的钟》（*Campanas en Sansueña*，1977）、《夜晚神秘古老的声音》（*Viejas voces secretas de la noche*，1981）、《来自乌有之路》（*Del camino de humo*，1994）、《在风中，向海去》（*En el viento, hacia el mar*，2002）、《未知领域》（*Zona desconocida*，2006）、《与山毛榉交谈》（*Hablando con un haya*，2010）、《树皮上的文章》（*Escritos en la corteza de los árboles*，2013）等诗集。她凭借《在风中，向海去》成为第一个荣获西班牙"国家诗歌奖"（2003）的女诗人，《未知领域》于2006年荣获"国家诗歌批评奖"（Premio Nacional de la Crítica en la modalidad de poesía）。

对于胡利娅·乌塞达来说，诗歌是一种理解世界的途径，但与哲学不同的是，后者追求逻辑，前者则依凭直觉。但她同样认为，语言的能力是有限的，存在未命名和无法命名的事物。诗人认为在某种意义上，诗歌印证了我们彼此沟通的艰难。因此读者能在胡利娅·乌塞达的诗歌中同时看到相互联系的两种倾向：对未知的发问与追寻，对自己、对世界的怀疑与困惑。

对"未知领域"的兴趣贯穿胡利娅·乌塞达的诗歌创作。对于诗人而言，"未知领域"遍布生活的各个方面，可以是自然的奥秘、自我的无意识、族群祖先的起源，或沉睡的某段记忆。在《圆圈》（«Círculos»）一诗中，诗人写道："我说/是为了给不曾言说之物自由……我只寻找/没有诞生的词语和历史。"在胡利娅·乌塞达的诗作中，读者常能读到连串的疑问句，如《内在的目光》（«La mirada interior»）一诗的开头："这里没有降下的雪在哪里降下？/这里我听不见的声音在哪里能听见？/当我注视着却不曾看见/那些天花板或天空，我置身于何处？/天空会重复吗？它们是否总是别的天空？"诗人执拗地向未知发问，哪怕最终得不到回音与解答，持续发问本身也构成一种追寻真理的坚定姿态。

胡利娅·乌塞达对"过去"尤其有着浓厚的兴趣，对个人生命与集体历史起源的疑问与思考在她的诗作中以女性特有的声音传达出来。如在《契机》(«Kairós»)一诗中，小女孩询问长辈自己从哪里来，却没有得到回答："小女孩问自己，问/大人们：来到这里以前/我在哪里？/她未曾存在的过去在'以前'里，/这无人居住的'以前'又在哪里？/为什么大人们/不愿意回答她？/他们一点儿都不知道/小女孩从前在哪里。/他们也不在乎。"或在《第一个女人》(«La primera»)中，没有祖先的女人不知道自己源于何处，也不知该如何用语言解释自己的起源："她该怎么说，她该怎么/在泥的嘴巴里寻找到声音/在胸口中安排好气流/把一切依节奏和次序聚集/好让别人能够理解，她，/这世上第一人，没有记忆/没有今天/没有昨天/没有起源，过去空空如也的女人？"

与这种疑惑与追寻相呼应，胡利娅·乌塞达诗中的女性主体也常常是困惑的、游荡的，持续追问着自己的起源与身份，与周遭格格不入。以胡利娅·乌塞达诗中常用的一个词形容，她们是"奇怪"的。在《奇怪的女性》(«Extraña»)一诗中，"我"以与众不同的新异目光注视世界，因而感到自己与万物都"奇怪"："我过去总是奇怪的女性。……我在那里颤抖。/向着万物的后面，/脊背，颈项，/向着奇异的脚跟，/向着微笑模糊的反面，/向着无人承认/布满灰尘的最忧伤的秘密张望。"在另一首名字相仿的《怪女人》(«La extraña»)中，"我"感到自己是个怪人，是因为无人倾听我的声音："我一整天/都在他们中间，/想让他们听到我的声音，/试图告诉他们/我受托要说出的话。/但我带的口信/不合时宜。烟雾/音乐，大笑声与/亲吻声——空气中/爆裂如玫瑰——/盖过我的声音。/徒劳的努力令我疲倦/我站起来/打开门/离开那美丽的地方。"在漠然的环境里，诗人原有的先知角色未能履行，众生的喧嚣盖过了本应传达的讯息。除了与众不同与不被倾听所带来的"奇怪"感受，"奇怪"的处境还源于主体的模糊、游离、对自身的不确定："倘若我看着自己的房间，/看着自己抛弃的衣物和纸张——/我在纸上书写自己懂得的东西——/我在寂静飒飒的声音里学到的东西，

胡利娅·乌塞达·巴连特（Julia Uceda Valiente）

/眼睛会不属于我自己。/当人们叫我：胡利娅，胡利娅……/我全然不认识自己。/你是谁？你在何方，从哪条隧道逃离。"在对身份的叩问中，"我"被解构，甚至被分解成不同时刻中的不同存在："我的沉默从被遗忘的/奇异词汇中盛开，/如今的我跪在/那时的我面前，超越/黎明与星辰。"

　　对于普通读者而言，胡利娅·乌塞达的诗歌或许略显晦涩，并不易于接近，因诗中疑问多过回答，困惑多过确定，而诗人在探寻的过程中又引入宗教与哲学的声音，如《阿南刻》（«Aná́nke»）中对希腊神话的援引，《空神庙歌辞》（«Palabras para cantar alrededor de un templo vacío»）中几种宗教的并置，令诗作变得更加深邃复杂。但如诗人所说，诗歌即是为无名之物寻找恰当的词汇，是试图理解我们所在的、超越时空的整体，而这样的努力本就是艰难的。克服最初的艰难，阅读胡利娅·乌塞达的诗歌将会成为一场向未知领域进发的旅程，一次对日常、自然、历史与自我中未被命名的秘密的探寻。

　　北京大学赵振江教授曾经译介过胡利娅·乌塞达的个别诗作，收于《西班牙当代女性诗选》中，但国内尚未发行胡利娅·乌塞达作品的单行本。

《未知领域》（*Zona desconocida*）

　　《未知领域》是西班牙当代女诗人胡利娅·乌塞达·巴连特于2006年出版的诗集，荣膺当年"国家诗歌批评奖"。

　　关于诗集的命名，诗人表示灵感源于"互联网"，这一新兴事物的名称令她意识到，无论是对自己还是他人来说，我们都还是一片未知领域，而诗歌则引领我们进入这片领域，并揭示它的秘密。诗集收录了胡利娅·乌塞达自1995年至2006年间创作的28首诗歌，虽然作品数量有限，但所涉及的主题相当丰富，从人类起源的神秘到伊拉克战争的残酷，从对存在的形而上思考到对现实问题的关切与控诉，力图以尽可能全面的视角呈现人类的复杂性，既关注感觉、历史与记忆，又探寻梦、死者，以及他们与现实之间的联系。

在《未知领域》中，胡利娅·乌塞达所寻求的"现实"并非直观可感的现实，而是另一种不可见的现实，诗人需要穿越存在的层层表象，下潜到未知的、未被命名的领域，寻找恰当的词汇将这一现实表述出来，好让读者能够感知触及。因此在她的诗作中可以看到日常与虚幻、此处与彼方、可见与不可见的融合，如《鬼魂与缪尔太太》（«The ghost and Mrs. Muir»）一诗中所写："她感知到一种存在，/某个陌生人包围着她。她听到/从别处刮来的风/鸟儿唱着别的歌：她踩上/冰冷氧化的地砖/那件欧石楠颜色的衣服/去了哪里？遗失的/镜子碎片醒来，/在覆满岁月的/沉睡苔藓下颤抖，/在这新的搏动中/不安地彼此注视。/那没有名字也没有形象/不被承认也未被体验过的事物，强硬地降临。"诗人此前作品中常见的对未知的追寻、对确定的解构在这部诗集中亦有明显的表现，如《内在的目光》中，"我"在变化的记忆中寻找事物真正的模样："在我这堵墙壁上，/一只手画下记忆多变的形象。/我要在哪里停下，才能找到它们所是/和所曾是的模样，它们塑造我时的模样？"或《词语》（«Las palabras»）中"我"表露对写作、对时间的疑惑："你是谁？你曾是什么样？/距离在词语与心灵之间/制造了怎样的寒冷？"胡利娅·乌塞达笔下的诗歌领域是未知的领域、无人涉足过的领域、谜团与秘密的领域，但这一领域并不远离生活，而植根于日常生活的表面之下。

除了沉思与玄想的部分，在《未知领域》中，读者也能看到胡利娅·乌塞达的另一面——对现实与社会的深切关怀，对不公与不幸的控诉。在《空神庙歌辞》一诗中，诗人以伊拉克战争为题材，不无痛楚地描写战争残酷面前信仰的空洞。人们向自己信仰的神祈祷，希望自己的

胡利娅·乌塞达·巴连特(Julia Uceda Valiente)

亲人能从战场归来,或苦涩地质问神,为什么自己遭受这样的灾难。但神并不回答,无论属于哪个宗教,神都缄默不语:"但是,战时神聆听谁的祈祷?我们/要对神耐心,因为他只倾听并不着急的人的声音。/还有,那团破布,那只落在尘埃上的手,名叫什么?/炸弹——有人管它叫烟火——光芒熄灭以后,他的房子化作尘埃。/而他胸中逸出的气息,又该是哪位神的责任?我已经说过了:/我们要对神——那住在毁坏了的伊甸园的三位神——足够耐心/因为他们只会不急不缓地倾听,那些无关紧要的问题。"在人类自己制造、自己经受的灾难前,神无能为力,无动于衷,甚至残忍无情。在胡利娅·乌塞达的诗歌中,社会关怀并非口号式的煽动或直白的指控,而是与一种存在焦虑相融合,为这个时代的一切不公、战争和恐怖感到深切的痛苦,从而决绝地向它们表示抗拒。

(黄韵颐、许彤)

莱奥波尔多·乌鲁蒂亚·德·路易斯
（Leopoldo Urrutia de Luis）

莱奥波尔多·乌鲁蒂亚·德·路易斯（1918—2005），西班牙当代诗人、作家、评论家，1919年"国家诗歌奖"、2003年"西班牙文学国家奖"得主。

莱奥波尔多·德·路易斯1918年出生在西班牙南方的科尔多瓦，第二年随家人移居到北部城市巴亚多利德，17岁赴马德里法国中学（Liceo Francés）就读（住在马德里大学生公寓未成年人部），1935年因家道中落被迫返回巴亚多利德学习师范和商科。1936年他参与了《祝词》（*Pregón Literario*）杂志的编辑和出版工作，还与西班牙"36年一代"著名诗人米格尔·埃尔南德斯（1910—1942）一见如故，并结识了莱昂·费利佩（León Felipe，1884—1968）、曼努埃尔·阿尔托拉吉雷（Manuel Altolaguirre，1905—1959）、拉斐尔·阿尔贝蒂等诗人。同年10月莱奥波尔多·德·路易斯加入共和国军队，曾两次在战斗中负伤，升任上尉，还追随米格尔·埃尔南德斯发表了许多赞美共和国

莱奥波尔多·乌鲁蒂亚·德·路易斯（Leopoldo Urrutia de Luis）

的宣传谣曲。共和国覆灭后莱奥波尔多·德·路易斯被捕入狱，1942年重获自由，同年他还在地方杂志《茅屋》（Chabola）发表了若干诗作。由于担心遭受佛朗哥政府的报复，他改用母亲的姓氏。1944年进入马德里一间保险公司工作，在业余时间继续从事文学创作，与《钟楼》（Espadaña）、《颂歌》（Cántico）、《岛屿》（Ínsula）、《松·阿尔玛丹斯报》、《西班牙诗歌》（Poesía Española）、《西方杂志》（Revista de Occidente）等重要期刊均有合作。

1945年莱奥波尔多·德·路易斯结识了"27年一代"代表人物比森特·阿莱克桑德雷，开始了一段持续40年的忘年交。1945年儿子豪尔赫的出生更给莱奥波尔多·德·路易斯带来无尽的喜悦和灵感，他于1946年发表首部个人诗集《儿子的黎明》（Alba del hijo，1946），此后60年笔耕不辍，陆续出版了《阴暗时代的客人》（Huésped de un tiempo sombrío，1948）、《不可能的鸟儿》（Los imposibles pájaros，1949）、《视野》（Los horizontes，1951）、《父亲》（El padre）、《异人》（El extraño，1955）、《真实的戏剧》（Teatro real，1957）、《公平竞赛》（Juego limpio，1961）、《光明在我们这边》（La luz a nuestro lado，1964）、《全神贯注》（Con los cinco sentidos，1970）、《无人离开此地》（De aquí no se va nadie，1971）、《如灰手套一样》（Igual que guantes grises，1979）、《我在炮火中看着自己》（Entre cañones me miro，1981）、《一个姑娘拉动窗帘》（Una muchacha mueve la cortina，1983）、《关于恐惧与悲惨》（Del temor y de la miseria，1985）、《寓言的朴素》（La sencillez de las fábulas，1989）、《成人管教所》（Reformatorio de adultos，1990）、《此地正在召唤》（Aquí se está llamando，1992）、《巴伐利亚玫瑰挽歌》（Elegía con rosas en Bavaria，2000）、《圣贝尔纳多笔记》（Cuaderno de San Bernardo，2003）等30多部诗集。

所获奖项主要有：诗集《视野》，1951年"指针奖"（Premio Índice），1953年墨西哥西班牙协会"佩德罗·萨利纳斯奖"（Premio Pedro Salinas）；悼父诗《父亲》，1954年"雕塑家何塞·玛利亚·帕尔马奖"（Premio Escultor José María Palma）；诗集《无人离开此地》，1968年"奥西亚斯·马奇奖"（Premio Ausiàs March）；《翅膀再次停留在玻璃上》（Otra vez con el ala en los cristales，因故未刊），1975年"杨树奖"（Premio Álamo）；《如灰手套一样》，1979年塞维利亚"安加罗奖"（Premio Angaro）和西班牙"国家诗歌奖"；《我在炮火中看着自己》，1981年马德里市政府"弗朗西斯科·德·克维多诗歌奖"（Premio Francisco de Quevedo de Poesía）；《一个姑娘拉动窗帘》，1982年"罗塔镇诗歌奖"（Premio de Poesía Villa de Rota）；《寓言的朴素》，1987年瓜达拉哈拉"何塞·安东尼奥·奥查伊塔奖"（Premio José Antonio Ochaíta）；《圣贝尔纳多笔记》，2002年"保罗·贝克特奖"（Premio Paul Beckett）。因为在文学领域内的突出成就，莱奥波尔多·德·路易斯还被授予了"米格尔·埃尔南德斯国际诗歌奖""莱昂·费利佩人文价值奖"（Premio León Felipe de Valores Humanos）、"阿维拉的大德兰文学奖"（Premio de las Letras Teresa de Ávila）。2005年11月20日莱奥波尔多·德·路易斯在马德里逝世。

莱奥波尔多·德·路易斯的诗歌创作大体可以50年代中期为界，划分为两个阶段：第一阶段从《儿子的黎明》到《异人》，作品往往具有较强的存在主义色彩；第二阶段从《真实的戏剧》到《光明在我们这边》，诗人明确加入了"社会诗歌"写作，更为直接地反映现实。然而无论在哪一个阶段，人的痛苦始终是莱奥波尔多·德·路易斯关切的母题。内战的创痛、个体的孤独、世界的陌生、无可避免的死亡等都是诗人经常处理的悲剧主题，例如在《不可能的鸟儿》中诗人以鸟儿象征"一曲幻想消失的哀歌"，悲伤于失落的童年和战争摧毁的青春："或

莱奥波尔多·乌鲁蒂亚·德·路易斯（Leopoldo Urrutia de Luis）

许我从未像此刻一样爱你/愕然幽暗的青春/你曾想做太阳，做晨光/最终却成为苦涩的土地。"历史的、个人的痛苦又让诗人深入历史和存在本质的"伤口"，进一步反思人之为人的本质悲剧，思考无可倒转的时间和必将来临的死亡，反思人与人的隔阂和人在宇宙中的渺小与孤独。值得注意的是在对痛苦和悲剧性命运的书写中，莱奥波尔多·德·路易斯将存在的荒诞与社会承诺、社会关切结合在一起："人可以做巨大脏腑的一部分/合一又多元的心的一片。"因此诗人的悲观主义并不导向虚无或绝望的怠懒，而是将诗作为"透过伤口呼吸"，用词语和隐喻表达最深处的真实的方式："我透过伤口呼吸/透过我死亡的鲜活伤口呼吸/透过我生活的致命创伤呼吸/年月，梦和失败从中流溢。"

有评论家曾评价莱奥波尔多·德·路易斯的诗歌为"新浪漫主义风格"，但诗人拒绝接受这一标签。他指出，自己对新浪漫主义的常见主题（如偏爱神秘因素、回归中世纪的愿望、自我的尊崇升华等）完全不感兴趣，并强调自己的诗歌与日常现实紧密相连，追求的是书写简单而又共通的情感，继而开启抒情诗的集体视角。孩子和平凡的事物是诗人经常书写的主体，他笔下的象征也直接源于日常世界和日常生活，尤其是工人和工匠的世界。在诗歌的形式上，诗人重视诗歌的韵律和内在节奏，认为对韵脚的寻找能够刺激联想，在事物之间建立起出人意料的联系，节奏则是韵文诗和散文诗之间决定性的分野。这种对诗歌日常性、对诗中情感普遍性的追求可以在《简简单单》（«Será sencillamente»）一诗中窥见一斑："用那日常生活的艺术/用那日常之物中的诗歌/那孤单灵魂的幽暗和谐/那工匠巧艺中哑默的美/简简单单，没有空洞的词语/无用的巧技：像泉水涌流。"在诗人看来"怎样告诉你它是什么"无异于揭示"如何写诗"的奥义，《简简单单》也因此具有了元诗的特质，构成了莱奥波尔多·德·路易斯对于诗歌创作本质问题的回答。

在诗歌创作以外，莱奥波尔多·德·路易斯还是出色的诗歌评论家和传记作者。他编纂了《西班牙当代社会诗歌》（*Poesía social* española contemporánea，1965）、《西班牙当代宗教诗歌》（*Poesía española religiosa contemporánea*，1968）等诗歌选集，曾协助出版米格尔·埃尔南德斯的诗歌全集，著有《比森特·阿莱克桑德雷的生平与作品》（*Vida y obra de Vicente Aleixandre*，1978）、《安东尼奥·马查多：楷模与教训》（*Antonio Machado, ejemplo y lección*，1988）等诗人传记。他的文论和散文数量可观、睿智，如《漫谈20世纪安达卢西亚诗人》（*Ensayos sobre poetas andaluces del siglo XX*，1986）、《阿古斯丁·米亚雷斯：乌托邦诗学》（*Agustín Millares: una poética de la utopía*，1986）、《阿莱克桑德雷笔下的飞鸟》（*Los pájaros en Aleixandre*，1993）等诸多作品。另外，《习得的诗歌》（*Poesía aprendida*，1975）一书中也收录了他有关"98年一代""27年一代"和"36年一代"诗人的评论。

早在20世纪五六十年代，莱奥波尔多·德·路易斯的诗歌作品就已经被译介到法国、波兰、葡萄牙、保加利亚、罗马尼亚等国家，但目前中国国内尚未发行莱奥波尔多·德·路易斯作品的中文单行本。

（黄韵颐、许彤）

《诗集（1946—2003）》 [*Obra poética (1946-2003)*]

《诗集（1946—2003）》是西班牙诗人莱奥波尔多·乌鲁蒂亚·德·路易斯的第三部诗歌选集，由取景器出版社于2003年出版发行。当时恰逢莱奥波尔多·德·路易斯荣膺"西班牙文学国家奖"，相较于诗人在20世纪六七十年代出版的前两部诗歌选集——《诗集（1946—1968）》[*Poesía（1946-1968）*，1968]和《诗集（1946—1974）》[*Poesía（1946-1974）*，1975]，《诗集（1946—2003）》是莱奥波尔多·德·路易斯诗歌作品的集大成之作，囊括了莱奥波尔

莱奥波尔多·乌鲁蒂亚·德·路易斯（Leopoldo Urrutia de Luis）

多·德·路易斯60年间的重要作品，直观地展现了诗人持之以恒的创作主张与多样的诗歌风格，意义非凡。

《诗集（1946—2003）》全书分为两卷，每卷640页左右，由里卡多·塞纳布雷作序，收录了《儿子的黎明》《阴暗时代的客人》《不可能的鸟儿》《视野》《异人》《公平竞赛》《成人管教所》《如灰手套一样》《我在炮火中看着自己》《此地正在召唤》《圣贝尔纳多笔记》等诗集中的作品，全面展现了诗人的风格演化：从《儿子的黎明》中简洁真挚的内心追索，《阴暗时代的客人》与《不可能的鸟儿》中的存在主义焦虑，《视野》和《秋日挽歌》中对人类处境的关照和沉思，到《异人》中对"我们"的构建、对战后社会中可能存在的希望的寻求，《真实的戏剧》《公平竞赛》《光明在我们这边》中对集体现实的反映、历史与物质世界之间的交汇，再到《全神贯注》《如灰手套一样》《一个姑娘拉动窗帘》《关于恐惧与悲惨》中朝向语言探索的转向、对文学前辈的致敬、对生活新定义的探求，直至《寓言的朴素》《巴伐利亚玫瑰挽歌》中对万物易逝的思考……他的诗作形式优雅考究，主题鲜明：回忆被中断的青春岁月，它先受到战争的玷污后又被邪恶入侵；关于人的本质和时间的摧毁力量的思考；家庭的温暖，它也成为唯一可行的幸福的堡垒；揭露社会不公平，同情弱势群体，向往无法实现的自由；关于人终有一死的反思，令诗人的很多作品，尤其是晚年的作品，具有强烈的哀歌色彩。《诗集（1946—2003）》呈现了诗人经历的存在主义、社会诗歌、探索诗歌形式的创作道路，见证了莱奥波尔多·德·路易斯始终如一的社会关切与审美追求。

西班牙评论界给予了《诗集（1946—2003）》高度评价。弗朗西斯科·迪亚斯·德·卡斯特罗（Francisco Díaz de Castro）在《阿贝塞报》的《文化副刊》书评中指出："阅读今天呈现在我们面前的这部大体量诗集中的作品，就是在一个最动听的声音中重新回顾我们近来的诗歌史，这声音克制、庄重又深沉，集诗人驰骋的想象力、悦耳且节制的词语、沉静的思想于一体。"①而诗歌批评家安赫尔·路易斯·普列托（Ángel Luis Prieto）在评论中赞扬莱奥波尔多·德·路易斯诗歌中"认知与美学的构架从未沦落为一剂药方"，指出诗人"诗歌创作的核心是一种存在主义思想的人道主义，其根源是悲观的，但以克制的方式表述"②。

（黄韵颐）

---

① Díaz de Castro, Francisco. *Obra poética (1946-2003)*. https://elcultural.com/Obra-poetica-1946-2003, 2018-12-05.

② Mora, Miguel. «El Nacional de las Letras rescata la poesía pesimista y versátil de Leopoldo de Luis», *El País*, 2003-12-03. https://elpais.com/diario/2003/12/03/cultura/1070406002_850215.html, 2018-12-28.

曼努埃尔·巴斯克斯·蒙塔尔万
（Manuel Vázquez Montalbán）

曼努埃尔·巴斯克斯·蒙塔尔万（1939—2003），"记者、小说家、诗人、散文家、选集编辑者、序言作者、幽默家、批评家、美食家、巴塞罗那俱乐部球迷"（作者的自我评价），毕业于巴塞罗那自治大学罗马语族文学，并获新闻硕士学位。他是西班牙文坛最多面和多产的作家之一，被誉为"百科全书式作家"。其心理犯罪小说《绞杀犯》（*El estrangulador*）获1994年"批评奖"，1995年被授予"西班牙文学国家奖"，2000年获得意大利"格林扎纳·卡佛奖"颁发的"国际奖"，2003年因心脏病突发死于曼谷机场。

以贝贝·卡瓦略（Pepe Carvalho）为主人公的系列小说为巴斯克斯·蒙塔尔万奠定了盛名，这位加里西亚人是西班牙侦探小说最重要的形象，提供了西班牙最近40年社会、政治、历史、文化的真实写照。贝贝·卡瓦略第一次出现在《我杀死了肯尼迪》（*Yo maté a Kennedy*，1972）里，他原为西班牙共产党员，后投靠美国联邦调查局，当上肯尼迪家族的保镖。这部作品不像一般的小说，而是一个保镖的印象、观察和回忆录的总汇，历史人物与虚构人物混杂其间。

贝贝·卡瓦略接连出现在《文身》（Tatuaje，1974）、《经理的孤独》（La soledad del manager，1977）、《南方的海》（Los Mares del Sur，1979年"行星奖"）、《中央委员会里的谋杀案》（Asesinato en el Comité Central，1981）、《曼谷的鸟》（Los pájaros de Bangkok，1983）、《亚历山大城的玫瑰》（La rosa de Alejandría，1984）、《浴场谋杀案》（El balneario，1986）、《在普拉多博物馆暗杀国王》（Asesinato en el Prado del rey，1987）、《傍晚中锋被暗杀》（El delantero centro fue asesinado al atardecer，1988）、《希腊迷宫》（El laberinto griego，1991）、《奥林匹克阴谋》（Sabotaje olímpico，1993）、《罗丹，不死不活》（Roldán, ni vivo ni muerto，1994）、《弟弟》（El hermano pequeño，1994）、《大奖》（Premio，1996）、《布宜诺斯艾利斯五重奏》（Quinteto de Buenos Aires，1997）、《我生命中的男人》（El hombre de mi vida，2000）和遗作《千年卡瓦略》（Milenio Carvalho，2004）。

卡瓦略是一个反常的侦探，对美酒、烹饪、香烟、女人更是在行，而且会说英语、法语、德语、意大利语和葡萄牙语，足迹遍及世界各地，无论在巴塞罗那、马德里，还是在曼谷或阿姆斯特丹，他行动起来都挥洒自如、游刃有余，颇具掌控生活和命运的"超人"风范。不过卡瓦略其实是一个矛盾的人物，他宣称自己无政治党派，经常嘲笑和挖苦西班牙的政治权力及其机制，可他的道德观却明显是左倾的，不加掩饰地亲近下层民众；他的行动虽然时常游离于法律之外，目的却是维护法律；他鄙视罪犯，揭露跨国公司的欺诈行为，但也反对政府的警察机器；他拒绝展示文化，但骨子里又是个文化人。《中央委员会里的谋杀案》描写了西班牙政治转型期西共的自我毁灭过程，不仅有对左派丧失权力的惋惜，而且批评了西共的宗教色彩。《大奖》的背景是20世纪90

年代执政的西班牙工人社会党的堕落，涉及西班牙文坛的一些内幕。

除这个系列之外，巴斯克斯·蒙塔尔万还创作了"抵抗的道德三部曲"（trilogía de la ética de la resistencia），由《钢琴师》（*El pianista*，1987）、《加林德斯》（*Galíndez*，1990）和《佛朗哥将军自传》（*Autobiografía del general Franco*，1992）组成。《钢琴师》从身为钢琴师的主人公视角展开对个人和集体领域的回忆和遗忘的反思："每个街区都应该有一个诗人和新闻记者，以便很多年后在一些特殊的博物馆里，人们能够通过记忆重生。"其舞台是作者成长的巴塞罗那拉瓦尔街区（el Raval）和1936年的巴黎，小说具有很强的自传色彩，是作者对共和派父辈的致敬。《加林德斯》兼具侦探小说和人物传记的特点，采用新闻报道的风格和技巧，讲述一个历史事件：参加过西班牙内战的巴斯克律师及斗士加林德斯1956年在纽约失踪，最后遭遇暗杀。在《佛朗哥将军自传》里，一名老作家接受为佛朗哥撰写传记的任务，结果他利用这个机会发出自己的声音，为这个独裁者的生平提供自己的版本。

《埃雷克和埃尼德》（*Erec y Enide*，2002）在巴斯克斯·蒙塔尔万的小说创作中是一个明显的例外，它首次放弃历史和社会的大舞台，描写了几对爱情关系，以抒情、怀旧、内心化的方式反思人的衰老、爱情和责任。

改编成电影的作品：《文身》，1979年，导演比佳斯·鲁纳；《中央委员会里的谋杀案》，1983年，导演比森特·阿兰达；《希腊迷宫》，1990年，导演拉斐尔·阿尔卡萨尔（Rafael Alcázar）；《南方的海》，1991年，导演曼努埃尔·埃斯特万（Manuel Esteban）；《钢琴师》，1998年，导演马里奥·加斯（Mario Gas）；《加林德斯》，2003年，导演赫拉尔德·埃雷罗，片名为《加林德斯的秘事》（*El misterio Galíndez*）。

中译本：《南方的海》，李静译，人民文学出版社，2008年；《浴场谋杀案》，杨玲译，人民文学出版社，2011年；《奥林匹克阴谋》，汪天艾译，人民文学出版社，2020年；《曼谷的鸟》，李静译，人民文学出版社，2020年。

《佛朗哥将军自传》（*Autobiografía del general Franco*）

《佛朗哥将军自传》（1992）是巴斯克斯·蒙塔尔万"抵抗的道德三部曲"的最后一部，介于历史小说和传记之间。在此之前巴斯克斯·蒙塔尔万已经在文集《佛朗哥主义字典》（*Diccionario del franquismo*，1977）和《佛朗哥的家族魔鬼》（*Los demonios familiares de Franco*，1978）里触及这个题材。后来出版社希望作家写一本历史书籍《我，佛朗哥》，但巴斯克斯·蒙塔尔万觉得"历史小说+传记"更适合这个主题，于是便有了《佛朗哥将军自传》。

《佛朗哥将军自传》的主人公马尔西阿尔·庞波（Marcial Pombo）是一位即将退休的平庸作家，出版商阿梅斯卡委托他撰写佛朗哥传记，以便回答自己12岁的儿子的问题："佛朗哥是谁？"虽然这个一生反对佛朗哥的作家觉得该建议是种辛辣的嘲讽，但他还是接受了任务。但在创作过程中，他逐渐把独裁者的版本与自己的版本、佛朗哥的生活与自己的生活加以对照。

庞波以第一人称形式，从佛朗哥最后的时日开始撰写，目的是"向未来的几代人……向2000年的人讲述他的历史"。自传倒叙了佛朗哥的童年，独裁者的母亲说过的"小巴科，你有一双让人害怕的眼睛"，以及"妈妈告诉我，要盯着看人和东西"，这些话仿佛预示着佛朗哥令人畏惧的未来和掌控他人的强烈野心。之后是佛朗哥参加的非洲战役、推翻共和国的"十字军东征"、佛朗哥的思想，所有这一切被传主视为"生命的奋斗目标"。小说在佛朗哥临终发出"西班牙向上"的口号声

曼努埃尔·巴斯克斯·蒙塔尔万（Manuel Vázquez Montalbán）

中结束，但在这一过程中庞波最初谨慎地、之后肆无忌惮地反驳独裁者，用他个人及那一代西班牙人的生活经历与佛朗哥的"自白"作为对照。独裁者从大写的历史角度说话，而庞波则担心大写的历史对那段残酷的历史过于客观，遗忘它的受害者，因此《佛朗哥将军自传》是一个双重自传：一个是佛朗哥的伪自传，其中独裁者表现为一个冷酷平庸、目光短浅、逐渐与现实脱节的人；另一个是庞波的自传，展示了佛朗哥政权的暴力、苦难和对历史的操纵，也反映了庞波那代人与当代西班牙年轻人的不同生活追求（前者为自由、平等、正义而奋斗，后者陷入毒品、消费文化和虚无主义）。在庞波最终完成的佛朗哥自传里，佛朗哥、他的一些家人（他的母亲、两个兄弟拉蒙和尼古拉斯、他的连襟塞拉诺）、他的政治对手和敌人（银行家胡安·马奇、经济学家拉蒙·塔马美斯），在历史的框架内变成了小说人物。这部作品充满了大量可以证实的历史事实和事件，当然也有虚构的人物。

该书介于历史散文与虚构小说之间，对佛朗哥这位西班牙历史上最复杂的历史人物之一做了翔实可信、充满激情的研究。它分别被译成法语、意大利语、葡萄牙语和荷兰语，并获得1994年意大利"埃尼奥·弗拉伊阿诺国际文学奖"，2003年再版。

（王军）

恩里克·比拉-马塔斯
（Enrique Vila-Matas）

恩里克·比拉-马塔斯（1948—　），西班牙当代最具国际影响力的作家之一，先后被授予法兰西荣誉军团骑士勋章（2008）、法兰西艺术与文学勋章（2013）、"福门托文学奖"（2014）、"瓜达拉哈拉国际书展奖"（Premio Feria Internacional del Libro de Guadalajara 2015）、意大利"费罗内文学奖外国作家奖"（Premio Feronia-Cittàdi Fiano/autore straniero 2017）、法国"尤利西斯全部作品奖"（Prix Ulysse à l'ensemble de l'œuvre 2017），被译成29种语言。

比拉-马塔斯出生于巴塞罗那，曾学习法律和新闻，也涉足电影业。1970年导演了短片《所有悲伤的年轻人》（Todos los jovenes tristes）和《夏季尾声》（Fin de verano）。1974年他主动流亡巴黎两年，成为杜拉斯的房客，在那里创作了《有文化的女杀手》（La asesina ilustrada，1977）。比拉-马塔斯的作品是散文、新闻报道、日记、游记和小说的混合物，很难加以分类。他惯用先锋派技巧，在虚构和现实之间流动,并且常常插入自传成分。比拉–马塔斯不善于讲故事、塑造人物和编织情节,但他知道如何强化其他要素,比如结构的独特性。在比拉–马塔斯的作品中占主导地位的是幽默、想象和文化参照,他常常以引言或致意的方式参照卡夫卡、胡安·鲁尔福、科塔萨尔、佩索阿等大师。

《便携式文学简史》(*Historia abreviada de la literatura portátil*,1985)是比拉–马塔斯的成名作,为他在拉美和葡萄牙获得广泛知名度。这部后现代小说通过一部表面真实的群体传记,不仅嘲弄了叙事规则,而且质疑了文学本身的价值,同时也不无敬意地追忆了20世纪初确实存在过的那个桀骜不驯、锋芒毕露、无所顾忌的先锋派"便携者社团"。

《远离维拉克鲁斯》(*Lejos de Veracurz*,1995)不仅融合了游记、日记和小说,而且散发着独有的幽默感。小说反映的问题也正是他一直关注的东西:生活与文学的关系,旅行与冒险,孤独与衰老,疯狂与自杀。《垂直之旅》(*El viaje vertical*,2001年"罗慕洛·加列戈斯国际小说奖")是一部经典的文化启蒙小说。在它的故事情节背后是一代西班牙人(内战爆发时12—17岁左右)命运的写照,他们的文化素养和共和国的自由理想被内战及战后残酷的岁月毁掉。《垂直之旅》还是一部具有嘲讽意味的成长小说:主人公在77岁高龄才学会了生活。

《巴托比症候群》(*Bartleby y compañía*,2001)则是一部类似于元文学的散文小说,关注那些放弃写作的作家,探讨彻底的沉默和绝对的虚无主义。《丧失理论》(*Perder teorías*,2010)是又一部关于写作的小说,主人公即作家本人的化身,他受邀参加里昂一个关于小说的国际研讨会,但在下榻的酒店无人欢迎他。在客房的孤独中他撰写了一套小说的整体理论,特别强调为了属于新世纪,文本所必须融合的5个"不可或缺"的因素,而邀请方一直没有与他联系。回到巴塞罗那后,主人公发现所有的旅行和写作,甚至一切都是无意义的。因此他最终摧毁了理论,即便这个理论能帮助某人创作《似是都柏林》(*Dublinesca*,2010)。

《卡塞尔不欢迎逻辑》(*Kassel no invita a la lógica*,2014)的主人公也是一位作家,他的日常生活被一个奇怪的国际电话打断:一个神秘的女性声音传达了关于邀请作家参加晚宴的信息,而过了不久这一消息就变成了参加德国当代艺术展最重要的展览之一——卡塞尔文献展。他的任务是变成一个活的艺术装置,每天上午在郊区的一家中餐馆坐下来写东西。到了卡塞尔后作家惊异地发现,自己在漫步时享受着那里居民对他的欢呼声,自己的情绪在傍晚没有消沉。相反,这个孤独的漫步者感受到乐观主义,这是艺术对悲观主义的答复。而正是这种快速的、自觉的对艺术的反应,使得他足以抵御原本对艺术品展出的悲观,在一座陌生的城市里完成艺术品展示,仅凭一己之力,翻译一门自己完全不懂的语言。主人公从卡塞尔的露台邀请我们从另一个角度看世界,揭示了文学的本质——写作的真正理由。2015年该书英文版问世。

《电光石火马伦巴》(*Marienbad eléctrico*,2016)源自真实生活中恩里克·维拉–马塔斯与法国女艺术家多米尼克·冈萨雷斯–弗斯特之间的友谊,以两人的邂逅开篇,讲述了一个似真似幻的爱情故事。从人物的身份便不难想象,整部小说堪称文学与艺术的对话,用诗一样的语言,探讨了想象力与灵感的秘密。

《马克与他的不幸》(*Mac y su contratiempo*,2017)中的男主人公马克是一名失业的律师,对他的邻居作家桑切斯及此人30年前写的一部小说《瓦特与他的不幸》(*Walter y su contratiempo*)着迷。两人在书店门口的一次偶遇激起了马克重写该著的雄心,于是基于别人的引言和反思马克投身写作。但事实上马克并未改写小说,而是亲身体验按书中人物的方式生活。《马克与他的不幸》体现了比拉–马塔斯的一个观点,即写作永远是对前人作品的重复和再创造。

阿根廷作家罗德里格·弗雷桑(Rodrigo Fresán)对比拉–马塔斯有

恩里克·比拉－马塔斯（Enrique Vila-Matas）

一个精辟的评价："与其说奇怪，不如说愚蠢的一种评价比拉－马塔斯的方式即断言他是西班牙作家中最阿根廷化的人。归根结底，在他的作品里有参考的癖好、永远可塑的百科全书机制、严肃的幽默、元小说游戏，其中作者永远是主人公，同谋式地求助他的读者，国际化、不断又无承诺地行走在图书馆和城市之间。"①

长篇小说：《镜中女人欣赏风景》（*Mujer en el espejo contemplando el paisaje*，1973）、《诽谤》（*Impostura*，1984）、《奇怪的生活方式》（*Extraña forma de vida*，1997）、《迪伦的做派》（*Aire de Dylan*，2012）、《这场不理智的大雾》（*Esta bruma insensata*，2019）；

短篇小说：《我从不去影院》（*Nunca voy al cine*，1982）、《永远的家》（*Una casa para siempre*，1988）、《无子嗣的儿女》（*Hijos sin hijos*，1993）、《虚构的回忆》（*Recuerdos inventados*，1994）、《深渊探险者》（*Exploradores del abismo*，2007）、《切特·贝克思考他的艺术》（*Chet Baker piensa en su arte*，2011）、《特定的日子》（*El día señalado*，2015）；

文集：《眼皮底下》（*Al sur de los párpados*，1980）、《从紧张的城市起》（*Desde la ciudad nerviosa*，2000）、《可卷的流水簿》（*Dietario voluble*，2008）、《关于文学中的诽谤》（*De la impostura en la literatura*，2008）、《她是海明威，我不是奥斯特》（*Ella era Hemingway. No soy Auster*，2008）。

中译本：《垂直之旅》，杨玲译，北京十月文艺出版社，2009年；《巴黎永无止境》（*París no se acaba nunca*，2003），尹承东译，浙江文艺出版社，2013年；《巴托比症候群》，蔡琬梅译，上海人民出版社，2015年；《似是都柏林》，裴枫译，浙江文艺出版社，2015年；

---

① https://www.escritores.org/biografias/196-enrique-vila-matas, 2020-04-09.

《便携式文学简史》,施杰、李雪菲译,人民文学出版社,2018年;《消失的艺术》(*Suicidios ejemplares*,1991),施杰、李雪菲译,人民文学出版社,2018年;《卡塞尔不欢迎逻辑》,施杰、李雪菲译,上海译文出版社,2019年。

《蒙塔诺的毛病》(*El mal de Montano*)

《蒙塔诺的毛病》(2002)是西班牙作家恩里克·比拉-马塔斯的一部跨界作品,介于私密日记和小说、情感之旅和散文之间。它与《巴托比症候群》《巴萨本托博士》(*Doctor Pasavento*,2005)构成比拉-马塔斯关于文学创作与作家之间相生相杀的矛盾关系的三部曲。

《蒙塔诺的毛病》由五章组成。第一章类似于半传记文本,主人公自称是文学评论家,在其私密日记里记录了自己及身为作家的儿子蒙塔诺所患的毛病,即对文学怀有狂妄的热情,每时每刻都无法离开文学生活。蒙塔诺正经历一场文学危机,无法创作。为克服这种文学痴迷症,主人公前往智利旅行,在那里结识了一位演员,之后又帮助妻子罗莎在葡萄牙拍摄了一部纪录片。但主人公的毛病逐渐恶化,同时他的日记慢慢变成一部小说,书名即《蒙塔诺的毛病》。

第二章是主人公的第二个日记,他又否定了之前写的东西,称儿子并不存在,他本人才是真正的作家,把第一个日记变成小说出版后摆脱了文学困境(他把母亲的名字当作自己的笔名)。主人公又撰写了不少知名艺术家、文人的生平辞典(包括伍尔夫、毛姆、卡夫卡、达利、纪德、佩索阿、曼斯菲尔德、儒勒·列那尔),取名《爱生活的腼腆辞典》(*Tímido diccionario del amor a la vida*),以此逃避现实生活,寻求"创造自我和一种道德的完善",企图变成"行走的文学记忆"。与此同时,主人公与妻子、演员好友的关系逐渐恶化,直至分手,因为

恩里克·比拉-马塔斯（Enrique Vila-Matas）

他认为这两人在欺骗自己。他也感到自己的衰老，在这个世界上孤独无助。

第三章类似一场戏剧独白，是主人公对匈牙利人做的一场关于布达佩斯特（该传奇城市在小说中占据地理中心位置）的讲座。在第四章，主人公去瑞士参加一场国际会议，作为唯一的西班牙人，他观察那些德国作家对文学的态度。小说的结尾，该著变成一部向文学及主人公能孕育的各种"我"致敬的日记。

实际上叙述者和蒙塔诺都是比拉-马塔斯的化身，为了铲除那些文学弊病，主人公变成了堂吉诃德，他的秘书成了桑乔，两人游历于西班牙巴塞罗那、匈牙利、葡萄牙、瑞士、智利等地，纠正文学之敌所犯下的错误：保守虚伪的作家、商业出版商、鄙视思想的评论家、各种理论的倒卖、文学界的喧哗……在这部小说中比拉-马塔斯还对自己和他那一代作家进行了批评，可以看作是他文学和人生原则的宣告。《蒙塔诺的毛病》批评那些不会写作的人，不仅针砭了文学弊端，而且披露了最近几年文学界出现的各种反常现象。

《蒙塔诺的毛病》于2007、2012年再版，先后获得2002年"埃拉尔德小说奖"、2003年西班牙"批评奖"、2003年"智利批评界奖"（Premio del Círculo de Críticos de Chile）。

（王军）

塞尔希奥·比拉-圣胡安
(Sergio Vila-Sanjuán)

塞尔希奥·比拉-圣胡安（1957—　），西班牙作家、知名文化记者，出生于巴塞罗那，父亲是西班牙历史学者和广告人何塞·路易斯·比拉-圣胡安。大学毕业后比拉-圣胡安获得富尔布赖特奖学金，前往美国波士顿大学留学。20岁出头就开始了新闻记者工作，先后在当时有地方影响力的两家纸质媒体《加泰罗尼亚邮报》（*El Correo Catalán*，1985年终刊）和《世界消息》（*El Noticiero Universal*，1985年终刊）从事文学报道。1987年他进入巴塞罗那举足轻重的《先锋报》工作，从2015年起担任该报副刊《文化》（*Cultura/s*）的主任，同时也是该报反映文化产业动态的专栏《心跳》（*Latidos*）的撰稿人。2020年获西班牙"国家文化新闻奖"（Premio Nacional de Periodismo Cultural）。

作为文学和书籍出版业方面的专家，比拉-圣胡安在《翻页。西班牙民主时代的作者和出版商》（*Pasando página. Autores y editores en*

塞尔希奥·比拉－圣胡安（Sergio Vila-Sanjuán）

la España democrática，2003）中研究了西班牙出版业的历史；《法兰克福症候群》（El sindrome de Frankfurt，2007）和《解码畅销小说》（Código best seller，2014）涉及国际图书界的内幕。他的报刊文章收录在《文化纪事》（Crónicas culturales，2004）和《文化与生活》（La cultura y la vida，2015）里。他主编了《加泰罗尼亚的现实主义》（Realismo en Catalunya，1999）、《漫步于文学化的巴塞罗那》（Paseos por la Barcelona literaria，2005）和加泰罗尼亚语杂文集《人文主义的宫殿》（Palau de l'Humanisme，2017）。他还出版了《给不甚了解法兰克福书展的加泰罗尼亚人的指南》（Guia de la Fira de Frankfurt per a catalans no del tot informats，2007）、《文化报业纪事》（Una crónica del periodismo cultural，2015）以及《另一个加泰罗尼亚：以卡斯蒂利亚语创造的6个世纪加泰罗尼亚文化》（Otra Cataluña：Seis siglos de cultura catalana en castellano，2017）。新作《我为什么拥护君主政体》（Por qué soy monárquico，2020）捍卫了21世纪的新形势下西班牙君主制的作用和意义。

值得一提的是，作为文化记者兼书探，比拉-圣胡安行走于欧洲图书产业宣传展览之间，对多部畅销小说在西班牙的推广起到了重要作用，其中包括鲁伊斯·萨丰的《风之影》和瑞典小说家史迪格·拉森（Stieg Larsson）的"千禧年三部曲"（Millennium Trilogy）。

人到中年的比拉-圣胡安开始投身文学创作。他的小说三部曲描写了巴塞罗那一个世纪的市民生活，把侦探小说和风俗主义、家族记忆与时代纪实巧妙结合起来。处女作《一位巴塞罗那女继承人》（Una heredera de Barcelona）于2010年问世，在主人公的传奇身世和书中的悬疑情节背后浮现的是1919—1923年间巴塞罗那政界和上流社会的特写。凭借对故乡历史的热爱和对文化传媒界的深入了解，2013年比拉-圣胡安沿袭第一部小说的风格，以口述经历和历史调查创作了他第二部小说《在广播》（Estaba en el aire），主题依然是巴塞罗那城的历史，时间跨越60—70年代。2017年作家出版第三部小说《卡萨伯纳的报告》（*El informe de Casabona*），继续运用侦探小说的叙事形式，并创造了从新闻记者变身侦探的巴尔莫拉尔（Víctor Balmoral）这个形象，有意续写出系列小说。在这三部作品中，分别出现了作者的祖父、父亲和作者本人，并且都涉及西班牙君主制问题。

此外，他的剧作《楼梯俱乐部》（*El club de la escalera*，2014）和《女文学经纪人》（*La agente literaria*，2019）已经上演。

《在广播》（*Estaba en el aire*）

《在广播》（2013）是塞尔希奥·比拉-圣胡安继《一位巴塞罗那女继承人》之后创作的第二部时代小说，获得当年"纳达尔小说奖"。前者可谓20世纪20年代现代文化荣光中的巴塞罗那文艺名流浮生记，而后者则把时间推移到20世纪60—70年代，给佛朗哥政权最后10年的社会景象以及新闻传媒界广告媒体人的生活做了一个特写。

故事始于巴塞罗那1916年的一个夜晚，出身名流、青春韶华的中产少妇朵娜·比拉多米乌（Tona Viladomiu）的求救电话惊醒了睡梦中的瓦雷拉夫妇。胡安·伊格纳西奥·瓦雷拉（Juan Ignacio Varela）在午夜的巴塞罗那寻找已经烂醉街头的朵娜踪影。瓦雷拉和费乌两对夫妇结婚前就在同一个交际圈，瓦雷拉夫妇婚后生活稳定，而朵娜因与强势的婆婆不睦，婚后出现感情危机，原本不甘寂寞的她又在丈夫和婆婆布置的情色陷阱中出轨。小说开始时朵娜的丈夫马科斯·费乌（Marcos Feu）不见了踪迹，带走了女儿伊内斯。婆婆声称马科斯被公司调到墨西哥分部任职，并以母女分离作为威胁，强迫朵娜在通奸罪证的陈述书上签了字。根据当时仍在执行的1944年刑法，女子通奸为刑事罪，罪至牢狱，然而男子只要不在家庭住所内进行通奸行为，或不在家庭住所之外招摇

塞尔希奥·比拉－圣胡安（Sergio Vila-Sanjuán）

声扬通奸事实就不受法律制裁。绝望的朵娜在堕落放纵、醉生梦死的日子里投入已婚的商业巨头卡西米洛·普拉德瓦伊（Casimiro Pladevall）的怀抱，两人开始地下恋情。

巧合的是胡安·伊格纳西奥是普拉德瓦伊工业集团旗下制药公司的营销经理，而在朵娜婚变后不久，其丈夫马科斯的公司也被普拉德瓦伊并购。朵娜利用情人卡西米洛，将丈夫调回西班牙，又成功夺回了女儿的抚养权。

另一方面，普拉德瓦伊制药公司为推广里诺米西纳（Rinomicina）这款药品，采纳了胡安·伊格纳西奥的提案，在日益兴起的有声媒体西班牙国家广播电台冠名了寻人节目，打造出"里诺米西纳寻找您"（"Rinomicina le busca"）的营销项目。该节目接受听众来信，用无线电波做寻人启事，插播药品的广告。这个虽为营销手段却充满人情味的节目给内战之后的西班牙那些因战乱离散的家庭带来了福音。有人通过节目找走失的亲人，也有人怀着征战未归的亲人还活着的幻想致信节目组。这其中安东尼奥·雷纳（Antonio Lena）就是成功的例子。他曾是西班牙内战中从共和派战区被送往瑞士避难的幼童，与家人失联，内战后被送往北部桑坦德的福利院。长大成人的安东尼奥回到家乡巴塞罗那，通过"里诺米西纳寻找您"广播节目找到了自己的家人。

然而也是这个案例的社会影响导致了"里诺米西纳寻找您"的终结。节目持续攀高的收听率引起独裁政权文化监管者的非难。胡安·伊格纳西奥被指重揭内战疮疤以及为共和派余党造声势。虽然接到警方的口头警告，事业巅峰之上也不无济世情怀的胡安·伊格纳西奥找到《为什么》（Por Qué）撰稿人和节目主持人路易斯·鲁贝勒斯（Luis Rupérez），在同伴的支持下，他向公司隐瞒审查经过，继续制作节目。然而不久之后，集团总裁卡西米诺·普拉德瓦伊还是在多方压力下，取消这个营销项目，停止了节目。胡安·伊格纳西奥从此一蹶不振，加上常年高压状态下养成的酒瘾发作，没多久妻子埃莱娜就带着一双儿女离他而去。

小说分为12章和一个"后记",以第三人称全知视角叙事,结合倒叙和插叙,主线是瓦雷拉和费乌两对夫妇相识、结合、离异和中年的新生活,主要情节围绕落魄的少妇朵娜、企业家普拉德瓦伊、广告人胡安·伊格纳西奥,以及内战遗孤安东尼奥四位主人公展开。后记中简短交代了佛朗哥时代的结束,以及在离婚合法化的时代背景下,主人公们得以摆脱破裂的婚姻,以及新时代中各主人公的结局。

小说最后附有"说明和致谢"("Justificación y agradecimientos"),交代作者的创作灵感源于儿时在家长的谈话间听来的巴塞罗那名流社交中的奇闻轶事。作家的父亲正是当年广播节目"里诺米西纳寻找您"的冠名企业的广告总监。基于创作需要,作家对真实历史事件的时间做了细微调整,部分历史人物和事件在经过考据后,又进行了文学的修饰和演绎。另外,小说的情节中穿插了一定数量的"里诺米西纳寻找您"和《为什么》杂志中的案例和篇章节选,其中许多为真实案例和原文转载。

(宁斯文)